教育部哲学社会科学研究后期资助项目

受浙江大学文科高水平学术著作出版基金

中央高校基本本科研业务费专项资金资助

中国当代文学史料丛书

公共性文学

史料 卷

主 编 吴秀明

本册主编 马小敏

ZHEJIANG UNIVERSITY PRESS
浙江大学出版社

总 序

吴秀明

如果将 1949 年中华人民共和国成立看作是当代文学的一个起点,那么当代文学迄今为止已走过风雨坎坷的六十余年历程。六十一甲子,苍黄一瞬间。在回顾和反思这段两倍于现代文学时长的历史时,愈来愈多的人开始认识到当代文学学科构建及其研究"历史化"问题的重要性。而学科构建和"历史化",就有一个文学史料的问题,也离不开文学史料的支撑。

众所周知,文学史料是学科构建和学术研究的基础,也是中国传统朴学和西方实证主义的精髓所在。文学史料意识有无确立以及实践的程度如何,不仅直接关系到研究的客观公允与否,而且在学术创新和学科建设中都占有举足轻重的位置。有时候一条史料的发现,可以推翻一个结论。因此,文学史料问题历来受到学界的高度重视,它也成为一门学科成熟的重要标志之一。古代文学研究之所以具有相对较恒定的学术水准,重要原因即此;五四和民国时期的一批学人如胡适、鲁迅、顾颉刚、郭沫若、陈寅恪、陈垣、郑振铎、闻一多、俞平伯以及嗣后现代文学领域的王瑶、唐弢等,之所以为我们留下了带有碑石性质的重要学术成果,也可从中找到解释。

应该承认,由于社会历史环境的制约和"贵古贱今"学术观念的影响,当代文学领域长期盛行的是"以论代史"、"以论带史"的研究理路;轻史料重阐释,将研究(包括立论和论证)建立在日新月异的"观念创新"而不是客观实在的文献史料的基础上,已成为主导这个学科的基本取向。这样一种研究理路在学科发展的某一特定阶段——如 20 世纪80 年代即人们通常所说的"新时期",或许在所难免,且具有某种历史的必然性和深刻的合理性。因为那时刚走出"文革",累积的问题实在太多,思想观念的封闭、僵化和滞后问题显得很突出。所以在此情形之下,人们才高度重视并彰显思想观念的解放,并将其当作时代的中心任务;而思想观念的解放,它的确也给当代文学学科的确立和发展提供了很好的契机和重要的精神动力。但不必讳言,这样一种与文献史料"不及物"的研究及其空疏的学风,它本身是有问题的。一俟进入 90 年代,当人文知识分子由"广场"返回"岗位",其所存在的"思想过剩"和"理论泛滥"问题就显得更加突出。为什么当代文学研究领域中热点不断,但却往往旋生旋灭,很快被历史所抛弃?为什么不少著述率性而为,无章可循,其研究往往变成无征可信的个人哲思冥想?对史料的漠视,不能不说是其中的一个"脆弱的软肋"。这也从侧面反映当代文学研究的浮躁和学科的不成熟。

针对上述这种状况,我认为在当前有必要强调和提出"当代文学史料学"问题,并藉此呼吁在这方面应该师法古代文学,从它那里寻找和借鉴有关的学术资源。王瑶先生早在 1979 年谈到"必须对史料进行严格的鉴别"时,就指出"在古典文学的研究中,我们有一套大家所熟悉的整理和鉴别文献史料的学问,版本,目录,辨伪,辑佚,都是研究者必须掌握或进行的工作"①。以后,马良春、樊骏、朱金顺等还对此作过更专门深入细致的探讨,提出了一系列很好的建议。② 最近几年,现代文学领域接连召开数次颇具规模和影响的学术研讨会,更是形成了一股不可小觑的"新思潮"。所有这些,这对当代文学无疑是一个挑战,同时也为它提供了一个很好的参照。我们不赞同在当代文学研究中生搬硬套古代文学、现代文学史料的标准,但却主张和倡扬从它们那里吸纳长期以来形成的、行之有效的学术规范和治学之道。已逾"甲子"的当代文学不是很年轻了,它留下了较之过去任何时代更为丰富复杂且永无止境的文学史料;其中有的还可堪称为"活态的文学史料",它留存在不少当代文学亲历者身上。而这些人因年事渐高,加上其他各种因素,不少史料实际处于随时可能湮灭的紧迫状态,可以说,抢救当代文学史料的工作已刻不容缓。

大量事实表明:目前,当代文学研究又处在一个重要的"十字路口",如何将"思想"与"事实"、"阐释"与"实证"融会贯通,从根本上改变上述所说的"思想过剩"和"理论泛滥"的弊病,这是一个需要我们严肃认真对待的问题。而从学科的角度讲,随着研究工作的深入,也是鉴于以往的经验教训,不少当代文学研究者已逐渐意识到单纯依靠或引进某种理论"漂浮物"是远远不够的,离开了真实可信的史料,正如恩格斯早就批判过的,这样研究所得的"历史至多不过是一部供哲学家使用的例证和插图的汇集罢了"③。其最终的结果,则不可避免地使"历史本质将被阉割,她的科学价值便不复存在,学科生命也随之窒息"④。

正是从这个意义上,我认为,"理论阐释"尽管在现实和未来的当代文学研究中仍将发挥它的重要作用,作为一种治学的方法和理念,它与"史料实证"之间的关系也不一定如我们想象的那样水火不能相容;但是就目前当代文学学科建设和研究现状来看,我们不得不对后者投以更多的关注,并认为它应从原来比较单一的"崇拜意义"或比较抽象的价值衡估的范式中走出来,向着包括"史料实证"在内的更加多元立体、更加开放宏阔的天地挺进,并把尊重历史客体、重视实证作为治学的基础,置于首位,在研究的思路、格局、向度和方法上进行一次带有革命性意义的重要调整。显然,这种调整对当代文学学

---

① 王瑶:《关于中国现代文学研究工作的随想》,《中国现代文学研究丛刊》1980 年第 4 期。

② 马良春:《关于建立中国现代文学"史料学"的建议》,《中国现代文学研究丛刊》1985 年第 1 期;樊骏:《这是一项宏大的系统工程——关于中国现代文学史料工作的总体考察》,《新文学史料》1989 年第 1、2、4 期;朱金顺:《新文学资料引论》,北京语言学院出版社 1986 年版。

③ 《路德维希·费尔巴哈和德国古典哲学的终结》,《马克思恩格斯选集》第 4 卷,人民出版社 1972 年版,第 225 页。

④ 《文学评论·编后记》,《文学评论》2006 年第 6 期。

科及其研究来说,不是个别局部和枝节的修残补缺,而是带有整体全局性质的一次重要的"战略转移"。它所内含的意义,不亚于 20 世纪八九十年代耳熟能详的"重写文学史"运动——如果说"重写文学史"运动所体现的"观念创新"是当代文学研究的一次意义重大的"战略转移",那么现在提出并强调对史料的重视则可说是研究的又一次重要的"战略转移",它表明当代文学研究在经过十余年的酝酿积蓄后,又进入到一个新的历史阶段,正面临着一种新的、艰难而又美丽的蜕变,有望在整体学术水平和层次上有一个大的提升。

当然,这样说并无意于否认我们在这方面所取得的成绩。应当看到,60 年来特别是近 30 年来,我们也陆续出版了一些文学资料,包括 20 世纪 80 年代由茅盾作序、众多大专院校合作编撰的《中国当代文学研究资料丛书》(现已出版近 80 种),也包括新世纪由孔范今等人主编的《中国新时期文学研究资料汇编》、洪子诚主编的《中国当代文学史·史料选》、路文彬主编的《中国当代文学史料文论选》、吴秀明主编的《中国现当代文学作品与史料选》(当代文学卷)等。但毋庸讳言,其存在的问题是突出的,也相当严峻:一,尚未普遍形成文学史料的自觉意识,崇拜理论、迷信主义而轻视史料仍有相当的市场;二,有关的文学史料工作,迄今基本停留在收集、整理和汇编的层次,且比较简单和零碎,明显滞后于研究,真正的研究似尚未有力地展开。

已有研究者注意到,当代文学史料尽管散落在各类图书馆、档案馆、纪念馆和各种杂志、文集、选本以及大量的拷贝、影像资料中,它们与当代近距离乃至零距离以及与政治几乎处于同构的存在,给我们的搜集、鉴定和整理带来为古代文学、现代文学所没有或鲜有的不少麻烦。这在一定程度上影响和降低了人们对它的积极投入,并由此及彼影响了对研究对象更加准确的把握。但正如福柯所说的,吊诡的是,这些历史档案并非如人们想象中的杂乱无章,那些看似混乱的资料堆积,其实就是一种有意图的历史分析。从本质上讲,史料的搜集、整理和编选就是建立在对历史"还原"基础上的一种再叙述,一种重返历史现场的再努力。所以,当研究者通过自己的搜罗爬剔的艰苦努力,从着重"观念创新"转向重视"史料证实",将过去被隐匿或遮蔽的材料重新发掘、整理并公之于众,他实际上已越过官方或主流所设定的界限,不仅恢复了非主流话语和声音的旺盛生命力,而且有效地"拓宽当代文学的视域,重新梳理当代文学的历史线索,使当代文学的研究不再是对现代政党的真理性及文艺政策的研究,而是可以放在 20 世纪中国革命多重的历史抉择,放在全球性左翼文化的总体格局之中,客观和重新检讨当代文学的历史贡献及其教训,这样的研究在今天不仅不是梦想,不是虚拟的现在,而成为了一种可能"①。这也说明当代文学史料校注、辨伪、辑佚、考订、整理、编纂,并非是简单的剪刀加糨糊的纯粹技术性工作,它内在地体现了编者的史识及其重构历史的动机。

当然,今天谈当代文学史料问题,不能满足于一般的呼吁,而应该在全面清理和总结既有成绩的基础上有一个整体通盘的考虑和实施计划。史料搜集、整理和编选不同

---

① 程光炜:《"新时期文学"的再叙述》,《文艺报》2006 年 10 月 28 日;同时参考程光炜:《文学想象与文学国家——中国当代文学研究(1949—1976)》,河南大学出版社 2005 年版,第 185 页。

于通常的个体化的学术研究,它相对比较适合于"集体合作";而当代文学史料量大面广、丰富复杂的存在,也需要动员更多的有志者共同参与,需要投入很多的人力和物力,才有可能完成。当代文学史料与古代文学、现代文学史料之间有共同性,也有自己的独特之处。这里所说的独特,从纵向来看,大致可分"政治中心时代"和"经济中心时代"两个阶段;而从横向来看,大体则又分为两种不同的情况或曰两种不同的存在方式:

(一)一种当代文学史料,随着时间的推移,特别是政治意识形态的日趋松动和开放,虽未至禁忌尽除,但却陆续公开或披露,它事实上已为学界所广泛接受,并对当代文学研究产生了影响甚至深刻的影响。这里包括官方、半官方的,也包括民间的。如中共中央党史研究室历经十六年编写的《中国共产党历史》、《杨尚昆谈新中国若干历史问题》、薄一波的《若干历史重大决策与事件的回顾》、胡乔木的《胡乔木回忆毛泽东》、李锐的《大跃进亲历记》、李之琏的《共和国重大事件决策实录》、周扬的《答记者问》、张光年的《文坛回春纪事》、王蒙的《王蒙自传》、邓力群的《邓力群自述》(未刊)、贾漫的《诗人贺敬之》、梅志的《胡风传》、周良沛的《丁玲传》、朱正的《1957 年的夏季:从百家争鸣到两家争鸣》、韦君宜的《思痛录》、涂光群的《五十年文坛亲历记》、邵燕祥的《人生败笔——一个灭顶者的挣扎实录》、陈为人的《唐达成文坛风雨五十年》、郭小惠等的《检讨书:诗人郭小川在政治运动中的另类文字》、聂绀弩的《脚印》、廖亦武的《沉沦的圣殿》,等等。前者(即官方、半官方的),由于出自政要亲笔或其子女亲属之手,带有政治解密的特点,不仅在"浮出地表"之初的当时格外引人瞩目(初披露时还带有某种震惊的效果),而且对当时乃至于今的文学研究和文学史写作产生深刻的影响。后者(即民间的),最具代表性的,恐怕要数被文学史家挖掘并命名的"潜在写作",这一带有个性化的概念尽管有不同的看法,但它的源于史料的提出的确扩大了文学研究的内涵和外延,为当代文学及文学史研究拓展了空间。当然反过来,概念本身也富有意味地照亮和激活了史料的收集、整理和阐释,这是一个双向互动的过程。[①] 此类史料主要集中于"十七年"、"文革"两个阶段,它很好地起到了"记录着特定时期现代作家的生存状态和心理状态,怎样想、怎样说、怎样做的思维方式、语言方式和行为方式"的作用。[②] 这也从一个侧面反映和说明这两个阶段文学政治化的特点尤为突出,文学在生成、传播和接受的过程中,它备受政治意识形态乃至政治权力的干预;而与之相对应,文学在备受干预的同时,也遭到了来自作家和民间或显或隐的抵制。

(二)还有一种当代文学史料,广泛存在于各类档案馆、出版物、图像音响资料,包括自传、回忆录、书信、日记、手稿、报告、讲话、批示、访问、传说、口述、录像、录音、实物、照片之中,它与版本学、目录学、图书情报学、文物博物馆学、新闻传播学、计算机以及现实的政治、历史、经济、文化等连结在一起,牵涉收集、整理、编写、保管、出版、传播等各个环节,形成一个非常复杂的系统。但由于诸多原因,有的露出"冰山的一角",有的沉潜或半沉潜于历史深处尚未跃出水面,若明若暗;即使初露端倪,也有很多不确定,还留下大片

---

① "潜在写作"的文学史料及其相关情况,可参见刘志荣的《潜在写作 1949—1976》,复旦大学出版社2007 年版。

② 邵燕祥:《人生败笔》,河南人民出版社 1997 年版,第 2 页。

空白,需要进行鉴别、整理和拓展。应该说,当代文学史料的存在,更多是属于这种情况。它也是构成目前我们进行文学史料研究的主体和主要内容。有关这方面,笔者十年前在与人合写的一篇文章中曾将其归纳为八个方面、六种表现,并认为它在搜集、发掘和整理上存在六大困难。① 这里恕不赘述。需要强调和补充的是,在所有这些文学史料中,与重大政治事件关涉的文学史料的搜集相对最难也较为棘手,也许现在它还不具备足够的条件,还没有到"把历史的内容还给历史"的时候,其中有的甚至长久封存在具有保密性质的档案馆,不会向公众开放。但这不应成为我们裹足不前、消极等待的理由。相反,它应成为激发我们学术探秘的内在动力。当代文学史料在当下的意义,最具意味和价值的也许就在于此。它的可行性和可能性,也只有作这样理解,才比较切实。

本丛书编选始于 2010 年,目的是想通过努力,为广大文学研究者提供第一手的史料,为当代文学学科建设做点实实在在的基础性的工作,同时也为构建"当代文学史料学"作必要的准备。本丛书编选,主要强调史料的立体多维及其自身的独立价值,因此,进入我们视野的,除代表性或权威性论文外,颇多的是有关的文件决议、讲话报告、书信日记、思潮动态、会议综述、社会调查、国外(海外)信息等泛文本史料。这也是我们这套丛书的独特之处,它可藉此将我们的思维视野投向被一般文学史所忽略了的更隐秘然而往往对文学更有决定性作用的细枝末节,包括具有"中国特色"的一体化体制,从这个角度对当代文学史料进行全面系统而又富有意味的梳理和呈现。当代文学在六十多年行进过程中,自身的确已累积了相当丰沛的史料。为了回应历史,也为了现实及未来发展的需要,现在是可以而且应该考虑"史料学"的问题了,有必要编选一套与其丰富存在相谐的、有特色的大型史料丛书。这也是时代赋予我们的一种责任。

迄今为止的文学史料基本都是按照"作家或文体"的思路进行编纂的,本丛书基于对当代文学史料的理解,当然也是为了打破这种传统的编纂思路和范式,有意在这方面进行尝试和探索,选择了"公共性文学史料"、"私人性文学史料"、"民间与'地下'文学史料"、"台港澳文学史料"、"影视与口述文学史料"、"文代会等重要会议史料"、"文学期刊、社团与流派史料"、"通俗文学史料"、"戏改与'样板戏'史料"、"文学评奖史料"、"文学史与学科史料"等 11 个契入点,也就是 11 册,用这样一种带有"主题或专题"性质的体例来编纂当代文学史料。因为是尝试和探索,缺少更多的成功经验的借鉴,也限于自身的视野和学识,肯定存在不少问题或缺憾疏漏之处,包括史料的来源可靠性与内容真实性,史料的内涵与外延,史料的层次与结构,乃至史料的分类,等等。事实上,在整个编纂的过程中,针对上述问题,我们也在进行着调整。我们恳望得到业内同行和广大读者的批评指正,以便将来有机会加以弥补,把它编得更好,更周全些。史料编纂,从根本上讲,就是为史料的呈现寻找一个合适的"箩筐",如果这个"箩筐"有碍于史料的呈现,那么就应及时调整这个"箩筐"而不是史料本身。总之,一切从史料实际出发,更好地还原和呈现史料,追求其多元性、学术性、前沿性的价值,是本丛书编纂的目标所在。

---

① 参见吴秀明、赵卫东:《应当重视当代文学史料建设——兼谈当代文学史写作中的史料运用问题》,《中国现代文学研究丛刊》2005 年第 5 期。

五年前,也就是 2010 年,我曾以"中国当代文学文献史料问题研究"为题申请国家社科基金重点研究项目,获得批准。在完成该项目的过程中,有感于史料的重要而又搜集不易,遂萌生了编纂一套大型文学史料丛书的动念。于是,在确定了该丛书的基本构架和思路之后,就邀请马小敏、方爱武、付祥喜、邓小琴、刘杨、杨鼎、张莉、南志刚、郭剑敏、黄亚清、傅异星(以上按姓氏笔画排序)等 11 位中青年学者加盟,主持各分册的编纂工作,并任分册主编。本丛书是我们大家通力合作的产物,一定程度上,它可以看作是国家社科基金重点研究项目"中国当代文学文献史料问题研究"的衍生物。需要指出的是,本丛书的出版,得到了教育部哲学社会科学研究的后期资助和浙江大学文科高水平学术出版基金的资助,浙江大学副校长罗卫东教授和浙江大学出版社有关领导鲁东明、袁亚春、黄宝忠等也给予了大力的支持。借此机会,我谨代表丛书编委会深表谢忱。曾建林、叶舒、傅百荣、宋旭华等责编,为本丛书的顺利出版付出了很大的心血,他们的严谨踏实及其对历史高度负责的精神,令人感动,在此也一并致谢。

2015 年 2 月 13 日于浙大中文系

本册编写说明

　　新时期以来,随着社会文化的转型,中国当代文学及其史料中的"私人性"逐渐升温并成为时代的"新宠";而"公共性"则似乎变成了"鸡肋",只是作为佐证创作与研究的外在因素而存在,其文学史料价值有意无意地被低估了,这显然是一种误解。

　　所谓"公共性"文学史料,从本质上讲,是对一个时代公共领域内文化特征的概括,它是中国社会某一时代占据主流地位的意识总和,带有一定的喻义和特指的成分。这与哈贝马斯对公共性的定义和理解有着很大的不同:在哈贝马斯那里,公共性"首先意指我们的社会生活的一个领域,在这个领域中,像公共意见这样的事物能够形成。……当他们在非强制的情况下处理普通利益问题时,公民们作为一个群体来行动;因此,这种行动具有这样的保障,即他们可以自由地集合和组合,可以自由地表达和公开他们的意见。当这个公众达到较大规模时,这种交往需要一定的传播和影响手段;今天,报纸和期刊、广播和电视就是这种公共领域的媒介"。中国当代文学史上,合乎哈贝马斯要求的公共性或公开领域到 20 世纪末才现雏形,在此之前,文学的公共性大致等同于主流意识形态。"十七年"与"文革"时期,文学一度成为政治的"传声筒",文学运动更是政治运动的先兆及"晴雨表",最高领导人亲自发起、参与其中,直接决定了文坛的面貌及走向。其他如读者来信、材料汇编等方式也都是对此种方式的变相迎合,私人性被侵占和垄断,这是在一元化社会中"文艺从属于政治"之必然。反映在文学史料研究的整理与研究上,一方面是代表国家权力意志的文艺方针政策及其隐藏在档案中的最高领袖的指示批语,也包含当事人事后回忆材料及研究者梳理其形成过程的材料,这些对当代文学发展起到了决定性的影响和规约作用;另一方面是掌控话语权及其传媒和各种路径的"中介"将主流意识形态"广而告之",或通过公开对某作品或现象表达观点传递给公众,或将某些文化思想动态总结汇报,上情下达或下情上报,使之成为强有力的时代的"统治思想"。这样,当代文学中公共性文学史料的生成与发展,与当代中国政治特别是与高层政治形成深刻"同构"关系,同时也就有了明显的公开性、公共性的特点。即便是到了新时期,文学努力调整着与政治的"紧张"关系,力图回归本位,公共性有了文学应有的灵性和弹性,但意识形态依然是衡量文学的重要参照,"异化"、"资产阶级自由化"等概念存在便是一例。

　　20 世纪 90 年代之后,文学在市场等多重因素的共同作用下开始走向开放和活跃,但主流话语的身影依然"在场",只不过其介入文学的程度和方式有所改变,从显性到隐性调整着文学与政治、文学与市场的关系。因此,这一时期文学史料的公共性显得更为纷纭复杂。当然,公共性史料是与私人性史料相对应的一个概念,在实践中,它们的界限往往模糊甚至可以相互转化,不可简单化、绝对化。

　　本册的特殊性在于公共性文学史料的开放性与包容性,使其外延有很大拓展空间,也与此系列丛书("私人性"卷除外)的其他各卷编选内容多有交叉。考虑到丛书整体的平衡性,编者从影响中国当代文学生成、发展进程的政治文化大环境入手,侧重于选择各时期政策文件、领导人讲话、报纸杂志社论及相关文章,适当兼顾文学评论及批判的重大事件,以此反映当时文学公共空间的营造模式,注重挖掘有价值的东西,力图呈现现代的、开放的史料观,构建多维度立体的公共性史料。

本册时间跨度为 1949 年中华人民共和国成立至今,编选内容分"政策与导向"、"中介与阐释"、"媒体与舆论"三部分。其中"政策与导向"突出对中国当代文学产生过较大影响的政策、领导人讲话及苏联相关文件决议;"中介与阐释"主要是中宣部、中国文联和中国作协领导人等意识形态中介系统对上层意图的阐释与传达;"媒体与舆论"选择当代比较有代表性的"两报一刊"(《人民日报》、《解放军报》、《红旗》杂志)、《文艺报》、《人民文学》等媒体及"读者来信"等特殊形式,来探究各种规约下文学创作和评论的运作环境。另外,为给研究者提供另一种视角,编者还选择了亲历者的回忆性文章或相关评论,形成当下与当时的双向对话,努力还原历史场景。

众所周知,新中国成立初期中国文学体制深受苏联模式影响,从文学政策、机构设置再到批判方式皆仿效苏联建构;后因中苏关系恶化导致"大论战",开始有意去苏联之魅。故本卷选择了对当代文坛产生重大影响的苏联文学政策及决议,让读者体味中苏之间类似于"上行下效"的关联,以及大批判时颇为激烈的文风。颇有意味的是,中国文坛热情洋溢的"颂歌体"也产生于这个时期,将两者并置可以帮助读者充分感受当时极端的写作氛围,恢复原初记忆。

就编排方式而言,本卷依照文学史料发表与出版年代相结合的原则,兼顾相关事件的重要性。如政策文件以公开时间为序,高层讲话按照对文学影响重要性排列,以方便读者更好地了解历史语境。"大字报"作为特殊时期执行最高领导人意图的最主要方式,在"反右"及"文革"运动中完成了相关的历史使命,造成了街头狂欢的全民运动,成为中国一大特色,因此选择颇具有代表性的几张大字报来呈现当时场景。需要说明的是,胡风事件中"给党中央的一封信"中对周扬等人"反党"定性的猛烈程度并不亚于胡风本人遭受到的攻击;被发表在香港《大公报》的胡思杜给父亲胡适的公开信,是当时政府对资产阶级知识分子的另一种批判方式的缩影。这些材料,因其上交给官方或者公开在报纸上具有了某种"宣言"性质,故列在"大字报"之后作为补充材料。

就史料版本及格式而言,本卷所选文章均标明出处,尽量选择最初版本,或当时的全文转载版本,或从当时权威资料汇编中挑选,节选内容时尊重作者思想,选择与文学相关的章节;部分公共性史料被选入其他卷本,或囿于字数限制而未能全文入选,本卷特以存目或节选的方式来处理,目录上仍体现出其完整性;格式主要是尊重当时行文规范,原文注释未作改动,修正较为明显的错别字,将部分繁体竖排改为简体横排,其他未作改动。

因个人能力有限,本册编选依然会存在许多问题,恳请各位前辈、同行批评指正。也希望本卷能为研究者开拓视野,或提供寻求材料的可能。

马小敏

2015 年 5 月 16 日

目录
CONTENTS

上编　政策与导向

（一）文件与决议

(二) 讲话与批示

(三) 论战与颂歌

中编　中介与阐释

下编　媒体与舆论

(一)《人民日报》等

（二）《文艺报》、《人民文学》等

（三）读者来信

（四）大字报

上 编

政策与导向

（一）文件与决议

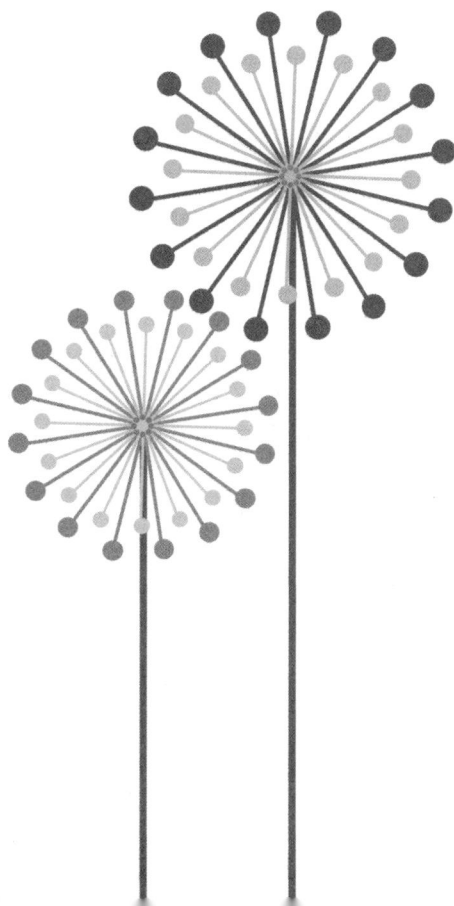

中共中央关于在报纸
刊物上展开批评和自我批评的决定*

（1950 年 4 月 19 日）

（一）吸引人民群众在报纸刊物上公开地批评我们工作中的缺点和错误，并教育党员，特别是党的干部在报纸刊物上作关于这些缺点和错误的自我批评，在今天是更加突出地重要起来了。因为今天大陆上的战争已经结束，我们的党已经领导着全国的政权，我们工作中的缺点和错误很容易危害广大人民的利益，而由于政权领导者的地位，领导者威信的提高，就容易产生骄傲情绪，在党内党外拒绝批评，压制批评。由于这些新的情况的产生，如果我们对于我们党的人民政府的及所有经济机关和群众团体的缺点和错误，不能公开地及时地在全党和广大人民中展开批评与自我批评，我们就要被严重的官僚主义所毒害，不能完成新中国的建设任务。由于这样的原因，中共中央特决定：在一切公开的场合，在人民群众中，特别在报纸刊物上展开对于我们工作中一切错误和缺点的批评与自我批评。

（二）为了公开地并且在报纸刊物上正确地展开批评与自我批评，应当在党内和人民中进行两方面的教育。第一，要教育党员特别是干部认识：在报纸刊物上进行批评和自我批评，是为了巩固党与人民群众的联系、保障党和国家的民主化、加速社会进步的必要方法。使得人民群众能够自由地在报纸刊物上发表他们对于党和人民政府的批评和建议，纵然这些批评和建议并非完全成熟与完全正确，而他们也不会因此受到打击与嘲笑，乃是提高人民群众的觉悟性和积极性，吸引人民群众踊跃参加国家建设事业的严重步骤。因此党的各级领导机关和干部必须对于反映群众意见的批评采取热烈欢迎和坚决保护的革命态度，而反对对群众批评置之不理、限制发表和对批评者实行打击、报复与嘲笑的官僚主义态度。这在今天是主要的方面。第二，要同时教育报纸刊物的编辑人员、记者、通讯员和人民群众去区别正确的批评和破坏性的批评。我们所提倡的批评，乃是人民群众（首先是工人农民）以促进和巩固国家建设事业为目的的、有原则性有建设性的、与人为善的批评，而不是为着反对人民民主制度和共同纲领、为着破坏纪律和领导、为着打击人民群众前进的信心和热情，造成悲观失望情绪和散漫分裂状态的那种破坏性的批评。报纸刊物的编辑人员、记者、通讯员和读报组，应当欢迎和领导正确的批评而反对破坏性的批评。对于这种破坏性的批评，特别是反革命分子破坏人民民主专政的言论，则是应该而且必须加以拒绝的。

（三）为了保障在报纸刊物上的批评和自我批评得以顺利而有效地进行，中共中央特规定下列各项办法，望各级党委与党报工作者切实地加以执行：

甲、凡在报纸刊物上公布的批评，都由报纸刊物的记者和编辑负独立的责任。过去在许多地方曾经实行一种办法，就是把批评党和政府的组织与人员的稿件送给被批评的组织和

---

* 中共中央党史研究室编：《建国以来重要文献选编》第一册，中央文献出版社 1993 年版。

人员阅看,在征得他们的同意后,才加以发表。这种办法,在战争期间调查不便的条件下,曾经避免了许多不完全符合实际的和不周到的批评,但是在现时的条件下继续采取这种办法却是害多利少的,不对的。在今后,报纸刊物的人员对于自己不能决定真伪的批评仍然可以而且应当征求有关部门的意见,但是只要报纸刊物确认这种批评在基本上是正确的,即令并未征求或并未征得被批评者的同意,仍然应当负责加以发表。

乙、对于工农通讯员的稿件,同样适用上述办法。工农通讯员的工作,除由报纸领导外,并应由所属生产单位的党的组织加以协助。工农通讯员的活动状况,应列为检查报纸工作和各生产单位党的工作的项目之一。任何人不得滥用权力压制工农通讯员在报纸刊物上的批评,或加以报复。

丙、读者来信中的有益的批评,凡报纸刊物能判断其为真实者,应当加以发表。投书者应将真实姓名住址告知报社,但报社得依投书者的要求代守秘密。

丁、批评在报纸刊物上发表后,如完全属实,被批评者应即在同一报纸刊物上声明接受并公布改正错误的结果。如有部分失实,被批评者应即在同一报纸刊物上作出实事求是的更正,而接受批评的正确部分。如被批评者拒绝表示态度,或对批评者加以打击,即应由党的纪律检查委员会予以处理。上述情事触犯行政纪律和法律的部分,应由国家监察机关司法机关予以处理。

(四)规定列宁《论我们报纸底性质》,斯大林《论自我批评》、《反对把自我批评口号庸俗化》,毛泽东同志《论自我批评》,和《俄共(布)第八次代表大会关于党的和苏维埃的报刊的决议》作为各级党委和党报党刊在讨论和执行本决定时的学习资料。

(五)本决定适用于党所领导的报纸和刊物,但党外报纸和刊物在同样精神上采取同样正确的态度批评党的组织和人员时,党也应当按照同样的办法给予应有的合作和支持。

(根据《中央宣传工作文件汇编》刊印)

中共中央关于在文学
艺术界开展整风学习运动的指示*

（1951 年 11 月 26 日）

各中央局并转各分局、各省市区党委，各同级政府文化部门的党组和文艺团体的党组：

（一）中央批准中央宣传部一九五一年十一月二十三日向中央所作的报告，认为这一报告是正确的。

（二）请各中央局、分局、省委、市委、区党委自己和当地从事文学艺术工作的负责同志都注意研究这个报告，仿照北京的办法在当地文学艺术界开展一个有准备的有目的的整风学习运动，发动严肃的批评和自我批评，克服文艺干部中的错误思想，发扬正确思想，整顿文艺工作，使文艺工作向着健全的方向发展。为使这一整风运动获得良好的结果，各中央局、分局、省委、市委、区党委的负责同志和宣传部负责同志必须亲手抓紧对文艺界整风运动的领导，先将你们的计划报告中央和中央宣传部批准。

（三）中央这一指示和中央宣传部的报告可以在党内刊物上发表，并可给党外同情分子阅看。

中共中央

（根据中央档案馆提供的原件刊印）

附：中共中央宣传部关于文艺干部整风学习的报告

（1951 年 11 月 23 日）

毛主席并中央：

文艺工作在近两年来是有成绩的（电影和群众文艺活动的成绩较为显著），但是同时也有许多缺点，特别是在文艺工作的领导方面，存在有一种忽视思想、脱离政治、脱离群众、迁就资产阶级小资产阶级的倾向，使文艺战线发生混乱，在党的文艺干部中也发展着某些无组织无纪律的现象，极需加以纠正和整顿。为此，我们决定在文艺干部中进行一次整风学习，借以澄清文艺界的各种错误思想，认真建立党对文艺工作的有效的领导。为了准备这个学习，首先由中央宣传部召集党的主要文艺干部十余人举行了文艺工作会议，取得了一致意见。然后，由全国文联常委会召集了两次会，决定在北京发动数百文艺干部参加整风学习运动。兹将中央宣传部召集会议情况和全国文联学习计划报告如下：

中央宣传部所召集的文艺工作会议的参加者，有胡乔木、周扬、丁玲、赵树理、李伯钊、陈

---

*　中共中央文献研究室编：《建国以来重要文献选编》第二册，中央文献出版社 1993 年版。

沂、艾青、何其芳、周文、吕骥、江青、阳翰笙、袁牧之、陈波儿、张庚、严文井、林默涵等。会议的主要内容是对文艺领导工作的检查、批评和自我批评,同时讨论了加强电影工作、整顿戏剧工作、调整和加强文艺刊物的具体方案。自九月二十四日举行第一次会议迄今,已开过八次会。

根据会议的检讨,文艺工作的领导,在进入城市后的主要错误是对毛主席文艺方针发生动摇,在某些方面甚至使资产阶级小资产阶级的思想影响篡夺了领导。其主要表现如下:

(一)迁就资产阶级小资产阶级,放弃思想斗争和思想改造工作,缺少对思想工作的严肃性

在与资产阶级、小资产阶级文艺家的合作当中,表现无原则的团结,对他们的各种错误思想没有认真地加以批评,认真地提出改造思想的任务。不少小资产阶级的文艺家任意曲解毛主席的延安文艺座谈会的讲话,拒绝改造思想,拒绝以文艺为政治服务,要求文艺更多地表现小资产阶级的生活和趣味。他们认为今天文艺(例如电影)的主要群众是小市民,应多迎合小市民的趣味。他们反对以工人阶级的先进思想去改造和提高小市民,而要求将工人阶级思想降低到小市民水平。而党的文艺干部在这种资产阶级、小资产阶级思想包围下,有许多人随波逐流,表现自己的立场是和他们一致的或接近的。一九五○年上海文艺界代表大会片面地提出"更亲密的团结,更勇敢的创造"的口号,而不要求文艺工作者参加实际斗争,改造自己,这个倾向不止是上海一地的,全国文联和中央文化部亦未向文艺工作者郑重地提出过这种任务。正因为这种政治上的取消阶级斗争的倾向,才使得许多文艺领导干部过多地并且常常是无效地忙于行政事务,而很少注意思想工作,才造成他们在工作上铺张不切实际,形式多而内容少的作风。因为这样,就降低了党对文艺作品的要求,放任了文艺作品中的错误倾向和粗制滥造现象,而没有把认真地审查电影剧本及影片,审查文艺出版物和戏剧音乐节目,当作重大的政治责任。因为这样,就产生了电影《武训传》的摄制、放映和宣传,就产生了对于《武训传》的反动宣传的丧失感觉,就产生了在毛主席指出《武训传》的反动性以后对批判《武训传》的怠工。

(二)脱离政治,脱离群众

由于领导工作上放弃思想斗争,许多作家就脱离政治,脱离群众,而这正是目前文艺工作缺少生气、创作不旺盛、许多作品中情绪不饱满的根本原因。有的文艺工作者在和平生活环境中渐渐滋长了一种安逸情绪,政治兴趣淡薄。他们中间有一部分人热中于片面的技术的学习,又错误地以为要学习技术只有借助于西洋,而轻视自己民族的民间的艺术传统(例如中央戏剧学院提倡跳芭蕾舞,要"为几十年后老百姓喜欢大腿舞而斗争")。他们的作品中,缺少对于新的生活和人物的正确的热情的描写,即使在处理正确的政治主题时,也往往把政治庸俗化了,把工农兵的形象歪曲了。文艺工作的领导机关没有采取有效办法使作家参加政治斗争,接近群众生活成为经常的习惯。

(三)严重的自由主义,缺乏批评与自我批评,缺乏学习

由于忽视思想、脱离政治、脱离群众,文艺工作就失去了战斗目标,就不能形成有组织的队伍和坚强的领导核心,而自由主义的庸俗习气和无组织无纪律的现象就必然发展。在党内,关于文艺工作特别是日益重要的电影工作,很少向中央请示和报告。文艺工作中的党员缺少严格的政治生活,文联党组和文化部党组很少检讨思想和创作的问题,很少进行批评和自我批评,也很少学习马列主义理论。在党外,文联及其所属各个协会都陷于瘫痪状态。

会议指出周扬同志应对以上现象负主要责任(周扬同志作了详细的自我批评),同时指出其他同志也都负有一定的责任,并相互进行了热烈的批评。为了克服文艺界的上述倾向,会议决定由文联动员北京文艺界各方工作人员约七百人进行一次整风学习。在学习会议上和报纸刊物上展开公开的批评和自我批评,并在学习中定出关于整顿文艺队伍(文联系统、文化部系统、各艺术学校和党内)的具体办法。

会议决定在今后改善文艺工作的主要办法是:

一、纠正文艺脱离党的领导的状态,对文艺工作的重要情况和问题经常向中央报告请示。认真组成中央宣传部的文学艺术处和电影处,使成为党领导文艺工作的有力的工作机关。宣传部这次所召集的文艺工作会议,以后准备经常举行,使形成文艺领导工作的核心。

二、彻底整顿文联各个协会的工作,使成为组织作家参加实际斗争、学习、创造和展开批评自我批评的中心。为了把主力放在创作活动而不放在行政组织活动方面,准备各级文联和文化部合署办公,并取消没有工作的协会。

三、改善对电影工作的领导,草拟了一个中央关于加强电影工作的决定草案,日内送上请审。

四、整顿文艺刊物,使成为严肃的战斗的武器。决定将《人民戏剧》《人民音乐》《新戏曲》《北京文艺》停止出版,集中力量办好《文艺报》和《人民文学》,使前者成为领导性的艺术评论和文艺学习的刊物,后者成为领导性的发表创作指导创作的刊物。同时,加强《说说唱唱》使成为指导全国通俗文艺的刊物,并定期地选印剧本和歌曲,以供应全国广大的需要。这个计划已商得各方同意,拟即以文联名义正式做出决定。

五、对文艺界的资产阶级小资产阶级思想展开有系统的斗争。①

根据宣传部文艺工作会议的建议,文联常委会已决定发起北京文艺界的学习,并已组织一个包括各文艺部门负责人(党的和非党的)的学习委员会,由茅盾、周扬、丁玲、欧阳予倩、阳翰笙、蔡楚生、陈沂、田汉、沙可夫、马思聪、李伯钊、江丰、袁牧之、老舍、林默涵、严文井、朱丹、马少波、吴雪、李广田等组成,来负责领导这一学习。文联将于十一月二十四日召集各部门文艺工作干部开一次学习动员大会,由胡乔木、周扬、丁玲等分别作报告,说明文艺界进行整风学习的意义和目的,并有若干党内外文艺工作者讲话。学习人员按工作关系编成小组,阅读指定的文件:(1)毛主席《实践论》;(2)毛主席《在延安文艺座谈会上的讲话》;(3)毛主席《反对自由主义》;(4)斯大林给别德内依的信(人民日报一九五一年八月十二日);(5)联共中央关于文艺问题的四个决定及日丹诺夫的报告;(6)人民日报社论《必须重视电影〈武训传〉的讨论》。然后结合工作进行检讨。

以上各节是否适当,请予指示。

中共中央宣传部

(根据中央档案馆提供的原件刊印)

---

① 　此处编者有删略。

中共中央批发中央宣传部
《关于开展批判胡风思想的报告》的指示*①

（1955 年 1 月 26 日）

上海局、各分局、省市委，中央各部委，国家机关各党组，军事各部门，青年团中央和人民团体各党组：

中央批准一九五五年一月二十日中央宣传部《关于开展批判胡风思想的报告》。现将这个报告发给你们。胡风的文艺思想，是资产阶级唯心论的错误思想，他披着"马克思主义"的外衣，在长时期内进行着反党反人民的斗争，对一部分作家和读者发生欺骗作用，因此必须加以彻底批判。各级党委必须重视这一思想斗争，把它作为工人阶级与资产阶级之间的一个重要斗争来看待，把它作为在党内党外宣传唯物论反对唯心论的一项重要工作来看待。

（此件及附件可登党刊）

中共中央

---

* 中共中央文献研究室编：《建国以来重要文献选编》第六册，中央文献出版社 1993 年版。

① 一九八八年六月十八日《中央办公厅关于为胡风同志进一步平反的补充通知》指出：

一九八〇年九月二十九日《中共中央批转公安部、最高人民检察院、最高人民法院党组关于"胡风反革命集团"案件的复查报告的通知》（以下简称《通知》），从政治上为"胡风反革命集团"平了反，使一批因这一错案而受到错误处理和不公正待遇的同志得到了平反，恢复了名誉。对胡风同志文艺思想等方面的问题，当时还未来得及仔细复查研究，以致《通知》中仍沿用了过去的一些提法。对其政治历史问题的结论，也遗留了几个问题。一九八五年，公安部对其政治历史中遗留的几个问题进行了复查，予以平反撤销，经中央书记处同意，向有关部门发出了为其进一步平反的通报。最近，有关部门又对胡风同志文艺思想等方面的几个问题进行了复查，经中央政治局常委会讨论同意，现通知如下：

一、《通知》中说：胡风"把党向作家提倡共产主义世界观、提倡到工农兵生活中去、提倡思想改造、提倡民族形式、提倡写革命斗争的重要题材等正确的指导思想，说成是插在作家和读者头上的五把刀子"。经复查，这个论断与胡风同志的原意有出入，应予撤销。

二、《通知》说："胡风等少数同志的结合带有小集团性质，进行过抵制党对文艺工作的领导、损害革命文艺界团结的宗派活动。"经复查认为，在我国革命文学阵营的发展历史上，的确存在过宗派的问题，因而妨碍了革命文艺界的团结。形成这种情况的原因很复杂，时间长，涉及的人员也较多，不同历史阶段的矛盾还有不同的状态和变化。从胡风同志参加革命文艺活动以后的全部历史看，总的说来，他在政治上是拥护党中央的。因此，本着历史问题宜粗不宜细和团结起来向前看的精神，可不在中央文件中对这类问题作出政治性的结论。这个问题应从《通知》中撤销。

三、《通知》中说："胡风的文艺思想和主张有许多是错误的，是小资产阶级的个人主义和唯心主义世界观的表现。"经复查认为，对于胡风同志的文艺思想和主张，应按照宪法关于学术自由、批评自由的规定和党的"百花齐放、百家争鸣"的方针，由文艺界和广大读者通过科学的正常的文艺批评和讨论，求得正确解决，不必在中央文件中作出决断。这个问题也从《通知》中撤销。

附：中共中央宣传部
关于开展批判胡风思想的报告

（1955 年 1 月 20 日）

中央：

胡风在一九五四年七月向中共中央政治局提出了一个关于文艺问题的意见的长达三十万字的报告。报告内容分四部分，其中理论部分主要是反驳一九五三年林默涵、何其芳批判胡风资产阶级文艺思想的文章，在这一部分中，他很有系统地、坚决地宣传他的资产阶级唯心论，他的反党反人民的文艺思想。他在"马克思主义"外衣的掩盖下，借"现实主义"之名来否定文学的党性原则，抹煞马克思主义世界观对文学的作用，否认作家深入群众生活和学习马克思列宁主义理论的重要性，否定民族文艺遗产和民族形式。他认为我们提倡共产主义世界观，提倡作家到工农兵生活里去，提倡思想改造，提倡民族形式，提倡写革命斗争的重要题材，是插在读者和作家头上的"五把刀子"。他片面地夸大我们文艺工作中的缺点，诬蔑现在文艺界的领导是"疯狂"的"宗派主义"的"军阀统治"。胡风报告中关于文艺工作的组织领导部分则是主张取消作家协会等团体的刊物而改办所谓"会员刊物"，实质上是取消党对文艺工作的统一领导的原则，取消作家的统一组织，使文艺运动成为四分五裂的宗派活动。报告的其他两部分，主要是对宣传、文艺工作方面许多党员负责同志特别是周扬同志的恶毒的人身攻击，所讲的"事实"，许多是捏造的、不符事实的，以诬蔑和挑拨离间为目的的。

胡风的错误的文艺思想是有他长期的历史根源的。十多年来，他一直坚持着他的资产阶级唯心论的文艺思想，并以他的这种思想为中心形成一个小集团，顽强地同党的文艺思想和党所领导的文艺运动相对抗。一九四三年毛泽东同志《在延安文艺座谈会上的讲话》发表以后，他不但没有从这个讲话来认识和纠正自己的错误，反而更有系统地宣传他的错误理论。一九四五年，胡风在重庆创办《希望》杂志，在第一期上发表了他的《置身在为民主的斗争里面》和当时属于他的小集团的舒芜的论文《论主观》，系统地宣传主观唯心论的哲学思想和文艺思想，当时重庆文艺界党内外同志曾向他指出这种思想的错误，并举行座谈，对他进行过口头批评。一九四八年在香港的一部分同志（邵荃麟、乔冠华、胡绳、冯乃超、林默涵等）在《大众文艺》丛刊上对胡风及其一派的文艺思想进行过公开批评，但胡风不独丝毫没有承认错误，且动员他的小集团所编的刊物进行反攻，他自己也写了一篇长文《论现实主义的路》（此文一九五一年在上海以单行本出版），对那次批判作了激烈的反驳。在国民党反动统治时期，胡风及其一派的主要斗争锋芒不是对着敌人，而是对着共产党和进步作家的。一九四九年在北京举行的第一次文艺工作者代表大会上，茅盾所作的关于国民党统治区的文艺工作的报告中也批评了胡风一派的错误的文艺思想，胡风当时表示极大不满。一九五二年全国进行文艺整风，检查资产阶级文艺思想，许多读者写信给《人民日报》和《文艺报》要求批判胡风的文艺思想，有些读者并检讨了自己过去所受胡风影响的害处。是年六月八日《人民日报》转载了原属于胡风小集团的舒芜的检讨文章（原载《长江日报》），并在编者按语中明白指出胡风文艺思想的错误性质。七月间胡风从上海来京,写信给周恩来同志要求讨论他的文艺思想。经周恩来同志同意,由周扬同志主持同胡风举行了几次座谈会,参加的除胡风和原属胡风小集团的舒芜、路翎外,有丁玲、胡绳、邵荃麟、冯雪峰、张天翼、何其芳、林默涵、严文井、王朝闻、田间、艾青等同志。会上大家对他进行了诚恳坦白的批评,好几位同志还和他作过一次或多次的个别谈话。但胡风仅仅笼统地就他同党的不正常的关系作了一些检查,对于他的文艺思想则始终不承认有任何错误。因为胡风不肯检讨,同时他的思想在一般文艺工作者中间又有相当影响,因此,决定继续对他进行公开的批评,遂由林默涵和何其芳两同志写了文章在一九五三年的《文艺报》第二、三期上发表,林默涵同志的文章并由《人民日报》加了按语转载,这两篇文章揭露了胡风文艺思想反马克思主义的实质。这期间,一些党的负责同志,包括周恩来同志在内,都找他谈过话,并善意地批评了他。胡风对于这些批评始终没有接受,实际上是采取了更坚决的反对态度。一九五四年党的四中全会以后,他就假借批评和自我批评的名义向中央政治局提出了前面所说的报告。同年十月间在中国文联全国委员会第二次会议上,我们提出必须展开创作竞赛和文艺思想的自由讨论和批评,他错误地以为我们提出这种主张,是他给中央的报告发生了作用,于是利用这个机会作了一个带有攻击性的发言。到《文艺报》关于《红楼梦》研究问题的错误发生以后,他以为进攻的最好的时机到了,他在大会上两次发言,借批评《文艺报》之名,集中火力对整个文艺领导工作进行了猛烈的全面的攻击。他的攻击受到了袁水拍、周扬同志的反驳。他的发言在《文艺报》发表后,立即引起了读者群众的很大不满。《文艺报》、《人民日报》都收到了许多反驳胡风的来稿和来信。但也有极少数读者来信赞成胡风,批评周扬同志的。

胡风及其一派的错误思想,主要表现在以下几个方面:

一、在文艺和政治的关系上,胡风及其一派否认艺术服从于政治的原则和为工农兵服务的方向,否认党对文艺工作的领导。胡风认为毛泽东同志《在延安文艺座谈会上的讲话》,对于在抗日战争时期国民党统治区的革命文艺工作者是完全不适用的。他用国民党统治区的情况不同作理由,来否认党所提出的文艺应该为工农兵服务,小资产阶级出身的革命作家应该进行思想改造,应该逐渐站到工人阶级的立场上来等等原则。在胡风看来,当时国民党统治区的文艺工作应该让胡风的思想来领导,而不应由党的思想来领导。他们片面地强调文艺的特点到神秘化的程度,并提出"艺术即政治"的口号,以抗拒党对文艺工作的思想和组织领导。

二、胡风不承认革命作家的根本问题是阶级立场问题——即如何站在工人阶级的立场问题,却强调一种所谓"主观战斗精神",认为作家的根本问题,不是改造自己站稳工人阶级的立场,而是加强固有的所谓"主观战斗精神"。他所讲的"主观战斗精神",有时候也称为作家的"真诚"、"人格力量"、"艺术良心"等。作为胡风这种文艺思想的基础的,是主观唯心论。在他主编的《希望》第一期上发表的舒芜所写的《论主观》一文,就是片面地宣传"主观"的作用的,他认为"主观"已被"提高到最主要的决定地位"了。胡风十分赞扬这篇文章,他在编后记里说这是"一个使中华民族求新生的斗争会受到影响的问题"。

三、抹煞作家的世界观对于文艺创作的作用,否认社会主义现实主义的作家应具有先进的、共产主义的世界观。胡风根据某些批判现实主义者世界观和创作方法存在着矛盾的例子,认为社会主义现实主义者的世界观和创作方法也可以是背道而驰的。认为社会主义现实主义和批判的现实主义是没有什么原则区别的。这实质上就是取消社会主义现实主义作家必须掌握马克思主义世界观这一任务,用资产阶级的世界观来代替工人阶级的世界观。胡风片面地强调所谓生活中的"马克思主义常识",而反对提倡作家学习马克思主义。他反对提倡作家在掌握马克思主义思想的基础上深入群众、研究生活,而认为在创作实践中作家自然而然就会达到马克思主义,实际上就是要作家离开马克思主义。

四、胡风否认文学反映人民的重大政治斗争和表现现实中的迫切题材的意义,而片面地强调描写自发斗争,描写所谓"日常生活"或"私生活",把政治斗争和日常生活分裂为没有联系的两个方面,认为作家的主要任务就是描写自发斗争,描写"日常生活",对作家描写人民有组织的政治斗争的努力加以嘲笑。他对于工农群众采取十分轻视的态度,片面地夸大他们的落后方面,而抹煞他们的最主要的进步方面。他又宣传所谓"到处有生活"的论调,实际上是阻碍和反对作家投身到工农群众的火热斗争中去。

五、轻视民族遗产,简单地以为封建社会的文艺都是封建文艺,没有丝毫"民主主义观点的要素反映"。同时否定文艺的民族形式,认为批判地采用和发展民族固有形式,继承过去的文学传统,就是"民族复古主义"。

可以看出,胡风的文艺思想,是彻头彻尾资产阶级唯心论的,是反党反人民的文艺思想。他的活动是宗派主义小集团的活动,其目的就是要为他的资产阶级文艺思想争取领导地位,反对和抵制党的文艺思想和党所领导的文艺运动,企图按照他自己的面貌来改造社会和我们的国家,反对社会主义建设和社会主义改造。他的这种思想是代表反动的资产阶级的思想,他对党领导的文艺运动所进行的攻击,是反映目前社会上激烈的阶级斗争。但是因为他披着"马克思主义"的外衣,在群众中所起的迷惑作用和毒害作用,就比公开的资产阶级反动思想更加危险。过去虽然对这种思想进行过一些批判,但由于批判不彻底,没有发动更多的人来参加斗争,又由于批评本身也存在一些缺点,始终没有根本解决问题。我们认为在批评胡适、俞平伯的资产阶级唯心论的同时,对胡风的资产阶级文艺思想进行彻底的批判,以肃清他在文艺界及其读者中的影响,是十分必要的。通过这个批判,将可进一步提高文艺界以至整个思想界的马克思主义水平,使大家能够区别什么是马克思主义唯物论,什么是资产阶级唯心论,什么是社会主义现实主义。但这个斗争又是一个复杂而细致的思想斗争,必须有准备、有研究、有策略地来进行。因此我们打算:

一、将胡风给中央的报告中关于思想和组织领导两部分印成专册,由作家协会主席团加上按语,随《文艺报》一九五五年第一、二期合刊附发,同时也附发林默涵、何其芳过去批评胡风的文章,以便展开讨论和批判。我们已将这个作法征求郭沫若、茅盾和老舍等的意见,他们也同意这样做。

二、继续在《人民日报》《文艺报》及其他报刊上发表批评胡风的文章,广泛地吸收党外作家和青年作家参加这个思想斗争。

三、作家协会及各地分会和其他文艺团体应适当地组织各种讨论会座谈会来讨论和批判胡风的文艺思想。

四、各省市委应召集党员作家、有关机关和学校中党的负责干部开会,说明胡风的错误思想以及对这种错误的资产阶级思想进行斗争的重要意义。对同情胡风思想或接近胡风小集团的党员作家,应向他们明白指出胡风的文艺思想是反党反人民的,是与党的总路线、党的文艺思想不相容的,凡是党员,都应该同这种错误思想划清界线,并积极参加对胡风错误思想的斗争。

五、各地党委宣传部应积极领导当地文艺界对胡风思想进行批判。

六、对胡风小集团中较好的分子应耐心说服争取,对其中可能隐藏的坏分子,应加以注意和考察。

以上各点,是否适当?请中央批示。如中央同意,请将这个报告通报各地,使各地了解这一思想斗争的意义和作法。

此致

敬礼!

中央宣传部

（根据中央档案馆提供的原件刊印）

中共中央批转文化部党组和全国文联党组
《关于当前文学艺术工作若干问题的意见（草案）》[*]

（1962 年 4 月 30 日）

各中央局，各省、市、自治区党委，西藏工委，文化部党组，军委总政治部，全国文联和各协会党组：

中央同意文化部党组和全国文联党组提出的《关行当前文学艺术工作若干问题的意见（草案）》，现发给你们，请你们通知各级宣传和文化部门、各文学艺术团体、各文学艺术院校科系和研究机构、各有关的报纸杂志和出版社，以及党内外全体文学艺术工作者加以讨论和执行。在讨论和执行中有什么问题和意见，请汇报中央宣传部，以便继续修改，使这个文件更加完善。

中央

附：文化部党组和文学艺术界联合会党组
关于当前文学艺术工作若干问题的意见（草案）

（1962 年 4 月）

全国解放以来，我国的文学艺术，继续沿着毛泽东同志《在延安文艺座谈会上的讲话》所指出的正确方向前进，在革命和建设事业中，发挥了巨大的作用。文学艺术工作者对祖国作出的贡献，得到了党和人民的重视和赞扬。

十二年来，我国文学艺术工作，经历了这样一个过程。

建国初期，全国革命的、爱国的文学艺术工作者，在反对帝国主义、封建主义和官僚资本主义的政治基础上广泛团结起来。文艺为工农兵服务成为新中国文学艺术的共同方向。广大文学艺术工作者参加土地改革和抗美援朝运动，在群众斗争中受到了锻炼。随着社会主义革命的进行和深入，文艺界进行了一系列批判反动的资产阶级思想的斗争。这些斗争，密切地配合和有力地促进了我国生产资料所有制的社会主义改造。

一九五六年，在经济战线上的社会主义革命基本完成的基础上，党提出了百花齐放、百家争鸣的方针，进一步调动了文学艺术工作者的积极性。接着文艺界又坚决粉碎了资产阶级右派分子的猖狂进攻，为我国社会主义文学艺术的发展扫清了道路，并且同其他领域的斗争相配合，在我国政治战线、思想战线上取得了社会主义革命的决定性的胜利。

＊ 中央文献政策研究室编：《建国以来重要文献选编》第十五册，中央文献出版社 1997 年版。

一九五八年以来,在党的总路线、大跃进、人民公社三面红旗的照耀下,实行了文学艺术工作者深入工农群众、参加生产劳动的制度,提倡了革命现实主义和革命浪漫主义相结合的创作方法,同时,对国内外现代修正主义文艺思潮进行了斗争。一九六〇年全国文学艺术工作者第三次代表大会进一步确认:在为工农兵服务、为社会主义服务的方向下,实行百花齐放、百家争鸣、推陈出新的政策,是发展我国社会主义文学艺术的最正确、最宽广的道路。

十二年来,文学艺术工作取得了巨大成就。党在文学艺术工作中的领导更加巩固地确立起来了,有了一套比较完整的发展我国社会主义文学艺术事业的方针和政策。广大文学艺术工作者在政治上、思想上和业务上都有显著的进步,他们在政治上经受了考验,证明绝大多数的文学艺术工作者是积极为社会主义服务,接受党的领导的,一支强大的劳动人民的文学艺术队伍正在逐步建立起来。在文学艺术的各个部门,产生了许多为广大群众喜闻乐见的优秀作品。群众的文化艺术活动得到了很大发展。发掘和整理了大量民族的、民间的优秀遗产,翻译和介绍了很多外国文学艺术作品。

但是,近年来,文学艺术工作中也发生了不少缺点和错误。某些文化艺术领导部门、文艺工作单位和领导文艺工作的党员干部,没有正确理解和认真执行百花齐放、百家争鸣的方针,对一些文学创作和艺术活动进行了简单粗暴的批评、限制和不适当的干涉,妨害了生动活泼的艺术创造和学术上的自由探讨。没有很好地贯彻执行党的知识分子政策,忽视同党外作家艺术家的团结合作,在党内外的思想斗争中,以及在学术批判运动中,发生过一些不恰当的做法,影响了一部分人的积极性。对文化艺术事业的发展和群众文化活动,提出了一些错误的要求,片面地追求数量,因而对工农业生产,发生了一些不利的影响。有些领导文艺工作的党员干部在处理文学艺术的问题上,既不尊重群众的意见,又不同作家、艺术家商量,独断专行,自以为是,使党对文艺工作的领导受到了不应有的损害。对这些缺点和错误,文化领导方面,首先是文化部党组,是有责任的。

十二年来,特别是三年来,我们积累了很多经验。无论是正面的经验,或者是反面的经验,都充分证明,毛泽东文艺思想是完全正确的,我们党的文艺路线是马克思列宁主义的,党的文艺方针政策,是正确地反映了社会主义文学艺术发展规律的。在我国继续进行的政治战线、思想战线上的社会主义革命中,在社会主义建设中,文学艺术具有极其重要的作用。为了使我国社会主义文学艺术更好地发挥战斗作用,更有效地"团结人民、教育人民、打击敌人、消灭敌人",必须坚决地贯彻执行党的文艺路线、方针和政策,同时认真地总结经验,克服缺点,调整一些必须调整的关系,订出一套同党的文学艺术方针政策相适应的制度和办法。为此,提出如下意见,请各级有关党组织和文化艺术部门加以研究,并且参照执行。

一、进一步贯彻执行百花齐放、百家争鸣的方针

(一) 百花齐放、百家争鸣,是发展我国社会主义文学艺术的根本方针。只有认真贯彻执行这个方针,文学艺术才能更好地为工农兵服务,为社会主义服务。

工农兵和广大人民群众文化生活上的需要,是多种多样的。我们的文学艺术,应该鼓舞人民的革命热情和劳动热情,培养和提高人民的共产主义思想觉悟和道德品质,清除人民生活中的资产阶级思想影响、政治影响和其他各种旧的习惯势力。我们的文学艺术,也应该有助于增长人民的知识和智慧,扩大人们的眼界,并且使他们得到正当的艺术享受和健康的娱

乐,提高人民的审美能力和欣赏水平,丰富人民的精神生活。凡是能满足以上任何一种要求的作品,都是为工农兵所需要,都是为工农兵服务,为社会主义服务的。

文学艺术为无产阶级的政治服务,就是为工农兵的利益服务,为社会主义事业的利益服务,为全国和全世界绝大多数人的利益服务,就是从多方面来满足广大人民正当的精神需要,不应该把文学艺术为无产阶级政治服务理解得太狭隘。

运用一定的文艺形式,及时地适当地反映和配合当前的斗争,是必要的,但是,把文艺为无产阶级政治服务,简单地看成仅仅是宣传当时当地的中心工作,则是片面的,不恰当的。

(二)文学艺术创作的题材,应该丰富多样,作家艺术家有选择和处理题材的充分自由。

我们提倡多写革命斗争和社会主义建设的题材,并且引导和帮助作者熟悉这些题材。表现伟大的社会主义时代,应该是我们的作家艺术家的光荣任务。但是,作家艺术家完全可以根据自己的政治经验和生活经历、自己的兴趣和特长,选择任何题材。可以写今天的生活,也可以写历史的事迹;可以写尖锐的政治斗争,也可以写普通的日常生活;可以写正面人物,也可以写反面人物;可以写敌我矛盾,也可以写人民内部矛盾;可以写喜剧,也可以写悲剧;可以歌颂,也可以批评或者讽刺。任何题材,只要是用正确的态度去写,并且写得好,都是为群众所需要的。一切文学艺术作品,只要不违背毛泽东同志在《关于正确处理人民内部矛盾的问题》中提出的六项政治标准,都可以存在。

文学艺术上不同的体裁、形式,都可以自由发展,自由竞赛。

(三)鼓励文学艺术创作上的个人独创性,提倡风格多样化,发展不同的艺术流派。

革命现实主义和革命浪漫主义相结合的创作方法,包含多种多样的艺术风格,而不是相反。我们提倡这种方法,认为它是最好的创作方法;但是,不要求所有作家艺术家都必须采用这种方法。作家艺术家完全可以按照自己的方法进行创作和表现,发展自己的风格和流派。作家艺术家的独特风格和艺术流派,是经过长期的艰苦的艺术实践形成的,必须加以珍视。各种艺术流派之间,应该互相尊重、互相探讨,不要互相歧视、互相排斥。

必须鼓励作家艺术家在艺术手法和艺术技巧上新的探索和创造。对于艺术革新的尝试,只要方向对头,即使一时还不成熟,也要给以支持。

二、努力提高创作质量

(一)提高创作质量,就是提高作品的思想性和艺术性,要求政治和艺术的统一。毛泽东同志指出:"缺乏艺术性的艺术品,无论政治上怎样进步,也是没有力量的。因此,我们既反对政治观点错误的艺术品,也反对只有正确的政治观点而没有艺术力量的所谓'标语口号'式的倾向。"我们的文学艺术作品应该力求革命的政治内容和尽可能完美的艺术形式的统一。应该鼓励作家艺术家努力创作这样的作品。当然,提高创作质量,需要经过长期的艰苦的努力;我们应该鼓励这方面的努力,但不能要求过急。

(二)为了提高创作质量,应该提倡和帮助作家艺术家进一步深入群众,熟悉生活;自觉地学习马克思列宁主义、毛泽东著作,学习党的政策;同时,还要鼓励他们努力提高文化修养,学习艺术技巧,加强技术锻炼,勤学苦练,精通业务。正确的思想立场、丰富的生活和熟练的技巧,是产生优秀作品不可缺一的条件。

轻视艺术技巧,用空洞的政治概念来掩盖艺术缺点,或者把要求提高艺术技巧看成是资产阶级思想的表现,以致不敢利用和吸收前人的艺术技巧和经验,这都是错误的。文化领导部门和文艺工作单位,应该帮助作家艺术家们解决业务学习的条件,对他们的生活和学习作出妥善的安排。

要让文学艺术工作者有机会及时总结自己的创作经验,经常交流艺术经验。在艺术团体中,要提倡互相观摩学习、共同切磋琢磨的风气。

(三)组织创作应该按照作家艺术家的自愿和可能,不要简单地采取定人、定题、定时的办法,不要随便给作者以"创作突击"的任务。由于作家艺术家的创作习惯不同,作品的规模不一样,对他们的作品产量和创作速度,不能强求一律。要鼓励作家艺术家苦心钻研,刻意加工,反对粗制滥造的作风和助长粗制滥造的各种做法。有些艺术表演团体和电影制片厂所采取的"边写边排边改"的作法,往往劳民伤财,降低艺术产品的质量,以后不要再这样做。

文学艺术作品要以个人创作为主。不要把个人创作和个人主义等同起来。集体创作应该自愿结合,不要勉强。

三、批判地继承民族文化遗产和吸收外国文化

(一)批判地继承我国优秀的文化遗产,批判地吸收外国优秀的文化成果,是我国社会主义文化建设中不可缺少的重要工作。

百花齐放,推陈出新,是继承和发展我国优秀文学艺术遗产和传统的唯一正确的方针,是完全符合我国社会主义文学艺术发展的规律的。这个方针,在文学艺术各部门,特别在戏曲方面,获得了显著的效果。在整理遗产和继承传统的问题上,我们既反对粗暴,也反对保守,鼓励实事求是的科学的研究和恰当的、适合传统艺术特点的革新;在对待外国文化的问题上,我们既反对一概排斥,也反对不加选择地全盘接受。

对于过去时代的文化遗产,必须用马克思列宁主义的历史观点加以分析。一方面,要根据当时的历史条件,检查它们在历史上的意义和作用,不能要求古代的作品具有现代的思想内容;另一方面,又要根据当前的历史条件,注意这些作品对于今天的人民群众所起的作用和影响。为此,在介绍和继承中外文学艺术优秀遗产的时候,必须加强对于这些遗产的研究、整理、批判和革新的工作,帮助广大群众和文学艺术工作者采取正确的态度来对待它们,以便取其精华,去其糟粕。

(二)文学艺术工作者,首先应该认真学习祖国优秀的文学艺术遗产和传统,从中吸取前人留下的艺术宝藏和艺术经验。

一切优秀的遗产和传统,都必须加以继承,并且使它们在新的基础上得到进一步的发展。必须更有计划地全面地整理文学艺术遗产,并且有选择地在群众中加以传播,以增强人民的爱国主义和民族自豪感,丰富人民的精神生活和智慧,满足人民艺术欣赏和文化娱乐的需要。

(三)收集和整理我国各民族和民间的文学艺术遗产,要作出全面的规划和安排。争取在不太长的时间内,把各民族和民间的各种重要文学艺术遗产记录、收集起来。首先把原始资料按原样保存,不要乱加删改,然后有计划地加以整理。少数民族的重要文学遗产,还需要逐步翻译成汉文(当代的作品,也要注意翻译)。地方戏曲、曲艺、民间故事、歌谣等要编集出版;民族民间音乐和舞蹈要加以记录,并且尽可能录音或者拍照保存;优秀的民间雕塑、绘

画、工艺美术要妥为保护、收藏、陈列,并且尽可能加以复制。我国古典文学、音乐、美术作品和古典文艺理论,也应该进一步有计划地加以整理和研究。

民间艺术遗产许多保存在老艺人身上,要迅速组织力量向他们学习,鼓励他们把全部艺术经验和技能传授给下一代,并且要帮助他们整理、总结创作经验和表演经验。对他们的生活要加以照顾。

(四)有计划地翻译出版世界各国古典的和当代的优秀文学艺术作品和重要理论著作,演出外国剧目,举办外国造型艺术展览。苏联和其他社会主义国家的文学艺术,亚洲、非洲、拉丁美洲各民族的文学艺术,要特别注意研究和学习。外国的艺术,只要是好的,对我们有用的,都应该努力学到手,变成自己的东西。

对于西方资产阶级的反动文学艺术流派和现代修正主义的文艺思潮,要注意了解和研究,并且有力地加以揭露和批判。应该有计划地向专业文学艺术工作者介绍这方面的作品,让他们经常看看这方面的电影和绘画等等,作为教育文学艺术工作者的反面材料。

四、正确地开展文艺批评

(一)文艺批评应该贯彻百花齐放、百家争鸣的政策。在人民内部,对文学艺术作品的不同意见和文艺理论上的不同观点,有讨论的自由,批评的自由,也有保留意见和进行反批评的自由。

文艺批评应该促进社会主义文学艺术创作的发展和提高,帮助作家艺术家总结创作经验,帮助读者更好地理解文学艺术作品,提高人们的鉴赏能力。

努力发展马克思列宁主义的文艺批评,树立革命性和科学性相结合的批评作风,克服文艺批评中简单化、庸俗化的现象。文艺批评既要指出创作中不正确、不健康的倾向,更要善于发现和鼓励新的创造,勇于肯定新的成就。对于作品的评价,要看它的总的倾向,不要由于局部性质的缺点,就否定整个作品。不要因为一篇作品的错误或者失败,就否定一个作家。作家、艺术家、评论家之间,应该互相尊重、互相学习、共同探讨、密切合作。

(二)文艺批评应该鼓励香花、反对毒草。凡是违背毛泽东同志在《关于正确处理人民内部矛盾的问题》中提出的六项政治标准的作品和论文,就是毒草,必须给以严格的批判和驳斥。但是,香花和毒草并不都是一眼可以辨别清楚的,毒草放出来也并不可怕,应该通过批评和讨论,教育群众提高辨别能力,锻炼同毒草作斗争的本领。

文学艺术作品和理论中表现出来的某些资产阶级观点及其他错误倾向,属于人民内部范围的,也应该批评;但是,必须同敌我性质的问题严格区别开来。

(三)容许多种多样的文艺批评。文艺批评文章可以着重评论作品的思想内容,也可以着重分析作品的艺术形式和表现技巧,可以是系统的批评,也可以就一个问题发表意见。文艺批评文章要力求写得准确、鲜明和生动,树立良好的文风。文艺批评工作者应该努力使自己具有较多的文学知识、社会知识和历史知识。

(四)文学艺术团体和报纸刊物,要加强文艺批评工作,组织有关作品和创作问题的讨论。报刊要善于集中和反映群众对作品的意见,并且对群众的文艺欣赏和批评起指导作用。文学艺术团体和报刊编辑部,要注意培养文艺批评的新生力量。

五、保证创作时间,注意劳逸结合

(一)保证文学艺术工作者的创作时间,加强艺术实践,是繁荣创作和提高创作质量的重要条件。

专业作家,应该保证每年有十个月的时间,用于深入群众生活和进行创作。创作规模较大的作品,应该保证有较长的时间,集中使用。担任行政、教学、编辑工作的作家艺术家,每年也应该给予一个月到三个月的写作假期。业余文学艺术工作者,如果有可靠的创作计划,经过必要的审查,也要帮助他们解决创作时间问题。

(二)文学艺术工作者参加生产劳动的时间,一般每年定为半个月到一个月。文学艺术工作者参加劳动的方式,应该由文化部门和文艺工作单位,根据各人的不同情况作出不同的安排,不要一律对待。有些艺术人员(例如某些戏曲、舞蹈、杂技演员和音乐演奏家等),不宜于参加生产劳动的,可以不参加。文学艺术工作者男的在四十五岁以上,女的在四十岁以上,或者体弱多病的,可以不参加生产劳动。

不能参加生产劳动的文学艺术工作者,可以分别情况参加一些基层工作,或者到工厂、农村、连队进行参观、访问和演出。

(三)文学艺术工作者参加一定的社会活动是必要的,但是不能过多。有关单位应该对他们的社会活动作适当安排,不要集中在少数人身上。在必要情况下,应该允许一些人在一定时期内不参加社会活动。各种会议应该力求精减,有些会议可以允许请假。

有成就有经验的作家艺术家,是国家的宝贵财富,必须珍视和爱护,并且让他们继续在文学艺术创造上,为祖国做出更多更大的贡献。他们有一部分人长期担任繁重的行政工作,不能从事创作,应该尽可能解除他们全部或者部分的行政工作,使他们能够专心从事创作。

(四)切实注意文学艺术工作者的劳逸安排。组织创作,安排演出,任务不要过重,要求不宜过急。在完成繁重任务以后,应该给予足够的休整时间。著名演员、特别是老演员的演出场数,应该严格控制。各个文学艺术工作单位,应该根据具体情况制订休假制度,或者组织短期的旅行参观。

加强文学艺术工作者的劳动保护。特别要注意表演团体中的妇女和少年儿童的安全和健康。禁止有害身体正常发育的表演节目。

(五)目前,特别要关心文学艺术工作者的生活,帮助他们解决生活上的困难,注意解决他们生活和工作上的特殊需要。对于一部分有突出成就的文学艺术工作者,生活上应该给予必要的特殊照顾。文学艺术团体和文艺工作单位应该注意举办福利事业。

六、培养优秀人才,奖励优秀创作

(一)文学艺术创作、表演、批评、理论研究等各个方面,都必须认真培养人才,特别是培养和选拔优秀人才。对于那些有突出才能的人,应该予以重点培养,为他们创设各种必要的条件。那种把重点培养优秀人才当作是提倡个人突出、个人主义,否认人的才能和成就的差别,要求同等待遇的思想,是错误的,是不利于优秀人才的成长的,必须坚决克服。

(二)培养人才的方向是又红又专。思想政治教育决不能放松。但是,红与专应该很好地结合。不要简单地把钻研业务同脱离政治、个人主义等同起来,妨碍钻研业务的积极性。对于重点培养的人才,必须督促他们自觉地改造思想,学习政治;并且在业务上刻苦用功,抓紧基本训练,切实打好基础,不要浅尝辄止,骄傲自满。但是,也不要因为他们有某些思想上或者生活作风上的缺点,就不再对他们继续进行培养和使用。思想作风上的缺点和错误,是可以经过教育,逐渐改正的。应该十分爱惜人才和耐心地教育人才。

各文艺工作单位应该把选拔、培养优秀人才作为自己的一项重要任务,并且作为考核成绩的一个重要方面。要订出规划和措施,作长远的打算和具体的安排。

(三)实行优秀作品和优秀表演的奖励制度。文化部门、文学艺术团体和报刊,应该有计划地举办各种创作和表演的评奖,给予精神的或者物质的奖励。

我们反对作家艺术家追求个人名利,但是,我们需要有一大批为人民服务的,并且为人民所承认的名作家、名演员、名艺术家。文学艺术作品应该署作者的姓名,集体创作也应该署执笔者的姓名。改编应该尊重原作者的意见,并且标明原作者的姓名。电影、戏剧和其他演出,应该列出编剧、导演、主演的姓名。严禁利用职权以任何形式侵占别人的劳动成果。

(四)必须制定和实行合理的稿酬制度。保障作家艺术家按照稿酬制度取得应得的报酬。不得取消稿酬。

七、加强团结,继续改造

(一)在党的领导下,必须把一切可以团结的作家艺术家,更加紧密地团结起来,充分调动广大文学艺术工作者的积极性,更好地为工农兵服务,为社会主义服务。

党的文学艺术工作者,应该同一切拥护共产党、愿意走社会主义道路的作家艺术家团结起来,应该同一切爱国的、愿意在社会主义制度下工作的作家艺术家团结起来。一切文学艺术工作者,只要政治上不坚持反对共产党、不坚持反对社会主义,都是可以团结、必须团结的。在人民内部,不仅有学术上、艺术上的分歧,还会有政治上、思想上的分歧,这些分歧,应该在团结的基础上,经过讨论,逐渐求得解决。决不应该因为这些分歧,而妨碍人民内部的团结,缩小团结的范围。

党员文学艺术工作者应该很好地和党外文艺家合作共事,虚心学习他们的长处,帮助他们进步,互相督促,共同提高。

(二)必须继续提倡文学艺术工作者进行思想改造,努力学习马克思列宁主义、毛泽东著作,帮助他们确立正确的政治立场,逐步树立无产阶级的、共产主义的世界观。

在文艺界,清除资产阶级的政治影响和思想影响的斗争,还要经过一个很长的历史时期。在这个斗争中,第一,必须严格划分人民内部矛盾和敌我矛盾的界线。第二,在人民内部,又必须正确划分政治问题、世界观问题、学术问题和艺术问题之间的界线。不许用对敌斗争的方法来解决人民内部的政治问题、世界观问题和学术问题、艺术问题,不许用行政命令的方法、少数服从多数的方法来解决世界观问题、学术问题和艺术问题,也不应该把学术问题和艺术问题随便引申为世界观问题。人民内部的政治问题和思想问题,只能按照团结——批评——团结的方针来解决。艺术上、学术上的问题只能通过艺术实践和自由讨论来解决。

忽视文学艺术工作者的思想改造是错误的。忽视思想改造的复杂性、长期性,采取简单的、粗暴的、急躁的方法对待它,也是错误的。

(三)必须继续鼓励文学艺术工作者深入群众,同劳动人民密切结合,在群众斗争和生产劳动中改造自己、熟悉群众生活、不断获得丰富的艺术源泉。

凡有条件的作家,应该有自己比较固定的生活根据地,同时,也需要到其他地方,广泛接触生活,扩大眼界。文化领导部门和文艺工作单位,应该经常了解作家艺术家参加体力劳动和基层工作的情况,同他们保持联系,并且给他们以必要的帮助。

八、改进领导方法和领导作风

(一)加强党对文学艺术工作的领导,是发展我国社会主义文学艺术的根本保证。

文化艺术部门中党组织的主要任务是:贯彻执行党的文艺方针政策和其他各项方针政策;作好思想政治工作、党的建设工作和团结人的工作;帮助文学艺术工作者提高政治水平、思想水平和业务水平,帮助他们加强同群众的联系,充分发挥他们的积极性和创造性,为他们的文学艺术创造提供有利条件。

党组织不应该代替行政领导机构去处理一般行政事务,不应该不适当地干涉学术性质和艺术性质的问题,以免削弱党的思想政治领导。

(二)文学艺术工作单位的党组织,是本单位的领导核心,对本单位的工作起领导和监督作用。凡是建立了党委员会的单位,党的领导权力集中在党委员会一级,没有建立党委员会,而建立了党总支的,党的领导权力集中在总支委员会一级。支部委员会在党委员会或总支委员会领导下,对行政工作起保证和监督作用。

基层党组织必须严格执行党的方针政策,严格执行请示报告制度,经常向上级如实反映情况。一切重大问题的决定,要经上级党委批准,不得自行其是。

基层党组织必须严格遵守民主集中制,实行集体领导和分工负责相结合的原则。一切重大问题,都必须开会讨论,不能由书记个人决定。

(三)应该充分发挥文联和各协会等文艺团体的作用,以便更好地通过社会方式来团结作家艺术家、组织文学艺术创作和进行各种学术活动。政府文化主管部门应该同这些文艺团体密切合作。

(四)必须认真地贯彻执行党内党外文学艺术工作者长期合作共事的方针,并且从组织上采取必要的措施。

各文艺团体和文艺工作单位,必须吸收一定数量的非党代表人物参加领导机构,并且使他们真正发挥作用。对于文学艺术各部门的专家和有特长的人,都要妥善安排,充分发挥他们的积极性,如果有安排不当、用非所长的,应该适当地予以调整。

(五)领导文学艺术工作的党员干部,必须加强党性锻炼,认真学习党的方针政策,严格地按照党的方针政策办事;必须努力熟悉业务,熟悉社会主义文学艺术发展规律,使自己逐步做到又红又专;必须努力改进领导方法和领导作风,坚决克服缺点,密切联系群众,团结党内外文学艺术工作者,共同把工作做好。

(根据中共中央文件刊印)

中国共产党中央委员会通知[*]

（1966 年 5 月 16 日）

各中央局,各省、市、自治区党委,中央各部委,国家机关各部门和各人民团体党组、党委,人民解放军总政治部:

中央决定撤销一九六六年二月十二日批转的《文化革命五人小组关于当前学术讨论的汇报提纲》,**撤销原来的"文化革命五人小组"及其办事机构,重新设立文化革命小组,隶属于政治局常委之下。**所谓"五人小组"的汇报提纲是根本错误的,是违反中央和毛泽东同志提出的社会主义文化革命的路线的,是违反一九六二年党的八届十中全会关于社会主义社会阶级和阶级斗争问题的指导方针的。这个提纲,对毛泽东同志亲自领导和发动的这场文化大革命,对毛泽东同志在一九六五年九月至十月间中央工作会议上(即在一次有各中央局负责同志参加的中央政治局常委会议上)关于批判吴晗的指示,阳奉阴违,竭力抗拒。

所谓"五人小组"的汇报提纲,实际上只是彭真一个人的汇报提纲,是彭真背着"五人小组"成员康生同志和其他同志,按照他自己的意见制造出来的。对待这样一个关系到社会主义革命全局的重大问题的文件,彭真根本没有在"五人小组"内讨论过、商量过,没有向任何地方党委征求过意见,没有说明要作为中央正式文件提请中央审查,更没有得到中央主席毛泽东同志的同意,采取了极不正当的手段,武断专横,滥用职权,盗窃中央的名义,匆匆忙忙发到全党。

这个提纲的主要错误如下:

(一)这个提纲站在资产阶级的立场上,用资产阶级世界观来看待当前学术批判的形势和性质,根本颠倒了敌我关系。我国正面临着一个伟大的无产阶级文化革命的高潮。这个高潮有力地冲击着资产阶级和封建残余还保存的一切腐朽的思想阵地和文化阵地。这个提纲,不是鼓舞全党放手发动广大的工农兵群众和无产阶级的文化战士继续冲锋前进,而是力图把这个运动拉向右转。这个提纲用混乱的、自相矛盾的、虚伪的词句,模糊了当前文化思想战线上的尖锐的阶级斗争,特别是模糊了这场大斗争的目的是对吴晗**及其他一大批反党反社会主义的资产阶级代表人物(中央和中央各机关,各省、市、自治区,都有这样一批资产阶级代表人物)的批判。**这个提纲不提毛主席一再指出的吴晗《海瑞罢官》的要害是罢官问题,掩盖这场斗争的严重的政治性质。

(二)这个提纲违背了一切阶级斗争都是政治斗争这一个马克思主义的基本论点。当报刊上刚刚涉及吴晗《海瑞罢官》的政治问题的时候,提纲的作者们竟然提出"在报刊上的讨论不要局限于政治问题,要把涉及到各种学术理论的问题,充分地展开讨论"。他们又在各种场合宣称,对吴晗的批判,不准谈要害问题,不准涉及一九五九年庐山会议对右倾机会主

---

* 《红旗》杂志 1967 年第 7 期。

义分子的罢官问题,不准谈吴晗等反党、反社会主义的问题。毛泽东同志经常告诉我们,同资产阶级在意识形态上的斗争,是长期的阶级斗争,不是匆忙做一个政治结论就可以解决。彭真有意造谣,对许多人说,主席认为对吴晗的批判可以在两个月后做政治结论。又说,两个月后再谈政治问题。他的目的,就是要把文化领域的政治斗争,纳入资产阶级经常宣扬的所谓"纯学术"讨论。很明显,这是反对突出无产阶级的政治,而要突出资产阶级的政治。

(三)提纲特别强调所谓"放",但是却用偷天换日的手法,根本歪曲了毛泽东同志一九五七年三月在党的全国宣传工作会议上所讲的放的方针,抹煞放的阶级内容。毛泽东同志正是在讲这个问题的时候指出,"我们同资产阶级和小资产阶级的思想还要进行长期的斗争。不了解这种情况,放弃思想斗争,那就是错误的。凡是错误的思想,凡是毒草,凡是牛鬼蛇神,都应该进行批判,决不能让它们自由泛滥。"又说,"放,就是放手让大家讲意见,使人们敢于说话,敢于批评,敢于争论"。这个提纲却把"放"同无产阶级对于资产阶级反动立场的揭露对立起来。它的所谓"放",是资产阶级的自由化,只许资产阶级放,不许无产阶级放,不许无产阶级反击资产阶级,是包庇吴晗这一类的反动的资产阶级代表人物。这个提纲的所谓"放",是反毛泽东思想的,是适应资产阶级需要的。

(四)在我们开始反击资产阶级猖狂进攻的时候,提纲的作者们却提出,"在真理面前人人平等"。这个口号是资产阶级的口号。他们用这个口号保护资产阶级,反对无产阶级,反对马克思列宁主义,反对毛泽东思想,根本否认真理的阶级性。无产阶级同资产阶级的斗争,马克思主义的真理同资产阶级以及一切剥削阶级的谬论的斗争,不是东风压倒西风,就是西风压倒东风,根本谈不上什么平等。无产阶级对资产阶级斗争,无产阶级对资产阶级专政,无产阶级在上层建筑其中包括在各个文化领域的专政,无产阶级继续清除资产阶级钻在共产党内打着红旗反红旗的代表人物等等,在这些基本问题上,难道能够允许有什么平等吗?几十年以来的老的社会民主党和十几年以来的现代修正主义,从来就不允许无产阶级同资产阶级有什么平等。他们根本否认几千年的人类历史是阶级斗争史,根本否认无产阶级对资产阶级的阶级斗争,根本否认无产阶级对资产阶级的革命和对资产阶级的专政。相反,他们是资产阶级、帝国主义的忠实走狗,同资产阶级、帝国主义一道,坚持资产阶级压迫、剥削无产阶级的思想体系和资本主义的社会制度,反对马克思列宁主义的思想体系和社会主义的社会制度。他们是一群反共、反人民的反革命分子,他们同我们的斗争是你死我活的斗争,丝毫谈不到什么平等。因此,我们对他们的斗争也只能是一场你死我活的斗争,我们对他们的关系绝对不是什么平等的关系,而是一个阶级压迫另一个阶级的关系,即无产阶级对资产阶级实行独裁或专政的关系,而不能是什么别的关系,例如所谓平等关系、被剥削阶级同剥削阶级的和平共处关系、仁义道德关系等等。

(五)提纲说,"不仅要在政治上压倒对方,而且要在学术和业务的水准上真正大大地超过和压倒对方"。这种对学术不分阶级界限的思想,也是很错误的。无产阶级在学术上所掌握的真理,马克思列宁主义的真理,毛泽东思想的真理,早已大大地超过了和压倒了资产阶级。提纲的提法,表现了作者吹捧和抬高资产阶级的所谓"学术权威",仇视和压制我们在学术界的一批代表无产阶级的、战斗的新生力量。

(六)毛主席经常说,不破不立。破,就是批判,就是革命。破,就要讲道理,讲道理就是立,破字当头,立也就在其中了。马克思列宁主义、毛泽东思想,就是在破资产阶级思想体系的斗争中建立和不断发展起来的。但这个提纲却强调"没有立,就不可能达到真正、彻底的破"。这实际上是对资产阶级的思想不准破,对无产阶级的思想不准立,是同毛主席的思想针锋相对的,是同我们在文化战线上进行大破资产阶级意识形态的革命斗争背道而驰的,是不准无产阶级革命。

（七）提纲提出"不要像学阀一样武断和以势压人",又说"警惕左派学术工作者走上资产阶级专家、学阀的道路"。究竟什么是"学阀"？谁是"学阀"？难道无产阶级不要专政,不要压倒资产阶级？难道无产阶级的学术不要压倒和消灭资产阶级的学术？难道无产阶级学术压倒和消灭资产阶级学术,就是"学阀"？提纲反对的锋芒是指向无产阶级左派,显然是要给马克思列宁主义者戴上"学阀"这顶帽子,倒过来支持真正的资产阶级的学阀,维持他们在学术界的摇摇欲坠的垄断地位。**其实,那些支持资产阶级学阀的党内走资本主义道路的当权派,那些钻进党内保护资产阶级学阀的资产阶级代表人物,才是不读书、不看报、不接触群众、什么学问也没有、专靠"武断和以势压人"、窃取党的名义的大党阀。**

（八）提纲的作者们别有用心,故意把水搅浑,混淆阶级阵线,转移斗争目标,提出要对"坚定的左派"进行"整风"。他们这样急急忙忙抛出这个提纲的主要目的,就是要整无产阶级左派。他们专门收集左派的材料,寻找各种借口打击左派,还想借"整风"的名义进一步打击左派,妄图瓦解左派的队伍。他们公然抗拒毛主席明确提出要保护左派,支持左派,强调建立和扩大左派队伍的方针。另一方面,他们却把混进党内的资产阶级代表人物、修正主义者、叛徒封成"坚定的左派",加以包庇。他们用这种手法,企图长资产阶级右派的志气,灭无产阶级左派的威风。他们对无产阶级充满了恨,对资产阶级充满了爱。这就是提纲作者们的资产阶级的博爱观。

（九）正当无产阶级在思想战线上对资产阶级代表人物发动一场新的激烈斗争刚刚开始,而且许多方面、许多地方还没有开始参加斗争,**或者虽然已经开始了斗争,但是绝大多数党委对于这场伟大斗争的领导还很不理解,很不认真,很不得力的时候**,提纲却反复强调斗争中要所谓"有领导"、要"谨慎"、要"慎重"、要"经过有关领导机构批准",这些都是要给无产阶级左派划许多框框,提出许多清规戒律,束缚无产阶级左派的手脚,要给无产阶级的文化革命设置重重障碍。一句话,迫不及待地要刹车,来一个反攻倒算。提纲的作者们对于无产阶级左派反击资产阶级反动"权威"的文章,已经发表的,他们极端怀恨,还没有发表的,他们加以扣压。**他们对于一切牛鬼蛇神却放手让其出笼,多年来塞满了我们的报纸、广播、刊物、书籍、教科书、讲演、文艺作品、电影、戏剧、曲艺、美术、音乐、舞蹈等等,从不提倡要受无产阶级的领导,从来也不要批准。**这一对比,就可以看出,提纲的作者们究竟处在一种什么地位了。

（十）当前的斗争,是执行还是抗拒毛泽东同志的文化革命的路线的问题。但提纲却说,"我们要通过这场斗争,在毛泽东思想的指引下,开辟解决这个问题（指'彻底清理学术领域内的资产阶级思想'）的道路"。毛泽东同志的《新民主主义论》、《在延安文艺座谈会上的讲话》、《看了〈逼上梁山〉以后写给延安平剧院的信》、《关于正确处理人民内部矛盾的问题》、《在中国共产党全国宣传工作会议上的讲话》等著作,早已在文化思想战线上给我们无产阶级开辟了道路。提纲却认为毛泽东思想还没有给我们开辟道路,而要重新开辟道路。提纲是企图打着"在毛泽东思想的指引下"这个旗帜作为幌子,开辟一条同毛泽东思想相反的道路,即现代修正主义的道路,也就是资产阶级复辟的道路。

总之,这个提纲是反对把社会主义革命进行到底,反对以毛泽东同志为首的党中央的文化革命路线,打击无产阶级左派,包庇资产阶级右派,为资产阶级复辟作舆论准备。这个提纲是资产阶级思想在党内的反映,是彻头彻尾的修正主义。同这条修正主义路线作斗争,绝对不是一件小事,而是关系我们党和国家的命运,关系我们党和国家的前途,关系我们党和国家将来的面貌,也是关系世界革命的一件头等大事。

各级党委要立即停止执行《文化革命五人小组关于当前学术讨论的汇报提纲》。全党必须遵照毛泽东同志的指示,高举无产阶级文化革命的大旗,彻底揭露那批反党反社会主义的所谓"学术权威"的资产阶级反动立场,彻底批判学术界、教育界、新闻界、文艺界、出版界的资产阶级反动思想,夺取在这些文化领域中的领导权。而要做到这一点,必须同时批判混进党里、政府里、军队里和文化领域的各界里的资产阶级代表人物,清洗这些人,有些则要调动他们的职务。尤其不能信用这些人去做领导文化革命的工作,而过去和现在确有很多人是在做这种工作,这是异常危险的。

混进党里、政府里、军队里和各种文化界的资产阶级代表人物,是一批反革命的修正主义分子,一旦时机成熟,他们就会要夺取政权,由无产阶级专政变为资产阶级专政。这些人物,有些已被我们识破了,有些则还没有被识破,有些正在受到我们信用,被培养为我们的接班人,例如赫鲁晓夫那样的人物,他们现正睡在我们的身旁,各级党委必须充分注意这一点。

这个通知,可以连同中央今年二月十二日发出的错误文件,发到县委、文化机关党委和军队团级党委,请他们展开讨论,究竟那一个文件是错误的,那一个是正确的,他们自己的认识如何,有那些成绩,有那些错误。

中国共产党中央委员会
关于无产阶级文化大革命的决定[*]

（1966 年 8 月 8 日）

一、社会主义革命的新阶段

当前开展的无产阶级文化大革命,是一场触及人们灵魂的大革命,是我国社会主义革命发展的一个更深入、更广阔的新阶段。

毛泽东同志在党的八届十中全会上说过:凡是要推翻一个政权,总要先造成舆论,总要先做意识形态方面的工作。革命的阶级是这样,反革命的阶级也是这样。实践证明,毛泽东同志的这个论断是完全正确的。

资产阶级虽然已经被推翻,但是,他们企图用剥削阶级的旧思想,旧文化,旧风俗,旧习惯,来腐蚀群众,征服人心,力求达到他们复辟的目的。无产阶级恰恰相反,必须迎头痛击资产阶级在意识形态领域里的一切挑战,用无产阶级自己的新思想,新文化,新风俗,新习惯,来改变整个社会的精神面貌。在当前,我们的目的是斗垮走资本主义道路的当权派,批判资产阶级的反动学术"权威",批判资产阶级和一切剥削阶级的意识形态,改革教育,改革文艺,改革一切不适应社会主义经济基础的上层建筑,以利于巩固和发展社会主义制度。

二、主流和曲折

广大的工农兵、革命的知识分子和革命的干部,是这场文化大革命的主力军。一大批本来不出名的革命青少年成了勇敢的闯将。他们有魄力、有智慧。他们用大字报、大辩论的形式,大鸣大放,大揭露,大批判,坚决地向那些公开的、隐蔽的资产阶级代表人物举行了进攻。在这样大的革命运动中,他们难免有这样那样的缺点,但是,他们的革命大方向始终是正确的。这是无产阶级文化大革命的主流。无产阶级文化大革命正在沿着这个大方向继续前进。

文化革命既然是革命,就不可避免地会有阻力。这种阻力,主要来自那些混进党内的走资本主义道路的当权派,同时也来自旧的社会习惯势力。这种阻力目前还是相当大的,顽强的。但是,无产阶级文化大革命毕竟是大势所趋,不可阻挡。大量事实说明,只要群众充分发动起来了,这种阻力就会迅速被冲垮。

---

[*] 《红旗》1966 年第 10 期。

由于阻力比较大,斗争会有反复,甚至可能有多次的反复。这种反复,没有什么害处。它将使无产阶级和其他劳动群众,特别是年青一代,得到锻炼,取得经验教训,懂得革命的道路是曲折的,不平坦的。

三、"敢"字当头,放手发动群众

党的领导敢不敢放手发动群众,将决定这场文化大革命的命运。

目前党的各级组织,对文化革命运动的领导,存在着四种情况。

(一)能够站在运动的最前面,敢于放手发动群众。他们是"敢"字当头、无所畏惧的共产主义战士,是毛主席的好学生。他们提倡大字报,大辩论,鼓励群众揭露一切牛鬼蛇神,同时也鼓励群众批评自己工作中的缺点和错误。这种正确领导就是由于突出无产阶级政治,由于毛泽东思想领先。

(二)有许多单位的负责人,对于这场伟大斗争的领导,还很不理解,很不认真,很不得力,因而处于软弱无能的地位。他们是"怕"字当头,墨守旧的章法,不愿意打破常规,不求进取。对于群众的革命新秩序,他们感到突然,以致领导落后于形势,落后于群众。

(三)有些单位的负责人,平时有这样那样的错误,他们更是"怕"字当头,怕群众起来抓住他们的辫子。实际上,他们只要认真进行自我批评,接受群众批评,是会被党和群众谅解的。不这样做,就会继续犯错误,以致成为群众运动的绊脚石。

(四)有些单位是被一些混进党内的走资本主义道路的当权派把持着。这些当权派极端害怕群众揭露他们,因而找各种借口压制群众运动。他们采用转移目标、颠倒黑白的手段,企图把运动引向邪路。当他们感到非常孤立,真混不下去的时候,还进一步耍阴谋,放暗箭,造谣言,极力混淆革命和反革命的界限,打击革命派。

党中央对各级党委的要求,就是要坚持正确领导,"敢"字当头,放手发动群众,改变那种处于软弱无能的状态,鼓励那些有错误而愿意改正的同志放下包袱,参加战斗,撤换那些走资本主义道路的当权派,把那里的领导权夺回到无产阶级革命派手中。

四、让群众在运动中自己教育自己

无产阶级文化大革命,只能是群众自己解放自己,不能采用任何包办代替的办法。

要信任群众,依靠群众,尊重群众的首创精神。要去掉"怕"字。不要怕出乱子。毛主席经常告诉我们,革命不能那样雅致,那样文质彬彬,那样温良恭俭让。要让群众在这个大革命运动中,自己教育自己,去识别哪些是对的,哪些是错的,哪些做法是正确的,哪些做法是不正确的。

要充分运用大字报、大辩论这些形式,进行大鸣大放,以便群众阐明正确的观点,批判错误的意见,揭露一切牛鬼蛇神。这样,才能使广大群众在斗争中提高觉悟,增长才干,辨别是非,分清敌我。

五、坚决执行党的阶级路线

谁是我们的敌人？谁是我们的朋友？这个问题是革命的首要问题,也是文化大革命的首要问题。

党的领导要善于发现左派,发展和壮大左派队伍,坚决依靠革命的左派。这样,才能够在运动中,彻底孤立最反动的右派,争取中间派,团结大多数,经过运动,最后达到团结百分之九十五以上的干部,团结百分之九十五以上的群众。

集中力量打击一小撮极端反动的资产阶级右派分子、反革命修正主义分子,充分地揭露和批判他们的反党反社会主义反毛泽东思想的罪行,把他们最大限度地孤立起来。

这次运动的重点,是整党内那些走资本主义道路的当权派。

注意把反党反社会主义的右派分子,同拥护党和社会主义、但也说过一些错话,做过一些错事或写过一些不好文章不好作品的人,严格区别开来。

注意把资产阶级的反动学阀、反动"权威",同具有一般的资产阶级学术思想的人,严格区别开来。

六、正确处理人民内部矛盾

必须严格分别两类不同性质的矛盾：是人民内部矛盾,还是敌我矛盾？不要把人民内部矛盾搞成敌我矛盾,也不要把敌我矛盾当成人民内部矛盾。

人民群众中有不同意见,这是正常的现象,几种不同意见的争论,是不可免的,是必要的,是有益的。群众会在正常的充分的辩论中,肯定正确,改正错误,逐步取得一致。

在辩论中,必须采取摆事实、讲道理、以理服人的方法。对于持有不同意见的少数人,也不准采取任何压服的办法。要保护少数,因为有时真理在少数人手里。即使少数人的意见是错误的,也允许他们申辩,允许他们保留自己的意见。

在进行辩论的时候,要用文斗,不用武斗。

在辩论中,每个革命者都要善于独立思考,发扬敢想、敢说、敢做的共产主义风格。革命的同志,在大方向一致的前提下,不要在枝节问题上争论不休,以便加强团结。

七、警惕有人把革命群众打成"反革命"

有些学校、有些单位、有些工作组的负责人,对给他们贴大字报的群众,组织反击,甚至提出所谓反对本单位或工作组领导人就是反对党中央,就是反党反社会主义,就是反革命等类口号。他们这样做,必然要打击到一些真正革命的积极分子。这是方向的错误,路线的错误,决不允许这样做。

有些有严重错误思想的人们,甚至有些反党反社会主义的右派分子,利用群众运动中的某些缺点和错误,散布流言蜚语,进行煽动,故意把一些群众打成"反革命"。要谨防扒手,及时揭穿他们要弄的这套把戏。

在运动中,除了确有证据的杀人、放火、放毒、破坏、盗窃国家机密等现行反革命分子,应当依法处理外,大学、专科学校、中学和小学学生中的问题,一律不整。为了防止转移斗争的主要目标,不许用任何借口,去挑动群众斗争群众,挑动学生斗争学生,即使是真正的右派分子,也要放到运动的后期酌情处理。

八、干部问题

干部大致可分以下四种:

(一)好的。

(二)比较好的。

(三)有严重错误,但还不是反党反社会主义的右派分子。

(四)少量的反党反社会主义的右派分子。

在一般情况下,前两种人(好的,比较好的)是大多数。

对反党反社会主义的右派分子,要充分揭露,要斗倒,斗垮,斗臭,肃清他们的影响,同时给以出路,让他们重新做人。

九、文化革命小组、文化革命委员会、文化革命代表大会

无产阶级文化大革命运动中,开始涌现了许多新事物。在许多学校、许多单位,群众所创造的文化革命小组、文化革命委员会等组织形式,就是一种有伟大历史意义的新事物。

文化革命小组、文化革命委员会和文化革命代表大会是群众在共产党领导下自己教育自己的最好的新组织形式。它是我们党同群众密切联系的最好的桥梁。它是无产阶级文化革命的权力机构。

无产阶级同过去几千年来一切剥削阶级遗留下来的旧思想、旧文化、旧风俗、旧习惯的斗争,需要经历很长很长的时期。因此,文化革命小组、文化革命委员会、文化革命代表大会不应当是临时性的组织,而应当是长期的常设的群众组织。它不但适用于学校、机关,也基本上适用于工矿企业、街道、农村。

文化革命小组、文化革命委员会的成员和文化革命代表大会的代表的产生,要像巴黎公社那样,必须实行全面的选举制。候选名单,要由革命群众充分酝酿提出来,再经过群众反复讨论后,进行选举。

当选的文化革命小组、文化革命委员会的成员和文化革命代表大会的代表,可以由群众随时提出批评,如果不称职,经过群众讨论,可以改选、撤换。

在学校中,文化革命小组、文化革命委员会、文化革命代表大会,应该以革命学生为主体,同时,要有一定数量的革命教师职工的代表参加。

十、教学改革

改革旧的教育制度,改革旧的教学方针和方法,是这场无产阶级文化大革命的一个极其重要的任务。

在这场文化大革命中,必须彻底改变资产阶级知识分子统治我们学校的现象。

在各类学校中，必须贯彻执行毛泽东同志提出的教育为无产阶级政治服务、教育与生产劳动相结合的方针，使受教育者在德育、智育、体育几方面都得到发展，成为有社会主义觉悟的有文化的劳动者。

学制要缩短。课程设置要精简。教材要彻底改革，有的首先删繁就简。学生以学为主，兼学别样。也就是不但要学文，也要学工，学农，学军，也要随时参加批判资产阶级的文化革命的斗争。

十一、报刊上点名批判的问题

在进行文化革命群众运动的时候，必须把对无产阶级世界观的传播，对马克思列宁主义、毛泽东思想的传播，同对资产阶级和封建阶级的思想批判很好地结合起来。

要组织对那些有代表性的混进党内的资产阶级代表人物和资产阶级的反动学术"权威"进行批判，其中包括对哲学、历史学、政治经济学、教育学、文艺作品、文艺理论、自然科学理论等战线上的各种反动观点的批判。

在报刊上点名批判，应当经过同级党委讨论，有的要报上级党委批准。

十二、关于科学家、技术人员和一般工作人员的政策

对于科学家、技术人员和一般工作人员，只要他们是爱国的，是积极工作的，是不反党反社会主义的，是不里通外国的，在这次运动中，都应该继续采取团结、批评、团结的方针。对于有贡献的科学家和科学技术人员，应该加以保护。对他们的世界观和作风，可以帮助他们逐步改造。

十三、同城乡社会主义教育运动相结合的部署问题

大中城市的文化教育单位和党政领导机关，是当前无产阶级文化革命运动的重点。

文化大革命使城乡社会主义教育运动更加丰富、更加提高了。必须把两者结合起来进行。各地区、各部门可以根据具体情况进行部署。

在农村和城市企业进行社会主义教育运动的地方，如果原来的部署是合适的，又做得好，就不要打乱它，继续按照原来的部署进行。但是，当前无产阶级文化大革命运动提出的问题，应当在适当的时机，交给群众讨论，以便进一步大兴无产阶级思想，大灭资产阶级思想。

有的地方，以无产阶级文化大革命为中心，带动社会主义教育运动，清政治，清思想，清组织，清经济。这样做，如果那里党委认为合适，也是可以的。

十四、抓革命，促生产

无产阶级文化大革命，就是为的要使人的思想革命化，因而使各项工作做得更多、更快、更好、更省。只要充分发动群众，妥善安排，就能够保证文化革命和生产两不误，保证各项工

作的高质量。

无产阶级文化大革命是使我国社会生产力发展的一个强大的推动力。把文化大革命同发展生产对立起来,这种看法是不对的。

十五、部队

部队的文化革命运动和社会主义教育运动,按照中央军委和总政治部的指示进行。

十六、毛泽东思想是无产阶级文化大革命的行动指南

在无产阶级文化大革命中,要高举毛泽东思想的伟大红旗,实行无产阶级政治挂帅。要在广大工农兵、广大干部和广大知识分子中,开展活学活用毛主席著作的运动,把毛泽东思想作为文化革命的行动指南。

各级党委,在这样错综复杂的文化大革命中,更必须认真地活学活用毛主席著作。特别是要反复学习毛主席有关文化革命和党的领导方法的著作,例如,《新民主主义论》、《在延安文艺座谈会上的讲话》、《关于正确处理人民内部矛盾的问题》、《在中国共产党全国宣传工作会议上的讲话》、《关于领导方法的若干问题》、《党委会的工作方法》。

各级党委,要遵守毛主席历来的指示,贯彻执行从群众中来、到群众中去的群众路线,先做学生,后做先生。要努力避免片面性和局限性。要提倡唯物辩证法,反对形而上学和烦琐哲学。

在以毛泽东同志为首的党中央领导下,无产阶级文化大革命必将取得伟大的胜利。

关于建国以来党的
若干历史问题的决议[*]（节选）

（1984 年 6 月 27 日）

中国共产党中央委员会

“文化大革命”的十年

　　一九六六年五月至一九七六年十月的“文化大革命”，使党、国家和人民遭到建国以来最严重的挫折和损失。这场“文化大革命”是毛泽东同志发动和领导的。他的主要论点是：一大批资产阶级的代表人物、反革命的修正主义分子，已经混进党里、政府里、军队里和文化领域的各界里，相当大的一个多数的单位的领导权已经不在马克思主义者和人民群众手里。党内走资本主义道路的当权派在中央形成了一个资产阶级司令部，它有一条修正主义的政治路线和组织路线，在各省、市、自治区和中央各部门都有代理人。过去的各种斗争都不能解决问题，只有实行“文化大革命”，公开地、全面地、自下而上地发动广大群众来揭发上述的黑暗面，才能把被走资派篡夺的权力重新夺回来。这实质上是一个阶级推翻一个阶级的政治大革命，以后还要进行多次。这些论点主要地出现在作为“文化大革命”纲领性文件的《五·一六通知》和党的“九大”的政治报告中，并曾被概括成为所谓“无产阶级专政下继续革命的理论”，从而使“无产阶级专政下继续革命”一语有了特定的含义。毛泽东同志发动“文化大革命”的这些“左”倾错误论点，明显地脱离了作为马克思列宁主义普遍原理和中国革命具体实践相结合的毛泽东思想的轨道，必须把它们同毛泽东思想完全区别开来。至于毛泽东同志所重用过的林彪、江青等人，他们组成两个阴谋夺取最高权力的反革命集团，利用毛泽东同志的错误，背着他进行了大量祸国殃民的罪恶活动，这完全是另外一种性质的问题。他们的反革命罪行已被充分揭露，所以本决议不多加论列。

　　“文化大革命”的历史，证明毛泽东同志发动“文化大革命”的主要论点既不符合马克思列宁主义，也不符合中国实际。这些论点对当时我国阶级形势以及党和国家政治状况的估计，是完全错误的。

　　一、“文化大革命”被说成是同修正义路线或资本主义道路的斗争，这个说法根本没有事实根据，并且在一系列重大理论和政策问题上混淆了是非。“文化大革命”中被当作修正主义或资本主义批判的许多东西，实际上正是马克思主义原理和社会主义原则，其中很多是毛泽东同志自己过去提出或支持过的。“文化大革命”否定了建国以来十七年大量的正确方针政策和成就，这实际上也就在很大程度上否定了包括毛泽东同志自己在内的党中央和人民政府的工作，否定了全国各族人民建设社会主义的艰苦卓绝的奋斗。

---

　　* 中共中央文献研究室编：《三中全会以来重要文献（下）选编》，中央文献出版社，2011 年版。

二、上述的是非混淆必然导致敌我的混淆。"文化大革命"所打倒的"走资派",是党和国家各级组织中的领导干部,即社会主义事业的骨干力量。党内根本不存在所谓以刘少奇、邓小平为首的"资产阶级司令部"。确凿的事实证明,硬加给刘少奇同志的所谓"叛徒"、"内奸"、"工贼"的罪名,完全是林彪、江青等人的诬陷。八届十二中全会对刘少奇同志所作的政治结论和组织处理,是完全错误的。"文化大革命"对所谓"反动学术权威"的批判,使许多有才能、有成就的知识分子遭到打击和迫害,也严重地混淆了敌我。

三、"文化大革命"名义上是直接依靠群众,实际上既脱离了党的组织,又脱离了广大群众。运动开始后,党的各级组织普遍受到冲击并陷于瘫痪、半瘫痪状态,党的各级领导干部普遍受到批判和斗争,广大党员被停止了组织生活,党长期依靠的许多积极分子和基本群众受到排斥。"文化大革命"初期被卷入运动的大多数人,是出于对毛泽东同志和党的信赖,但是除了极少数极端分子以外,他们也不赞成对党的各级领导干部进行残酷斗争。后来,他们经过不同的曲折道路而提高觉悟之后,逐步对"文化大革命"采取怀疑观望以至抵制反对的态度,许多人因此也遭到了程度不同的打击。以上这些情况,不可避免地给一些投机分子、野心分子、阴谋分子以可乘之机,其中有不少人还被提拔到了重要的以至非常重要的地位。

四、实践证明,"文化大革命",不是也不可能是任何意义上的革命或社会进步。它根本不是"乱了敌人"而只是乱了自己,因而始终没有也不可能由"天下大乱"达到"天下大治"。在我国,在人民民主专政的国家政权建立以后,尤其是社会主义改造基本完成、剥削阶级作为阶级已经消灭以后,虽然社会主义革命的任务还没有最后完成,但是革命的内容和方法已经同过去根本不同。对于党和国家肌体中确实存在的某些阴暗面,当然需要作出恰当的估计并运用符合宪法、法律和党章的正确措施加以解决,但决不应该采取"文化大革命"的理论和方法。在社会主义条件下进行所谓"一个阶级推翻一个阶级"的政治大革命,既没有经济基础,也没有政治基础。它必然提不出任何建设性的纲领,而只能造成严重的混乱、破坏和倒退。历史已经判明,"文化大革命"是一场由领导者错误发动,被反革命集团利用,给党、国家和各族人民带来严重灾难的内乱。

"文化大革命"的过程分为三段。

一、从"文化大革命"的发动到一九六九年四月党的第九次全国代表大会。一九六六年五月中央政治局扩大会议和同年八月八届十一中全会的召开,是"文化大革命"全面发动的标志。这两次会议相继通过了《五·一六通知》和《关于无产阶级文化大革命的决定》,对所谓"彭真、罗瑞卿、陆定一、杨尚昆反党集团"和对所谓"刘少奇、邓小平司令部"进行了错误的斗争,对党中央领导机构进行了错误的改组,成立了所谓"中央文革小组"并让它掌握了中央的很大部分权力。毛泽东同志的"左"倾错误的个人领导实际上取代了党中央的集体领导,对毛泽东同志的个人崇拜被鼓吹到了狂热的程度。林彪、江青、康生、张春桥等人主要利用所谓"中央文革小组"的名义,乘机煽动"打倒一切、全面内战"。一九六七年二月前后,谭震林、陈毅、叶剑英、李富春、李先念、徐向前、聂荣臻等政治局和军委的领导同志,在不同的会议上对"文化大革命"的错误做法提出了强烈的批评,但被诬为"二月逆流"而受到压制和打击。朱德、陈云同志也受到错误的批判。各部门各地方的党政领导机构几乎都被夺权或改组。派人民解放军实行三支两军(支左、支工、支农、军管、军训),在当时的混乱情况下是必要的,对稳定局势起了积极的作用,但也带来了一些消极的后果。党的九大使"文化大革命"的错误理论和实践合法化,加强了林彪、江青、康生等人在党中央的地位。"九大"在思想上、政治上和组织上的指导方针都是错误的。

二、从党的"九大"到一九七三年八月党的第十次全国代表大会。一九七〇年至一九七一年间发生了林彪反革命集团阴谋夺取最高权力、策动反革命武装政变的事件。这是"文化大革命"推翻党的一系列基本原则的结果,客观上宣告了"文化大革命"的理论和实践的失败。毛泽东、周恩来同志机智地粉碎了这次叛变。周恩来同志在毛泽东同志支持下主持中央日常工作,使各方面的工作有了转机。一九七二年,在批判林彪的过程中,周恩来同志正确地提出要批判极左思潮的意见,这是一九六七年二月前后许多中央领导同志要求纠正"文化大革命"错误这一正确主张的继续。毛泽东同志却错误地认为当时的任务仍然是反对"极右"。党的"十大"继续了"九大"的"左"倾错误,并且使王洪文当上了党中央副主席。江青、张春桥、姚文元、王洪文在中央政治局内结成"四人帮",江青反革命集团的势力又得到加强。

三、从党的"十大"到一九七六年十月。一九七四年初,江青、王洪文等提出开展所谓"批林批孔"运动;同有的地方和单位清查与林彪反革命集团阴谋活动有关的人和事不同,江青等人的矛头是指向周恩来同志的。毛泽东同志先是批准开展所谓"批林批孔"运动,在发现江青等人借机进行篡权活动以后,又对他们作了严厉批评,宣布他们是"四人帮",指出江青有当党中央主席和操纵"组阁"的野心。一九七五年,周恩来同志病重,邓小平同志在毛泽东同志支持下主持中央日常工作,召开了军委扩大会议和解决工业、农业、交通、科技等方面问题的一系列重要会议,着手对许多方面的工作进行整顿,使形势有了明显好转。但是毛泽东同志不能容忍邓小平同志系统地纠正"文化大革命"的错误,又发动了所谓"批邓、反击右倾翻案风"运动,全国因而再度陷入混乱。一九七六年一月周恩来同志逝世。周恩来同志对党和人民无限忠诚,鞠躬尽瘁。他在"文化大革命"中处于非常困难的地位。他顾全大局,任劳任怨,为继续进行党和国家的正常工作,为尽量减少"文化大革命"所造成的损失,为保护大批的党内外干部,作了坚持不懈的努力,费尽了心血。他同林彪、江青反革命集团的破坏进行了各种形式的斗争。他的逝世引起了全党和全国各族人民的无限悲痛。同年四月间,在全国范围内掀起了以天安门事件为代表的悼念周总理、反对"四人帮"的强大抗议运动。这个运动实质上是拥护以邓小平同志为代表的党的正确领导,它为后来粉碎江青反革命集团奠定了伟大的群众基础。当时,中央政治局和毛泽东同志对天安门事件的性质作出了错误的判断,并且错误地撤销了邓小平同志的党内外一切职务。一九七六年九月毛泽东同志逝世,江青反革命集团加紧夺取党和国家最高领导权的阴谋活动。同年十月上旬,中央政治局执行党和人民的意志,毅然粉碎了江青反革命集团,结束了"文化大革命"这场灾难。这是全党、全军和全国各族人民长期斗争取得的伟大胜利。在粉碎江青反革命集团的斗争中,华国锋、叶剑英、李先念等同志起了重要作用。

对于"文化大革命"这一全局性的、长时间的"左"倾严重错误,毛泽东同志负有主要责任。但是,毛泽东同志的错误终究是一个伟大的无产阶级革命家所犯的错误。毛泽东同志是经常注意要克服我们党内和国家生活中存在着的缺点的,但他晚年对许多问题不仅没有能够加以正确的分析,而且在"文化大革命"中混淆了是非和敌我。他在犯严重错误的时候,还多次要求全党认真学习马克思、恩格斯、列宁的著作,还始终认为自己的理论和实践是马克思主义的,是为巩固无产阶级专政所必需的,这是他的悲剧所在。他在全局上一直坚持"文化大革命"的错误,但也制止和纠正过一些具体错误,保护过一些党的领导干部和党外著名人士,使一些负责干部重新回到重要的领导岗位。他领导了粉碎林彪反革命集团的斗争,对江青、张春桥等人也进行过重要的批评和揭露,不让他们夺取最高领导权的野心得逞。这些都对后来我们党顺利地粉碎"四人帮"起了重要作用。他晚年仍然警觉地注意维护我国的安全,顶住了社会帝国主义的压力,执行正确的对外政策,坚决支援各国人民的正义斗争,并且提出了划分三个世界的正确战略和我国永远不称霸的重要思想。在"文化大革命"中,我们党没有被摧毁并且还能维持统一,国务院和人民解放军还能进行许多必要的工作,有各族各界代表人物出席的第四届全国人民代表大会还能召开并且确定了以周恩来、邓小平同志为领导核心的国务院人选,我国社会主义制度的根基仍然保存着,社会主义经济建设还在进行,我们的国家仍然保持统一并且在国际上发挥重要影响。这些重要事实都同毛泽东同志的巨大作用分不开。因为这一切,特别是因为他对革命事业长期的伟大贡献,中国人民始终把毛泽东同志看作是自己敬爱的伟大领袖和导师。

党和人民在"文化大革命"中同"左"倾错误和林彪、江青反革命集团的斗争是艰难曲折的,是一直没有停止的。"文化大革命"整个过程的严峻考验表明:党的八届中央委员会和它所选出的政治局、政治局常委、书记处的成员,绝大多数都站在斗争的正确方面。我们党的干部,无论是曾被错误地打倒的,或是一直坚持工作和先后恢复工作的,绝大多数是忠于党和人民的,对社会主义、共产主义事业的信念是坚定的。遭到过打击和折磨的知识分子、劳动模范、爱国民主人士、爱国华侨以及各民族各阶层的干部和群众,绝大多数都没有动摇热爱祖国和拥护党、拥护社会主义的立场。在"文化大革命"中受迫害而牺牲的刘少奇、彭德怀、贺龙、陶铸等党和国家领导人以及其他一切党内外同志,将永远被铭记在各族人民心中。正是由于全党和广大工人、农民、解放军指战员、知识分子、知识青年和干部的共同斗争,使"文化大革命"的破坏受到了一定程度的限制。我国国民经济虽然遭到巨大损失,仍然取得了进展。粮食生产保持了比较稳定的增长。工业交通、基本建设和科学技术方面取得了一批重要成就,其中包括一些新铁路和南京长江大桥的建成,一些技术先进的大型企业的投产,氢弹试验和人造卫星发射回收的成功,籼型杂交水稻的育成和推广,等等。在国家动乱的情况下,人民解放军仍然英勇地保卫着祖国的安全。对外工作也打开了新的局面。当然,这一切决不是"文化大革命"的成果,如果没有"文化大革命",我们的事业会取得大得多的成就。在"文化大革命"中,我们尽管遭到林彪、江青两个反革命集团的破坏,但终于战胜了他们。党、人民政权、人民军队和整个社会的性质都没有改变。历史再一次表明,我们的人民是伟大的人民,我们的党和社会主义制度具有伟大而顽强的生命力。

"文化大革命"所以会发生并且持续十年之久,除了前面所分析的毛泽东同志领导上的错误这个直接原因以外,还有复杂的社会历史原因。主要的是:

一、社会主义运动的历史不长,社会主义国家的历史更短,社会主义社会的发展规律有些已经比较清楚,更多的还有待于继续探索。我们党过去长期处于战争和激烈阶级斗争的环境中,对于迅速到来的新生的社会主义社会和全国规模的社会主义建设事业,缺乏充分的思想准备和科学研究。马克思、恩格斯、列宁、斯大林的科学著作是我们行动的指针,但是不可能给我国社会主义事业中的各种问题提供现成答案。从领导思想上来看,由于我们党的历史特点,在社会主义改造基本完成以后,在观察和处理社会主义社会发展进程中出现的政治、经济、文化等方面的新矛盾新问题时,容易把已经不属于阶级斗争的问题仍然看做是阶级斗争,并且面对新条件下的阶级斗争,又习惯于沿用过去熟习而这时已不能照搬的进行大规模急风暴雨式群众性斗争的旧方法和旧经验,从而导致阶级斗争的严重扩大化。同时,这种脱离现实生活的主观主义的思想和做法,由于把马克思、恩格斯、列宁、斯大林著作中的某些设想和论点加以误解或教条化,反而显得有"理论根据"。例如:认为社会主义社会在消费资料分配中通行的等量劳动相交换的平等权利,即马克思所说的"资产阶级权利"应该限制和批判,因而按劳分配原则和物质利益原则就应该限制和批判;认为社会主义改造基本完成以后小生产还会每日每时地大批地产生资本主义和资产阶级,因而形成一系列"左"倾的城乡经济政策和城乡阶级斗争政策;认为党内的思想分歧都是社会阶级斗争的反映,因而形成频繁激烈的党内斗争,等等。这就使我们把关于阶级斗争扩大化的迷误当成保卫马克思主义的纯洁性。此外,苏联领导人挑起中苏论战,并把两党之间的原则争论变为国家争端,对中国施加政治上、经济上和军事上的巨大压力,迫使我们不得不进行反对苏联大国沙文主义的正义斗争。在这种情况的影响下,我们在国内进行反修防修运动,使阶级斗争扩大化的迷误日益深入到党内,以致党内同志间不同意见的正常争论也被当作是所谓修正主义路线的表现或所谓路线斗争的表现,使党内关系日益紧张化。这样,党就很难抵制毛泽东等同志提出的一些"左"倾观点,而这些"左"倾观点的发展就导致"文化大革命"的发生和持续。

　　二、党在面临着工作重心转向社会主义建设这一新任务因而需要特别谨慎的时候,毛泽东同志的威望也达到高峰。他逐渐骄傲起来,逐渐脱离实际和脱离群众,主观主义和个人专断作风日益严重,日益凌驾于党中央之上,使党和国家政治生活中的集体领导原则和民主集中制不断受到削弱以至破坏。这种现象是逐渐形成的,党中央对此也应负一定的责任。从马克思主义的观点看来,这个复杂现象是一定历史条件的产物,如果仅仅归咎于某个人或若干人,就不能使全党得到深刻教训,并找出切实有效的改革步骤。在共产主义运动中,领袖人物具有十分重要的作用,这是历史已经反复证明和不容置疑的。但是国际共产主义运动史上由于没有正确解决领袖和党的关系问题而出现过的一些严重偏差,对我们党也产生了消极的影响。中国是一个封建历史很长的国家,我们党对封建主义特别是对封建土地制度和豪绅恶霸进行了最坚决最彻底的斗争,在反封建斗争中养成了优良的民主传统;但是长期封建专制主义在思想政治方面的遗毒仍然不是很容易肃清的,种种历史原因又使我们没有能把党内民主和国家政治社会生活的民主加以制度化,法律化,或者虽然制定了法律,却没有应有的权威。这就提供了一种条件,使党的权力过分集中于个人,党内个人专断和个人崇拜现象滋长起来,也就使党和国家难于防止和制止"文化大革命"的发动和发展。

国务院关于对期刊
出版实行自负盈亏的通知[*]

（1984 年 12 月 29 日）

为了促进各类经过批准、在出版行政管理部门正式登记的期刊提高质量，加强管理，改善经营，实行自负盈亏，以适应四化建设和经济改革的要求，特通知如下：

一、中央、国务院各部门，中央各群众团体，各省、自治区、直辖市机关团体，全国各科研单位、高等院校，办好本部门、本单位指导工作、发表科研论著、推广应用技术的期刊，是自己业务、科研工作的重要组成部分。各部门、各单位对这些期刊要加强领导，促进其努力提高质量，使之发挥应有的作用。这些期刊原则上要做到保本经营，在未做到之前，仍可由主办单位给予定额补贴。一个单位确需同时办几个刊物的，也可以盈补亏。

二、为了繁荣社会主义文艺创作，中央一级各文学、艺术门类可各有一个作为创作园地的期刊，中国作家协会可有两个大型文学期刊，各省、自治区、直辖市可有一、两个作为文艺创作园地的期刊，这些期刊也应做到保本经营，在未做到之前，仍可由主办单位给予定额补贴。

省、自治区、直辖市以下的行署、市、县办的文艺期刊，一律不准用行政事业费给予补贴。

三、用外文和少数民族文字印行的期刊，仍实行必要的经费补贴。

四、上述各类期刊，属中央一级的，须经主管部委或相当于部委一级的领导批准；属省、自治区、直辖市一级的，一律由所属省、自治区、直辖市人民政府批准。各级财政、财务部门，应根据批准文件办理有关手续。上述各类经过批准经济上继续补贴的期刊，均须报文化部或国家科委备案，以便检查。

五、上述各类继续补贴的期刊，要实行独立的经济核算（人员、行政开支均应计入成本），积极改善经营管理，精打细算，杜绝浪费，努力提高质量，扩大发行，逐步减少亏损，争取尽早实现自负盈亏。

六、凡超出本部门、本单位业务、学科范围的期刊，以及本通知一、二、三条规定限额以外的各种期刊，要实行独立核算，自负盈亏，一律不得给予补贴，现有的补贴从一九八五年一月一日起一律取消。

七、鉴于纸张提价、印刷、发行费用增加，期刊可根据国务院批准的图书、报刊调价规定，本着保本薄利的原则合理调价。

八、目前，很多单位用公费为负责人和干部订阅报刊，造成很大浪费。今后除图书馆、阅览室、资料室、文化室、办公室正常需要的部分报刊和职工集体阅读的报纸以外，其他任何单位都不得用公费给个人订阅报刊。

九、中国人民解放军系统办的各类期刊，请总政治部根据上述精神，作出相应规定。

---

* 国务院法制局编：《中华人民共和国现行法规汇编 1949—1985 教科文卫卷》，人民出版社，1987 年版。

关于认真对待"红色经典"
改编电视剧有关问题的通知*

（2004 年 4 月 9 日）

国家广电总局

各省、自治区、直辖市广播电视局（厅）、中央电视台、中国教育电视台、解放军总政艺术局、中直有关单位：

　　近期，一些电视剧制作单位将《林海雪原》、《红色娘子军》、《红岩》、《小兵张嘎》、《红日》、《红旗谱》、《烈火金刚》等"红色经典"改编为同名电视剧，有的电视剧播出引起了许多观众的议论，甚至不满和批评。

　　一些观众认为，有的根据"红色经典"改编拍摄的电视剧存在着"误读原著、误会群众、误解市场"的问题。有的电视剧创作者在改编"红色经典"过程中，没有了解原著的核心精神，没有理解原著所表现的时代背景和社会本质，片面追求收视率和娱乐性，在主要人物身上编织过多情感纠葛，强化爱情戏；在人物造型上增加浪漫情调，在英雄人物身上挖掘多重性格，在反面人物的塑造上追求所谓的人性化和性格化，使电视剧与原著的核心精神和思想内涵相距甚远。同时，由于有的"红色经典"作品内容有限，电视剧创作者就人为地扩大作品容量，稀释作品内容，影响了作品的完整性、严肃性和经典性。"红色经典"作为革命现实主义的代表作，是以真实的历史为基础而创作的，是文艺作品中的瑰宝，影响和鼓舞了几代人。

　　为此，各省级广播影视管理部门要加强对"红色经典"剧目的审查把关工作，要求有关影视制作单位在改编"红色经典"时，必须尊重原著的核心精神，尊重人民群众已经形成的认知定位和心理期待，绝不允许对"红色经典"进行低俗描写、杜撰亵渎，确保"红色经典"电视剧创作生产的健康发展。

　　请各省级广播影视管理部门要切实负起责任，认真检查所属制作机构创作生产"红色经典"电视剧的情况，特别要严格把握好尊重原著精神，不许戏说调侃，切实保证此类剧目创作、生产、播出不出问题。如遇拿不准的剧目，报总局审查处理。

＊ 《中国广播影视》2004 年第 5 期。

在文艺工作座谈会上的讲话

（2014 年 10 月 15 日）

习近平

今天，这里群英荟萃、少长咸集，既有德高望重的老作家、老艺术家，也有崭露头角的文艺新秀，有些同志过去就很熟悉，有些是初次见面。见到大家很高兴。

文艺事业是党和人民的重要事业，文艺战线是党和人民的重要战线。长期以来，广大文艺工作者致力于文艺创作、表演、研究、传播，在各自领域辛勤耕耘、服务人民，取得了显著成绩，作出了重要贡献。在大家共同努力下，我国文艺园地百花竞放、硕果累累，呈现出繁荣发展的生动景象。借此机会，我向大家表示衷心的感谢，向全国文艺工作者致以诚挚的问候！

今天召开这个座谈会，我早有考虑，直到现在才有机会，主要是想听听大家的意见和建议，同大家一起分析现状、交流思想，共商我国文艺繁荣发展大计。刚才，几位同志的发言都很好，有思想，有见地，听了很受启发。下面，我讲 5 个问题，同大家一起讨论。

第一个问题：实现中华民族伟大复兴需要中华文化繁荣兴盛

为什么要高度重视文艺和文艺工作？这个问题，首先要放在我国和世界发展大势中来审视。我说过，实现中华民族伟大复兴，是近代以来中国人民最伟大的梦想。今天，我们比历史上任何时期都更接近中华民族伟大复兴的目标，比历史上任何时期都更有信心、有能力实现这个目标。而实现这个目标，必须高度重视和充分发挥文艺和文艺工作者的重要作用。

文化是民族生存和发展的重要力量。人类社会每一次跃进，人类文明每一次升华，无不伴随着文化的历史性进步。中华民族有着 5000 多年的文明史，近代以前中国一直是世界强国之一。在几千年的历史流变中，中华民族从来不是一帆风顺的，遇到了无数艰难困苦，但我们都挺过来、走过来了，其中一个很重要的原因就是世世代代的中华儿女培育和发展了独具特色、博大精深的中华文化，为中华民族克服困难、生生不息提供了强大精神支撑。

德国哲学家雅斯贝尔斯在《历史的起源与目标》一书中写道，公元前 800 年至公元前 200 年是人类文明的"轴心时代"，是人类文明精神的重大突破时期，当时古代希腊、古代中国、古代印度等文明都产生了伟大的思想家，他们提出的思想原则塑造了不同文化传统，并一直影响着人类生活。这段话讲得很深刻，很有洞察力。古往今来，中华民族之所以在世界有地位、有影响，不是靠穷兵黩武，不是靠对外扩张，而是靠中华文化的强大感召力和吸引力。我们的先人早就认识到"远人不服，则修文德以来之"的道理。阐释中华民族禀赋、中华民族特点、中华民族精神，以德服人、以文化人是其中很重要的一个方面。

历史和现实都表明，人类文明是由世界各国各民族共同创造的。我出访所到之处，最陶醉的是各国各民族人民创造的文明成果。世界文明瑰宝比比皆是，这里我举几个国家、几个民族的例子。古希腊产生了对人类文明影响深远的神话、寓言、雕塑、建筑艺术,埃斯库罗斯、索福克勒斯、欧里庇得斯、阿里斯托芬的悲剧和喜剧是希腊艺术的经典之作。俄罗斯有普希金、果戈理、莱蒙托夫、屠格涅夫、陀思妥耶夫斯基、涅克拉索夫、车尔尼雪夫斯基、托尔斯泰、契诃夫、高尔基、肖洛霍夫、柴可夫斯基、里姆斯基-科萨科夫、拉赫玛尼诺夫、列宾等大师。法国有拉伯雷、拉封丹、莫里哀、司汤达、巴尔扎克、雨果、大仲马、小仲马、莫泊桑、罗曼·罗兰、萨特、加缪、米勒、马奈、德加、塞尚、莫奈、罗丹、柏辽兹、比才、德彪西等大师。英国有乔叟、弥尔顿、拜伦、雪莱、济慈、狄更斯、哈代、萧伯纳、透纳等大师。德国有莱辛、歌德、席勒、海涅、巴赫、贝多芬、舒曼、瓦格纳、勃拉姆斯等大师。美国有霍桑、朗费罗、斯托夫人、惠特曼、马克·吐温、德莱赛、杰克·伦敦、海明威等大师。我最近访问了印度,印度人民也是具有非凡文艺创造活力的,大约公元前 1000 年前后就形成了《梨俱吠陀》《阿达婆吠陀》、《娑摩吠陀》《夜柔吠陀》四种本集,法显、玄奘取经时,印度的诗歌、舞蹈、绘画、宗教建筑和雕塑就达到了很高的水平,泰戈尔更是产生了世界性的影响。我国就更多了,从老子、孔子、庄子、孟子、屈原、王羲之、李白、杜甫、苏轼、辛弃疾、关汉卿、曹雪芹,到"鲁郭茅巴老曹"(鲁迅、郭沫若、茅盾、巴金、老舍、曹禺),到聂耳、冼星海、梅兰芳、齐白石、徐悲鸿,从诗经、楚辞到汉赋、唐诗、宋词、元曲以及明清小说,从《格萨尔王传》《玛纳斯》到《江格尔》史诗,从五四时期新文化运动、新中国成立到改革开放的今天,产生了灿若星辰的文艺大师,留下了浩如烟海的文艺精品,不仅为中华民族提供了丰厚滋养,而且为世界文明贡献了华彩篇章。

历史和现实都证明,中华民族有着强大的文化创造力。每到重大历史关头,文化都能感国运之变化、立时代之潮头、发时代之先声,为亿万人民、为伟大祖国鼓与呼。中华文化既坚守本根又不断与时俱进,使中华民族保持了坚定的民族自信和强大的修复能力,培育了共同的情感和价值、共同的理想和精神。

没有中华文化繁荣兴盛,就没有中华民族伟大复兴。一个民族的复兴需要强大的物质力量,也需要强大的精神力量。没有先进文化的积极引领,没有人民精神世界的极大丰富,没有民族精神力量的不断增强,一个国家、一个民族不可能屹立于世界民族之林。

文艺是时代前进的号角,最能代表一个时代的风貌,最能引领一个时代的风气。"文变染乎世情,兴废系乎时序。"在欧洲文艺复兴运动中,但丁、彼特拉克、薄伽丘、达·芬奇、拉斐尔、米开朗琪罗、蒙田、塞万提斯、莎士比亚等文艺巨人,发出了新时代的啼声,开启了人们的心灵。在谈到文艺复兴运动时,恩格斯说,这"是一个需要巨人而且产生了巨人——在思维能力、热情和性格方面,在多才多艺和学识渊博方面的巨人的时代"。在我国发展史上,包括文艺在内的文化发展同样与中华民族发展紧紧联系在一起。先秦时期,我国出现了百家争鸣的兴盛局面,开创了我国古代文化的一个鼎盛期。20 世纪初,在五四新文化运动中,发端于文艺领域的创新风潮对社会变革产生了重大影响,成为全民族思想解放运动的重要引擎。

现在,全党全国各族人民正按照党的十八大确立的奋斗目标和党的十八届三中全会提出的改革任务,一步一步把中国特色社会主义事业向前推进。实现"两个一百年"奋斗目标、实现中华民族伟大复兴的中国梦是长期而艰巨的伟大事业。伟大事业需要伟大精神。实现这个伟大事业,文艺的作用不可替代,文艺工作者大有可为。广大文艺工作者要从这样的高度认识文艺的地位和作用,认识自己所担负的历史使命和责任。

鲁迅先生说,要改造国人的精神世界,首推文艺。举精神之旗、立精神支柱、建精神家园,都离不开文艺。当高楼大厦在我国大地上遍地林立时,中华民族精神的大厦也应该巍然耸立。我国作家艺术家应该成为时代风气的先觉者、先行者、先倡者，通过更多有筋骨、有道德、有温度的文艺作品，书写和记录人民的伟大实践、时代的进步要求，彰显信仰之美、崇高之美，弘扬中国精神、凝聚中国力量，鼓舞全国各族人民朝气蓬勃迈向未来。

第二个问题：创作无愧于时代的优秀作品

"文章合为时而著，歌诗合为事而作。"衡量一个时代的文艺成就最终要看作品。推动文艺繁荣发展，最根本的是要创作生产出无愧于我们这个伟大民族、伟大时代的优秀作品。没有优秀作品，其他事情搞得再热闹、再花哨，那也只是表面文章，是不能真正深入人民精神世界的，是不能触及人的灵魂、引起人民思想共鸣的。文艺工作者应该牢记，创作是自己的中心任务，作品是自己的立身之本，要静下心来、精益求精搞创作，把最好的精神食粮奉献给人民。

优秀文艺作品反映着一个国家、一个民族的文化创造能力和水平。吸引、引导、启迪人们必须有好的作品，推动中华文化走出去也必须有好的作品。所以，我们必须把创作生产优秀作品作为文艺工作的中心环节，努力创作生产更多传播当代中国价值观念、体现中华文化精神、反映中国人审美追求，思想性、艺术性、观赏性有机统一的优秀作品，形成"龙文百斛鼎，笔力可独扛"之势。优秀作品并不拘于一格、不形于一态、不定于一尊，既要有阳春白雪、也要有下里巴人，既要顶天立地、也要铺天盖地。只要有正能量、有感染力，能够温润心灵、启迪心智，传得开、留得下，为人民群众所喜爱，这就是优秀作品。

文艺深深融入人民生活，事业和生活、顺境和逆境、梦想和期望、爱和恨、存在和死亡，人类生活的一切方面，都可以在文艺作品中找到启迪。文艺对年轻人吸引力最大，影响也最大。我年轻时读了不少文学作品，涉猎了当时能找到的各种书籍，不仅其中许多精彩章节、隽永文字至今记忆犹新，而且从中悟出了不少生活真谛。文艺也是不同国家和民族相互了解和沟通的最好方式。去年（2013年）3月，我访问俄罗斯，在同俄罗斯汉学家座谈时就说到，我读过很多俄罗斯作家的作品，如年轻时读了车尔尼雪夫斯基的《怎么办？》后，在我心中引起了很大的震动。今年（2014年）3月访问法国期间，我谈了法国文艺对我的影响，因为我们党老一代领导人中很多到法国求过学，所以我年轻时对法国文艺抱有浓厚兴趣。在德国，我讲了自己读《浮士德》的故事。那时候，我在陕北农村插队，听说一个知青有《浮士德》这本书，就走了30里路去借这本书，后来他又走了30里路来取回这本书。我为什么要对外国人讲这些？就是因为文艺是世界语言，谈文艺，其实就是谈社会、谈人生，最容易相互理解、沟通心灵。

改革开放以来，我国文艺创作迎来了新的春天，产生了大量脍炙人口的优秀作品。同时，也不能否认，在文艺创作方面，也存在着有数量缺质量、有"高原"缺"高峰"的现象，存在着抄袭模仿、千篇一律的问题，存在着机械化生产、快餐式消费的问题。在有些作品中，有的调侃崇高、扭曲经典、颠覆历史，丑化人民群众和英雄人物；有的是非不分、善恶不辨、以丑为美，过度渲染社会阴暗面；有的搜奇猎艳、一味媚俗、低级趣味，把作品当作追逐利益的"摇钱树"，当作感官刺激的"摇头丸"；有的胡编乱写、粗制滥造、牵强附会，制造了一些文化"垃圾"；有的追求奢华、过度包装、炫富摆阔，形式大于内容；还有的热衷于所谓"为艺术而艺术"，只写一己悲欢、杯水风波，脱离大众、脱离现实。凡此种种都警示我们，文艺不能在市场经济大潮中迷失方向,不能在为什么人的问题上发生偏差,否则文艺就没有生命力。

我同几位艺术家交谈过,问当前文艺最突出的问题是什么,他们不约而同地说了两个字:浮躁。一些人觉得,为一部作品反复打磨,不能及时兑换成实用价值,或者说不能及时兑换成人民币,不值得,也不划算。这样的态度,不仅会误导创作,而且会使低俗作品大行其道,造成劣币驱逐良币现象。人类文艺发展史表明,急功近利,竭泽而渔,粗制滥造,不仅是对文艺的一种伤害,也是对社会精神生活的一种伤害。低俗不是通俗,欲望不代表希望,单纯感官娱乐不等于精神快乐。文艺要赢得人民认可,花拳绣腿不行,投机取巧不行,沽名钓誉不行,自我炒作不行,"大花轿,人抬人"也不行。

精品之所以"精",就在于其思想精深、艺术精湛、制作精良。"充实之谓美,充实而有光辉之谓大。"古往今来,文艺巨制无不是厚积薄发的结晶,文艺魅力无不是内在充实的显现。凡是传世之作、千古名篇,必然是笃定恒心、倾注心血的作品。福楼拜说,写《包法利夫人》"有一页就写了5天","客店这一节也许得写3个月"。曹雪芹写《红楼梦》"披阅十载,增删五次"。正是有了这种孜孜以求、精益求精的精神,好的文艺作品才能打造出来。

"取法于上,仅得为中;取法于中,故为其下。"有容乃大、无欲则刚,淡泊明志、宁静致远。大凡伟大的作家艺术家,都有一个渐进、渐悟、渐成的过程。文艺工作者要志存高远,就要有"望尽天涯路"的追求,耐得住"昨夜西风凋碧树"的清冷和"独上高楼"的寂寞,即便是"衣带渐宽"也"终不悔",即便是"人憔悴"也心甘情愿,最后达到"众里寻他千百度","蓦然回首,那人却在,灯火阑珊处"的领悟。

"诗文随世运,无日不趋新。"创新是文艺的生命。文艺创作中出现的一些问题,同创新能力不足很有关系。刘勰在《文心雕龙》中就多处讲到,作家诗人要随着时代生活创新,以自己的艺术个性进行创新。唐代书法家李邕说:"似我者俗,学我者死。"宋代诗人黄庭坚说:"随人作计终后人,自成一家始逼真。"文艺创作是观念和手段相结合、内容和形式相融合的深度创新,是各种艺术要素和技术要素的集成,是胸怀和创意的对接。要把创新精神贯穿文艺创作生产全过程,增强文艺原创能力。要坚持百花齐放、百家争鸣的方针,发扬学术民主、艺术民主,营造积极健康、宽松和谐的氛围,提倡不同观点和学派充分讨论,提倡体裁、题材、形式、手段充分发展,推动观念、内容、风格、流派切磋互鉴。我国少数民族能歌善舞,长期以来形成了多姿多彩的文艺成果,这是我国文艺的瑰宝,要保护好、发展好,让它们在祖国文艺百花园中绽放出更加绚丽的光彩。

繁荣文艺创作、推动文艺创新,必须有大批德艺双馨的文艺名家。要把文艺队伍建设摆在更加突出的重要位置,努力造就一批有影响的各领域文艺领军人物,建设一支宏大的文艺人才队伍。文艺是给人以价值引导、精神引领、审美启迪的,艺术家自身的思想水平、业务水平、道德水平是根本。文艺工作者要自觉坚守艺术理想,不断提高学养、涵养、修养,加强思想积累、知识储备、文化修养、艺术训练,努力做到"笼天地于形内,挫万物于笔端"。除了要有好的专业素养之外,还要有高尚的人格修为,有"铁肩担道义"的社会责任感。在发展社会主义市场经济条件下,还要处理好义利关系,认真严肃地考虑作品的社会效果,讲品位,重艺德,为历史存正气,为世人弘美德,为自身留清名,努力以高尚的职业操守、良好的社会形象、文质兼美的优秀作品赢得人民喜爱和欢迎。

互联网技术和新媒体改变了文艺形态,催生了一大批新的文艺类型,也带来文艺观念和文艺实践的深刻变化。由于文字数码化、书籍图像化、阅读网络化等发展,文艺乃至社会文化面临着重大变革。要适应形势发展,抓好网络文艺创作生产,加强正面引导力度。近些年来,民营文化工作室、民营文化经纪机构、网络文艺社群等新的文艺组织大量涌现,网络作家、签约作家、自由撰稿人、独立制片人、独立演员歌手、自由美术工作者等新的文艺群体十分活跃。这些人中很有可能产生文艺名家,古今中外很多文艺名家都是从社会和人民中产生的。我们要扩大工作覆盖面,延伸联系手臂,用全新的眼光看待他们,用全新的政策和方法团结、吸引他们,引导他们成为繁荣社会主义文艺的有生力量。

第三个问题:坚持以人民为中心的创作导向

社会主义文艺,从本质上讲,就是人民的文艺。毛泽东同志在延安文艺座谈会上指出:"为什么人的问题,是一个根本的问题,原则的问题。"邓小平同志说:"我们的文艺属于人民","人民是文艺工作者的母亲"。江泽民同志要求广大文艺工作者"在人民的历史创造中进行艺术的创造,在人民的进步中造就艺术的进步"。胡锦涛同志强调:"只有把人民放在心中最高位置,永远同人民在一起,坚持以人民为中心的创作导向,艺术之树才能常青。"

人民既是历史的创造者、也是历史的见证者,既是历史的"剧中人"、也是历史的"剧作者"。文艺要反映好人民心声,就要坚持为人民服务、为社会主义服务这个根本方向。这是党对文艺战线提出的一项基本要求,也是决定我国文艺事业前途命运的关键。只有牢固树立马克思主义文艺观,真正做到了以人民为中心,文艺才能发挥最大正能量。以人民为中心,就是要把满足人民精神文化需求作为文艺和文艺工作的出发点和落脚点,把人民作为文艺表现的主体,把人民作为文艺审美的鉴赏家和评判者,把为人民服务作为文艺工作者的天职。

第一,人民需要文艺。人民的需求是多方面的。满足人民日益增长的物质需求,必须抓好经济社会建设,增加社会的物质财富。满足人民日益增长的精神文化需求,必须抓好文化建设,增加社会的精神文化财富。物质需求是第一位的,吃上饭是最主要的,所以说"民以食为天"。但是,这并不是说人民对精神文化生活的需求就是可有可无的,人类社会与动物界的最大区别就是人是有精神需求的,人民对精神文化生活的需求时时刻刻都存在。

随着人民生活水平不断提高,人民对包括文艺作品在内的文化产品的质量、品位、风格等的要求也更高了。文学、戏剧、电影、电视、音乐、舞蹈、美术、摄影、书法、曲艺、杂技以及民间文艺、群众文艺等各领域都要跟上时代发展、把握人民需求,以充沛的激情、生动的笔触、优美的旋律、感人的形象创作生产出人民喜闻乐见的优秀作品,让人民精神文化生活不断迈上新台阶。

还有,国际社会对中国的关注度越来越高,他们想了解中国,想知道中国人的世界观、人生观、价值观,想知道中国人对自然、对世界、对历史、对未来的看法,想知道中国人的喜怒哀乐,想知道中国历史传承、风俗习惯、民族特性,等等。这些光靠正规的新闻发布、官方介绍是远远不够的,靠外国民众来中国亲自了解、亲身感受是很有限的。而文艺是最好的交流方式,在这方面可以发挥不可替代的作用,一部小说,一篇散文,一首诗,一幅画,一张照片,一部电影,一部电视剧,一曲音乐,都能给外国人了解中国提供一个独特的视角,都能以各自的魅力去吸引人、感染人、打动人。京剧、民乐、书法、国画等都是我国文化瑰宝,都是外国人了解中国的重要途径。文艺工作者要讲好中国故事、传播好中国声音、阐发中国精神、展现中国风貌,让外国民众通过欣赏中国作家艺术家的作品来深化对中国的认识、增进对中国的了解。要向世界宣传推介我国优秀文化艺术,让国外民众在审美过程中感受魅力,加深对中华文化的认识和理解。

第二,文艺需要人民。人民是文艺创作的源头活水,一旦离开人民,文艺就会变成无根的浮萍、无病的呻吟、无魂的躯壳。列宁说:"艺术是属于人民的。它必须在广大劳动群众的底层有其最深厚的根基。它必须为这些群众所了解和爱好。它必须结合这些群众的感情、思想和意志,并提高他们。它必须在群众中间唤起艺术家,并使他们得到发展。"人民生活中本来就存在着文学艺术原料的矿藏,人民生活是一切文学艺术取之不尽、用之不竭的创作源泉。

人民的需要是文艺存在的根本价值所在。能不能搞出优秀作品,最根本的决定于是否能为人民抒写、为人民抒情、为人民抒怀。一切轰动当时、传之后世的文艺作品,反映的都是时代要求和人民心声。我国久传不息的名篇佳作都充满着对人民命运的悲悯、对人民悲欢的关切,以精湛的艺术彰显了深厚的人民情怀。《古诗源》收集的反映远古狩猎活动的《弹歌》,《诗经》中反映农夫艰辛劳作的《七月》、反映士兵征战生活的《采薇》、反映青年爱情生活的《关雎》,探索宇宙奥秘的《天问》,反映游牧生活的《敕勒歌》,歌颂女性英姿的《木兰诗》等,都是从人民生活中产生的。屈原的"长太息以掩涕兮,哀民生之多艰",杜甫的"安得广厦千万间,大庇天下寒士俱欢颜"、"朱门酒肉臭,路有冻死骨",李绅的"谁知盘中餐,粒粒皆辛苦",郑板桥的"些小吾曹州县吏,一枝一叶总关情",等等,也都是深刻反映人民心声的作品和佳句。世界上最早的文学作品《吉尔伽美什》史诗,反映了两河流域上古人民探求自然规律和生死奥秘的心境和情感。《荷马史诗》赞美了人民勇敢、正义、无私、勤劳等品质。《神曲》、《十日谈》、《巨人传》等作品的主要内容是反对中世纪的禁欲主义、蒙昧主义,反映人民对精神解放的热切期待。因此,文艺只有植根现实生活、紧跟时代潮流,才能发展繁荣;只有顺应人民意愿、反映人民关切,才能充满活力。

人民不是抽象的符号,而是一个一个具体的人,有血有肉,有情感,有爱恨,有梦想,也有内心的冲突和挣扎。不能以自己的个人感受代替人民的感受,而是要虚心向人民学习、向生活学习,从人民的伟大实践和丰富多彩的生活中汲取营养,不断进行生活和艺术的积累,不断进行美的发现和美的创造。要始终把人民的冷暖、人民的幸福放在心中,把人民的喜怒哀乐倾注在自己的笔端,讴歌奋斗人生,刻画最美人物,坚定人们对美好生活的憧憬和信心。

说到这里,我就想起了一件事情。1982年,我到河北正定县去工作前夕,一些熟人来为我送行,其中就有八一厂的作家、编剧王愿坚。他对我说,你到农村去,要像柳青那样,深入到农民群众中去,同农民群众打成一片。柳青为了深入农民生活,1952年曾经任陕西长安县县委副书记,后来辞去了县委副书记职务、保留常委职务,并定居在那儿的皇甫村,蹲点14年,集中精力创作《创业史》。因为他对陕西关中农民生活有深入了解,所以笔下的人物才那样栩栩如生。柳青熟知乡亲们的喜怒哀乐,中央出台一项涉及农村农民的政策,他脑子里立即就能想象出农民群众是高兴还是不高兴。

第三,文艺要热爱人民。有没有感情,对谁有感情,决定着文艺创作的命运。如果不爱人民,那就谈不上为人民创作。鲁迅就对人民充满了热爱,表露他这一心迹最有名的诗句就是"横眉冷对千夫指,俯首甘为孺子牛"。我在河北正定工作时结识的作家贾大山,也是一位热爱人民的作家。他去世后,我写了一篇文章悼念他。他给我印象最深的就是忧国忧民情怀，"处江湖之远则忧其君"。文艺工作者要想有成就，就必须自觉与人民同呼吸、共命运、心连心，欢乐着人民的欢乐，忧患着人民的忧患，做人民的孺子牛。这是唯一正确的道路，也是作家艺术家最大的幸福。

热爱人民不是一句口号，要有深刻的理性认识和具体的实践行动。对人民，要爱得真挚、爱得彻底、爱得持久，就要深深懂得人民是历史创造者的道理，深入群众、深入生活，诚心诚意做人民的小学生。我讲要深入生活，有些同志人是下去了，但只是走马观花、蜻蜓点水，并没有带着心，并没有动真情。要解决好"为了谁、依靠谁、我是谁"这个问题，拆除"心"的围墙，不仅要"身入"，更要"心入"、"情入"。

文艺的一切创新，归根到底都直接或间接来源于人民。"世事洞明皆学问，人情练达即文章。"艺术可以放飞想象的翅膀，但一定要脚踩坚实的大地。文艺创作方法有一百条、一千条，但最根本、最关键、最牢靠的办法是扎根人民、扎根生活。曹雪芹如果没对当时的社会生活做过全景式的观察和显微镜式的剖析，就不可能完成《红楼梦》这种百科全书式巨著的写作。鲁迅如果不熟悉辛亥革命前后底层民众的处境和心情，就不可能塑造出祥林嫂、闰土、阿Q、孔乙己等那些栩栩如生的人物。

关在象牙塔里不会有持久的文艺灵感和创作激情。有一位苏联诗人形容作家坐在屋里挖空心思写不出东西的窘态是"把手指甲都纹出了水来"。我们要走进生活深处，在人民中体悟生活本质、吃透生活底蕴。只有把生活咀嚼透了，完全消化了，才能变成深刻的情节和动人的形象，创作出来的作品才能激荡人心。正所谓"闭门觅句非诗法，只是征行自有诗"。一切创作技巧和手段最终都是为内容服务的，都是为了更鲜明、更独特、更透彻地说人说事说理。背离了这个原则，技巧和手段就毫无价值了，甚至还会产生负面效应。

当然，生活中并非到处都是莺歌燕舞、花团锦簇，社会上还有许多不如人意之处、还存在一些丑恶现象。对这些现象不是不要反映，而是要解决好如何反映的问题。古人云，"乐而不淫，哀而不伤"，"发乎情，止乎礼义"。文艺创作如果只是单纯记述现状、原始展示丑恶，而没有对光明的歌颂、对理想的抒发、对道德的引导，就不能鼓舞人民前进。应该用现实主义精神和浪漫主义情怀观照现实生活，用光明驱散黑暗，用美善战胜丑恶，让人们看到美好、看到希望、看到梦想就在前方。

一部好的作品，应该是经得起人民评价、专家评价、市场检验的作品，应该是把社会效益放在首位，同时也应该是社会效益和经济效益相统一的作品。在发展社会主义市场经济的条件下，许多文化产品要通过市场实现价值，当然不能完全不考虑经济效益。然而，同社会效益相比，经济效益是第二位的，当两个效益、两种价值发生矛盾时，经济效益要服从社会效益，市场价值要服从社会价值。文艺不能当市场的奴隶，不要沾满了铜臭气。优秀的文艺作品，最好是既能在思想上、艺术上取得成功，又能在市场上受到欢迎。要坚守文艺的审美理想、保持文艺的独立价值，合理设置反映市场接受程度的发行量、收视率、点击率、票房收入等量化指标，既不能忽视和否定这些指标，又不能把这些指标绝对化，被市场牵着鼻子走。

有的同志说，天是世界的天，地是中国的地，只有眼睛向着人类最先进的方面注目，同时真诚直面当下中国人的生存现实，我们才能为人类提供中国经验，我们的文艺才能为世界贡献特殊的声响和色彩。说的是有道理的。中华民族5000多年的文明进步，近代以来中国人民争取民族独立、人民解放的浴血斗争，中国共产党领导人民进行的革命、建设、改革的伟大历程，古老中国的深刻变化和13亿中国人民极为丰富的生产生活，为文艺创作提供了极为肥沃的土壤,值得写的东西太多了。只要我们与人民同在,就一定能从祖国大地母亲那里获得无穷的力量。

第四个问题:中国精神是社会主义文艺的灵魂

这段时间,我集中强调了培育和践行社会主义核心价值观问题。今年(2014年)2月,中央政治局专门就培育和弘扬社会主义核心价值观进行集体学习,我作了讲话,对全社会提了要求。五四青年节,我到北京大学去,对大学师生讲了这个问题。5月底,我在上海考察工作时,对领导干部弘扬和践行社会主义核心价值观提了要求。六一儿童节前夕,我在北京海淀区民族小学同师生们座谈时讲了这个问题。6月上旬,我在两院院士大会上对院士们也提了这方面要求。9月教师节前一天,我到北京师范大学同师生座谈,再次强调了这个问题。今天,我也要对文艺界提出这方面要求,因为文艺在培育和弘扬社会主义核心价值观方面具有独特作用。

每个时代都有每个时代的精神。我曾经讲过,实现中国梦必须走中国道路、弘扬中国精神、凝聚中国力量。核心价值观是一个民族赖以维系的精神纽带,是一个国家共同的思想道德基础。如果没有共同的核心价值观,一个民族、一个国家就会魂无定所、行无依归。为什么中华民族能够在几千年的历史长河中生生不息、薪火相传、顽强发展呢?很重要的一个原因就是中华民族有一脉相承的精神追求、精神特质、精神脉络。

改革开放以来,我国经济发展很快,人民生活水平提高也很快。同时,我国社会正处在思想大活跃、观念大碰撞、文化大交融的时代,出现了不少问题。其中比较突出的一个问题就是一些人价值观缺失,观念没有善恶,行为没有底线,什么违反党纪国法的事情都敢干,什么缺德的勾当都敢做,没有国家观念、集体观念、家庭观念,不讲对错,不问是非,不知美丑,不辨香臭,浑浑噩噩,穷奢极欲。现在社会上出现的种种问题病根都在这里。这方面的问题如果得不到有效解决,改革开放和社会主义现代化建设就难以顺利推进。

我们始终强调,两个文明都搞好才是中国特色社会主义。邓小平同志早就告诫我们:风气如果坏下去,经济搞成功又有什么意义?会在另一方面变质!因此,我们要在全社会大力弘扬和践行社会主义核心价值观,使之像空气一样无处不在、无时不有,成为全体人民的共同价值追求,成为我们生而为中国人的独特精神支柱,成为百姓日用而不觉的行为准则。要号召全社会行动起来,通过教育引导、舆论宣传、文化熏陶、实践养成、制度保障等,使社会主义核心价值观内化为人们的精神追求、外化为人们的自觉行动。

文艺是铸造灵魂的工程,文艺工作者是灵魂的工程师。好的文艺作品就应该像蓝天上的阳光、春季里的清风一样,能够启迪思想、温润心灵、陶冶人生,能够扫除颓废萎靡之风。"凡作传世之文者,必先有可以传世之心。"广大文艺工作者要高扬社会主义核心价值观的旗帜,充分认识肩上的责任,把社会主义核心价值观生动活泼、活灵活现地体现在文艺创作之中,用栩栩如生的作品形象告诉人们什么是应该肯定和赞扬的,什么是必须反对和否定的,做到春风化雨、润物无声。同时,文艺界知名人士很多,社会影响力不小,大家不仅要在文艺创作上追求卓越,而且要在思想道德修养上追求卓越,更应身体力行践行社会主义核心价值观,努力做到言为士则、行为世范。

在社会主义核心价值观中,最深层、最根本、最永恒的是爱国主义。爱国主义是常写常新的主题。拥有家国情怀的作品,最能感召中华儿女团结奋斗。范仲淹的"先天下之忧而忧,后天下之乐而乐",陆游的"王师北定中原日,家祭无忘告乃翁"、"位卑未敢忘忧国"、"夜阑卧听风吹雨,铁马冰河入梦来",文天祥的"人生自古谁无死,留取丹心照汗青",林则徐的"苟利国家生死以,岂因祸福避趋之",岳飞的《满江红》,方志敏的《可爱的中国》,等等,都以全部热情为祖国放歌抒怀。我们当代文艺更要把爱国主义作为文艺创作的主旋律,引导人民树立和坚持正确的历史观、民族观、国家观、文化观,增强做中国人的骨气和底气。

追求真善美是文艺的永恒价值。艺术的最高境界就是让人动心,让人们的灵魂经受洗礼,让人们发现自然的美、生活的美、心灵的美。一首短短的《游子吟》之所以流传千年,就在于它生动讴歌了伟大的母爱。苏东坡称赞韩愈"文起八代之衰,而道济天下之溺",讲的是从司马迁之后到韩愈,算起来文章衰弱了八代。韩愈的文章起来了,凭什么呢?就是"道",就是文以载道。我们要通过文艺作品传递真善美,传递向上向善的价值观,引导人们增强道德判断力和道德荣誉感,向往和追求讲道德、尊道德、守道德的生活。只要中华民族一代接着一代追求真善美的道德境界,我们的民族就永远健康向上、永远充满希望。

文艺创作不仅要有当代生活的底蕴,而且要有文化传统的血脉。"求木之长者,必固其根本;欲流之远者,必浚其泉源。"中华优秀传统文化是中华民族的精神命脉,是涵养社会主义核心价值观的重要源泉,也是我们在世界文化激荡中站稳脚跟的坚实根基。增强文化自觉和文化自信,是坚定道路自信、理论自信、制度自信的题中应有之义。如果"以洋为尊"、"以洋为美"、"唯洋是从",把作品在国外获奖作为最高追求,跟在别人后面亦步亦趋、东施效颦,热衷于"去思想化"、"去价值化"、"去历史化"、"去中国化"、"去主流化"那一套,绝对是没有前途的!事实上,外国人也跑到我们这里寻找素材、寻找灵感,好莱坞拍摄的《功夫熊猫》、《花木兰》等影片不就是取材于我们的文化资源吗?

中华民族在长期实践中培育和形成了独特的思想理念和道德规范,有崇仁爱、重民本、守诚信、讲辩证、尚和合、求大同等思想,有自强不息、敬业乐群、扶正扬善、扶危济困、见义勇为、孝老爱亲等传统美德。中华优秀传统文化中很多思想理念和道德规范,不论过去还是现在,都有其永不褪色的价值。我们要结合新的时代条件传承和弘扬中华优秀传统文化,传承和弘扬中华美学精神。中华美学讲求托物言志、寓理于情,讲求言简意赅、凝练节制,讲求形神兼备、意境深远,强调知、情、意、行相统一。我们要坚守中华文化立场、传承中华文化基因,展现中华审美风范。

传承中华文化,绝不是简单复古,也不是盲目排外,而是古为今用、洋为中用,辩证取舍、推陈出新,摒弃消极因素,继承积极思想,"以古人之规矩,开自己之生面",实现中华文化的创造性转化和创新性发展。

当然,我们强调弘扬社会主义核心价值观,继承和发扬中华民族优秀传统文化,坚持和弘扬中国精神,并不排斥学习借鉴世界优秀文化成果。我们社会主义文艺要繁荣发展起来,必须认真学习借鉴世界各国人民创造的优秀文艺。只有坚持洋为中用、开拓创新,做到中西合璧、融会贯通,我国文艺才能更好发展繁荣起来。其实,现代以来,我国文艺和世界文艺的交流互鉴就一直在进行着。白话文、芭蕾舞、管弦乐、油画、电影、话剧、现代小说、现代诗歌等都是借鉴国外又进行民族创造的成果。鲁迅等进步作家当年就大量翻译介绍国外进步文学作品。新中国成立后,我们学习借鉴苏联文艺,如普列汉诺夫的艺术理论、斯坦尼斯拉夫斯基表演体系,苏联的芭蕾舞、电影等,苏联著名舞蹈家乌兰诺娃以及一些苏联著名演员、导演当年都来过中国访问。这种学习借鉴对建国初期我国社会主义文艺发展起到了促进作用。改革开放之后,我国文艺对世界文艺的学习借鉴就更广泛了。现在,情况也一样,很多艺术形式是国外兴起的,如说唱表演、街舞等,但只要人民群众喜欢,我们就要用,并赋予其健康向上的内容。

当今世界是开放的世界,艺术也要在国际市场上竞争,没有竞争就没有生命力。比如电影领域,经过市场竞争,国外影片并没有把我们的国产影片打垮,反而刺激了国产影片提高质量和水平,在市场竞争中发展起来了,具有了更强的竞争力。

第五个问题：加强和改进党对文艺工作的领导

党的领导是社会主义文艺发展的根本保证。党的根本宗旨是全心全意为人民服务,文艺的根本宗旨也是为人民创作。把握了这个立足点,党和文艺的关系就能得到正确处理,就能准确把握党性和人民性的关系、政治立场和创作自由的关系。

加强和改进党对文艺工作的领导,要把握住两条:一是要紧紧依靠广大文艺工作者,二是要尊重和遵循文艺规律。各级党委要从建设社会主义文化强国的高度,增强文化自觉和文化自信,把文艺工作纳入重要议事日程,贯彻好党的文艺方针政策,把握文艺发展正确方向。要选好配强文艺单位领导班子,把那些德才兼备、能同文艺工作者打成一片的干部放到文艺工作领导岗位上来。要尊重文艺工作者的创作个性和创造性劳动,政治上充分信任,创作上热情支持,营造有利于文艺创作的良好环境。要诚心诚意同文艺工作者交朋友,关心他们的工作和生活,倾听他们心声和心愿。要重视文艺阵地建设和管理,坚持守土有责,绝不给有害的文艺作品提供传播渠道。各级宣传文化部门要在党委领导下,切实加强对文艺工作的指导和扶持,加强对文艺工作者的引导和团结,为推动文艺繁荣发展作出积极贡献。文联、作协要充分发挥优势,加强行业服务、行业管理、行业自律,真正成为文艺工作者之家。

现在,文艺工作的对象、方式、手段、机制出现了许多新情况、新特点,文艺创作生产的格局、人民群众的审美要求发生了很大变化,文艺产品传播方式和群众接受欣赏习惯发生了很大变化。对传统文艺创作生产和传播,我们有一套相对成熟的体制机制和管理措施,而对新的文艺形态,我们还缺乏有效的管理方式方法。这方面,我们必须跟上节拍,下功夫研究解决。要通过深化改革、完善政策、健全体制,形成不断出精品、出人才的生动局面。

要高度重视和切实加强文艺评论工作。文艺批评是文艺创作的一面镜子、一剂良药,是引导创作、多出精品、提高审美、引领风尚的重要力量。文艺批评要的就是批评,不能都是表扬甚至庸俗吹捧、阿谀奉承,不能套用西方理论来剪裁中国人的审美,更不能用简单的商业标准取代艺术标准,把文艺作品完全等同于普通商品,信奉"红包厚度等于评论高度"。文艺批评褒贬甄别功能弱化,缺乏战斗力、说服力,不利于文艺健康发展。

真理越辩越明。一点批评精神都没有,都是表扬和自我表扬、吹捧和自我吹捧、造势和自我造势相结合,那就不是文艺批评了！金无足赤、人无完人,天下哪有十全十美的东西呢？良药苦口利于病,忠言逆耳利于行。有了真正的批评,我们的文艺作品才能越来越好。文艺批评就要褒优贬劣、激浊扬清,像鲁迅所说的那样,批评家要做"剜烂苹果"的工作,"把烂的剜掉,把好的留下来吃"。不能因为彼此是朋友,低头不见抬头见,抹不开面子,就不敢批评。作家艺术家要敢于面对批评自己作品短处的批评家,以敬重之心待之,乐于接受批评。要以马克思主义文艺理论为指导,继承创新中国古代文艺批评理论优秀遗产,批判借鉴现代西方文艺理论,打磨好批评这把"利器",把好文艺批评的方向盘,运用历史的、人民的、艺术的、美学的观点评判和鉴赏作品,在艺术质量和水平上敢于实事求是,对各种不良文艺作品、现象、思潮敢于表明态度,在大是大非问题上敢于表明立场,倡导说真话、讲道理,营造开展文艺批评的良好氛围。

同志们!"等闲识得东风面,万紫千红总是春。"党中央对文艺工作和文艺工作者寄予厚望。希望文艺战线和广大文艺工作者不辜负时代召唤、不辜负人民期待,创造出更好更多的文艺精品,为推动文化大发展大繁荣、建设社会主义文化强国作出新的更大的贡献!

附:牢记良知和责任*

中国作家协会主席　铁　凝

今天,在新的历史起点上,党中央召开这样一个文艺座谈会,对于激励和引导全国文艺工作者,全身心地投入到实现中华民族伟大复兴中国梦的宏伟事业中去,具有重大而深远的意义。

新时期以来,特别是新世纪以来,广大作家响应时代的召唤,坚持以人民为中心的创作导向,弘扬社会主义核心价值观,创作出大批思想性和艺术性相统一的优秀作品,中国文学事业呈现出大繁荣大发展大团结的生动局面。回顾走过的道路,我们深刻地认识到,中国文学的繁荣离不开党的文艺政策的指引,离不开党中央的亲切关怀。党为文学发展指明了方向,营造了良好的大环境、大气候。"二为"方向和"双百"方针是中国社会主义文学的命脉。在党的文艺政策指引下,作家的创作和作品出版的空间越来越广阔,深入生活得到了很多具体、实在的帮助。党的关怀激励着作家为人民书写、为时代放歌。

很多同志都会想起习近平总书记当年所写的那篇《忆大山》,我和许多作家朋友一样,都从这篇文章中感受到那种情深意长的温暖。作家特别关注细节,《忆大山》中的很多细节令人难忘。比如,总书记当年经常和贾大山促膝长谈,有时夜深了,院门关了,他们一起悄悄地从大铁门上翻过。比如,贾大山是总书记到正定后第一个登门拜访的对象,而在贾大山垂危时,总书记又专程前往正定,两人执手相望,留下了贾大山人生的最后一张合影。我们从这些细节中感受到了高山流水般的相知相敬,我们也从正定一个作家的小院想到了延安的窑洞,体会到了党对广大作家的尊重、信任和爱护,对"人类灵魂工程师"的深切期许。

我一直在想,是什么使他们结下了那样深挚的友谊?我想这是因为贾大山同志的高尚人品,同时也是因为贾大山是一个深深扎根于人民之中的作家。在他的讲述中、在他的作品里,我能够强烈地感到,他的呼吸就是广大农民的呼吸,他眼中的光就是照亮着无数劳动者心灵的光。他的笔下凝注着人民疾苦忧患的重量。正如习近平同志所说,"他从来也没有把自己的命运与党和国家、人民的命运割裂开""他更没有忘记一名作家的良知和责任"。

"良知和责任",正是因此,我们的人民和我们的作家心心相印。文学从来就不仅是作家

个人的事业,中华文化有着悠久深厚的"诗教"传统,文学一向被看作是正人心、化风俗的重要途径,"让人们在潜移默化中感悟人生,增强明辨是非、善恶、美丑的能力,更让人们看到光明和希望,对生活充满信心"。从古至今,那些伟大的作家们,从未放弃他们对家国天下、对民族命运的责任,他们作品呼应着人民的忧乐,深沉地表达着把中华民族从根本上凝聚在一起、使人们向上、奋进的思想和情感。牢记良知和责任,这是党和人民对广大文学工作者的郑重嘱托,我们要有担当的气概,不辜负党和人民对作家的期待。

马克思早年就指出,"人民历来就是作家'够资格'和'不够资格'的唯一判断者"。如何面对和迎接这样的"判断",中国文学在百年的发展中积累了丰富的经验,也提炼出了一个颠扑不破的真理,那就是,文学什么时候与人民共呼吸、共命运,文学之树就会枝繁叶茂,什么时候离开和违背了人民,文学之树就会枯萎凋零。这一点,一再地为历史所证明,它仍会被未来的历史所印证。今天的座谈会上习总书记将要发表重要讲话,我们一定要学习贯彻总书记的重要讲话精神,使中国文学的创造力更充分地激发和挥洒,为中国社会主义文学繁荣做出新的贡献!

静下心来搞创作

周大新

习近平总书记在文艺工作座谈会重要讲话中指出:文艺工作者应该牢记,创作是自己的中心任务,作品是自己的立身之本,要静下心来,精益求精搞创作,把最好的精神食粮奉献给人民。我觉得这段话说得好,是一种告诫,也是一种叮咛。历史上那些留下名字的作家,哪个不是静下心来写作,靠作品让后人心生敬意的?假若曹雪芹当年三天两头去朝廷里找关系,想法子去攀附他那些富亲戚贵相识,总想着再弄个一官半职,总想着发财再修座大院子,总想着让满朝文武都记住自己的名字,怕是写不出《红楼梦》的吧?

一年来,我记着这段话,让自己静下心来写东西。

可我们已经进入了一个影像时代、一个读图时代、一个手机微信控制人的时代、一个纸质书滞销的时代、一个严肃写作者逐渐被边缘化的时代,作家的日子越过越艰难了。一个小说家辛辛苦苦地写几年,才写出一部书,可卖起来很难,很多人不愿读书当然也不愿买书,他们宁愿把时间花在碎片化的阅读和看影视剧上。也因此,作家的收入锐减。据统计,美国作家收入平均减少 30%,中国尚没有统计数字,但减少的比例也不会低。作家当然不能只考虑经济回报,可作家也是人,也要过日子,更重要的是,低报酬让写作这门职业不再有荣光,它打击着作家的职业自信,让他们的心难以平静下来。

我当然也不能例外。当我坐在书桌前写作时,我不能不想:纸质书的寿命还有多久?严肃文学还有没有存在的价值?自己正写着的这部书会有几个人来买?它能对多少人的心灵产生一点影响?出版之后多久会被网上盗版?

心,着实难以平静。

难以平静也得想法子平静,因为只要心里不静,就难以安坐桌前写出东西来,更别说写出好东西了。我想的法子就是赋予自己的职业神圣感。我告诉自己:写小说对于你是一项职业,而且是你喜欢的职业,是你自愿干了几十年的职业,是你不愿舍弃的职业,既然这样,你就必须将其干好,这是你应该遵守的职业道德;这个职业尽管不能赚大钱,但它制造出的精神产品是社会发展所需要的,对我们民族精神的铸造会产生作用,而民族精神是支撑一个民族生存下去的重要支柱,你一个来自乡村的农民的儿子,能参与神圣的民族精神的铸造过程,是荣幸的,你该知足了!

我把神圣感授予自己,由此让自己的心理获得了平衡。心理平衡了,心里就容易静下来了。

心静下来了,眼睛就看到了心里焦躁、烦躁、惶惑、惶然时看不见的一些东西。比如,看见了资本流动中时而美丽时而妖媚时而丑陋的腰身;看见了权力运行中时而光明灿烂时而阴暗疯狂的状貌;看见了人性中时而美好时而肮脏的惊人变幻;看见了人生强大、脆弱和艰难的一些瞬间。

看见了这些过去没看见的东西,再动笔和敲击键盘时,速度就快了,激情就有了……

我还要写

叶 辛

又是一个金秋,又到了丰收季节。那么,文艺界的同仁们,收获了一些什么呢?我所身在其中的文学界,又有了怎样的新收获?

在我接触较多的贵州文学界、上海文学界、中国作协,我欣喜地看到了一股新的气象,那就是他们从各自的实际出发,采取多种多样的形式,深入到改革开放的第一线,深入到偏远的乡间,深入到基层的工厂、企业、自贸区、高新区去学习,去感受生活、体验生活,捕捉时代的新意和闪光点,力争写出比以往更为出色的作品。

可以说,习近平总书记去年10月在文艺工作座谈会上提出的"深入生活、扎根人民",近一年来已蔚然成风。

看到这一番喜人的新气象,我也在思考、探索和实践,作为一个年过六旬的文学家,该怎么样"深入生活、扎根人民"呢?

除了走马观花地走进浦东、走进自贸区、走进江南水乡和贵州山区推行"乡愁文化"的农村,我接触最多的,还是我同时代的伙伴们,曾经"上山下乡"的一代知识青年们。上海这座城市,有一百一十几万知识青年,他们在青年时代奔赴全国11个省区的农场和乡村、边疆与草原、南国边陲和北方的黑龙江、新疆、内蒙古,在步入晚年门槛的时候,他们又不约而同地回到了上海,回到了生于斯、长于斯的故土。他们经历了漫长的人生,有很多的感慨和感悟,他们身上有许许多多欲说还休的故事,而他们所经历的人生岁月,无一不折射出共和国发展的轨迹。故而,和他们喝茶、聊天、参与农家乐旅游相聚交流时,我都能获得取之不尽的创作素材。我的有利因素是,我和他们是同时代人,能理解他们所说的一切,能倾听连他们的子女现在也没耐心听的叙述或唠叨。

正是从他们的感慨和感悟中,我提炼出凝重的对于下一代有用的东西,然后再把这些东西置于今天改革大潮中的城市与乡村的背景上。

谢天谢地,我的人生曾经在上海和贵州这样两个有代表性的地域度过。我时常说上海和贵州是我生命的两极,把我的小说背景放在这两极之间,我小说中的人物和故事就有了纵深感、历史感和时代感,也总能和其他作家有所不同。因而,我总有写不完的故事。

在去年10月的文艺工作座谈会结束时,习总书记曾握着我的手亲切地说:"上山下乡的经历,是我们共同宝贵的精神财富。你还可以写。"

我还要写,力争写得更好一些。

警惕文艺消费主义

阿 来

"读万卷书,行万里路"是数千年来中国文人的传统,也是文艺工作者采风的方法,其根本目的在于深入生活、扎根人民。然而,不知何时开始,"深入生活、扎根人民"竟然成了一个问题。

最近,中共中央政治局审议通过的《关于繁荣发展社会主义文艺的意见》指出:"举精神旗帜、立精神支柱、建精神家园,是当代中国文艺的崇高使命。"这也是习近平总书记对广大文艺工作者提出的三个标准,是文艺工作者的使命,值得大家牢记。

弘扬中国精神,传播中国价值,凝聚中国力量,是文艺工作者的神圣职责。但在市场经济浪潮下,一部分文艺产品被卷入商业化的洪流之中,我们对于消费主义可能给文艺造成的损害还不够警惕。市场的要求看似是人民的要求,不经仔细谨慎的判断,甚至会被误认为是时代的要求。

改革开放以来,我国的文艺创作领域产生了大量脍炙人口的优秀作品,同时,也存在机械化生产、快餐式消费的问题。长期以来,我们对文艺市场化的理解存在偏差,在提供文艺产品的过程中,无论是在审美方面还是精神层面,都呈现出逐渐下滑的态势。

文艺不能在市场经济大潮中迷失方向,低俗不是通俗,欲望不代表希望,单纯感官娱乐不等于精神快乐。作为一名文艺工作者,应该志存高远,成为时代风气的先觉者、先行者、先倡者,以自己的艺术个性进行创新,书写和记录人民的伟大实践,创作出无愧于时代的精品。正如习近平总书记所言,一部好的作品,应该是把社会效益放在首位,通过文艺作品传递真善美,传递向上向善的价值观,引导人们增强道德判断力和道德荣誉感,向往和追求讲道德、尊道德、守道德的生活。

文艺不只是文艺工作者的事,需要警醒的也不应该只是文艺产品生产者。文艺产品的消费者,读者也有一份责任。作者与读者是一个互动的关系,在相互需要的过程中,文艺作品的质量如何得到提升,需要大家共同思考。

为什么要写《抗日战争》

王树增

习近平总书记在文艺工作座谈会重要讲话中表露出一种忧虑:现在有一种割断历史、否定崇高、否定英雄的潮流,这实际上是有人企图在我们精神血脉上釜底抽薪。

的确,现在仇视中国的那些势力想在经济上打垮我们不太可能,想在军事上打垮我们也不太可能。但是颠覆一个民族有一种最便捷、成本最低的手段,那就是把这个民族的历史和当代完全割裂开来,在精神上釜底抽薪。

从这个角度讲,我写《抗日战争》只有一个目的,那就是充分挖掘、体现在那场艰苦卓绝的反侵略战争中,中华民族不屈的精神。如果没有这种精神,就没有办法解释那段历史。近代以来,中华民族饱受欺凌,鸦片战争之后历次异族入侵的战争,中国基本上都是以签订不平等条约和割让领土的屈辱而结束。而抗日战争我们胜利了,虽然过程非常艰难。为什么我们能在抗日战争中取得胜利?这是我们今天仍然需要认真思考的问题。抗日战争的研究,也仍是当代史学研究的薄弱环节。如果我们对这段历史研究不透,了解不深,认知不准确,无疑将愧对那些倒在战场上的前辈,愧对这段历史。

抗战胜利70年来,我们对抗战史的研究还有继续拓展和深化的空间。对正面战场和敌后战场中任何一个方面的曲解或者忽视,都不能解释这场战争,也不能解释历史的进程。我认为,正面战场那些重大战役不能残缺,否则历史的逻辑就会断裂。今天的读者要充分理解或者充分尊重正面战场在战争中的作用,这样才能正确把握历史。但是,如果没有敌后战场,同样没有办法解释抗日战争的胜利。八年抗战,整个中国战场上,日军有大片占领区,却没有后方——日军的后方被中国共产党的敌后武装力量掏空了。没有后方的军队是悲惨的军队,没有后方的军队是打不了胜仗的。

我尽可能做到还历史一个公允。我的真实只有一个原则,那就是准确把握历史发展的主流。我对抗日战争有一个基本的看法——这是全民族的战争。抗日战争是中华民族受到外来侵略之后第一次全民族同心合力的抗战,中国共产党倡导的抗日民族统一战线,令中华民族形成了强大的向心力,使得中国人民在万分危难和艰苦的条件下坚持不屈,最终赢得了这场战争的胜利。抗日战争不同于中国这块土地上发生过的所有其他战争。只有站在这个角度上来观察史料,才能把握历史的大势。

我写非虚构类作品,无论是近代史还是战争史,实际上是写心灵史,我觉得当代中国比以往任何时候都需要好好梳理梳理我们民族的心灵史。

我希望自己的写作,对得起中国人民在危难与苦难中不屈的抗战意志,对得起为抵御侵略而浴血作战的所有将士,对得起中华民族的历史与未来。

史料延伸：关于党在文艺方面的政策[*]
——俄共(布)中央 1925 年 6 月 18 日决议

一、最近群众物质福利的高涨,连同革命所引起的思想的转变、群众积极性的加强、眼界的大大扩张等等,造成了文化的要求和需要的巨大增长。这样,我们进入了文化革命的阶段,而文化革命是向共产主义社会继续前进的先决条件。

二、这种群众文化成长的一部分是新文学的成长——首先是无产阶级和农民的文学的成长,从其萌芽的但同时在范围方面空前广泛的形式(工人通讯、农村通讯、墙报及其他)起,直到思想性很强的文艺作品为止。

三、另一方面,经济过程非常复杂,矛盾的以至互相直接敌对的经济形态同时增长,这个发展引起新资产阶级产生和壮大的过程,一部分新旧知识分子对于这种资产阶级发生虽然最初未必自觉的但却是必然的倾向,以及这种资产阶级的一天比一天更新的思想代表者从社会深处化学式地分泌出来,——所有这一切,也必然一定显现在社会生活的文学表面上。

---

* 《苏联文学艺术问题》,人民文学出版社,1953 年版。

四、这样,正如在我国阶级斗争一般没有停止,同样阶级斗争在文学战线上也没有停止。在阶级社会中没有而且也不能有中立的艺术,虽然一般艺术、尤其是文学的阶级本性,其表现形式较之——比方说——在政治方面是更加无限地多种多样。

五、但是,如果忽视我们社会生活的基本事实,那就会完全错误,而这个事实就是:工人阶级获得了政权,全国实行着无产阶级专政。

既然无产阶级党在获得政权以前煽起阶级斗争,实行把整个社会推翻的路线,那么在无产阶级专政期中摆在无产阶级党面前的问题便是:怎样和农民相处一起,慢慢地改造他们;怎样和资产阶级建立某种程度的合作,慢慢地排挤他们;怎样使技术的和其他的一切知识分子为革命服务,在思想上把他们从资产阶级那里争取过来。

这样,阶级斗争虽没有停止,但其形式则已改变,因为无产阶级在获得政权以前力求推翻现存社会,而在自己专政时期则把"和平组织事业"提到第一位。

六、无产阶级应当保持、巩固、日益扩大自己的领导,同时要在思想战线许多新的领域中也占有相当的阵地。辩证唯物论之向完全新的领域(生物学、心理学、一般自然科学)的渗透过程,已经开始了。在文艺领域中夺取阵地,同样早晚应当成为事实。

七、但是必须记住:这个任务是比无产阶级正在解决的其他任务更复杂得不知道多少,因为工人阶级在资本主义社会中已经能准备自己完成胜利的革命,给自己造就斗士和领导者干部,并给自己造成政治斗争的卓绝的思想武器。但是它当时不能钻研自然科学问题和技术问题,而且它既是文化上被压迫的阶级,同样也不能造成自己的文艺、自己的特别艺术形式、自己的文章风格。虽然无产阶级手中现在已经有对于任何文学作品的社会政治内容的正确标准,但是它对于艺术形式的一切问题却还没有同样确定的回答。

八、领导的无产阶级党在文艺方面的政策,应当依据上述的情况来决定。在这里首先是下列的各个问题:无产阶级作家和农民作家与所谓"同路人"和其他作家之间的相互关系;党对于无产阶级作家的政策;批评问题;艺术作品的风格和形式问题,以及创造新艺术形式的方法问题;最后,是组织性质的问题。

九、按照社会阶级或社会集团的内容而区分的各种作家集团之间的相互关系,是由我们总的政策来决定的。但是在这里必须注意:文学方面的领导,整个地是属于工人阶级,连同它的物质的和思想的手段。无产阶级作家的领导权现在还没有,而党应当帮助这些作家给自己赢得掌握这个领导权的历史权利。农民作家应当受到友好的接待和享有我们无条件的支持。任务是在于把他们日益成长的干部转移到无产阶级思想的轨道上来,但是决不要使他们的创作失掉农民文艺的特色,因为这些特色是影响农民的必要前提。

十、对于"同路人"必须注意:(一)他们的分化;(二)他们有许多人作为文学技术熟练"专家"之重要性;(三)这一作家阶层中间的动摇情况。一般的方针在这里应当是周到地和细心地对待他们,即采取这样的态度,可以保证他们尽可能有迅速地转移到共产主义思想方面来的一切条件。党在排除反无产阶级的和反革命的分子(现在是少得不足道了),同一部分路标转换派的"同路人"中间正在形成的新资产阶级思想体系作斗争时,应当宽容地对待中间的思想形态,耐心地帮助这些必然很多的形态在与共产主义各种文化力量日益密切的同志合作过程中逐渐消失。

十一、对于无产阶级作家,党应当采取这样的立场:以一切方法帮助他们成长,并用各种办法支持他们和他们的组织,同时还应当用一切手段防止他们中间摆共产党员架子这种最有害的现象的出现。正因为把他们看作苏维埃文学将来的思想领导者,所以党应当以一切方法与那些对旧文化遗产和文艺专门家的轻率和蔑视的态度作斗争。同样地,过低估计为无产阶级作家的思想领导权而斗争的重要性的立场,也是应该斥责的。一方面反对投降,另一方面反对摆共产党员架子,——这应当是党的口号。党也应当与纯粹在暖房里培植"无产阶级"文学的尝试作斗争。广泛把握极其复杂的现象,不关闭在一个工厂范围内,不作车间的文学,而要作领导千百万农民的伟大战斗阶级的文学,——这就是无产阶级文学内容的范围。

十二、作为党手中主要教育工具之一的批评的任务,就一般和整个讲来,是由上述的情况来决定。一刻也不放弃共产主义的立场,丝毫也不违反无产阶级的思想,而且揭示各种文学作品的客观的阶级意义,共产主义批评应当与文学中反革命的现象作无情的斗争,暴露路标转换派的自由主义等等,同时还要对于一切能同无产阶级一道前进而且会同无产阶级一起前进的文学阶层表示最大的周到、慎重和忍耐。共产主义批评应当在文学上避免使用命令的语气。这种批评只有以自己思想的优越性为依靠的时候,才能具有深刻的教育意义。马克思主义批评应当从自己中间驱除狂妄的、半文盲的和神气十足的共产党员架子。马克思主义批评应当给自己提出"学习"这个口号,并且应当打击自己中间的一切废话和胡说。

十三、正确地认清了各种文学流派的社会阶级内容,党一般地决不能把自己束缚于拥护文学形式方面的某一倾向。既然领导着整个文学,党就不十分可能支持某一文学派别(依据对形式和风格的观点的不同而划分这些派别),正如党不能以决议来解决家庭形式问题,虽然一般讲来它无疑地领导着而且应当领导新生活的建设。一切都迫使这样地设想:与时代相适应的风格将被创造出来,但是将以其他各种方法创造出来,而这个问题的解决则还没有开始。在我国文化发展的现阶段上,任何在这方面把党束缚起来的企图,都应当加以驳斥。

十四、因此,党应当主张这个领域中的各种集团和派别自由竞赛。用任何旁的方法来解决这个问题,都不免是衙门官僚式的假解决。以指令或党的决议使某一集团或文学组织对文学出版事业实行合法的独占,同样也是不容许的。党虽然在物质上和精神上支持无产阶级文学和无产阶级农民文学、帮助"同路人"等等,却不能听任即使在思想内容上最为无产阶级的任何集团实行独占,因为这首先就会毁灭无产阶级文学。

十五、党应当用一切办法根除对文学事业的专横的和不胜任的行政干涉的尝试。党应当仔细注意出版事业机关的人选,以便保证对我们文学的真正正确的、有益的和有分寸的领导。

十六、党应当向一切文艺工作者指出正确划分批评家和文艺作家的职能之必要。对于后者,必须把自己工作的重心转移到真正意义下的文学作品方面,而且利用现代庞大的材料。我们联盟中许多共和国和州的民族文学的发展,也必须加强注意。

党应当强调必须创造给真正广大的读者——工人和农民读者所阅读的文艺。应该更大胆和坚决地打破文学上的贵族偏见,并且在利用旧技巧的一切成就时,要创造出千百万人所能理解的适当形式。

只有解决了这个伟大的任务,苏联文学及其将来的无产阶级先锋队才能完成自己的文化历史使命。

（二）讲话与批示

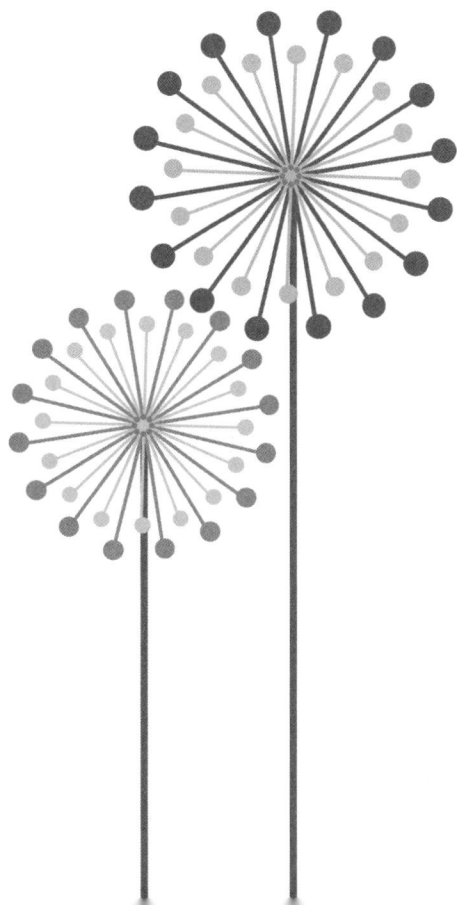

同音乐工作者的谈话[*]

（1956 年 8 月 24 日）

实现社会主义革命的基本原则，各个国家都是相同的。但是在小的原则和基本原则的表现形式方面是有不同的。比如打仗的原理是一样的，都是攻、守、进、退、胜、败，但是在打法上，怎么攻，怎么守，各有不同，有很多的不同。抗美援朝，打到三八线双方顶住了，这种形式就是世界上少有的。革命的表现形式一定有许多样子。十月革命和中国革命，就有许多不同。苏联是由城市到乡村，我们是从乡村到城市。

艺术的基本原理有其共同性，但表现形式要多样化，要有民族形式和民族风格。一棵树的叶子，看上去是大体相同的，但仔细一看，每片叶子都有不同。有共性，也有个性，有相同的方面，也有相异的方面。这是自然法则，也是马克思主义的法则。作曲、唱歌、舞蹈都应该是这样。

说中国民族的东西没有规律，这是否定中国的东西，是不对的。中国的语言、音乐、绘画，都有它自己的规律。过去说中国画不好的，无非是没有把自己的东西研究透，以为必须用西洋的画法。当然也可以先学外国的东西再来搞中国的东西，但是中国的东西有它自己的规律。音乐可以采取外国的合理原则，也可以用外国乐器，但是总要有民族特色，要有自己的特殊风格，独树一帜。

艺术上"全盘西化"被接受的可能性很少，还是以中国艺术为基础，吸收一些外国的东西进行自己的创造为好。现在各种各样的东西都可以搞，听凭人选择。外国的许多东西都要去学，而且要学好，大家也可以见见世面。但是在中国艺术中硬搬西洋的东西，中国人就不欢迎。这和医学不同。西医的确可以替人治好病。剖肚子，割阑尾，吃阿斯匹灵，并没有什么民族形式。当归、大黄也不算民族形式。艺术有形式问题，有民族形式问题。艺术离不了人民的习惯、感情以至语言，离不了民族的历史发展。艺术的民族保守性比较强一些，甚至可以保持几千年。古代的艺术，后人还是喜欢它。

我们要熟悉外国的东西，读外国书。但是并不等于中国人要完全照外国办法办事，并不等于中国人写东西要像翻译的一样。中国人还是要以自己的东西为主。

我们当然提倡民族音乐。作为中国人，不提倡中国的民族音乐是不行的。但是军乐队总不能用唢呐、胡琴，这等于我们穿军装，还是穿现在这种样式的，总不能把那种胸前背后写着"勇"字的褂子穿起。民族化也不能那样化。乐器是工具。当然工具好坏也有关系，但是如何使用工具才是根本的。外国乐器可以拿来用，但是作曲不能照抄外国。

地球上有二十七亿人，如果唱一种曲子是不行的。无论东方西方，各民族都要有自己的东西。西方国家发展了资本主义，在历史上是起了作用的。但是现在世界的注意力正在逐

———————————

* 《人民日报》1979 年 9 月 9 日。

渐转向东方,东方国家不发展自己的东西还行吗?

不中不西的东西也可以搞一点,只要有人欢迎。全盘西化,有人提倡过,但是行不通。马列主义的基本原理应该接受,不接受是没有道理的,也不利。第二国际曾经否定这些基本原理,但是被列宁驳倒了。中国也有过"第二国际"——江亢虎的社会党①,影响很小。马列主义的基本原理在实践中的表现形式,各国应有所不同。在中国,马列主义的基本原理要和中国的革命实际相结合。十月革命就是俄国革命的民族形式。社会主义的内容,民族的形式,在政治方面是如此,在艺术方面也是如此。西洋的一般音乐原理要和中国的实际相结合,这样就可以产生很丰富的表现形式。

中国的豆腐、豆芽菜、皮蛋、北京烤鸭是有特殊性的,别国比不上,可以国际化。穿衣吃饭也是各国不同。印度人穿的衣服就和中国人不同,它是适合印度的环境的。中国人吃饭用筷子,西方人用刀叉。一定说用刀叉的高明、科学,用筷子的落后,就说不通。

历史总是要重视的。历史久,有好处也有坏处。美国历史短,也许有它的好处,负担轻,可以不记这么多东西。我们历史久,也有它的好处。把老传统丢掉,人家会说是卖国,要砍也砍不断,没有办法。但是要回顾那么久的历史,是有些麻烦的。

要向外国学习科学的原理。学了这些原理,要用来研究中国的东西。我们要西医学中医,道理也就是这样。自然科学、社会科学的一般道理都要学。水是怎么构成的,人是猿变的,世界各国都是相同的。艺术又怎么样呢?中国的音乐、舞蹈、绘画是有道理的,问题是讲不大出来,因为没有多研究。应该学外国的近代的东西,学了以后来研究中国的东西。如果先学了西医,先学了解剖学、药物学等等,再来研究中医、中药,是可以快一点把中国的东西搞好的。马克思讲过,首先研究近代社会,就容易理解古代社会。这是倒行的,却要快些。

手工艺品的事情,请美术家请不到。对中国民间艺术看不起,这是个兴趣问题。应该逐步地引起他们的兴趣。可能一时说不通,要长期说服。

要反对教条主义。在政治上我们是吃过亏的。什么都学习俄国,当成教条,结果是大失败,把白区搞掉几乎百分之百,根据地和红军搞掉百分之九十,使革命的胜利推迟了好些年。这就是因为不从实际出发,从教条出发的原故。教条主义者没有把马克思列宁主义的基本原理同中国革命实际相结合。他们说中国革命是民主革命,但是又要革一切资产阶级的命。照那样办,就搞错了,那就不是民主革命,而是社会主义革命了。这个道理他们没有搞通。革命办法没有搞对,党内关系没有搞对,使革命遭到了很大的损失。必须反对教条主义,假使不反,革命就不能胜利。

对资产阶级,对知识分子的问题处理不好的话,对革命事业是不利的。对资产阶级的办法,中国就与苏联不同。中国的资产阶级和他们的知识分子,人数虽少,但是他们有近代文化,我们现在还是要团结他们。地主阶级也有文化,那是古老文化,不是近代文化。做几句旧诗,做几句桐城派的文章,今天用不着。拿工人农民来说,工人比较有文化,他们有技术,但还不能当工程师,比较资产阶级和知识分子就差。农民不能说没有文化,精耕细作,唱民

---

① 江亢虎(1883—1954),江西弋阳人,出身官僚家庭。早年游历日本和欧洲,受第二国际机会主义的影响。1991年辛亥革命后,他从事政治投机,标榜社会主义,在上海创办中国社会党。1913年,该党被解散。1924年,他为了投靠北洋军阀,重新组织中国社会党,次年又改组为中国新社会民主党。1927年,当北伐战争节节胜利时,他不得不把他的党解散。抗日战争时期,他投身敌伪政府,堕落为汉奸。

歌、跳舞也是文化。但是他们大多数不识字,没有现代的文化技术,能用锄头、木犁,不能用拖拉机。资产阶级在近代文化、近代技术这些方面,比其他阶级要高,因此必须团结他们,并且把他们改造过来。资产阶级掌握的文化,有些是旧的、用不到的,但是许多东西用得到。音乐家中的许多人在思想上是属于资产阶级的。我们这些人过去也是这样。但是我们从那方面转过来了,他们为什么不能过来呢?事实上已经有许多人过来了。团结他们是有利于工人阶级的革命事业的。要团结他们,帮助他们改造,把他们化过来。在座的都是"西医",是学西洋音乐的。要依靠你们。请吹鼓手来办音乐专门学校是不行的,这些事还是要靠你们办。

中国革命有中国的特点。苏联革命采取苏联当时的那种形式,有其不得不如此的原因。列宁也曾经想到过对资产阶级采取别的办法①。但是那个时候资产阶级不相信布尔什维克会胜利,他们要反抗。无产阶级开始又没有军队,只有八万党员。我们的情况和苏联不同。中国不是帝国主义国家。我们打了二十多年仗,有军队,有二百万党员。中国的民族资产阶级也受帝国主义压迫。因此,革命的表现形式不同。

表现形式应该有所不同,政治上如此,艺术上也如此。特别象中国这样大的国家,应该"标新立异",但是,应该是为群众所欢迎的标新立异。为群众所欢迎的标新立异,越多越好,不要雷同。雷同就成为八股。过去有人搞八股文章,搞了五六百年。形式到处一样就不好。妇女的服装和男的一样,是不能持久的。在革命胜利以后的一个时期内,妇女不打扮,是标志一种风气的转变,表示革命,这是好的,但不能持久。还是要多样化为好。

民族形式可以掺杂一些外国东西。小说一定要写章回小说,就可以不必;但语言、写法,应该是中国的。鲁迅是民族化的,但是他还主张过硬译。我倒赞成理论书硬译,有个好处,准确。

要把根本道理讲清楚:基本原理,西洋的也要学。解剖刀一定要用中国式的,讲不通。就医学来说,要以西方的近代科学来研究中国的传统医学的规律,发展中国的新医学。音乐的基本原理各国是一样的,但运用起来不同,表现形式应该是各种各样的。比如写游记,我们一起去游香山,游的地方虽然一样,但是每个人写出来的就不一样。

要把外国的好东西都学到。比如学医,细菌学、生物化学、解剖学、病理学,这些都要学。也要把中国的好东西都学到。要重视中国的东西,否则很多研究就没有对象了。中国历史上有好多东西没有传下来。唐明皇不会做皇帝,前半辈会做,后半辈不会做。他是懂艺术的,他是导演,也会打鼓,但是没有把东西传下来。还要靠你们。你们是"西医",但是要中国化,要学到一套以后来研究中国的东西,把学的东西中国化。

学了外国的,就对中国的没有信心,那不好。但不是说不要学外国。

近代文化,外国比我们高,要承认这一点。艺术是不是这样呢?中国某一点上有独特之处,在另一点上外国比我们高明。小说,外国是后起之秀,我们落后了。鲁迅对于外国的东西和中国的东西都懂,但他不轻视中国的。只在中医和京剧方面他的看法不大正确。中医

---

① 十月革命后,列宁曾考虑对资本家实行"赎买"的政策。例如他在 1918 年 5 月的《论"左派"幼稚性和小资产阶级性》一文中说:"我们现在能够而且应该做到把两种办法结合起来,就是说,一方面对不文明的资本家,即对那些既不肯接受'国家资本主义'也不想实行任何妥协而继续以投机、收买贫民等方法来破坏苏维埃措施的资本家加以无情惩治;另一方面与文明的资本家,即与那些肯接受'国家资本主义',能实施'国家资本主义',能聪明练达地组织真正用产品供应千百万人民的最大的企业而对无产阶级有益的资本家谋求妥协,或向他们实行赎买。"(《列宁全集》第二十七卷第 319 页)由于发生了国内战争,由于资本家阶级一般地站在反对苏维埃政权的立场上,列宁关于国家资本主义的这种设想没有能行得通。

医死了他的父亲。他对地方戏还是喜欢的。

孔子是教育家,也是音乐家,他把音乐列为六门课程中的第二门①。

我们接受外国的长处,会使我们自己的东西有一个跃进。中国的和外国的要有机地结合,而不是套用外国的东西。学外国织帽子的方法,要织中国的帽子。外国有用的东西,都要学到,用来改进和发扬中国的东西,创造中国独特的新东西。搬要搬一些,但要以自己的东西为主。要《死魂灵》,也要《阿Q正传》。鲁迅翻译了《死魂灵》《毁灭》等等,但是他的光彩主要不在这方面,是在创作。

中国的文化应该发展。外国的乐曲不会听,不会奏,是不好的。外国作品不翻译是错误的,像西太后反对"洋鬼子"是错误的。要向外国学习,学来创作中国的东西。

演些外国音乐,不要害怕。隋朝、唐朝的九部乐、十部乐,多数是西域音乐,还有高丽、印度来的外国音乐②。演外国音乐并没有使我们自己的音乐消亡了,我们的音乐继续在发展。外国音乐我们能消化它,吸收它的长处,就对我们有益。文化上对外国的东西一概排斥,或者全盘吸收,都是错误的。

应该越搞越中国化,而不是越搞越洋化。这样争论就可以统一了。要反对教条主义,反对保守主义,这两个东西对中国都是不利的。学外国不等于一切照搬。向古人学习是为了现在的活人,向外国人学习是为了今天的中国人。

中国的和外国的,两边都要学好。半瓶醋是不行的,要使两个半瓶醋变成两个一瓶醋。

这不是什么"中学为体,西学为用"。"学"是指基本理论,这是中外一致的,不应该分中西。

非驴非马也可以。骡子就是非驴非马。驴马结合是会改变形象的,不会完全不变。中国的面貌,无论是政治、经济、文化,都不应该是旧的,都应该改变,但中国的特点要保存。应该是在中国的基础上面,吸取外国的东西。应该交配起来,有机地结合。

西洋的东西也是要变的。西洋的东西也不是什么都好,我们要拿它好的。我们应该在中国自己的基础上,批判地吸收西洋有用的成分。

吸收外国的东西,要把它改变,变成中国的。鲁迅的小说,既不同于外国的,也不同于中国古代的,它是中国现代的。

你们是学西洋的东西的,是"西医",是宝贝,要重视你们,依靠你们。不要学西洋的东西的人办事,是不对的。要承认他们学的东西是进步的,要承认近代西洋前进了一步。不承认这一点,只说他们教条主义,不能服人。教条主义要整,但是要和风细雨地整。要重视他们,但是要说服他们重视民族的东西,不要全盘西化。应该学习外国的长处,来整理中国的,创造出中国自己的、有独特的民族风格的东西。这样道理才能讲通,也才不会丧失民族信心。

(1956年8月24日,毛泽东同志在与中国音乐家协会的负责同志会见时进行了谈话。这是当时参与这项会见的同志所作的记录)

---

① 孔子的"六门课程"就是六艺:礼、乐、射、御、书、数。

② 隋朝的九部乐是:清乐、西凉、龟兹、天竺、康国、疏勒、安国、高丽、礼毕(据《隋书》卷十五,音乐下)。唐朝的十部乐是:燕乐、清商、西凉、天竺、高丽、龟兹、安国、疏勒、康国、高昌(据《新唐书》卷二十一,礼乐十一)。其中,龟兹、康国、安国、疏勒、高昌都属于西域,高丽是当时朝鲜的国名,天竺即印度。

关于文学艺术的两个批示[*]

毛泽东

一、一九六三年十二月十二日的批示

　　各种艺术形式——戏剧、曲艺、音乐、美术、舞蹈、电影、诗和文学等等，问题不少，人数很多，社会主义改造在许多部门中，至今收效甚微。许多部门至今还是"死人"统治着。不能低估电影、新诗、民歌、美术、小说的成绩，但其中的问题也不少。至于戏剧等部门，问题就更大了。社会经济基础已经改变了，为这个基础服务的上层建筑之一的艺术部门，至今还是大问题。这需要从调查研究着手，认真地抓起来。

　　许多共产党人热心提倡封建主义和资本主义的艺术，却不热心提倡社会主义的艺术，岂非咄咄怪事。

二、一九六四年六月二十七日的批示

　　这些协会和他们所掌握的刊物的大多数（据说有少数几个好的），十五年来，基本上（不是一切人）不执行党的政策，做官当老爷，不去接近工农兵，不去反映社会主义的革命和建设。最近几年，竟然跌到了修正主义的边缘。如不认真改造，势必在将来的某一天，要变成匈牙利裴多菲俱乐部那样的团体。

附：文学史微观察：批示

李洁非

　　当代文学因曾与政治高度融合，故其一段历史和"批示"渊源颇深。实际上，"批示"高居这段文学史顶层，犹如一根巨绳，串连和支撑文坛三十年。离开这些批示，这段历史不单是无从解释，或许压根儿还不会那样发生。但说来也怪，这么紧要的线索，迄今亦无人作稍稍系统的整理。鉴此，我们试为一述。

　　如所素知，毛泽东的政治思想极重意识形态，继因视文艺为其有力荷负者，而极重视文艺。他不但常使目光聚焦于文艺，且每借为枢机，来触发全局性的政治问题。1976 年 6 月，距辞世不到三个月，盘点一生他自谓只"干了两件事"，一为反蒋抗日，"另一件事你们都知道，就是发动文化大革命"。"文革"撕开口子，从"两个批示"到京剧现代戏观摩演出大会、批

---

　　* 《毛主席关于文学艺术的五个文件》，人民出版社，1967 年版。

《海瑞罢官》，完全凭借文艺。在他的时代，文艺都列国家的头等要事。"四人帮"竟有三位从文艺起家，据而可见一斑。毛泽东对文艺的特殊瞩目始于延安，意趣和胸襟亦从那时开始展露，但全面、深度的介入尚有待建国后。他曾于重庆谈判间发表有名词章《沁园春·雪》，笑指"秦皇汉武，略输文采；唐宗宋祖，稍逊风骚。一代天骄，成吉思汗，只识弯弓射大雕"。入居中南海以来，御宇临政，干戈载戢，烂熟旧史的他，对过往"圣王"留心文治、令文教放兴的图景，心向往之，引为己任，将文艺视为荦荦大端，亲自过问，无论巨细，未尝松懈，而突出的方式便是不断作出批示。帷幕初启，因电影《武训传》。该片筹拍于"1949年秋冬之间"，"1950年出品"。1951年5月20日《人民日报》发表社论《应当重视电影〈武训传〉的讨论》，开启大规模批判。

《武训传》开拍前，先向中央文教委员会（主任为郭沫若）备了案，后又经文教委和中宣部审查过剧本。"事情办得很顺利"，都"没有问题"。拍完，"先送到上海市委宣传部和文化局审查"，参加审看的，不仅有中共华东局、上海市委宣传部，及上海文教委、文化局诸负责人舒同、冯定、匡亚明、夏衍、于伶、姚溱等，甚至饶漱石也亲自到场。

对于电影审查制度，以我们平素所知，有的影片是在筹拍阶段不能通过审查而拿不到拍摄许可，有的是在拍竣后未通过审查而不能发行放映。《武训传》并不属于上述情形中任何一种。它拍前拍后，已过各关，在所有审查中被认可。从地方到中央，党政领导及宣传部门要人亲看，并未发现"原则性"问题，而普遍给予良评。简而言之，它走完各种程序，是手续齐备的合法作品。影片公映后，毛泽东突然调看此片，提出指责。但他如何注意起这部影片，一直缺乏公开的材料。逮1967年初，姚文元《评反革命两面派周扬》方有所透露：

这部反动电影一出来，立刻被毛泽东同志发现了。当时，中央有的同志通知周扬，《武训传》是一部宣传资产阶级改良主义的反动电影，必须批判，还没有说到毛泽东同志的意见，就被周扬顶了回来。周扬趾高气扬地摆出一副十足的贵族老爷架子，十分轻蔑地说："你这个人，有点改良主义有什么了不起嘛！"

此处"中央有的同志"隐其姓名，实即江青。姚文发表稍后不久，由造反派组织编写的电影大事记，在姚文基础上，直截了当写作："2月，《武训传》上映后，被毛主席立刻发现。江青同志通知周扬……"至是，《武训传》事件缘起，稍稍白于天下。

姚文所以隐掉江青姓名，是因文中使用了"中央有的同志"的表述，而彼时江青并不是"中央同志"。据戚本禹《爱国主义还是卖国主义？——评反动影片〈清宫秘史〉》，1951年前后江青的身份，其实是"文化部电影事业指导委员会委员"——以文化部所属某委员会的一位委员，而"通知"其上司（周扬时任文化部党组书记）如何如何，这情形看上去不太"自然"。想是为此，姚文不得不隐去姓名，曲笔写为"中央有的同志"。

在《武训传》达于天聪之前，1950年，江青还曾举报另一部影片《清宫秘史》。这不光是她"文化部电影事业指导委员会委员"身份所致。她原本影人出身，与电影界的渊源非寻常人可比。夏衍就江青插手《武训传》，曾如此分析：

孙瑜、郑君里、赵丹这些人30年代都在上海电影、戏剧界工作，知道江青在那一段时期的历史，这是江青的一种难以摆脱的心病。加上赵丹、郑君里等人都是自由主义者，讲话随便，容易泄露她过去的秘密，所以《武训传》就成了打击这些老伙伴的一个机会。

一些重大历史事件，内里往往意想不到地掖着私密的个人史，《武训传》问题或亦如此。不过，那并非主要。主要的，应如江青自己所说："我是一个普通的共产党员，多年来都是给主席作秘书……在文教方面我算一个流动的哨兵。"说这番话时已是 1967 年。她随后加重了语气,用总结式口吻说:"我多年来的工作大体上是这样做的。"

讲得再细些,这位"哨兵"也经过一些变化。原来并不"流动",有固定岗位即"文化部电影事业指导委员会委员"。连续侦伺到《清宫秘史》、《武训传》和红学研究三个"敌情"之后,"有几年我害病"、"就辞职了","哨兵"暂时息影。约自 1962 年,"哨兵"重新活动。林默涵忆称"1963 年以后,我同江青的接触多了",并获悉"她不是以主席夫人的身份来管文艺,而是主席让她来管文艺"。这次,没有固定岗位而转为"流动的哨兵",势焰较前益炽,大有在文艺界"代天子巡方"的况味,如此直至"文革"爆发。

回到《武训传》事件,"哨兵"携归讯息之第一现场,因近年李家骥回忆录面世,已能落实到细节。

《武训传》被"发现"后,"毛泽东先是通过胡乔木组织一点对电影《武训传》持批评意见的文章",遂有《文艺报》1951 年第 4 卷第 1 期发表的贾霁《不足为训的武训》和署名江华(陈企霞笔名)的《建议教育界讨论〈武训传〉》,贾霁标题中的"不足为训"四字为毛泽东原话,黎之说:"别人告诉我,他就是根据毛泽东'不足为训'的意思写的。"于是,对《武训传》的公开批判,1951 年 4 月启于《文艺报》。但贾霁文章让人失望,未捅着"痛处",尤其文中对过去陶行知弘扬武训,以为在"国民党万恶统治"条件下,提武训精神,不失"积极的作用"。这样写,原是为了顾及"政策"——当时,陶行知仍被看作兴教育于民间的典范,他曾极力推重武训精神——有此一句,以示陶、武区别,避免批判武训伤及陶行知。然而在毛泽东看来,这实属画蛇添足。紧接着新一期《文艺报》便出现了署名杨耳的文章《试谈陶行知先生表扬"武训精神"有无积极作用》,专驳贾霁,称"不管是'今天'或是'昨天','武训精神'都是不值得表扬的,也不应当表扬"。杨耳即许立群,时任共青团中央宣传部副部长。

杨耳文章及时阻止了对武训批判失诸表浅的可能。虽然它后面的背景至今未能确知,但所受重视说明其立场甚得要领——5 月 16 日《人民日报》将其转载并加编者按,赞扬此文见解"比较深刻"。编者按写道:

歌颂清朝末年的封建统治拥护者武训而污蔑农民革命斗争、污蔑中国历史、污蔑中国民族的电影《武训传》的放映,曾经引起北京、天津、上海等地报纸的广泛评论。值得严重注意的是最早发表的评论(其中包括不少共产党员所写的评论)全部是赞扬这部影片或者是赞扬武训本人的。辞气之盛,不是一般手笔。时在《解放日报》总编室工作的袁鹰先生,对编者按留下"措词很厉害,上海话就是'很结棍'"的印象。黎之则径称其感受:"从行文上看是经毛泽东修改的。"值得一提的还有《人民日报》转载时的处理;《文艺报》原文标题有"试谈"字样,犹取商榷姿态,转载时去掉,用质问驳难口吻改为《陶行知先生表扬"武训精神"有积极作用吗?》。又四日,《人民日报》社论《应当重视电影〈武训传〉的讨论》发表。这篇社论系胡乔木起草,但发表出来时,两者关系只剩下寥寥几句话和整理出来附于文内的一份前期《武训传》若干评论文章目录。毛泽东完全改写了它。过了整整十六年,1967 年 5 月 26 日,《人民日报》又出现题目一模一样都是《应当重视电影〈武训传〉的讨论》的文章,而属名已变成"毛泽东",附注曰:"这是毛泽东同志为《人民日报》写的社论的摘录。"截至这篇社论,《武训传》事件迎来高潮。存于《建国以来毛泽东文稿》第二册涉及《武训传》事件的文献,计四件。继上述社论的改写部分之后,有标作"1951 年 6 月"的《在审阅杨耳〈评武训和关于武训的宣传〉稿时加写的几段文字》。这是杨耳在《武训传》事件中第二篇重头文章,前面那篇,我们曾说"背景未能确知"，这一篇则白纸黑字、昭然目前。文章发表在 6 月 16 日出版的《学习》第四卷第五期，从而推知批改大致发生在 6 月中旬头几天。批改很细，且非字句而已，有大段的添加，如："你看，武训装得很像，他懂得封建社会的尊卑秩序。他越装得像，就越能获得些举人进士的欢心，他就越有名声。他已经很富了，还是要行乞。他越行乞，就越有名声，也就越富。武训是一个富有机智和狠心的人，因此他成了'千古奇丐'，只有那些天真得透顶的人们才被他骗过。"实际上，毛泽东对此文的关怀并不止于批改；据黎之，"为写此文毛泽东找许立群谈了两次"。其次为《武训历史调查记》的修改。

调查团系毛泽东亲自派出。《武训历史调查记》"前言"载有调查团成员名单："这个调查团是由下列十三个人组成的：袁水拍（《人民日报》社）、钟惦棐、李进（中央文化部）……"其中"中央文化部"李进，就是江青。

然而《〈武训传〉批判纪事》作者袁晞考证："据我多方了解，除袁水拍、钟惦棐和江青三位执笔者外的调查团其他成员都是这份'调查记'见报时，才第一次看到。"但调查团之为毛泽东亲遣仍然不假，黎之闻于袁水拍："毛泽东对这次调查非常重视，临行前找调查组谈了话，临行时亲自送江青上车。"

所形成的《调查记》，几近五万言，7 月 23 日至 28 日连发于《人民日报》，总算登完。庞大篇幅，与它努力摆出"学术化"架势有关。文章对各种史料（方志、野史、碑刻、契约、账册）征引极博，并制表六份（毛泽东审稿中还专门批示胡乔木"其中几个表，特别注意校正勿误"），写作体例很有如今"田野调查"、"口述实录"的风范，读来甚显翔实客观。不过，戴着学术化面具的《调查记》，仍然充斥了捏构。当初几位仅曾提供过材料、并未参加"调查团"却被列入其间的山东人士，"文革"后写文章说《调查记》不真实，给武训戴的'大地主、大债主、大流氓'的三顶帽子，根据不足"。顺此线索，笔者查阅相关文章，读到 1981 年第 1 期《齐鲁学刊》冯毅之《要从〈武训历史调查记〉的调查中吸取教训》一文。1951 年，冯任山东省委宣传部文艺处处长，省委安排他为调查"做些协助与联络的工作"，得以目击其过程。冯证实："因为在调查前，目的要求和结论已定，所以在调查中'，就光喜欢听说武训的坏话和否定的话，不喜欢听说他的好话，更不喜欢听赞扬他的话。""开始时被调查的人并不了解我们的意图，所以一说起武训，就大加赞扬。这使我们很做难。有一个这样的实例：堂邑的县委书记已知道了我们的意图，但县长不知道，就召开了会。在会上，县长还是老观点，一再讲武训的好话，急的县委书记直拉他的衣襟。以后地方党组织向群众做了工作，人们的谈话才慢慢转变了。"看来，"田野调查"、"口述实录"亦不可尽信，采用这种形式而通过引导、控制受访者，照样可以造假。

《调查记》毛泽东又作了极繁复修改，据《建国以来毛泽东文稿》第二册所收《对〈武训历史调查记的修改〉和给胡乔木的信》粗计，亲笔改动的部分计十五段落、约可三千字。有成段成段的添写，也有逐字逐句的更易。如这一段：

"崇贤义塾"在一八九五年，即在该塾经班开办之后第八年，亦即武训死的前一年，才设立蒙班，四年以后，即一八九八年以后，这种蒙班就废止了。武训及和他合作的地主们对于设立这种程度较低的蒙班是不感兴趣的。武训及其合作者杨树坊之所以在这四年内开办了蒙班，是因为柳林镇上的商人们表示不满，他们的子弟不能上学，武训和杨树坊才勉强办了个蒙班，敷衍他们一下。在学生的成份方面，经过我们调查，不但经班学生中一个贫苦农民的子弟也没有，就是蒙班学生中贫苦农民的子弟也很少。

其黑体字部分,即毛泽东所批改。

四件文献中又一个,为1951年7月7日对中共华北局宣传部报告的批示。报告说,河北省委对如何处理现有与武训有关的事物向华北局请示,华北局宣传部意见是:凡以武训命名的私立学校,"在对武训及电影《武训传》讨论渐趋成熟时,由他们自己提出更名和改组","凡公立的武训学校(如平原武训师范),在教职员学生思想澄清后,更改校名";凡因纪念武训留下的碑刻、建筑等,"教育群众认清武训后,由群众自觉地拆除。石刻、塑像、柱、碑要拔除,画像要涂抹,武训纪念林要改名"。一般以为,因意识形态毁夷旧文物乃"文革"时期现象,现在来看,实际建国初已有此风。对此,毛泽东批示:

可予同意。但应着重教育解释,其余可以从容处理。

批准了这些处理。"从容"二字,是告以勿操之过急。大概建国初"群众"思想觉悟还不能跟十几年后比,故嘱咐先做好"教育解释"工作,然后行之。

在毛泽东对文艺的领导和权威史上,《武训传》事件是一个时间窗。过去,他对文艺指明方向,给以思想指导,但尚未将个人裁决加诸特定的一物一事。《武训传》事件首次针对一个作品,发动批判、整肃,颁示禁令。这既开了以个人决断处置文艺问题的先例,也是领袖个人批语等同文艺政策的先例。其过程显示,《武训传》作为手续齐备、并获充分肯定的合法作品,处境急转直下,尽出毛泽东手中之笔,它源源不断流出各种批写,一举扭转所有事态。这是全新的案例。如果说《在延安文艺座谈会上的讲话》从思想上树立了毛泽东的文艺权威,《武训传》事件则意在明确对于文艺问题毛泽东还拥有最高的行政权威。

之前,这一点本来并不明确。就此须提到稍早的另一部影片《清宫秘史》。"文革"中,戚本禹"爆料":

毛主席严正指出:《清宫秘史》是一部卖国主义的影片,应该进行批判。他还说过:《清宫秘史》,有人说是爱国主义的,我看是卖国主义的,彻底的卖国主义。但是反革命修正主义分子陆定一、周扬和当时的中央宣传部常务副部长胡××等,以及背后支持他们的党内最大的走资本主义道路的当权派,却顽固地坚持资产阶级反动立场,公然对抗毛主席的指示,说这部反动影片是"爱国主义"的,拒绝对这部影片进行批判。

当时"革命导师"的话印黑体字,此处毛的两句话因以往尚未正式公布,便以不加引号而印黑体字来处理。"胡××"即胡乔木。这里显示,毛泽东对类似单个文艺作品等具体文艺事务的干预,始于《清宫秘史》,然而未获成功。戚本禹将毛的声音被置若罔闻,归之宣传和文艺部门负责人"公然对抗"、"拒绝"。实际上,无论陆定一、周扬或胡乔木,都不可能有"公然对抗"、"拒绝"之心。他们未将毛泽东表态当作行政命令执行,应是那并不属于正常的"工作程序"。《武训传》终于解决了这个问题。毛泽东通过持续、不断加码的亲笔批写,不单使《武训传》作为合法合规作品的地位根本改写和推翻,更重要的是,施加强大压力,迫使相关系统认识到,来自他对文艺任可表态都不能视为个人好恶,应该奉为行政指令乃至文艺政策。

因此,我们对批示掌控文艺的历史,溯之于《武训传》事件。

作为榛莽之创,《武训传》事件相较以后难免有其不典型,或者说未臻"佳境"。重写《人民日报》社论、约谈批判文章作者、亲自修改批判文章和调查报告,前后耗费数几千字,付出了繁重劳动。这与后来一个批示多则二三百字、少则只言片语,不可同日而语。不过,万事开头难,事情都有一个过程。不光《武训传》事件,随后的《红楼梦》、胡风等问题也同属规则开拓阶段,等到人们业已敬悉其事,自然能够化繁为简。建国初文坛几桩大案,以往通常作为单独事件来看,如果换个角度,从毛泽东建立自己对文艺的最高行政权威角度看,其实是连锁事件。它们客观上既有相因相生的联系,从方向来看,也是不断递进的过程。

这样,直至著名的"两个批示"。

"两个批示",一是1963年12月12日《关于文艺工作的批语》,一是1964年6月27日《对中宣部关于全国文联和各协会整风情况的报告的批语》。前者提出"'死人'统治论",说社会主义改造在文艺领域"至今收效甚微","许多共产党人"热心提倡封建主义、资本主义文艺,不热心社会主义文艺。后者指责加码,悍怒空前,说文艺十五年来"基本"不执行"党的政策","最近几年,竟然跌到了修正主义的边缘","要变成像匈牙利裴多菲俱乐部那样的团体"。

"两个批示"来得并不突然。1962年夏天起,有许多相关的表现。8月10日,有批语称"中央对国内很多情况不清楚。许多领导机关封锁消息……事前不请示,事后不报告,实行独立王国"。8月12日又批道:"中央组织部从来不向中央作报告,以致中央同志对组织部同志们的活动一无所知,全部封锁,成了一个独立王国。"同日,专门批评中央农村工作部部长邓子恢"对形势的看法几乎一片黑暗"。9月8日就湖北三县情况批语:"即在灾区也不是一片黑暗。"9月15日,将《文汇报》一篇谈希腊伦理思想的文章,批给刘少奇,要他阅看,说:"统治阶级以为善者,被统治阶级必以为恶,反之亦然。就在我们的社会也是如此。"末句有深意。9月29日,就搞右派甄别试点之事,批示刘少奇、周恩来、邓小平,质问:"此事是谁布置的?"斥"其性质可谓猖狂之至"。12月22日,在批转"列宁反对第二国际机会主义斗争的一批材料"时,未作任何解释地手抄旧诗一首(清人严遂成《三垂冈》,咏后唐李克用、李存勖故事)给柯庆施。诗云"英雄立马起沙陀,奈此朱梁跋扈何。只手难扶唐社稷,连城且拥晋山河。风云帐下奇儿在,鼓角灯前老泪多。萧瑟三垂冈畔路,至今人唱百年歌。"12月26日,他生日那天,命秘书林克将自己诗作一首"印成50份",诗中有句:"独有英雄驱虎豹,更无豪杰怕熊罴。梅花欢喜漫天雪,冻死苍蝇未足奇。"1963年1月3日批语:"《项羽本纪》,送各同志阅。""各同志"有谁,未详。他在七千人大会讲话中,曾以"难免有一天要别姬"为告诫,发阅《项羽本纪》,是此话题接续。1月9日,以近作《满江红·和郭沫若》"书赠恩来同志",词云"小小寰球,有几个苍蝇碰壁。嗡嗡叫,几声凄厉,几声抽泣","要扫除一切害人虫,全无敌"。又一次描写苍蝇的意象。

1975年7月25日,就电影《创业》批示:"此片无大错,建议通过发行。不要求全责备。而且罪名有十条之多,太过分了,不利调整党的文艺政策。"《创业》是石油工业题材故事片,以"铁人"王进喜为原型,1975年春节上映后受指责,称其"美化刘少奇"、"写真人真事"等。在胡乔木安排下,贺龙之女贺捷生联络编剧张天民等数人,向毛泽东、邓小平写材料,得到这条批示。

又有对电影《海霞》的批示。影片1975年初完成,送审文化部被提几十条意见,较重罪名有违反"三突出"、存在"严重的路线问题"。剧组谢铁骊、钱江给邓小平写信诉苦。7月29日,毛泽东就此信作批示,仅一语:"印发政治局各同志。"盖先前影片一直受阻于文化部,现在,批语让政治局来审,也就含有文化部的处理可能不妥的意思,不过又没明说。翌日晚,邓小平、李先念等八位政治局委员审片,江青则称病未至;看后讨论决定,影片按已经修改过的版本发行上映。

《创业》批示向下面传达后,引出了音乐教师李春光的大字报,大字报矛头指向文化部门当权者。有人告诉了邓力群,邓让人抄来一份,再附上简要情况,经胡乔木交邓小平,邓又呈送毛泽东,毛批:"此件有用,暂存你处。"

10月3日,就冼星海夫人钱韵玲要求恢复纪念聂耳、冼星海的信批示:"印发在京中央各同志。""文革"以来,即便是聂、冼的作品,也从社会上消失。笔者还记得,1975年冬,电台突然播放经过重新制作的《大路歌》等老歌,与"文革"风味迥异,但当时作为一个中学生,既不知道这是毛泽东批示所致,更不懂得事情后面还有很深奥的文章。

10月28日,鲁迅子周海婴投书毛泽东,表白出版鲁迅书信集是母亲许广平"多年的愿望",而她去世"至今七年多了","仍然毫无消息"。毛泽东受到触动,于11月1日批示:"我赞成周海婴同志的意见。请将周信印发政治局,并讨论一次,作出决定,立即实行。"

10月19日,长篇小说《李自成》作者姚雪垠写信,请求解决该书第二卷起的后续出版问题,毛泽东也给予批示:"我同意他写《李自成》小说二卷、三卷至五卷。"

作为毛泽东一生文艺批示的最后高潮,1975年的情形,为探索和总结这一现象,提供了许多值得注意的地方。

首先,文艺事业的整个领导权,完完全全集中在他自己手里了。回顾所来:1942年,他建起对于文艺的绝对思想权威,自那时起,文艺上一切思想观点都要以《讲话》为准。而这种思想权威,1951年至1955年间,又延展为绝对的行政权威,亦即文艺上的每一具体事务,他的裁决才有终极意味,而不论其是否违法违规,也不论党内其他领导干部、文艺主管部门及一般社会舆论评价如何。经过"文化大革命",上述的思想权威和行政权威又有惊人深化,我们看到,一部影片能否发行、一首乐曲能否演播,乃至一本书是否出版、一部小说有无续作可能,各种琐碎微屑之事,都报至他处,由他亲自发落。

其次,上述权威从制度或器物上体现,便是"批示"这打上了鲜明个人特色的决策方式。此权力样式也是在发展中趋于成熟和定型,从早期细密冗繁的批写,到中期化繁为简,再到晚期只言片语,形式感越来越强,越来越纯粹。这外观上的变化,与内在权威的提升、升华,具有同步的关系。它日益达到"自由王国"的境界,从开始的穿越了固有程序直接构成政策,以至于后来甚至也穿越了政策本身,使之因时、因地制宜,随时、随意加以变化,出内入外,造化无羁。1975年诸批示,将藩篱尽拆之自如,表现得淋漓尽致。它们有两个共同而突出的特点,一是简短,一是含蓄。长的三十来字,最短仅二字。回想五十年代动辄千百字,相去何远?这当中,有年事已高、目力不济的因素,却又不可以此尽释。《老子》中所讲"行不言之教","多言数穷","希言自然","道之出口,淡乎其无味","知(智)者不言"等,非只是语言境界,也含着对事物佳妙状态的哲理追求。言不在多,语无须密,点到而已,"此处无声胜有声"。例如"此件有用,暂存你处"、"印发政治局各同志",字面吝惜,以至不落言筌,然而分明含有一定意味。尤其仅以"同意"二字允《诗刊》复刊,简直不动声色,但值得人人用心体会。

复次,完整回看毛泽东的文艺批示史,我们还有更深入的领悟。一般而言,毛泽东对文艺的着眼点在于意识形态、以彰显革命义理、原则为所寓志,我们先前《斗争》一篇所谈颇多。这是他文艺观的特色,然砭执于此,也未必不带来误读。1975年他鼓励、倡导文艺政策调整,抱怨"缺少诗歌,缺少小说,缺少散文,缺少文艺评论",不赞成把"周扬这些人"关起来,说"争论是争论嘛,为什么撤职",告诫"不要求全责备"……对此,稍加考量不能不感到困惑,因为他所抱怨的无一不是沿着"两个批示"一路而来。但1975年他却啧有烦言,说不喜欢这样的文艺局面。何欤？唯有放到现实当中来看。那时，出了林彪事件、托周恩来收拾残局、请出邓小平辅周、谈论"安定团结"、四届人大重提"现代化"……文艺政策的调整，跟这些现实相跟随、相伍佐。所谓此一时彼一时也，1975 年非 1962 年，更不是 1966 年，文艺上一连串回心转意，乃是因时制宜之举。而这种"政策"急转，实非初次，1955 年高压突然转向 1956 年知识分子政策调整和双百方针，即为先例。而我们于这种同类型、反复呈现的变奏曲，可从中寻求有益启示——毛泽东对于文艺（进而整个意识形态），不但讲"原则"，也讲"进退"。他是文武之道，一张一弛；宽严参差，刚柔并济。过宽则以严相绳，过严则以宽相舒。这当中的实质，是一个"用"字。他一生最卑视"教条主义"，最赏悦"活学活用"。能"用"、不拘泥，才是他的绝学精髓。言此，想起胡乔木所说一事：

座谈会讲话正式发表不久，毛主席跟我讲，郭沫若和茅盾发表意见了，郭说"凡事有经有权"。这话是毛主席直接跟我讲的，他对"有经有权"的说法很欣赏，觉得得到了知音。郭沫若的意思是说文艺本身"有经有权"，当然可以引申一下，说讲话本身也是有经常的道理和权宜之计的。

"经常的道理"即"原则"，"权宜之计"无非是"用"。泓水之战，宋襄公自居仁义之师，不肯借楚军渡河之机攻其不备，毛泽东笑为"蠢猪式的仁义道德"。"蠢猪式的仁义道德"，要害便是知"经"不知"权"，能"经"不能"权"。他又曾讲，文艺是"团结人民、教育人民"和"打击敌人、消灭敌人"的"有力的武器"。器者，用也；仍然是"用"的意识。何时用于"打击敌人、消灭敌人"，何时用于"团结人民、教育人民"，他心中自有一本账。以"文革"来论，初期文艺功用集中于"打击"与"消灭"，"九·一三"后，考量的重点则渐渐移诸"团结"和"教育"。

这个"有经有权"，旁人往往欠通，他也常惊讶于大家的"片面"和不懂辩证法，包括江青。江青对政策调整想不通，他批评道："有马列书在，有我的书在，你就是不研究"，"不要主观片观（面）"。"片面"分两种，过度径执于"经"，是从"左"的方面干扰；忘记"经"或眼中没"经"，是从"右"的方面干扰。文艺政策调整搞了没多久，他又警惕"黑线"回潮，从评《水浒》批示开始，发出"对冲"信息，将对没有"百花齐放"的抱怨，变成"反击右倾翻案风"。

关于思想战线上的问题的谈话^{*①}

（1981 年 7 月 17 日）

邓小平

前些时候我同胡耀邦^②同志说了，要找宣传部门谈谈思想战线上的问题，特别是文艺问题。党对思想战线和文艺战线的领导是有显著成绩的，这要肯定。工作中也存在着某些简单化和粗暴的倾向，这也不能否认和忽视。但是，当前更需要注意的问题，我认为是存在着涣散软弱的状态，对错误倾向不敢批评，而一批评有人就说是打棍子。现在我们开展批评很不容易，自我批评更不容易。党的三大作风^③有一条讲的是自我批评，这是我们区别于其他政党的主要标志之一，但是，现在对不少人来说，这一条很难做到。

六中全会以前，总政提出了批评《苦恋》的问题。最近我看了一些材料，感到很吃惊。有个青年诗人在北京师范大学放肆地讲了一篇话。有的学生反映：党组织在学生中做了很多思想政治工作，一篇讲话就把它吹了。学校党委注意了这件事，但是没有采取措施。倒是一个女学生给校党委写了一封信，批评了我们思想战线上软弱无力的现象。还有新疆乌鲁木齐市有个文联筹备组召集人，前些日子大鸣大放了一通，有许多话大大超过了一九五七年的一些反社会主义言论的错误程度。像这一类的事还有不少。一句话，就是要脱离社会主义的轨道，脱离党的领导，搞资产阶级自由化。回忆一下历史的经验：一九五七年反右派^④是扩大化了，扩大化是错误的，但当时反右派的确有必要。大家都还记得当时有些右派分子那种杀气腾腾的气氛吧，现在有些人就是这样杀气腾腾的。我们今后不搞反右派运动，但是对于各种错误倾向决不能不进行严肃的批评。不仅文艺界，其他方面也有类似的问题。有些人思想路线不对头，同党唱反调，作风不正派，但是有人很欣赏他们，热心发表他们的文章，

---

*　中共中央文献研究室，中国人民解放军军事科学院编：《邓小平军事文集・第三卷》，中央文献出版社，2004 年版。

①　这是邓小平同中共中央宣传部门负责人的谈话要点。

②　胡耀邦，当时任中共中央主席。一九八二年九月任中共中央总书记。一九八七年一月他在中央政治局扩大会议上检讨了违反党的集体领导原则，在重大的政治原则问题上的失误。会议同意他辞去总书记职务的请求。

③　党的三大作风，指一九四五年四月二十四日毛泽东在中国共产党第七次全国代表大会上作的《论联合政府》的政治报告中提出的理论和实践相结合的作风，和人民群众紧密地联系在一起的作风以及自我批评的作风。

④　一九五七年的反右，指这一年开展的反对资产阶级右派分子的斗争。一九五七年四月，中共中央决定在全党进行一次反对官僚主义、宗派主义和主观主义的整风运动。极少数资产阶级右派分子乘机向共产党和新生的社会主义制度进攻，妄图取代共产党的领导。六月，中共中央发出指示，决定对右派进攻实行反击。当时对极少数资产阶级右派分子的进攻进行反击是必要的，但在斗争中犯了严重的扩大化的错误。一九七八年，中共中央决定对被划为右派分子的人进行复查，把错划的改正过来。

这是不正确的。有的党员就是不讲党性，坚持搞派性。对这种人，决不能扩散他们的影响，更不能让他们当领导。现在有的人，自以为是英雄。没受到批评时还没有什么，批评了一下，欢迎他的人反而更多了。这是一种很不正常的现象，一定要认真扭转。当然，这种现象有它的社会历史原因，主要是十年动乱的后遗症，同时也是由于外来资产阶级思想的侵蚀。对各种人的情况需要作具体分析。但是当前的主要问题不在于有这些现象，而在于我们对待这些现象处置无力，存在着涣散软弱的状态。当然，对待当前出现的问题，要接受过去的教训，不能搞运动。对于这些犯错误的人，每个人错误的性质如何，程度如何，如何认识，如何处理，都要有所区别，恰如其分。批评的方法要讲究，分寸要适当，不要搞围攻、搞运动。但是不做思想工作，不搞批评和自我批评一定不行。批评的武器一定不能丢。那个青年诗人在北京师范大学讲话以后，有一部分学生说，这样下去要亡国的。他和我们是站在对立的立场。《太阳和人》，就是根据剧本《苦恋》拍摄的电影，我看了一下。无论作者的动机如何，看过以后，只能使人得出这样的印象：共产党不好，社会主义制度不好。这样丑化社会主义制度，作者的党性到哪里去了呢？有人说这部电影艺术水平比较高，但是正因为这样，它的毒害也就会更大。这样的作品和那些所谓"民主派"的言论，实际上起了近似的作用。

坚持四项基本原则的核心，是坚持共产党的领导。没有共产党的领导，肯定会天下大乱，四分五裂。历史事实证明了这一点。蒋介石就从来没有统一过中国。资产阶级自由化的核心就是反对党的领导，而没有党的领导也就不会有社会主义制度。对待这些问题，我们不能再走老路，不能再搞什么政治运动，但一定要掌握好批评的武器。

关于《苦恋》，《解放军报》进行了批评，是应该的。首先要肯定应该批评。缺点是，评论文章说理不够完满，有些方法和提法考虑得不够周到。《文艺报》要组织几篇评论《苦恋》和其他有关问题的质量高的文章。不能因为批评的方法不够好，就说批评错了。

一部分青年人对社会的某些现状不满，这不奇怪也不可怕，但是一定要注意引导，不好好引导就会害了他们。近几年出现很多青年作家，他们写了不少好作品，这是好现象。但是应该承认，在一些青年作家和中年作家中间，确实存在着一种不好的倾向，这种倾向又在影响着一批青年读者、观众和听众。坚持社会主义立场的老作家有责任团结一致，带好新一代，否则就会带坏一代人。弄不好会使矛盾激化，会出大乱子。总之，必须坚持党的领导，必须坚持社会主义制度。党的领导和社会主义制度都需要改善，但是不能搞资产阶级自由化，搞无政府状态。试想一下，《太阳和人》要是公开放映，那会产生什么影响？有人说不爱社会主义不等于不爱国。难道祖国是抽象的吗？不爱共产党领导的社会主义的新中国，爱什么呢？港澳、台湾、海外的爱国同胞，不能要求他们都拥护社会主义，但是至少也不能反对社会主义的新中国，否则怎么叫爱祖国呢？至于对中华人民共和国领导下的每一个公民，每一个青年，我们的要求当然要更高一些。对我们党员中的作家、艺术家、思想理论工作者，那就首先要求他们必须遵守党的纪律，而现在的许多问题正出在我们党内。党如果对党员不执行纪律，还怎么能领导群众呢？我们坚持实行百花齐放、百家争鸣的方针，坚持正确处理人民内部矛盾，这是不会改变的。我们在思想文化的指导工作中还存在着"左"的倾向，这也必须坚决纠正和防止。但是，这丝毫不是说可以不进行批评和自我批评。从团结的愿望出发，经过批评和自我批评，达到新的团结，这就是正确处理人民内部矛盾的主要方法。坚持"双百"方针也离不开批评和自我批评。批评要采取民主的说理的态度，这是必要的，但是决不能把批评看成打棍子，这个问题一定要弄清楚，这关系到培养下一代人的问题。我刚才提出的需要进行批评的作品、观点，只是一些例子，还有一些其他类似的文章，理论界也有某些资产阶级自由化的倾向，不一一列举了。《苦恋》和那个青年诗人的讲话，为什么还有那么一些人支持？这值得我们思想战线上的同志深思。

提出坚持四项基本原则以后，我们的思想界比较清醒了一些，再加上对非法组织、非法刊物采取了坚决取缔的措施，所以情况有了好转。但是我们现在仍然要保持警惕。现在有些人打起拥护华国锋①同志的旗帜，要打倒谁和谁，要注意。这反映出当前斗争情况的复杂性，促使我们提高警惕。

关于对《苦恋》的批评，《解放军报》现在可以不必再批了，《文艺报》要写出质量高的好文章，对《苦恋》进行批评。你们写好了，在《文艺报》上发表，并且由《人民日报》转载。

总之，我们全党、全军和全国各族人民一定要在党中央的坚强领导下，在党的六中全会通过的《关于建国以来党的若干历史问题的决议》的基础上，团结一致，整齐步伐，努力工作，使我们的思想战线、文艺战线和其他战线都不断取得新的胜利。

---

① 华国锋，1976 年 4 月任中共中央第一副主席、国务院总理。同年十月，中央政治局采取断然措施，粉碎"四人帮"，他和叶剑英，李先念等起了重要作用。后任中共中央主席、中央军委主席、国务院总理。1980 年 9 月辞去了国务院总理职务。1981 年 6 月，中共十一届六中全会鉴于华国锋在粉碎"四人帮"以后推行"两个凡是"的错误方针，继续肯定"文化大革命"的错误理论、政策和口号，一致同意他辞去中共中央主席、中央军委主席的职务。

在剧本创作座谈会上的讲话[*]

（1980 年 2 月 12 日、13 日）

胡耀邦

这里发表的是胡耀邦同志于一九八○年二月间，在中国剧协、中国作协、中国影协联合召开的剧本创作座谈会上的讲话全文。

讲话就当前文艺工作、文艺创作的一系列带根本性的问题，作了深刻的论述。我们相信，一切关心社会主义文艺事业的繁荣和发展的人们，都会从这个讲话里得到启发。我们希望文艺界的同志们认真研读这个讲话。

粉碎"四人帮"以来，文艺战线取得了巨大的成绩，但和我们所面临的重大历史任务相比，我们的工作还远不能满足时代和人民的要求。文艺工作者有必要更深刻地认识新时代，反映新时代。有必要联系自己的工作实际和创作实际，深入思考，努力探求，发扬成绩，克服缺点，为进一步繁荣和发展社会主义文学艺术事业，提高文艺创作质量，鼓舞人民同心同德把我国建设成为具有高度物质文明和精神文明的社会主义国家，更好地满足人民大众精神文化生活多方面的需要，做出新的贡献。

——编　者

同志们！

我讲点意见，不是什么指示。意见和指示不同。指示是要照办的，意见是可以商量、讨论的。为什么瞎指挥老是纠正不了呢？原因之一，就是因为有些同志把意见同指示混为一谈了。许多问题，特别是意识形态的问题，一定要经过商量、讨论，逐步求得一致，加以解决，不能采取随便下指示的办法。

我讲八条意见。

第一，我们召开这个会议的目的和希望

这个会叫剧本创作座谈会，是第四次文代会以后有关文艺工作的一次重要的会。党中央认为，第四次文代会具有重大意义，明确了一系列带根本性的问题。但文代会未开完时，中央就知道会上对有些问题议论纷纷。主要是两个方面的问题：一个是对文艺工作的历史、方针和文代会的某些问题，有不同意见；一个是对当前一些作品有不同意见。议论纷纷没有什么不好，往往可以促使我们大家开动脑筋想问题。意见不一致怎么办呢？有些问题，应该鼓励大家畅所欲言，继续讨论，在文艺实践中逐步求得解决。但是直接关系文艺事业发

＊《文艺报》1981 年第 1 期。

展的全局的、重大的方针性问题,没有一个基本上一致的看法,就会影响我们的工作。

文代会闭幕之前,我们和周扬同志、朱穆之同志等一起商量过两条办法:

一条是用中央名义批发一个文件,这就是《中共中央关于认真学习贯彻第四次全国文代会精神的通知》。这个文件明确地肯定第四次文代会是开得好的,邓小平同志代表中央所作的祝辞,提出了我国新时期文学艺术的任务,正确地分析和估计了文艺队伍的状况,进一步解决了文艺和人民、文艺和生活的关系,以及党如何领导文艺等一系列根本性的问题。文件充分肯定了三年来文艺工作的成绩,指出粉碎“四人帮”以来,文艺界作出了贡献,是很有成绩的部门之一。这是很高的评价啊!文件还明确指出,文艺工作要坚定不移地贯彻百花齐放、百家争鸣的方针,发扬艺术民主,坚持“三不主义”,即不打棍子,不戴帽子,不抓辫子,切实保证人民群众有进行文艺创作和文艺批评的自由。最近,文艺界还有个别同志讲什么“缺乏安全感”。我不赞成这个话。坚定地执行“双百”方针,党中央反反复复讲了多少次。三年来,有没有打棍子的现象呢?不是说个别地方没有这种现象,也不是说没有人想打棍子,但中央没有这样搞,而且不赞成这样搞。这个态度很明确。个别地方有些争论,关系搞得比校僵。岂止对一些文艺作品,对宣传工作,对许多学术理论问题,不同意见也不少。难道有些争论,有些意见,就能说没有安全感吗?这个话不太妥当,因为不符合事实。文件再一次肯定、明确了党对文艺工作的领导方针,这就是第三条讲的,党对文艺工作的领导决不应违背客观规律,凭个人意志独断专行。文件对文艺的重要性和当前的任务,对创作方向,都提出了明确的要求。我希望文艺界的全体同志都要认真地、反复地把这些问题讨论清楚。至于党员,则必须坚决执行,因为共产党人要照党中央的决定办。

另一条是,对于文艺创作中的一些问题和几个作品有不同的意见,我们觉得,用中央发通知做结论的办法不妥当,延长文代会开会时间的办法也不好。因此我们商量,最好开一个座谈会,请一些同志来交换意见。我曾经主张去年十二月开,周扬同志提议多准备一下,过了年再开。所以说,酝酿召开这个座谈会的时间是很久了。我们希望座谈会的内容不限于剧本创作的问题,而是能够对文艺创作上大家共同关心的一些重大问题,交流一下看法,在一些重大原则问题上统一思想,这就是我们召开这个会的目的和希望。

这个会开得怎么样,我不大清楚。贺敬之同志说,大家反映开得是不错的,真正做到了畅所欲言。对于一些重大原则问题,有的同志说,有了比较一致的看法了。这当然很好。没有完全求得一致的看法也不要紧。思想问题一个时期统一不了,天垮不下来。积三十年之经验,思想问题可不能着急。一着急就你抓我,我抓你,就乱套了。我们力求统一思想,但一下子统一不了,不可操之过急;操之过急,往往出乱子。还是中央文件上讲的,对文艺上有争论的问题,应当经过自由的充分的讨论,并且要在实践中求得解决。有时候表面看起来统一了,明确了,但一碰到实际问题,又不明确了,不统一了。同时实践过程中还会出现新的问题。文艺战线上的思想认识问题,也象其他领域的思想认识问题一样,有它自己的发展规律。这就是从不统一到统一,再到不统一,再到新的统一,从不明确到明确,再到不明确,再到更明确。由不统一、不一致,在实践过程中,经过讨论,认识不断深化,比较统一了,比较一致了,再往前又不统一,又不一致,然后又统一,又一致了。这个过程循环往复,逐渐使认识提高到新的水平,这就是思想发展的规律。我们领导文艺工作的同志要懂得这个规律。但是,事物的发展,总是愈来愈向前进。一方面,认识有一个从不统一到统一的过程,从这个意义上讲,我们不能着急;另一方面,事物总是朝前发展的,向上发展的,从这个意义上讲,我们又是乐观的。我们解决文艺上的思想认识问题,一不着急,要充分说道理;二要乐观,要坚信真理愈辩愈明。因此,共产党人决不应该成为生活的冷漠的旁观者,决不应该放弃自己推进事物发展的责任。就文艺事业来说,应按照它的客观规律,积极而有效地发挥党的领导作用。这一条应不应该成为我们解决思想认识问题的一个基本观点,是不是领导文艺工作要特别注意的问题,请同志们考虑。

第二,应该如何看待我们自己

我们党历来认为,革命的首要问题是分清敌我的问题。《毛泽东选集》第一卷第一篇开宗明义,头三句话就是:"谁是我们的敌人?谁是我们的朋友?这个问题是革命的首要问题。"这话看起来似乎是人所共知的常识,实际上是马克思主义的一个根本问题。民主革命是如此,社会主义革命也是如此。我们党近六十年来的经验都说明,正确分清敌我,善于区别和处理两类不同性质的矛盾,是革命的根本问题。什么时候我们对敌我友分得清楚,革命就胜利,我们的事业就蓬蓬勃勃地发展;什么时候没有分清敌我友,革命就受挫折,我们的事业就受损失。政治路线上有这个问题,外交路线上有这个问题,宣传工作上有这个问题,文艺创作上也有这个问题。

我们党的经验又说明,真正善于分清敌我友,正确地处理敌我关系,说起来很简单,很普通,做起来实在不容易。这个问题是毛泽东同志提出来的,但是就是他老人家,也不是始终如一地都处理得很好的,有时,特别是晚年,有些问题也没有分析清楚,没有真正分清敌我,没有完全处理好。那么,我们每个同志,在这类问题上就能保证永远不犯错误吗?拿我来说,在分清敌我的问题上也犯过错误。我们全党、全国各级干部,在这个问题上完全没有犯过一点错误的人,恐怕极少。正确区分敌我友,不是单靠书本知识或几条杠杠就能解决的,而是要经过反复实践、反复认识,经过调查研究,占有大量的材料。而且在不同的历史时期,敌人、朋友这两个概念的内容也是有所不同的。我这样讲,决不意味着可以减轻或者推卸领导者的责任。应该说,如果领导者在这个问题上犯了错误,后果是严重的。我只是说,解决这个问题很困难,谁都难于完全避免犯错误。这里,重要的问题是善于总结历史经验,努力避免重犯"文化大革命"中那样严重地颠倒敌我关系的错误。

现在我们同心同德搞四个现代化的时候,是不是就不存在分清敌我的问题了呢?我看我们千万不能忘记的仍然有这个问题。那么,现在我们宣传方面,在文艺创作方面,有没有分不清敌我现象呢?应该说是有的。比如,有没有把破坏社会主义的反革命分子当作好人的呢?有的。再比如,有没有把犯了错误的自己人,当作势不两立的敌人来对待呢?也有的。在国际问题上也有类似情况。我们在各条战线上,对各种人要能恰当地分清敌我友,正确处理这些关系,是件困难的事情,如果处理不当,是随时都可能犯错误的。因此,我们在新的历史条件下,同样不要忘记善于分清两类矛盾。不管哪位同志,都要注意这个根本问题。

我想着重讲一讲如何看待自己。我这里不是指作为我们个人的自己,而是指广义的自己,指敌方、我方的自己。

第一,如何看待领导我们的、我们自己的党。中国共产党是不是我们自己的呢!共产党是领导我们事业的核心力量,怎么不是自己的呢!我们的党是不是真正伟大、真正可爱的呢?我们的党确实犯过错误,我们党的各级组织都有这样那样大大小小的问题,我们的党确有不少党员不够格,有极少数甚至很坏。总之,第一犯过错误,第二存在问题,第三确有党员不够格,某些人确实很坏。这些都是事实。但是不管有多少缺点、错误,总得肯定这样两条:第一条,如果没有我们党,中国革命能不能成功?中国人民的翻身,新中国的出现,没有我们这个党是办不到的。哪个党、哪个派都没有把旧中国变成新中国,唯有中国共产党领导全国各族人民把革命搞成了。第二条,谁能领导我国人民建成四个现代化的社会主义强国?不能靠别的人,不能靠别的党,只能靠中国共产党来领导。邓小平同志最近又提出:要坚持党的领导,改善党的领导。每个同志,包括文艺界的同志,对党的认识,要有这么个前提。我们希望一定要正确地对待这个党,这个党不管有多少缺点、错误,总还是伟大的,可爱的。

第二,如何正确地看待我们这个社会。我们这个无产阶级专政的社会主义国家,是不是真正有优越性?我们应该不应该引以自豪?这也是所有同志都要明确的问题。我们的国家生产那么落后,文化那么落后,三十年来经济、文化的发展不快,什么原因呢?我看第一条是历史原因,就是说,旧中国给我们留下的底子太薄,负担太重。第二条,林彪、"四人帮"十年来的破坏和动乱。第三条,我们政策上的问题。林彪、"四人帮"的破坏是非常严重的,但光这样说还不完全。我们有些政策长期不大对头。有些政策,在林彪、"四人帮"当权以前就有不对头的、"左"的东西。第四条,我们有些同志,包括我自己在内,搞生产的经验不足,不懂或不大懂经济规律,现代科学技术、经营管理等方面的知识懂得不多。第五条,我们的制度不完善。比如搞按劳分配,搞奖金,究竟怎么办?摸了两年还没摸清楚。我们国家经济落后,文化落后,不承认这一点,不是真正的共产党人。但是有一条我们比谁都优越,就是我们铲除了剥削制度,从根本上消除了人吃人、人压迫人的现象。我们完全应该因此而感到自豪。我们有的同志恰恰忘记了、忽视了这个最根本的事实。假使我们看看资本主义国家写的比较好的影片、小说,不是单从形式上看,而是从实质上看,就可以看到这些影片、小说好就好在揭露了资本主义社会人吃人的本质。我很少看电影,举不出特别好的片子来。《百万英镑》就不错吧,还有《流浪者》,都反映了这一点。我们用几十年的时间废除了剥削制度,结束了受压迫、受侮辱、受歧视的局面,请同志们一定不要忘记这一条。有许多青年同志不懂,这也难怪。我们的老工人、老农民、老教授、老科学家、老文化人懂,比如说我们在座的夏衍同志,感受就很深刻。还有在座的曹禺同志,他的《雷雨》、《日出》,都反映了这一点。这方面,我们要反复地宣传。自然,宣传的方法要实事求是、讲道理、讲历史,不要搞公式化、概念化和形式主义的东西。宣传新旧中国制度上的根本不同,就是揭示历史的真理。真理不怕千百次重复,这是列宁讲过的。

第三,如何看待占我国人口绝大多数的从事体力劳动和脑力劳动的人民。长期以来我们对知识分子的看法不对头。对这一部分劳动人民看错了,歪曲了他们的形象,说是"臭老九",使我们的脑力劳动者蒙受了一场冤屈。粉碎"四人帮"以后,我们把这个错误的观念改过来了。新中国的知识分子也是劳动人民,是脑力劳动者,是工人阶级的一部分。现在我们在纠正过去的错误看法和由此产生的错误做法,纠正得有成绩。但遗留的问题还不少,还要继续纠正,彻底纠正过来才罢休,这是不成问题的。这里应该强调的是,我们理论战线、宣传战线、文艺战线的同志,千万不要忘记从事体力劳动的人民。两条理由:第一他们占我们人口的绝大多数;第二他们过去是革命的主力军,现在是四个现代化的主力军。我们的知识分子,作为工人阶级的组成部分,当然也是搞四化的主力军的一个组成部分,而且是一支特别重要的、宝贵的骨干力量。但我们的知识分子人太少了，只有两千多万。我们的体力劳动大军，还缺乏文化，缺乏文明。我们过去提倡接受贫下中农再教育，这个话现在看来讲得太绝对了。知识分子应该向农民学习，这是对的；而农民为什么不可以向脑力劳动者学习呢？相互学习嘛！不要认为体力劳动者不值得我们学习。相反，体力劳动者在许多问题上确实比我们高明，值得我们学习，值得我们歌颂、表现他们。我最近看了一个电影《泪痕》，我觉得在表现农村干部、表现农民方面做得很不错。我们社会主义祖国百分之九十粗手粗脚的普通工人、农民，是我们社会的主人。在旧社会，进步的作家们还不能充分表现他们。我记得马克思说过，资本主义国家的工人、农民还是一支没有发掘的力量。社会主义中国工人、农民的力量，已经和正在发掘和显示出来，我们的文艺创作，有责任把他们的生活、劳动和情绪生动而准确地表现出来。

第四，如何看待我们的人民解放军。我们的军队也确有某些缺点，几百万人民解放军里也有个别不好的人。但总的来说，我们这支军队有两条：一条，确是最可爱的人，从一九二七年建军起，几十年来枪林弹雨、出生入死，没有他们，不可能有中国人民革命的、胜利的光荣历史。我们的革命历史和人民解放军是密不可分的。第二，我们的四个现代化的实现主要要靠他们来保卫，因此他们又是最可靠的人。一是最可爱，一是最可靠。我们的宣传工作、文艺作品中，应该有他们的重要地位。

第五，如何正确地看待毛主席、看待毛泽东思想。我们过去对他老人家，有些看法是不恰当的。林彪、"四人帮"把毛泽东同志捧为神，把毛泽东著作捧为圣经，搞迷信。他们用这种方法，反对毛主席，反对毛泽东思想，搞唯心主义、形而上学。那时，谁要提毛主席有缺点错误，那还行啊？叫做"一千个不答应"，"一万个不答应"。人怎么会没有缺点呢？毛泽东同志在一九六二年的七千人大会上自己就讲过，一些事情他要负责任嘛。说没有缺点错误，这是违反我们党的根本学说的一种错误的看法。三年来我们纠正这种错误看法费了多少劲！提出毛泽东同志确有过缺点和错误，有人就说，走资派又在那里复辟了。现在这么看的人少了，经过这几年的教育，慢慢打通了思想。现在我们反倒要注意另一方面的问题，就是决不可以全盘否定毛泽东同志。确有人认为毛泽东思想不灵了！毛主席讨嫌了！我们要注意。我们说毛泽东同志虽然有这样那样的缺点错误，但是我们要充分肯定，毛泽东的贡献也是最大的。中国共产党里没有哪一个人的贡献超过他。他为中国各族人民，为我们的党，做出了伟大的贡献。毛泽东思想是科学。毛泽东思想是中国共产党和中国各族人民几十年革命斗争经验的结晶。毛泽东思想曾经指引着我们的革命取得了胜利，它的一系列根本原则今后同样会指导我们夺取四个现代化的胜利。毛泽东同志的著作里有些东西过了时，但大量的、作为普遍真理的东西没有过时。我们应当从毛泽东同志的著作里吸取智慧，把我们的事业推向前进。我们只能否定该否定的错误，不能否定科学，只能否定一个人的错误，不能否定一个人对事业、对科学的伟大贡献。

现在有一种说法：我们的国家出现了危机，一个叫信仰危机，一个叫信心危机，一个叫信任危机。我想和同志们商量一下，不知你们怎么看这个问题。在革命遭受挫折的时候，有些人产生思想混乱，甚至发生动摇，这没有什么奇怪。如果说是什么危机，那是这些人自己的问题，我们要好好地做他们的工作。至于我们的广大人民对党的领导的看法，我们整个革命事业本身，究竟有危机没有？如果说有危机，我觉得一九七六年粉碎"四人帮"以前可以说是一次危机。粉碎"四人帮"，我们挽救了党，挽救了革命，也就是说我们摆脱了这个危机。

当然,我们现在还到处可以碰上这个危机所带来的后遗症。但现在我们是不是还处在危机之中呢?危机这个话是不能轻易地说的。危机者,摇摇欲坠,快完蛋之谓也。我们的党,我们的社会主义,我们的马克思主义摇摇欲坠了?快完蛋了?我不相信。我说我们的党现在不是什么危机,恰恰相反,我们是恢复了生机!充满着生机!特别是在党的三中全会以后,我们的党,我们的国家,我们的社会主义,我们的马克思主义充满着生机。我们有意识地在报刊上用了这么个题目:春已归来,春回大地。春天已经回来了!那么,可不可以说我们的威信有些下降呢?比以前低了呢?这个对,我看这样说没什么不好,这是个实际情况。人民看到我们党犯了错误,这激发我们的党组织,激发我们的广大共产党员,激发我们的中央要努力奋斗。为什么我们党提出要搞好党风、整顿党纪,最近又进一步提出要改善党的领导?都是针对威信下降这个实际情况提出来的。中央相信,再过几年,经过我们自己的主观努力,党不但要恢复自己的威信,而且要力争比以前有更高的威信!(鼓掌)这当然是我们的奋斗目标,现在没有兑现,所以鼓掌不鼓掌都没有关系。我们相信,我们党里面是有有骨气的人的,是有有志向的人的!(鼓掌)这个鼓掌我是同意的。我们确有许多有骨气、有志向的人,能够把我们的党改善得更好。有些同志说我们存在危机,有的可能是听来的,有的可能自己就这么看,心中装满忧虑。这个也不要紧。怎么办呢?我们要正面地做说服工作、宣传工作,交换意见嘛!再一个可靠的办法是等待。善于等待,是符合马克思主义的,就是通过实践嘛!我们相信,再过三年以后讲我们有危机的人就可能少了。当然要有一个条件,就是我们不犯大错误,犯了错误就迅速改正。

上面讲的五条,我看都是和认识我国现时社会的本质有密切关系的东西。你们不是说文艺创作要表现社会本质的东西吗?社会主义时期的文艺作品如果离开了或者忽略了表现社会主义本质的东西,那当然就可能出现这样那样的缺点和不足。什么叫社会的本质呢?就是社会发展的内部规律。我们要正确地反映这个规律,就不仅要反映出新旧事物的矛盾斗争,而且要反映出它的发展趋势,反映出我们这个新社会里占主导地位的前进的力量。不是说落后的东西、阴暗的东西不该反映,即使是落后的、阴暗的东西,只要有代表性、有典型性,也应该作为本质的一个侧面加以反映。但是从文艺的总体上说,如果单单是、或者总是反映落后面、阴暗面的东西,我觉得就不能说是充分地、准确地反映了我们社会的本质,也就不符合社会整体的真实。中国无产阶级文艺的伟大先驱鲁迅一九二五年就说过:"文艺是国民精神所发的火光,同时也是引导国民精神的前途的灯火。"我觉得这两句话非常精彩。我们当代的火光从什么地方找呢?我看最主要的就是前面讲的五个因素:党、社会主义制度、从事体力和脑力劳动的人民、人民解放军、指导我们事业前进的马列主义和毛泽东思想。反映我们国家、人民的精神火光,同时又作为精神的灯火,引导九亿多人民有更高的精神境界,更高的理想,更高的革命品质、风格,推动我们的历史前进,这就是我们文艺创作要注意的问题。

第三,如何对待我们社会生活中的阴暗面

我们现在的社会有没有阴暗面,或者叫黑暗面、消极面?我们的共产党员、我们的领导者,要明确地同大家讲:有消极的东西,不合理的东西,不健康的东西,令人不愉快的东西,卑鄙的东西,丑恶的东西。我们只是讲,我们的社会有两面:既有光明面,又有阴暗面。当

我们看到阴暗面时,不要忘掉光明面。我们确有大量光明面的东西,诱人的、令人神往的东西。既有光明面,又有阴暗面,这就是现实,这就是真实。你们不是讲现实主义吗?看到光明面,同时看到阴暗面,我看这就是现实主义的态度。哪一面更大呢?争论的大概就是这一点吧!这要作具体分析。应当说有两条:第一条,总的说还是光明面大吧,光明面总是主导的力量吧。这是就整个国家、整个社会说的。当然,就某一个人、某一个具体单位、某一个局部说,阴暗面可能大,可能是主要的。第二条,在我们这个国家里,阴暗面总是非法的,总是暂时的。一个是它的暂时性,一个是它的非法性。它终究要被我们的党、我们的人民所抛弃、所克服。

那么,我们现在的社会生活中有些什么样的阴暗面呢?归纳起来,大体可以分两类性质不同的阴暗面。当然,实际的情况是错综复杂的,但是从根本性质来说,可以大致区分为两类矛盾性质不同的阴暗面。一类是敌我性质或者是敌对性质,比如说反革命分子,破坏分子,杀人、放火,叛国投敌,或者搞其他反革命破坏活动。对这种人和事,我们的党和政府采取什么政策呢?我们的文艺作品表现他们时应当采取什么方针呢?我们应该采取揭露的方针,打击的方针,斗争的方针,消灭的方针。当然不是从肉体上消灭,主要是通过改造、斗争,包括用法律手段来消灭这些阴暗的社会现象。还有另外一种阴暗的社会现象,如情节严重的诈骗犯、盗窃犯、流氓犯等等,不管产生它们的社会原因是什么,它们的破坏活动和我们社会之间的矛盾,也是敌对性质的。我们同样地要通过改造、斗争,通过法律和经济手段来消灭这种现象。即使情节较轻的骗子、流氓,根据马克思主义的观点,我们也决不能盲目地给予同情,更不能给予支持。决不能认为他们所采取的是一种正当的手段。那么我们为什么会同情印度那个"流浪者"?这是需要做具体分析的。拉兹自己没饭吃,他妈妈病在床上,说那里有面包你去吃吧,他一看没有,才知道妈妈也没有吃饭。他跑到街上偷了一块面包,准备送给妈妈,一下被人抓住了。他想去做工,人家不要他。那个社会剥夺了他工作、劳动的权利,逼得他只好靠偷的办法谋生。我们同情他,是同情他的这种不幸的社会地位、不幸的命运。我们的社会给人民以劳动权,努力创造条件安排人们就业和学习。当然这个问题现在还不能一下子解决得很好,但是叫他去就业他不去,他嫌条件差。条件差点,可以努力去改进嘛。负责具体安排就业的领导人,有的犯严重错误,可以把他撤下来嘛。有业不就,自暴自弃地走上邪路,甚至以危害社会治安为乐趣,而又屡教不改,那就不能同拉兹相提并论了。凡是带敌我性质的、敌对性质的,我们的态度只能是:揭露、批判、打击,直至把它消灭,不能含糊。

另一类矛盾,就是人民内部落后的东西,这也是一种阴暗面。比如思想品德上的落后面:无组织无纪律,个人主义,自由主义,不学习,讲假话,等等。我们落后的东西还很多。我们对落后的东西,也要揭露,但要采取批评的方针,教育的方针。也就是毛泽东同志讲的:使人们惊醒,警觉起来。不能把这样的落后面看作敌对的东西,这是用不着争论的。

现在争论最多的大概是如何看待官僚主义、特殊化。我们的国家有没有官僚主义、特殊化呢?有,而且有的地方相当严重。这算什么矛盾?我看,只要还没发展到严重违法乱纪的程度,还是属于人民内部矛盾。要不要揭露?当然要揭露,当然要批评,也可以来点嘲笑!嘲笑的手法,文学上是需要的。我们党下决心而且正在采取措施从根本上解决官僚主义、特殊化的问题。党也非常希望文艺界的同志,同我们一道采取正确的方针,运用文艺创作的手段来揭露、克服官僚主义、特殊化。这是一场艰苦的斗争,要进行长期的、细致的工作。我们和官僚主义、特殊化作斗争的时候，首先也要提倡分析。官僚主义也有两种：一种可以叫做一般的官僚主义，就是做官当老爷，脱离实际、脱离群众，贪图安逸，不求上进，遇事不动脑筋，光知道画圈圈。讨嫌不讨嫌？确实讨嫌。还有一种严重的官僚主义，按毛泽东同志的说法，叫"死官僚主义"。对死官僚主义，文艺界同志的笔锋，可以更尖锐一点，刺疼他嘛！怎么分析特殊化呢？要不要提"特权者"？要不要说"特权阶级"？说我们党里存在某些特权者，可能还说得过去，但是说我们党就是一个特权阶级，我觉得就要慎重考虑。我看不能这样讲，因为这不符合事实。前几年把我们的干部说成是大大小小的走资派，还说形成了一个什么党内资产阶级，那么一排，我们这些人全都吃了苦头，你们也吃够了苦头。我们被叫做"反革命修正主义分子"、"走资派"，你们被叫做"资产阶级反动权威"、"臭老九"。当时我们无法救你们，你们也无法救我们。现在我们再重复前几年的排法，行吗？

还有一个很重要的问题：官僚主义、特殊化究竟从哪里来的。这个问题必须研究清楚。是不是我们社会主义社会固有的？说官僚主义、特权者，就是我们的社会主义根本制度本身产生的，我不赞成这个意见。老实讲，我们中国共产党是反特权、反官僚主义起家的。推翻三座大山，其中有一座就是官僚资产阶级。那么，为什么我们反了人家的官僚特权，自己身上又生了这个脓疮呢？我说，第一还是旧社会遗留下来的影响。社会上好的东西可以遗传下来，坏的东西也可以遗传下来，这叫作社会的传染性。照马克思的说法，就是还有旧社会的痕迹，思想上的痕迹就更多了。第二是我们自己有些人，他欣赏那些东西，追求那些东西，他向那种传染病学习。列宁讲过，革命成功后，有那么一些人是这么想的：旧社会的当权者是捞过一把的，现在轮到我来捞一把了。第三，是我们制度不完善，不严密，有漏洞，被某些人钻了空子，也会产生官僚主义。特别是林彪、"四人帮"，把封建特权和官僚主义搞得大大膨胀起来，严重地腐蚀了我们干部的思想。粉碎"四人帮"三年来，这个问题我们还没有彻底解决，在群众中有很多议论，大部分是正确的。但有一种议论说这是我们的制度中固有的，不能克服的，甚至还不如资本主义。仿佛资本主义就没有官僚主义似的。那么，对这种议论应该怎么看呢？

说封建社会有特权阶级、官僚主义，同志们是赞成的。资本主义社会有没有特权阶级、官僚主义？我们马克思主义者明确地指出，特权阶级、官僚主义，不但是封建社会固有的现象，也是资本主义社会的固有现象。马克思在《路易·波拿巴的雾月十八日》、列宁在《国家与革命》等著作中，都曾指出，正是欧洲资产阶级把从封建专制制度手中接过来的以官僚和军事机构为主要特征的国家机器，空前地发展、完备和巩固起来。到了帝国主义时代，资产阶级的国家机器，更是普遍地加强起来，它的官僚和军事机构更是骇人听闻地扩大起来。这种官僚、军事机构是资产阶级社会躯体上的"寄生虫"，是"堵塞"生命的毛孔的寄生虫。大大小小的有产阶级的代表，在这个官僚、军事机构中猎取高官厚禄，享有各种特权，营私舞弊，欺压和愚弄人民。所以，不管是封建社会还是资本主义社会，他们的整个政府机关都是寄生虫似的官僚、特权机构，他们的政府官员也无非是大资本家、大地主的代理人，剥削阶级特权的维护者和实现者。正是基于这一切，马克思、恩格斯、列宁特别强调：无产阶级革命决不能简单地掌握现成的资产阶级国家机器，而必须打碎和摧毁这个机器。我们推翻和打碎了封建的、资产阶级的官僚军事制度和国家机器，必须建立并在长时期保持和巩固自己的国家政权，而我们的国家工作人员不是从天上掉下来的，难免要沾染封建的、资本主义的特权思想和官僚主义恶习。但是，我们的国家政权毕竟在根本性质上不同于地主、资本家的政权，我们的政府机关和广大的国家工作人员是为人民服务的,是受人民的委托为人民谋利益的。严重沾染特权思想和官僚主义恶习的毕竟还是少数,不能代表我们政权的主流。因此,决不能说我们的政府机关都是官僚机构,决不可把我们的整个干部队伍同特权和官僚主义划等号。虽然从一个方面看来,资本主义社会的官员比我们会办事,不画圈,知识多,会开得少,工作效率高,甚至架子可能比我们还小,但是我们千万不要忘记这一条:所有的地主、资产阶级政权都是官僚特权机构,所有资本主义国家的官员,都是为资本家阶级服务的,都是保护私有制的。这是他们的官僚主义的本质,尽管他们为了取得资本家的信任和支持,为资产阶级利益拼命效劳,而且卓有成效。《共产党宣言》上面写了的:资本主义国家的政权机关不过是管理整个资产阶级的共同事务的委员会罢了。列宁也说过,任何资产阶级政府,都是资本家的经济事务所。那么,封建地主阶级政府、资产阶级政府的官员里面,有没有个别比较开明的有远见的人物呢?当然有,比如封建社会里有海瑞、包公,这叫清官。否认他们有一定的进步性,是不对的。可是,我们的文艺创作,可不能把他们说成是为人民服务的,也不能把他们打扮成农民阶级的代表。他们虽然比较进步、比较开明,但毕竟没有最后越出地主阶级的范围。这些问题都要有专门的文章进行讨论。

为什么官僚主义一个时期克服不了,甚至还会在相当长的时期里存在?我们也要加以分析。正如上面我讲的,旧社会的思想影响是一个原因。列宁曾说,教育不发达,文盲那么多,官僚主义就不能根除。经济的发展,制度的完善,都是一个长期的过程。我们的党和大家同心同德,有决心并且正在采取有效措施揭露和克服特殊化、官僚主义,逐步医好旧社会传下来的这两个顽症。但这不是一个早晨所能解决得了的,要进行韧性的战斗,搞它多少年。我们相信,从旧社会带来的这种丑恶现象,终究会得到克服。

第四,我们的言论、作品要经得起历史的检验

我们党和政府的工作人员,各条战线上的负责人,所有的文艺家,总是经常要发表言论的。在家里边讲点什么,这没有多大影响。但是公开发表的言论,都是在做意识形态的工作,就会产生某种影响,这就叫社会效果,只不过效果有大有小、有好有坏。我们的理论界、文艺界、新闻出版界,是专门从事意识形态工作的。我们每一个创作,每一篇论文,每一项报道,都会产生社会影响,都会引起社会效果。

在这个问题上,我们有什么教训?一个重要的教训,就是太简单化了。或者像同志们讲的,一个简单化,一个粗暴。表现之一,就是搞一刀切,把事情简单地分成一个是好的,一个是坏的,一个是正确的,一个是错误的。我们要吸取过去的教训,不能一刀切,一刀切只能把事情办坏。我主张几刀切,三刀、四刀,甚至七、八刀切。正确的、有教育意义的、感染力强的,这是上乘的高档产品。这是一刀。比较正确、比较美、比较好的,这是第二刀。比较一般的、平淡的,按商品来说,是低档品,这是第三刀。不大成熟的、不大成功的、还有待加工的。还剩下一刀是什么呢?就是不好的、次品、赖品。要不要说毒草?文艺界的同志比较敏感,我不大讲毒草两个字。但是毒草也是客观存在。我们多切几刀,分个三等九级。不但你们有这样几等类型的产品,其他的工作,各条战线,都有这样几等产品,工业有,商业有,我们政治工作方面,思想工作方面,宣传工作方面也都有。

就每个人来说,也总会有这么几种情况吧?一个作者一生,一个党的干部一生,可能三

十年、五十年,有高档产品,有中档产品,也有低档产品。有没有废品呢? 马克思、恩格斯自己承认,他们也出过废品的。列宁也承认过。鲁迅也说,他年轻时候有些东西很幼稚。所以我们对每个人的一生,也要采取分析的方法,不要攻其一点,不及其余。另外,也不要只看到他的高档产品,就说所有的都是最美的、最好的。我们古代有这么个故事:有个邹忌,自己觉得非常美,他也确实美。有一个人比他更美,叫做城北徐公。他问他老婆,我同那个徐公比,他更漂亮还是我更漂亮? 他老婆说:你最美呗,徐公怎么能比得上你呢! 他不放心,又去问他的小老婆。小老婆说:你美呗,你比徐公更美呗! 他还不放心,又去问他的门客。他的门客说:姓徐的没有你美,还是你最美。后来,那个姓徐的来了。他觉得自己赶不上人家。他还不放心,拿过镜子来照,一看,原来自己比人家差得多。晚上,他躺在床上想:为什么他们都讲我的好话呢? 我的老婆讲我的好话,因为她偏心于我;我的小老婆讲我的好话,因为她怕我;门客讲我美,因为他"有求于我也"。他就把这个故事告诉了齐威王。意思是说:你皇帝老子也要注意,有许多人也偏心于你、怕你、有求于你呀,你受蒙蔽的地方很多呀。齐威王听了,就下了一道命令,请国内的人对他进行批评,当面讲他有什么不好的,受上赏;书面提意见的,受中赏;平时在街上议论他的,受下赏。邹忌不但对自己有了正确的认识,还帮助那个齐王改正了错误,所以那个时候的齐国很强盛。这个故事载在《战国策》上,叫"邹忌讽齐王纳谏"。

我们的言论应由谁来评论呢? 要由最广大的人民群众来评论,由工人、农民、战士、知识分子、干部来评论。我们还要经得起长期的检验,不是一时的、暂时的。同志们,检验一件事情办得好不好,检验一条路线、一个政策好不好,检验一个作品、一篇言论好不好,可不能只看一时现象。我们是上过当的,在"文化大革命"中上过当。那时一声令下,就是走资派、反动权威、臭老九,当时多少人都觉得正确呀,一下子把多少人打下去了。现在怎么样呢? 事实已经证明这是错误的。所以检验一个事物,不要只看一两个月,有些问题得几年甚至更长时间才看得清楚。一九七四年,批判师道尊严,有些小学生把学校的玻璃打得光光的,不是也有人拥护吗? 因此,不管是否定还是肯定一个事物,都需要历史的检验,实践的检验。我们的同志,千万不要满足于一时的声誉,千万不要只看到一些人一时的赞扬。

这里我想特别谈一谈如何看待青年的问题。有同志说,青年是好的;有同志说,青年是坏的。我觉得两种看法都太绝对。我们党历来讲,青年绝大部分是好的,也有少数不好的。青年人很可爱,他们本质上很纯洁,很有朝气,他们是我们的未来。但是人在青年时期,一般来说,却比较幼稚,容易上当。所以,要有一条正确的青年工作路线,要注意两个方面:第一,要好好地爱护青年,很好地培养他们。除极少数违法犯罪的害群之马外,要保护绝大多数青年。第二,还要正确地引导他们,对青年不要一味捧场。我们要像培育鲜花似地爱护他们,可是不能无原则地吹捧他们,不能迎合一部分青年中的错误思想倾向和低级情趣。在对待青年的问题上,我们的工作也要接受历史的检验。

我们要坚信历史,历史的判决总是公正的。比如刘少奇同志,中央决定要给他平反。刘少奇同志不是什么叛徒、内奸、工贼,而是我们党和国家最优秀的领导人之一。相反,那个康生是个坏人。我们的文艺作品,要经得起长期检验。一个好的作品总是经得起考验的,历史上确有许多名垂千古的不朽之作。有些好作品,曾经被打下去,被埋没过,最后还是被发掘出来了。很多解放初期的好作品,现在不是被重新介绍出来了吗! 好的作品毕竟埋没不了。不好的,是要淘汰的。一个人如此,作品也如此。所以看作品有无生命力,不可只听少数人的话,要听多数人的话。作品生命力的大小,不决定于主观愿望,也不决定于少数人的推荐。要相信历史的公正,相信人民的公正。我们应该正确对待自己的作品,对待自己的言论。

我还想说一下怎样判断优秀的文艺作品的问题。我不大赞成机械地把某个标准排在第一,某个标准摆在第二。我认为真正的艺术品应该是政治和艺术的高度统一,或者说,应该使思想性和艺术性浑然一体。好的文艺批评,必须从两者的统一上来对作品进行深入的、细致的分析。理论著作、政治著作、学术著作也有这个问题。真正有生命力的理论著作、政治著作和学术著作,不但表现它有深刻的说理性,而且表现它有丰富多姿的文采。毛主席和鲁迅的许多著作,使人百读不厌,也正是因为他们具有这样的魅力,是有高度思想性、科学性的艺术品。

第五,关于干预生活和写真实

这是文艺创作的专门问题。现在对这个问题议论很多,应该议论清楚,求得一个基本正确和基本一致的看法。文艺创作要干预生活,这是五十年代从苏联移植过来的口号。我们现在可不可以用这个口号? 我觉得不是不可以用,问题是看怎么理解。许多问题不在于口号、概念本身,而在于怎么理解和运用。如果说,干预生活是要文艺作品更积极地去反映现实生活,是要求作家站在正确的立场上,用正确的观点去分析生活,揭露和批判旧事物,促进新事物的发展,以鼓舞、教育和引导广大人民为更美好的生活而奋斗,这就很好。如果是别的理解,离开马克思主义世界观,离开党的正确路线和方针政策的指导,消极地夸大阴暗面,使人对现实生活失去信心,这样地用文艺作品来"干预"生活,就是不正确的了。如果把干预生活看成是用文艺创作同党的正确的路线和方针政策唱对台戏,那就更不对了。

马克思主义的文艺理论主张,文艺的历史也说明,文艺创作必须真实地反映生活。但这种真实必须是艺术的真实,生活本质的真实,作品必须对生活进行典型概括,才有思想价值和艺术价值。实际的生活现象是多种多样、纷繁复杂的。文艺作品如果只反映那些没有什么意义的和个人的琐碎的日常生活,有什么意思呢? 个人日常生活可以写,但还是要选择那些社会意义比较强的东西。文艺创作应当从一般的日常生活,进入到更复杂的、更有社会意义的生活境界里面去。这是第一个进入。比较复杂的生活,社会意义大小也有不同,比如爱情问题,一般说来,是不能脱离社会的,文艺创作中写爱情是可以的,反对是错误的。说爱情生活是文艺创作的永久性的题材或素材之一也是可以的,因为一万年、十万年、一百万年后,凡有人类就有爱情。但是说爱情是文艺创作永恒的主题就不一定妥当,因为是更重大的社会生活决定爱情生活,社会生活的重大变化决定了文艺创作主题的变化。因此要有第二个进入。这就是要进入到更深刻的更有重大普遍意义的社会生活里面去,进入到人与人的关系,阶级同阶级的关系中去,进入到社会发展的各种斗争形式和生活形式中去,进入到各种人的内心世界里面去,分析它,解剖它,发掘不同的人们的灵魂。有的是高尚的、美好的东西,有的灵魂中是没落的、低级的、丑恶的东西。我们的作家应该把高尚的、美好的东西发掘出来,赞美它,歌颂它,使更多的人在这种榜样面前感奋起来,仿效它,学习它。这就是斯大林讲的,作家应该成为人类灵魂的工程师,应该努力塑造最美的最高尚的灵魂。也要把那些丑恶的、低级的东西发掘出来,剖析它,暴露它,反对它,使人们警惕起来,同这些东西划清界线,以至最终把它消灭。这就是我们经常所讲的,进步的文学、无产阶级文学、社会主义文学应有的团结人民、教育人民和改造社会的作用。这也就是我们经常强调的文艺作品的思想意义和积极的社会效果。

从这个意义上说,尽管文艺的任务不能等于歌颂加暴露,但是应该指出,歌颂和暴露都是需要的。旧社会生活中有许多值得歌颂的东西,更有大量值得暴露的东西;新社会有更多的、大量的值得歌颂的东西,也有许多需要暴露的东西;将来共产主义社会,有更多更多值得歌颂的东西,也还有不少需要暴露的东西,因为这些都是社会里面必然的客观存在。

是不是每篇东西都一定要同时歌颂和暴露呢?专门歌颂可不可以呢?也可以嘛。一个作品只描写一个人,一个好人;只描写两个人,两个都是好人,如《兄妹开荒》,就写得很欢乐。我在湖南看过《补锅》、《打铜锣》,也非常好,反映了我们生活的一个侧面。我记得一九六四年或一九六五年部队文艺会演中,有许多连队的小节目,也非常好。所以只写歌颂是可以的。专门写暴露可不可以呢?我看也可以。有同志讲马雅可夫斯基的《开会迷》很好,我看我们的相声《假大空》也很好。马雅可夫斯基就开会这个问题狠狠讽刺了一下,那个相声把搞假、大、空的人集中讽刺了一下,都非常好。专门写暴露不是不可以,要看你怎么写。专写喜剧可不可以?现实中有很多喜剧,为什么不可以!写悲剧可不可以?又有什么不可以!我们只是要防止写悲剧就永远悲下去,永远没有前途,给人们一种毁灭之感,似乎人类要全部完蛋了。如果把悲剧写成这种结果,那不合乎事实。这种性质的悲剧不符合历史发展,就是不真实的。南北朝有个庾信,写了一篇《哀江南赋》,也是千古传诵的,"序"里面有两句话:"天道周星,物极不反。"按辩证法看,物极是必反的。他因为当亡国奴十几年了,太伤感了,认为梁朝命运改变不了了,因而推论说整个历史都是物极不能反,这样悲观就不对了。因此,喜剧、悲剧都不是实质性的问题,而是文艺表现形式的问题。

我们要注意的基本点是:第一,不能不加选择地把任何偶然性的东西都当做艺术的真实。艺术真实应该是典型的真实,本质的真实。第二,不能把暂时性的东西写成一成不变的、永恒的东西,而应该反映出历史发展的辩证法。我觉得,我们社会主义的作家,不管写悲剧也好,写喜剧也好,不管写光明也好,写黑暗也好,都应该这样。只有这样,才能使他们的作品写得比较成功。即使是旧时代的作家,即使他们在讽刺旧社会的丑恶的、衰亡的事物,哪怕是用极度夸张的手法,也还是要努力写出典型的真实,表现出社会的、历史的某些本质方面,作品才有成功的可能。比如《钦差大臣》,就是这样。果戈里用夸张的、讽刺的手法写了那样一些丑恶现象,对沙皇时代的官场作了深刻揭露,使人感到非常真实。这是典型化的真实,本质上的真实,而不是个别的、偶然的、暂时的丑恶现象的任意凑合和展览。

这里,我想引用列宁的一封信。列宁一九一四年收到朋友寄给他的一部小说《父亲们的遗嘱》。他看了之后,很生气,写道:"我亲爱的朋友,你寄给我的文尼琴柯的新小说刚刚读过。真是荒谬绝伦,一派胡说!竟然尽量把种种'惊闻奇事'串在一起,把'恶行'和'梅毒',和揭人隐私以敲诈钱财(以及把被劫者的姊妹当情妇)这种桃色秽行,和对医生的审判都凑在一起!所有这一切,都充满了歇斯底里,奇谈怪论,以及他要创立'自己的'娼妓组织论的痴心妄想。"列宁又说:"在《言论报》上,说这部小说是模仿陀思妥也夫斯基的,而且不无可取之处。我看,模仿是有的,而且是对最拙劣的陀思妥也夫斯基的最拙劣的模仿。当然,文尼琴柯所描写的那些'惊闻奇事',在生活中就其单个来说都是有的。但是,把它们都串在一起,并且是这样地串在一起,这就意味着是在着意渲染惊闻奇事,既恐吓自己的想象,又恐吓读者,把自己和读者搞得'头晕目眩'。"列宁的话非常尖锐、俏皮。当然,他这里指的是一部反动小说,但我想我们的同志也应该注意这个问题。

怎样估价我们三年来文艺创作的成绩?根据我个人的看法,评论一下三年来的小说、电影、戏剧。可不可以这样说:总的来说,三年来不论电影、戏剧、小说,都有一个很大的发展。有同志讲空前繁荣,我也同意这个看法。三年来的文艺,总的来说起了很好的作用,其中特别是写了大量揭露林彪、"四人帮"的东西,包括批判他们搞特权,搞冤、假、错案的作品。我觉得这些作品的绝大部分是很好的,是文艺界对我国人民的贡献,起了推动历史前进的作用。这个时期写暴露林彪、"四人帮"的东西多一点,反映了我们时代的特征。歌颂老一代无产阶级革命家的,也有大量好的作品。但是,还有一些不成功,或者说是不成熟的东西,或者叫社会效果不够好。这也不奇怪嘛!我们搞政治工作几十年,不成功的讲话,不成熟的讲话,错误的讲话,多的是呢。你们搞形象思维,我们是逻辑思维,你们思维的东西就百分之百成功?百分之百完满?这请你们自己总结。我们有很多比较好的东西,也有相当多错误的东西。我自己就曾经讲错过许多话嘛。

三年文艺创作究竟哪些作品不理想,不成功,社会效果不够好?我看的不多,请你们自己研究。两个月以前我把《假如我是真的》翻了一下,在一次会上发表了一点意见。今天我重复地在这里向作者,也向同志们交个心。对了,还是商量;不对,欢迎批评。我觉得作者是有才华、有前途的。在如何正确对待青年作家的问题上,我们大家不能再犯过去的错误,不能嘲笑他们,更不应打击他们。在这个问题上,"文化大革命"前对几个青年作家,我也是犯过错误的。当时那些同志,也有才华,而作品的确不够成熟,是需要帮助的,但我们对他们的方针错了。现在他们回来了,成了道道地地的作家了。假如那几位现在是中年的作家在他们的作品里,写上一笔,说当时有那么一个老家伙在我的问题上犯过错误,我赞成,因为这是事实。

我觉得《假如我是真的》这个戏,现在还不成熟,还有比较大的缺点。我的看法不一定对。为什么我感到不成熟呢?首先我觉得戏中由人物形成的整个环境,对于三中全会以后的现实来说,不够真实,不够典型。戏里最后出现了一个正面人物,就是张老,这当然是好的,但这是个局外人,他好像是解放者,使人感到有点救世主的味道。再就是对不应该同情的人物,不加分析地同情了他。李小璋这种人有没有?有。但剧本中写的这些下乡的青年,为了要回城,什么都可以骗,风格很低,思想境界很低。回城,就是心目中的一切。为了回城,什么不好的事情都去干。这种写法没有从发展趋向上反映出新时期中国青年的精神面貌和是非感。广大青年看了,想一想,会不以为然。为什么会产生李小璋这样的骗子?剧本把它完全归结为是由于干部的不正之风造成的,因而也就加强了对骗子的同情。这些就是这个剧本不成功的地方。

这个戏演了很久了,听说有各种不同的反映。这要加以分析。有些青年,特别是想回城的青年,还有一些家长,子女在外面,他们看了这个戏可能是欢迎的。另外有一些观众,确实认为一些领导干部的特殊化发展下去不行,要揭露,从这一点和这个角度来说,这个戏也已经起了一定的积极作用。但是,把这个戏照现在这个样子持久地演下去,还会产生另外什么样的社会效果?这就值得考虑了。对文艺作品如何更准确地批评我们的缺点,才能更好地起到团结人民、教育人民的作用,这是我们应该认真地深入研究的。实际上,围绕这个作品,现在已经有很多群众和干部产生了不同的看法。当然有的看法不一定都对,但有些意见却是值得重视的。我们支持文艺作品正确地揭露和批判党和国家干部中的不良倾向,同时,我们也希望作家同志及时总结经验,在思想认识上和艺术表现上进一步有所提高。不仅如此,我们还希望,整个的文艺创作,在如何正确地认识和深刻地反映我们新时代这个重大课题上,通过共同学习,深入讨论,以便促进社会主义文艺创作更加繁荣。至于剧本怎么办?我觉得好办。讨论后,如果作者自己觉得不成功,需要认真修改,那就自告奋勇:"改不好我赞成不演。暂时停演。"演出单位和宣传部门,有意见也可以讲,真诚地、耐心地给作者以帮助。不要因为怕被看成是打棍子,有意见也不敢讲了。发表意见和打棍子不是一回事。我们不打棍子,可以通过同志式的讨论,提高思想水平和艺术水平。大家都要对广大人民负责任嘛,对"四化"负责任嘛。听说作者准备根据大家的意见修改,我们希望能改好。

我要反复说的倒是这一条:不要以为暂时不演的戏,不发表的作品,就是毒草。不要形成这样一种舆论,造成这样一种传闻,硬说这些是要打倒的东西。同志们知道,马克思写《资本论》,写了几十年,修改了多少遍!据说托尔斯泰的《复活》一些章节修改了二十遍,多少年后才发表。历史上,这样的例子多的是。

第六,我们的文学题材无比宽阔

为什么要讲这个?因为二、三、四、五条虽然没有打棍子,但可能被误解为划了某些"框框"。现在我们有些事情,使有些同志感到同曹营里的事差不多,有点难办。说不定有些同志要说,你看,还不是要"收"了,没有什么东西可写了,我只好改行了。因此我要把我们的题材为什么宽阔,有些什么题目,罗列出来。

我们的题材所以宽阔,第一,因为我们确实是世界上最伟大的国家之一。美国没有我们历史长,美国无产阶级至今未闹成革命。苏联比我们的国土大,但历史没有我们丰富。我们这个国家,现在的事业是这样雄伟,比已经做过的事业更加轰轰烈烈,更加伟大。

第二,我国的革命历史是长期艰苦奋斗、可歌可泣的历史。世界上的主要帝国主义国家都欺侮过我们。我们的革命,从旧民主主义开始,已经一百多年了。

第三,我国的古代文化,有非常宝贵而又值得继承的部分。近代文化也很丰富,也有很值得继承的部分。

第四,我国幅员广阔,人口又那么多,民族有几十个,各个民族都有自己独特的文化。生活是这么丰富多采,历史是这么辉煌灿烂,反映我们历史和现实生活的题材当然是无穷无尽的,用之不竭的。

现在具体说一说,我们希望扩大表现哪些方面的题材。

第一方面,反映当前全国各族人民如何同心同德搞"四化",这是最值得大写特写的题材。文艺作品要指导生活,就要走在生活的前头去。应该反映全国各民族的工人、农民、战士、知识分子、干部、青年、妇女,加上港澳同胞和海外侨胞,为四个现代化英勇献身的情景和场面,以及他们的内心世界的活动。我们工作着重点的转移已经一年多了,假使八十年代第一年还写不出几部话剧,几部电影,几部小说,较好地反映"四化"建设的现实生活,请同志们想一想,你们脸上有光吗?我们脸上有光吗?我们能不着急吗?我们着急没有用,首先你们要着急呀。因此,要重视搞反映"四化"建设、向"四化"英勇进军的作品。要不要揭露那些不好的东西？也要揭露。现在各种各样干扰"四化"的力量、倾向、错误思想、错误行为多的是。我赞成你们在写向"四化"进军的时候，狠狠揭露那些阻碍向"四化"进军的错误行为、错误思想。据说斯大林在卫国战争期间，看《前线》剧看了七遍。那个戏里有歌颂，也有暴露，暴露那个戈尔洛夫和客里空。戏里有几个落后的典型，都不是敌人，作者把他们写成妨碍卫国战争的绊脚石。我们现在搞"四化"，也有许多绊脚石。我们有没有客里空呢？我们不叫客里空就是了，叫"假大空"。要描写我们的主导力量，如何排除阻力，如何克服落后思想。比如批评阴暗面，也是为了排除对"四化"的干扰，要放在这个里边去写。我认为这才是反映了我们当前的最大的真实。

第二方面，我们党所领导的革命已有将近六十年的历史。这段历史内容多么丰富，我们的经历多么感人哪。我们有这么七、八个阶段：一九二一到一九二七年第一次大革命阶段，我们党如何创立，然后如何北伐。北伐军有个"女生队"，我们现在有几位老大姐，就是北伐时期的女英雄啊。叶挺同志的铁军有人写没有？那是很好的题材。第二，一九二七到一九三七年，十年红军时期，土地革命时期。红军的题材我们发掘完了没有呢？井冈山的斗争，我多次同一些老同志讲，请你们写革命回忆录。现在红军时代的人，就剩下那么两、三千人了。第三，一九三七到一九四五年，抗日战争时期。有多少轰轰烈烈的斗争故事啊。过去我们写赵一曼，是讲抗日联军的。还有其他一些作品是写八路军、新四军、各抗日根据地和国民党统治区的斗争的。但已经写出来的东西还不够，还应该多写。第四，一九四五到一九四九年，解放战争时期，我们这方面作品多不多？我们原来提出写三大战役，没有写出来。这是中国历史上的最伟大的战役，也是世界战争史上的奇观。四年解放战争，亿万人民打了这么多仗，消灭敌人八百万，也等于不太小的世界大战啊，毛主席的军事学说发展到一个新的高峰。第五，一九四九到一九六六年，新中国成立后的十七年。写这个阶段的作品不少，也不能说就发掘完了。第六，一九六六到一九七六年那十年。粉碎"四人帮"后，写那十年的作品不少，但写完了没有呢？我觉得还可以写，还可以写得更深刻，更典型化；不只是暴露，更要写那十年中广大人民群众同林彪、"四人帮"英勇斗争的典型。第七，一九七六年到现在，三年拨乱反正，继往开来。再加上从去年开始的工作着重点的转移，一共八个阶段。我们自己的六十年，有多少题材还未发掘啊！

第三方面，一八四〇到一九一九年，八十年的旧民主主义革命。这一时期发掘得更少，只有《林则徐》《甲午风云》等少数作品。多少重大事件，多少风流人物，我觉得也是应当继续搞的。

第四方面，我们有几千年古老的历史，有多少劳动人民斗争的故事、传说，有多少历史上的大变化、大变革，有多少英雄人物，有多少思想家、政治家、军事家、历史学家、科学家、文艺家，这些人物都起了一定的历史作用，我们都应给予他们一定的历史评价，用来启发我们的思想，丰富我们的历史经验。

这四个方面的题材，写当前的题材是第一位的，但也不要使人觉得写过去的就不光彩。

以上这些说的是我们国家的历史和现实社会生活的题材。至于表现我们所可能熟悉的外国生活的题材，中外交往的题材，或是表现神话、童话、寓言、民间传说、科学幻想的题材，以及其他能对人起认识作用、美感教育作用和健康的娱乐作用的题材，那更是无比宽阔了。

题材这么宽阔，现在我们应当怎样帮助作家去熟悉和表现他所愿意并为社会所需要的题材呢？我主张采取几个措施：

第一，要帮助作家搞规划设计。文化部门，全国文联，各个协会，以及各省市的文化艺术部门，尽可能搞点类似这种性质的座谈会。当然，文艺家搞创作和搞工业不同，创作是精神生产，是形象思维，又是个体劳动，因此不能勉强文艺家机械地搞集体设计和死板的计划。但是，有那么一些领导同志、做实际工作的同志和文艺家们在一起，经常搞点座谈，建议写些什么，怎么去熟悉生活，议论议论怎么写法，提出一些规划性的意见，提供作者们自己选择参考，这还是有益的。

第二，要想办法提供各种历史资料。比如他要写北伐、土地革命战争、抗日战争、解放战争，没有历史资料怎么行？我主张各级文联和协会，从今年开始，逐步设立写作资料室，或者叫文艺创作资料馆。资料可以借出去，可以请作者来看。

第三，要由宣传部门、文化部门，或其它部门系统地介绍一些现实生活中的典型人物、典型故事，提供创作素材。过去光凭文艺家自己去找，文艺家感到有许多困难。去年我就曾经建议，中央和每个省市每年都要向文艺家提供三、五百个创作的素材资料，包括劳动模范、先进的集体以及一些特别感人的故事。

最后一个办法，我主张文化、宣传部、文联、各协会，每年要开一些座谈会，象这次座谈会一样，谈谈创作思想问题，交流一下创作经验。这次会拖得时间长了，以后要经常开，每次讨论一个较大的问题，每次时间不一定这么长，要多搞些来往，多搞些思想交流。

第七，要培养和锤炼一支敢想敢干、百折不挠的文艺创作大军

对这支大军的要求，主要是八个大字：敢想敢干，百折不挠。我觉得当前最可宝贵的就是这八个大字。要实现四个现代化，开创我国文学艺术一个新的大繁荣时代，干前人没有干过的伟大艰巨的事业，你不敢想敢干、百折不挠，那怎么干得成？我们的队伍太小了，我们不是一支大军，是一支小军。这支大军比我们科学大军还小，同我们工农体力劳动的大军相比更小了。十几年来，我们这支创作队伍受到很大的损失。有些同志因自然规律而雕谢了；有些同志则是被摧残致死的。单凭这一点，我们的党就要发誓：坚决不许对文艺作品妄加罪名，无限上纲，因而把作家打成反革命！（热烈鼓掌）我们说过：他的作品如果有缺点错误，可以讨论嘛，可以帮助嘛！决不能因为创作上出了毛病打成反革命。中央一九八〇年十一号文件已经这么讲了，不是我的发明。我们的队伍还要扩大，特别要精心培育中年作家、青年作家。对于我们各级党委宣传部门、文化部门、各个文艺团体来说，爱护他们、培养他们，是我们一项崇高的职责。为了使我们的作家茁壮成长，我们要注意两条：第一，决不许打棍子，人家要打棍子的时候我们要敢于出来保护他们；第二，也不要抬轿子。我们决不能忘记林彪、"四人帮"十几年来是怎样毒害青年的。有的人，假如不是"四人帮"用抬轿子的方法把他拉过去，抬起来，他可能不犯那么大的罪。所以，我们要用马克思主义的方法正确对待青年，象鲁迅所讲的，既不要骂杀，也不要捧杀。

为了使我们文艺队伍很好地成长，我们还要采取一些办法。

第一个办法，我同意周扬同志讲的还是要继续解放思想。对于我们文艺界来说，解放思想除去要解决一般所指的思想路线问题以外，还要深入到文艺创作的特殊领域中去。我觉得有这么三点：第一，要有好的思想品质，这就是忠于人民、坚持真理的品质。任何时候都

要忠于人民、坚持真理。有了这种思想品质,思想境界就站得高。古代有个文人叫陆机,写了篇《文赋》,他说写文章要"精骛八极,心游万仞"。我们写东西时,思想要站得高,想到的地方要很远。第二,在创作风格上,要有敢于独创的精神,力求别具一格、别开生面,不要模仿,模仿是最没有出息的。第三,在创作思想上,要跟着历史的发展去发展,不要历史已经发展了,思想还停在老地方。千百万人民在那里搞四个现代化,你还老在那里想:为什么五七年要把我打成右派?把五七年打右派的故事放在创作里去可以,但不要把思想停留在那个时候,老是在那里寻寻觅觅、凄凄惨惨戚戚。思想跟不上时代,时代就要把你抛在后面。

这里附带说一下,我们有的干部有这么一种说法:就是怕中央的政策来回变。三年来我们变了什么东西呢?思想路线没有变,政治路线没有变,平反的政策没有变,按劳分配的政策没有变,农业政策没有变。也就是说,根本问题上没有变嘛。当然小的、个别的地方我们有变动。变动有两种情况:一种我们确实讲得不完满的,后来纠正了,补充了,这是一种变化;另一种,是情况变化了,工作前进了,事情发展了,就要变。我们多少年形成了一个观念:不能变。"中央文件,为什么变了哇?""提法为什么同去年不同了?"我们的思想要随着新情况的发展而发展嘛,不加分析地说什么"多变"是不对的。我们有的同志多少年的习惯,不是每天读书、看报的,不是动脑筋研究实际生活的变化和形势的发展的。粉碎"四人帮"以后,脑子里记住的还是过去那么几条条。"为什么不提原来的东西了?"情况变了嘛,历史发展了嘛,我们的事业日新月异嘛。

第二个办法,为着培养我们的队伍,特别是帮助我们中、青年文艺家很好地成长,要提倡大家都学点马克思主义的文艺理论,同时在实践中发展这个理论。一个是学习,一个是发展。马克思主义产生一百多年,有丰富的文艺理论,马克思、恩格斯、列宁的,毛主席的。毛主席的一套文艺理论,因为历史向前发展了,有个别地方现在看起来不很适当,但总的来讲,毛主席的文艺理论是辉煌的,丢了是不好的,特别是《在延安文艺座谈会上的讲话》,在历史上起过重大作用,现在也还对我们的工作具有指导意义。还有周总理的,他特别在解放后的实践中发展了毛主席的文艺理论。鲁迅除去在创作上的成就以外,在文艺理论上也有许多精辟的见解。我设想,能不能请周扬同志挂一个帅,在这一、二年内编写出一部更好的阐述马克思主义文艺理论基础知识的书来,作为中学、大学、业余文艺工作者的教材。这对于帮助新中国年轻一代作家的成长,是一门很好的必修课。

第三个办法,要提倡把刻苦读书和深入生活密切地结合起来。要想在文学艺术上有成就,不付出艰苦的劳动是不行的。我们历史上的大诗人杜甫讲过:"读书破万卷,下笔如有神。"我读了四川郭沫若研究委员会的一篇《郭沫若的创作》,才知道郭沫若同志二十岁以前,《千家诗》、《唐诗三百首》、《诗经》,全部可以背得出来。记得夏衍同志对我说过茅盾同志的故事,茅盾同志二十岁就对《四书》、《五经》、《资治通鉴》、《九通》熟悉得很,报考商务印书馆,有人考他《九通》,他对答如流。所以,年轻时不用功读点书,不付出艰苦的劳动,要创作出好东西来是不可能的。一个要读书,一个要深入生活。过去不加区别地一律要求只在一个地方长期蹲点,现在看来有点毛病,但要求深入生活这个方向是对的。要到工人里面去,要到农民里面去,熟悉他们,学习他们;同时也要接触各种人,要了解各种人,深入到他们内心世界中去。应该把学习马列和学习文化遗产结合起来,把读书和深入生活结合起来,用以继续提高和磨炼我们的世界观,提高我们的创作质量。这是一辈子的事,没有艰苦奋斗、严格要求自己的精神是办不好的。

第四个办法,要壮大评论队伍,大力提倡文艺评论,不断提高我们文艺批评的质量。原来叫文艺批评,其实批评同评论差不多,"评论"没有那么吓人就是了。按照马克思主义的观点,批评是帮助我们同志和我们事业前进的武器,是洗脸,是讲卫生,是增加营养。前些年,我们党里面把批评与自我批评搞乱了,造成恶果,现在还没有完全消除。正确的办法还是两条:一条不打棍子,一条不抬轿子。既反对粗暴的批评,就是鲁迅先生讲的吓人战术,也不要搞那种不恰当的颂扬。可是有时我们赞扬一篇作品,副词、形容词太多。文艺评论要力求多讲道理,使作者、读者都受到启发,而且要从文艺评论中间发展马克思主义的文艺理论。反对简单粗暴的批评,也要防止虚伪的自我批评。现在有这么一种情况:对别人批评不适当,对自己批评也不是真心诚意的。对人对己都要搞两分法,优点、成绩、贡献要承认,缺点、错误、问题也要承认。有的同志批评别人和自我批评的方法,都不正确。讲个笑话吧:他采取了一个不正确的数学公式,对人家用的是一种加法:$1+(-1)=0$,"1"是好的,加上"-1"是不好的嘛,你这两方面一抵消,你还是个鸡蛋。对自己用的是减法,$1-(-1)=2$。用所谓自我批评把自己打扮得更美。所以,这都不是真实的。我们要用文艺批评的方法来锤炼我们这支队伍。我们革命的人是要锤炼的,千锤百炼,愈炼愈强。不要因为听到一点批评,革命斗志就减退下来。要在千锤百炼中成长。

第八,最后讲几点希望的话

我们的党反映和代表全国各族人民的意志,确定了这个伟大目标——实现四个现代化。伟大目标会不会改变呢?我们反复地说,不改变。因为是人民的愿望,是历史的潮流,人民的、历史的东西,谁都抗拒不了,谁都改变不了。现在还有某些"四人帮"的残余分子和狂妄分子,想和我们党比一下高低,似乎我们的党不行,他来才行。你行?你自己都管不了,还能管国家?!(笑声)在潮流这一点上,同志们不要三心二意,五心不定。实现四个现代化已经扎根在十亿人民的心坎中了,把我们的国家建设成为现代化的社会主义强国是肯定无疑的了。(鼓掌)当然还会有许多想不到的困难和问题。

我们的根本目的,是要使我们的物质财富大大地丰富起来,使我们的精神财富大大地丰富起来。中央的文件,包括前面说的第十一号文件,我们将来的党章,都说我们要搞两个文明,一个物质文明,一个精神文明。这两个文明是相互联系的。物质财富、物质文明为精神财富、精神文明奠定基础,提供源泉;而精神财富、精神文明反过来又促进物质财富、物质文明向前发展。它们相互依存,相互促进。

关于文艺与政治的关系问题,前天周扬同志已经讲了。小平同志在一次报告中说我们今后不再用文艺服从政治、从属政治这个提法,但并不是说文艺可以脱离政治,作家可以没有政治责任感。关于这个问题,要经过讨论研究后写出文章来讲清道理。

我们现在讲的政治是一个历史时期的政治目标,是总的政治任务。我们的政治目标是肯定了的。这就为我们社会主义祖国的未来描绘了一个蓝图。我们建设社会主义精神文明需要有三个高峰:思想理论高峰、科学技术高峰、文学艺术高峰。达不到这三个高峰,不能叫四个现代化。从这个意义上说,八十年代是向四个现代化迈进的开始,也是我们文艺界向新的高峰迈进的开始!

我们沿着一条不平坦的崎岖道路前进。我们的头顶上有暴风骤雨,我们的脚底下有陡壁险坡,我们同志们的身上有各种各样的负荷,有的同志还有这样那样的创伤。能不能攀上思想理论、科学技术、文学艺术的高峰去呢?有人会掉队,有人会开小差吗?我回答不了。我只能回答一点,我们党鉴于历史的教训,决不会把忠于党、忠于人民、忠于我们伟大事业的同志赶跑!(鼓掌)我们的路途遥远,道路艰险,我们必须紧紧地手拉着手,——这个也是列宁的话呀。文艺界的同志们,为我国伟大的四个现代化而奋斗的人们,让我们手拉着手,心连着心,前进吧!

(根据记录整理,发表时文字上略作了一点调整修改)

（三）论战与颂歌

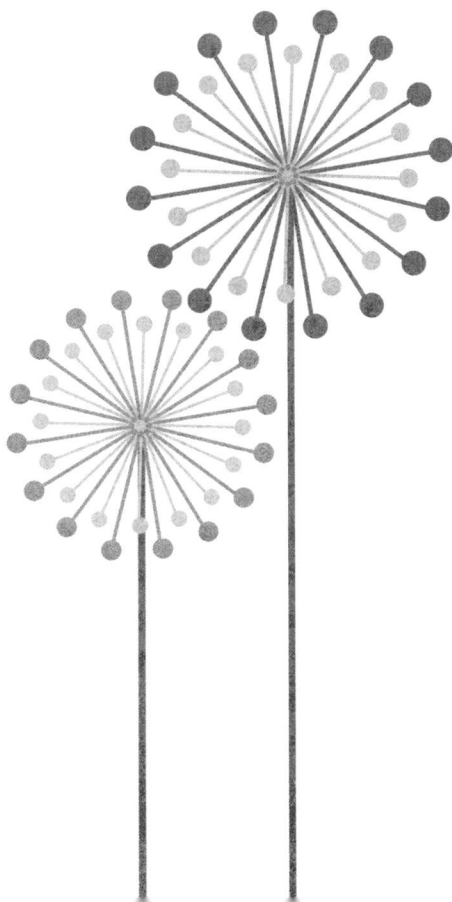

关于赫鲁晓夫的假共产主义
及其在世界历史上的教训*（节选）
——九评苏共中央的公开信

《人民日报》编辑部、《红旗杂志》编辑部

无产阶级革命和无产阶级专政的学说，是马克思列宁主义的精髓。坚持革命还是反对革命，坚持无产阶级专政还是反对无产阶级专政，历来是马克思列宁主义同一切修正主义斗争的焦点，现在也是全世界的马克思列宁主义者同赫鲁晓夫修正主义集团斗争的焦点。

在苏共第二十二次代表大会上，赫鲁晓夫修正主义集团不但把他们的所谓"和平共处"、"和平竞赛"、"和平过渡"的反对革命的理论系统化，而且宣布无产阶级专政在苏联已经不必要，提出所谓"全民国家"和"全民党"的谬论，从而完成了他们的修正主义体系。

赫鲁晓夫修正主义集团在苏共第二十二次代表大会上提出的苏共纲领，是一个假共产主义的纲领，是一个反对无产阶级革命、取消无产阶级专政和无产阶级政党的修正主义纲领。

赫鲁晓夫修正主义集团在所谓"全民国家"的幌子下取消无产阶级专政，在所谓"全民党"的幌子下改变苏联共产党的无产阶级性质，在所谓"全面建设共产主义"的幌子下为复辟资本主义开辟道路。

中共中央在一九六三年六月十四日《关于国际共产主义运动总路线的建议》中指出，用"全民国家"代替无产阶级专政的国家，用"全民党"代替无产阶级先锋队的党，在理论上是十分荒谬的，在实践上是极其有害的。这是历史大倒退，根本谈不上向共产主义过渡，而只能为资本主义复辟效劳。

苏共中央公开信和苏联报刊强词夺理地为自己辩解，并且指责我们对"全民国家"和"全民党"的批评是什么"远离马克思主义论断"，是什么"脱离苏联人民的现实生活"，是什么要他们"向后倒退"。

好吧，我们现在就来看一看究竟是谁远离马克思列宁主义，究竟苏联的现实生活是怎样的，究竟是谁要苏联向后倒退的吧。

赫鲁晓夫的假共产主义

赫鲁晓夫在苏共第二十二次代表大会上说，苏联已经进入全面展开共产主义社会建设的时期。他又说，"在二十年之内我们将基本上建成共产主义社会。"①这完全是骗人的。

---

* 《人民日报》1964 年 7 月 14 日。

① 赫鲁晓夫 1961 年 10 月苏共第二十二次代表大会上《关于苏联共产党纲领》的报告。

赫鲁晓夫修正主义集团正把苏联引上资本主义复辟的道路,苏联人民面临着丧失社会主义成果的严重危险,在这种情况下,哪里还谈得上什么建设共产主义呢?

赫鲁晓夫挂起"建设共产主义"的招牌,他的真实目的,就是为了掩盖他的修正主义的真面目。可是,这种骗人的把戏是不难拆穿的。明珠不容许鱼目来混杂,共产主义不容许修正主义来冒充。

科学共产主义有它确切的涵义。根据马克思列宁主义,共产主义社会是彻底消灭了阶级和阶级差别的社会,是全体人民具有高度的共产主义思想觉悟和道德品质的社会,是全体人民具有高度的劳动积极性和自觉性的社会,是具有极其丰富的社会产品的社会,是实行"各尽所能,按需分配"的原则的社会,是国家消亡了的社会。

马克思说:"在共产主义社会高级阶段上,在迫使人们奴隶般地服从分工的情形已经消失,从而脑力劳动和体力劳动的对立也随之消失之后;在劳动已经不仅仅是谋生的手段,而且本身成了生活的第一需要之后;在随着个人的全面发展生产力也增长起来,而集体财富的一切源泉都充分涌流之后,——只有在那个时候,才能完全超出资产阶级法权的狭隘眼界,社会才能在自己的旗帜上写上:各尽所能,按需分配!"①

根据马克思列宁主义的原理,在社会主义社会时期中,坚持无产阶级专政,正是为了向共产主义发展。列宁说:"向前发展,即向共产主义发展,必须经过无产阶级专政,决不能走别的道路。"②赫鲁晓夫修正主义集团既然在苏联抛弃了无产阶级专政,那就不是向前发展,而是向后倒退,不是向共产主义发展,而是向资本主义倒退。

向共产主义发展,是向着消灭一切阶级和阶级差别的方向发展。绝不能设想有一个保存阶级甚至保存剥削阶级的共产主义社会。而赫鲁晓夫却在苏联培植新的资产阶级,恢复和发展剥削制度,加剧阶级分化。一个同苏联人民对立的资产阶级特权阶层,已经占据党、政、经济、文化等部门的统治地位。这哪里有一点共产主义的影子呢?

向共产主义发展,是向着单一的生产资料全民所有制的方向发展。绝不能设想有一个多种生产资料所有制并存的共产主义社会。而赫鲁晓夫却正在把全民所有制的企业逐步蜕化成为资本主义性质的企业,把集体所有制的集体农庄逐步蜕化成为富农经济。这又哪里有一点共产主义的影子呢?

向共产主义发展,是向着社会产品极大丰富,实现"各尽所能,按需分配"的方向发展。绝不能设想把共产主义社会建立在一小撮人富裕而广大人民群众生活贫困的基础上。伟大的苏联人民,在社会主义制度下以史无前例的速度发展了社会生产力。但是,由于赫鲁晓夫修正主义的祸害,苏联的社会主义经济遭到了严重的破坏。赫鲁晓夫经常在重重矛盾中挣扎,他的经济政策经常是朝令夕改,出尔反尔,使得苏联的国民经济陷于严重的混乱。赫鲁晓夫是一个不可救药的败家子。他花光了斯大林时期的粮食储备,给苏联人民的生活带来了严重的困难。他歪曲和破坏了"各尽所能,按劳分配"的社会主义分配原则,使一小撮人侵吞了广大苏联人民的劳动果实。从这一方面来说,赫鲁晓夫所走的路,也是背向共产主义的。

向共产主义发展,是向着提高人民群众共产主义觉悟的方向发展。绝不能设想有一个

---

① 马克思:《哥达纲领批判》,《马克思恩格斯全集》第十九卷,第22—23页。
② 列宁:《国家与革命》,《列宁全集》第二十五卷,第448页。

资产阶级思想泛滥的共产主义社会。而赫鲁晓夫却热心于在苏联复兴资产阶级思想,并且充当美国腐朽文化的传道士。他鼓吹物质刺激,把一切人与人的关系变成为金钱的关系,发展个人主义和自私自利思想。他使体力劳动重新被看做是低贱的事情,而建筑在侵占别人劳动果实基础上的享乐重新被看做是光荣的事情。赫鲁晓夫所提倡的这种社会道德和风气,离开共产主义何止十万八千里。

向共产主义发展,是向着国家消亡的方向发展。绝不能设想有一个存在着压迫人民的国家机器的共产主义社会。无产阶级专政的国家,本来已经不是原来意义上的国家,因为它已经不是少数剥削者压迫绝大多数人民群众的机器,而是绝大多数人民群众享有民主,只对极少数剥削者实行专政的机器。赫鲁晓夫改变苏联国家政权的无产阶级专政性质,正在使国家重新成为一小撮资产阶级特权阶层对苏联广大的工人阶级、农民和知识分子实行专政的工具。现在,赫鲁晓夫正在继续加强他的独裁专制的国家机器,加强对苏联人民的镇压。在这种情况下,还谈论什么共产主义,实在是莫大的讽刺。

只要拿科学共产主义的原理对照一下,就不难发现,无论从哪一方面来说,赫鲁晓夫修正主义集团正在使苏联脱离社会主义的轨道,走上资本主义的轨道,因而距离"各尽所能,按需分配"的共产主义目标,不是越来越近,而是越来越远了。

赫鲁晓夫打着共产主义的招牌,包藏着不可告人的祸心。他利用这块招牌,欺骗苏联人民,掩盖资本主义复辟。他还利用这块招牌,欺骗国际无产阶级和全世界革命人民,背叛无产阶级国际主义。在这块招牌的掩盖下,赫鲁晓夫集团不仅自己抛弃无产阶级国际主义义务,追求同美帝国主义合伙瓜分世界,而且还要社会主义兄弟国家服从它的私利,不许反对帝国主义,不许支持被压迫人民和被压迫民族的革命,在政治上、经济上和军事上听从它的摆布,实际上变成它的附属国和殖民地。赫鲁晓夫集团又要全世界被压迫人民和被压迫民族服从它的私利,放弃革命斗争,不去打扰它同帝国主义合伙瓜分世界的清梦,听任帝国主义及其走狗的奴役和宰割。

总之,赫鲁晓夫提出的在苏联"二十年基本建成共产主义"的口号,不但是虚伪的,而且是反动的。

赫鲁晓夫修正主义集团说:中国人"竟然怀疑我们党、我国人民建设共产主义的权利"[①]。这种欺骗苏联人民、挑拨中苏两国人民友谊的手法,是十分拙劣的。我们从不怀疑,伟大的苏联人民总有一天要进入共产主义社会。但是,现在,赫鲁晓夫修正主义集团正在破坏苏联人民的社会主义成果,剥夺苏联人民向共产主义前进的权利。在这种情况下,摆在苏联人民面前的问题,不是怎样建设共产主义的问题,而是怎样反对和抵制赫鲁晓夫实现资本主义复辟的问题。

赫鲁晓夫修正主义集团还说:"中共领导人针对我们党宣布为人民争取美好生活是自己的任务,暗示苏联社会的某种'资产阶级化'和'蜕化'。"[②]这种转移苏联人民对他们不满的手法,是愚蠢的,可悲的。我们衷心祝愿苏联人民的生活能够一天比一天过得好。但是,赫鲁晓夫鼓吹的"关心人民福利","让每个人都过美好的生活",完全是假的,骗人的。广大苏联人民的生活被赫鲁晓夫折磨得已经够苦了。赫鲁晓夫集团所追求的,只是苏联特权阶层分

---

① 苏斯洛夫 1964 年 2 月在苏共中央全会上的报告。

② 1963 年 7 月 14 日苏联共产党中央委员会给苏联各级党组织和全体共产党员的公开信。

子、新旧资产阶级分子的"美好生活"。这些人侵吞了苏联人民的劳动果实,过着资产阶级老爷的生活。他们的确是不折不扣的资产阶级化了。

赫鲁晓夫的"共产主义",实质上是资产阶级社会主义的一种变种。他不是把共产主义看作是彻底消灭阶级和阶级差别,而是把它说成是什么"所有人都可以得到的、盛满了体力劳动和精神劳动产品的一盘餐"①。他不是把工人阶级争取共产主义的斗争,看作是争取自身和全人类的彻底解放的斗争,而是把它说成是什么为"一盘土豆烧牛肉的好菜"而斗争。在赫鲁晓夫的心目中,科学共产主义连影子都没有了,有的只是资产阶级的庸人社会。

赫鲁晓夫的"共产主义",是以美国为蓝本的。他把学习美国资本主义的经营方式和资产阶级的生活方式,提高到国策的地位。他说,他对美国的成就"十分尊重"。他"为这些成就高兴,有时候也有一些羡慕"。②他大肆吹捧美国大农场主加斯特宣扬资本主义制度的信件③,实际上把这封信作为自己农业方面的纲领。他不仅要在农业方面学习美国,而且要在工业方面学习美国,特别要学习美国资本主义企业的利润原则。他很羡慕美国的生活方式,硬说在垄断资本统治和奴役下的美国人民"生活得不坏"④。他还指望用美帝国主义的贷款来建设共产主义。赫鲁晓夫在访问美国和匈牙利的时候,还一再表示愿意"从魔鬼那里获得贷款"。

由此可见,赫鲁晓夫的"共产主义",就是"土豆烧牛肉的共产主义",就是"美国生活方式的共产主义",就是"向魔鬼要贷款的共产主义"。难怪赫鲁晓夫常常对西方垄断资产阶级的代表人物说,一旦实现了这种"共产主义","不用我来号召,你们就会走向共产主义"⑤。

这样的"共产主义"并不稀奇。这样的"共产主义"不过是资本主义的代名词。这样的"共产主义",不过是一种资产阶级的商标、招牌和广告。列宁在嘲笑老修正主义政党挂着马克思主义的招牌的时候说过:"这种'资产阶级工人政党',在马克思主义受到工人欢迎的一切地方,都会拿马克思的名字来赌咒发誓。要禁止他们这样做是不可能的,正如不能禁止一个商号使用任何一种商标、招牌和广告一样。"⑥

这就很容易了解,为什么赫鲁晓夫的"共产主义"受到帝国主义和垄断资产阶级的赏识。美国国务卿腊斯克说:"随着'土豆烧牛肉'和第二条裤子以及这一类问题在苏联变得更加重要,我认为在目前的舞台上已经出现了一种起温和作用的势力。"⑦英国首相霍姆也说:"赫鲁晓夫先生还说过,俄国牌的共产主义是把教育和土豆烧牛肉放在第一位的。这很好。土豆烧牛肉共产主义比战争共产主义好,而且我高兴的是,这证实了我们的观点:肥胖和舒适的共产党人比瘦弱和饥饿的共产党人要好。"⑧

赫鲁晓夫的修正主义,完全适应美帝国主义对苏联和其他社会主义国家推行"和平演变"政策的需要。杜勒斯说:"有迹象表明,在苏联内部有要求较大的自由主义的力量,如果

---

① 赫鲁晓夫 1960 年 7 月 7 日在奥地利的广播和电视演说。
② 赫鲁晓夫 1959 年 9 月 16 日与美国国会领袖和参议院外交委员会委员的谈话。
③ 赫鲁晓夫 1964 年 2 月在苏共中央全会上的讲话。
④ 赫鲁晓夫 1959 年 9 月 24 四日同美国实业界和社会人士的谈话。
⑤ 赫鲁晓夫 1960 年 3 月 25 日同法国议员的谈话。
⑥ 列宁:《帝国主义和社会主义运动中的分裂》,《列宁全集》第二十三卷,第 116—117 页。
⑦ 腊斯克 1964 年 5 月 10 日在英国广播公司电视节目中答记者问。
⑧ 霍姆 1964 年 4 月 6 日在英国东部诺里季的讲话。

这些力量坚持下去,就有可能使苏联内部发生基本的变化。"①杜勒斯所说的自由主义力量,就是资本主义力量。杜勒斯所希望的基本变化,就是从社会主义向资本主义蜕化。赫鲁晓夫正在实现着杜勒斯曾经梦寐以求的"基本变化"。

可见,对于在苏联复辟资本主义,帝国主义是抱着多么大的希望哟!他们是多么兴高采烈哟!

我们奉劝帝国主义老爷们且慢高兴。尽管赫鲁晓夫修正主义集团为你们服务,但是,决计挽救不了帝国主义必然灭亡的命运。修正主义统治集团和帝国主义统治集团犯着同样的病症,那就是同占人口百分之九十以上的人民群众处于势不两立的地位,因而同样是十分虚弱无力的,同样是纸老虎。赫鲁晓夫修正主义集团如同泥菩萨过江,自身尚且难保,又怎么能够保佑帝国主义长寿呢?

无产阶级专政的历史教训

赫鲁晓夫修正主义,给国际共产主义运动造成了严重的损害,同时,也从反面教育了全世界的马克思列宁主义者和革命人民。

如果说,伟大的十月革命,向各国马克思列宁主义者提供了最重要的正面经验,打开了无产阶级夺取政权的道路,那么,赫鲁晓夫修正主义却是提供了最重要的反面经验,使各国马克思列宁主义者可以从中吸取防止无产阶级政党和社会主义国家蜕化变质的教训。

世界各国历史上的革命,都曾经发生过反复和曲折。列宁说过,"如果从实质上来观察问题,难道历史上有一种新生产方式是不经过许许多多的失败和反复的错误而一下子就发展起来的吗?"②

国际无产阶级革命的历史,如果从一八七一年的巴黎公社无产阶级夺取政权的第一次英勇的尝试算起,还不到一个世纪;而从十月革命到现在,还不到半个世纪。无产阶级革命是以社会主义来代替资本主义,是以公有制来代替私有制,从根本上消灭剥削制度和剥削阶级,就是人类历史上最伟大的革命。这样翻天覆地的革命,当然更要经历严重的、激烈的阶级斗争,不可避免地要经历长期的、反复的和曲折的过程。

在历史上,无产阶级政权由于遭受资产阶级的武装镇压而失败,已经有过巴黎公社的例子,有过一九一九年匈牙利苏维埃共和国的例子。在当代,也发生过一九五六年匈牙利的反革命暴乱,无产阶级政权几乎遭到覆没。人们对于这样一种形式的资本主义复辟是容易看得到的,是比较注意的,是比较警惕的。

对于另一种形式的资本主义复辟,人们往往不容易看得到,往往不注意,往往不警惕,因而它的危险性也就更大。这就是:无产阶级专政的国家,由于党和国家的领导蜕化变质,走上修正主义的道路,走上所谓"和平演变"的道路,铁托修正主义集团使南斯拉夫从社会主义国家蜕变为资本主义国家,早已提供了这样的教训,但是,仅仅有南斯拉夫的教训,还不足以引起人们充分的重视。人们会说,这也许是一个偶然的事件吧。

可是,现在,在伟大的十月革命的故乡,在具有几十年建设社会主义历史的苏联,也发生

---

① 杜勒斯 1956 年 5 月 15 日在记者招待会上的谈话。

② 列宁:《伟大的创举》,《列宁全集》第二十九卷,第 386 页。

了赫鲁晓夫修正主义集团篡夺党和国家领导的事件，也出现了资本主义复辟的严重危险。它向所有社会主义国家，包括我们中国在内，向所有共产党和工人党，包括中国共产党在内，敲起了警钟。这就不能不引起人们极大的注意，不能不引起全世界马克思列宁主义者和革命人民认真思考和严重警惕。

赫鲁晓夫修正主义的出现，是坏事，又是好事。只要认真研究赫鲁晓夫修正主义集团在苏联实行"和平演变"的教训，并且采取相应的措施，已经胜利的社会主义国家和将来走上社会主义道路的国家，将不仅能够打败敌人的武装进攻，而且能够防止"和平演变"。这样，无产阶级世界革命的胜利就更加有把握了。

我们中国共产党已经有了四十三年的历史。我们党在长期的革命斗争中，既反对了右倾机会主义的错误，又反对了"左"倾机会主义的错误，确立了以毛泽东同志为首的党中央的马克思列宁主义的领导。毛泽东同志把马克思列宁主义的普遍真理同中国革命和建设的具体实践密切地结合起来，领导中国人民取得了一个又一个的胜利。中国共产党中央和毛泽东同志，在理论上、政策上、组织上和具体工作上，都告诉我们应当怎样坚持不懈地进行反对修正主义、防止资本主义复辟的斗争。中国人民经历过长期的革命武装斗争，有着光荣的革命传统。中国人民解放军是毛泽东思想武装起来的军队，同人民群众有着血肉的联系。中国共产党的广大干部经过历次整风运动和尖锐的阶级斗争，受到了教育和锻炼。所有这些条件，使得资本主义要在我国复辟是很困难的。

但是，我们应当看一看，在目前我们的社会里，是不是干干净净的呢？不，并不那么干净。这里仍然存在着阶级和阶级斗争，存在着被推翻了的反动阶级阴谋复辟的活动，存在着新旧资产阶级分子的投机倒把活动，存在着贪污盗窃分子和蜕化变质分子的猖狂进攻。一小部分基层单位也发生了蜕化变质的现象，而且那些蜕化变质分子还极力向上级领导机关寻找他们的保护人和代理人。对于这些现象，我们决不应当有丝毫的麻痹大意，而必须引起充分的警惕。

在社会主义国家中，社会主义同资本主义这两条道路的斗争，资本主义势力企图复辟同反对资本主义复辟的斗争，是不可避免的。但是，绝不能说，在社会主义国家中，资本主义复辟，社会主义国家蜕化为资本主义国家，是不可避免的。只要我们有正确的领导，正确地认识这个问题，坚持马克思列宁主义的革命路线，并且采取正确的措施，进行长期的、坚持不懈的斗争，就能够防止资本主义复辟。社会主义同资本主义两条道路的斗争，可以成为推动社会向前发展的动力。

怎样才能防止资本主义复辟呢？在这个问题上，毛泽东同志根据马克思列宁主义的基本原理，总结了中国无产阶级专政的实践经验，也研究了国际的主要是苏联的正面的和反面的经验，提出了系统的理论和政策，从而丰富了和发展了马克思列宁主义关于无产阶级专政的学说。

毛泽东同志在这方面提出的理论和政策的主要内容是：

第一，必须用马克思列宁主义的对立统一的规律来观察社会主义社会。事物的矛盾规律，即对立统一规律，是唯物辩证法的最根本的规律。这个规律，不论在自然界、人类社会和人们的思想中，都是普遍存在的。矛盾着的对立面又统一又斗争，由此推动事物的运动和变化。社会主义社会也不例外，在社会主义社会中，存在着两类社会矛盾，人民内部矛盾和敌我矛盾。这两类社会矛盾性质完全不同，处理方法也应当不同。正确处理这两类社会矛盾，将使无产阶级专政日益巩固,将使社会主义社会日益巩固和发展。许多人承认对立统一的规律,但是不能应用这个规律去观察和处理社会主义社会的问题。他们不承认社会主义社会有矛盾,不承认在社会主义社会中,不仅有敌我矛盾,而且有人民内部矛盾,不懂得正确地区别和正确地处理这两类社会矛盾,这样也就不能正确地处理无产阶级专政问题。

第二,社会主义社会是一个很长的历史阶段,社会主义社会还存在着阶级和阶级斗争,存在着社会主义和资本主义两条道路的斗争。单有在经济战线上(在生产资料所有制上)的社会主义革命,是不够的,并且是不巩固的。必须还有一个政治战线上和一个思想战线上的彻底的社会主义革命。在政治思想领域内,社会主义同资本主义之间谁胜谁负的斗争,需要一个很长的时间才能解决。几十年内是不行的,需要一百年到几百年的时间才能成功。在时间问题上,与其准备短些,宁可准备长些;在工作问题上,与其看得容易些,宁可看得困难些。这样想,这样做,较为有益,而较少受害。如果对于这种形势认识不足,或者根本不认识,那就要犯绝大的错误。在社会主义这个历史阶段中,必须坚持无产阶级专政,把社会主义革命进行到底,才能防止资本主义复辟,进行社会主义建设,为过渡到共产主义准备条件。

第三,无产阶级专政,是工人阶级领导的,是以工农联盟为基础的。无产阶级专政,就是工人阶级和在它领导下的人民,对反动阶级、反动派和反抗社会主义改造和社会主义建设的分子实行专政。在人民内部是实行民主集中制。我们的这种民主是任何资产阶级国家所不能有的最广大的民主。

第四,社会主义革命和社会主义建设,必须坚持群众路线,放手发动群众,大搞群众运动。"从群众中来,到群众中去"的群众路线,是我们党一切工作的根本路线。必须坚定地相信群众的多数,首先是工农基本群众的多数。要善于同群众商量办事,任何时候也不要离开群众。反对命令主义和恩赐观点。我国人民在长期革命斗争中创造出来的大鸣、大放、大辩论,是依靠人民群众,解决人民内部矛盾和敌我矛盾的一种重要的革命斗争形式。

第五,不论在社会主义革命中,或者在社会主义建设中,都必须解决依靠谁、争取谁、反对谁的问题。无产阶级和它的先锋队必须对社会主义社会做阶级分析,依靠坚决走社会主义道路的真正可靠的力量,争取一切可能争取的同盟者,团结占人口百分之九十五以上的人民群众,共同对付社会主义的敌人。在农村中,在农业集体化以后,也必须依靠贫农、下中农,才能巩固无产阶级专政,才能巩固工农联盟,才能击败资本主义自发势力,不断地巩固和扩大社会主义阵地。

第六,必须在城市和乡村中普遍地、反复地进行社会主义教育运动。在这个不断地教育人的运动中,要善于组织革命的阶级队伍,提高他们的阶级觉悟,正确地处理人民内部矛盾,团结一切可以团结的人。在这个运动中,要向那些敌视社会主义的资本主义势力和封建势力,向那些地主、富农、反革命分子、资产阶级右派分子,向那些贪污盗窃分子和蜕化变质分子,进行尖锐的针锋相对的斗争,打败他们对社会主义的进攻,把他们中间的大多数人改造成为新人。

第七,无产阶级专政的基本任务之一,就是努力发展社会主义经济。必须在以农业为基础、工业为主导的发展国民经济总方针的指导下,逐步实现工业、农业、科学技术和国防的现代化。必须在发展生产的基础上,逐步地普遍地改善人民群众的生活。

第八,全民所有制经济,同集体所有制经济,是社会主义经济的两种形式。从集体所有制过渡到全民所有制,从两种所有制过渡到单一的全民所有制,需要有一个相当长的发展过程。集体所有制本身也有一个由低级向高级、由小到大的发展过程。中国人民创造的人民公社,就是解决这个过渡问题的一种适宜的组织形式。

第九,百花齐放、百家争鸣的方针,是促进艺术发展和科学进步的方针,是促进社会主义文化繁荣的方针。教育必须为无产阶级政治服务,必须同生产劳动相结合。劳动人民要知识化,知识分子要劳动化。在科学、文化、艺术、教育队伍中,兴无产阶级思想,灭资产阶级思想,也是长期的、激烈的阶级斗争。我们要经过文化革命,经过阶级斗争、生产斗争和科学实验的革命实践,建立一支广大的、为社会主义服务的、又红又专的工人阶级知识分子的队伍。

第十,必须坚持干部参加集体生产劳动的制度。我们党和国家的干部是普通劳动者,而不是骑在人民头上的老爷。干部通过参加集体生产劳动,同劳动人民保持最广泛的、经常的、密切的联系。这是社会主义制度下一件带根本性的大事,它有助于克服官僚主义,防止修正主义和教条主义。

第十一,绝不要实行对少数人的高薪制度。应当合理地逐步缩小而不应当扩大党、国家、企业、人民公社的工作人员同人民群众之间的个人收入的差距。防止一切工作人员利用职权享受任何特权。

第十二,社会主义国家的人民武装部队必须永远置于无产阶级政党的领导和人民群众的监督之下,永远保持人民军队的光荣传统,军民一致,官兵一致。坚持军官当兵的制度。实行军事民主、政治民主和经济民主。同时,普遍组织和训练民兵,实行全民皆兵的制度。枪杆子要永远掌握在党和人民手里,绝不能让它成为个人野心家的工具。

第十三,人民公安机关必须永远置于无产阶级政党的领导和人民群众的监督之下。在保卫社会主义成果和人民利益的斗争中,要实行依靠广大人民群众和专门机关相结合的方针,不放过一个坏人,不冤枉一个好人。有反必肃,有错必纠。

第十四,在对外政策方面,必须坚持无产阶级国际主义,反对大国沙文主义和民族利己主义。社会主义阵营是国际无产阶级和劳动人民斗争的产物。社会主义阵营不仅属于社会主义各国人民,而且属于国际无产阶级和劳动人民。必须真正实行"全世界无产者联合起来"和"全世界无产者和被压迫民族联合起来"的战斗口号,坚决反对帝国主义和各国反动派的反共、反人民、反革命的政策,援助全世界被压迫阶级和被压迫民族的革命斗争。社会主义国家之间的关系,应当建立在独立自主、完全平等和无产阶级国际主义的相互支持和相互援助的原则的基础上。每一个社会主义国家的建设事业,主要地应当依靠自力更生。如果社会主义国家在对外政策上实行民族利己主义,甚至热中于同帝国主义合伙瓜分世界,那就是蜕化变质,背叛无产阶级国际主义。

第十五,作为无产阶级先锋队的共产党必须同无产阶级专政一起存在。共产党是无产阶级的最高组织形式。无产阶级的领导作用,就是通过共产党的领导来实现的。在一切部门中,都必须实行党委领导的制度。在无产阶级专政时期,无产阶级政党必须保持和发展它同无产阶级和广大劳动群众的密切联系,保持和发扬它的生气勃勃的革命风格,坚持马克思列宁主义的普遍真理同本国的具体实践相结合的原则,坚持反对修正主义、反对教条主义和反对一切机会主义的斗争。

根据无产阶级专政的历史教训,毛泽东同志指出:"阶级斗争、生产斗争和科学实验,是建设社会主义强大国家的三项伟大革命运动,是使共产党人免除官僚主义、避免修正主义和教条主义,永远立于不败之地的确实保证,是使无产阶级能够和广大劳动群众联合起来,实行民主专政的可靠保证。不然的话,让地、富、反、坏、牛鬼蛇神一齐跑了出来,而我们的干部则不闻不问,有许多人甚至敌我不分,互相勾结,被敌人腐蚀侵袭,分化瓦解,拉出去,打进来,许多工人、农民和知识分子也被敌人软硬兼施,照此办理,那就不要很多时间,少则几年、十几年,多则几十年,就不可避免地要出现全国性的反革命复辟,马列主义的党就一定会变成修正主义的党,变成法西斯党,整个中国就要改变颜色了。"①

毛泽东同志提出,为了保证我们的党和国家不改变颜色,我们不仅需要正确的路线和政策,而且需要培养和造就千百万无产阶级革命事业的接班人。

培养无产阶级革命事业接班人的问题,从根本上来说,就是老一代无产阶级革命家所开创的马克思列宁主义的革命事业是不是后继有人的问题,就是将来我们党和国家的领导能不能继续掌握在无产阶级革命家手中的问题,就是我们的子孙后代能不能沿着马克思列宁主义的正确道路继续前进的问题,也就是我们能不能胜利地防止赫鲁晓夫修正主义在中国重演的问题。总之,这是关系我们党和国家命运的生死存亡的极其重大的问题。这是无产阶级革命事业的百年大计,千年大计,万年大计。帝国主义的预言家们根据苏联发生的变化,也把"和平演变"的希望,寄托在中国党的第三代或者第四代身上。我们一定要使帝国主义的这种预言彻底破产。我们一定要从上到下地、普遍地、经常不断地注意培养和造就革命事业的接班人。

具备什么条件,才能够充当无产阶级革命事业的接班人呢?

他们必须是真正的马克思列宁主义者,而不是象赫鲁晓夫那样的挂着马克思列宁主义招牌的修正主义者。

他们必须是全心全意为中国和世界的绝大多数人服务的革命者,而不是象赫鲁晓夫那样,在国内为一小撮资产阶级特权阶层的利益服务,在国际为帝国主义和反动派的利益服务。

他们必须是能够团结绝大多数人一道工作的无产阶级政治家。不但要团结和自己意见相同的人,而且要善于团结那些和自己意见不同的人,还要善于团结那些反对过自己并且已被实践证明是犯了错误的人。但是,要特别警惕象赫鲁晓夫那样的个人野心家和阴谋家,防止这样的坏人篡夺党和国家的各级领导。

他们必须是党的民主集中制的模范执行者,必须学会"从群众中来,到群众中去"的领导方法,必须养成善于听取群众意见的民主作风。而不能象赫鲁晓夫那样,破坏党的民主集中制,专横跋扈,对同志搞突然袭击,不讲道理,实行个人独裁。

他们必须谦虚谨慎,戒骄戒躁,富于自我批评精神,勇于改正自己工作中的缺点和错误。而绝不能象赫鲁晓夫那样,文过饰非,把一切功劳归于自己,把一切错误归于别人。

无产阶级革命事业的接班人,是在群众斗争中产生的,是在革命大风大浪的锻炼中成长的。应当在长期的群众斗争中,考察和识别干部,挑选和培养接班人。

上面所说的毛泽东同志提出的一系列原则,创造性地发展了马克思列宁主义,在马克思列宁主义的理论宝库中增添了新的武器,这种武器对于我们防止资本主义复辟,具有决定性的意义。只要按照这些原则办事,就能够巩固无产阶级专政,使我们的党和国家永不变色,顺利地进行社会主义革命和建设,援助世界各国人民打倒帝国主义及其走狗的革命运动,并

---

① 毛泽东:1963 年 5 月 9 日对《浙江省七个关于干部参加劳动的好材料》的批语。

且保证在将来从社会主义向共产主义过渡。

对于苏联出现赫鲁晓夫修正主义集团，我们马克思列宁主义者的态度，同对待一切"乱子"的态度一样：第一条，反对；第二条，不怕。

尽管我们不愿意，尽管我们反对，但是，赫鲁晓夫修正主义集团既然已经出现了，这也没有什么可怕，没有什么值得大惊小怪的。地球还是要照常转动，历史还是要向前发展，全世界人民总是要革命的，帝国主义及其走狗总是要灭亡的。

伟大的苏联人民的历史功勋照耀千秋万代，绝不会因为赫鲁晓夫修正主义集团的背叛而失掉光彩。苏联广大的工人、农民和革命知识分子，广大的苏联共产党人，终将克服前进道路上的一切障碍而走向共产主义。

苏联人民，社会主义各国人民，全世界革命人民，必将从赫鲁晓夫修正主义集团的背叛中吸取有益的教训。国际共产主义运动在反对赫鲁晓夫修正主义的斗争中，已经变得并且将继续变得比过去任何时候都要强大。

马克思列宁主义者对于无产阶级革命事业的前途，从来抱着革命乐观主义的态度。我们坚决相信，无产阶级专政的光辉，社会主义的光辉，马克思列宁主义的光辉，必将普照苏维埃的大地。无产阶级必将赢得整个世界，共产主义必将在地球上获得完全的彻底的最后的胜利。

附：形势急转直下 *（节选）

吴冷西

第一节 《九评》的彻底揭露

1964 年 5 月 15 日至 6 月 17 日，中央政治局常委召开中央工作会议。原定会议议程为讨论第三个五年计划和农村工作。

在会议过程中，中央政治局常委 5 月 27 日在毛主席住处开会，根据中央工作会议的讨论，决定把第三个五年计划的重点放在建立第三线国防工业基地（按照我国地理状况和战略构想，中央大致规定：国防第一线为沿海边疆地区，第二线为京广路沿线中部地区，第三线为云、贵、川、陕、甘、宁、青等腹部地区）；并决定在改进常规武器的同时，着重加紧研制核武器和导弹。这就是要加强战备。常委会还专门讨论了农村"四清"运动，正式决定在农村展开社会主义教育运动。这就是加强战备和反修防修双管齐下。

毛主席在会议上指出，这两大问题是从同赫鲁晓夫的多年斗争中引起的。毛主席在常委会上指出，从赫鲁晓夫大反华的趋势看，我们要考虑到万一他甘冒天下之大不韪，竟然把战争强加在我们头上。因此我们必须下大力气加强抵抗武装入侵的准备。同时，赫鲁晓夫从苏共"20 大"以来的行径表明，社会主义国家会产生修正主义，甚至篡夺党和国家的领导权。因此，我们必须在我们党内、国内反修防修。

---

* 《十年论战：1956—1966 中苏关系回忆录》，中央文献出版社，1999 年版。

毛主席还提出,鉴于上述情况,我们对苏共中央《公开信》的评论,要认真总结赫鲁晓夫修正主义的经验教训。他接着询问《九评》写得怎样。我回答正在写,已经反复修改多次,还不满意。毛主席说,不要紧,要认真分析,充分论证,使人驳不倒,不要匆忙,但要抓紧。

毛主席说,《九评》总结苏修的教训时,可以考虑:第一,从十月革命讲起,说明无产阶级专政理论首次变为实践;第二,分析苏联社会状况,分析其矛盾、阶级和阶级斗争;第三,剖析苏共领导集团的变化和赫鲁晓夫修正主义的产生、形成和发展;第四,批驳全民党、全民国家的谬论,这是赫鲁晓夫篡改马列主义的无产阶级专政学说的核心;第五,论证赫鲁晓夫搞的是假共产主义。

根据毛主席的意见,写作班子又对《九评》稿子作了比较大的修改。

在工作会议后期,6月8日,毛主席召开中央政治局常委扩大会议,除常委和中央一些有关同志外,还有各大区中央局第一书记参加。毛主席在谈到从中央到省一级党委的第一把手要抓军事时,又提出赫鲁晓夫是惯于搞政变的人。他说,赫鲁晓夫上台以来搞了五次政变,一次又一次把同他意见不同的人打下去。先搞掉贝利亚,接着又搞掉所谓莫洛托夫、马林科夫"反党集团",接着又搞掉朱可夫,还有伏罗希洛夫、布尔加宁等一批人,都被他打下去了。这个教训值得重视。

毛主席接着又问及《九评》写好了没有。小平同志回答说,秀才们苦得很,改了一次又一次,快成形了,还需要再作些修改。毛主席说,丑媳妇不要怕见公婆,梳妆打扮好了才出来,披头散发也可以。只要大致可以,就拿出来请大家议论修改。小平同志说,再修改一次就可以拿到起草小组上讨论,讨论后再修改就可以送主席、少奇同志、总理审查。

6月底,我们将修改了多次的《九评》稿子送给小平同志。小平同志第二天到钓鱼台来,主持起草小组全体会议讨论。讨论的时候逐段地边读、边议、边修改。7月初印出了修改稿,送给毛主席、少奇同志和周总理。

7月5日起,毛主席召开几次会议讨论《九评》修改稿,也是逐段边讨论边修改,而且他自己也动笔修改。(少奇同志和周总理因事在外,没有参加这些会议。)毛主席在会上提出修改的意见,或者他自己动笔修改。主要有以下几点:

毛主席说,在讲到苏共领导集团一步一步走向修正主义时,还要补充说明苏联共产党、苏联人民的伟大业绩和功勋。毛主席强调,列宁缔造的苏联共产党和伟大的苏联人民,在十月社会主义革命中,表现了开天辟地的革命首创精神;在战胜白匪军和十几个帝国主义国家的武装干涉中,表现了艰苦卓绝的英雄气概;在工业化和农业集体化的斗争中,取得了史无前例的光辉成就;在反对德国法西斯的卫国战争中,是赢得了拯救人类伟大胜利的主力军。

毛主席说,除了这些要讲以外,还要讲到,甚至在赫鲁晓夫集团的统治下,苏联共产党的广大党员和苏联人民,是不满赫鲁晓夫为非作歹的,莫洛托夫等人只是反抗的冰山之巅。

毛主席说,必须明确表达我们坚决相信列宁创造的苏联共产党的绝大多数和苏联人民中间的绝大多数坚持社会主义方向,而且在文章结尾时还要重复这个意思。我们历数了赫鲁晓夫的错误,还要对广大苏联共产党人和苏联人民寄予厚望。

根据毛主席的这个思想,我们对原来起草的稿子做了补充。在《九评》的最后部分补写了一大段:"伟大的苏联人民的历史功勋照耀千秋万代,绝不会因为赫鲁晓夫修正主义集团的背叛而失掉光彩。苏联广大的工人、农民、革命知识分子,广大的苏联共产党人,终将克服前进路上的一切障碍,而走向共产主义。"

毛主席还强调阐述民主和专政的关系,要求我们在讲到全民国家问题时,要讲清楚民主的阶级性。毛主席亲自作了修改,增加了一段:"有资产阶级的民主,就没有无产阶级的民主,有无产阶级的民主,就没有资产阶级的民主,一个消灭另一个,只能如此,不能妥协。更多地、更彻底地消灭掉资产阶级的民主,无产阶级的民主就会大为扩张,这种情况在资产阶级看来,就叫做这个国家没有民主。实际上这是兴无产阶级民主,灭资产阶级民主,无产阶级的民主兴起来了,资产阶级的民主就被灭掉了。"

《九评》最后一段讲到无产阶级专政的历史教训。毛主席强调,在这一段里要指出,一切新生事物,无产阶级专政也一样,都要经过长期的、反复的、曲折的过程,中间有成功,也有失败。他说,我们现在讲无产阶级专政的历史教训,既要看到那种遭受到资产阶级武装镇压和失败的无产阶级专政,像巴黎公社、匈牙利苏维埃那时的样子,又要看到另一种形式的资本主义复辟,而这是更应该值得我们注意的,更值得引起我们警惕的危险,这就是和平演变。毛主席说,赫鲁晓夫修正主义集团在苏联搞和平演变,是向所有社会主义国家,包括我们中国在内,向所有共产党包括我们中国共产党在内,敲响了警钟。帝国主义对我们第一代、第二代大概没有指望了,但他们寄希望于第三代、第四代和平演变,杜勒斯辈就是这么公开说的。因此我们要准备后事,要培养革命接班人。后来,我们根据毛主席6月间在中央工作会议上的讲话,对这一段作了比较大的修改,列举了他提出的革命接班人应具备的条件。

毛主席还说,分析赫鲁晓夫修正主义集团形成的原因时,着重讲内因,列宁、斯大林领导时,外部情况比赫鲁晓夫时代严峻得多,但都顶住了。赫鲁晓夫受内外因素相互影响,发生了质变,外因(帝国主义的和平演变政策)通过内因(新资产阶级分子的产生及资产阶级意识形态的侵蚀)起作用。特殊地说这又同赫鲁晓夫本人的思想方法和工作作风有关。必然性通过偶然性表现出来。这些原因要在《九评》中逐一加以分析,使人有一个系统的清晰的概念。

根据会议讨论的意见,我们又对《九评》从头到尾作了通改,主要是事实与论证的衔接和文字的修饰。毛主席看过这些修改以后,又把文章的标题改了。我们原来用的标题不是这样。我们用过好几个标题,曾用过《赫鲁晓夫在苏联复辟资本主义》、《赫鲁晓夫的历史教训》等。最后,毛主席把标题改成为《关于赫鲁晓夫的假共产主义及其在世界历史上的教训》。经过这么一改,就突出了赫鲁晓夫修正主义在国际共产主义运动史上,全世界革命史上,以至世界历史上都是一个重要的教训。这样一个题目,使人立即感到文章的宏大气派、理论光彩、历史意义和深远影响。

此外,小平同志也要求我们对毛主席最近两年来关于反修防修问题的论述加以系统整理,写入《九评》中去。因此我们在毛主席主持会议讨论之后,又作了一番修改。其中主要的是把这几年毛主席关于反修防修的论述,系统地归纳为15条。

《九评》最后定稿是7月12日,是由毛主席主持的中央政治局会议通过的。大家在会上逐段议论并修改。

在这次定稿过程中,毛主席对新增加的15条中的第二条又做了修改,这一条基本上是他自己重新改写的。他改写后的全文是:"社会主义社会是一个很长的历史阶段,社会主义社会还存在着阶级和阶级斗争,存在着社会主义和资本主义两条道路的斗争。单有在经济战线上、在生产资料所有制上的社会主义革命是不够的,并且是不巩固的,必须还有一个政治战线上和一个思想战线上的彻底的社会主义革命。在政治思想领域内,社会主义和资本主义之间谁胜谁负的斗争,需要一个很长的时间才能解决,几十年内是不行的,需要一百年到几百年的时间才能成功。在时间问题上,与其准备短些,宁可准备长些;在工作问题上,与其看得容易些,宁可看得困难些。这样想、这样做,较为有益,而较少受害。如果对于这种形势认识不足,或者根本不认识,那就要犯绝大的错误。"

在这次定稿会议上,其他中央同志也提出了一些修改意见,在文字上也有多处修改。最后,中央政治局正式通过。两天以后(7 月 14 日)在《人民日报》发表,距中共中央《关于国际共产主义运动总路线的建议》发表刚好一年零一个月。

……

在这篇文章发表以后的第二天,7 月 15 日,毛主席在他家里又召开一次常委会。在会上谈到《九评》的问题时,毛主席说,《九评》发表以后,他又看了一遍。里边讲到社会主义社会里边两个阶级、两条路线的斗争是长期的、复杂的、反复的。但是不能说这个斗争越来越尖锐,不能像斯大林过去曾经提的那样。而应该看到,这个斗争是高一阵低一阵的,有时甚至是很激烈的,有时又比较缓和,总之是波浪式的。这一点应该明白。

毛主席在会上除了谈到《九评》以外,还问《十评》怎么样,为召开兄弟党会议准备的那个纲领草案怎么样。我回答说,正在起草。《十评》比较难,纲领也比较难,牵涉的问题比较多。毛主席说,你们反正是蚂蚁啃骨头,要啃,要想办法把这两篇东西搞好。《十评》要准备发表。那个纲领草案要准备跟兄弟党商量,在商量之前,我们要拿出一个草稿来。

小平同志还提出,除了上述两个稿子外,秀才们还在起草对苏共中央 6 月 15 日来信的复信。恐怕首先要把复信写出来,因为苏共来信已有一个月了。毛主席也同意先把复信写出来。

第二节　急于采取"集体措施"

1964 年 6 月 20 日,我党中央收到苏共中央对我党 5 月 7 日信件的复信。签署日期是 6 月 15 日,但我们五天后才收到。当时我们正在忙于修改《九评》,毛主席指示对来信可暂不处理。

苏共中央来信主要是谈召开兄弟党国际会议。来信说,中国党建议推迟召开国际会议,实际上就是拒绝召开国际会议。来信说他们仍然坚持要在短期内召开国际会议和 26 党的筹备会议。来信说现在唯一的出路就是召开 26 党的筹备会议,认为中方提出的 17 党是不对的,苏方提出的 26 党才是对的。他们还把举行中苏两党会谈同召开国际会议脱钩。信中没有说在开兄弟党国际会议和它的筹备会议之前,先要举行中苏两党会谈。

苏共中央来信说:苏共中央再一次建议,召开有 26 个党代表组成的筹备会议,这些党在 1960 年已经被各国共产党的国际会议批准为起草委员会的成员,并且代表着世界上一切主要地区的共产党人的利益。关于召开这个筹备会议的具体日期,苏方认为必须在最短期间内同各兄弟党商定。关于国际会议,苏方建议原则上应该在短期内商定召开,不应该长期拖延。信中一再说"最短期间内",表明了赫鲁晓夫迫不及待地要尽早对中国共产党采取"集体措施"。

苏共中央来信也提到中苏两党会谈,但是把它单独作为一个与筹备会议和国际会议无关的问题提出来的。它没有说召开这两个会议之前举行中苏会谈,更没有把中苏会谈作为召开这两个会议的必不可少的准备步骤。来信只说"苏共中央仍然愿意在取得协议的任何日期举行中苏两党双边会谈,这个问题由中苏两党随时协商解决"。这里表现了苏共领导的虚伪和狡猾。他们在信中既不敢不提中苏两党会谈,又不愿肯定表示要举行中苏两党会谈。我们在 5 月 7 日的信中建议明年 5 月举行中苏两党会谈,为召开兄弟党会议做准备。苏共中央来信既没有提出中苏两党会谈的具体日期,只虚晃一枪说"取得协议的任何日期",又没有提出怎样协商确定这个日期,只说"随时协商解决"。这实际上是,"任何日期"者,没有日期也;"随时协商"者,不要协商也。一句话,就是不要中苏两党会谈。

以赫鲁晓夫为首的苏共领导集团这样做,违反了许多兄弟党的意愿。当时许多兄弟党都提出,要中苏两党先开会,然后再开筹备会,最后再召开各国党代表参加的国际会议。越南劳动党在 4 月 21 日给各兄弟党一封信说,为了准备召开国际会议,可以分两个阶段进行。第一,恢复中苏两党会谈,以便取得一致并共同准备兄弟党预备会议的内容。第二,举行有若干兄弟党代表参加的预备会议,讨论和充分准备各国共产党工人党代表会议的文件。

越南劳动党还在它的中央刊物《学习》杂志 6 月号发表了一篇社论,指出现代修正主义在准备分裂国际共运和社会主义阵营,并且明确宣布,谁也无权把 13 个社会主义国家中的任何一国开除出社会主义阵营。社论还说谁也无权在他认为对他自己有利的时候,就下令公开论战,而在形势对他不利的时候,就停止公开论战。这篇社论表示,必须在各兄弟党协商一致的基础上召开各国共产党、工人党的代表会议,任何人和任何党都无权决定召开这样的会议。

新西兰共产党和印度尼西亚共产党 6 月 6 日发表《联合声明》说,新、印两党一致维护国际共产主义运动在马克思列宁主义、无产阶级国际主义基础上的团结。国际会议应当通过双边会谈,解决有关各党的意见分歧,做出适当的准备之后再召开,不允许强行召开或者勾促召开这个国际会议。《联合声明》还要求中苏两党恢复会谈,在会谈之前做充分的准备。苏阿两党也应该举行双边会谈。

印度尼西亚共产党总书记艾地 5 月 2 日在群众大会上发表演讲,郑重表示:印尼共产党绝不会宽恕修正主义者。我们要把公开论战看成是一个免费的、世界范围的马克思主义的大学,从这个公开论战中间学习。

日本共产党政治局 6 月 20 日发表声明说,为了解决国际共产主义运动内部的意见分歧,日共原则上赞成举行国际会议,但是坚决反对用那种企图把共产主义运动的不团结导向无可挽回的分裂的做法来举行国际会议。

苏共中央 6 月 15 日的来信,很明显地表现他们要强行召开国际会议和它的筹备会。

6 月 29 日,毛主席召开常委会,讨论苏共中央的这封来信。当时大家一致认为,对这封信要答复,可以逐条驳斥,也可以简单地把它顶回去,指出苏共硬要开会,就是决心要开分裂的国际会议。

毛主席倾向于简单地把它顶回去,不必纠缠,要我们起草复信。毛主席说,我们现在要集中力量搞好《九评》,不为他的来信所干扰。《九评》是重头文章。毛主席说,我们的方针是你打你的,我打我的。我们还是集中力量批评他的《公开信》。发表《九评》以后,还要准备《十评》,还有很多题目可以写文章。我们现在要充分利用公开论战这个时机,彻底揭露赫鲁晓夫的修正主义路线。

从毛主席那里开完会,我回到钓鱼台。当时起草班子都集中在钓鱼台,住在 8 号楼,已经两年多了。回来后我跟大家商量,对苏共中央的这封信,究竟是按毛主席设想那样简单地答复,还是逐条驳斥它。因为苏共中央的这封信里有很多迷惑人的地方,特别是对中间派,所以大家意见还是倾向于逐个问题驳回。我把大家的这个意见打电话告诉小平同志。小平同志说他第二天上午到我们这儿来,和大家一起商量。

第二天(6月30日)上午,小平同志到钓鱼台8号楼,和我们一起商量复信应该怎样写。小平同志听了大家的意见以后,赞成复信要逐个问题驳斥,写得既要讲清道理,又要相当挖苦,说明赫鲁晓夫出尔反尔,前后矛盾。他将这个意见报告毛主席。毛主席同意后,他要求秀才班子兵分两路,一些人搞《九评》(已见前述),一些人搞复信。《十评》草稿和纲领草稿可以往后推。

由于《九评》修改花的力量较多,同时中央也考虑对苏共中央来信的答复要看看形势再说,因此复信一直没有写好,中央常委也没有讨论。

在《九评》定稿并发表后,7月23日,毛主席召开常委会。会上周总理谈了他到朝鲜去向金日成通报越南战争形势的情况,同时也带回朝鲜党对当前反修斗争的意见。

这次会议少奇同志和小平同志都没有参加,他们两位在《九评》定稿以后,都到外地视察去了。所以在会上毛主席要彭真同志通知少奇同志和小平同志回京以便商量对苏共中央6月15日来信的答复。

毛主席在这次会上提出修改复信稿的意见。他说,我们在复信稿中对停止公开论战提出八个条件,包括要他们承认错误等等,这样做是否妥当? 现在看来,赫鲁晓夫正在加剧论战,公开论战停不下来。现在正是论战的大好时机,我们不要提停止公开论战的条件,根本不提这个问题。我们只要求他同我们发表他们的反华文件、文章一样,发表我们的文章。我们已刊登了他们许多反华文章,彼此对等,他也应当发表我们的答辩。只提这个问题。估计他是不会发表的。但是,我们的复信发出后,估计赫鲁晓夫会非常恼火。因为我们发表《九评》,挖了他的老底。现在我们再把复信发出去,估计他会跳起来。毛主席说,赫鲁晓夫是个沉不住气的人,一触即跳,很可能他会铤而走险。但是,复信定稿以前,要请少奇同志、小平同志回来开会讨论。

周总理在汇报的时候,谈到了朝鲜党中央提出,目前形势很复杂而且很紧急,如果苏共强行召开筹备会议怎么办? 可否考虑左派各党在一起交换意见? 在谈到这个问题的时候,毛主席说,这个问题关系比较大。现在要慎重考虑。因为国际会议开不开,筹备会议开不开,还是未知数。苏共现在把中苏两党会谈同筹备会议、国际会议脱钩了。如果不是为着筹备国际会议,那么举行中苏两党会谈干什么呢? 没有什么好谈的。如果是这样的话,中苏两党不会谈,大家到筹备会议里面去争论。他们拿出一个纲领草案,我们拿出一个纲领草案,双方对着干,这样的话,估计筹备会议也开不好,也就是说国际会议也开不成。所以这个问题要多考虑考虑,再想想看。

后来毛主席又提出,关于复信的问题,要等少奇同志、小平同志回来商量。从这里看,毛主席的意思不单是考虑到复信的问题,而且还考虑到整个反修斗争发展到目前这个阶段,我们的方针究竟应该怎么样的问题。加上当时美军侵略越南战争情况又比较紧张,所以他提出,对这个问题,中央政治局常委要一起充分议论,看怎么处理得当。

7月25日,毛主席在颐年堂西厅召开政治局常委扩大会议。这时少奇同志和小平同志已回京,也参加了这次会议。彭真、陈毅等有关同志都参加了。在会上,毛主席提出,现在要对反修斗争的形势作通盘考虑。大家议论，从苏共中央6月15日来信看，现在赫鲁晓夫处在进退两难的境地。一是对国际会议什么时候召开，没有确定一个日期，而3月7日来信中曾说要在1964年秋召开，现在则说"在短期内"。二是对召开兄弟党会议的筹备会，也不确定日期，而是说"最短时间内"确定；说要由26党参加，但是又没有说死，而是说最短期间同兄弟党"商量确定"。看来他们是不会同我们商量的，因为他把中苏两党会谈和召开筹备会议和国际会议脱钩了。所以，看来他们很可能铤而走险。

大家一致认为，赫鲁晓夫急于这么搞，是因为内部不稳。现在连米高扬也排挤，把他放在最高苏维埃主席的位置上，实际上是明升暗降。苏联的经济情况也不好。为了想稳住一些老年人、老布尔什维克，大概这部分人对他最不满，所以他最近提出要提高养老金，而且还答应普遍提高工资。他想这样来收买人心。从这些事情可以看到，赫鲁晓夫处境很困难，想采取这样那样的办法来稳住他的地位。

至于跟其他兄弟党的关系，大家认为，赫鲁晓夫的处境也比较困难。罗马尼亚跟我们谈了以后，对苏态度比过去强硬。赫鲁晓夫要压他们，但压不下来，也不听罗马尼亚的意见。波兰也表示反抗，东德对苏共也不满意，捷克斯洛伐克也跟苏共不完全一样，匈牙利最近对我们的态度看起来也不坏。在这种情况下，赫鲁晓夫的现行政策，特别是对其他社会主义国家采取的大国沙文主义政策，面临众叛亲离、四面楚歌的危险。南斯拉夫和意大利这两个党，最近也不赞成召开国际会议。以后我们不要再批评意大利党了，不要再批评南斯拉夫了。要尽量多做罗马尼亚和波兰的工作，这样来孤立赫鲁晓夫。我们的反修文章，要集中攻击赫鲁晓夫，对其他人一概不问，不仅对其他兄弟党、其他社会主义国家，就是对苏共领导集团中的其他人，也一概不问，这就是首恶必批、胁从不问。毛主席说，我们的方针原来就是豺狼当道，焉问狐狸，集中批判赫鲁晓夫。现在形势对我们采取这样一个方针更为有利。

关于召开兄弟党国际会议，大家议论比较多。有些同志估计赫鲁晓夫可能要开，有些同志觉得他不一定开。毛主席认为，对于国际会议，我们现在要采取激将法，激他开，激他承担公开分裂的责任。但是，估计赫鲁晓夫不敢开，至少最近不敢开，也可能只开筹备会，不开国际会议。我们可以用点儿激将法，让他犯错误，犯下去，犯到底。这样他就更加暴露，更加被动，更加遭到反对，会有更多的人反对他。

会议最后讨论对苏共中央6月15日来信的复信稿。由于这个复信稿谈到的问题过去已讲过多次，毛主席和其他中央常委对这个稿子会前已提过不少意见，并经过多次修改，因此在这次会上只略加修改就定稿。毛主席根据前述激将法的意思，在复信的末尾亲自加了两段话。少奇同志在28日主持政治局会议讨论通过这复信，并决定在7月28日晚上广播、7月29日登报。

……

在这封复信的末尾，毛主席加了两段话，这两段话是这样说的：

"你们既然下定了决心，大概就得开会吧，如果不开，说了话不算数，岂不贻笑千古吗？这叫做骑虎难下，实逼处此，欲罢不能，自己设了陷阱，自己滚下去，落得个一命呜呼。不开吧，人们会说你们听了中国人和各个马克思列宁主义政党的劝告，显得你们面上无光。要是开吧，从此走入绝境，再无回旋余地。这就是你们修正主义者在现在这个历史关节上，自己造成的绝大危机。你们还不感觉到吗？我们坚信，你们的所谓大会召开之日，就是你们进入坟墓之时。

"亲爱的同志们,我们愿意再一次诚恳地劝告你们,还是悬崖勒马的好,不要爱惜那种虚伪的、无用的所谓'面子'。如果你们不听,一定要走绝路,那就请便吧! 那时我们只好说:'无可奈何花落去,似曾相识燕归来'。"

这封复信经过毛主席多次修改,特别是加了最后那么两段话,嬉笑怒骂,自成文章,的确是大大地挖苦了赫鲁晓夫。

第三节　赫鲁晓夫孤注一掷

毛主席说过,赫鲁晓夫这个人一触即跳。果然是这样。我们 7 月 28 日发出的信,只隔了两天,7 月 30 日,他就复信了。在这封信里,苏共领导断然拒绝了我们的劝告,而且下了死命令召开筹备会。信里说,苏共中央邀请 26 个共产党的代表,在 1964 年 12 月 15 日前到达莫斯科,以便筹备国际会议的实际工作。这里所说的 26 个党,就是 1960 年莫斯科会议时由 26 个党的代表组成的起草委员会。这就拒绝了我们的建议,也不跟其他兄弟党协商,赫鲁晓夫孤注一掷了。

苏共中央 7 月 30 日来信还说,"如果起草委员会从一开始就能在全体成员的参加下投入工作,那无疑是符合共同的愿望的。但是我们认为,即使 26 个共产党中任何一个党,在上述期限之前不派出自己的代表,委员会也应该开始工作。"这段话的意思是,都得听从赫鲁晓夫的指挥棒,筹备会开定了。有人不到,比方说你中国共产党的代表不到,或者其他党的代表不到,他也要开,而且把开会的日期定死在 12 月 15 日,到那天非开不可。赫鲁晓夫在这里把文章做绝了。

苏共中央 7 月 30 日的来信还说:"只要起草委员会制订出文件草案,国际会议就可以开始工作,时间大约在 1965 年年中,这方面不存在任何不可克服的障碍。参加过 1960 年会议的所有 81 个党的代表都可以参加国际会议,这一个或那一个党拒绝参加集体工作,都不能成为再行拖延实行业已成熟的措施的理由,而采取这些措施的目的,就在于制订加强全世界马克思列宁主义者的国际主义团结的途径和方法。"

这段话的意思是,国际会议在 1965 年年中非开不可,不管这个党或者那个党拒绝参加,都不能成为拖延召开国际会议的理由。也就是说,国际会议将不顾这个党或那个党不参加都要召开。而且在召开的时候要采取措施,采取措施的目的,据说是"制订加强……团结的途径和方法"。意思就是要像苏共二月全会决议里所说的要采取所谓"集体措施",似乎要像过去情报局开除南斯拉夫党那样,或者像不久前召开华沙条约国会议开除阿尔巴尼亚那样,开除中国共产党和其他马克思列宁主义政党。

这样一封来信,说明赫鲁晓夫是下定决心,要开分裂会议,时间定死了,参加会议者也定死了。赫鲁晓夫孤注一掷,使形势急转直下。

苏共中央 7 月 30 日的这封信,我们是在北戴河看到的。中共中央 7 月 28 日给苏共中央的复信发出以后,我们到北戴河去了,毛主席和中央其他领导同志都在那里。

我们看到苏共中央 7 月 30 日来信以后两天,8 月 4 日,毛主席在北戴河召集小平、彭真等同志开会(少奇同志和周总理未到北戴河,刘准备南下广州修改《后十条》,周准备住院做手术),讨论这封信。毛主席说,我们估计对了,赫鲁晓夫一触即跳。我们 28 日发出的信,他 30 日就来信答复了,把文章做绝了。效率很高,是早就准备好的预谋。现在既没有中苏会谈可谈，也没有什么国际会议和它的筹备会议需要考虑了。因为他下命令开会，是下决心要分裂了。所以，我们现在只要对他的来信简单地答复就行了。

当时大家认为，赫鲁晓夫这样铤而走险，孤注一掷，原先我们是估计到的，但是没有估计到他会这么快。这可能是他有一种什么样的需要，非要这么急急忙忙开会不可。小平同志说，如果讲需要的话，那就是说赫鲁晓夫遇到的困难熬不住了，想用开会的办法，吆喝一班人马，来为他吹捧，稳住他的阵脚。只能是出于这么一个需要。彭真同志认为，苏共二月会议就预示赫鲁晓夫要走绝路。要不然他不会那么大动干戈，召开有 6000 人参加的中央全会，而且做出决议，要对我们进行"坚决反击"，还事先给兄弟党写信，要对我们采取"集体措施"。其后的一些来信，无非是做舆论准备，无非是想骗我们，想欺骗世界舆论，想把分裂责任推到我们身上。但是我们既提出积极的建议，又提出缓开国际会议。越是这样，他越着急，故而急急忙忙要开国际会议。这样一来，他自己背上了一个大包袱。

过了两天，8 月 6 日，毛主席又召开会议，也是谈这个问题。毛主席说，现在看来，赫鲁晓夫是决心要开分裂会议了。因此我们要考虑，在他开分裂会议之前，我们和朝鲜、越南等左派各党用不着商量，也不要搞什么纲领草案。因为我们决不参加这样的会，他开什么会我们都不参加。

接着，毛主席对我说，你们秀才现在可以在北戴河游泳、休息，酝酿写《十评》。纲领草案不搞了。既然没有中苏会谈，又不参加筹备会，更不待说国际会议，还要什么纲领草案呢？

在这次会上，还议论到我们国庆 15 周年时要不要邀请外宾的问题。原先中央是不准备请左派兄弟党来参加的。后来阿尔巴尼亚建议，左派各党要利用这个机会碰碰头、交换意见。大家认为，现在看来，不要请大批左派兄弟党来参加，因为他们的负责人不可能都来，大家事情都很多、很忙。有些兄弟党的代表来参加庆祝国庆，也不要开会商量。在苏共召开分裂会议之前，我们不走第一步。因为如果我们左派党在苏共的分裂会议之前在一起开会，就给苏共一个借口，他们就会说，你们可以开会，那我们当然也可以开，好像他们有理由开了。所以我们在国庆的时候不宜大请左派，更不要开左派党的会，只请他们中的一些人来，也请苏联派代表来，只是惯常的外交礼节，只参加庆祝我们的国庆，不开会，也不争论。

几天后，越南劳动党总书记黎笋从朝鲜回国时，路过中国，到了北戴河。13 日毛主席会见了他。在谈话中，黎笋告诉我们，朝鲜劳动党也接到苏共的信，他们准备发表一个声明，拒绝参加这个筹备会。黎笋还说，他已跟国内商量好，在朝鲜党发表声明之后，越南劳动党也发表声明，也拒绝参加 26 党的筹备会。当时毛主席对黎笋说，等你们两家发表声明以后，我们也发表声明，支持你们两家拒绝参加苏共召集的 26 党筹备会。

8 月 15 日，毛主席又在半山腰上他住的那间宽敞的平房里召开会议。毛主席在会上谈了同黎笋会谈的情况，并且说，我们要发表声明，支持他们两党不参加苏共召集的 26 党筹备会。

会上谈到这个问题时，大家一致的意见是，最好把我们这样一个立场通报有关的左派党，比如日共、新西兰党、澳大利亚党、印度尼西亚党和亚洲其他一些党。毛主席说，这个问题恐怕要政治局正式讨论一下再决定，现在还不忙，等到回北京在政治局会上正式做决定。

会上决定，要起草一个简单的复信，答复苏共中央 7 月 30 日的来信，谴责他们下令强行召开国际会议筹备会的做法。

隔了几天，在 8 月 19 日毛主席又召开会议，再次讨论不参加苏共召集的筹备会的问题。

大家一致同意坚决不参加苏共召集的26党筹备会，即使只剩下中国党和阿尔巴尼亚党两个党，我们也决不参加，在这个问题上决不后退。

这是因为当时我们已接到日共的来信，他们征求我们是否参加筹备会的意见。他们说他们还没有最后决定是否参加，想知道我们的态度。从日共的来信看，他们似乎倾向于参加到里面去进行斗争。因为过去我们退出情报局在布拉格办的那个《争取持久和平，争取人民民主！》刊物以后，日共还留在那里进行斗争。所以这次他们也考虑这么办，参加进去斗争。

由于有日共的这封来信，所以8月19日的会议确定：我党坚决不参加苏共召集的26党筹备会，即使只有中国党和阿尔巴尼亚两个党也坚持不参加的方针，会议同时决定把我们的这个态度告诉日共。至于他们是否参加，请他们自行决定。毛主席说，我党采取这样坚决的立场，可以使左派兄弟党更加坚定。若欲别人不动摇，首先自己不动摇。

回到北京以后，我们修改了对苏共中央7月30日来信的复信稿。毛主席召开会议定稿后，又由少奇同志于8月29日主持的政治局会议讨论（有各中央局第一书记参加，主要讨论《后十条》修改稿）。会上，大家一致同意采取这样的立场，拒绝参加苏共强行召集的、片面的、非法的26党筹备会，并通过了给苏共中央的复信。

这封复信是8月30日发出的。复信比较简单。复信指出，苏共领导一直想要开分裂会议，以老子党自居，发号施令，想开就开，根本不考虑许多兄弟党反对匆忙开会的意见，彻底破坏了兄弟党协商一致的原则。复信郑重重申中共中央今年7月28日给苏共中央的信件中的立场，即："中国共产党坚持主张召开经过充分准备的、在马克思列宁主义基础上团结的兄弟党国际会议，坚决反对你们召开分裂会议。中共中央庄严声明，我们决不参加你们分裂国际共产主义运动的国际会议和它的筹备会。""你们片面决定在今年12月召开起草委员会，明年年中召开国际会议，你们必须承担由此产生的公开分裂国际共产主义运动的一切后果。"

复信最后说："我们已经警告过你们，你们召开分裂会议之日，就是进入坟墓之时。你们7月30日的来信表明，你们不顾一切后果，又朝着自己挖掘的坟墓大大地迈进了一步。在这个紧迫的时间，究竟是自走绝路，还是回头是岸，希望你们权衡利害，善自抉择。"

无产阶级革命派大联合，
夺走资本主义道路当权派的权！

（1967 年 1 月 22 日）

《人民日报》社论

一场无产阶级革命造反派大联合展开夺权斗争的伟大革命风暴，在我们伟大领袖毛主席的伟大号召下，正以排山倒海之势，雷霆万钧之力，席卷全中国，震动全世界。

无产阶级革命造反派最盛大的节日来到了！一切牛鬼蛇神的丧钟敲响了！让我们高举起双手，热烈地欢呼：无产阶级革命造反派的大联合，夺走资本主义道路当权派的权好得很！就是好得很！

这是我国无产阶级文化大革命的一个新的飞跃。这是今年展开全国全面阶级斗争的一个伟大开端。

这是国际共产主义运动中的极其伟大的创举，是人类历史上从来没有过的大事，是关系到世界前途和人类命运的大事。

在社会主义社会里，在无产阶级专政的条件下，亿万革命群众以无产阶级革命造反派的大联合为核心，组成浩浩荡荡的革命队伍，从党内一小撮走资本主义道路的当权派和坚持资产阶级反动路线的顽固分子手里，自下而上地夺权。这是毛主席对马克思列宁主义关于无产阶级革命和无产阶级专政学说的重大发展。

革命的根本问题是政权问题。我国人民民主革命的胜利，出现了无产阶级在全国范围内的夺权。但是，被打倒了的阶级敌人，他们人还在，心不死。在无产阶级和小生产者的队伍里也会产生新的资产阶级分子。无产阶级同资产阶级的夺权斗争一直在激烈地继续进行。无产阶级文化大革命，从一开始就是一场夺权斗争。这个文化大革命，就是发动亿万群众自己起来解放自己，向党内一小撮走资本主义道路的当权派夺权。只有展开这样伟大的群众运动，展开一个群众性的全面夺权斗争，才能彻底解决无产阶级的夺权问题，彻底解决无产阶级专政的问题。

资产阶级代表人物把持的各种权力，非夺不可！这是广大革命群众，通过几个月的艰苦斗争，掌握到的马克思列宁主义、毛泽东思想的伟大真理。

为什么当革命的左派响应毛主席的伟大号召，满怀着对无产阶级革命事业的无限忠诚，瞄准走资本主义道路的当权派发出第一炮的时候，就被打成"反革命"、"右派分子"？

为什么当"工作组"来了以后，革命左派不仅没有翻身，反而更变本加厉地遭到白色恐怖的残酷镇压？

为什么当广大革命群众起来揭露和批判资产阶级反动路线的时候，却发生了更大规模的群众斗群众的事件，甚至武斗流血，多少革命的闯将受打击，遭迫害，被开除，被镇压，直到最近，又出现了资产阶级反动路线新的大反扑，出现了反革命经济主义的大泛滥？

几个月的反复和曲折，一场场惊涛骇浪的阶级斗争暴风雨，深刻地教育了广大革命造反派。他们越来越明白了：革命之所以受挫折，原因不是别的，只是因为印把子没有攥在自己手里。那一小撮资产阶级代表人物之所以如此猖狂，之所以敢于这样欺负人，就是因为他们还有权！革命群众要掌握自己的命运，千条万条，归根结底，就是要自己掌握印把子！有了权，就有了一切；没有权，就没有一切。千重要，万重要，掌握大权最重要！于是，革命群众凝聚起对阶级敌人的深仇大恨，咬紧牙关，斩钉截铁，下定决心：联合起来，团结起来，夺权！夺权!!夺权!!!一切被反革命修正主义分子、被坚持资产阶级反动路线的顽固分子所窃取的党、政、财等各种大权，统统要夺回来！就是要把无产阶级专政的命运，把无产阶级文化大革命的命运，把社会主义经济的命运，紧紧掌握在自己的手里！他们说得好：无产阶级革命派，真正的革命左派，看的是夺权，想的是夺权，干的还是夺权！这不是什么"个人野心"，而是为无产阶级夺权，为共产主义夺权，让伟大的毛泽东思想占领一切阵地！

翻天覆地的无产阶级革命造反派大联合展开夺权斗争的群众运动，是一场无产阶级和资产阶级的大决战。它必然带来阶级矛盾的集中爆发，带来一场空前规模的急风暴雨。这场大决战的现实，已经为我们展现了极其激动人心的场面。

你看！广大无产阶级革命造反派，已经冲破重重障碍，紧急行动起来，集合于毛泽东思想的伟大红旗之下，团结起亿万革命群众，发扬了高度自觉的无产阶级革命造反精神，敢于斗争，敢于夺权，冲锋陷阵，所向披靡，正在从胜利走向胜利。

你看！那一小撮反革命修正主义分子，对革命造反派大联合，夺走资本主义道路当权派的权、夺坚持资产阶级反动路线的顽固分子的权，怕得要死，恨得要命。因为夺权就夺去了他们的命根子，夺去了他们赖以"秋后算账"的最后法宝。他们惊慌失措，暴跳如雷，歇斯底里大发作。然而，一切反革命的垂死挣扎都无济于事，他们正在迅速被革命造反派大联合展开夺权斗争的群众运动的洪流所淹没。

这对于每一个无产阶级革命者来说，真是从未有过的痛快啊！

无产阶级革命造反派要展开夺权斗争，就必须大联合。没有大联合，夺走资本主义道路当权派的权就只是一句空话。一百多年前，马克思、恩格斯在《共产党宣言》中，第一次提出了"全世界无产者，联合起来！"的战斗口号，为无产阶级的第一次夺权擂响了战鼓，使旧世界的资产者吓得发抖。四十几年前，我们的伟大领袖毛主席提出了"民众的大联合"的伟大号召，吹响了我国新民主主义革命的进军号。今天，在我国文化大革命的新形势下，亿万革命群众正在毛主席的新的伟大号召下，在"无产阶级革命派大联合，夺走资本主义道路当权派的权"的伟大口号下动员起来，投入战斗。这就预示着党内一小撮走资本主义道路的当权派和坚持资产阶级反动路线的顽固分子的末日，已经来到了。

"问苍茫大地，谁主沉浮？""我们！我们！我们!!我们广大的工农兵群众是新世界当然的主人！"这就是广大革命群众响亮的声音！

革命的干部、革命的学生，一定要同工人运动、农民运动相结合，使社会上的斗争同本单位的斗争结合起来，内外联合，两面夹攻，彻底打碎旧的剥削制度、修正主义制度、官僚主义机构。广大工农群众和革命知识分子、革命干部，一起当家做主，建立崭新的无产阶级新秩序。

大联合，要在夺权的斗争中形成。大联合，必须旗帜鲜明。它是革命造反派的大联合，而不是乱七八糟的大杂烩。那些折中主义、改良主义的东西，那些小团体主义、宗派主义、分散主义、分裂主义的东西，必须统统打倒。

在无产阶级革命派大联合，夺走资本主义道路当权派的权的高潮中，极少数资产阶级顽固分子总会乔装打扮一番，削尖了脑袋，力图钻进革命派大联合的队伍中来。他们虚伪地打着"革命造反"旗号，向无产阶级夺权。他们惯于制造谣言，挑拨离间，颠倒黑白，混淆是非，煽动群众，转移斗争目标，把攻击的矛头，指向革命派，指向无产阶级专政，指向无产阶级的革命司令部。我们必须遵循毛主席的教导，提高警惕，擦亮眼睛，分清敌我，辨明大是大非，戳穿他们的一切阴谋诡计，坚决回击！

阶级敌人空前强烈的抵抗是必然的。一小撮党内走资本主义道路的当权派，极少数坚持资产阶级反动路线的顽固分子，正在和社会上的一切牛鬼蛇神，勾结起来，拼凑起反革命的联合，来对抗革命的大联合。但是，无论遇到多少曲折和反复，我们上有毛主席的英明领导，下有用毛泽东思想武装起来的亿万革命群众，我们必将战胜一切困难，把那些在背后煽阴风、点邪火，矛头指向无产阶级专政、指向无产阶级革命司令部的家伙，一个个地揭露出来，把他们打倒。革命的大联合终将战胜反革命的小联合。

"多少事，从来急；天地转，光阴迫。一万年太久，只争朝夕。"革命的战友们，让我们在以毛主席为代表的无产阶级革命路线的指引下，动员起来，实现大联合，向党内一小撮走资本主义道路的当权派和坚持资产阶级反动路线的顽固分子，展开全国全面的夺权斗争，胜利完成毛主席交给我们的伟大历史任务。

敌人不投降，就叫它灭亡！

无产阶级革命派大联合，夺走资本主义道路当权派的权！

给毛主席的致敬信

（1967 年 4 月 21 日）

《人民日报》

最最敬爱的伟大领袖毛主席：

在对党内最大的走资本主义道路当权派的大斗争、大批判中，我们首都无产阶级革命派怀着万分激动的心情，向您，我们心中最红最红的红太阳，报告一个振奋人心的喜讯：北京市革命委员会成立了！这是您的光辉思想的又一支响彻云霄的凯歌！这是以您为代表的无产阶级革命路线的又一伟大胜利！

在这无产阶级革命派最盛大的节日里，我们欢呼，我们歌唱，千万颗红心迸发出一个共同的声音：毛主席万岁！万岁！万万岁！

毛主席啊，毛主席！当我们回顾我国革命的光辉历程的时候，千言万语倾诉不尽我们对您的无限忠诚，千歌万曲表达不出我们对您的热情歌颂，浩荡的大海容纳不下我们对您的无限崇敬和无限热爱。

是您把马克思列宁主义和工人运动结合起来，缔造了伟大的中国共产党，创造性地发展了马克思列宁主义；

是您点燃了井冈山上的星星之火，开辟了中国革命的胜利航程；

是您指挥中国工农红军跨过万水千山，实现了举世闻名的两万五千里长征；

是您在永垂史册的遵义会议上，结束了"左"右倾机会主义路线在党内的统治，奠定了中国革命的胜利基础；

是您在革命圣地延安，指引着抗日战争前进的方向；

是您统帅浩浩荡荡的人民军队开进北京，为古老的都城带来了春天；

是您在天安门广场升起了第一面五星红旗，缔造了伟大的人民共和国。

在那漫长的战斗岁月里，在那波澜壮阔的革命征途中，您带领我们战胜了一个个的艰难险阻，闯过了一道道的惊涛骇浪，使灾难深重的祖国从黑暗走向光明，象巨人一样地出现在世界的东方，给世界人民带来了胜利的希望，象一轮红日喷薄而出，照亮了全世界无产阶级和被压迫民族的解放道路。

毛主席啊，毛主席！为了保证社会主义的江山千秋万代永不变色，您亲自发动和领导了史无前例的无产阶级文化大革命，率领我们开始了新的长征。

是您揭开了旧北京市委、市人委的黑幕，粉碎了隐藏在那里的一小撮野心家复辟资本主义的黄粱美梦；

是您亲自决定广播全国第一张马列主义大字报，点燃了无产阶级文化大革命的熊熊烈火；

是您主持制定了《中国共产党中央委员会关于无产阶级文化大革命的决定》，宣告了资

产阶级反动路线的破产,拨正了无产阶级文化大革命的航向;

是您英明地发现和热情地支持了威震世界的红卫兵运动,在您的无产阶级革命路线的指引下,红卫兵小将们为无产阶级文化大革命创建了不朽的功勋;

是您在北京检阅了来自祖国五湖四海一千多万文化革命大军,成为国际共产主义运动史上的伟大创举;

是您在北京发出了无产阶级革命派大联合,夺党内一小撮走资本主义道路当权派的权的进军令,把无产阶级文化大革命推进到一个崭新的阶段;

是您坚决支持无产阶级革命派向党内最大的走资本主义道路当权派发动总攻击,吹响了无产阶级文化大革命新的伟大战役的进军号。

这一幕幕激动人心的场面,这一幅幅惊心动魄的雄图,描绘出无产阶级文化大革命取得彻底胜利的灿烂前景,谱写出您的光辉思想的颂歌,书写着国际共产主义运动史上最雄壮的篇章,开创着人类历史的新纪元。

敬爱的毛主席,您教导我们:**"一个崭新的社会制度要从旧制度的基地上建立起来,它就必须清除这个基地。"**旧北京市委、市人委一小撮反革命修正主义分子在党内最大的走资本主义道路当权派支持、包庇下,把北京市搞成"针插不进,水泼不进"的独立王国,妄图把北京变成在我国实行资本主义复辟的一个基地。十几年来,他们疯狂地进行反党反社会主义反毛泽东思想的罪恶活动。目睹他们的滔天罪行,我们怎么能不愤怒?! 怎么能不造反?! 怎么能不夺权?! 我们怀着誓死保卫您,誓死保卫党中央的决心,凝集起对阶级敌人的深仇大恨,向旧北京市委、市人委反革命修正主义集团发动了猛烈攻势。当我们刚刚打出第一发炮弹的时候,党内最大的走资本主义道路当权派就抛出了资产阶级反动路线,妄图在我们伟大的首都扼杀伟大的无产阶级文化大革命。为了捍卫您的光辉思想,为了捍卫您的无产阶级革命路线,我们造了资产阶级反动路线的反,揭出这条反动路线的炮制者中国的赫鲁晓夫。在您的无产阶级革命路线的指引下,我们冲破了重重阻力,扫清了层层障碍,斩钉截铁,下定决心:坚决把旧北京市委、市人委的反革命修正主义路线彻底打倒! 坚决对党内最大的走资本主义道路当权派进行彻底的批判,把他扔到历史垃圾堆! 我们决心把对党内头号走资本主义道路当权派的批判同彻底摧毁旧北京市委、市人委反革命修正主义集团的斗争结合起来,同本单位的斗、批、改结合起来,斩断党内头号走资本主义道路当权派伸向各个领域的黑手!

敬爱的毛主席,您教导我们:**"凡属将要灭亡的反动势力,总是要向革命势力进行最后挣扎的。"**党内一小撮走资本主义道路当权派的心不死,妄图翻案;他们不甘心于自己的失败,进行反攻倒算,掀起了一股资本主义复辟的逆流。他们的总后台,就是党内最大的走资本主义道路当权派。我们要牢记您的教导:**"宜将剩勇追穷寇,不可沽名学霸王。"**高举您的光辉思想的伟大红旗,向党内最大的走资本主义道路当权派发动总攻击,把他所代表的资产阶级反动路线和他精心炮制的大毒草《修养》批倒,批垮,批臭,把党内一小撮走资本主义道路当权派斗倒、斗垮、斗臭,彻底粉碎资本主义复辟的逆流,坚决完成您交给我们的一斗、二批、三改的伟大历史使命,坚决把无产阶级文化大革命进行到底!

敬爱的毛主席:**"抓革命,促生产"**是您提出来的伟大方针,我们一定要不折不扣地执行。我们一定要把革命放在首位,以革命统帅生产,狠抓革命,猛促生产,掀起一个多快好省地建设社会主义的新高潮,誓夺革命和生产的双胜利!

　　敬爱的毛主席,我们坚决执行和捍卫您提出来的革命的"三结合"方针。我们要在彻底批判党内最大的走资本主义道路当权派的战斗中,在彻底批判他在干部问题上"打击一大片,保护一小撮"的资产阶级反动路线的过程中,促进无产阶级革命派的大联合,实现革命的"三结合"。我们要坚决粉碎党内一小撮走资本主义道路当权派,伪装"革命",妄图钻进革命"三结合"的临时权力机构,搞反革命复辟的阴谋。我们一定要夺好权,掌好权,用好权。

　　在无产阶级和资产阶级决战的关键时刻,**您向中国人民解放军发出了应该积极支持左派广大群众的战斗号召。**这是您对我们的最大关怀、最大支持。人民解放军是您亲手缔造的、林彪同志直接领导的无产阶级的革命军队,是无产阶级专政的柱石。我们要坚决粉碎阶级敌人把矛头指向中国人民解放军的阴谋。我们一定要好好向解放军学习,和解放军团结在一起,战斗在一起,大力加强无产阶级专政,坚决镇压一切阶级敌人的捣乱和破坏活动,把人民的首都建设得象磐石一样的牢固,象钢铁一样的坚强。

　　毛主席啊,毛主席! 您是我们的最高统帅,您是我们最英明的舵手,我们永远跟着您闹革命,永远跟着您在大风大浪里奋勇前进! 谁敢反对您,谁敢诋毁您的光辉思想,谁敢对抗您的无产阶级革命路线,我们就造他的反,就把他打倒,叫他永世不得翻身!

　　敬爱的毛主席,我们向您宣誓:永远读您的书,听您的话,照您的指示办事,做您的好战士。我们一定要把"老三篇"和《关于纠正党内的错误思想》、《反对自由主义》等光辉著作当作座右铭来学,在灵魂深处开展破"私"立"公"的大革命,大夺头脑中"私"字的权。我们一定遵循您的教导,边战斗,边整风。我们要大反无政府主义,彻底克服山头主义,小团体主义,宗派主义,极端民主化,非组织观念,加强无产阶级的革命性、科学性和组织纪律性,建立无产阶级的革命新秩序,巩固无产阶级革命派的大联合,把我们的队伍建设成一支非常无产阶级化,非常战斗化的队伍。

　　北京是伟大祖国的首都,是世界革命人民的希望和灯塔。在您的英明领导下,我们首都无产阶级革命派信心百倍,斗志昂扬,一定要把北京建设成永远闪耀着毛泽东思想光辉的最红最红的无产阶级革命的城市,建设成世界上反帝反修的社会主义红色堡垒。

　　最最衷心地祝愿您,我们心中最红最红的红太阳万寿无疆! 万寿无疆!

(北京市革命委员会成立和庆祝大会)

史料延伸：关于个人崇拜及其后果*（节选）

苏共中央第一书记尼·谢·赫鲁晓夫
同志向苏联共产党第二十次代表大会作的报告①

（1956 年 2 月 25 日）

同志们：

党的中央委员会向第二十次代表大会所作的总结报告、大会代表的许多发言以及过去几次苏共中央全会上的发言，都就个人崇拜及其有害后果谈了不少意见。

斯大林去世后，党的中央委员会严格地、一贯地奉行这样的方针，即：讲清决不容许那种同马克思列宁主义精神格格不入的对个人的吹捧，决不容许把他变成像神灵一样的具有超自然品质的某种超人。这个人俨然无所不知，无所不晓，无所不能，替所有人思考；他的一举一动永远正确。

---

* 〔俄〕尼基塔·谢·鲁晓夫著：《赫鲁晓夫回忆录（选译本）》，社会科学文献出版社，2005 年版。

① 苏联共产党第二十次代表大会于 1956 年 2 月 14—25 日举行。大会在莫斯科大克里姆林宫进行。苏共中央第一书记尼·谢·赫鲁晓夫《关于个人崇拜及其后果》的报告是在 1956 年 2 月 25 日上午的秘密会议上向代表大会的代表作的。

关于举行代表大会的秘密会议并由赫鲁晓夫在会上作《关于个人崇拜及其后果》的报告的建议，是苏共中央主席团 1956 年 2 月 13 日提出的。当天举行的苏共中央全会通过了这一建议。

代表大会秘密会议并未留下速记记录。报告结束后，决定不就报告展开讨论。根据会议执行主席尼·阿·布尔加宁的提议，代表大会一致通过随即见报的《关于个人崇拜及其后果的决议》，还通过了将报告全文向各级党组织下发但不见报的决议。

1956 年 3 月 1 日，尼·谢·赫鲁晓夫签发了向主席团委员和候补委员分送的拟下发各级党组织的报告全文。报告文字稍稍作了一些润色和加工修改：注明摘引自马克思、恩格斯、列宁的著作和其他著作的语句的出处，注明某些文件通过的日期，加入报告人离开报告稿的插话，指出代表们对报告中某些论点的反应。

1956 年 3 月 6 日，苏共中央主席团通过了《关于传达尼·谢·赫鲁晓夫同志在苏共二十大上所作〈关于个人崇拜及其后果的报告〉的决定》。决定指出："一、建议各州委、各边疆区委和各加盟共和国共产党中央委员会向全体共产党员和共青团员及以工人、职员和集体农庄庄员中的非党积极分子传达尼·谢·赫鲁晓夫同志在苏共二十大所作的《关于个人崇拜及其后果的报告》。二、将赫鲁晓夫同志报告发至各级组织，并附上'不得公开发表'的字样，去掉小册子上原有的'绝密'字样。"根据该决定，报告在各级党团组织的会议上进行了宣读。本期所刊载的就是这个文本。

尼·谢·赫鲁晓夫（1894—1971）1918 年入党，曾参加国内战争，1920 年起从事党务和经济工作。1935—1938 年任联共（布）莫斯科州委和莫斯科市委第一书记，1939—1949 年任乌克兰共产党（布）中央委员会第一书记，在此期间，1944—1947 年曾任乌克兰人民委员会（部长会议）主席。伟大卫国战争期间系若干方面军事委员会委员。1949—1953 年任中央书记、莫斯科党委第一书记。1934 年起为联共（布）中央委员。1938 年起为中央政治局（主席团）候补委员，1939—1964 年为正式委员。1953—1964 年任苏共中央第一书记，在此期间，1958—1964 年任苏联部长会议主席。自 1964 年起退休。

尼·阿·布尔加宁（1895—1975）1917 年入党，苏联元帅（1947—1958），1958 年起为上将。1922 年起担任经济工作。1931—1937 年任莫斯科市苏维埃主席。1937 年起任苏联人民委员会主席。1944 年起为苏联国防委员会委员和副国防人民委员。1947 年起任苏联部长会议副主席，在此期间，1947—1949 年任苏联武装力量部部长。1934—1961 年为苏共中央委员。1948—1958 年为中央政治局（主席团）委员。

关于一个人、具体地说就是关于斯大林的这种概念,在我国已经灌输了许多年。这篇报告的任务,并不是要对斯大林的生平与活动作出全面的评价。有关斯大林的功绩,早在他生前即有人撰写了相当数量的书籍、小册子和著作。斯大林在准备和进行社会主义革命、国内战争、争取在我国建成社会主义的斗争中所起的作用,已是尽人皆知。人人都很清楚。现在要说的是对于党的今天和明天都有着巨大意义的问题,即对斯大林的个人崇拜是怎样逐步形成的,这种个人崇拜在一定的阶段成了对于党的原则、党内民主、革命法制的许多极其严重的巨大的歪曲的根源。

鉴于并非人人都清楚个人崇拜在实际的生活中曾引起了怎样的后果,而违反党的集体领导原则和将毫无限制的权力集中在一个人手中又已造成多么巨大的损失,党的中央委员会认为必须向苏联共产党第二十次代表大会汇报有关这个问题的材料。

……

同志们!

个人崇拜能够具有如此骇人听闻的规模,主要是因为斯大林千方百计地鼓励和支持对他个人的颂扬。无数事实证明了这一点。其中最能说明问题的、表现出斯大林的自吹自擂和缺乏最起码的谦逊的事例,就是1948年出版的《斯大林传略》。

这本书表现出最没有节制的阿谀奉承,它也是把个人神化、使之变成一贯正确的圣人、最"伟大的领袖"和"任何时代和民族都无与伦比的统帅"的范例。可说已经找不出别的词藻来进一步颂扬斯大林的作用了。

这里不必去摘引堆砌在这本书中的令人作呕的阿谀奉承的评价了。只需特别指出一点,就是这些评价都经过斯大林本人赞同和校订,其中某些评价是他亲笔写进书的样本的。

斯大林认为书中必须写上什么内容呢?也许他曾竭力抑制《斯大林传略》编纂者阿谀奉承的热情吧?没有。他所充实的正是那些他觉得对他的功劳还颂扬得不够的地方。

以下是斯大林亲手写上的对斯大林本人活动的评价:

"在这场同不坚定分子和投降主义者、托洛茨基分子和季诺维也夫分子,同布哈林一伙和加米涅夫一伙进行的斗争中最终形成了列宁去世后我党的领导核心……,它捍卫了列宁的伟大旗帜,使党团结在列宁遗训的周围并带领苏联人民走上国家工业化和农业集体化的康庄大道。这个核心的领导者以及党和国家的领导力量就是斯大林同志。"

这居然是斯大林亲自写上的! 他在下面又补充说:

"斯大林出色地履行了党和人民的领袖的任务,受到全体苏联人民的完全拥护,他却决不容许自己的活动中有丝毫的自命不凡、骄傲自大和自我欣赏。"

古今中外,有哪一个活动家这样颂扬自己的呢?这难道与马克思列宁主义类型的活动家相称吗?不相称。马克思恩格斯正是坚决反对这种做法。弗拉基米尔·伊里奇·列宁正是始终毫不客气地谴责这种作法。

书的样本中有这样一句话:"斯大林是今日的列宁。"斯大林觉得这句话显然不够有力,于是他亲自作了如下的改写:

"斯大林是列宁事业当之无愧的继承人,或者照我们党内的说法,斯大林是今日的列宁。"这话说得多有力啊,但不是人民说的,是斯大林自己讲的。

书的样本中这类斯大林亲自加上的自我吹嘘的评价俯拾皆是。他特别热衷于加上那些对自己的军事天才、统帅才干的溢美之辞。

我可以再摘引一段斯大林对斯大林军事天才所写的话。

他写道:"斯大林同志进一步发展了先进的苏联军事科学。斯大林同志阐明了关于决定战争命运的经常起作用的因素,关于积极防御和反攻与进攻的规律,关于现代战争条件下各兵种和武器协同作战、关于坦克集群和空军在现代战争中的作用、关于作为最强有力的兵种的炮兵等原理。在战争的各个阶段斯大林的天才都能找到完全估计到形势特点的正确决定。"(场内骚动)

接下来,斯大林亲自写道:

"无论在防御还是在进攻中都表现出斯大林的作战艺术。斯大林同志以天才的洞察力识破了敌人的计划,并予以反击。在斯大林同志指挥苏军的战役中,无不体现了军事作战艺术的光辉典范。"

作为统帅的斯大林受到了这样的称颂。但受到了谁的称颂呢?斯大林本人,不过他并不是以统帅的身份,而是以作者和编者的身份,以他那本颂扬备至的传记的一名主要撰稿人的身份。

同志们,事实就是如此。应当直截了当地说,这是可耻的事实。

《斯大林传略》中还有一件事。大家知道,《联共(布)党史简明教程》是党中央委员会的一个特设委员会编写的。这部(顺便说说,)同样充满了个人崇拜的著作是由一个固定的写作班子撰写的,这个命题以如下的表述反映在《斯大林传略》的样本中:

"联共(布)中共特设委员会在斯大林同志的领导下,在他亲自直接参与下编写了《联共(布)党史简明教程》。"

然而这一表达方式已经无法使斯大林感到满意了,于是在正式出版的《传略》中此处已换成如下命题:

"1938年出版了《联共(布)党史简明教程》一书,该书由斯大林同志执笔并得到联共(布)中央特设委员会的赞同。"这里还用再说什么呢!(场内活跃)

瞧,集体编写的书令人吃惊地变成了斯大林写的书。至于类似的变化是如何发生、为什么会发生的,这里就不必去说它了。

人们理所当然地会问:既然斯大林是这本书的作者,那他为什么要这样颂扬斯大林个人,而且实质上把我们光荣的共产党整个十月革命后的历史统统变成了"斯大林天才"业绩的背景呢?

难道这本书中公正地反映了党为国家的社会主义改造、社会主义社会的建成、国家的工业化和集体化所作的努力,反映了坚决遵循列宁所确定的道路的党所采取的其他措施吗?书中主要是说斯大林,说他的讲话、他的报告。一切都毫无例外地同他的名字联系在一起。

因此,当斯大林自己声称《联共(布)党史简明教程》是由他撰写的时候,就不能不让人至少感到奇怪和不解了。难道一个马克思列宁主义者可以这样来写自己,可以把对自己个人的崇拜搞到登峰造极的地步吗?

再拿斯大林奖金①问题来说吧。（场内活跃）就连沙皇也不曾设立过以自己的名字命名的奖金。

斯大林本人认为数那首苏联国歌歌词最好，歌词中只字不提共产党，却有如下史无前例的对斯大林的颂扬：

"斯大林培育了我们，激励我们忠于人民，

激励我们从事劳动建功立业。"

国歌的这两行把伟大列宁主义政党的全部宏大的教育、领导和激励活动都归到斯大林一人身上。这当然是明显违背马克思列宁主义，明显轻视和贬低党的作用。应当向大家指出，中央主席团已经决定撰写能够体现人民的作用、党的作用的新国歌歌词。（暴风雨般的经久不息的掌声）

难道不经斯大林的批准，就会以他的名字为许多大企业和城市命名，难道不经他的批准，就会在全国各地树立起"生前纪念碑"——斯大林纪念碑吗？事实是：斯大林于 1951 年 7 月 2 日亲自签署了苏联部长会议关于在伏尔加—顿河上建造斯大林纪念塑像的决定，同年 9 月 4 日又颁布了关于拨给 33 吨铜以建造纪念像的命令。凡是到过斯大林格勒附近的人都会看到那里矗立着多么高大的塑像，而且是在人迹罕至的地方。为塑像的建造耗资不少，而且是在战后我们当地的人民还住着窑洞的时候。大家想想，斯大林是传记中说他"决不容许自己的活动中有丝毫的自命不凡、骄傲自大和自我欣赏"，这话说得对吗？

与此同时，斯大林表现出对纪念列宁的不尊重。关于修建作为列宁纪念碑的苏维埃宫②的决定是在 30 多年前作出的，苏维埃宫没有建成，而且关于它的修建问题一拖再拖甚至置之脑后，这决不是偶然的。应当改变这种情况，把弗拉基米尔·伊里奇·列宁的纪念碑修起来。（暴风雨般的经久不息的掌声）

还不能不回忆起苏联政府 1925 年 8 月 14 日《关于设立弗·伊·列宁科学研究奖金的决定》。这一决定已在报刊上发表，却至今没有列宁奖金。这也需要纠正。（暴风雨般的经久不息的掌声）

斯大林在世时，由于采取了人所共知的方法（我上面举出《斯大林传略》一书的写作过程为例已经讲到了这些方法），把一切重大事件都说成似乎列宁连在十月社会主义革命中都只起了次要的作用。许多电影和文艺作品中，列宁的形象搞得不对头，贬低得叫人无法容忍。

斯大林很爱看《难忘的 1919 年》这部影片，他在影片中是一个站在装甲车踏板上、差点要用马刀刺死敌人的形象。让我们亲爱的朋友克利门特·叶弗列莫维奇鼓起勇气、写出关于斯大林的真相吧，他可知道斯大林是怎么打仗的。当然，伏罗希洛夫③同志要开始这项工

---

① 一、二、三等斯大林奖金曾于 1940—1952 年间颁发。

② 关于在莫斯科修建苏维埃宫的决定是 1922 年在苏联第一次苏维埃代表大会上作出的。伟大卫国战争之前曾开始修建。

③ 克利门特·叶弗列莫维奇·伏罗希洛夫（1891—1969）1903 年入党。1925 年起任苏联陆海军人民委员和革命军事委员会主席。1934 年起任苏联国防人民委员。1940 年起任苏联人民委员会副主席。伟大卫国战争期间任国防委员会委员。1946 年起任苏联部长会议副主席。1953—1960 年任苏联最高苏维埃主席团主席。1921—1961 年及 1966—1969 年为党中央委员，1926—1960 年为中央政治局（主席团）委员。

作很困难,但是他若能完成这项工作就再好不过了。这将得到所有的人的赞同,将得到人民和党的赞同。子孙后代也会因此感激他的。(经久不息的掌声)

在阐述同十月革命和国内战争有关的重大事件时,许多情况下把事情说成似乎每一次都是斯大林起了主要作用。似乎他随时随地都在提示列宁应该怎么做和做什么。这简直是对列宁的污蔑!(经久不息的掌声)

我要是说在座99%的人在1924年以前对斯大林不大了解,而列宁则是全国人人皆知,这话大概不会错吧;列宁是全党都知道,全体人民、老老小小都知道。(暴风雨般的经久不息的掌声)

这一切都要坚决进行重新审查,要在历史、文学、艺术作品中正确反映弗·伊·列宁的作用,正确反映我国共产党和作为创造者和缔造者的苏联人民的业绩。(掌声)

……

同志们!

我们现在尖锐地批判斯大林生前盛极一时的个人崇拜,并且提到由这一与马克思列宁主义精神格格不入的崇拜所滋生的许多消极现象,有些人可能会问:怎么会这样呢?斯大林领导党和国家有30年的历史,他执政时取得了巨大的胜利,这难道能够否定吗?我认为,只有受到个人崇拜的迷惑和中毒太深的人才会提到这个问题,他们没有弄清革命和苏维埃国家的实质,没有真正按照列宁主义观点弄清党和人民在发展苏联社会中的作用。

社会主义革命是工人阶级在与贫苦农民结成联盟并得到中农支持的情况下完成的,是人民在布尔什维克党领导下完成的。列宁的伟大功绩在于他缔造了战斗的工人阶级政党,他用马克思主义对社会发展规律的认识、关于无产阶级在同资本主义的斗争中获胜的学说武装了党,他在人民群众的革命斗争烈火中锤炼了党。在这场斗争过程中,党一贯捍卫人民的利益,成了人民久经考验的领袖,党率领劳动人民夺取政权,建立了世界上第一个社会主义国家。

大家都牢牢记着列宁关于苏维埃国家的强大在于群众的觉悟、关于历史如今是由千百万人来创造的英明论断。

我们所取得的历史性胜利,要归功于党及其为数众多的地方组织的组织工作,归功于我国伟大人民的忘我劳动。这些胜利是人民和整个党规模宏大的活动的结果,决非如个人崇拜盛行时期所试图描绘的那样是斯大林一个人领导的结果。

如果以马克思主义观点、以列宁主义观点来看待这个问题的实质,那么可以直截了当地说,斯大林晚年所形成的领导实践已成为苏联社会发展道路上的一个严重障碍。

斯大林对党和国家生活中许多迫在眉睫的重大问题长期不加处理。斯大林领导时期我国同其他国家的和平关系往往受到威胁,因为一个人作出的决定可能引起而且有时已经引起很大的麻烦。

近年来,我们摒弃了个人崇拜的错误做法,并在内政外交方面采取了一系列措施,人人都看到,简直是眼看着广大劳动群众的积极性在提高,创造主动精神得到发扬,人人都看到这已开始对我国的经济文化建设成果起良好的作用。(掌声)

有些同志可能提出这样的问题:中央政治局委员当初都干什么去了,为什么他们没有及时地站出来反对个人崇拜,直到最近才这样做呢?

首先应当考虑到,政治局委员对这个问题在不同时期有不同的看法,最初他们许多人积极支持斯大林,因为斯大林是最坚强的马克思主义者之一,而且他的逻辑、力量和意志对干部、对党的工作产生了巨大的影响。

大家知道,斯大林在弗·伊·列宁逝世后,尤其是头几年,曾经为捍卫列宁主义,与列宁学说的歪曲者和敌人进行了积极的斗争。党在中央委员会的领导下为国家的社会主义工业化、农业集体化和实行文化革命开展了大量的工作。当时斯大林赢得了声望,同情和支持。党当时不得不同那些企图使国家背离惟一正确的列宁主义道路的人——同托洛茨基分子、季诺维也夫分子和右派分子、资产阶级民族主义分子进行斗争。这场斗争势所难免。可是后来,斯大林愈来愈滥用权力,开始迫害著名的党和国家领导人,用恐怖主义手段来对付正直的苏联人。如上所述,斯大林正是这样对待我们党和国家的著名活动家——柯秀尔、鲁祖塔克、埃赫、波斯特舍夫和其他许多人的。

试图站出来反对毫无根据的怀疑和指控的做法,只会使反对者惨遭迫害。在这方面,波斯特舍夫的经历很有代表性。

在一次谈话中,斯大林表示对波斯特舍夫不满,向他提了一个问题:

"你是什么人?"

波斯特舍夫以他所特有的"O"音特重的口音坚定地说:

"我是个布尔什维克,斯大林同志,布尔什维克!"

这番话起初被当成对斯大林的不尊重,后来成了不怀好意的举动,再后来使波斯特舍夫招来杀身之祸,他被毫无根据地宣布为"人民的敌人"。

关于当时的气氛,我和尼古拉·亚历山德罗维奇·布尔加宁经常在谈话中提到,有一次我俩坐在汽车里,他对我说:

"有时候去见斯大林,他把你当成朋友叫去,你在斯大林那里坐着,却不知道过后会把你往哪儿送:是送回家呢还是进监狱。"

显然,这种气氛使任何一名政治局委员都陷于极其困难的境地。如果除此之外再考虑到斯大林晚年党的中央全会实际上没有开过,政治局会议也只是偶尔开开,那么就可以明白,政治局的某个委员要表示反对某项不公正或者不正确的措施、表示反对领导实践中明显的错误和缺点,是何等地不易。

如上所述,许多决定都是一个人作出的,或者只分别征求了一下意见,并未经过集体讨论。

政治局委员沃兹涅先斯基同志成了斯大林迫害的牺牲品,他的悲惨遭遇是人所共知的。很能说明问题的是,把他开除出政治局的通知根本没有经过讨论,只是分别征求了一下意见,撤销库兹涅佐夫同志和罗季奥诺夫同志的职务的决定,也是这样作出的。

中央政治局的作用大为降低,它的工作被政治局内成立各种小组、成立所谓"五人小组"、"六人小组"、"七人小组"、"九人小组"打乱了。例如,政治局1946年10月3日作出了这样一项决定:

"斯大林同志建议。

一、责成政治局的外交小组(六人小组)今后除外交问题外并处理国内建设和国内政策问题。

二、六人小组加上苏联国家计委主任沃兹涅先斯基同志,今后六人小组改称七人小组。

中央委员会书记——约·斯大林"

这都是些什么扑克牌迷的术语?(场内笑声)显然,在政治局内成立这类小组——"五人小组"、"六人小组"、"七人小组"和"九人小组"破坏了集体领导原则。结果,有些政治局委员就这样被排斥在重大问题的解决之外。

我党的一位老资格党员——克利门特·叶弗列莫维奇·伏罗希洛夫被置于无法忍受的境地。他多年来事实上被剥夺了参加政治局工作的权利。斯大林不准他参加政治局会议,不准给他送文件。当政治局开会而且伏罗希洛夫同志得到消息时,他每次都要打电话询问他能否参加这次会议。斯大林有时候准许,但总是表示不满。由于极度的多疑和猜疑心太重,斯大林居然十分荒唐可笑地怀疑伏罗希洛夫是英国奸细。(场内笑声)没错儿,怀疑他是英国奸细。偷偷给他家里安装了窃听他的谈话的专门器械。(场内激愤)

斯大林独断专行地把另一名政治局委员,安德列·安德列耶维奇·安德列耶夫也排除在政治局工作之外。

这是最肆无忌惮的专横。

拿第十九次党代会后的第一次中央全会来说吧,斯大林在全会上讲话,并给维亚切斯拉夫·米哈伊洛维奇·莫洛托夫和阿纳斯塔斯·伊万诺维奇·米高扬作了鉴定,给我党这两位老资格的活动家加上了莫须有的罪名。

不排除这种可能:假如斯大林在领导岗位上多呆几个月,那么本次代表大会上也许就不会有莫洛托夫同志和米高扬同志的发言了。

看来,斯大林有自己的一套整治老政治局委员的计划。他不止一次地说过要换政治局委员。他建议十九大以后选举25人进中央委员会主席团,目的就是要搞掉老政治局委员,塞进经验较少的新人,好让这些人对他竭尽歌功颂德之能事。甚至可以推断,这样做的意图是为了过后除掉老政治局委员,销毁有关我们报告中所提到的斯大林不光彩行为的罪证。

同志们!为了不致重犯过去的错误,中央委员会坚决反对个人崇拜。我们认为,对斯大林的颂扬太过分了。毫无疑问,过去斯大林对党、对工人阶级和对国际工人运动有很大的功劳。

问题的复杂性在于,上面讲到的一切都是在斯大林生前、在他的领导下、经他同意后搞起来的,而且他深信这是为捍卫劳动人民的利益、使之免遭敌人的暗算和免遭帝国主义阵营的攻击。他是从捍卫工人阶级利益、劳动人民利益、社会主义和共产主义胜利的利益的立场出发看待这一切的。不能说这是刚愎自用者的行为。他认为,为了党的利益、劳动人民的利益,为了捍卫革命成果,需要这样做。这才是真正的悲剧!

同志们!列宁不止一次地强调指出,谦逊是一个真正的布尔什维克不可缺少的品质。列宁本人就是最大的谦逊的生动体现。不能说我们在这个问题上已经处处都以列宁为榜样了。这里只讲一件事:我们把某些仍然健在、精神百倍的国务和党的活动家的名字作为私有财产(如果可以这样说的话)分配给了许许多多城市、工厂、农庄农场、苏维埃机关、文化机关。在以自己的名字给各个城市、区、企业、农庄命名时,我们当中许多人都曾参与其事。这个情况必须纠正。(掌声)

但是这件事应当合理地、有条不紊地进行。中央委员会将对此事进行讨论,并且要好好分析,以免出现错误和过火行为。我记得乌克兰人是怎么知道柯秀尔被捕的。基辅电台通常是以"柯秀尔电台现在开始播音"作为广播节目开场白的。有一天,没有提柯秀尔的名字广播就开始了。于是大家都猜到柯秀尔出事了。大概是被捕了吧。

因此,如果我们到处去摘牌子、改名称,人们就会以为那些用他们的名字命名企业、农庄或者城市的同志也出事了。大概他们也被捕了吧。(场内活跃)

我们有时候是用什么来衡量某位领导人的威信和影响的呢?是看用他的名字命名的城市、工厂有多少,农庄和农场又有多少。我们是否到了消灭这些"私有财产",把工厂和农庄、农场"收归国有"的时候呢?(笑声、掌声、喊声:"对!")这将有利于我们的事业。个人崇拜也表现在此类事情上。

我们应当十分严肃地对待个人崇拜问题。这个问题我们不能泄露到党外,更不能上报纸。正因如此,我们才在代表大会的秘密会议上做这个报告。要掌握分寸,不给敌人提供炮弹,不在他们面前讲我们的丑事。我想大会代表都会正确理解和评价这一切措施。(暴风雨般的掌声)

……

同志们! 我们必须坚决地、一劳永逸地揭露个人崇拜,在思想理论方面和实际工作方面得出应有的结论。

为此:

第一,必须以布尔什维克的精神来谴责和根除与马克思列宁主义精神格格不入、与党的领导原则和党的生活准则不相容的个人崇拜,必须同任何以某种形式恢复个人崇拜的企图作无情的斗争。

必须在我们的全部思想工作中恢复和彻底体现马克思列宁主义学说关于人民是历史的创造者及一切物质财富和精神财富的创造者、关于马克思主义政党在改造社会和争取共产主义胜利的革命斗争中的决定性作用等重要原理。

因此,我们要进行大量的工作,以便从马克思列宁主义的立场出发,批判和纠正史学、哲学、经济学和其他学科领域以及文学艺术领域内广为流传的与个人崇拜有关的错误观点。例如,最近就必须编辑出版名符其实、以科学的客观态度编写的马克思主义的我党历史教科书、苏联社会历史教科书、国内战争和伟大卫国战争历史的书籍。

第二,必须始终如一、坚持不懈地继续进行党中央近几年来所开展的工作,即在一切党组织从上而下地严格遵守党的领导的列宁主义原则,首先是最高原则——集体领导原则,遵守党章规定的党的生活准则,开展批评与自我批评。

第三,必须完全恢复苏联宪法中所体现的苏联社会主义民主的列宁主义原则,同个人滥用权力、恣意妄为进行斗争。必须彻底纠正因个人崇拜的消极后果而长期积累起来的违背社会主义革命法制的情况。

同志们!

苏联共产党第二十次代表大会进一步显示了我党坚如磐石的统一,显示了我党紧紧地团结在中央委员会周围和我党完成共产主义建设伟大任务的决心。(暴风雨般的掌声)现在我们毫无保留地提出克服与马克思列宁主义格格不入的个人崇拜、消除它所造成的严重后果的原则性问题,这个事实就足以说明我党伟大的精神力量和政治力量。(经久不

息的掌声）

我们坚信，以第二十次代表大会的历史性决议武装起来的我们党，必将率领苏联人民沿着列宁主义道路去夺取新的成绩和新的胜利。（暴风雨般的经久不息的掌声）

我党战无不胜的旗帜——列宁主义万岁！（暴风雨般的经久不息的掌声，转为欢呼声。全体起立。）

（这篇报告译自《苏共中央通报》1989年第3期第128—170页，除引文出处外，注释均为原编者所加）

中 编

中介与阐释

百花齐放，百家争鸣[*]

1956 年 5 月 26 日在怀仁堂的讲话

陆定一

中国科学院院长和中国文学艺术界联合会主席郭沫若先生，要我来讲讲中国共产党对文艺工作和科学工作的政策。中国共产党对文艺工作主张百花齐放，对科学工作主张百家争鸣，这已经由毛主席在最高国务会议上宣布过了。执行这个政策，我们已经有了部分的经验，但是我们的经验还是很少的。我今天所要讲的，是个人对这个政策的认识。今天到会的都是自然科学家、社会科学家、医学家、文学家和艺术家，有共产党员，也有各民主党派的和无党派的朋友。你们当然能够了解，这个政策对于我国文学艺术和科学研究工作的发展，对于你们所从事的工作，有何等重要的意义。我的了解如有不对的地方，希望大家不吝指正，使我们的共同事业能够顺利发展。

一、为什么提出这样的政策？为什么现在才着重提出这样的政策？

我国要富强，除了必须巩固人民的政权，必须发展经济，发展教育事业，加强国防以外，还必须使文学艺术和科学工作得到繁荣的发展，缺少这一条是不行的。

要使文学艺术和科学工作得到繁荣的发展，必须采取"百花齐放，百家争鸣"的政策。文艺工作，如果"一花独放"，无论那朵花怎么好，也是不会繁荣的。拿眼前的例子来说，就是戏剧。几年以前，还有人反对京戏。那时，党决定在戏剧方面实行"百花齐放，推陈出新"的政策。现在大家都看到，这个政策是正确的，收到了巨大的效果。由于有了各剧种之间的自由竞赛和相互观摩，戏剧的进步就很快。在科学工作方面，我国也有历史经验。我国在两千年前的春秋战国时代，学术方面曾经出现过"百家争鸣"的局面，这成了我国过去历史上学术发展的黄金时代，我国的历史证明，如果没有对独立思考的鼓励，没有自由讨论，那末，学术的发展就会停滞。反过来说，有了对独立思考的鼓励，有了自由讨论，学术就能迅速发展。春秋战国时代同现在的情况是大不相同的。当时，社会是动乱的，学术方面的"百家争鸣"是自发的而没有有意识的统一领导的。现在，却是人民自己打出了自由的天地，人民民主专政已经建立起来而且巩固起来了，人民要求科学工作的迅速发展，因而自觉地对科学工作进行全盘的规划，并采取"百家争鸣"的政策来促进学术工作的发展。

我们又要看到，在阶级社会里，文学艺术和科学工作毕竟要成为阶级斗争的武器。

这个问题，在文学艺术的领域里，是比较明显的。文学艺术中有一些显然有害的东西。胡风就是一个例子。海盗海淫的黄色小说又是一个例子。"打打麻将，国事管他娘"，"美国

---

* 《人民日报》1956 年 6 月 13 日。

月亮比中国的圆"这些所谓文学作品又是一些例子。把这样的有毒的文艺,同苍蝇、蚊子、老鼠、麻雀一例看待,加以消灭,是完全应该的。这对文艺只有好处,没有坏处。所以,我们说,有为工农兵服务的文艺,有为帝国主义、地主、资产阶级服务的文艺。我们所需要的,是为工农兵服务的文艺,为人民大众服务的文艺。

在哲学和社会科学的领域里,阶级斗争也是比较明显的。胡适的哲学观点,历史学观点,教育学观点和政治观点,大家都批判过了。批判胡适,这是阶级斗争在社会科学领域里的反映。这个批判,以及对梁漱溟先生的批判,是完全应该做的。对其他资产阶级唯心主义的哲学派别和资产阶级社会学的批判,也是应该做的。

在自然科学领域里,虽然自然科学本身没有阶级性,但自然科学工作者却是每个人都有自己的政治立场的。从前,在一部分自然科学家中间,有过盲目崇拜美国的思想。在一部分自然科学家中也有所谓"非政治化"的倾向。批判这些坏东西也是完全应该的。这种批判,也就是阶级斗争的反映。

我们还必须看到,文学艺术和科学研究,虽然同阶级斗争密切有关,可是它和政治终究不是完全相同的。政治斗争,是阶级斗争的直接的表现形式,文艺和社会科学,可以直接地表现阶级斗争,也可以比较曲折地表现阶级斗争。以为文艺和科学同政治无关,可以"为艺术而艺术","为科学而科学",这是一种右的片面性的看法,是错误的。反之,把文艺和科学同政治完全等同起来,就会发生另一种片面性的看法,就会犯"左"的简单化的错误。

我们所主张的"百花齐放,百家争鸣"是提倡在文学艺术工作和科学研究工作中有独立思考的自由,有辩论的自由,有创作和批评的自由,有发表自己的意见、坚持自己的意见和保留自己的意见的自由。[①]

杨先生的信说:

"百家争鸣的方针毫无疑问是完全正确的。但在实际上对这一方针的认识似乎要防止很可能有的某些不正确的偏向。

"顾名思义,争鸣的应当是多少可以称为'家'的。可是有一些人往往安于浅尝,偶有一'得',便沾沾自喜,不肯深入钻研,不肯脚踏实地去做学术工夫,以致陷入泥坑而不知返,反而坚持错误,在真理面前还不肯低头。最显著的例子,就是经常有不少的人不肯相信(其实是不肯艰苦学习)已经公认为证明了的为什么用圆规和直尺三等分角是不可能的,为什么永动机是不可能的,而偏偏要白费时间和脑力去发现奇迹。这种把精神智慧消耗于毫无意义的、明明注定要失败的企图上的人,为数恐不在少。其中有些人恐不免是由于要想隔夜成'家',一'鸣'惊人,不愿去走崎岖的学习途径。如果向他们建议去下工夫进行学习已有的结论,根据经验,很可能他的答复会轻松地说,那是资产阶级学者的理论,是'唯心'的。

"与上面所说的情形相仿,经验告诉我们:有些人,尤其是工程师和技术工作者,由于业务上的客观情况,不大有机会去接触相关的文献,因此就不努力去查文献或向人请教,而径自苦心孤诣地去研究一个问题,并且得出了正确的结果,可是很不幸,他还不知道早已有人甚至在几十年前就已经作好了。

"要真正成'家',要喤喤善'鸣',是需要经过一段长时期艰苦钻研和实践的历程的。这

---

① 几位科学家来信,认为应该防止对百家争鸣的政策在认识上发生偏向。现在把科学出版社杨肇燫先生的来信摘要发表在这里。

一点对百家争鸣起码应该具备的正确知识，似乎有必要着重予以指出。否则，今后各研究单位、各高等学校将会收到很多'家'各'鸣'其'鸣'的发现或发明，还得花费不少宝贵时间予以审阅，还得小心翼翼地耐烦地说明其不可能，或指出其已有前人作过。这样，作者的精力固然白费了，审查人的精力也是白费的。但如果对百家争鸣具有正确的认识，至少可以减少精力的浪费，进一步还可化无用为有用。"

杨先生和好几位别的科学家关于防止对"百家争鸣"发生误解的意见，是经验之谈，是有道理的。这种误解，这种偏向，是应该防止的。——作者

我们所主张的自由，是同资产阶级民主主义所主张的自由不同的。资产阶级所主张的自由，只是少数人的自由，劳动人民是没有份或者很少有份的。资产阶级对劳动人民是实行专政的。现在美国的好战分子标榜什么"自由世界"，在那个"世界"里，好战分子反动派有一切自由，而卢森堡夫妇却被处以死刑，因为他们主张和平。我们是主张不许反革命分子有自由的，我们主张对反革命分子一定要实行专政。但是在人民内部，我们主张一定要有民主自由。这是一条政治界线，政治上必须分清敌我。

我们所主张的"百花齐放，百家争鸣"，是人民内部的自由。我们主张随着人民政权的巩固而扩大这种自由。

人民内部是一致的又是不一致的。我国已经有了宪法，遵守宪法是人民的义务，这就是人民内部的一致性。这就是说，爱祖国，拥护社会主义，是全国人民都应该一致的。但是，人民内部也有不一致的地方，在思想上有唯物主义和唯心主义的分别，这种分别，在阶级还存在的时候会有，在阶级消灭以后还会有，一直到共产主义社会还会有。在阶级还存在的时候，唯物主义和唯心主义之间的矛盾表现为阶级的矛盾；在阶级消灭以后，只要还存在着主观和客观的矛盾，还存在着先进和落后的矛盾，还存在着社会生产力和生产关系的矛盾，那末，唯物主义和唯心主义的矛盾在社会主义社会和共产主义社会中也还将存在。唯物主义和唯心主义之间，是有斗争的，而且这种斗争将是长期的。共产党人是辩证唯物主义者，当然主张宣传唯物主义，反对唯心主义，这是不可动摇的。但是，正因为是辩证唯物主义者，正因为了解了社会发展的规律，所以共产党人主张必须把人民内部的思想斗争同对反革命分子的斗争严格地区别开来。在人民内部，不但有宣传唯物主义的自由，也有宣传唯心主义的自由。只要不是反革命分子，不管是宣传唯物主义或者是宣传唯心主义，都是有自由的。两者之间的辩论，也是自由的。① 这是人民内部的思想斗争，同对反革命分子所进行的斗争是不同的。对反革命，应该镇压，应该打倒。对人民内部的唯心主义的落后思想，应该进行斗争，这个斗争也是尖锐的，但这个斗争是从团结出发的，是为了克服落后，加强团结。对于思想问题，想用行政命令的办法来解决，是不会有效的。只有经过公开辩论，唯物主义的思想才能一步步克服唯心主义的思想。

---

① 有人以为，在我国不应该有宣传唯心主义的自由。也有人以为，既然有宣传唯心主义的自由，那么唯心主义者就应该有无限的宣传自由。这些看法，都是出于误解。以宗教为例来说，在我国，各种宗教都有自己的教堂、寺庙、刊物、出版机关，还有训练传教干部的学校，这些都是自由的而且受到国家的保护。但是，为了有利于无神论者和有神论者之间的团结，避免发生冲突起见，无神论者不到教堂、寺庙里去做反宗教宣传，有神论者不在教堂、寺庙以外的公共场所进行宗教宣传，这里，无神论者和有神论者双方在宣传上的自由又是有限度的。——作者

在艺术性质的问题上，在学术性质的问题上，在技术性质的问题上，也会有意见的不同。这种意见上的不同，是完全容许的。在这类性质的问题上，发表不同的意见，进行辩论，进行批评和反批评，当然是自由的。

总而言之，我们主张政治上必须分清敌我，我们又主张人民内部一定要有自由。"百花齐放，百家争鸣"，是人民内部的自由在文艺工作和科学工作领域中的表现。

我们现在已经完全有条件来实行"百花齐放，百家争鸣"的政策了。

我们现在的情形是怎样呢？

第一，社会主义改造在全国基本地区内已在各方面取得决定性的胜利，剥削制度将在今后几年内在这些地区被消灭。一切原有的剥削者将被改造成为自食其力的劳动者。我国即将成为没有剥削阶级的社会主义国家。

第二，知识界的政治思想状况已经有了根本的变化，并且正在发生更进一步的根本变化。这在周恩来同志关于知识分子问题的报告中已经说得很详细。在这里，让我略为回顾一下最近的一次斗争。

最近的一次斗争，是反对资产阶级唯心主义思想的斗争。在这次斗争中，广大的知识分子表现得很好，进步很大。

在这个斗争中，我们学术界的主要锋芒，集中在胡适和胡风这两个反革命分子身上，他们不仅思想上是唯心主义者，而且政治上是反革命分子。此外，还对梁漱溟先生的哲学和社会政治观点，对文艺界中的个人主义的资产阶级思想等等进行了批判。现在大家都可以看得见，这种斗争对于推动社会主义改造的发展是必要的，因而这个斗争是正确的。

在这个斗争中，中共中央曾经指示，必须坚决反对阻碍开展学术批评和讨论的思想，这些思想表现为：对资产阶级"名人"的偶像崇拜，认为他们是"权威"，不能批评；对青年的马克思主义的学术工作者采取资产阶级贵族老爷的态度，对他们实行压制；某些党员以"权威"自居，不许别人批评自己，不进行自我批评；某些党员因为"怕破坏统一战线""怕影响团结"不敢批评别人；某些党员因为私人友情或情面的关系，对别人的错误不去批评，甚至加以掩护。中共中央指出，必须坚持这样的原则：在学术批评和讨论中，任何人都不能有什么特权；以"权威"自居，压制批评，或者对资产阶级错误思想熟视无睹，采取自由主义甚至投降主义的态度，都是不对的。同时，中共中央又指示，学术批评和讨论，应当是说理的，实事求是的。这就是说，应当提倡建立在科学基础上的尖锐的学术论争。批评和讨论应当以研究工作为基础，反对采取简单、粗暴的态度。应当采取自由讨论的方法，反对采取行政命令的方法。应当容许被批评者进行反批评，而不是压制这种反批评。应当容许持有不同意见的少数人保留自己的意见，而不是实行少数服从多数的原则。对于在学术问题上犯了错误的人，经过批评和讨论后，如果不愿意发表文章检讨自己的错误，不一定要他写检讨的文章。在学术界，对于某一学术问题已经做了结论之后，如果又发生不同的意见，仍然容许讨论。中共中央又指示：在进行对资产阶级错误思想的批判和学术问题的批评和讨论时，应当坚持党的统一战线政策和团结改造知识分子的政策。应当把在思想上坚持资产阶级错误观点的人，和虽有这种错误观点但是倾向于唯物主义的人区别开来，分别对待。应当分清政治上的反革命分子和学术思想上犯错误的人。学术思想上有严重的资产阶级错误观点的学术工作者，只要政治上不是反革命分子，都应当保障他们获得适合于他们的工作岗位，保障他们有可能继续进行对于社会有用的研究，尊重和发挥他们对社会有用的专长，并将这种专长传授给青年，同时鼓励他们积极参加学术的批评和讨论，实行自我改造。

这些指示，保证了我们在反对资产阶级唯心主义思想和开展学术批评的工作中不犯重大错误。现在检查起来，这个斗争基本上是做得对的，在分寸的掌握上也大体是对的。但错误和缺点还是有的。例如俞平伯先生，他政治上是好人，只是犯了在文艺工作中学术思想上的错误。对他在学术思想上的错误加以批判是必要的，当时确有一些批判俞先生的文章是写得好的。但是有一些文章则写得差一些，缺乏充分的说服力量，语调也过分激烈了一些。至于有人说他把古籍垄断起来，则是并无根据的说法。这种情况，我要在这里解释清楚。

我们回顾一下，再看现在。那末，现在的情形已经同过去有很大的不同了，如果在一两年前，资产阶级唯心主义还有很大的市场，胡风之流还在思想上猖狂进攻，很多知识分子不能辨别什么是唯物主义思想、什么是唯心主义思想，不知道资产阶级唯心主义思想对社会主义事业有什么危害，那末，今天我们思想界已经大有进步。

现在，有些部门对胡适、胡风的反动思想的批判工作的原定计划还没有做完，肃清暗藏的反革命分子的工作也没有做完。凡是没有做完的，应该贯彻进行到底，不可以半途而废。因为只有把这些工作做好了，才能为今后的很多工作创造出有利的条件。在这个斗争中还必须再三强调团结占全体人数百分之九十几的好人，包括落后的分子在内，共同对反革命分子进行斗争。

第三，我们还有敌人，国内也还有阶级斗争，但是敌人特别是国内的敌人已经大大削弱了。

敌人是谁呢？在国外，有以美国好战分子为首的帝国主义侵略势力，在国内，有盘踞台湾的蒋介石集团，还有其他残余的反革命分子。这些就是我们的敌人。对这些敌人，仍然必须继续坚决斗争，不能松懈。

第四，全国人民政治上思想上的一致性大大增强，而且还在继续增强之中。

正是估计到这样的情况，所以中国共产党中央现在着重提出了"百花齐放，百家争鸣"的政策，就是要我们在文艺工作和科学工作方面，也把一切积极因素都调动起来，更好地为人民服务，为繁荣我国的文学艺术而努力，为使我国的科学工作赶上世界先进水平而努力。

现在，我们许多自然科学工作者正在政府领导之下草拟关于自然科学发展的十二年的规划，哲学和社会科学的十二年发展规划也正在拟定的过程中。制定和实现这些规划，是我们科学界的光荣任务。贯彻"百家争鸣"的方针，是完成这个任务的一个重要保证。

二、加强团结

"百花齐放，百家争鸣"，既是为了动员一切积极因素，所以又是一个加强团结的政策。在什么基础上的团结？在爱国主义的基础上，在社会主义的基础上。团结起来干什么？建设社会主义的新中国，并且同内外敌人作斗争。

有两种不同的团结。一种是机械服从的团结，一种是自觉自愿的团结。我们所要的，是自觉自愿的团结。

我们的文艺界科学界是不是团结的呢？是团结的。同中华人民共和国开始建立的时候比较起来，文艺界和科学界在团结方面是大有进步了。社会改革的工作和思想改造的工作，是我们所以能有今天这样的坚固团结的原因，否认或忽视这一点是不对的。但这决不是说,我们的团结已经十全十美了。团结方面还有缺点。

缺点在哪里?首先在于有些共产党员忘记了毛泽东同志的指示,忘记了宗派主义的害处。工作中的成绩,往往会使一些人冲昏头脑,居功自傲的情绪就会发展起来,宗派主义的情绪就会发展起来。

毛泽东同志在一九四二年,在"整顿党的作风"一文中说:

"我们的许多同志,喜欢对党外人员妄自尊大,看人家不起,藐视人家,而不愿尊重人家,不愿了解人家的长处。这就是宗派主义的倾向。这些同志,读了几本马克思主义的书籍之后,不是更谦虚,而是更骄傲了,总是说人家不行,而不知自己实在是一知半解。我们的同志必须懂得一条真理:共产党员和党外人员相比较,无论何时都是占少数。假定一百个人中有一个共产党员,全中国四亿五千万人中就有四百五十万共产党员。即使达到这样大的数目,共产党员也还是只占百分之一,百分之九十九都是非党员。我们有什么理由不和非党人员合作呢?对于一切愿意同我们合作以及可能同我们合作的人,我们只有同他们合作的义务,绝无排斥他们的权利。一部分党员却不懂得这个道理,看不起愿意同我们合作的人,甚至排斥他们。这是没有任何根据的。马克思、恩格斯、列宁、斯大林给了我们这样的根据么?没有。相反地,他们总是谆谆告诫我们,要密切联系群众,而不要脱离群众。中国共产党中央给了我们这个根据么?没有。中央的一切决议案中,没有一个决议说是我们可以脱离群众使自己孤立起来。相反地,中央总是叫我们密切联系群众,而不要脱离群众。所以,一切脱离群众的行为,并没有任何的根据,只是我们一部分同志自己造出来的宗派主义思想在那里作怪。因为这种宗派主义在一部分同志中还很严重,还在障碍党的路线的实行,所以我们要针对这个问题在党内进行广大的教育。首先要使我们的干部真正懂得这个问题的严重性,使他们懂得共产党员如果不同党外干部、党外人员互相联合,敌人就一定不能打倒,革命的目的就一定不能达到。"①

大家都知道,几年以来,我们在文艺界科学界中,曾在党内进行了几次反宗派主义的斗争。这种斗争,在卫生工作部门中,在自然科学研究部门中,在文学艺术工作部门中,在社会科学工作部门中,都曾经进行过。我们还要继续进行这种斗争,并且号召在文艺界和科学界工作的党员,都起来注意克服宗派主义。

在斗争过程中,我们摸索出了几条经验,现在要来说一说。

(一)大家都知道,自然科学包括医学在内是没有阶级性的,它们有自己的发展规律。它们同社会制度的关系,仅仅在于:在不好的社会制度之下,这些科学要发展得慢些,在较好的社会制度下就能发展得快些。这些本来是在理论上早已解决了的问题。因此,在某一种医学学说上,生物学或其他自然科学的学说上,贴上什么"封建""资本主义""社会主义""无产阶级""资产阶级"之类的阶级标签,例如说什么"中医是封建医,西医是资本主义医","巴甫洛夫的学说是社会主义的","米丘林的学说是社会主义的","孟德尔-莫尔根的遗传学是资本主义的"之类,就是错误的。我们切勿相信。犯这种错误的人,有的是因为宗派主义的思想,有的却因为要强调学习苏联的先进科学而强调得不恰当,不自觉地犯这种错误的。对于这种种不同的情况,都要分别对待,不能一概而论。

在指出上述错误的同时,我们也要指出另一种错误。这种错误就是否认巴甫洛夫学说

① 《毛泽东选集》,第三卷,第827—828页。

和米丘林学说是重要的学说。犯这种错误的人,又有不同的出发点。有的是因为政治上有反苏情绪,因而连苏联的科学成就也要加以否认。有的是因为学派不同,不能心服。前者是政治观点问题,后者是学术思想问题,也要不同对待,不能一概而论。

(二)对于文学艺术工作,党只有一个要求,就是"为工农兵服务",今天来说,也就是为包括知识分子在内的一切劳动人民服务。社会主义现实主义,我们认为是最好的创作方法,但并不是唯一的创作方法;在为工农兵服务的前提下,任何作家可以用任何自己认为最好的方法来创作,互相竞赛。题材问题,党从未加以限制。只许写工农兵题材,只许写新社会,只许写新人物等等,这种限制是不对的。文艺既然要为工农兵服务,当然要歌颂新社会和正面人物,同时也要批评旧社会和反面人物,要歌颂进步,同时要批评落后,所以,文艺题材应该非常宽广。在文艺作品里出现的,不但可以有世界上存在着的和历史上存在过的东西,也可以有天上的仙人、会说话的禽兽等等世界上所没有的东西。文艺作品可以写正面人物和新社会,也可以写反面人物和旧社会,而且,没有旧社会就难以衬托出新社会,没有反面人物也难以衬托出正面人物。因此,关于题材问题的清规戒律,只会把文艺工作窒息,使公式主义和低级趣味发展起来,是有害无益的。至于艺术特征问题,典型创造问题等,应该由文艺工作者自由讨论,可以容许各种不同的见解,并在自由讨论中逐渐达到一致。

文艺界已经有了戏剧方面实行"百花齐放,推陈出新"的经验。这是很宝贵的经验。现在的问题是把"百花齐放"的政策推行到一切文学艺术部门去。

(三)在哲学和社会科学领域中,工作成绩是大的。但正因为如此,宗派主义的危险也就大了。如果不及时注意,可能发生思想僵化的严重后果。建国以来,在广大知识分子中宣传马克思列宁主义,进行思想改造运动,进行反对资产阶级唯心主义的斗争和肃清暗藏的反革命分子等工作,都是对的,必要的,而且是有成绩的。但是,还应该看到阴暗面。有一些党员,产生了把哲学和社会科学的学术工作垄断起来的思想,自以为是,看不见甚至忘记了别人的长处,看不见别人的进步,听不得批评的意见,自己永远以先生自居,把别人看做是永远只配当自己的学生,看做永远只能是个唯心主义者或资产阶级学者。这就非常危险了。这样下去,个人就有堕落的危险,哲学和社会科学的事业就会死气沉沉,停滞不前。这些同志应该赶快停止陶醉,放谦虚些,多听些别人的批评,多做些学问,多向党外人士请教,同他们好好合作,以免哲学和社会科学的事业受到损失。

鉴于建国以来已经将要七年,虽然还有一些人坚持唯心主义的思想,坚持资产阶级的思想,但是,很多人已经有了很大进步。应该考虑在哲学和社会科学的研究工作和教育工作中,依照情况,逐步改组力量,改变有些原来是错误的和原来并不错误但现在已经过了时的制度和办法,以便动员一切积极因素,发展我的哲学和社会科学事业。哲学和社会科学是极重要的科学部门,所以一定要把工作做好。

这里要附带谈谈近代史问题。近代史是社会科学中极其重要的部门,但是近年来成绩不多。据说,大家在等待中共中央编出一本党史教科书来,然后根据党史教科书来写各种近代史。现在请你们不要等待了。中共中央不准备编党史教科书,只准备陆续出版党的大事记和文件汇编。我们的近代史学工作者,应当独立地研究近代史中的各种问题。在近代史的研究中,也应该采取百家争鸣的政策,不应该采取别的政策。

去掉宗派主义,团结一切愿意合作或可能合作的人;去掉垄断想法,去掉过多的清规戒律,实行"百花齐放,百家争鸣"的政策;不要专为自己为本部门本单位的利益打算,多多帮助别人,帮助别部门别单位;去掉骄傲自大,自以为是,实行谦虚谨慎,尊重别人。这样,就可以去掉我们过去团结中的缺点,大大地加强团结。

我们希望党外的文艺家和科学家也来注意加强团结的问题。周恩来同志在"关于知识分子问题的报告"中有一段话,我要在这里复述一遍。

"在一部分知识分子同我们党之间,还存在着某种隔膜。我们必须主动地努力消除这种隔膜。但是这种隔膜常常是从两方面来的:一方面是由于我们的同志没有去接近他们,了解他们;而另一方面,却是由于一部分知识分子对于社会主义采取了保留态度、甚至反对态度。在我们的企业、学校、机关里,在社会上,都还有这样的知识分子:他们在共产党和国民党之间、中国人民和帝国主义之间不分敌我;他们不满意党和人民政府的政策和措施,留恋资本主义甚至留恋封建主义;他们反对苏联,不愿意学习苏联;他们拒绝学习马克思列宁主义,并且诋毁马克思列宁主义;他们轻视劳动,轻视劳动人民,轻视劳动人民出身的干部,不愿意同工人农民和工农干部接近;他们不愿意看见新生力量的生长,认为进步分子是投机;他们不但常常在知识分子和党之间制造纠纷和对立,而且也在知识分子中间制造纠纷和对立;他们妄自尊大,自以为天下第一,不能够接受任何人的领导和任何人的批评;他们否认人民的利益、社会的利益,看一切问题都从个人的利益出发,合乎自己利益的就赞成,不合乎自己利益的就反对。当然,所有这些错误一应俱全的人,在现在的知识分子中是很少数;但是有上述一种或者几种错误的人,就不是很少数。不但落后分子,就是一部分中间分子,也常有以上所说的某一些错误观点。胸怀狭窄、高傲自大、看问题从个人的利益出发的毛病,在进步分子中也还不少。这样的知识分子如果不改变立场,即使我们努力同他们接近,他们同我们之间也还是会有隔膜的。"

这就是说,为了加强团结,要求共产党员的努力,也要求非共产党员的努力。

个人主义,门户之见,在文艺界科学界中也是存在的。新老科学工作者之间的隔膜,也是存在的。这些不好的东西都应该去掉。我们相信一定能够去掉的。只要共产党员做出榜样来,同非党员一起努力,问题的解决是会顺利的。

三、批评问题和学习问题

"百花齐放,百家争鸣",对批评工作来说,就是批评的自由和反批评的自由。

现在的批评,有的令人害怕。如果不令人害怕,就又往往淡而无味。这个问题该怎样解决呢?

批评有两种。一种是对敌人的批评,所谓"一棍子打死"的批评,或打击式的批评。另外一种是对好人的批评,这是善意的同志式的批评,是由团结出发,经过斗争,来达到团结的目的的。这种批评,必需顾全大局,采取多说道理,与人为善的态度,而不能用阿Q正传中假洋鬼子的"不准革命"的态度。

不论前一种批评或后一种批评,都要依靠研究。不是看到一点就写,而是看了很多想了很多才写。

有一种想法是错误的,就是认为批评一定是打击的。在延安时期有个反革命分子叫王实味,后来又有一个反革命分子叫胡风,他们是用"杂文"和别的形式来攻击党和人民政权的。对于这些反革命分子,报之以打击,当然是应该的。但如果在人民内部也用这种打击的办法,就是错误的了。

对好人的批评,我想介绍四篇文章:1. 毛泽东:改造我们的学习;2. 毛泽东:整顿党的作风;3. 毛泽东:反对党八股;4. 人民日报:关于无产阶级专政的历史经验。前三篇,是对王明、博古两同志的批评,这两人在当时是犯了重大错误的同志;后一篇是对斯大林同志的批评,斯大林是既有大功劳,又有大错误,而功劳多于错误的同志。看了这些批评,就会知道,可以有这样的批评,既不是过火的打击,也不是不痛不痒,而能使很多人得益的批评。可以看得出,写这样的批评,是经过了怎样的刻苦研究工作。这种批评,正是我们所应该提倡的。

攀登科学和艺术的高峰是很困难的工作。所以困难,因为这里只能实事求是,不能有一点调皮。我们应该给科学家和艺术家以充分的支持。凡是老老实实做工作的科学家和文艺家,在我们这个社会制度之下,是只应受到支持,不应受到打击的。独立思考,进行复杂的创造性的劳动,完全不犯错误是不可能的。第一,单是知识不足,有时就会使人作出错误的判断。第二,把本来是正确的东西夸张了,看得太绝对了,也会犯错误。列宁说过:"只要向前再多走一小步,——看来仿佛依然是向同一方向前进的一小步,——真理便会变成错误"①。有一些人,对进步的事物很拥护,只是太性急了一些,因而犯了错误,常常是属于这种性质。第三,有些人犯的是唯心主义的错误,但是犯唯心主义的错误也并不是什么稀奇的事情,因为"人的认识并不是直线(也不是循着直线进行的),而是那无限地近似于螺旋形的曲线。这曲线的任何一个断片、截片、小片,都可以转化(片面地转化)为独立的、完整的直线,而这一直线(如果只看见树木而不看见森林)就会导引到泥坑,导引到僧侣主义(在那里统治阶级的阶级利益把它巩固起来)"②。在认识发展的过程中,思想的僵化,孤立地看问题(所谓"钻牛角尖")和片面地看问题,都会引导到唯心主义的错误。

好人犯错误的事是常有的。完全不犯错误的人在世界上是没有的。应该把这种错误同反革命的言论严格区别开来。对这种错误的批评只应该是与人为善的,只应该是平心静气来说道理的,只应该是顾全大局,从团结出发达到团结的目的的。对于犯了错误的人,应该积极帮助他改正错误。受到批评的人也根本不用害怕。

错误是容易犯的,但是错误必须要改正得愈快愈好,坚持错误就会造成很大的损失。对被批评的人来说,真理是应该坚持的,别人批评得不对,可以表示不同的意见;但错误是应该改正的,别人批评得对,应该虚心接受。公开承认错误,揭露错误的原因,分析产生错误的环境,仔细讨论改正错误的方法,这对于一个政党来说,是郑重的党的标志,对于个人来说,也是实事求是的标志。犯了错误,接受批评,就是接受别人对自己的帮助,这对于自己,对于我国科学事业和文学艺术事业的发展是只会有好处,不会有什么坏处。

学习方面,要继续在自愿的基础之上组织对马克思列宁主义的学习,同时,要广泛地学习知识,对古今中外,对朋友,对敌人,都要批判地学习。

学习马克思列宁主义,在广大的知识分子中已经成为热潮,这是一种好现象。马克思列宁主义的科学理论,是人类的最高智慧,是放之四海而皆准的真理。从前有人以为,马克思列宁主义是不适用于中国的,这种说法已经完全破产了。没有马克思列宁主义的科学理论

---

① "左"派幼稚病第十章。

② 列宁:黑格尔"逻辑学"一书摘要 219 页。

作为指导，我国的革命胜利是不能设想的，我国的各种建设，包括科学和文化的建设在内，要取得巨大的成就和迅速的发展，也是不可设想的。

但是，在学习马克思列宁主义这个工作中，也有许多缺点和错误，主要的是教条主义的倾向。

十五年前，即1941年5月，毛泽东同志写了"改造我们的学习"，后来，1942年2月，又写了"整顿党的作风"和"反对党八股"。这三篇文章，是延安整风运动的基本文件。延安整风运动，是反对主观主义，主要地反对教条主义的一个思想运动。这是五四运动以后我国一次最伟大的马克思主义思想运动。教条主义，在我国民主革命时期中几乎断送了我国的革命，它是马克思列宁主义的大敌。这个痛苦的经验我们要牢牢记住。我们还必须深深警惕：如果用教条主义的态度来研究学问，如果用教条主义的态度来领导文艺工作和科学研究工作，那是一定要失败的，因为这种态度是完全违反马克思列宁主义的实事求是的态度的。

我愿意趁这个机会，向我们的文艺家、科学家，郑重介绍毛泽东同志的"改造我们的学习"、"整顿党的作风"、"反对党八股"三篇文章，和中共中央六届七中全会"关于若干历史问题的决议"。我希望每个文艺工作者和科学工作者，都把这几篇文件精读几遍，以便了解教条主义同马克思列宁主义的分别何在，为什么教条主义是马克思列宁主义的大敌，为什么必须坚决地同教条主义进行斗争。

我们要广泛地学习知识。

我国有很多的医学、农学、哲学、历史学、文学、戏剧、绘画、音乐等等的遗产，应该认真学习，批判地加以接受。这方面的工作不是做得太多，而是做得太少，不够认真，轻视民族遗产的思想还存在，在有些部门还是很严重。

接受些什么遗产和怎样接受遗产呢？

如果要从现在的观点看来十全十美的东西，才作为遗产来接受，那么，就没有什么东西可以接受的了。相反，如果无批判地接受文化遗产，这便成了"国粹主义"了。

对我国的文化遗产，我们提议采取这样的方针：要细心地选择、保护和发展它的一切有益成分，同时要老老实实地批判它的错误和缺点。现在，我们的工作在两个方面都有缺点。对我国文化遗产中的有益成分，有粗心大意一笔抹煞的倾向。这是当前主要的倾向。昆剧"十五贯"的演出，告诉了我们，那种认为昆剧里没有有益成分的说法是错误的。戏剧如此，其他文艺部门和科学研究部门是否也有类似的现象呢？应该说是有的。这种现象是应该改正的。同时，我们也发现了对文化遗产的缺点错误不加批判，或者加以粉饰的现象，这不是老老实实的态度，所以也是应该改正的。

文艺工作者和科学工作者，要向人民去学习。人民的智慧是无穷无尽的，人民中间有很多宝藏还没有被发现，或者发现了还没有好好利用。举医学为例来说，从前，针灸、气功疗法等都是被看不起的，现在才被看得起了。可是，像正骨、推拿、草药等民间的医疗方法，现在还没有引起足够的重视和注意。再举音乐和绘画为例来说，这两个部门对民族遗产是不够重视的。凡是有这种情况的，都应该改正过来。从民间来的东西，常常是不系统化的，没有从理论上加以说明的朴素的东西，有的还带着所谓"江湖气"，带着迷信的色彩等等。这是不足为奇的。科学工作者和文艺工作者的任务，不是去鄙视这些东西，而是要去学习，细心选择、保护和发展它们的有益成分，使之成为科学的东西。

　　我们要有民族自尊心，我们决不能做民族虚无主义者。我们反对所谓"全盘西化"的错误主张。但这次不是说我们应该自大，拒绝学习外国的好东西。我国还是一个很落后的国家，我们要花很大的努力向外国学习许多东西，我们的国家才能富强。民族自大，无论在什么情况下都是不对的。

　　我们应该向苏联学习，向人民民主国家学习，向世界各国人民学习。

　　向苏联学习，这是正确的口号。我们已经学了一些，今后还有许多应当学习。苏联是世界上第一个社会主义国家，世界和平民主阵营的领袖，它的工业发展速度最快，对社会主义建设有丰富的经验，在科学方面也已经有不少重要部门赶上和超过了最先进的资本主义国家。这样的国家，这样的人民，当然值得我们好好学习。不向苏联学习，是根本错误的。

　　但是，在学习苏联的时候，我们的学习方法必须不是教条主义的机械搬运，而是要结合我国的实际情况。这一点必须引起注意。否则，也会使我们的工作受到损失。

　　除了向苏联学习以外，还要向各人民民主国家学习。各人民民主国家，都有自己的长处，许多国家在工业和科学技术方面比我国进步，也有些国家在其他方面比我国进步，这些都是值得学习的。自高自大是不应该的。

　　苏联和人民民主国家以外的世界各国的人民，他们是在不同的社会制度和国家制度之下。社会制度国家制度会有变化，但人民却会永远生存和发展下去。他们所以能够生存和发展，都不是没有原因的。凡是他们的长处，不论属于文艺科学的，属于风俗习惯的，或者属于其他种类的，我们都应该批判地加以学习。这里也不应该自高自大。

　　除了朋友之外，我们也要向敌人学习，不是学习他们的反动的制度，而是学习他们的管理方法和科学技术中的有价值的东西。这种学习，目的是加速我国的社会主义建设的发展，以便更有力量来防止侵略和保卫世界和亚洲的和平。

　　还要说一说党员应该向非党员学习知识的问题。我们不少党员是在知识上有缺陷的。非党员缺少马列主义的基本知识，但对于许多热心学习马克思列宁主义的非党员的朋友来说，那是过去的事或者将要过去的事了。他们之中很多的人已经把这个缺陷补足了，或者将要补足了。这个问题已经提出了，也已经在解决之中了。现在要提出的问题，是党员应该注意补足自己的缺陷了。办法只有老老实实向懂得的人去请教，去学习。非党员的知识分子，绝大部分学习得很努力。共产党员向他们学习各种知识的时候，不应落后。这也是学习问题里的重要的一条。

　　"百花齐放，百家争鸣"这个政策提出来之后，有许多问题会逐步跟着提出来，要求解决。希望大家考虑这方面的问题。今天只讲些原则问题，请大家加以指正。

1956 年 6 月 6 日修正

　　附记：讲话之后，收到了郭沫若先生等七十二封来信，有的是个人写的，有的是集体写的，有的对讲稿提出了意见，有的发表了自己的感想。这些宝贵的来信，给了我很大的帮助。我在这里敬致谢意。

作　者

附："百花齐放，百家争鸣"的历史回顾*

——纪念"双百"方针三十周年

（1986 年 4 月 19 日）

陆定一

"百花齐放，百家争鸣"作为党的繁荣科学和艺术的方针，是一九五六年提出来的，到现在已经整整三十年了。有些同志问起我当时的一些情况，我在这里一并答复，以存史实。

（一）

"百花齐放"，"百家争鸣"，不是同时提出来的。一九五〇年，关于京剧问题有个争论：一派主张全部继承，即连其糟粕也要继承下来；另一派说京剧是封建主义的，主张全部取消。毛泽东同志当时给戏曲界题词"百花齐放，推陈出新"。主张京剧还是要，不单是京剧，各种戏曲形式都要去其糟粕，取其精华，加以继承。

这个问题，其实早在延安时期已经解决。延安曾演过旧京剧，如《捉放曹》、《连升店》、《玉堂春》和新编的《三打祝家庄》等。到北京后，旧的争论重新起来。毛泽东同志的题词解决了这个争论。

"百花齐放"只解决了各种戏曲形式要同时存在的问题，并没有也不可能解决文艺界的其他问题，更没有涉及科学界、学术界的问题，比如，如何对待不同的学派，发生了争论怎么办，等等。

（二）

我国"三大改造"的完成，标志着以和平方法（赎买方法）消灭了资本主义所有制，使我国成为社会主义国家。这个和平革命叫做改造。它的成功，证明在一定的、充足的条件下（在中国，就是工人阶级——经过共产党——领导的民主革命——其主要内容是反帝和土地革命——彻底完成，革命军队完全消灭了在大陆上的反革命军队，工人阶级牢固地掌握着国家机器），而且必须有一定的、充足的条件，社会主义革命可以不用暴力，而用和平的方法。我认为这是在世界上开历史纪元的事件。它对整个世界将有深远的意义。

中国成了社会主义国家以后，为了治理国家和实现国家的繁荣富强，怎样领导科学工作，也提到党中央的议事日程上来。

当时，有这样一些具体现象：

（1）有一位老同志，在苏联学了米丘林学派的遗传学回国，在中国科学院负责遗传选种实验馆的工作。他同我谈话，贬摩尔根学派是唯心主义的，因为摩尔根学派主张到细胞里去找"基因"。不但如此，请他编中学的生物学教科书，他不写"细胞"一课（后来请他补写了）。

---

* 本文载于 1986 年 5 月 7 日《光明日报》。

我对于遗传学是外行,但已看得出他的"门户之见"了。我问他,物理学、化学找到了物质的原子,后来又分裂了原子,寻找出更小的粒子,难道这也是唯心主义的么?

马克思主义的哲学认为,物质是可以无限分割的。摩尔根学派分裂细胞核,找出核糖核酸,这是很大的进步,是唯物主义的而不是唯心主义的。苏联以米丘林学派为学术权威,不容许摩尔根学派的存在和发展,我们不要这样做。应当让摩尔根学派存在和工作,让两派平起平坐,各自拿出成绩来,在竞争中证明究竟那一派是正确的。这个同志很好,他照办了。因而我国的遗传学的研究就有了成绩,超过了苏联。

(2)又有一位老同志,也是很好的同志,战争中间担任军队的卫生部长,战争后做中央人民政府卫生部的副部长。他知道了苏联的巴甫洛夫学说之后,要改造中国的医学,对我说:"中医是封建医,西医(以细胞病理学者徽尔啸的学说为主导)是资本主义医,巴甫洛夫是社会主义医。"我想,在这样的认识指导之下,当然就应该反对中医和西医,取消一切现存的医院,靠巴甫洛夫的药(只有一种药,就是把兴奋剂与抑制剂混合起来,叫"巴甫洛夫液")来包医百病。我觉得这种认识很危险,会出大乱子。实践是辨别理论的正确与错误的唯一办法。中医能治好病,西医亦然,这都是人类的珍宝,应该研究和发展,应当劝中西医合作。这位老同志没有坚持他的奇怪想法,后来他的工作是好的。

(3)郭沫若同志与范文澜同志都是马克思主义者、著名的历史学家,但对于中国历史的分期问题有不同看法。当时,有些同志要中央宣传部决定谁对谁错。我们认为,这是学术问题,要凭考古工作者发掘出来的实物,由历史学家自己去讨论决定。

各门科学,不论是自然科学还是社会科学,都是可以有学派的。学术与政治不同,只能自由讨论,不应该用戴"政治帽子"和"哲学帽子"的办法,打倒一个学派,抬高一个学派。只有罗马梵蒂冈教皇做过这种蠢事。秦始皇焚书坑儒,汉武帝"罢黜百家,独尊儒术"也是这一类蠢事。这种蠢事阻碍科学的发展和学术的繁荣。

一九五六年二月,在毛泽东同志的居所颐年堂开会,我向中央报告了这些情况和我的意见。就在这次会议上,决定对科学工作采取"百家争鸣"的方针。

这样,"百花齐放"和"百家争鸣"就作为党的一条方针,一起提出来了。

一九五七年二月,毛泽东同志在最高国务会议第十一次(扩大)会议上宣布这个方针是党促进艺术发展和科学进步,促进社会主义文化繁荣的方针,这次讲话经整理补充后以"关于正确处理人民内部矛盾的问题"为题,于六月十九日在《人民日报》公开发表。同年三月,他在中国共产党全国宣传工作会议上,又讲到这个方针是基本性的也是长期性的方针。

一九五六年五月,我曾应郭沫若同志的要求,在怀仁堂对首都的科学工作者、文艺工作者做报告,讲了这个方针。

(三)

一九五七年四月,党中央决定在全党进行一次反对官僚主义、宗派主义和主观主义的整风运动。极少数右派分子乘机向党和新生的社会主义制度进攻,妄图以"轮流坐庄"取代共产党的领导。他们借口"百花齐放,百家争鸣",而提出要"大鸣大放",以制造舆论。"大鸣大放"是极少数右派分子对共产党进行政治斗争的口号。

"大鸣大放"与"百花齐放,百家争鸣",从字面上看,都有"鸣"、"放"二字,但性质完全不同。"百花齐放,百家争鸣"是党领导科学和艺术的方针,不是政治斗争的方针。政治,在社会主义国家中,应当讲民主集中制,讲法制,而不应该搞"大鸣大放"。至于科学和艺术中的不同学派、不同意见则应当提倡"争鸣"。

"大鸣大放"不是中国共产党提出来的。毛泽东同志把"大鸣大放"的口号接过来,再加上"大字报、大辩论",形成所谓"四大",成为反击右派分子的一种斗争形式。在这场政治斗争中,极少数右派分子失败了。但,这个斗争又被严重地扩大化了,错划了一大批"右派",许多知识分子受到了冤屈。十一届三中全会以后,被错划的人得到了改正,他们的冤屈才得以昭雪。

在"文化大革命"中,"四大"又被用来作为"造反派"整老干部、整知识分子、整群众的工具,后来甚至写进了宪法。当然,以后又从宪法上删去了。删去是对的。

"四大"今后永远不能再搞了。但"百花齐放,百家争鸣"一定要坚持。

(四)

反右派以后,"百花齐放,百家争鸣"的方针,形式上没有被废除,但实际上停止执行了。毛泽东同志提出,百家争鸣实际上是两家,资产阶级一家,无产阶级一家。这句话对科学和艺术部门来说是不对的。照此去办,科学和艺术部门只能是一言堂,而且会使"政治帽子"流行起来。对科学和艺术中的学派、流派,乱贴政治标签,用简单化的办法来区分何者为资产阶级的,何者为无产阶级的,是不科学的,也就无复"百家争鸣"可言。

"四人帮"在艺术领域只许各个剧种演八个"样板戏",还说,"百家争鸣,最后听江青的"。江青不学无术,"四人帮"把她奉为教皇,实在可悲。尽管"四人帮"那样凶残,那样猖狂,他们也还不敢直截了当地否定"百花齐放,百家争鸣"。

(五)

"百花齐放,百家争鸣"是一个好方针,认真执行将使我国受益无穷。不执行,就会吃亏。听了李四光的地质学说,我国由"无油国"变成了有油国;不用马寅初的对人口问题的意见,吃了亏。都是例证。

为存史实,让后代知道和借鉴,我就写到这里。

一九八六、四、十九夜于医院

文艺工作者为什么要改造思想?*

——1951 年 11 月 24 日在北京
文艺界整风学习动员大会上的讲演

胡乔木

中华全国文学艺术界联合会决定领导北京文艺工作者进行一次关于文艺工作方向问题的学习,藉以改造思想,改进工作。这个学习是迫切需要的。文艺界既然提出了方向问题,可见至少在文艺界的一部分领导工作人员中,对于这个问题还没有坚决的明确的答复;而如果是这样,如果一部分文艺界领导工作人员对于自己行动的方向还有怀疑,那么,他们怎样好前进呢?

事实正是这样。虽然一九四九年七月中华全国文学艺术工作者代表大会就已经宣布了接受毛泽东同志在一九四二年延安文艺座谈会上所指示的方向,但是这并不是说,不经过像一九四二年前后在解放区文艺界进行过的那样具体的深刻的思想斗争,这个方向就真的会被全国文学艺术工作者所自然而然地毫无异议地接受。一部分在一九四九年大会上举过手的作家,并没有真正了解毛泽东同志关于文艺工作的指示的内容,他们对于文艺工作仍然抱着小资产阶级或资产阶级的见解。所以当他们听说我们的文学艺术要以工人阶级的人生观世界观去教育全体人民,去批评资产阶级小资产阶级的人生观世界观,因此也就要以工人阶级的文学艺术观去批评资产阶级小资产阶级的文学艺术观的时候,他们就惊异起来,觉得似乎是"方针变了"。而和他们在一起的,还有一些共产党员文艺工作者,其中甚至也包括少数在延安文艺座谈会上表示过拥护毛泽东同志的文艺方针的共产党员。这些同志在和资产阶级小资产阶级文艺家接触以后,失去了对于他们的批判能力,而跟他们无条件地"团结"起来了。在这些同志看来,文艺界内部可以没有斗争,受资产阶级小资产阶级教育的文艺家可以不经过改造而"为人民服务"。就在这两部分人的影响下,我们两年来的文学艺术工作的进展受了重大的限制。

当然,两年来我们的文学艺术工作有不小的成绩,这是不能怀疑的,因为不但这两部分人并不是文学艺术界的全体,而且就是这两部分人也作了或多或少的对人民有益的工作。但是这一点我不打算在这里多说,因为这不是今天的会议的任务。今天我们需要多看看另外一方面的事情。我们今天普遍感觉作品的不足,而已经有的作品,多数不能和劳动人民的新生活互相呼应,这些作品往往缺少新的人物,新的事件,新的感情,新的主题,并且往往因为歪曲了劳动人民的形象和斗争,或者因为把劳动人民的形象和斗争抽象化公式化了,成为反现实主义的东西(在描写历史的时候就成为反历史主义的东西);这难道不是事实吗? 同这种现象相联系的,是许多作家同劳动人民缺少联系,对于劳动人民的事业抱着淡漠态度,

---

* 人民文学出版社编辑部:《文艺工作者为什么要改造思想》,人民文学出版社,1952 年版。

在创作上表现怠工,粗制滥造,或者放弃创作而醉心于行政事务和交际活动,个别的甚至简直饱食终日,行为放荡;这难道不是事实吗?仍然是同这种现象相联系的,是许多或者所有文学艺术团体,自从一九四九年成立以来,就没有认真地组织过作家的创作活动,也没有认真地组织过作家参加人民群众的斗争,也没有认真地组织过作家的学习,无论是政治的或是艺术的学习;这难道不是事实吗?人们说,批评得太多啦,太严厉啦,作家不敢动笔啦。但是事实怎么样呢?完全相反,所有上述的一切现象,都不是在批评发展的情况下产生的,而是在批评极端不发展的情况下产生的。说到批评,我们不能不说到《武训传》的批评。大家知道,对于《武训传》的批评,并不是任何一个文学艺术团体发起的,而是中共中央发起的。文艺界的许多重要人物,如果不是支持了《武训传》的摄制、放映和宣传,也是容许了这些,并且有些人是直到中共中央发起了批评以后,对于这个批评也是抱着消极态度的。在《武训传》的批评以后,文学艺术界的批评是比较活跃了,但是至今除了一些文艺刊物的编辑部以外,也仍然没有一个文学艺术团体,把经常组织批评和自我批评当作自己的任务。这种现象难道是可以忍受的吗?但是为什么这种现象竟可以存在两年之久呢?

文学艺术界的许多领导工作人员,显然忘记了马克思主义关于文学艺术是社会的一定的经济基础的上层建筑这个基本观点。什么是上层建筑的作用呢?斯大林说:

上层建筑是由基础产生的,这并不是说上层建筑只是反映基础,只是消极的、中立的,对自己的基础的命运、对阶级的命运、对制度的性质漠不关心的。相反地,上层建筑一出现后,就要成为极大的积极力量,积极帮助自己的基础的形成和巩固,采取一切办法帮助新制度来根除和消灭旧基础和旧阶级。

不这样也是不可能的。基础之所以创立自己的上层建筑,也就是为了要使上层建筑替它服务,要使上层建筑积极帮助它形成起来和巩固起来,要使上层建筑积极为消灭已经过时的旧基础及其旧上层建筑而斗争。只要上层建筑拒绝履行它替基础服务的作用,只要上层建筑从积极保卫自己的基础的立场走到对自己的基础漠不关心的立场,走到对各个阶级同等看待的立场,它就会丧失自己的本质,并终止其为上层建筑。(斯大林:《论马克思主义在语言学中的问题》)

我们的文学艺术事业之没有成为"极大的积极的力量",没有能够发动广大的文学艺术工作者的奋不顾身的劳动精神和战斗精神,岂不正是因为一些领导人员对于文学艺术采取了非马克思主义的观点吗?在文学艺术领域放弃或放松阶级斗争,不把文学艺术事业了解为阶级斗争的郑重事业,而使它"从积极保卫自己的基础的立场走到对自己的基础漠不关心的立场,走到对各个阶级同等看待的立场",岂不正是目前文学艺术界的各种危险现象的真正根源吗?

文学艺术界的许多领导工作人员,也显然忘记了毛泽东同志在延安文艺座谈会上的基本指示。和上述斯大林的意见一样,毛泽东同志在这个座谈会上指出:文学艺术的根本任务,就是要"很好地成为整个革命机器的一个组成部分,作为团结人民、教育人民、打击敌人、消灭敌人的有力武器,帮助人民同心同德地和敌人作斗争"。毛泽东同志指出:为了正确地完成文学艺术的这个任务,文艺工作者就必须站在工人阶级的立场,那些还没有站在工人阶级立场的就必须竭力改造自己,以便"由一个阶级变到另一个阶级"。毛泽东同志说:"你要群众了解你,你要与群众打成一片,就得下决心。经过长期的甚至是痛苦的磨练。……我们知识分子出身的文艺工作者,要使自己的作品为群众所欢迎,就得把自己的思想感情来一个变化，来一番改造。没有这个变化，没有这个改造，什么事情都是做不好的，都是格格不入的。"毛泽东同志在这个座谈会上的结论的末了尖锐地指出了这个思想改造的原则意义：

小资产阶级出身的人们总是经过种种方法，也经过文学艺术的方法，顽强地表现他们自己，宣传他们自己的主张，要求人们按照小资产阶级知识分子的面貌来改造党，改造世界。在这种情形下，我们的工作，就是要向他们大喝一声，说："同志"们，你们那一套是不行的，无产阶级和人民大众是不能迁就你们的，依了你们，实际上就是依了大地主大资产阶级，就有亡党亡国亡头的危险。只能依谁呢？只能依照无产阶级及其先锋队的面貌改造党，改造世界。我们希望文艺界的同志们认识这一场大论战的严重性，积极起来参加这个斗争，向敌人，向朋友，向同志，向自己，使每个同志都健全起来，使我们整个队伍在思想上和组织上都真正统一起来，巩固起来。

毛泽东同志的指示，在今天难道不是同样地适用吗？在今天的革命文学艺术界，难道不是存在着更大的资产阶级小资产阶级思想的包围吗？今天的中国是人民民主主义的中国，就是说今天的民主主义是工人阶级领导的。但是这并不是说工人阶级的领导可以自然而然地存在着，更不是说资产阶级和小资产阶级能够停止它们的依照自己的面貌改造世界的活动；不，这是不可能的。无论在文艺战线上，或是在其他的思想意识战线上，工人阶级必须在联合资产阶级和小资产阶级的同时，力争自己的领导地位；必须在承认资产阶级思想和小资产阶级思想在今天的社会上的合法地位的同时，批评这些思想的错误，指出这些思想之决不能够担当改造世界的领导责任。工人阶级必须坚持依照自己的面貌来改造世界，来改造资产阶级和小资产阶级，而不允许降低自己到资产阶级和小资产阶级的思想水平来为他们"服务"。如果放弃这个思想斗争，就是放弃工人阶级的领导，就是放弃人民民主事业。其结果，不但要脱离工人群众，而且也要脱离工人阶级以外的但是今天已经在工人阶级领导下的广大的人民群众，因为这些群众根据自己的经验和觉悟已经相信，能够真正给他们指点光明前途的，只是革命的工人阶级的思想，而不是资产阶级和小资产阶级的思想。他们和工人群众一样地要求我们的文学艺术引导他们向前看，而不是向后看。

因此，对于我国人民精神生活发挥着重大的领导作用的文艺工作者，不能不力求站到工人阶级的立场上来，不能不力求和劳动人民建立亲密的联系。只有抱着革命态度到群众中去，和群众打成一片，充分地了解群众的生活、斗争、思想、感情，才能带着创作的要求、想像、主题、题材从群众中来，然后才能写出真实的革命的作品，让作品到群众中去为群众服务。只有这样，我们的文学艺术的创作才会旺盛，才会走上现实主义的大路而摆脱反现实主义的迷途，才会为群众所欢迎，才会掌握群众，成为"极大的积极的力量"。

由此可见，目前文学艺术工作中的首要问题，从根本上说，就是确立工人阶级的思想领导和帮助广大的非工人阶级文艺工作者进行思想改造的问题。不解决这个问题，其他问题的解决是不可能的。

那么，什么是目前的文学艺术界的出路呢？

出路就是：第一，按照毛泽东同志的指示，认真进行思想改造的学习，学习马克思主义，并且与工农兵群众相结合。这次全国文联指定了几种适当的文件，并且规定了学习时采取批评和自我批评的方法，以便于文艺工作者分清是非，确定立场，这是很好的。我们希望这个学习能够认真地进行，作为许多文艺工作者脱离非工人阶级立场而取得工人阶级立场的一个开端。

第二,充分地宣传马克思主义的文艺思想,批评反马克思主义的文艺思想;使大家彻底认识文学艺术事业是工人阶级阶级斗争事业的一个重要部分,它不可能对于工人阶级和人民群众的事业漠不关心,或者对于各个阶级一视同仁,而必须在工人阶级领导下成为团结人民、教育人民、打击敌人、消灭敌人的强大武器;使大家彻底认识文艺工作者必须和劳动人民密切联系,从劳动人民的生活和斗争中找到创作的源泉。

第三,整顿文学艺术事业的领导。我们的文学艺术事业既然是工人阶级的思想斗争事业,那么它的领导就不能不是思想的领导,不能不是创作和批评的领导。因此,我们就必须反对文艺领导工作中的那种无思想的庸俗的自由主义和事务主义的作风,就必须扩大和加强创作和批评的领导,减少一切可以减少的行政事务,以便于缩小但是也加强文艺行政工作。

第四,整顿文学艺术团体,使每一个确有存在必要的文学艺术团体都能够成为战斗的组织,都能够切实地帮助文艺工作者和劳动人民结合,组织文艺工作者的创作、批评和学习的活动。不能够这样作的文艺团体应该宣告解散;不能够实际从事文艺劳动的"文艺工作者"应该被所属的文艺团体所开除。

第五,整顿文学艺术出版物,首先是整顿文学艺术的期刊。全国文联已经作出了整顿文艺期刊的勇敢的决定,希望这个决定能够坚决地迅速地实施,并且希望今后的文艺期刊能够为反对粗制滥造、提高文艺作品的思想性和艺术性而斗争。

第六,要求共产党员的文艺工作者在所有上述各项活动中成为模范,就是说,成为学习马克思主义的模范,成为与工农兵相结合的模范,成为实行批评和自我批评的模范,成为文艺劳动的模范,反对党员文艺工作者的任何无纪律现象。

同志们! 只要我们认真地采取这些步骤,我们就一定能够达到目的。让我们团结一致,把中华人民共和国的文学艺术的旗帜更高地举起来吧!

关于人道主义和异化问题*（节选）

胡乔木

近几年来，我国理论界围绕人道主义和异化问题，展开了一场争论。这方面的文章已经发表了好几百篇，专门的讨论会也开过好多次。这场争论是有意义的。争论中提出了许多重要的问题，广泛地推进了对这些问题的研究。回答和解决争论中的所有重要问题，是需要广大理论工作者来共同进行的一项巨大工程。我今天的讲话不可能涉及争论中的很多问题，只准备就几个主要问题讲一些意见，跟大家一起讨论。说得不对的，请大家批评、指正。

关于人道主义，我想首先应该指出，它有两个方面的含义：一个是作为世界观和历史观；一个是作为伦理原则和道德规范。这两个方面有联系，又有区别。我们现在讨论人道主义问题，尤其需要注意两者的区别，以免造成意义上的混淆。关于作为伦理原则的人道主义问题，我在讲话的第三部分将专门谈到。当前的争论，首先在于作为世界观和历史观的人道主义。因为已经发表的宣传人道主义的文章，大都没有区别人道主义的这两种含义，而且大都把人道主义作为解释历史、指导现实的世界观和历史观来理解和宣传。当然，宣传人道主义的文章意见不尽一致，不赞成或不完全赞成这种宣传的文章也不少，不能一概而论。但是，应该看到，现在确实出现了一股思潮，要用作为世界观和历史观的人道主义来"补充"马克思主义，甚至要把马克思主义归结为或部分归结为人道主义。有的同志提出了"人是马克思主义的出发点"这样的根本性的理论命题；有的同志宣传"人——非人——人"（即人异化为非人，再克服异化复归于人）这样的历史公式；一些同志认为不但资本主义社会有异化，社会主义社会也有异化；一些同志热衷于抽象地宣传"人的价值"、"人是目的"这类人道主义口号，认为可以靠它们去克服这种"异化"。如此等等的说法，提出了这样一些根本问题：究竟应该怎样来看待人类历史的发展，怎样来看待社会主义社会的发展？究竟应该用怎样的世界观和历史观，是马克思主义的历史唯物主义还是人道主义的历史唯心主义，作为我们观察这些问题和指导自己行动的思想武器？我认为，现在这场争论的核心和实质就在这里。因此，我的讲话也就围绕这场争论的核心和实质，而不以某几位作者的某几篇论文的具体内容为对象。

下面，我讲四个问题：一、究竟什么是人类社会进步的动力？二、依靠什么思想指导我们的社会主义社会继续前进？三、为什么要宣传和实行社会主义的人道主义？四、能否用"异化"论的说法来解释社会主义社会中的消极现象？因为是讨论马克思主义的一些根本问题，马克思本人的话不免引用得多一点；这也有好处，可以帮助大家弄清楚马克思主义究竟

---

* 本文载于《人民日报》1984 年 1 月 27 日；是作者 1984 年 1 月 3 日在中共中央党校的讲话，发表前作了一些补充和修改。原载中共中央党校主办的《理论月刊》第二期。

是什么和不是什么。

三、为什么要宣传和实行社会主义的人道主义？

我们反对人道主义的抽象宣传，反对人道主义的唯心史观，但是，我们并不是笼统地反对任何意义上的人道主义。我们要求对人道主义进行马克思主义的分析，批评资产阶级的人道主义，宣传和实行社会主义的人道主义。

前面已经说过，人道主义有两个方面的含义。作为世界观和历史观的人道主义，是唯心主义的，它不能对人类社会历史作出科学的解释。至于人道主义在历史上和现实中的具体作用，则要作具体的分析。欧洲文艺复兴时期兴起的人道主义思潮，尽管它总是抽象地谈论人、人性、人的本质，总是以全人类的普遍性形式出现，但就其实际的历史内容来说，它是资本主义发展的要求在人们思想上的反映，它是新兴资产阶级的思潮。这种人道主义思潮在反对神权统治和封建专制的斗争中，在为资产阶级革命作思想准备的过程中，起了重要的历史进步作用。资产阶级成为统治阶级以后，资产阶级人道主义的伪善性质随着资产阶级反动倾向的发展和无产阶级革命斗争的兴起而日益增长。这时的资产阶级人道主义，常常成了资产阶级暴力镇压无产阶级和劳动人民的甜蜜补充，而在无产阶级和劳动人民的队伍中，它的影响常常成为革命斗争的销蚀剂。当然，在这个时期，一些空想社会主义者和批判现实主义作家，为揭露资本主义社会的黑暗，还在使用人道主义的武器。就在现代的资本主义社会中，仍然不乏真诚的人道主义者，他们反对霸权主义所制造的战争危险，反对核竞赛，反对法西斯主义和其他恐怖主义，反对种族歧视，要求维护妇女和儿童的权利，要求保护人类生存的环境，等等。在这些方面，社会主义者无疑仍然应该支持他们所进行的斗争。只要他们坚持反对帝国主义的反动政策，坚持揭露资本主义制度造成的阻碍人类进步的罪恶现象，他们就可能转变成为社会主义者或社会主义的同情者。例如法国作家法朗士、罗曼·罗兰和阿拉贡，科学家郎之万和约里奥·居里，西班牙画家毕加索（这里只说各人的原籍），英国作家萧伯纳和科学家贝尔纳、李约瑟，德国作家亨利希·曼、托玛斯·曼兄弟和布莱希特，科学家爱因斯坦，美国作家德莱塞、电影艺术家卓别林和新闻记者斯诺，智利诗人聂鲁达，加拿大外科医生白求恩，智利诗人聂鲁达，印度作家泰戈尔，日本作家有岛武郎、宫本百合子和经济学家河上肇，就是其中的杰出代表。但是，不容讳言，人道主义者中的许多人由于资产阶级立场和世界观的局限，又远离甚至反对劳动人民的革命斗争，这样，他们反对资产阶级的反人道暴行的斗争就难免软弱无力。至于反动资产阶级政客和论客们口中的所谓人道主义，完全用来粉饰帝国主义，攻击人民革命和社会主义，那就是彻头彻尾的虚伪和反动了。因此，我们在批判资产阶级人道主义的时候，要肯定它的历史作用；对于现实生活中的资产阶级人道主义者和资产阶级人道主义宣传，要区别其不同的政治和社会倾向，采取不同的态度和政策。

我们所要宣传和实行的人道主义，是社会主义的人道主义。什么是社会主义的人道主义呢？在我们为建设社会主义而斗争的前进过程中，为什么必须宣传和实行社会主义的人道主义呢？社会主义的人道主义同资产阶级的人道主义区别在哪里呢？

社会主义的人道主义，是作为伦理原则和道德规范的人道主义，它立足在社会主义的经济基础之上，同社会主义的政治制度相适应，属于社会主义的伦理道德这种意识形态；作为一项伦理原则,它是以马克思主义世界观和历史观为基础的。

有了马克思主义的历史唯物主义,为什么还要有社会主义的人道主义呢? 历史唯物主义从来没有忽视也不应该忽视伦理道德这种意识形态的重要作用。它一方面对不同时代、不同阶级伦理道德的历史变化给以科学的说明,找出它同它所依附的经济基础的相互关系,以及它同依附在同一经济基础上的上层建筑和其他意识形态的相互关系;另一方面要求新社会的建设者们在建立新的经济基础的同时,努力建设同它相适应的伦理道德,如同建设上层建筑、意识形态的其他部门一样。历史唯物主义指出,伦理道德是经济基础的反映并为经济基础服务;不同的社会,经济基础不同,为经济基础所决定、所要求的伦理道德,当然有本质的不同。历史唯物主义又指出,社会生活是复杂的,并不是一切社会现象都可以分类归入生产力、生产关系、上层建筑和意识形态(语言、理论数学和理论自然科学、体育竞技活动,都是这种社会现象的例子),此外,不同社会制度的社会生活中也不是没有任何共同的东西,因此,社会制度的改变从不曾也决不会引起社会生活的整个中断和整个重建。从意识形态的历史发展方面看,新的社会总是要从旧的社会批判地继承和发展改造许多属于人类文明的精神财富的东西,伦理道德也是这样。所以,社会主义人道主义本质上不同于作为伦理原则的资产阶级人道主义,又同它有一定的批判继承的关系。

人类社会发展进程中,提出过许多伦理道德理想。资产阶级人道主义的伦理道德理想,是无产阶级的社会主义运动以前的时代里提出过的最高的伦理道德理想。然而,在资本主义制度下,这些伦理道德理想无法真正实现。尽管一些真诚的人道主义者个人可以在实践人道主义伦理原则方面表现出令人敬佩的品格,尽管在不触及资本主义根本制度的改良范围内资本主义社会也可以使这种原则的某些要求得到一定程度的实现,但是从根本上说,资本主义的阶级剥削制度使人道主义的伦理原则在很大范围内只能流于空谈。在社会主义制度下,消灭了资本主义的阶级剥削制度,建立了生产资料的公有制。新的经济基础,保证社会主义人道主义这种新的、更高水平的人道主义伦理原则有充分的可能真正实现和逐步更完满地实现。因为社会主义人道主义批判地继承和改造了资产阶级人道主义伦理原则中的合理的东西,所以也可以说,历史上一些真诚的人道主义者所幻想而无法在全社会范围内实现的某些人道主义伦理原则,只有在社会主义制度下才能变为现实。空想社会主义所提出的解放全人类、人的自由而全面的发展这样一些社会理想,也只有在马克思主义世界观和历史观的基础上加以改造,才能为科学社会主义所继承,并在无产阶级的解放斗争中找到逐步实现的现实道路。

当我们强调社会主义的人道主义依附于社会主义的经济基础的时候,还要着重指出,在无产阶级领导人民为在将来建立社会主义制度而斗争的革命实践中,在无产阶级政党领导的革命队伍中,已经形成和发展了作为对待人的伦理原则的革命的人道主义。这里所说的对待人,首先是指绝大多数人;下面将要说到,人民对待已经投降或已经不能为害的敌人,也实行特定的人道主义伦理原则。

社会主义的人道主义是革命的人道主义的发展,革命的人道主义是社会主义的人道主义的前身。两者的本质是一致的。

革命的人道主义,是我们在革命年代提出的口号。中国共产党和毛泽东同志,在领导中国革命的过程中,对革命人道主义的发展作出了很大的贡献。当然,指导中国革命的思想,是马克思主义而不是作为世界观和历史观的人道主义。那种人道主义不可能帮助我们确定反帝反封建的斗争纲领,更不可能帮助我们找到开展武装斗争、实行土地革命、用农村革命根据地来包围和夺取城市等革命道路。但是,在我们的以马克思主义为指导的人民革命过程中,作为革命伦理原则的革命人道主义同我们的革命斗争联系在一起,却得到了很大发展。拿我们的军队来说,由于它的性质是革命的,是为人民服务的,差不多从红军创建的时候开始,就实行"三大纪律、八项注意"(三大纪律中的一、三两项纯粹是军队内部的纪律,并不涉及军民关系,这里作为一个整体说,所以未加分析),实行官兵平等和"三大民主"。我们的人民军队的军民关系、官兵关系的人道性,在中国历史上从未有过,在世界历史上也是罕见的。在旧中国的反动军队里,官长不把士兵当人,军队不把百姓当人,更不把俘虏当人。而在我们的人民军队里,官兵是同志关系,军民是鱼水关系,所以官长不打骂士兵,同士兵共甘苦;尊重老百姓,爱护老百姓,不拿老百姓一针一线,说话和气,买卖公平,不打人骂人,不调戏妇女;对俘虏也不虐待,不搜腰包,愿意留的欢迎,愿意回家的发放路费(俘虏一般也是阶级兄弟,只是由于反动军队的压迫和欺骗才进攻红军,而在成为俘虏以后,他们就获得了自由,有了觉悟的可能)。这一切都是由人民军队的革命本质和政治宗旨所决定的;同时,也体现了它的革命人道主义的伦理原则。毛泽东同志提出的"救死扶伤,实行革命的人道主义",不仅仅是医疗工作方面的口号,在一定意义上也可以说它从伦理方面反映了我们的革命的性质。这种革命人道主义精神在全国解放以后得到了进一步的发展。剿匪反霸,救济失业,消灭娼妓乞丐,禁止贩毒吸毒,使全国的社会面貌焕然一新。建国初期,在国家财政还非常困难的情况下,党和毛泽东同志提出实行劳动保护和公费医疗。对于旧中国几千年束手无策的水旱灾害和鼠疫、霍乱、血吸虫病等病害,人民政府依靠人民进行了大规模的水利建设、抗灾斗争和除病灭害斗争。象这样解除人民群众疾苦的事情不胜枚举。这些是我们的制度和政权的政治职责和经济职责;同时,也体现了它的革命人道主义的伦理原则。在坚决推翻剥削制度,消灭剥削阶级的时候,对于剥削阶级的人们,除了其中极少数罪大恶极、血债累累的分子以外,我们仍然努力帮助他们在劳动中转变为自食其力的人,参加到劳动者的行列中来。我们坚决镇压反革命分子和严重犯罪分子,这是为了保护人民;同时,只要有可能,对于一切不需要判处死刑立即执行的罪犯,包括伪满洲国"皇帝"溥仪、国民党的军政党特要人、日本侵略军的重要军官,我们都给予人道的待遇,并且分别给予改造自新、重新做人的机会,或者遣送回国。这些也是革命人道主义的一种表现。所以,尽管敌人骂我们反人道,而事实恰恰证明,正是无产阶级革命运动才真正实现了先进人类所长期追求的基本的人道精神。

比起革命的人道主义,社会主义的人道主义在新的基础上又扩大了范围和丰富了内容。社会主义社会的建立和社会主义建设的发展,理所当然地要求社会主义的人道主义的发展。社会主义的公有制使个人和社会的基本利益归于一致。这样,社会就应该和能够真正做到对每个劳动者及其劳动和劳动成果的尊重,就应该和能够真正把满足社会成员日益增长的物质和文化需要作为社会生产的目的,就应该和能够为劳动者的才能的发挥和发展逐步创造必要的社会条件。社会主义社会的劳动者之间,就应该和能够真正建立起团结、互助、友爱的关系,排除旧社会那种损人利己、尔虞我诈的关系。因此,在社会主义制度的基础上,就应该和能够在全体社会主义劳动者的广大范围内形成社会主义的伦理关系,而社会主义的人道主义就是它的重要内容之一。这种社会主义的人道主义,从伦理方面体现出社会主义国家、社会主义社会对绝大多数人民的权利、利益、人格的尊重和关心,体现出绝大多数人民对共同利益的共同关心以及人民之间的相互尊重和关心。

社会主义的人道主义并不是自发地、自然而然地形成的，而是在共产主义思想教育下，在先进分子的模范行动的带动下，逐步形成的。无论在革命过程中，还是在社会主义建设过程中，中国共产党都非常重视共产主义思想和革命伦理道德的教育，提倡全心全意为人民服务，提倡冲锋在前、退却在后，吃苦在前、享受在后，提倡一事当前，先为别人、为人民着想，提倡在必要的时候为了别人的利益而牺牲自己的利益，为了祖国和大多数人的利益而牺牲个人和少数人的利益。毛泽东同志在《纪念白求恩》一文中批评一些共产党员对同志对人民不是满腔热忱，而是冷冷清清，漠不关心，麻木不仁，号召大家学习白求恩同志毫不利己专门利人的精神和他对同志对人民的极端的热忱，指出一个人"只要有这点精神，就是一个高尚的人，一个纯粹的人，一个有道德的人，一个脱离了低级趣味的人，一个有益于人民的人"[①]。这些都是崇高的共产主义的精神，是真正的共产党人和真正的革命者的政治本色和革命品德；同时，从对待人的伦理原则这个方面说，也体现了革命的、社会主义的人道主义精神。中国共产党人总是用共产主义思想和包括社会主义人道主义在内的革命的伦理道德准则约束自己，教育我们组织起来的队伍，教育在我们领导下的广大群众。宣传和实行社会主义的人道主义，是我们的伦理道德教育的一项内容，是以共产主义思想为核心的社会主义精神文明建设的一项任务。

以上的这些说明，是不是把革命的、社会主义的人道主义说得太宽了呢？提倡共产主义的道德，同提倡社会主义的人道主义，是什么关系呢？我们从革命军队的政治纪律、民主精神到人民政府的经济和社会措施以至于法制等等，在这样广阔的背景上来说明作为伦理原则的社会主义人道主义，并不是要把这些政治、经济、社会的政策和措施，都归入人道主义，而是说这些政策和措施都必然具有它们的社会主义伦理的意义，就这一侧面而言，它们也都是社会主义人道主义的表现。人们之间的很多伦理关系，不能不联系到人们之间的政治、经济、社会关系而成为它们的一个侧面。社会主义人道主义的伦理原则的实现，是同经济、政治、社会的社会主义改造和社会主义建设不可分的，并且只能以这种改造和建设为前提和基础。这正是历史唯物主义的科学原理所教导我们的。因此，我们必须联系而不是离开政治、经济、社会的改造和建设来说明、宣传和实行社会主义的人道主义。至于共产主义道德和社会主义人道主义的关系，应该看到，在社会主义社会生活的伦理道德要求的总体中，它们居于不同的层次。共产主义道德是现时代人类的最高道德，属于这个总体中的最高层次、最高要求，是对先进分子的要求。社会主义人道主义属于这个总体中的较低层次，作为道德要求，它具有大得多的广泛性，就是说，它能够也应该为绝大多数人所接受。这个总体还包括其他程度不同的较低层次。所有这些层次，以及它们的许多方面，又互相联系和渗透。共产主义道德不能脱离开其他层次、其他方面的伦理道德要求，而应该同这些要求密切联系，在许多情况下还要通过这些要求而体现出来并赋予这些要求以更高的意义。例如，一个共产党员医务工作者的共产主义道德，就必须联系和通过模范地遵守医务工作者的职业道德（其中就包括对待病人的人道主义原则）来体现，而同共产主义的革命事业联系起来的医务道德就把传统的医务道德提到更高的境界。

社会主义的人道主义，可不可以说就是马克思主义的人道主义？如果说，马克思主义的

---

① 毛泽东：《纪念白求恩》，《毛泽东选集》第 2 卷，人民出版社 1952 年版，第 630 页。

人道主义的含义,不是作为世界观和历史观,而只是作为从属于马克思主义世界观和历史观、从属于社会主义经济制度和政治制度的社会主义伦理道德原则,那么,使用马克思主义的人道主义的提法并无不可。不过,如果没有必要的说明,这个提法有可能被解释为马克思主义和人道主义这两种不同的世界观、历史观的互相混合、互相纳入或互相归结,从而引起概念的混淆。事实表明,作为社会主义伦理道德的一项重要内容的社会主义人道主义这个提法,如同社会主义民主、社会主义法制、社会主义精神文明、社会主义文艺、社会主义现实主义等提法一样,表明它们是从属于一定社会制度(经济基础)的上层建筑和意识形态,含义更为明确。

在今天,宣传和实行社会主义的人道主义,具有重要的迫切的现实意义。由于长期的封建思想的影响,由于资产阶级腐朽思想的侵蚀,由于文化的落后和经济的落后,在我国的现实社会生活中,违反人道原则的犯罪现象仍然不同程度地存在着,对人(首先是对于普通劳动者、普通知识分子、普通服务人员和普通顾客,尤其是对于普通妇女、普通儿童、普通老人和有残疾的人)缺乏关心、尊重、同情、爱护的冷漠现象也仍然不同程度地存在着。这些现象的存在,是同人民的利益、同社会主义的利益相冲突的。为了发展社会主义的物质文明和精神文明建设,我们必须同这些现象进行坚持不懈的斗争,并且必须尽一切可能减少人们的痛苦和不幸,尽一切可能改善劳动条件,加强劳动的安全保护工作,防止和避免一切不必要的牺牲。我们必须对共产党员、对干部、对群众、对青少年进行以共产主义思想为核心的、包括社会主义人道主义伦理原则在内的思想道德教育。这种社会主义人道主义的道德教育,完全不同于抽象人性、抽象的人的价值、个人主义和人道主义世界观、历史观的宣传。五十年代后期以来,在我国多次批判过人道主义。这些批判的错误之一,是没有区别人道主义作为世界观、历史观和作为伦理原则这两个方面,把批判人道主义的历史唯心主义变成反对任何意义上的人道主义,以至连革命的人道主义、社会主义的人道主义也不宣传了。这种错误应该坚决纠正,不允许重复。在各项工作中,都应该注意宣传和实行社会主义的人道主义。文学艺术作品尤其要作这种宣传。我们反对的只是在文学艺术作品或文学艺术评论中宣传人道主义的世界观、历史观,反对歪曲革命历史和革命现实而宣传超历史、超社会的人性论,但是决不反对也不应该反对文学艺术作品表现我们的革命、我们的社会主义社会、我们的革命者和劳动者对人的关心、尊重、同情、友爱,决不反对也决不应该反对文学艺术工作者站在革命的、社会主义的立场对真实的人性、人情、爱国心、正义感和普通社会主义公民人格的尊严作具体的生动的描写。如果那样去反对,那就不但是愚蠢,而且是反对社会主义文学艺术本身,是摧残它们的生命,剥夺它们的感染力和教育意义。我们要从各方面努力,使社会主义的人道主义,随着社会主义的经济建设、政治建设和文化建设的发展,象社会主义制度所要求的那样,得到最充分的实现。

总之,我们要宣传和实行社会主义的人道主义,同时要同那种抽象地宣传人道主义实际上是宣传资产阶级人道主义的倾向划清界限。我们宣传和实行社会主义人道主义,不是把它当作我们的世界观和历史观,而是把它当作社会主义社会生活中对待人的一项伦理原则。社会主义人道主义是建立在马克思主义和它的历史唯物主义的思想基础之上的;而资产阶级人道主义的思想基础,则是抽象人性论的历史唯心主义。因为世界观、历史观的基础完全不同,引来了一系列的根本对立。资产阶级人道主义从抽象的人、人性、人的价值出发;社会主义人道主义则相反,从社会主义的社会关系出发,从社会主义建设现实发展的需要和可能出发。资产阶级人道主义以不触犯资本主义根本制度为界限；社会主义人道主义则相反，它的实现以消灭剥削制度、建立社会主义公有制度为前提。资产阶级人道主义诉诸人性、人的理性，诉诸全人类，诉诸剥削者和压迫者的善心，鼓吹"勿抗恶"，反对革命暴力；社会主义人道主义则相反，它的实现以无产阶级和劳动人民反对反动统治和剥削的阶级斗争，以人民革命和人民民主专政为条件。在社会主义社会中，剥削阶级作为阶级虽已消灭，阶级斗争在一定范围内仍然存在，在这种情况下，宣传和实行社会主义人道主义，仍然必须同打击和反对各种反社会主义的敌人的阶级斗争联系在一起。资产阶级人道主义一般地以个人主义为核心；社会主义人道主义则相反，以集体主义为核心，认为个人离不开集体，个人要为集体服务，主张个人利益和集体利益的统一。表面上看，抽象人道主义具有普遍性的形式，其实它是狭隘的，因而有不可避免的虚伪性；社会主义人道主义则相反，它是具体的、有条件的，却符合绝大多数人的利益，因此，它是真诚的、现实的，具有资产阶级人道主义所不可比拟的巨大力量和进步性。可以预期，随着我国的社会主义实践的进展，随着建设高度文明、高度民主的社会主义现代化国家的进程，社会主义的人道主义在我国一定能够得到进一步的发扬光大。

四、能否用"异化"论的说法来解释社会主义社会中的消极现象？

社会主义制度是迄今为止的人类历史上最进步的社会制度。但是，同任何新生事物一样，它的发展道路不可能是平坦的、笔直的；它的各个方面也不可能都是完美无缺的。我国在发展过程中发生过不少错误和挫折；就在现在，在纠正了过去的严重错误以后，也仍然存在不少的缺点和弊病。毫无疑问，工作中的各种不同性质的问题和社会上的各种消极现象，都需要我们正视和克服。问题是在于，应该用什么指导思想来看待这些消极现象，怎样才能正确地解释和克服它们。

我们认为，只有根据历史唯物主义的理论和方法，对过去的错误、挫折和现存的消极现象进行具体的历史的分析，才能针对不同情况制定出解决问题的正确方针和办法。有一些同志却不是这样认识问题。同抽象地宣扬人道主义相联系，他们把马克思用于描写资本主义制度下雇佣劳动和资本的对抗关系的概念——异化，引申运用到社会主义社会，把我国在社会主义时期曾经发生过而已经解决的和现在仍然存在或新发生的各种各样的困难、曲折、缺点、弊病，甚至实际上并不存在而只是某些同志在夸张中虚拟出来的所谓缺点和弊病，统统说成社会主义社会的异化。似乎只要盖上异化的印记，问题就得到了深刻的说明，弊病就找到了有效的药方。"异化"论真有这般法力吗？

为了回答这个问题，让我们首先对异化这个词做一点历史的回溯和考察。

这是一个外来词，原词含有转让、疏远、脱离等义，并不能都译为异化。异化一词在近代西方逐渐进入哲学，社会学著作，但不同的著作家赋予它的含义并不一样。黑格尔用异化说明主体和客体（包括劳动者和产品）的分裂、对立，说明所谓"绝对理念"的"外化"为自然。费尔巴哈用异化说明和批判宗教，认为宗教由人所创造而又主宰了人，上帝无非是人的本质的异化；他在批评唯心主义时也认为它是人的理性的异化。其他使用异化概念的资产阶级哲学家，各有各的用法。渗透到现代日常生活和文艺评论中的异化一词，意义更加含混，大致表示疏远、孤独、陌生、无能为力、没有目的、没有准则、没有意义等等。异化论在现代资本主义世界流行一时,正是资本主义社会矛盾重重,使资产阶级或小资产阶级思想家对生活感觉迷惘、荒诞和绝望的表现。

关于马克思使用异化概念的情况,在他创立马克思主义以前和以后是很不相同的。

马克思是从黑格尔出发,经过费尔巴哈,而创立马克思主义的。正如列宁所说:"马克思在 1844 年至 1847 年离开黑格尔走向费尔巴哈,又进一步从费尔巴哈走向历史(和辩证)唯物主义。"①马克思 1845 年写的《关于费尔巴哈的提纲》,是这个思想发展历程中的重大飞跃。在写这个《提纲》以前,特别是在《1844 年经济学哲学手稿》中,马克思受费尔巴哈用异化来说明宗教的方法的影响(这里也有黑格尔对劳动的分析的影响),提出劳动异化的思想,把"异化"作为基本范畴,来说明历史,批判资本主义,论证资本主义灭亡和共产主义实现的历史必然性。这是马克思走向创立马克思主义的重要一步。书中有许多很有价值的见解,但还不是成熟的马克思主义著作。马克思在对他的经济分析和实际结论作哲学论证的时候,还没有完全摆脱思辨哲学的方法,也就是从某种抽象概念或抽象公式出发,把对象纳入这个概念或公式的方法。在写这个《提纲》以后,马克思迅速地完全摆脱了这种方法。他同恩格斯在 1845—1846 年合写的《德意志意识形态》中,只是把"异化"作为当时"哲学家易懂的话"来使用,并且申明只是"暂时还用一下"②。而在 1848 年发表的《共产党宣言》中,马克思和恩格斯不仅没有使用异化概念,而且批评了德国"真正的社会主义者"在法国社会主义文献下面写上"人的本质的外化"之类的"哲学胡说",使它们变为"关于实现人的本质的无谓思辨"③。马克思在《共产党宣言》以前所写的《哲学的贫困》(1847 年),和在这以后所写的《法兰西阶级斗争》(1850 年)、《路易·波拿巴的雾月十八日》(1851—1852 年)、《法兰西内战》(1871 年)、《哥达纲领批判》(1875 年)以及《雇佣劳动与资本》(1849 年)、《国际工人协会成立宣言》(1864 年)、《工资、价格与利润》(1865 年)等一系列重要著作中,在马克思全部读过并参加了部分写作的恩格斯的主要著作《反杜林论》(1876—1878 年)中,都没有使用异化概念。

这些情况当然不是偶然的。它说明,成熟时期的马克思认识到异化作为理论和方法是不能揭露事物本质的,他已经超越了这种理论和方法,而创造了辩证唯物主义和历史唯物主义的科学。他不再用异化理论说明历史,而是用历史唯物主义科学地说明历史;他也不再用异化理论说明资本主义和资本主义制度下的劳动,而是用剩余价值学说来科学地说明它们。他对法国路易·波拿巴政变这一重大政治事件的分析,为具体运用历史唯物主义提供了光辉的范例,却没有加上异化之类的"无谓思辨"。从一定意义上说,马克思正是超越了异化的理论和方法,才建立和发展了科学的马克思主义的理论和方法。的确,如果异化理论已经能够科学地说明历史,那就不需要历史唯物主义了;如果异化理论已经能够科学地说明资本主义,那就不需要剩余价值学说,以及对整个资本运动的科学研究了。那样,马克思的两大发

---

① 列宁:《拉萨尔〈爱非斯的晦涩哲人赫拉克利特的哲学〉一书摘要》,《列宁全集》第 38 卷,人民出版社 1959 年版,第 386—387 页。

② 马克思、恩格斯:《德意志意识形态》,《马克思恩格斯全集》第 3 卷,人民出版社 1960 年版,第 39、316 页。

③ 马克思、恩格斯:《共产党宣言》,《马克思恩格斯选集》第 1 卷,人民出版社 1972 年版,第 277 页。

现都不需要,马克思主义也就不会产生了。

热衷于异化理论的同志们喜欢引证马克思在《资本论》和准备写作《资本论》的手稿中使用过异化概念。这也帮不了他们的忙。只要用客观态度考察一下就可以看出,马克思在这些著作中使用异化概念,并没有把异化看作具有普遍性、永久性的基本规律。他明确指出:"很明显,这种颠倒的过程不过是历史的必然性,不过是从一定的历史出发点或基础出发的生产力发展的必然性,但决不是生产的某种绝对必然性,倒是一种暂时的必然性。"①同时,在他用异化概念来表述资本主义制度下的雇佣劳动和资本主义生产关系中的其他现象的时候,他并不认为异化概念已经能够说明这些现象的本质,在他看来,这些异化现象的本质是有待说明的,是要用他的剩余价值学说和他对资本运动的整个科学研究来说明的。而且,作为表述的概念,他也并不认为它是不可代替的。马克思未及最后整理的传世遗稿中,异化一词使用得比较多些;但在他 1867 年完成了的《资本论》第一卷中,只有四处使用了异化;②而在他 1872—1875 年亲自作了大量校改的法文版《资本论》第一卷(他在 1878 年还曾写信给《资本论》的俄译者丹尼尔逊,要求他"应始终细心地把德文第二版同法文版对照,因为后一种版本中有许多重要的修改和补充"③)中,只有一处保留了异化,其他三处都改换了表述方式,就是明证。

总之,对异化概念,要区别两种情况。一种是把异化作为基本范畴和基本规律,作为理论和方法,一种是把异化作为表述特定的历史时期中某些特定现象(包括某些规律性现象)的概念。马克思主义拒绝前一种异化概念,而只在后一种意义上使用这一概念,并且把它严格限制在阶级对抗的社会,特别是资本主义社会。

由此可见,那种把异化说成是被马克思改造成为"辩证唯物主义和历史唯物主义的基本范畴之一",因而成为说明历史、说明资本主义的一般方法的观点,同马克思使用异化概念的实际情况是多么不相容,更不用说那种认为异化是一般规律,也应该成为分析社会主义社会的一般方法的观点了。

当然,马克思主义不是教条主义,它要随着工人运动和社会主义实践的发展而发展。不能认为马克思没说过的话我们现在就不能说,马克思说过的话就句句都是不可变易的真理。但是,我们要求的是在实践中推进马克思主义的科学社会主义理论,而不是把它引向后退。推进和发展科学社会主义理论,包括对某些概念作出新的解释,或者引进、创造某些新的概念,都必须依据历史唯物主义的基本理论和方法,都必须从实际出发,接受实践的检验。有些同志说,异化就是主体在发展的过程中,由于自己的活动而产生出自己的对立面,然后这个对立面又作为一种外在的、异己的力量而转过来反对或支配主体本身。他们脱离开具体的历史条件,把异化这种反映资本主义特定社会关系的历史的暂时的形式,变成了永恒的、可以无所不包的抽象公式。然后,又把它运用于分析社会主义,从而提出社会主义的异化问

① 马克思:《经济学手稿(1857—1858 年)》,《马克思恩格斯全集》第 46 卷下,人民出版社 1980 年版,第 361 页。

② 马克思:《资本论》,《马克思恩格斯全集》第 23 卷,人民出版社 1972 年版,第 473、626、668、708 页。现在这个中译本中有五处使用了异化,经译者查明,第 626 页另有一处不应该译为异化。

③ 马克思:《致尼·弗·丹尼尔逊(1878 年 11 月 15 日)》,《马克思恩格斯全集》第 34 卷,人民出版社 1972 年版,第 332 页。

题。他们就是用这种方法把社会主义社会同资本主义社会混为一谈。社会主义制度是一个崭新的社会制度,它是在消灭了资本主义私有制、消灭了资本对雇佣劳动的剥削的基础上建立起来的。资本主义转变为社会主义,是历史发展中的一次根本性的飞跃。这是一条极其重要的历史分界线。如果不承认这条历史分界线,把马克思用以表述资本主义对抗社会关系时使用过的异化概念,搬来分析社会主义的社会关系,必然导致严重歪曲我们的社会主义现实。马克思所说的资本主义条件下雇佣工人的劳动,异化为反对和支配自己的异己力量,这是由资本主义制度的本质决定的。社会主义的异化的说法,或者是把社会主义社会中许多旧社会的遗留以及由此产生的种种现象叫做异化,这同他们自己的异化定义相矛盾;或者是认为社会主义在发展中由于自己的活动必然要产生出反对和支配自己的异己力量,这倒是符合他们的异化定义,但等于说社会主义社会同资本主义社会是一样的。从异化的抽象公式出发,把社会主义社会中的种种消极现象统统纳入异化公式之中,势必把这些都看成是规律性的和对抗性的,是由社会主义社会中主体自己的活动造成的。这决不可能帮助我们解释和克服社会主义社会中存在的任何消极现象,只能对这些问题的解决以至对社会主义制度本身带来破坏性的影响。

现在,我们来具体分析一下这些同志从他们对异化的定义出发所罗列的社会主义的几种所谓异化现象。

一是所谓"思想异化",用异化来说明个人崇拜现象。

"文化大革命"是我国社会主义发展过程中的一个严重挫折。它的发生有复杂的原因,首先是由于毛泽东同志对我国的阶级斗争形势和党内状况作了错误估计,因而脱离了党的领导集体,实际上依靠了一批阴险毒辣的投机分子。他的错误估计和错误领导所以能够支配全党,当然同当时已经形成的毛泽东同志的极大权威和对于他的个人崇拜有关。对于个人崇拜这样一个特定的历史现象,决不能抄袭费尔巴哈说明宗教的方法,简单地用异化来说明,而必须根据历史唯物主义的方法,从客观的社会历史背景和革命实践的发展来进行具体分析。马克思、恩格斯、列宁都曾反对和斥责个人崇拜,但他们都没有把它说成什么异化或异化的萌芽。它所涉及的如何正确评价杰出领袖人物的个人作用问题,只有历史唯物主义能够给以正确的说明。我们党和中国人民在长期革命过程中形成的对毛泽东同志的信赖和敬仰,是由于他长期正确的领导作用和对中国革命的卓越贡献。这种敬仰的形成是很自然很正常的,即令有人表达这种感情使用了不准确的措词,但说不上是什么个人崇拜。中国革命由1935年到1956年间的胜利发展,正是一个最有力的说明。后来正常的敬仰逐渐变成了个人崇拜,一方面是因为毛泽东同志本人由于成功变得不谨慎,脱离实际和脱离群众,直至破坏了党的民主集中制,把权力过分集中于个人;另一方面,它又同过去毛泽东同志常常处于正确地位,而全党对社会主义时期各种问题(特别是阶级斗争问题)的认识还不成熟这种情况有关。个人崇拜现象当然是错误的,它的恶性发展所带来的后果是极其严重的。"文化大革命"期间,林彪、江青等反革命野心家别有用心地制造和利用个人崇拜,对社会主义事业大肆破坏,并且制造了很多反人道的野蛮罪行,使很多党员、知识分子、工人、农民和爱国民主人士遭到极大的不幸。林彪、江青两个反革命集团的首恶已经依法受到严惩。我们党坚决谴责"文化大革命"和个人崇拜。同时,我们也看到,即使在"文化大革命"中,人们对毛泽东同志的态度,情况仍然很复杂,不能把它同宗教信仰相提并论。十一届三中全会以来,党中央集中全党的智慧,已经对于"文化大革命"的历史和个人崇拜等现象进行了科学的总结,并从中引出必要的教训和避免重犯类似错误的办法。这种总结所依据的完全是历史唯物主义的观点和方法,而不是什么异化理论。企图以"思想异化"来说明个人崇拜现象,除了给人一幅简单化的漫画以外,丝毫不能说明事件的原因,更不能说明党为什么能够这样顺利地拨乱反正。

二是所谓"政治异化"或"权力异化"。

在我们的社会里,社会主义的民主和法制有不健全的地方,党和国家的各级领导体制有不合理的地方,某些干部中存在官僚主义等不正之风,甚至存在以权谋私、欺压群众等等腐败现象;同时,某些不觉悟的群众也有一些违反国家法律,破坏国家利益和公共利益,以及危害其他公民的生命、财产、权利的行为。这两种不同方面的消极现象,都是长期剥削制度社会影响的遗留,而不是新生的社会主义社会在成长过程中发生的什么异化。对于这些旧的残余,多年来我们党和政府不断地加以揭露和纠正,现在正在进行更坚决的和更有系统的努力,从思想作风上加以整顿,从组织上加以清理,从体制上加以改革,并且对于一切严重违反刑法的罪犯(无论是官是民),依法实行严厉的打击。所有这些措施都得到了人民的大力支持。用所谓"政治异化"或"权力异化"来说明上述各种消极现象,完全违背了马克思主义的政治学说、国家学说,歪曲了客观事实,同党、政府和人民的共同努力背道而驰。

我们知道,在政治权力和国家的问题上,正是马克思主义抛弃了关于天赋人权、社会契约的天真童话,从经济关系和阶级斗争来解释国家的产生和发展,才使这些现象得到科学的说明。恩格斯就是从具体的、历史的经济政治分析,而不是简单地用异化来说明私有财产和国家的起源的。同样,马克思主义指出,只有无产阶级专政,才在历史上第一次使国家权力成为人民的权力,从而也就为最终消灭作为阶级统治工具的国家创造了前提。但是马克思主义者并不是空想家。一方面,无产阶级专政(我们叫它作人民民主专政,这同法西斯式的恐怖统治毫无共同之点)是向无阶级社会过渡的必要条件,在国际国内存在阶级斗争的情况下,没有它,胜利了的无产阶级和劳动人民一天也不能维持自己的统治。不承认这一点就不是马克思主义者。另一方面,任何革命政党和革命政权都不仅要民主,而且要集中,要有完成各自任务所必须具有的集中的权力。即使作为阶级统治的政治权力消亡以后,在国家和政党消亡以后,在民主已经成为习惯以后,在民主基础上的集中和权威在有组织的社会生活中仍然是完全必要的。否则,不但有计划的生产和分配难以进行,连交通的秩序都无法维持,对于巨大的自然灾害更无法进行有领导的和有效的抵抗。这是人们的常识。片面地崇拜民主、自治而否定集中、权威,认为民主本身就是集中,因而从根本上反对民主集中制,这大概是假定任何大小问题都可以通过群众投票,以便根据表决中多数人的意见来解决吧。那么,群众将每日每时都生活在投票之中,并且群众必须人人是百科全书,对需要表决的任何问题都具有正确的理解和判断的能力。这种荒唐的"民主"不但在今天不可能想象,就在遥远的将来也是难以想象的。总之,认为凡有权力的地方就要发生"权力异化",这只是无政府主义的观点,根本不是马克思主义的观点。

在宣传所谓"政治异化"、"权力异化"的同志中,许多人对"文化大革命"是深恶痛绝的。痛恨"文化大革命",这完全正当。因此,要提醒这些同志注意,谈论所谓"政治异化"、"权力异化",把社会的公仆变为社会的老爷说成是一种带规律性的现象,岂不是同"无产阶级专政下的继续革命"、"党内走资本主义道路的当权派"、"资产阶级就在共产党内"一类的提法过于近似了吗?而那些提法不正是"文化大革命"的"理论根据"吗?以那种"理论"为指导的

"文化大革命",究竟是否有助于克服我们社会中的消极现象,对干部队伍中的不正之风等等到底起了什么作用,难道还不清楚吗?

我们还愿意提醒这些同志,即令他们是站在正确的方面,他们也应该记得,无论马克思、恩格斯和列宁,在毕生为工人阶级的解放而奋斗的同时,对工人运动中的种种错误倾向、错误思潮以至形形色色的机会主义派别,从未放弃过思想斗争和政治斗争。这种斗争曾经严重到导致第一国际和第二国际的分裂。他们在这些斗争中都具体地分析了这些倾向、思潮和派别的思想政治错误和它们的社会历史背景,从而大大丰富和发展了马克思主义。他们为什么竟一次也没有把这些倾向、思潮和派别说成是工人运动的异化呢?这里没有别的原因,只是因为他们严格地运用马克思主义的理论和方法。今天鼓吹"政治异化"论的同志们,何不学习一下马克思、恩格斯、列宁的榜样呢?那样,他们或许会发现,在严肃的问题上轻率地玩弄异化的标签,离开马克思主义有多么远。

至于有些同志把经济工作中由于缺乏经验、由于对客观规律没有认识而犯了错误、干了蠢事,说成是经济领域的异化,更是把异化概念滥用到无边无际的程度。任何错误、挫折、事与愿违,都是异化,这是多么廉价而又万能的科学!人们将永远离不开异化,就象在太阳底下离不开自己的影子一样!这些同志对异化的滥用,至少说明如下两点:第一,他们为了把异化说成是普遍性的,是无所不包的,就不惜牵强附会,硬造出这种所谓"经济异化"的说法来。第二,他们是以脱离实际的轻浮态度和思辨哲学的高谈阔论来对待非常严肃、非常实际的社会主义经济建设问题。必须指出,由于经济建设成为我们工作的重心,这方面我们面临大量的新情况、新问题,其中也包括经济体制改革的问题。所有这些问题,都要求我们深入调查研究,了解实际情况,按照实事求是的科学方法切切实实地加以解决。耀邦同志曾经多次号召理论工作者一定要密切联系实际,而不要沉溺于空洞的概念的推演。我们的高谈"经济异化"和其它"异化"的同志们,能否把自己的思想方法改变一下呢?

归结起来说,社会主义社会里的各种问题、各种消极现象的产生和存在,有多方面的复杂的原因。社会主义制度建立的时间还不长。旧社会留给我们的基础比较薄弱,经济文化比较落后,历史上缺乏民主传统。资产阶级和其他剥削阶级思想以及旧社会的传统影响即列宁所说的"千百万人的习惯势力"的影响还比较广泛地存在;在实行对外开放政策的条件下,国外资产阶级的影响又通过各种渠道渗透进来。新的制度、新的事物是人们创造的,不是天生的,在从不成熟到成熟的过程中,必然存在许多不完善的地方。建设新社会的人们也要在改造客观世界同时改造自己的主观世界。许多事情没有经验,难免犯错误。有些过去错误留下的后果今天还需要我们努力去消除。有些适合过去情况的制度和办法,随着情况的变化,在今天变成不适合或不完全适合,阻碍我们前进了。诸如此类的情形,今后还会不断发生。我们今天社会中种种消极现象以及它们的多方面的原因,具有不同的性质和不同的层次。不同性质、不同层次的矛盾,需要用不同的方法去解决。我们只有掌握辩证唯物主义和历史唯物主义,掌握马克思主义的经济理论和科学社会主义理论,并且认真从实际出发,在建设社会主义的实践中灵活运用这些理论,才能逐步地找出解决各种问题、克服各种消极现象的办法。抛开对具体问题作具体分析的方法,把如此复杂的问题简单化为一个社会主义的异化,似乎有很深刻的内容,实际上思想极为贫乏。它在认识上不能推进任何对真理的接近,在实践上不能提供任何解决的办法。相反,由于它具有模糊的但是又相当固定的反现实的倾向,又具有可以到处乱套的抽象形式,可以把社会上的一切消极现象都归罪于社会主义制度或者社会主义社会的领导力量,把反对的目标集中于党和政府的领导,因而不可避免地会在社会上散布对社会主义、共产主义和党的领导的不信任情绪和悲观心理。

在谈论社会主义异化的文章中,有的实际上已经根据这个概念的逻辑,引出了结论,说社会主义的政治、经济、思想领域处处都在异化,说产生这些异化的根本原因不在别处,恰恰就在社会主义制度本身。有些同志没有得出这样的结论,并且申明,他们认为社会主义的异化是可以克服的,这正是社会主义的优越性。尽管没有提出论证,这种申明的意图总是比较好的。但是,这同他们把异化看作在社会主义社会仍然有效的规律,却很难不自相矛盾。因为一切规律都不是人可以"克服"的,人可以克服的就不是规律。或者他们会说,人们只要发现了异化的规律,就可以根据对这种规律的认识来控制它的作用,这就是他们所说的"克服"的本意。就算是这样吧。但是异化并不象水和火那样既可为害又可为利,它对于社会主义也不是什么普通的缺点和不合理现象,而是一种足以毁灭社会主义制度的"灾变"。因此,社会主义的"优越性"就只在于能够控制这种灾变的产生和发展。这就不能不成为一种讽刺了。我们还希望一些具有某种善良愿望而主张异化论的同志注意到,有些人已经从异化论出发直接要求取消一切社会政治权力,一切社会经济组织,一切思想权威,一切集中和纪律,公开宣传无政府主义、绝对自由主义和极端个人主义。这当然不是那些比较善意地谈论社会主义异化的同志们始料所及的。但是一个思潮有它自己发展的必然的逻辑。如果我们的理论在根本方向上不正确,就难免引起很不好的社会效果。这种后果纵然难以完全预料,却是每一个有责任心的共产党员不能不在事先加以认真考虑的。

从以上几个方面的说明可以看到,宣传人道主义世界观、历史观和社会主义异化论的思潮,不是一般的学术理论问题,而是关系到是否坚持马克思主义的基本原理和能否正确认识社会主义实践的有重大现实政治意义的学术理论问题。在这个问题上的带有根本性质的错误观点,不仅会引起思想理论的混乱,而且会产生消极的政治后果。

这种错误思潮的出现不是偶然的,有一定的国内和国际的历史背景。了解这种思潮产生的背景,对于我们充分认识开展这场思想争论的意义,是必要的。

这股错误思潮的产生,就国内的背景说,是对"文化大革命"十年内乱的一种反动。本来我们党经过这几年的努力奋斗,已经对十年内乱的历史作出了科学的总结,基本上完成了拨乱反正的任务,实现了伟大的历史转折。我们的认识和我们的事业都有了很大的进步。但是,那段历史灾难在一部分人的思想上仍然留下很深的阴影。有些同志从斥责林彪、江青反革命集团对马克思主义和社会主义的严重歪曲,从批评我们党和毛泽东同志的"左"的错误,走到怀疑马克思列宁主义、毛泽东思想,怀疑社会主义和党的领导的地步。对于我们党已经作出的历史总结,有些同志不是在同党保持一致认识的基础上继续前进,而是仍然把它作为一个悬而未决的问题去争论,企图离开马克思主义方向,从别的方向,例如人道主义的方向和异化的方向,去对"文化大革命"的经验教训寻找更"深刻"的答案。这就如同缘木而求鱼了。

这股思潮的产生,还有国际的背景。随着对外开放和对外文化交流这一正确政策的实施,各种西方学术文化思想大量涌入,其中就包括关于人道主义和异化理论的一些哲学流派。西方资产阶级思想界(包括西方的"马克思学"的学者和所谓的"马克思主义者")有不少人利用马克思的《1844年经济学哲学手稿》,混淆马克思早期思想和成熟的马克思主义的区别,甚至加以颠倒,认为1844年的马克思才是成熟的,后来是倒退了,这种倒退又为恩格斯和列宁所加剧。我国思想界有的同志接受了这类思潮的影响，以为发现了可以使马克思主义"柳暗花明又一村"的"新大陆"而加以宣传。另一些同志在这些错误思潮袭来的时候，虽不随声附和，也感到难以鉴别和批判，或者认为无关大体，因而采取观望态度。这样，虽然一开始就有一部分理论工作者从马克思主义立场对这些错误思潮进行了严肃的批评，仍然没有阻止它们的蔓延，以致党中央不能不出来讲话。

这种哲学思潮的消极影响也波及其他一些方面，例如文艺界和一部分青年知识分子。如果我们不起来批评这种错误思潮，维护马克思主义的健康发展，那么不难想象，若干年后，将会产生怎样的恶果。

我们的思想战线的同志，一定要深入学习小平同志在二中全会上关于思想战线不能搞精神污染的讲话，提高认识，改变过去那种软弱涣散的状态，积极参加这场维护马克思主义思想阵地的争论。关于开展这场思想争论的方针、政策和办法，中央已经在一些文件、报刊评论、负责人的讲话中反复阐明了，不需要在这里重复。如同党中央所已经指出的那样，我们的思想战线的绝大多数同志是按照党和人民的要求积极工作的，取得的成绩是明显的，主要的。无论是理论界或文艺界，宣传人道主义世界观、历史观和社会主义异化论的人，以及在其他问题上散布资产阶级思想的人，都是很少数。当然要看到这些错误思想的腐蚀性和蛊惑性，不能低估它们的消极影响。既然问题牵涉到离开马克思主义的方向，诱发对社会主义的不信任情绪，党的、马克思主义的理论工作者就有责任更积极地出来争论，批评这种错误思想，消除它们的影响，同时在争论中结合社会主义的实践，重新学习马克思主义，进一步发展马克思主义。至于在这些问题上发表过不正确观点的同志，总的来说，都属于思想认识问题。对于这类问题，只能通过学习和研究马克思主义，开展认真的讨论以及恰如其分的批评和自我批评，才能达到既分清是非又团结同志的目的。我今天的讲话，在开头已经说过，只是参加讨论，并且只涉及人道主义和异化的一部分问题。对这一部分问题，也没有说得很透彻，其中一定还有不周到和不准确的地方，再一次恳切地希望大家指正。不赞成我的讲话的基本观点的同志，我也恳切地欢迎他们参加争论。真理愈辩愈明。对于这样一些复杂的理论问题，唯有进行客观的深入的细致的研究和讨论，才能得到正确的结论。通过这场讨论和争论，我们的马克思主义的思想工作和社会主义科学文化事业将走上更加健康发展的道路，这是毫无疑问的。

社会主义现实主义

——中国文学前进的道路*

周　扬

编者按：这篇文章是周扬同志为苏联文学杂志《旗帜》写的，载于该杂志一九五二年十二月号。现转载于此，供文艺工作者参考。

伟大的苏联文学在中国人民的生活中占有重要的地位，并给予了中国文学以巨大的影响。

中国人民，不论在解放之前或者在已经取得伟大胜利之后，总是经常地从苏联文学中吸取斗争的信心、勇气和经验。在这个文学中，我们看到了世界上从所未有的一种最先进的、美好的、真正体现了人间幸福的社会制度，看到了人类最高尚的品格和最崇高的道德的范例。苏联文学的强大力量就在于：它是站在共产主义思想的立场上来观察和表现生活，善于把今天的现实和明天的理想结合起来，换句话说，它的力量就在社会主义现实主义的方法。

社会主义现实主义，现在已成为全世界一切进步作家的旗帜，中国人民的文学正在这个旗帜之下前进。正如中国新民主主义革命是无产阶级社会主义世界革命的组成部分一样，中国人民的文学也是世界社会主义现实主义文学的组成部分。毛泽东同志在《新民主主义论》中，关于"五四"新文化运动，曾经说过：

"'五四'运动是在当时世界革命号召之下，是在俄国革命号召之下，是在列宁号召之下发生的。"

在《论人民民主专政》中，毛泽东同志更深刻而明晰地述说了俄国十月革命对中国人民的意义。他说：

"中国人找到马克思主义，是经过俄国人介绍的。在十月革命以前，中国人不但不知道列宁，斯大林，也不知道马克思，恩格斯。十月革命一声炮响，给我们送来了马克思列宁主义。十月革命帮助了全世界的也帮助了中国的先进分子，用无产阶级的宇宙观作为观察国家命运的工具，重新考虑自己的问题。走俄国人的路——这就是结论。"

"走俄国人的路"，政治上如此，文学艺术上也是如此。

没有十月社会主义革命的伟大影响和苏联的援助，中国人民革命的历史性的胜利是不可想象的。同样，没有由十月社会主义革命所诞生的苏联文学的伟大影响和示范，中国人民文学在今天的成就也是不可想象的。

---

* 《人民日报》1953 年 1 月 11 日。

现代中国人民的文学是在中国现实生活的肥沃土壤上生长起来的,它继承了中国悠久的、丰富的、灿烂的文学遗产中的一切优良传统,并将这些传统和国家当前的新的任务巧妙地联结起来。在文学艺术的领域内,我们曾经反对了而且仍要继续反对一切盲目崇拜西方资产阶级文学的倾向。中国文学必须具有自己独特的鲜明的民族风格。但是中国文学的民族特点,决不是什么孤立的、狭隘的、闭关自守的东西,恰恰相反,中国文学可能而且应当在自己民族传统的基础上吸收世界文学的一切前进的有益的东西。

中国文学,在它整个发展过程中,就始终是以学习世界文学的先进经验来丰富和提高自己的。在各种外国文学中,俄国文学和苏联文学给了中国文学以特别巨大的影响。中国最伟大的作家鲁迅,早在一九三二年所写的《祝中俄文字之交》一文中,就以充满感激的心怀热情地描写了俄国和苏联文学对中国人民的深刻影响以及由此而建立起来的中俄两国人民的牢固的精神联系。

鲁迅回忆着十九世纪末叶俄国文学刚被介绍到中国来的情况,这样地写道:"那时就知道了俄国文学是我们的导师和朋友。因为从那里面,看见了被压迫者的善良的灵魂,的酸辛,的挣扎……从文学里明白了一件大事,是世界上有两种人:压迫者和被压迫者!从现在看来,这是谁都明白,不足道的,但在那时,却是一个大发现,正不亚于古人的发现了火的可以照暗夜,煮东西。"

这个崇高的估价是完全符合实际的,因为在文学作品中对阶级的矛盾和斗争的深刻揭露和描写,极大地帮助了中国人民寻求解放的道路,同时也帮助了中国文学走上革命的现实主义的道路。鲁迅自己在他的创作生活中从一开始就受到了俄国文学的益处。他在介绍俄国文学和苏联文学上做了模范的工作。他十分出色地翻译了果戈理的《死魂灵》和法捷耶夫的《毁灭》。

中国革命的民主的知识分子,从最老的一代起,几乎都或多或少地接触过俄国文学并为它所深深吸引。俄国文学之所以具有特别的吸引力,就在它表现了俄国人民如何为争取人类崇高理想而对人民的压迫者、奴役者作了坚忍不拔的斗争,表现了俄国人民的爱好自由的、智慧而勇敢的民族性格。不论是普式庚和果戈理、托尔斯泰和屠格涅夫、契诃夫和高尔基,在中国读者的心目中是如同本国的作家一样亲近的;他们笔下的人物,对于我们也是一样地亲近。俄国古典文学作品中的人物,虽然有的,象俄国的伟大批评家杜布洛留勃夫所曾正确指出的一样,还缺少足够的行动的力量,但这些人物却总是和他们周围丑恶的现实不相容的,热烈地追求自由和光明的,正是在这点上,对当时中国先进的民主的知识分子给予了极大的启示和鼓舞。

高尔基在中国读者中享有了任何外国作家所无法比拟的最崇高的地位。读了他的《海燕》和《鹰之歌》,我们感到了一种真正俄国的革命气魄。读了他的《母亲》,我们第一次在文学中看到了战斗的俄国工人阶级的性格,这种性格可以作为世界工人阶级的光荣榜样。

法捷耶夫同志说:"在中国人民和俄国人民的性格中,有很多东西是相近的。"这种相近毫无疑问是由于两国人民曾处于类似的历史条件,因为两国人民都曾为争取自己民族的独立和自由而作了长期的斗争。我们为中苏两国人民在性格上的这种相近而感到自豪。

由于中国人民的历史性的胜利,为鲁迅所歌颂的中苏两国人民早已心心相印的"文字之交",就在一个完全新的条件下获得了空前的开展和更进一步的巩固。现在苏联的文学、艺术和电影已经不只是作为中国作家和艺术工作者的学习的范例,而且是作为以共产主义思想教育和鼓舞广大中国人民的强大精神力量,成为中国人民新的文化生活的不可缺少的最宝贵的内容了。苏联的作品,如《铁流》、《毁灭》、《士敏土》、《静静的顿河》、《被开垦的处女地》、《钢铁是怎样炼成的》、《青年近卫军》、《日日夜夜》、《俄罗斯人》、《前线》等,早已为中国广大读者所熟习。苏联的文学作品中所描写的苏联人民的高尚典型,已经不仅被千千万万的中国读者所热爱,而且永远活在中国人民的心中了。保尔·柯察金、丹娘、马特洛索夫和奥列格已经成为我国无数青年的表率。

使我们感到特别高兴的,是年青的新中国的文学、艺术和电影的作品在苏联受到了重视,它们的思想和艺术价值得到了苏联读者、观众的推崇。丁玲的《太阳照在桑乾河上》、周立波的《暴风骤雨》、贺敬之、丁毅的《白毛女》获得一九五一年斯大林奖金,使中国人民和中国文艺工作者感到极大的光荣。这是对于我们中国作家的一个最高酬报,而更重要的,也是对我们中国作家的一个鼓励,鼓励我们写出更好的作品。

中苏两国之间正在日益加强的文化交流,对帮助中国文学艺术的发展,具有重要的意义。这个意义还不只是文学上的,同时也是政治上的。大家都知道,伟大的中苏友谊是保卫东方和世界和平的最重要因素,而进一步加强中苏文化交流也就是进一步巩固这个伟大友谊的良好方法。

摆在中国人民,特别是文艺工作者面前的任务,就是积极地使苏联文学、艺术、电影更广泛地普及到中国人民中去,而文艺工作者则应当更努力地学习苏联作家的创作经验和艺术技巧,特别是深刻地去研究作为他们创作基础的社会主义现实主义。

目前中国文学,就整个说来,还不完全是社会主义的文学,而是在社会主义现实主义指导之下社会主义和民主主义的文学。毛泽东同志在《新民主主义论》中十分明确地指出:"新民主主义的政治、经济、文化,由于其都是无产阶级领导的缘故,就都具有社会主义的因素,并且不是普通的因素,而是起决定作用的因素。""我们在政治上经济上有社会主义的因素,反映到我们的国民文化也有社会主义的因素。"

判断一个作品是否是社会主义现实主义的,主要不在它所描写的内容是否社会主义的现实生活,而是在于以社会主义的观点、立场来表现革命发展中的生活的真实。我们的许多作品,例如上述得奖的丁玲等同志的作品以及赵树理和其它作家的一些作品,都是描写农民的生活和斗争的。但这些作品却不是农民文学或一般民主主义的文学,而是社会主义现实主义的文学。因为在这些作品中,作者并不是以普通农民的或一般的民主主义的观点而是以工人阶级的社会主义的观点来描写农民的,他们以工人阶级的眼光观察了农民的命运,表现了在共产党领导之下农民的从事革命斗争,他们的生活地位的变化和思想觉悟的过程。他们歌颂了农民无穷无尽的革命毅力,同时也批评了他们的各种保守的、落后的心理、意识和习惯。描写了农民的翻身,实际也就是描写了工人阶级对农民的领导。作品中的农民的积极分子和共产党员,已经不是普通农民,而是在农村的工人阶级的先锋队。描写人民解放军和人民志愿军的作品,在人民战士的身上体现了爱国主义和国际主义的高度的结合。

我们的国家正进入大规模经济建设的新的历史阶段。政治、经济、文化生活中的社会主义的因素无疑地将日益增长。在工业生产战线上,工人阶级是站在国家的领导阶级的地位,他们的高度的劳动热忱是和他们的社会主义的觉悟分不开的。在农村中,农民将逐步走上农业生产合作的道路。知识分子和青年学生正受着马克思主义世界观的教育。这一切就将要为文学上的社会主义现实主义提供日益扩大的现实的基础。

　　自然,中国要变为社会主义的社会,还需要经过一个相当的过程。虽然社会主义经济是整个国民经济的领导力量,并正在以可惊的速度发展着,但在广大范围内,中国目前仍可以说是一个小生产者的国家。在中国还有资产阶级存在,这种情况反映到文学上,就是文学中资产阶级、特别是小资产阶级思想的广泛影响以及由此产生的社会主义现实主义者对于小资产阶级、资产阶级影响的强烈斗争。

　　必须承认,今天中国的社会主义现实主义文学还是远不够成熟的,它还在成长的过程中。这主要地是因为中国作家的马克思列宁主义的修养,生活经验和艺术造诣都还不够的原故。这就使得我们向苏联社会主义现实主义文学学习成为更加必要了。

　　那末,究竟向社会主义现实主义学习一些什么,以及如何去学习呢?

　　社会主义现实主义首先要求作家在现实的革命的发展中真实地去表现现实。生活中总是有前进的、新生的东西和落后的、垂死的东西之间的矛盾和斗争,作家应当深刻地去揭露生活中的矛盾,清楚地看出现实发展的主导倾向,因而坚决地去拥护新的东西,而反对旧的东西。因此当我们评论一篇作品的思想性的时候,主要就是看它是否揭露了社会阶级的矛盾——这种矛盾是无微不至地表现在生活的各方面的——以及揭露是否深刻。任何企图掩盖、粉饰和冲淡生活中的矛盾的倾向,都是违背现实的真实,减低文学的思想战斗力,削弱文学的积极作用的。

　　三年来,中国人民在抗美援朝的英勇斗争中,在土地改革以及其它各种社会改革运动中,在经济的恢复和建设中,获得了伟大的成就,在国家建设的各个战线上出现了无数的英雄模范的人物和事迹。这是我们的文学首先应当加以表现和歌颂的。但是同时必须指出:三年来我们的国家在毛泽东同志和中国共产党的领导之下所获得的巨大成就是从克服了重重的巨大困难得来的。中国人民一方面要继续和帝国主义进行斗争,另一方面要开始大规模的国内的和平建设。在我们国家,广大的分散的小生产者的存在是和国家工业化的要求相抵触的;人民意识和生活中残留的旧思想、旧习惯,例如农民的自私保守观念,是和人民日益提高的政治觉悟相抵触的。我们的有些作家往往不敢去描写现实中的困难和矛盾,而不知道,表现我们国家的成就,就是要表现克服困难的艰巨的过程。我们的有些作家往往把革命的乐观主义简单化、庸俗化了,把胜利的得来写成非常容易。他们接触到生活中的矛盾的时候,不但不敢去展开它,并且把它冲淡,磨平,为的避免犯"错误"。这样,他们就把生活的奔流写成了风平浪静或者仅有微小的波澜了。

　　法捷耶夫的《毁灭》叙述了内战时期的一支游击队的故事,这支游击队打到最后只剩下了十九个人,但从他们的不可征服的革命意志和信心来看,他们仍然是胜利的。因此,这篇作品感动读者的东西,就不但丝毫不是失败的情绪,而恰恰是顽强的革命乐观主义的精神。对于他的《青年近卫军》,也同样可以这样地说。"疾风知劲草",只有在克服巨大的困难和矛盾中,才能显示出革命乐观主义的真正力量。

　　要表现生活中的新的力量和旧的力量之间的斗争,必须着重表现代表新的力量的人物的真实面貌,这种人物在作品中应当起积极的、进攻的作用,能够改变周围的生活。只有通过这种新人物,作品才能够真正作到用社会主义精神教育群众。我们的作家,一般地还不善于描写新的人物,对于描写旧的人物和事件倒是比较更为娴熟的。新的人物往往缺少性格,作家们常常是只描绘了新生活的外表,新人物的共同的政治的轮廓而没有深入地刻划出他们的个性,他们的心灵。这样,就造成了我们的许多作品的缺乏生命、枯燥无味和公式主义的毛病。苏联的文学创造了正在建设共产主义世界的完全新的人物的形象,这是特别值得我们的作家去学习的。

向苏联文学的社会主义现实主义学习,对于我们,今天最重要的,就是学习如何描写生活中新的和旧的力量的矛盾和斗争,学习如何创造体现了共产主义高尚道德和品质的新的人物的性格。

许多优秀苏联作家的作品,在这一方面都是我们学习的最好的范本。斯大林同志关于文艺的指示,联共中央关于文艺思想问题的历史性的决议,日丹诺夫同志的关于文艺问题的讲演,以及最近联共十九次党代表大会上马林科夫同志的报告中关于文艺部分的指示,所有这些,为中国和世界一切进步文艺提供了最丰富和最有价值的经验,给予了我们以最正确的、最重要的指南。

我们向苏联文学学习,决不妨碍,而是恰恰相反,正足以帮助我们的文学继承和发扬自己民族的优秀传统。中国文学的现实主义传统是历史久远的。"五四"以来革命的民主主义的现实主义,以鲁迅为代表,则在中国文学史上开创了一个新的时代,并准备了向社会主义现实主义发展的条件。

鲁迅的现实主义精神,主要表现在他对于旧中国的黑暗的仇视和对于新中国的热望和追求,以及他的是非分明,爱憎热烈的原则的态度上。他创造了阿Q的典型,一方面,对他的被侮辱与被损害寄予了充分的同情,另一方面,对他的不觉悟的致命的弱点给予了沉痛的鞭挞。

中国古典作家的许多现实主义作品,也都真实地描写了社会斗争,刻划了人物性格。六百年以前所产生的中国第一部伟大的小说《水浒》,就深刻地描写了农民对封建官僚地主的斗争,这个斗争,尽管带有它的不可避免的落后性和原始性,却达到了如此高度的形式:反叛的农民们建立了自己的根据地——梁山泊,组织了自己的军队和政府。在《水浒》中刻划了一百零八个英雄,许多都是具有完全不同的个性的典型人物。另一部伟大的小说《红楼梦》中所创造的男女人物共达四百四十八人之多。这在世界文学史上也是罕有的现象。今天的中国文学应当把中国古代文学的这个善于描写斗争和性格的优秀传统很好地加以继承和发扬。新的社会主义现实主义的文学,只有当它有意识地、自然也是批判地吸收了自己民族遗产的优秀传统的时候,才能成为真正的人民的文学。

因此,我们必须以本国人民的生活和自己民族的文学传统为依据,向先进的苏联文学学习。追踪在苏联文学之后,我们的文学已经开始走上了社会主义现实主义道路;我们将在这个道路上继续前进。

关于马克思主义的几个理论问题的探讨[*]（节选）

周 扬

三、马克思主义与文化批判

继承过去的遗产，吸取外国的东西，必须有批判，不批判就无法继承和吸取。毛泽东同志曾经说：要在各个学术领域中树立起马克思主义的批判旗帜。他又提出"古为今用"，"洋为中用"。后来，批判的名声被搞坏了。特别是在十年内乱中，所谓大批判已经变质为恫吓诬陷的手段，这就需要拨乱反正，为批判恢复名誉。批判一词原是德国古典哲学使用的术语。康德的哲学就称为批判哲学。按其本义，所谓批判指的是对旧形而上学的各个范畴加以重新的衡量和估价。这也就是说，对于那些从未经过追究的既成范畴去进行考核，探讨这些范畴究竟在什么限度内具有价值和效用。批判是不接受未经考察过的前提的。就这一点来说，批判具有反对盲从，反对迷信，提倡独立思考的积极意义。十八世纪的启蒙学者可以说是开创了批判精神的先河。恩格斯说："他们不承认任何外界的权威，不管这种权威是什么样的。宗教、自然观、社会、国家制度，一切都受到了最无情的批判；一切都必须在理性的法庭面前为自己的存在作辩护或者放弃存在的权利。思维着的知性成了衡量一切的唯一尺度。"（《社会主义从空想到科学的发展》）

自然，马克思主义的批判不是以思维着的知性为依据，而是以实事求是的科学精神，把一切放在实践的法庭上去衡量、去再估价。马克思主义是科学，不是宗教，因此马克思主义的批判精神也就是科学精神，不接受未经考察过的前提的。这也就是说，马克思主义作为革命的科学理论，它本身也是在不断经受实践的验证的。

马克思主义向来认为原则不是出发点而是它的最终结果，不能用原则去剪裁事实，而只能从事实中把原则抽绎出来。在封建时期，我国的经生讲究家法，师之所传，句句都是真理，一字毋敢出入，背师说即不用。但是清代也有一些具有胆识的学者，不为这种僵硬刻板的法度所拘。近代中国学术思想史上就不乏这种具有卓见的人物，戴震就是一个杰出的代表，他的《孟子字义疏证》就是一本精湛之作。难道我们今天马克思主义者不更应以这些前人作为光辉榜样并力求超过他们吗？马克思主义的创始人就是以这种实事求是的批判精神作为自己立身行事的准则，并建立他们的伟大学说的。马克思在 1844 年写的《手稿》中就已指摘了国民经济学把应当加以论证的东西当作理所当然的东西的错误。他还说他们就如神学家用原罪来说明罪恶的起源那样，把应当加以推演的东西当作历史的事实了。马克思主义和这种独断论的态度相反，它接受实践的检验，自觉地把实践作为检验真理的标准。毛泽东同志

---

* 《人民日报》1983 年 3 月 16 日。

说马克思主义是不怕批评的。就包含着这种意思在内。在我们党内有两次都在马克思主义领域内进行了严格的批评和自我批评。第一次是在 1942 年的延安整风。第二次就是十一届三中全会以冲破长期存在的教条主义和个人崇拜为目标的解放思想。马克思主义具有生命力,因为它是革命的,而不是僵化的,所以它不怕批评和自我批评,经得起实践的检验,并在实践的检验下充实自己,发展自己。

我们在贯彻马克思主义的文化批判上,曾经产生过偏差和错误,"文化大革命"中的所谓"大批判"就是开国后历次思想批判运动的消极因素的发展和恶性膨胀,它为少数野心家利用,以致造成一场全民大灾难。全国解放初期,我们曾警惕过"无产阶级文化派"所犯的错误,对我国文化遗产,特别是对戏剧采取了比较谨慎的态度,因而所犯错误较少,成绩也较显著。这和我们如何认识并掌握作为文化批判依据的某些马克思主义原则有着密切的关系。我们是主张批判继承的,这就是既有肯定,又有否定,既有克服,又有保存。这就是"扬弃"。过去我们很少谈否定之否定律,这对批判继承问题有一定影响。否定之否定是黑格尔辩证法中的一条规律,同时又是他构成自己哲学体系的主要原则。他的体系毫无例外地都是按照自在——自为——自在自为即否定之否定的三段式构成的。黑格尔为了使自己的哲学纳入这个整齐划一的三段式的结构,往往采取了人工强制性手段,特别是在由一个环节向另一个环节过渡时就显得十分晦涩,甚至神秘。但是,唯物主义者是完全可以批判地吸收黑格尔的这一思想,并运用它来观察历史的。黑格尔认为哲学的发展不外是一种哲学体系推翻另一种哲学体系,但尽管如此,哲学史却并不是错误陈迹的展览。他认为每一种被推翻的哲学都作为一个低级阶段保存下来了。比如辩证法就超越了同时也包括了诡辩论、怀疑论、相对主义。这种历史发展上的否定之否定的观点,是马克思恩格斯所肯定的。但在我国理论界却未受到应有的重视。这大概是受到斯大林把否定之否定律当作黑格尔的遗迹力加摈斥的影响。毛泽东同志也没有纠正这一偏颇,他对否定之否定律也有意见。他的文章中从未提过这一规律。听说,他以为生活中有些例子很难用否定之否定规律去说明。比如封建社会否定奴隶社会后资本主义社会又否定封建社会,就没有包括低级形态在高级形态上的复归现象。但这是由于某些规律具有这样一种特性,即它只在更宽广的时空领域内才有效准。正如恩格斯在《致苻·博尔吉乌斯》中说的:"我们所研究的领域愈是远离经济领域,愈是接近于纯粹抽象的思想领域,我们在它的发展中看到的偶然性就愈多,它的曲线就愈是曲折。如果您划出曲线的中轴线,您就会发觉,研究的时期愈长,研究的范围愈广,这个轴线就愈接近经济发展的轴线,就愈是跟后者平行而进。"比如,私有制否定原始共产社会后,共产主义社会又否定私有制社会,这就构成了否定之否定的发展规律。固然,象黑格尔那样采用人工强制手段运用否定之否定律建立整齐划一的三段式的体系结构是牵强附会的,但我认为也不可由于他机械运用的缺陷就否定这一规律。否定这一规律就会把文化发展的曲线进程看作简单化的直线进程,并且还会产生更严重的恶果。我以为,"文化大革命"中出现的所谓"彻底决裂"以及把过去文化一概斥为封资修加以消灭,是和长期以来不讲否定之否定律,歪曲科学的批判精神分不开的。马克思主义的批判精神不是简单的全盘否定,而是含有前面所说的那种扬弃的意义。

我们曾对批判继承文化遗产问题做过一些探讨,这几年更有突破。例如,以唯物唯心或现实主义和反现实主义来划线去评价文化艺术遗产,就是曾经引起过讨论的问题。我们坚持唯物主义,这是不容置疑的,但是把过去思想的发展史概括为唯物论和唯心论两条路线的斗争,并且认定只有唯物的才是好的,值得继承的,而一切唯心的都是坏的,必须抛弃,这就有些简单化了。列宁曾经说,"聪明的唯心主义比愚蠢的唯物主义更接近于聪明的唯物主义。"(《哲学笔记》第305页)黑格尔哲学就是聪明的唯心主义,它比那些被恩格斯称为江河日下和叫卖小贩的庸俗唯物主义者(即愚蠢的唯物主义者)更接近辩证唯物主义(即聪明的唯物主义)。现实主义原则也是我们要坚持的,但如果把千百年来的文艺史一律归结为现实主义和反现实主义的斗争,那也失之简单化。根据这种观点就无法解释许多文化、文艺历史事实。难道文学史上许多伟大作家、诗人不是不仅是现实主义者,同时又是浪漫主义者吗?

我想,在批判地继承文化遗产的问题上,我们应该遵循恩格斯在通信中所提出的原则,那就是思想家是以前人所留下的思想资料为前提来建立自己的新学说的,因此,任何一种新学说都不能超越前人提供的思想资料。我们不要把思想资料这句话理解得过于狭窄,它包括思想形式,也包括思想内容,同时也往往越出国界,涉及到外来的影响。我们在考察一个国家的文化成就时一定要从世界的眼光看。《共产党宣言》中提出了文学正突破民族和地域的狭隘性而成为"世界文学"。歌德比这更早就提出了"世界文学的时代已快来临",并对中国文学加以称赞。早在中世纪以前,不同国家和民族之间的文化交流就已开始。最早,中国和印度两国之间,就有了文化来往,印度佛学思想在中国文化史上留下了深刻的烙印。比如,魏晋时期出现了带有思辨色彩的玄学,除了以老庄周易为骨干外,主要是受到流入中土的佛书影响。当时的名士名僧多由玄入佛,形成玄佛并用的一代学风。在传译佛典方面,最初是采用汉化方式,多以固有的老庄术语去代替具有自身特点的佛学名相,而在讲解佛法方面又多以外书比附内典,号称格义。经过这种汉化阶段后,由道安、鸠摩罗什等开始才逐渐转入信实可靠的正译。很可能正因为传译佛书经过了这样的曲折的探索过程,所以在当时产生了大量可称为翻译文学方面的理论,这些理论随同佛书的经论一起对我国文化发生了巨大影响,其中不少成分融入我国文化里面。特别是唐宋以后,禅学盛极一时,从那时起,著名学者、作家,无不或多或少地受到禅学的影响。对这些方面我们迄今还没有进行较充分的研究,这和长期以来由于玄佛属于唯心主义学说,从而被视为必须抛弃的糟粕有关。但这不是实事求是的科学态度。我以为除了佛学中的辩证法外,它把认识作用和心理活动联系起来,在其职能、性质、类别等等方面所做的靡密细致的剖析,以及玄学在深化抽象思维能力,丰富了概念和范畴方面……都对我国文化产生了一定的影响,起过一定的积极作用。对于这些,我们都应以马克思主义的批判精神予以总结。

目前国外有些国家把东方学改称中国学,加强了对我国学术文化的研究。可是多年来,我们在这方面也落后了,必须急起直追。通过马克思主义的批判,我们不仅可以正确地描述并评价我国文化的历史事实,同时还可以揭示我国文化的发展规律,殚其系统,明其脉络,这无论在发展我们的文化方面或发展马克思主义方面都会作出一定贡献。此外,我们还要在世界范围内去考察人类积累下来的文化成果,也要对当代的世界文化进行研究。文化是在发展着的。目前知识更新加快了速度,自然科学几乎在各个领域都有所突破,出现了许多跨界的崭新科学,这不能不对整个世界文化起着冲击作用,引起连锁反应。面临这种新形势和新情况,我们不能固步自封,采取过去那种闭关锁国的政策。事实证明,禁锢的办法只有带来无知和落后,并且是行不通的。在开放的情况下,随着先进的、有益的、值得借鉴的东西,也涌进了一些有害的东西,我以为,纵使是反面的东西也应加以研究。不敢接触,怎么去批判？思想问题不能用行政命令去解决，只有经过马克思主义的批判，通过摆事实，讲道理，用颠扑不破的真理和强大的说服力，才能消除它的有害影响。

四、马克思主义与人道主义的关系

人道主义和与此相关系的人性论，是关系到哲学、伦理学、社会学、文艺学等的重大理论问题。马克思主义与人道主义是什么关系？这是在全世界范围内探索、研究的问题，也是我国学术界、文艺界近几年来热烈讨论的一个问题。

在"文化大革命"前的十七年，我们对人道主义与人性问题的研究，以及对有关文艺作品的评价，曾经走过一些弯路。这和当时的国际形势的变化有关。那个时候，人性、人道主义，往往作为批判的对象，而不能作为科学研究和讨论的对象。在一个很长的时间内，我们一直把人道主义一概当作修正主义批判，认为人道主义与马克思主义绝对不相容。这种批判有很大片面性，有些甚至是错误的。我过去发表的有关这方面的文章和讲话，有些观点是不正确或者不完全正确的。"文化大革命"中，林彪、"四人帮"一伙把对人性论、人道主义的批判，发展到了登峰造极的地步，为他们推行灭绝人性、惨无人道的封建法西斯主义制造舆论根据。过去对人性论、人道主义的错误批判，在理论上和实践上，都带来了严重后果。这个教训必须记取。粉碎"四人帮"后，人们迫切需要恢复人的尊严，提高人的价值，这是对"四人帮"倒行逆施的否定，是完全应该的。

对人的问题的探讨，给我们提出一个问题，就是完整准确地掌握马克思主义的问题。许多年来，我们对马克思主义的了解，侧重在阶级斗争和无产阶级专政方面。在进行急风暴雨的革命斗争时期，我们当然需要马克思主义的阶级斗争和无产阶级专政学说，正是由于有了这个伟大学说的指引，我们才取得革命的胜利。在社会主义建设的新时期，我们仍不能忽视阶级斗争的存在，仍要坚持人民民主专政。但是，阶级斗争究竟不是我国社会的主要矛盾了，全党和全国各族人民的总任务是实现社会主义现代化，把我国建设成为高度文明、高度民主的社会主义国家。正如斯大林所说，社会主义生产的目的"是人及其需要，即满足人的物质和文化的需要"。（《斯大林选集》下卷第 598 页）人是我们建设社会主义物质文明和精神文明的目的，也是我们一切工作的目的。生产本身不是目的，阶级斗争、人民民主专政本身也不是目的。过去许多同志把这一点忘了。马克思从他成为共产主义者的第一天起，就是以全人类的解放为己任的。关于人的问题，他在早期著作中谈得比较多，比较集中，其中有十分精辟的见解，当然也有不成熟之处。后期马克思集中力量研究经济问题，关于人的问题谈得少一些，但比之早期著作又有新的发展。只有把马克思的早期著作和后期著作连贯起来研究，既看到两者的区别，又看到两者的联系，才能对马克思主义获得完整准确的了解。

二三十年来，西方的马克思主义者和马克思主义研究者集中力量研究马克思的《1844年经济学——哲学手稿》，写出了不少著作。与此同时，人道主义思想也很盛行。一个时期里，我国不少青年学生对现代西方哲学的一些流派颇感兴趣。这种现象，我们应该认真引导。我认为，只有用马克思主义的人道主义，才能真正克服资产阶级人道主义。

作为欧洲文艺复兴时期出现的资产阶级人道主义（亦译人文主义），是资产阶级先进思想家提出来的，在打破封建主义束缚，揭露中世纪神学和宗教统治方面，曾经起过非常积极的作用。此后,资产阶级人道主义的社会作用,在不同历史条件和不同环境下,有所不同,因此也要作具体考察和分析,不能一概否定。在某种条件下,资产阶级人道主义也可以成为马克思主义的同盟军。但是,必须指出,资产阶级人道主义的思想体系,与马克思主义的思想体系是根本不同的。它的根本缺陷,是用抽象的人性、人道观念去说明和解释历史。尽管这种人道主义学说,对旧制度的抨击,也曾经显示出某些激动人心的力量;对历史的认识,也有过片断唯物主义的见解,但总的说来,未能跳出社会意识决定社会存在的历史唯心主义的框框。作为整个思想体系,未能成为科学。

我不赞成把马克思主义纳入人道主义的体系之中,不赞成把马克思主义全部归结为人道主义;但是,我们应该承认,马克思主义是包含着人道主义的。当然,这是马克思主义的人道主义。

在马克思主义中,人占有重要地位。马克思主义是关心人,重视人的,是主张解放全人类的。当然,马克思主义讲的人是社会的人、现实的人、实践的人;马克思主义讲的全人类解放,是通过无产阶级解放的途径的。马克思把费尔巴哈讲的生物的人、抽象的人变成了社会的人、实践的人,从而既克服了费尔巴哈的直观的唯物主义,并把它改造成实践的唯物主义;又克服了费尔巴哈的以抽象的人性论为基础的人道主义,并把它改造成为以历史唯物主义为基础的现实的人道主义,或无产阶级的人道主义。在这一转变过程中,"异化"概念的改造起了关键的作用。

所谓"异化",就是主体在发展的过程中,由于自己的活动而产生出自己的对立面,然后这个对立面又作为一种外在的、异己的力量而转过来反对或支配主体本身。"异化"是一个辩证的概念,不是唯心的概念。唯心主义者可以用它,唯物主义者也可以用它。黑格尔说的"异化",是指理念或精神的异化。费尔巴哈说的"异化",是指抽象的人性的异化。马克思讲的"异化",是现实的人的异化,主要是劳动的异化。关于"劳动异化"的思想,马克思在《1844年经济学——哲学手稿》中有详细的论述。后来,他把这个思想发展为剩余价值学说。这在《资本论》中说得很清楚。那种认为马克思在后期抛弃了"异化"概念的说法,是没有根据的。

马克思认为,私有制下的异化现象,到资本主义社会发展到了顶点。各种异化现象,都是束缚人、奴役人、贬低人的价值的。马克思和恩格斯理想中的人类解放,不仅是从剥削制度(剥削是异化的重要形式,但不是唯一形式)下解放,而且是从一切异化形式的束缚下的解放,即全面的解放。马克思认为,共产主义将使"人的本质力量,人的肉体力量和精神力量……得到充分的自由发挥和实现"(《1844年经济学——哲学手稿》),使"个性的全面发展代替旧的分工制度下个人的片面发展"(《资本论》)。实现人的全面发展,是共产主义的"目的本身"。(《马克思恩格斯全集》第46卷上第486页)他甚至说,共产主义就是"以每个人的全面而自由的发展为基本原则的社会形式"。(《马克思恩格斯全集》第23卷第649页)毫无疑问,这是从早期的马克思到成熟时期马克思的重要思想。应该说,这个问题是与历史上的人道主义有着思想继承关系的。我们都知道,从文艺复兴以来,崇尚人的全面发展是资产阶级人道主义的基本标志之一。卢梭在他的《论人类不平等的起源》一书中,就论述过人在肉体和精神上的全面发展的主张。席勒在他的《美育书简》中更有出色的论述,他要求通过美育活动,使人获得解放,"成为一个全面的完整的人"。(《美育书简,第二封信》)傅立叶设想在他的未来协作制度中,使人"实现体力和智力的全面发展"。(《傅立叶选集》第3卷第217

页)但是几个世纪以来,先进人们崇尚的人的全面发展的理想,只有到了马克思主义这里,才有实现的可能。因为马克思主义与以往的人道主义不同,马克思主义找到了实现人的全面发展理想的现实依据和方法,即改变旧的社会关系,取消私有制,建立社会主义、共产主义。而以往人道主义者幻想在人奴役人的社会里,靠"理性力量"、"泛爱"、"美育"等唯心主义说教,实现人的全面发展,那只能是一句空话。在这个意义上,不妨说,马克思主义确实是现实的人道主义。

马克思在他的早期著作中,曾经肯定地谈到人道主义。不能否认,这个时期他还未完全摆脱黑格尔、费尔巴哈的错误影响。1845 年以后,马克思、恩格斯都曾对"真正社会主义者"的人道主义呓语进行批判。在他们成熟时期的著作中,也确实不再用人道主义这个词了,这些都是毋庸回避的事实。不承认马克思主义有一个发展过程,看不到马克思早期著作与后来成熟时期著作的区别,是不正确的;但是,否认马克思早期著作与后来成熟时期著作的联系,把两者完全对立起来,认为后期马克思从根本上抛弃了人道主义,也同样是不正确的。即使马克思在早期著作中讲的人道主义,也是和费尔巴哈的人道主义不同的。马克思所理解的人,是现实的、社会的、历史发展的,这和他后来所讲的有名命题"人的本质不是单个人所固有的抽象物,在其直观性上,它是一切社会关系的总和",是一致的。而费尔巴哈把人看成是抽象的,把人的本质看成是理性和爱。马克思从费尔巴哈那里吸取了一些东西,但并没有停留在费尔巴哈的水平上,他超越了费尔巴哈;马克思批判了费尔巴哈的人道主义,但未从根本上否定人道主义。后来唯物史观和剩余价值论的创立,使马克思的人道主义思想放在更科学的基础上,而不是抛弃了人道主义思想。

肯定人的价值,或者如毛泽东同志所说,"世间一切事物中,人是第一个可宝贵的",那就要肯定社会主义和共产主义,反对一切形式的异化。承认社会主义的人道主义和反对异化,是一件事情的两个方面。社会主义消灭了剥削,这就把异化的最重要的形式克服了。社会主义社会比之资本主义社会,有极大的优越性。但这并不是说,社会主义社会就没有任何异化了。在经济建设中,由于我们没有经验,没有认识社会主义建设这个必然王国,过去就干了不少蠢事,到头来是我们自食其果,这就是经济领域的异化。由于民主和法制的不健全,人民的公仆有时会滥用人民赋与的权力,转过来做人民的主人,这就是政治领域的异化,或者叫权力的异化。至于思想领域的异化,最典型的就是个人崇拜,这和费尔巴哈批判的宗教异化有某种相似之处。所以,"异化"是客观存在的现象,我们用不着对这个名词大惊小怪。彻底的唯物主义者应当不害怕承认现实。承认有异化,才能克服异化。自然,社会主义的异化,同资本主义的异化是根本不同的。其次,我们也是完全能够经过社会主义制度本身来克服异化的。异化的根源并不在社会主义制度,而在我们的体制上和其他方面的问题。十一届三中全会提出解放思想,就是克服思想上的异化。现在进行经济体制和政治体制的改革,以及不久将进行的整党,就是为了克服经济上和政治上的异化。所以,我们的改革是具有深远意义的。掌握马克思关于"异化"的思想,对于推动和指导当前的改革,具有重大的意义。关于"异化"问题,理论界已经进行了一些有益的探讨,希望这个探讨能够进一步深入下去。在这个问题上,也应当贯彻"百家争鸣"的方针和理论联系实际的原则。

总的说来,社会主义社会,最有利于人的才能的发挥;社会主义社会新型的社会关系,使每个劳动者都可以平等地受到社会尊重。当然,即使是在社会主义条件下,或由于某些制度不完善,或由于旧意识影响,在某些局部情况下,糟蹋人才,埋没贤能,侵犯人格尊严的情况,并不是不会发生的。人的尊严、人的价值,理应受到重视。我们要教育青年建立科学的价值观。把人的价值抽象化,用实现"人的价值"来装扮自己的极端个人主义是不足取的。应该在建设社会主义的创造性劳动中,在为实现共产主义远大理想而献身的奋斗中,实现人的价值,提高人的价值。

在当前伟大社会主义现代化建设中,配合全国各个领域改革工作的进行,研究异化问题,在政治、经济、文化建设各个方面,采取正确区分两类矛盾的方法,克服和消除异化现象,是当前理论和实践的重要课题。

解放后十七年文艺战线上的思想斗争[*]

林默涵

　　我今天能够来参加这个座谈会，心情很激动。我已经很长时间跟文艺界没有接触了，对于文艺方面的情况很生疏。在"四人帮"控制时期，我也不想看文艺方面的东西，不想看那些混淆是非、颠倒黑白的谎言、鬼话。感谢华主席的英明领导，把"四人帮"一举扫除，我们今天才有可能来开这样的会，才有可能把被"四人帮"搅乱了的东西加以澄清，把被颠倒了的东西再颠倒过来。

　　《人民文学》召开这个座谈会，主题就是批判"四人帮"炮制的"文艺黑线专政"论，这是完全必要的，是当前揭批"四人帮"第三战役中一个重要的组成部分。我完全拥护。

　　文化大革命前的十七年，究竟是"文艺黑线专政"还是毛主席的革命文艺路线占主导地位？这个问题必须弄清楚。否则，就不能够正确地总结过去的经验教训，就不能够顺利地开展今后的工作，就不能够把文艺工作者的积极性充分地调动起来。那么，解放后十七年的文艺界究竟是不是"黑线专政"？这个问题最好让事实来回答，而不应该在概念上兜圈子。

　　我国文艺革命，是从"五四"运动、从鲁迅开始的。说什么江青开始了文艺革命，完全是胡说八道。从"五四"到现在，我们的文艺是在共产主义思想指导下一直连贯下来的。但是，由于过去没有解决文艺为工农兵服务和文艺工作者与工农兵结合的问题，所以除了少数象鲁迅先生那样的杰出的作家以外，广大文艺工作者的世界观没有改造，文艺还停留在小资产阶级知识分子的圈子里。直到延安文艺座谈会，毛主席提出并且解决了文艺为工农兵服务的方向，文学艺术就产生了一个飞跃的变化。但这并不是否定"五四"新文艺的传统，而是对"五四"新文艺的继承和发展。我记得一九五三年在中央政治局会议上讨论第二次文艺工作者代表大会的文件时，毛主席明确指出：我国无产阶级文艺从"五四"以后就已经有了，不是一九四九年解放以后才开始的。毛主席这一重要指示，当时曾在第二次文代会上作了传达。在延安文艺座谈会以后和在全国解放以后，我们的革命文艺有了很大的发展，有了飞跃的变化，但不是否定"五四"的传统，因为从"五四"开始的新文化，就是而且只能是无产阶级的文化思想、共产主义思想领导的，任何别的阶级的思想都不能领导。这是毛主席在《新民主主义论》中讲得很清楚的。这个指示完全驳斥了说社会主义文艺是由江青开创的那一派胡言。

　　从延安文艺座谈会到全国解放，这期间，解放区的文艺工作者，在毛主席的文艺路线指引下，同工农兵群众开始结合了，并且接触和学习了民间文艺，产生了一批反映工农兵

---

　　[*]　《人民文学》1978 年第 5 期。

生活同时又具有民族风格的作品，使文艺的面貌为之一新。国民党统治区的进步文艺工作者，许多人也学习了《在延安文艺座谈会上的讲话》，但在国民党反动派的统治下，文艺工作者很少可能和工农结合，他们的作品面貌没有发生根本变化。但是，在党的直接或者间接领导下，他们同国民党反动派进行过各种形式的斗争，文艺活动也力求突破过去的小圈子。总之，这两支文艺队伍，都为新民主主义革命的胜利出了力，作出了贡献。全国解放后，我国进入了一个新的历史时期，就是社会主义革命和社会主义建设时期。革命性质的变化和社会经济基础的改造，必然引起文艺战线的激荡。在这二十八年当中，文艺界进行了两种思想两条路线的激烈斗争。我们现在就来看看文化大革命前十七年中文艺战线思想斗争的情况。

全国解放后，一九四九年七月召开了第一次全国文艺工作者代表大会。这是我国两支文艺队伍，即在解放区的文艺队伍和在国统区的文艺队伍的会师大会。这两支队伍过去被隔离了，现在汇合到一起。这是一个庆祝胜利的大会，团结的大会，是两支队伍交流经验、汇报成果的大会。这次大会是在毛主席和周总理亲自领导下进行的。随着革命的胜利，文艺工作者面临着一个新的形势，两支队伍都遇到了新问题。解放区的文艺工作者从农村到城市，从战争环境到和平环境，在一部分人的思想中，就出现了新的疑问。那时有人提出"秧歌能进城吗？"这样的问题。这里说的"秧歌"，并不是单纯指某一种艺术形式，实际上是指为工农兵服务的方向。所以，提出这样的问题，实际上是表示对工农兵方向的一种动摇。进城以后，有些人留恋城市生活，不愿意到工农群众中去了，有些人买了房子，准备在大城市里安居乐业了。国统区的文艺工作者，有些人一时不能理解，也不能接受文艺为工农兵服务的方向。他们提出了"文艺是不是可以写小资产阶级呢？""是否也要为城市市民服务呢？"这样一些问题，在报纸上还发表了文章。这是对工农兵方向的一种怀疑。本来，只要站在工农兵立场上，写小资产阶级是不成问题的，上述提法实际上是毛主席批评过的，表现出一些文艺工作者总是想停留在小资产阶级的圈子里，不愿意到工农兵中去。一些人的资产阶级文艺思想、学术思想还原封不动。突出地表现在创作上，就是《武训传》，表现在学术研究上，就是《红楼梦研究》。对它们的错误，文艺界许多人（包括共产党员领导干部）都没有看出来，不但没有进行批评，相反，还加以赞扬。《文艺报》上就发表了吹捧《红楼梦研究》的文章，并且压制群众对《红楼梦研究》的批判。针对上述现象，毛主席、党中央亲自发起和领导了文艺界的整风，接着又发起了对于《武训传》、《红楼梦研究》的批判。批判的矛头是对着刘少奇的，毛主席关于批判《红楼梦研究》的批示中所说的"大人物"，就是指他。一九五四年十二月，在青年宫楼上召开了全国文联主席团扩大会，会上批判了《红楼梦研究》，批判了《文艺报》对资产阶级权威的吹捧。周扬同志在会议结束时的发言《我们必须战斗》，是经过毛主席亲自审阅的。这些整风和批判，是社会主义革命时期无产阶级同资产阶级两种思想和两条路线斗争的一部分，但性质上是属于人民内部的矛盾和斗争。

与此同时或稍后，文艺界又在毛主席、周总理和党中央领导下进行了几次敌我性质的重大斗争，这就是批判丁、陈反党集团、反对胡风反革命集团的斗争，和后来文艺界的反右派斗争。丁陈小集团和胡风小集团是两个长期隐藏在革命队伍中的反党和反革命集团。一个隐藏在革命根据地延安，一个隐藏在国统区。他们之间是遥相呼应的。他们的面目，在解放以前就有所暴露了。丁陈在延安同王实味勾结，发表了一大批攻击、诬蔑延安的文艺作品，引起了群众的愤慨。毛主席的《在延安文艺座谈会上的讲话》中，许多地方就是批评他们的。

什么"人性论"呀，"还是杂文时代"呀，就是他们发出的一支支毒箭。我记得，在文艺座谈会结束的时候，一起照相，毛主席讽刺地对丁玲说："女同志坐到中间来吧，免得'三八'节的时候又要骂娘。"这是对丁玲写的《三八节有感》的辛辣指责。那篇《有感》就是咒骂革命根据地的。进城以后，丁陈反党活动更猖狂了，他们野心勃勃，培植自己的小圈子，反对党的领导，闹独立王国，企图独霸文坛。于是在党内进行了对丁陈反党集团的揭发和批判。这是一九五五年的事情。

胡风反革命集团也是在重庆的时候就露出头了。一九四四年、四五年他们在重庆出版的刊物《希望》，就公开同延安的整风运动唱对台戏。延安整风反对主观主义，提倡改造思想，他们却宣扬"主观战斗精神"。当时在党内也有一些人跟胡风唱一个调子，他们写文章不是宣传知识分子应该改造思想，而是宣扬知识分子"思想太多了，感情太少了"；他们所谓的思想，就是指马克思主义的理论。我们反对主观主义、反对唯心主义，他们却反对什么"唯唯物主义"（即反对什么都讲唯物主义）。那时周总理、董老曾经批评了胡风，也批评了党内一些人的错误倾向。但是，当时在国民党统治下的环境里，不可能对胡风进行深入的斗争。解放以后，一九五二年，周总理就指示文艺界的同志，批评胡风的文艺思想，并且明确指出，要胡风自己写文章，公开进行自我批评。因为胡风的思想在文艺界是有影响的。可是，胡风不但不接受批评，后来反而向中央写了三十万言上书。这个三十万言上书，是一个全面的、系统的修正主义文艺纲领，从思想到组织提出了一整套谬论，比匈牙利卢卡契的修正主义思想要完整得多了。这三十万言上书送到中央以后，恰好开始了对《文艺报》压制新生力量、祖护资产阶级权威的批判。胡风就趁机在文联主席团扩大会议上猖狂进攻，他还布置各地胡风分子一齐动作，展开全面攻势。可是，胡风把形势估计错了。他的尾巴已经暴露出来，三十万言上书是一个很好的反面教材。遵照毛主席的指示，把它作为《文艺报》的副册公开发表，这样就展开了对胡风反革命集团的批判。开始还是着重批判胡风的修正主义文艺纲领，随着运动进一步深入，就揭发出了胡风集团是一个暗藏的反革命帮派，这一帮人对党、对社会主义制度怀着刻骨的仇恨。后来陆续地发表了三批揭发胡风反革命集团阴谋活动的材料。这三批材料都是经过毛主席仔细审阅的，并且加了许多尖锐、深刻、闪耀着思想光辉的按语。三批编者按都是毛主席亲自写的，只有驳斥胡风攻击《在延安文艺座谈会上的讲话》是"图腾"那一条按语，不是毛主席写的，是我们加的。反对胡风反革命集团的斗争，后来发展成为一个全国性的肃清暗藏反革命分子的运动。

丁陈反党集团的问题，在一九五五年没有彻底解决。一九五七年文艺界同其他各条战线一样，展开了反右派的斗争，反击了右派分子对党的领导、对社会主义制度的进攻。就在右派进攻的时候，丁陈他们又跳了出来，向党反扑，他们要推翻经过中央批准的关于批判丁陈反党集团的报告，企图翻案。但是，他们的活动没有得逞，他们的问题是在文艺界反右派斗争中一起解决的。

在中国作家协会反右派斗争结束会上，周扬同志作了总结发言《文艺战线上的一场大辩论》。这个发言，经过毛主席三次审阅，并且增加了极其重要的话。毛主席指出："在我国，一九五七年才在全国范围内举行一次最彻底的思想战线上和政治战线上的社会主义大革命，给资产阶级反动思想以致命的打击，解放文学艺术界及其后备军的生产力，解除旧社会给他们带上的脚镣手铐，免除反动空气的威胁，替无产阶级文学艺术开辟了一条广泛发展的道路。在这以前，这个历史任务是没有完成的。这个开辟道路的工作今后还要做。旧基地的清除不是一年工夫可以全部完成的。但是,基本的道路算是开辟了,几十路,几百路纵队的无产阶级文学艺术战士可以在这条路上纵横驰骋了。文学艺术也要建军,也要练兵。一支完全新型的无产阶级文艺大军正在建成,它跟无产阶级知识分子大军的建成只能是同时的,其生产收获也大体上只能是同时的。"这就是说,不可能离开整个政治战线思想战线的社会主义大革命,离开整个无产阶级知识分子大军的建成,单独先建成一支无产阶级文艺大军,但是,可以供这支大军纵横驰骋的广阔道路,是已经开辟了。又说:"这个道理只有不懂历史唯物主义的人才会认为不正确。"这段话何等豪迈而精辟,对解放后历次思想斗争,对经历过历次思想斗争、特别是经过反右派斗争锻炼的、我们这支队伍的成长情况,作了马克思主义的科学的全面分析和估计。

批判丁、陈以后,《文艺报》搞了一个《再批判》,就是把丁、陈在延安时所发表的一些反动文章,包括王实味的《野百合花》,丁玲的《三八节有感》等等重新发表,进行再批判。《文艺报》编辑部写了一个编者按语,连同再批判的文章送给毛主席看,毛主席对那个"编者按"不满意,后来发表的"编者按"是毛主席改写的。毛主席还附了一封信,批评我们写文章,不但政治性不足,文也不足,不足以引起读者注意。以上就是解放后文艺界所进行的几次重大的思想斗争。其中有属于人民内部性质的,有属于敌我性质的。每次斗争,都是在毛主席和周总理亲自领导下进行的,并且都取得了重大的胜利。

在这期间,一九五三年召开了第二次文代大会。这次大会完全是在毛主席的亲自关怀和领导下召开的。大会的方针、报告,以至于文联各协会的机构、人选等等,都经过毛主席审定,并在一次政治局会议上讨论通过。毛主席同意把原来的各种工作者协会改为各种专业性组织(即作家协会、戏剧家协会、音乐家协会等),并加强这些协会的工作。当时我们认为有了各种协会,全国文联没有什么工作可做,似乎可以取消了。毛主席不同意。他说:"文联可以团结很多人,比如×××,你把他摆到作家协会,他不是作家,你把他摆到音乐家协会,他又不会唱歌,那么把他摆到文联,当个全国委员,岂不是很好吗?为什么要把文联取消呢?"后来根据毛主席的指示,规定全国文联的主要任务是:一、联系全国各省市文联。全国文联没有个人会员,各协会和各省市文联是它的团体会员。各省市文联由各省市党委领导,全国文联只同它们发生业务上的联系。二、联络文艺界的同志,特别是一些年纪老的、需要照顾的,或者有困难的同志,给他们以必要的帮助。三、对外联络,加强同外国作家艺术家的友好联系。这叫做"三联"。在这三方面,全国文联做了许多工作。周总理在这次大会上作报告,对当时文艺工作的方针任务作了重要指示。

一九六〇年七月,召开了第三次文代大会。这正是赫鲁晓夫猖狂反华,撤退专家,卡我们的脖子的时候。毛主席在北戴河,日夜操劳。我们赶到北戴河去,把我们准备的第三次文代大会的报告,送给他老人家审阅。毛主席在那样繁忙的时刻很快就看了,他肯定这个报告,特别称赞了报告中对于苏联修正主义文艺思潮的批判,认为是:"高屋建瓴,势如破竹,读了令人神往"。随后,又在中央书记处讨论并通过了这个报告。小平同志指出:"这个报告是不指名地批判苏修。在我国也有修正主义思想,但是不占主导地位。"第三次文代会开幕时,中央许多领导同志都从北戴河赶回来出席。周总理在大会上作了重要讲话,陈毅同志、李富春同志分别作了报告。

经过这一系列的斗争,经过毛主席、周总理的长期教导,我们文艺队伍的思想觉悟有很大提高。表现在国际上出现反共逆流如匈牙利事件时,我国文艺工作者没有发生什么波动。

也表现在一九五八年大跃进时期,我们文艺工作者和全国人民一样,干劲冲天。广大文艺工作者是热爱毛主席、热爱党、热爱社会主义祖国的。接着,我们国家遇到了三年困难时期。这时,政治上出现了否定三面红旗的右倾思潮。受了这种思潮和刘少奇"阶级斗争熄灭"论的影响,我们思想上也产生了偏右的倾向。表现为:一,只看到文艺工作者进步的一面,忽视了资产阶级思想在我们队伍中仍然严重的一面。因而二,只注意团结,强调共度困难,忽视了必要的思想斗争。三,强调提高业务多,忽视继续加强思想教育,改造世界观。四,强调发挥艺术家的作用多,忽视加强党的领导。这种错误倾向表现在我们起草的关于文艺工作若干问题的意见中。后来又表现在一九六二年五月为《人民日报》起草的一篇纪念《在延安文艺座谈会上的讲话》发表二十周年的社论中。写这篇社论时,正是人大和政协会议召开后。人大会公报提出要加强统一战线,广泛团结各爱国阶层,包括团结爱国华侨、爱国资产阶级和各方面的民主人士。这种精神当然是正确的。可是我们把它应用到文艺方面,提出文艺要为以工农兵为主体的最广大的人民服务,其中包括爱国资产阶级,这就冲淡、偏离了工农兵方向。这是把政治上的统一战线同文艺上的工农兵方向混淆起来了。政治上在各种不同时期,为了某一个政治目的,可以结成各种不同范围的统一战线,但是我们文艺的工农兵方向是不能改变的。当然,我们的文艺也给爱国资产阶级看,但这跟文艺的方向是两回事。文艺的工农兵方向,就是站在无产阶级立场,着重反映工农兵的斗争生活,为工农兵的利益服务,这不只是一个给什么人看的问题。这篇社论和我们在一些具体工作中的错误是严重的,是一种路线性的错误,实际上是背离了党在社会主义时期的基本路线,忘记了在社会主义时期还有阶级矛盾、阶级斗争,还存在资本主义复辟的危险性。

由于我们这种错误,由于国家遭受困难的形势,文艺界一时间出现了许多消极的现象。特别是在舞台上,剧目混乱,鬼戏、坏戏又搬上台了,有些剧团自由跑码头,演坏戏。这就引起了毛主席的注意。一九六三年十二月,毛主席在中央宣传部一份情况简报上作了批示,严厉地批评了这种混乱现象。这个批示不是批给中宣部,而是批给北京市委负责人的,这里面显然有促一促北京市的意思,但毛主席指出的现象是全国性的。这个批示传达后,文化部和文联各协会进行了整风。在整风中又揭出了许多问题,比如有人主张文学创作要着重写中间人物等等。中宣部就文联和各协会整风中揭发出来的问题给中央写了一个报告,在还未正式报中央以前,毛主席就在这个报告的草稿上作了第二次批示,严厉地指出了文联各协会存在问题的严重性。这两个批示是非常重要的,打中了我们工作中的要害。我们很震动。但是,有些同志(包括我在内)一时还不能很好地理解这两个批示的精神。我们有一个经验,就是经常跟不上毛主席的思想,许多问题是毛主席指出来了,我们才大吃一惊,恍然大悟,还要经过一段时间学习,才进一步领会。许多问题都是这样,比如毛主席提出"百花齐放,百家争鸣"的方针,我们开始就不大理解,经过学习和实践,才逐渐了解它的重要意义。对这两个批示也是如此。但是,当我们一旦认识了它的正确性和重大意义的时候,我们是坚决地贯彻执行的。

按照毛主席批示的精神,周总理亲自出来抓创作,特别是抓革命现代京剧的创作,才把局面扭转过来。一九六四年京剧现代戏观摩会演是在周总理领导下举行的。周总理制定观摩会演的方针,亲自看排演和演出,主持座谈会并讲话,还接见参加会演的全体人员,费了许多时间和心血。当时,全国闻名的"三红",即大型音乐舞蹈史诗《东方红》、京剧《红灯记》、舞剧《红色娘子军》,都是在周总理亲自领导、培育和支持下产生的。

京剧革命现代戏观摩会演时，江青看到有机可乘，就赶快跳了出来，把自己打扮成现代戏的提倡者，大放厥词，引起很多人的反感。浙江观摩团的同志揭发，正是江青跑到浙江指名点看《四郎探母》、《游龙戏凤》等坏戏，带头刮起演坏戏的妖风。江青知道了这个揭发，大发雷霆，逼着当地宣传、文化部门"追谣"、检讨。听说在文化大革命中，浙江观摩团的同志和其他有关同志还为此受到了残酷的迫害。

周总理又提出了"音乐革命化，民族化，群众化"的口号，对音乐、舞蹈的创作起了积极的推动作用。江青对此也加以反对和阻挠，胡说什么"这是资产阶级的口号"，猖狂至极。

各大区遵照毛主席批示精神，也分别举行了革命现代戏会演，出现了许多优秀剧目。原来打算趁热打铁，在一九六五年再举行一次京剧现代戏会演。后来因为来不及，改在六六年举行。如果不是江青一伙干扰、破坏，革命现代戏将会大大发展，整个文艺创作也将出现一个新的繁荣局面，这是肯定无疑的。

我再讲一件事。中国京剧院为了准备参加第二次观摩会演，赶着编排了几个戏，一个是从同名电影改编的《平原游击队》，另一个也是从电影改编的《昆仑山上一棵草》。我们还请了《平原游击队》原作者邢野和《昆仑山上一棵草》原主角刘燕瑾等同志一起改编排演。后一出剧的编导演员们还远往青海唐古拉山去了解实际生活，大家对这个工作是严肃认真的。正在紧张排演的时候，江青忽然从上海打来电话，质问我们为什么封锁她，为什么不送剧本给她看？京剧院同志赶快把演员用的油印本子送去。江青又叫人打电话来，责问我们为什么给她油印本，是不是想弄瞎她的眼睛？我们只好请文化部印刷厂连夜赶排大字铅印本送去。隔了两天，江青又打电话来，说："剧本不行，《昆仑山上一棵草》是写中间人物，《平原游击队》是宣扬'人性论'。"许多同志辛辛苦苦编排的两出革命现代戏，就被她一个电话宣布了死刑。这就是自封为"京剧革命旗手"的江青所干的扼杀革命现代戏的勾当。后来江青指令她的哈巴狗文人窃取《平原游击队》的故事情节，拼凑成另一出剧，竟说是他们自己的"创作"，这实在太无耻了！

这就是我所知道的解放后十七年文艺战线思想斗争的大致情况。

事实证明，解放后十七年文艺界的思想斗争，是在毛主席亲自领导下进行的，并且取得了一个又一个胜利。周总理则主要抓了文艺创作和队伍的建设。毛主席总是在我们迷失方向的关键时刻，给我们指明前进的道路，而周总理则领着我们沿着毛主席的道路前进，当我们摔跤时，把我们扶起来，帮助我们纠正错误，克服困难，继续向前。否定十七年文艺工作的成绩，实际上就是否定毛主席的革命文艺路线，就是否定周总理的巨大功劳。我们知道，解放后的十七年是社会主义革命，社会主义建设的十七年，在这十七年中，社会主义改造取得了伟大的胜利，建立了社会主义的经济基础，与此相适应，上层建筑也进行了改造，取得了胜利。正如毛主席所指出的："这些上层建筑对于我国社会主义改造的胜利和社会主义劳动组织的建立起了积极的推动作用，它是和社会主义的经济基础即社会主义的生产关系相适应的。"当然也存在不适应的一面，所以上层建筑领域还要不断革命。怎么可能经济基础改变了，而旧的上层建筑还原封不动，又怎么可能上层建筑其他部分改变了，唯独文学艺术部门却还是封、资、修"黑线专政"呢？这无论从事实上说，从理论上说，都是荒谬绝伦的。诚然，我们这些在文艺方面担负一定领导责任的同志犯过这样那样的错误，但这丝毫不能改变毛主席的革命文艺路线二十八年来始终居于主导地位的历史事实。这难道还有什么可怀疑的吗？

　　江青为什么捏造出一个"十七年文艺黑线专政"论来,其目的就是要篡夺党和国家的领导权,当女皇。她的野心是由来已久的。她本来是一个蹩脚演员,文化大革命前,有一天她对我说,赵丹问她还想不想上台演戏? 她说:"赵丹根本不了解我。我对文艺不感兴趣,我是要搞政治的。"这倒是一句真话,她的所谓"政治",就是篡党夺权。

　　江青要篡党夺权,必须找一个缺口。江青这个人既无德,又无才,更无威信,军事、工业、农业她都插不上手。她就利用我们工作中的某些错误缺点,企图从文艺方面来找一个突破口,先把文艺的领导权夺到手,进而篡夺整个党和国家的领导权。可是,这里有两个最大的障碍,一个是毛主席,一个是周总理。要越过这两个障碍是很困难的。她必须找一个同盟者,于是她就找到了另一个大野心家林彪。他们各怀鬼胎,都想夺权,于是勾结起来,林彪利用江青的特殊地位,江青利用林彪的特殊势力。他们对毛主席采取打着红旗反红旗的办法,打着毛主席的旗号歪曲、篡改毛主席的革命路线;对周总理则公开诬蔑或暗中攻击,含沙射影,放冷箭,打黑枪,无所不用其极。他们合作炮制的所谓"黑线专政"论,矛头就是指向周总理的。所以,"文艺黑线专政"论,不只是强加给文艺工作者的精神枷锁,更重要的是借此反对周总理,打倒周总理。这是林彪和江青一伙的大阴谋。前两天,一位同志告诉我,江青曾说过,"文艺黑线"批不下去,因为一批就批到周总理身上了。制造"黑线专政"论的司马昭之心,不是一清二楚了吗?

　　十七年"文艺黑线专政"论,是江青勾结林彪,为达到他们打倒一切、篡党夺权的目的,合伙制造的第一颗毒弹。从文艺界开始,"黑线专政"论的毒气笼罩了一切领域,全面否定了解放后十七年社会主义革命和社会主义建设的丰硕成果和优良传统,否定了毛主席的革命路线,干扰了无产阶级文化大革命,对党和国家的事业造成了空前未有的破坏。"四人帮"和林彪这一滔天罪行,必须彻底批判和清算。

　　与这相关联,我还想说说关于"三十年代"的问题。三十年代的叛徒、特务江青、张春桥,还有反共老手陈伯达之流,对三十年代左翼革命文艺,极尽污蔑、诽谤之能事,说什么"十七年的文艺黑线""就是资产阶级的文艺思想、现代修正主义的文艺思想和所谓三十年代文艺的结合"。这就把三十年代的文艺一股脑儿列入资产阶级的、修正主义的文艺范畴了。这不但是对于我国文化革命伟大旗手鲁迅先生的诬蔑,对于三十年代许多为革命献出了生命的文艺战士的侮辱,而且是公开反对毛主席对于"五四"以来、包括三十年代革命文艺的正确评价。毛主席在《新民主主义论》中说:"在文学方面,在艺术方面(又不论是戏剧,是电影,是音乐,是雕刻,是绘画),都有了极大的发展。二十年来,这个文化新军的锋芒所向,从思想到形式(文字等),无不起了极大的革命。其声势之浩大,威力之猛烈,简直是所向无敌的。其动员之广大,超过中国任何历史时代。而鲁迅,就是这个文化新军的最伟大和最英勇的旗手。"鲁迅先生也说过:"在中国,无产阶级的革命文艺运动,其实就是惟一的文艺运动。因为这乃是荒野中的萌芽,除此以外,中国已经毫无其他文艺。"鲁迅先生最光辉的著作也是三十年代产生的。我们许多人都是受了二十年代、三十年代革命文艺的教育走上革命道路的。正当林彪和江青一伙抛出十七年"文艺黑线专政"论的时候,我在作家协会召开的一次创作座谈会上发言,不同意他们对三十年代文艺的诬蔑,我说:对三十年代文艺要有分析,不能一概抹杀。三十年代至少有三种作品,一种在当时是正确的,今天还是正确的,例如鲁迅先生的作品;第二种,在当时有进步意义,今天可能进步意义不大了,例如巴金同志的某些作品(不是全部作品);第三种,今天看来是错的,在当时也是错的,例如夏衍同志的《赛金花》。但是,夏衍同志还写过《包身工》，就是好作品。一个作家这部作品好，那部作品有缺点或错误，是毫不奇怪的，不能因为写过有错误的作品；就否定他的全部作品，更不能因此而把整个三十年代文艺都否定掉。那个后来奉江青之命、在部队上"放火烧荒"的小走卒，听了我的发言后，立刻向江青打小报告，说我为三十年代文艺辩护，跟他们唱对台戏。这也就成了我挨整的一条罪状。可是，江青一伙企图把在血泊中滋长、经受他们的主子蒋介石残酷"围剿"而未能扑灭的三十年代革命文艺，加以涂污、诋毁，那是枉费心机。

江青为什么要污蔑、否定三十年代革命文艺呢？因为她要把自己打扮成文艺革命的"旗手"，打扮成社会主义文艺的"开创者"，就必须把有成就的作家艺术家都毁掉。可是，鲁迅的伟大功绩，是毛主席作了明确论断和充分肯定的，江青无法否定，所以，她只好一方面恬不知耻地把自己冒充为鲁迅的"战友"，另一方面又把鲁迅孤立起来，似乎除了鲁迅，三十年代其他作家都是不好的。毛主席说，鲁迅是中国文化新军的伟大旗手。什么是旗手？旗手的作用就是要善于率领自己的队伍，争取可以争取的力量，同敌人作坚决的斗争。鲁迅先生正是这样。他不仅最敢于斗争，而且最善于斗争。他的那些锋利的文章，都是战斗性、科学性和策略性的结合，既有战斗性，同时又是实事求是的，讲究策略的。对敌人他绝不妥协，说他死了也不宽恕那些人。对中间势力，哪怕是可以暂时同走一段路的人，他也不放弃争取他们。他对"第三种人"的斗争，就是很好的例子。我们看看，当时跟"第三种人"斗争的许多文章，都不注意策略，就是骂。鲁迅先生不是这样。他那篇论"第三种人"的文章，在理论上毫不妥协，指出作家要想超阶级之不可能，同时又有劝诱他们认识真理之意，而不是简单地骂。等到他们真正变成了国民党的鹰犬时，鲁迅先生就毫不留情地加以鞭挞了。对自己阵营内部的各种错娱倾向，鲁迅先生是不断进行斗争的。鲁迅先生是一个最了解实际、又最熟悉历史的人，他善于总结斗争的经验教训，所以他对"左"、右倾机会主义的危害性，对知识分子的主观幻想、不切实际的弱点，都看得很清楚，他对这种现象不断地进行了批评和斗争，而目的是为了更好地打击敌人。最明显的例子，是鲁迅先生给周扬同志写的那封信《辱骂和恐吓决不是战斗》，那封信说象那样打仗是不能战胜敌人的，必须改变战法。鲁迅先生从来不混淆两类不同性质的矛盾，他严厉批评自己阵营的错误、缺点，是为了更好地进行共同的对敌斗争。有些人受了"四人帮"的影响，把鲁迅先生描写成似乎是孤军作战或者是不分敌我、盲目乱战的人，这是对鲁迅先生的最大歪曲。

关于两个口号的论争，我没有研究，说不出多少意见。我认为，"民族革命战争的大众文学"的口号是正确的，"国防文学"的口号是有缺点的，对于这个口号的解释是有错误的。主要的错误就是认为在同资产阶级建立统一战线时，可以放弃党的领导。毛主席在《新民主主义论》中指出："应该扩大共产主义思想的宣传，加紧马克思列宁主义的学习，没有这种宣传和学习，不但不能引导中国革命到将来的社会主义阶段上去，而且也不能指导现时的民主革命达到胜利。"在《目前抗日统一战线中的策略问题》中又指出："在资产阶级民主革命阶段上，国民党的这些纲领，同我们的纲领是基本上相同的；但国民党的思想体系，则和共产党的思想体系绝不相同。我们所应该实行的，仅仅是这些民主革命的共同纲领，而绝不是国民党的思想体系。"因此，决不能因为讲政治上的统一战线，而放弃我们的共产主义思想体系和无产阶级的阶级立场。在这点上，"国防文学"这个口号是有缺陷的，鲁迅先生对这个口号的批评是正确的。但是，鲁迅先生并不曾认为"国防文学"这个口号根本不能存在，相反，却认为由于"'国防文学'这口号，颇通俗，已经有很多人听惯，它能扩大我们政治的和文学的影响，加之它可以解释为作家在国防旗帜下联合,为广义的爱国主义的文学的缘故,因此,它即使曾被不正确的解释,它本身含义上有缺陷,它仍应当存在,因为存在对于抗日运动有利益"。所以,鲁迅先生以为这两个口号可以并存。"四人帮"把"国防文学"诬蔑为"卖国文学",这不但完全违背历史事实,而且是对于鲁迅先生的直接攻击。

感谢英明领袖华主席和党中央,一举清除"四人帮",使我们能够打碎"四人帮"长期套在我们身上的"文艺黑线专政"论的沉重枷锁,广大文艺工作者又一次获得解放。"愤怒出诗人"! 我们一定要把揭批"四人帮"的怒火升华为艺术创造的烈焰,创作出更多更好的诗歌、小说以及各种艺术形式的作品,以报答华主席为首的党中央对我们的关怀和广大人民对我们的期望。

清除精神污染,促进文艺创作繁荣*

刘白羽

党的十二届二中全会作出的清除思想战线精神污染的重大决策,必将极大地推动和繁荣社会主义文艺事业。对于这一点,我是满怀信心的。关于如何清除精神污染,进一步促进社会主义文艺创作的发展问题,提出三点意见。

首先,必须坚持四项基本原则,彻底清除"社会主义异化"论对文艺创作的影响。粉碎"四人帮"以后,特别是党的十一届三中全会以来,在党中央领导下,文艺战线贯彻解放思想、拨乱反正的方针,批判林彪、江青的所谓"文艺黑线专政"论,清除"左"的错误思想的影响,文艺创作取得了较大的进步,出现了一些优秀作品。成绩是主要的,应当肯定。但是,我们必须看到,文艺战线还有不少问题,还存在相当严重的混乱。特别是"社会主义异化"论这一错误的哲学思想和社会思潮,对文艺创作产生了不可低估的消极影响。所谓"社会主义异化"论作为一种哲学观点提出后,很快就成为文艺创作上资产阶级自由化的理论支柱。有的说,"社会主义条件下人的异化"应当成为"重大文学主题",文艺应该对现实生活中的"异化"提出抗议和批评;有的说,"对异化现象的揭示,使文艺创作对社会生活的揭示深化了";有的还把写"社会主义异化"说成是我国社会主义文学的"新阶段",甚至说成是我国新时期文艺的发展方向,要人们"继续朝着这个方向努力"。在这种理论指导下,一些同志热衷于写社会主义社会中"人"向"非人"的异化,"公仆"向"主人"的异化,领袖和群众关系的异化,思想上、政治上、权力上、经济上的异化。在一个时期里,"异化"主题在文艺创作中泛滥成灾,出现了一批歪曲我们党、军队和社会主义祖国形象的文艺作品,在读者中散播了对党、对社会主义的怀疑情绪,造成严重的精神污染。

"社会主义异化"论背离了马克思主义的基本观点,因此不可能引导作家、艺术家去正确地观察和描写社会主义现实生活。在这一错误理论指导下产生的作品,往往把社会主义社会的阴暗面,和资本主义制度下的异化混为一谈,并把这种"异化"产生的根源归之于党对国家机器的"加强"。把批判的锋芒引向党的领导和社会主义制度本身。这样描写的结果,必然导致模糊社会主义和资本主义的界限,从而丑化了党的领导和社会主义制度。事实表明,如果我们的文艺创作用"社会主义异化"论来指导,必然会把文艺引向怀疑和动摇四项基本原则、背离社会主义文艺方向的歧途上去。这与我们的文艺所肩负的建设社会主义精神文明的神圣职责是背道而驰的。因此,清除"社会主义异化"论对文艺创作的不良影响,是关系到社会主义文艺事业前途的全局性的大事,是关系到要不要高举社会主义文艺旗帜的根本性问题。

其次,要站在马克思主义的立场上,开展批评与自我批评。邓小平同志在二中全会的讲

话中指出,解决思想战线混乱问题的主要方法,仍然是开展批评与自我批评。这点很重要。繁荣社会主义文艺创作,不能离开批评与自我批评。正确的东西总是在同错误的东西作斗争中前进的。批评的武器不能丢。发展马克思主义的文艺批评,是党领导文艺的重要方法。"双百"方针是促进社会主义文艺繁荣的正确方针,我们必须坚定不移地贯彻执行。但是,不能把批评与自我批评同"双百"方针对立起来。错误的东西放出来,马克思主义者就需要出来争,出来鸣。把"双百"方针看作是鸣放的"绝对自由",那就把马克思主义的方针曲解为资产阶级自由主义方针了。

前一个时期,文艺战线上对错误的思潮、错误的作品也进行过一些批评,但效果不够显著。要解决这个问题,一是要克服软弱涣散,反对自由主义,二是要提高文艺批评的质量,加强战斗性。当前首先要彻底扭转不愿或不敢进行批评、怕伤了和气的不正常局面。当然,开展批评与自我批评一定要站在马克思主义的立场上,要防止片面、粗暴和简单化,要以理服人,以情动人,要讲究批评的科学性。要注意划清各种不同性质问题的界限。有的是属于政治立场上的问题,有的是属于创作思想上的问题;有的已经形成了思想体系,有的是探索中的失误。这些,都要具体分析。思想理论上的一些界限也必须划分清楚。譬如,我们说,"社会主义异化"论不是马克思主义的观点,这种观点不能正确解释社会主义社会的矛盾,只能在社会上制造思想混乱,因此,我们不赞成这种观点,要批评这种观点。但是,是不是由于鼓吹"社会主义异化"论的同志曾经提到过政治、经济、思想等各个领域都有"异化",我们就不承认在这些领域中存在矛盾了呢?或者以为只要作品写了这些领域中的矛盾,便是受到"社会主义异化"论的影响了呢?不是的。再如,我们不赞成抽象地谈论人性问题,但我们并不是笼统地反对"人性"。在文艺作品中宣扬抽象的人性,宣扬克敌制胜或者争取社会进步不应当通过阶级斗争和革命战争而应当依靠人性的力量去感化,这是十分有害的,其结果只能是否定我们党所领导的几十年革命战争,否定人民民主专政。我们绝不能表现那种抽象的、超阶级的、不受具体历史条件制约的人性;但不能因为这样,我们就不能写人物的感情、心灵、命运等等。又如,我们批判资产阶级人道主义,因为当代的资产阶级人道主义是一种与马克思主义、与社会主义为敌的思潮;但是,我们也不是一般地反对人道主义。在革命战争年代,我们救死扶伤、优待俘虏,实行革命人道主义;在今天,我们提倡社会主义人道主义,它集中体现在人与人的关系和社会的道德规范上。所以,革命人道主义、社会主义人道主义都可以而且应该在文艺作品中有所表现。总之,我们在开展批评与自我批评时必须严肃认真,加强分析,注意区分问题的界限。只有这样,才有利于调动积极因素,消除不利因素,进一步推动社会主义文艺的繁荣。

第三,为了进一步促进社会主义文艺的发展,当前尤其需要引导作家艺术家注意改造自己的世界观。在一段时期里,我们对这个问题强调得不够,以至于有的作家背离马列主义、毛泽东思想的基本原则,有的作家脱离人民群众,有的作家忘记了自己是一个革命文艺战士,有的党员作家,甚至忘记首先是党员,其次才是作家。所以,我们很有必要在两个方面作出更大的努力。第一个方面是要努力学习革命理论。邓小平同志提出:"文艺工作者要努力学习马列主义、毛泽东思想,提高自己认识生活、分析生活、透过现象抓住事物本质的能力。"坚持马列主义、毛泽东思想,是我们作为实现四个现代化的根本前提而必须在思想政治上坚持的四项基本原则之一。近年来的报刊对于马克思主义文艺理论的介绍不够,对西方现代派的理论介绍却很多。我认为借鉴外国的文艺理论,洋为中用,是很必要的。但是,如果让一些青年文艺工作者灌了满脑子萨特、弗洛伊德,却连马克思主义文艺理论的常识、社会主义文艺的性质都不懂,难道不是很危险的吗?作为一名无产阶级的革命文艺战士,如果不很好地学习革命理论,就难免会受到"社会主义异化"论、人性论、资产阶级人道主义的影响。文艺创作实践中的某些失误,若干倾向不好的作品的出现,也从反面说明了这个道理。必须认识到,学习马列主义、毛泽东思想的基本原理,学习马列主义、毛泽东思想的文艺理论和美学原则,并用以指导自己的创作,对于每一个文艺工作者来说,都是刻不容缓的任务。

第二个方面是要努力学习社会。我们的文艺作品,一定要努力表现我们伟大的时代,要热情讴歌新时代的创业者。而要做到这点,作家就不能对当前亿万人民群众的斗争生活持冷漠的态度,而必须努力同新的时代的人民群众相结合。这样,才能写出教育人、感奋人的作品。邓小平同志说:"人民需要艺术,艺术更需要人民。自觉地在人民的生活中汲取题材、主题、情节、语言、诗情和画意,用人民创造历史的奋发精神来哺育自己,这就是我们社会主义文艺事业兴旺发达的根本道路。"老一代的文学艺术家在战争年代里与群众同生活,与革命共命运,创作出了许多优秀的作品;解放后,广大文艺工作者又长期地深入社会主义革命和建设的斗争,创作出许多好作品。从事军事题材创作的文学艺术家也不例外。近年间出现的一大批优秀作品,正是这些作者在深入了五十年代的抗美援朝战争、七十年代的对越自卫还击战,八十年代的引滦入津工程以及各种抢险救灾斗争或者连队的日常训练生活之后,才写出来的。我们的革命文艺工作者本来有着很好的深入生活的传统,可是现在却有人把深入生活视为畏途,特别留恋自己的生活小圈子,对表现人民群众的火热斗争生活缺乏热忱,说什么"不屑于表现自我以外的丰功伟绩"。我可以断言,那种把自己同社会、同人民隔离开来的人,是绝对写不出伟大作品来的。

学习理论和学习社会这两个方面的任务,是毛泽东同志在延安文艺座谈会上提出来的。几十年来,广大革命文艺工作者就是通过学习马克思列宁主义、毛泽东思想和学习社会,不断改造自己的世界观,不断从现实生活这一文艺的唯一源泉中汲取营养,从事创作的。在第四次全国文代会上,邓小平同志代表党中央再一次提出了这两方面的任务。我认为,这是对革命文艺历史经验的总结,也是今天我们坚持文艺为人民服务、为社会主义服务的方向,促进社会主义文艺创作更加繁荣的必由之路。

文学：失却轰动效应以后*

阳　雨

　　大概我们可以用"记忆犹新"四个字来回忆一九七七年《班主任》发表，一九七八年《神圣的使命》发表——为此《人民日报》还发表过一篇署名"本报评论员"的文章呢——一九七九年《乔厂长上任记》发表时的盛况。争相传诵啦，纷纷给作家写信啦，刊物销量大增啦什么的。就连当时对这几篇作品持严峻的批评态度的人，"批"的劲头儿也是热轰轰的。

　　五六十年代，同样不乏这样的盛事。六零年困难时期，《红岩》出书，新华书店前排的队绝不比糕点铺前的短。《青春之歌》、《林海雪原》、《红旗谱》、《创业史》以及一些引起过争议的作品都掀起过热浪。连这些作者得了多少稿费也被一些人津津乐道。

　　记忆犹新而又恍如隔世。现在呢，作家们写什么，怎么写，似乎已经很难出现那种"轰动"的效应。一九八四年，出现了《百年孤独》热，并由此而出现了王安忆、郑万隆等人的一批作品；一九八五年出现了"寻根"与"新方法论"热，并相应地出现了韩少功、冯骥才、郑义等人的一批作品，一九八六年又出现了文化热，出现了许多"文化发展战略"和诸如"现代主义与东方审美传统的结合"之类的命题，据说现代派已经穿上了中国道袍，羽扇纶巾，扇子上画着八卦，阿城的小说便是代表。所有这些热，已经大体是文人、文学爱好者圈内的事了，很少涉及圈外人。于是有人干脆提倡起划圈子来了。

　　到了八七年，连圈内的热也不大出现了。不论您在小说里写到了某种人人都有的器官或大多数人不知所云的"耗散结构"，不论您的小说是充满了开拓型的救世主意识还是充满了市井小痞子的脏话，不论您写得比洋人还洋或是比沈从文还"沈"，您掀不起几个浪头来了。不是么？

　　是不是作家与作品产生了退步现象呢？很难这么说。比较一下本文开始时提到的一些"热"过的作品（这些作品也是从大量平庸的一般的作品中筛选出来的）与当今的一些代表性的作品，还是当今的一些作品写得更活泼、更富有艺术个性因而从总体上更给人以多样与开放的感觉。但同样的事实是，八十年代中期以后，突出的好作品似乎是逐年减少。到了一九八七年，值得称道的好作品就更少。富有激情和感染力的作品似乎确不如前。从外部条件找原因未必是符合实际情况的，因为写作周期要比外部条件发生的周期长得多。愈是好作品就愈不是某种条件或气候的产物。条件愈好，厚积薄发的作品就愈容易比"薄积多发"的作品少。

　　怎么回事？试析如下：

　　首先，社会的安定化正常化及其对读者心态的影响。起码从二十世纪三十年代，革命、

＊《文艺报》1988 年 1 月 30 日。

抗战、胜利、解放、改造、运动、动乱、反帝反修、"一举粉碎"、拨乱反正、改革开放……中国的这一段历史是充满了政治激动性的。本文开始时涉及的一些文学热浪,无不与政治热浪有关,无不体现出一种理想主义色彩相当浓重的政治激情。全民的热点是为中国找出路,为一次又一次找到了金光大道而激动,为不能走另一条和又一条路而激动,为从今走向繁荣富强走上金光大道通向天堂而激动,为一次又一次地非昨而是今而激动。

当然,这样的激情这样的理想如今也有,也许更深刻了。但毕竟今天的情况是空前的安定、稳定。现在的热点是改革,没有错。但改革的热点是经济,人们对改革的看法要务实得多,思想准备要长得多。一九四九年全国都唱"解放区的天是晴朗的天",一九五八年全国都唱"社会主义好",一九六六年都唱"大海航行靠舵手",现在却不会也不必要吸引组织大家唱"改革了的体制放红光"或者"改革就是好,敌人反不了"。如果说现在整个的社会都更加稳定,人们的心态,相对来说更缓和与宁静一些了,我们只能额手称庆。中国是个古老的大国,近百年由于屈辱困苦而变得相当易于冲动……不是么?

人们变得日益务实以后,一个社会日益把注意力集中在经济建设、经济活动上而不是集中在政治动荡、政治变革和寻找新的救国救民的意识形态上的时候,对文学的热度会降温。很遗憾,但似乎事实如此。不知道这算不算什么"规律"。五十年代或者更早,青年人希望通过文学作品来确立自己的人生道路、价值观与政治方向。有不少人看完了一本书就离家出走,就冲破婚姻罗网、背叛剥削阶级家庭投入革命队伍。七十年代后期人们通过"得风气之先"的作品来体察一下社会的新的萌动。例如,远在中央做出正式决定以前,《于无声处》就上演了,能不轰动吗?以后还能常常是这样或者有必要这样吗?现在呢,未必有太多的人希望通过文学作品来帮助他们理解或者解决人们最关心的物价、劳动工资、职务提升与职称评定、购买商品房或者考"托福"出国的问题。包括翻两番与赶上中等发达国家的大目标也未必需要文学的诠释或"吹风"。

不能笼统地慨叹"世风日下,人心不古",不能笼统地埋怨读者的"素质低下"——不看自己的巨著却去看通俗武侠言情小说。甚至也不能笼统地责备作家没有去写改革写聘任制写横向联合写合营旅馆写中纪委正在处理的大案要案。现在写更大得多的贪污案也难以收到一九七七年的轰动效应,即使写得更深刻精彩。这里,笔者想冒昧地说一句,如果一个社会动辄可以被一篇小说一篇特写一个文学口号所激动所"煽动"起来,只能说明这个社会的运行机制特别是言论与决策状况不大健全,不大顺畅;说明这个社会的人心不稳,思想不稳,处于动荡之中或动荡前夕。反过来说,如果一个社会的许多成员只是为了"解闷儿"而读文学作品,冷落了一些救世型的思想家与惊世玩世型的艺术家的巨作,也并非完全可悲。要求增加工资的人去找人事科财务处,要求民主参与的人去找市长区长政协委员人民代表,要求惩治坏人的人去找律师检察院,要求打发时间的人干脆去看《卞卡》,他们都没有必要一定去找作家找文学作品。

当然,这不是说作家与文学将会失业。文学的功能是各种社会机构所无法代替的。难以因非文学的"形势"而获得轰动式的成功,这只能要求严肃的作家拿出更加有独特的艺术成果与经得起历史考验的真实货色(包括思想的、政治的、经验的、学识的、技巧的)的作品来。这也必然会使本来就不严肃的作家去搞些噱头性的东西,他们也许会变得更不那么严肃。界限渐趋分明,也好。

其次,开放的结果会使人们见怪不怪。封闭的结果当然是少见多怪,大惊小怪。开放环境中的人比封闭环境中的人更不易激动,不知道这是不是也是"规律"。例如看惯了人体画的人不会因看画而产生邪念,而男女授受不亲的结果,谁碰谁一下都能令人联想到性关系。回想七十年代末八十年代初,朦胧诗与所谓"意识流"小说居然能引起不小的波澜,能就"看得懂还是看不懂"而论辩一番。此后的一些年,一些文学作品如马原、残雪之作,在形式的怪异乃至内容的晦涩方面走得远多了。相比之下看得懂与看不懂、赞赏与斥责的声浪却低得多。当今文坛上,走爆冷门的捷径去争取一鸣惊人、一举成名天下知的效果是愈来愈困难了。禁区愈少,闯禁区的诱惑力便愈降低。途径愈多样,走捷径的方便就愈减少,当然,这也不是坏事。

前些年出现了许多热,从"蛤蟆镜"热到"寻根"热,从邓丽君热到琼瑶热,从萨特热到拉美文学热,从办公司热到自费留学热。有的热得有理,有的热得没劲。易热的结果必然是易冷,而易热易冷反映了一种"初级"心态。

这说明我们的开放才刚刚开始,还不那么成熟那么善于消化选择,还不那么清醒稳重。降点温以后,会不会更好一些呢? 当然,开放的幼稚性只有靠进一步开放来解决,靠边开放边消化选择来解决,而不是靠停止开放来解决。

在谈到"凉"的问题的时候,第三,我们还得考虑一下作家本身的状况。有相当一批中、青年作家,这几年写得很快很多。要说的话说了不少。他们需要的是某种新的调整、充实、积累、酝酿、蜕变。作家正象油井,不可能总是喷涌。即使有的作家如王蒙、刘绍棠每年仍是新作不已、持续旺盛,但也有一种实际上的危机或者"颓势"在等待着他们——他们的新作有可能只是旧作的平面上的延伸与篇数字数的递增,而平面延伸与字数递增并不值得任何作者与读者羡慕。

另外还有一批比较年轻的作家,有的是出手不凡,有的是迭出佳作,文坛上评评论论还是相当红火的,但也陆续露出了后力不支的样子。这方面王安忆讲得最为诚实。最近她在香港说:"我在农村插队落户时,常有多种遭遇,因而产生各种心情;回城后当刊物编辑时,也有各种际遇,时有所感。写作的要求都是在这种场合产生的。现在则经常坐在家中写稿,既无谋生要求,又无当初各种苦闷的心情……",她又说:"不幸的是我过早成为专业作家。文学本来应该是人生的副产品……不料我先成为作家,生活倒成为我的次要东西了。因此,我感到困惑。"(见 1988 年 1 月 3 日《文汇报》三版)说得何等好啊,王安忆!你说出了我国"优越"的专业作家照拿工资制度的弊病。你有勇气说出真相,可敬!你有没有勇气甩掉这个"专业作家"的空架子、去追求实实在在的人生、并从而出现副产品呢?

再如阿城,"三王"写罢,海峡两岸一片喝彩。但他早在两年前的《遍地风流》里,已经重复《棋王》里"喝得满屋喉咙响"之类的受到激赏的句子了,这不是吉兆。如果他相当长一个时期拿不出新的好作品来,对于他,完全不应苛求或者责备,倒是一些喝彩者值得想一想,文坛固然需要当场起立的叫好者,不也需要一慢二看三想过的评论家吗?

近年又有新作者涌现,某些作品向怪向粗野等方面发展。有的还自称什么第五代(?)作家。成绩如何? 还需要再看看。这里要说的是,不论什么新观念新手法新流派新句式,都不妨试验,裤衩当手套领带裹脚,也可以试,但这都不能代替真货色。真货色是作家的真才实学,真情实感,是作家的全部才能学识,经历经验,灵魂人格。如果您和您的读者确是吃得过饱，当然也可以写出一些撑出来的作品。如果您和您的读者确是太闲，当然也会写一些闲出来的作品。如果您和您的读者确实是才思如流星飞瀑如钱塘江潮，当然也会写出一些大破条框的作品。怕的是您刚够卡路里就超前打饱嗝，刚旷了一天工就炫耀无聊，二等才华却具备头等的疯狂和痛苦。

文学当然会有新的高峰和新的突破，只是得来不会如此廉价。年轻人会成长起来，通过自己的坎坷的路。减少他们的曲折和坎坷的长者的欲望是可以理解的，该说的话总归该说，回避文坛现状的矛盾是不可以的。但谁也无法代替他们前进，代替他们突破或咋咋呼呼地自称突破，也不能代替他们跌跤和碰壁。

文学热确实在降温，无需着急也无需生气。我们的国家正在发生巨大的、历史的变化。社会心态也在变，这种变必然会反映到文学领域。从不同角度出发怀旧，不喜欢目前的种种文学现象是可以的，但谁也无法不让它变化。凉一凉以后也许会进入新的阶段，新的境界，出现新的人才或老人才焕发出新的活力。也许凉一凉以后才会出现真正的杰作。但愿如此。但也许这种相对疲软的局面会延续乃至加重，谁能说准呢？连副食供应都那么难预测，何况虚无缥缈多了的文学？当然，从长远来说，前景仍然是乐观的。能不能预测一下今后一些年代文学发展的趋势呢？更难。但不妨试一试：

一、文学的进一步分化。尽管把通俗小说与"严肃小说"结合起来做到雅俗共赏、曲高和众是诱人的理想，但这二者的进一步分化、文学的双向发展与作者读者在这二者之间的摇摆恐怕是难以避免的事实。类似的双向发展还有洋与土，纪实与幻想，巨型与微型，道德与非道德，极端与中和，高尚与俗鄙，艰深与浅白等。包括一些长年以来没怎么发展起来的形式，如推理小说、自传小说、历史小说等，都会得到长足的发展。

二、深沉化，这是最重要的。一方面表现为思考的更加理性、更加深邃、更加全面多侧面；一方面表现为对人的灵魂的进一步关注。在描写一些重大历史事件一些典型人物的时候，不论是对战争、土改、大跃进、"文化大革命"，乃至于写今天的改革，不论是写什么样身份的人物——红卫兵也好、老干部也好、资本家也好、佃农也好，将愈来愈突破简单化程式化与脸谱化的模式，将不再是某个口号或理念的图解，而日益反映出我们的民族已经在变革与建设的道路上走了一大段路的成熟性与更深刻、更宽阔的概括力。另一方面，深沉在于写出人的灵魂，叫作"触及灵魂"，当然不是用"大批判"。文学将更深入生动地描写人的喜怒哀乐，描写人们的（当代的、现代的、古代的，特定的与普遍的，特定历史时期与永恒的）困扰与激动，写人的内心需要，写人的内心的痛苦与追求。这些，当然具有社会的与历史的内容，但这种社会的与历史的内容是通过或往往结合着人性的内容、生命的内容来展现的。这里要说的一句话是，无神论者也需要拯救（包括安慰、净化、超脱、激励）自己的灵魂，当人们寄希望于文学家的时候，一篇又一篇小说不能仅仅用一些粗鄙的脏话或者梦呓式的咕哝来搪塞读者。也许一个时期以来作家努力显得比读者高明比读者先知先觉未必总是对的，但也不可能走上在作品中显示作者比读者更白痴或者更提不起来乃至更流里流气的路子。从长远来说，在实现"全民皆小说家"之前，读者需要的仍然是亲切的、诚实的、精神上更多而不是更少有力量的作家。我们的文学界内外已经饱尝"假、大、空"的超级口号之苦，人们厌烦了洋洋洒洒的空论，这是可以理解的。但反过来以为堂堂中华文学要走犬儒主义、玩世不恭的无理想无追求无道德的道路，也是荒谬的。这种赶时髦也很可笑可悲。

三、民族性与时代性的结合，经过一段初级开放的多方引进多方寻根以后，在一大堆洋玩艺古玩艺土玩艺都不再新奇了以后，在创作上那种急于甩出去、争当第一个或者见到新玩艺就痛心疾首义愤填膺的心态渐趋平稳以后，有可能出现新的更加民族也更加时代的作品。在一大批涌潮又退潮的作品沉淀下去以后，也许从这几年不那么"活跃"的老人或者这几年尚未露头的新人之中会出现几部真正能留在文学史上的巨著？谁知道呢？文学与生活一样，人们当然寄希望于未来。

文学的黄金时代确实是来了，黄金一样的作品却不会因时代的黄金而自动涌现。《红楼梦》的出现恰恰不是时代黄金的结果。我们需要观察，我们需要思考，我们需要探讨，我们更需要潜心全面努力。

关于思想文化问题的几点思考[*]

朱厚泽

对文化问题需要做一番思考

今年我们政治生活中的一个重要主题,就是如何加强精神文明建设。作为精神文明建设一个重要组成部分的文化工作,现在全国各地正在热烈地进行讨论,有一个"文化热"正在中国大地上兴起。对今年文化方面研究的热潮,我们可以仔细地思考一下。现在一些年轻同志喜欢用"反思"这个词,确确实实应把文化方面的这个热潮好好反思一下:对我们国家思想文化的状况、发展的历程作一点系统地思考;对世界文化发展的全局,对一些在思想文化发展上重要的地区或国家、民族的发展历程作一点思考;再做一些互相比较,这对"使文化工作有一个长期、稳定的发展"会有好处。

有的同志说,党的十一届三中全会以来,经济改革进行了七年,中国式的经济体制的奠基性阶段就在"七五"期间。已经进行的改革提出了文化观念的变革,进一步的改革要求我们在文化观念上有突破,不然就没法继续前进。经济技术的发展,提出了提高我们人民文化素质的问题,进一步实现我们的总目标、本世纪末的目标,更要求我们提高整个民族的文化素质。这种说法是有些道理的。

今年是"双百"方针提出三十周年;"五·一六"通知发布二十周年;"文革"结束十周年。把这三个东西叠加在一起,好象有点荒唐,但实际生活确实是这样的,我们的路就是这样走过来的。这使我们看到生活不象长安街一样笔直,它是曲折的。而这个曲折道路给我们提供了一个信心,就是真理终究会战胜谬误,人们终究会从具有某种盲目性的状态中解放出来,经过实践和反思,走向自觉,达到更加成熟。所以,我觉得这三个"十年"碰到一起,也并不是什么坏事。再加上我们面对一个全面开放的形势,各种文化互相接触、交流,也有某种摩擦(如果不用"冲突"这个词的话),所以对文化问题需要做一番全面思考。在这个思考、反思、回顾当中,是不是可以对我们工人阶级的党和人民的政权如何领导思想文化工作总结出一些经验教训来。从十月革命到现在将近七十年,从 1949 年到现在有三十七年,但实际上我们党更早就掌握了局部政权,因此处理思想文化问题,我们还不能从 1949 年算起,还可以从更早一点时间加以思索。早在根据地的红色政权下面,我们党就涉及到了对思想文化问题的处理。我们党领导思想文化工作的经验、教训是很丰富的。《人民日报》海外版报道,王蒙同志讲,对艺术创作方面的问题一般地讲不采取行政干预的办法。这句话是总结了我们的经验的。我们过去用行政的方式干预得不少,而这种干预成功的不是太多。文化部提出

---

* 《人民日报》1986 年 8 月 11 日。

希望文化工作有一个长期、稳定的发展,要达到这一点,是不是就我们思想文化战线的历史经验教训,做一些回忆、总结、研究,作出恰当的评价。这是我讲的第一点意思。

宽厚、宽容和宽松

第二点,文化要发展,各行各业要发展,推而广之,要使一个社会充满生机、充满活力,有一件事情恐怕值得引起我们注意,就是:对不同的意见,不同的看法,与传统的东西有差异的观点,不要急急慌慌做结论;同时,对积极的探索、开拓和创新,要加以支持。如果在这个问题上不注意,恐怕不仅是思想文化的发展,其他方面要发展也是难以想象的。《人民日报》有一篇文章,讲到宽厚、宽容和宽松。三个"宽",提出一个问题,就是对于跟我们原来的想法不太一致的思想观点,是不是可以采取宽容一点的态度;对待有不同意见的同志是不是可以宽厚一点;整个空气、环境是不是可以搞得宽松、有弹性一点。完全刚性的东西是比较容易断裂的,它不能抗冲击。而社会生活中的冲击随时都会有,会从各个方面来。保持一点弹性、柔性,不但有利于发展,也有利于抗"冲击"。多少带一点弹性、柔性,这对于处理我们的思想文化问题,经济政治问题,小至家庭、夫妻、父子、母女,大至国家大事、民族关系,都会好一点。所以,在这个问题上是不是可以把握得更妥善一些。

实行优胜劣汰,允许竞争,鼓励竞赛

一个社会要充满活力,一个行业要能够生动活泼地向前发展,都要有"明星"带头,都要敢于支持拔尖人物的崛起。如果不出这样的人物,要带动一条战线,比较难。前几年,有两句话我一直非常欣赏,后来不太讲了,我非常惋惜,这就是"上不封顶,下不保底"。任何事情,如果上边"封顶",就没有办法突破、发展,拔尖的就出不来,不能实行"优胜";下边"保底"呢,就不能实行"劣汰",这样社会各个行当就不能发展。实行优胜劣汰,保护竞争,促进竞赛,使拔尖的人物可以破土而出,腾空而起,这恐怕是事业发展的一个很重要的条件。现在的思想状况是,既怕突破,又怕淘汰,两头都害怕。总怕拔尖人物冒尖,这个思想可是要老命了。一个剧种如果不出现著名的表演艺术家,它怎么能站立起来?一个学科不出现大的学者,不出现研究工作中的一些突破性进展,这个学科怎么能前进?而我们在比较长的时间里是既要封顶,又要保底,两头拉住。这个思想是不是与我们传统文化的中庸之道有点联系,我讲不清楚,但是这件事情值得思考。在思想文化问题上。我是主张"上不封顶,下不保底",促进拔尖人物出现的。演员嘛,全世界到处去演出。指挥可以到处去指挥,伴奏可以到处去伴奏。我们一些乐团一年在国内演不了三个月,其他九个月,外面请他演出有什么不可以呢?我是主张放开一些。而且还应该有意识地造就一大批在世界舞台上活跃的科学家、技术家、文学家、艺术家、工程师、设计师、教授、学者和各种各样的人物。体育这几年发展较快,不就与"上不封顶,下不保底"有关吗?在我们国内,要使得各行各业、各方面的拔尖人物都能够出来。不要怕冒尖,现在不是冒尖的问题,而是出都出不来的问题。

优胜是一头,劣汰是另一头。劣汰才会有点压力,不要弄得人们可以长期舒舒服服躺在那里,可以混下去。这样社会没法进步。我们老是把步履蹒跚的人搂在怀抱里,生怕他伤风感冒。越是这样做,他的体质越弱。为了社会的安定,一些必要的基本的生活保障当然还得要有。但说去说来要促进社会的发展，还是得实行优胜劣汰，要允许竞争，鼓励竞赛。如若不然，我们人大常委会就不会去讨论企业破产法。你既然承认经济上的竞争，却又不允许破产，这是不行的。就是要规定企业的破产制度，才能使企业充满活力。就是要把企业甩到市场上，甩到国际国内的市场上，进行经济上的竞争和竞赛，通过经济强制，迫使它往前进步。没有这条不好办。当然优胜劣汰有不同层次、不同的问题。比如科学技术中的实用技术，我们就采取技术市场的办法，采取有偿转让。基础研究就不一样了，所以实行基金制，对一些重要的科研项目采取国际国内投标。这些都是不同的办法，但总的原则就是放开手，鼓励开拓和创新。

对文化问题，既要看到它稳定性的一面，又要看到它变异性的一面

第三点，要把发掘民族的东西和接受外来的东西这个关系恰当地处理好。我们中华民族有自己优秀的、灿烂的古代文化，对民族文化传统采取虚无主义的态度是错误的，但另一方面，对这些东西也要有科学的实事求是的评价。特别对汉民族来讲，它是由近十亿人组成的，在长期的历史发展中，与国内各民族互相交往、互相吸收、互相借鉴，与国外也互相借鉴，有自己很优秀的文化遗产。因此，在面临实现四化、走向二十一世纪的时代，汉民族要特别注意恰当地科学地评价自己的文化。我讲的是广义的文化，不是单讲文学和艺术。我们既不能采取虚无主义的态度，否定一切，也不能看不到我们在历史前进过程中落后了的方面，看不到其他民族、其他地区文化的渊源及其在发展过程中一些优秀的东西。如果不注意去汲取这些东西，对我们的现代化建设是不利的。活字印刷术是很值得我们骄傲的东西，但今天要确确实实承认我们的印刷技术落后了。我开玩笑说现在是"出口转内销"，活字印刷术传到欧洲好几百年，现在电子照排又传回来了。不去汲取，老是沉醉于我们的活字印刷术曾经对欧洲近代的文艺复兴产生过多大的促进作用，光晓得在地下去挖掘那个时候的古物拿来陈列，这可不够呵！还要做现代的比较，我们在哪些方面不够了，掉队了，把人家先进的东西赶快拿过来。我总感觉，对文化问题，既要看到它民族的、地区的稳定性的一面，又要看到它时代的变异性的一面。不要把这个问题看死了，也不要各执一端，钻"牛角尖"。不承认文化在长期的历史发展中，某个地区、某一个民族有它长期相对稳定的东西，是不符合事实的；但是另外一面，它又存在着时代的变异性，本身是发展变动的，看不到这个变异性也不符合历史的事实。所以无论就国内各民族还是国外我们同其他民族的关系来讲，要恰当地注意这个问题，不要把某一个方面看绝对了。要看到我们现在的文化成分中有妨碍我们前进的因素，要进行一些文化观念的改变，要进行一些改革。如果看不到这一点，那是危险的。我们的观念里面有很多东西，看起来是天公地道，是古已有之的道理，其实不妨提出点怀疑，在新的条件下研究一下，看它是不是真理。

要培养和选拔文化事业的经营家

现在就面临一个文化事业经营的问题。文化是一个高尚的事业，但是文化要依托一定的物质载体去流通、送到群众的手中，我们今天的一些精神产品通过商品的流通形式进行，

你就不能不考虑经营。在宣传部长座谈会上,王蒙同志讲到对文化事业两个方面的规律都要尊重,一方面要尊重艺术规律,另一方面文化艺术又作为具有物质载体的东西,在人民中流通,又要计价,又要算账。所以,我们是否可以这样提出,文化系统要培养和选拔一批文化事业的经营家出来。不然的话,我看事情不好办。光有诗人,充满激情,飘飘洒洒,可以写好诗,写好散文,但是没有经营就办不好文化事业。听说上海的出版事业就办得不错,不仅不赔本,而且还有积累,一年的利润超过一个亿。我在武汉曾经讲,恐怕要写一篇新赋,叫做"商品赋",或者叫"商品颂"。当时有个同志讲还应该写"商人颂"。一讲经纪人,我们就摇头,认为没有好东西,这是不对的。社会主义文化艺术事业要发展,就要讲经营,要有一批善于经营的人才。是不是可以研究一下如何搞好社会主义文化事业的经营和培养选拔经营人才的问题。

用马克思主义态度对待非马克思主义的学术成果

我再讲一点,文化方面的理论问题,文学艺术的理论,要加强研究。同时,综合性的文化问题,也需要认真探讨。马克思主义对文化问题有一整套的研究。这方面有一些基础理论问题,我们是不是可以共同学习一下。包括我们党的历史上对思想文化工作的方针、政策,对一些文化事件的处理情况,收集一些材料学一学。这对我们更好地从事文化工作的领导是必要的。除了马克思主义的基本理论和我们党的历史经验以外,对一些非马克思主义的理论、其他国家文化工作的理论,是否也要学一点,接触一下?

在这里,我想提出一个问题与同志们商议一下。马克思主义的理论是由非马克思主义的材料"铸造"出来的。历史事实是不是这样的呢?马、恩在形成他们的理论之前,世界上没有一个东西叫马克思主义。按照列宁的说法,马克思主义有三个来源,一个是德国古典哲学,一个是法国社会主义思想,一个是英国的古典政治经济学,这三个,没有一个是马克思主义的。马克思在创造自己的学说时,所收集的材料都是非马克思主义的。这就提出一个问题:现在与马、恩那时的情况不一样了,我们有了马克思主义经典作家从全世界久远的思想文化遗产当中,从非马克思主义的材料中"铸造"出来的马克思主义,已经有了这么一个严密的、具有自己的完整结构体系的马克思主义理论。在这种情况下,我们究竟应该如何对待人类的思想文化遗产呢?一种态度是:马、恩已经替我们把这件事办好了,把优秀的、精彩的部分都已经拿过来了,而且已经经过他们科学的"铸造"和"锻造",形成了马克思主义体系,我们就在这个体系里过日子就行了。这是从内部讲。从外部讲,对于马、恩以后,世界上哲学、社会科学、文学艺术的发展,自然科学的发展,技术科学的发展,经济政治的发展,社会生活的变迁,人们对自然、社会、历史和人的思维本身的认识的深化,由此所萌生、所形成起来的种种新的学说、新的思想、新的理论、新的观念,并进一步激起的新的探索。究竟采取什么态度?我建议文化部门的同志是不是也思索一下这个问题。如果按照马克思主义经典作家的办法,以他们做楷模,我们就不能采取自我封闭的态度,仅仅安于在已有的马克思主义框架内部去自我循环,而应当以马克思主义的立场、观点、方法作为认识世界的武器,对一百多年来,列宁逝世六十多年来世界新的发展作出马克思主义的分析和评价,就应当紧紧跟踪时代和实践的足迹,听从现实生活的呼唤,善于从新的实践中吸取思想营养,使这一科学理论体系永葆蓬勃的生机和活力。就是对那些渗透了剥削阶级偏见的东西,也要善于进行分析。如果里面有闪光的东西,也要善于把它拿过来,为我所用。实际上,我们现在面临这样一个问题:马克思主义者对待非马克思主义的学术成果,对于现实生活中新的发展、新的问题,究竟采取什么态度?这是时代所提出的课题,是马克思主义理论在其自身发展进程中提出的基本的课题。

一切都要依托在提高文化素养的基础上

王蒙同志讲到要提高文化艺术队伍的素质。对我们的艺术家、作家,对我们领导文化艺术工作的领导同志,究竟怎样使大家能增强一点马克思主义的基本理论修养,同时又能够采取合乎马克思主义的态度来对待那些非马克思主义学术文化成果。在上海开会时,夏衍同志讲,他自己这一辈比起老一辈(指鲁迅、郭沫若等),在学术修养、学术知识上差得很远。夏衍同志是很谦虚的。我想,拿他这个话来衡量我们自己,我们同代的作家、表演艺术家、理论工作者,我们在这方面是不是更不够?现在我们有很多年轻同志才华出众,但是有一个问题,就是整个文化基础的宽度和深度不是很够。这样发展到一定程度,就会受到限制,很难再上去。当然,对这个基础也不要说得太神乎其神,但是在发展过程中。作为文化工作的领导部门,我们要帮助这些同志,把自己的基础逐渐加深加厚,包括理论的素养、文化的素养、现代科学知识的素养。在意识形态领域,我们曾经有时离开文化的提高,孤立地谈思想观念的变革,结果并不是很好。"文化大革命"是一个畸形的同时也是一个极端的展现,连最基础的文化都不要了,而"共产主义"则是"天天读",许多口号则是天天喊,而那个结果是大家都清楚的。现在提出的进一步端正党风也好,端正社会风气也好,树立共产主义世界观也好,提高道德情操也好,这一切都要依托在提高我们的党员、干部和全民族的文化素养的基础上。不从整个教育和科学文化素养着眼,孤立地在那里搞思想观念上的变革,抽象地讲道德问题,恐怕解决不了问题。不是取消德育,而是要使德育渗透于智育之中。中国的教育有一个传统,教书和育人是合而为一的,是一回事。我们现在也是要寓政治思想教育、理想道德教育于文化教育、文化生活之中。最近,小平同志讲法制问题不是又一再说,根本上是个教育问题吗!所以,文化问题是个大问题。怎样提高整个民族的文化素养,对这个问题要看得宽一点,想得远一点。由小文化推到大文化,又以大文化推动整个社会政治经济的全面发展。

(原载《中国文化报》,本报略有删节,小标题是编者加的)

反和平演变三论[*]

华之俏

论自由化的阶级基础、社会基础

　　我们所说的资产阶级自由化的思潮，在有的国家来讲就是民主社会主义的思潮。从根本上看，这两种思潮的性质是一样的，但是确有不同的条件、不同的特点和发展趋势。他们那里这种思潮泛滥的程度，比我们这里要厉害得多。原因之一，在社会主义取得辉煌成就的一段历史期间，他们确实也犯了不少严重错误，而且没有很好地加以总结，这就给那些鼓吹民主社会主义的人、包括接受西方影响的持不同政见者以借口，使他们能够利用这些东西，加以夸大和编造，作为反共反社会主义的武器。在我们这里的那些人，手法也一样，但终究我们这40多年，与民主革命时期连续起来70年，在许多根本问题上比他们处理得好，不仅主流是好的，成绩是伟大的，失误是第二位的，而且都是我们自己郑重地改正那些错误的。他们那里长期不改正，末了又来了个一切否定，并且得不到应有的抵制。要讲涉及的问题，他们所涉及的和我们这里资产阶级自由化所涉及的几乎差不多。有个同志最近从那里访问回来讲，在文学领域里，他们把高尔基等被历史肯定了的享有世界声誉的无产阶级作家打倒了。在革命时期、建设时期产生出的，坚持革命的现实主义的一大批进步作家、革命作家都被否定了，文化战线完全是一种复旧、复古。他们从俄罗斯的17世纪，甚至于更早一点，去找文化传统。我们这里也曾经有人批判鲁迅，批判郭沫若等，但是我们抵制了它，使正确的东西仍然占着优势，处于主导地位。宣扬民族虚无主义的《河殇》一出来，立刻激起人们的义愤，遭到了强烈的正当批评。所以中国的情况同他们的情况大不一样。

　　所谓资产阶级自由化的纲领，就是以政治多元化否定党的领导，以经济私有化否定公有制，以指导思想多元化否定马克思主义的指导地位。在有的国家，不光有这种主张，而且已变为现实；不光搞民主社会主义的人天天在宣传、在煽动，包括某些领导人，也天天在搞这种宣传和煽动。说什么，共产党的领导权不需要用宪法来规定，靠自己的工作努力来争取。这话听起来动听，实际上坏大事，中央不用说，地方的各级组织绝大多数因此在政权机关失去了领导地位。所以，从他们的情况来看就可以知道，听任资产阶级自由化思想泛滥的危险性是什么，会发展到什么程度。一些人散布资产阶级自由化思想，掀起这种思潮，目的是搞乱人们的思想，最后乘乱夺取政权。资产阶级自由化和反资产阶级自由化斗争的焦点、中心，还是个政权问题。这一点到了动乱期间就很清楚了，动乱"精英"成为夺权"精英"。有的国家民主社会主义者所做的，也是我国资产阶级自由化分子想要做的。绝不要低估资产阶级自由化思潮的危险,绝不要把他们看成只是写写文章、发发议论,他们有他们的目的,最高的目的就是要推翻无产阶级政权,在我国就是人民民主专政。陈云同志在1989年说,资产阶级自由化的目的就是要推翻社会主义的共和国,建立资产阶级共和国。现在这些人在国内的收敛了一下,但心并不死;在国外的就天天张牙舞爪,大叫大喊。最近方励之出了一本书,叫《推倒长城》。你看,连老祖宗都不认了,哪有一点中国人的味道?这些"精英"自以为高明,说是独立的政治力量,是历史前进的领导力量,但为了实现他们的野心,可以什么都不顾。他们是地地道道的由西方垄断资产阶级花钱豢养的一批奴才而已!他们如果建立起他们所要建立的国家,那只能是帝国主义的附庸,只能使中国重新丧失独立的地位,重新变为殖民地、半殖民地的国家。**所以,我们同资产阶级自由化的斗争,绝不仅仅是工人阶级一个阶级、一个党同这些买办势力的斗争,而是中华民族全体人民同这些民族败类的斗争。**

这种斗争,不是这几年才开始发生的,实际上由来已久。在这个问题上,很需要读一下毛泽东同志的著作。毛泽东同志曾说,资产阶级的顽固派不想建立各个革命阶级的联合专政,而要实行一个阶级一个政党的寡头的专政;他们的这个目的是实现不了的,因为工人农民不允许,国际条件不允许。毛泽东同志又讲,他们要实现这样的野心,只能够联合一批西方的帝国主义,如果这样做,只能够使他们垮台得更早。中国的买办资产阶级是软弱的,生来在外国人面前就没有独立的品格,生来就奴颜婢膝。**资产阶级自由化分子看来好像是在改革开放以后才出现的,实际上早就有,只不过名词不一样,阶级性质是一样的。**他们的这种阶级性质同1957年的真正的右派一脉相承,其中像戈扬、王若望、刘宾雁,1957年就是真正的右派。

无论是在有的社会主义国家或是在中国,在其历史的发展过程中都遇到了这样一个问题:生产资料私有制的社会主义革命或改造完成以后,究竟还存在不存在阶级斗争?阶级矛盾和阶级斗争是不是随着私有制问题的解决也就跟着消失了?无产阶级专政建立以后,国家是不是马上开始消亡,还需要不需要提出一个巩固无产阶级专政的问题?在这些问题上,有的社会主义国家没有解决好。我们在1957年春天的一段不长的时间里,也没有解决好。但是,我们认识这个问题比较快,修正我们的错误也比较快。毛泽东同志在《关于正确处理人民内部矛盾的问题》中第一次提出,后来在《1957年的夏季形势》里又重新说明,完成了生产资料私有制的社会主义改造以后,社会主义制度还不巩固,实现了经济战线上的社会主义革命以后,意识形态领域谁战胜谁的问题还没有解决,阶级矛盾还存在,资产阶级和无产阶级的矛盾、斗争还存在,各派政治力量的斗争还存在,无产阶级要按照自己的面貌来改造世界,资产阶级也要按照自己的面貌来改造世界,资产阶级的思想、小资产阶级的思想还要顽强地表现自己。所以,**完成经济战线的社会主义革命以后,我们的根本任务已经由解放生产力变为在新的生产关系下面保护和发展生产力,同时还要在思想战线上和政治战线上进行社会主义革命。要认识阶级矛盾、阶级斗争还会长期存在,两条道路的斗争还会长期存在,无产阶级专政建立以后,还需要巩固无产阶级专政,在中国就是要巩固人民民主专政。**针对帝国主义对我们进行和平演变的战略,毛泽东同志还提出了我们要进行反对和平演变的斗争,要防止资本主义在中国的复辟。可是当把这样的认识付诸实施的时候,曾经犯过"左"的错误,特别是10年"文化大革命"的错误。十一届三中全会后,小平同志提出以经济建设为中心,坚持四项基本原则,坚持改革开放,维护、坚持和发展了毛泽东思想,保证我们各项事业取得举世瞩目的成就。这期间也犯过"一手硬、一手软"的错误,犯过右的错误。经过不断地实践，不断地斗争，不断地总结，我们的认识逐步深入，理论本身也逐渐成熟。在1989年的政治风波中，我们平息暴乱，站住了，证明我们党的理论经受住了历史的考验。然而有些社会主义国家没有这种实践和认识的准备，或者准备不够，结果一些国家变了颜色，资本主义复辟成为现实。所以，四项基本原则同资产阶级自由化的斗争，根据这几十年来的经验，一定要放在两个阶级、两条道路的斗争中，放在和平演变与反和平演变、渗透与反渗透、颠覆与反颠覆的长期的斗争中，作为一个重大现实问题来认识、来观察、来处理。

论反和平演变的正义性

我们在1989年以前的相当一段时间里，文章也好，讲话也好，几乎不谈和平演变与反和平演变的问题。到了1989年以后，实践教育我们必须重新认识这个问题，不能低估这个问题。这两年对这个问题的认识逐步加深了。我们要清醒地看到，以美国为首的西方资产阶级对我们的社会主义国家搞和平演变的野心很大，他们公开宣称，要在全世界范围内消灭共产主义。他们的步骤很急，妄图在这个世纪末就消灭世界上的共产主义。布热津斯基就说，等到下个世纪的2017年，要在莫斯科的克里姆林宫建立一个博物馆，讲过去的100年中间共产主义怎样开始实验，到世纪末又如何遭到全面的失败。迫不及待呀！为了实现这个战略目标，他们从各个方面，从政治、经济、军事、文化、思想、外交各个领域着手，使用了各种手法，确实有一整套的策略和手段来加以实施。**他们的和平演变，发展到一定条件下，可能不和平，这场无硝烟的战争最终要冒出火药味来。彭真同志说得好，根据中国的情况，根据有些国家的情况，和平演变并不和平。当他们使用的和平演变方法在实施过程中间遇到工人阶级的抵抗、革命政党的抵抗的时候，他们就要考虑动武了。**1989年宣布戒严以后的情况正好说明了这一点。在北京的人都知道，6月3日晚上七点多钟起，每半个钟头广播一次，宣布军队要进驻天安门，告诫所有的人不要再去天安门，这样一直广播到十一二点钟。尽管这样，部队每前进一步都遭受袭击，我们的武警部队和解放军被他们打伤打死不少，迫使我们不能不进行自卫。在这个问题上，我们绝不要把他们看得太善良了。

帝国主义进行武装侵略、武装演变，是反动的，是非正义的；我们反对武装侵略、武装演变是革命的，是正义的。不知怎么的，当帝国主义转变为搞和平演变的时候，我们竟然在这个起码的问题上有一段时间不清楚了。资产阶级自由化分子不用说，他们是欢迎和平演变的。问题是我们有些人，甚至糊涂地认为，和平演变也并不见得坏。好像从武装的演变改变成为和平的演变以后，性质就发生变化了。武装演变是赤裸裸的侵略和屠杀，而改为和平演变呢，可以念民主、自由、人权的经，好像这些念经的人心也慈了，手段也正当了。由此面对和平演变失去警惕，麻痹大意，演变不演变变得无所谓了。

作为马克思主义者，我们应该认识到，**他们进行武装侵略也好，和平演变也好，都是要改变社会主义国家的性质，都是要把社会主义国家重新拖回到资本主义道路上去。这难道不是历史的反动、历史的倒退吗？**我们要揭露他们的这些欺骗，使我们的人民认识清楚和平演变的结果，**绝不是什么进步，而是一种历史的反动，**有些国家的情况就证明了这个事实。

有一个被西方吞并了的社会主义国家，那里的共产党改名为民主社会党。这个党的领导人最近分析他们国家的人民的心理状态时讲，在被改变之前同被改变之后人们的心理状态是很不一样的。改变以前，人们不用担心这、担心那，能够平平安安地生活；现在心理状况完全变了，没有安定的感觉。过去这家这户遇到困难时就会有组织走上门来关照；现在不管你有多大困难，都没有人管。资产阶级拼命散布这样一种舆论，说社会主义国家退回到资本主义制度，这不叫反动，而叫进步。这个问题，很值得我们从本质上，从人类历史发展的趋势、发展的规律上，把它讲清楚。在我们国内，同样要把这个问题讲清楚。鲁迅在 30 年代说，蒋介石的"国度"里有一种字典，它的名词解释，跟我们大家平时理解的完全相反，认为进步就是反动，反动就是进步，革命就是反革命，反革命就是革命。鲁迅深刻地揭露了官僚买办资产阶级故意制造的是非颠倒和概念混乱。今天，资产阶级自由化分子也有意识地在制造这种颠倒和混乱，而我们一些同志竟然不觉察，往往在这个问题上马马虎虎，随声附和，毫无警惕。坚持社会主义制度叫保守，颠覆社会主义制度叫革新，谁坚持四项基本原则，谁的思想就是僵化，谁跟着资产阶级自由化走，谁的思想就是解放。而且什么叫"左"什么叫右，相当一段时期都给搞糊涂了。在我们同资产阶级自由化作斗争的时候，在我们进行反和平演变的时候，在这些观念问题上，在这些是非颠倒、概念混乱的问题上，需要加以澄清。这样，我们的同志才能理直气壮地、旗帜鲜明地同资产阶级自由化、同和平演变进行坚决的、清醒的、长期的斗争。

论反和平演变的策略

应该把毛泽东同志在统一战线方面的理论和政策当做重要的武器来掌握。为什么在一个时期中反和平演变的问题在我们大家的脑子里比较模糊了，而最近又重新引起了我们的注意，这跟毛泽东同志讲的道理有关系。毛泽东同志在《〈共产党人〉发刊词》中曾说，在无产阶级同资产阶级进行斗争的时候，往往容易发生"左"倾的错误；而在同资产阶级进行联合的时候，又容易发生右倾的错误。这些年来，我们实行改革开放的政策，这是完全正确的。但是在同西方资本主义国家进行经济、外交、文化往来的过程中，我们有的同志只想到联合而忽视了斗争，人家对我们搞和平演变，而我们就不知道如何去反和平演变。毛泽东同志根据我们的历史经验说到，我们党的政策既不能够同陈独秀一样，只联合不斗争；也不能同王明一样，只斗争不联合，而是应该把联合和斗争综合起来考虑，既联合又斗争，以斗争求联合、求团结。毛泽东同志还讲过，**在联合没有实现以前，党内的主要危险是"左"的错误，因此，要反对"左"倾关门主义；在联合实现以后，党内的主要危险是右倾错误，则要注意反对投降主义。**

我们都知道这样一段历史，西安事变由于我们党的努力，和平解决了，接着全国实现了国共两党的第二次合作，紧跟着就是全民族抗战。在这个时候，蒋介石在国民党内部曾讲过这样明显的话，而且制定了一个明白的政策，就是要通过容纳共产党，来达到溶化共产党的目的，并表示不达到这个目的，死不瞑目。他一个指头一个指头地掰，计算抗战中共产党的力量要消耗多少，国民党的力量要消耗多少，要保证这两个方面消耗到最后，国民党的力量大大优于共产党的力量，那时他就可以有把握地消灭共产党。这些话有在内部讲的，有公开讲的，甚至有的是对着我们党中央在长江局的代表王明讲的。可是王明怎么理解呢？他说蒋介石对待中国共产党是有诚意的，因为他说了，解决不了共产党的问题他死也不闭眼睛。而在这个问题上，毛泽东同志就特别清醒，提出要三个坚持：坚持抗战，坚持持久战，坚持抗日民族统一战线。他多次强调指出坚持统一战线必须坚持独立自主的政策，坚持政治上、思想上、组织上的独立性,不能够迁就、迎合资产阶级。**在统一战线建立以后,有一个无产阶级跟着资产阶级走还是资产阶级跟着无产阶级走的问题。**我们要团结,同时要坚持斗争,要以斗争来达到团结。接着就提出了要发展进步势力,团结中间势力,孤立顽固势力。在反摩擦斗争中,毛泽东同志针锋相对,说"人不犯我,我不犯人,人若犯我,我必犯人"。这些话一讲出来,使共产党员在同国民党斗争中的气概完全变了样。他还说,我们对于摩擦是要进行反摩擦的。但是在反摩擦斗争中,一定要坚持自卫的原则,力求做到有理、有利、有节。所谓有理,就是要考虑大局。在那个时期,帝国主义侵占了我们大部分国土,同国民党斗争,必须使我们自己,我们的人民,包括国民党人能够看清楚,我们共产党是维护全国一致抗日的大局的,而国民党反对共产党则是破坏这个大局的。自卫必须做到在斗争中不破坏统一战线,不破坏国共两党的团结。这是个全局的问题,是有理没理最重要的标志,要在每次斗争中都使自己处于拥护抗日民族统一战线的立场。有利,这很清楚,每次斗争必须使自己不受损失。至于有节,是说斗争不能无限制地斗下去,斗到一定的程度就适可而止。我们运用这些原则,使得蒋介石这个集中外反动统治阶级经验之大成的人,同我们共产党斗一次败一次。历史证明,如果没有抗日战争中毛泽东同志的统一战线的思想和实践,我们就很可能像蒋介石所说的,力量消耗了,有那么一天,由他们来消灭我们。由于毛泽东同志的正确指导,结果跟蒋介石的愿望相反,抗日战争开始以前,我们的部队只有 4 万,等到抗日战争结束时,我们的部队达到 120 万;根据地的人口达到将近 1 亿。

搞统一战线,特别重要的就是同资产阶级打交道,就是要对他们进行具体的阶级分析。对斗争的对象,团结的对象,都要进行具体的分析。对大资产阶级和民族资产阶级要进行分析和区别;对大资产阶级中的亲日派和亲英美派也要分析和区别;对亲英美派中间中央当权派和地方当权派还要分析和区别;中央当权派的亲英派与亲美派也并不完全一样。要根据不同的对象建立不同的统一战线。在斗争的时候,又根据不同的对象采取不同的方法,用不同的方法来对付对方。**在这个方面,毛泽东同志的统一战线的理论和实践真是达到了出神入化的程度,确实是对马克思主义理论与实践的一个重大的发展。**

到了解放战争时期,整个国民党的顽固派都成为革命的对象,可是我们还坚持对民族资产阶级的统一战线、对民主党派的统一战线,并不因为蒋介石变成反革命,并不因为我们对他们的进攻进行了全面的自卫战争,就中止或者破裂在全国范围里同民族资产阶级的统一战线。由于对这个统一战线加上其它几个法宝的运用,我们就取得了新民主主义革命在全国的胜利。

新中国建立以后,我们把对民族资产阶级、民主党派、无党派民主人士的统一战线继续坚持了下来。毛泽东同志讲,这个统一战线要使民族资产阶级、民主党派过三关。战争关已经过了,还要过土改关,过社会主义关。薄一波同志的文章里头就讲到,我们是怎样在解放以后的"五反"斗争中,制服民族资产阶级中五毒俱全的那些"五反"对象的。这也是又团结又斗争。由于正确地坚持了统一战线,正确地坚持了团结、斗争的方针,使我们有可能在整个社会主义的历史上,把整个民族资产阶级,用和平赎买的办法改造过来了,民族资产者被改造成为自食其力的劳动者。马克思原则上提出过这个设想,列宁试图对俄国资产阶级实行和平赎买,但是没有实现。只有中国共产党在社会主义的历史上,第一次实现了把一个民族资产阶级和平改造过来的赎买设想。并且仍然坚持统一战线,就是劳动人民和非劳动人民的统一战线。到目前为止,我们的统一战线,含有这样两种内容:就是在全国范围内,要建立拥护社会主义的统一战线;还有拥护祖国统一的统一战线。并不因为历史的前进,阶级关系的变化,我们就放弃统一战线的路线和方针、政策。而是根据历史的变化、力量的变化,使我们的统一战线适应不同的情况而不断地发展。就是说,统一战线不仅是我们争取民主革命胜利的法宝之一,而且是我们进行社会主义革命、社会主义建设的法宝之一。

目前世界正处在一个新的时期,我们要争取和平、维护和平,反对战争,而且尽可能缩小战争以至于推迟战争。我们在目前,在全世界的范围内,要同资产阶级打交道。面对全世界的资产阶级,我们需要根据以往的经验,对资产阶级进行具体的分析,有发达资本主义国家的资产阶级,有发展中资本主义国家的资产阶级,还有第三世界的资产阶级。而在发达资本主义国家的资产阶级中,也还要作进一步的分析。美国同西欧就不一样,美国同日本也不一样。当我们清醒地认识、分析和平演变的危害的时候,我们不要以为资产阶级内部就是铁板一块,好像全世界的资产阶级统统压到我们头上。不是这样。在他们的内部并不都一样。这就需要我们用马克思主义阶级分析的方法来分析世界各国的资产阶级,针对不同的情况,采取又联合又斗争的方针和政策。我们一方面要提高警惕,防止西方资产阶级对我们进行和平演变;同时也要想到我们的前途并不是漆黑一团,没有出路的。事实也证明了这一点。1989年我们平暴的时候,美国就迫使或者拉拢一些发达的资本主义国家对我们进行制裁,而第三世界的国家是站在我们这一边、支持我们的。到今天为止,西欧的国家,还有日本,已经解除了对我国的制裁和封锁。剩下坚持制裁、封锁的只有美国一个。他们之间是有矛盾的,这些矛盾是可以利用的。他们的阵线表面上看是一致的,实际上不可能一致。目前国际共产主义运动的形势处于低潮,但是只要我们中国共产党坚持我们的信仰,坚持我们的路线、方针、政策,很好地运用毛泽东同志留给我们的宝贵遗产,结合当前的实践,在当前的形势下加以应用,并不是没有前途的,并不是没有办法的。

毛泽东著作,即使是新民主主义革命过程中间的著作,也没有过时。拿《毛泽东选集》第一卷、第二卷、第三卷、第四卷来讲,全部是民主革命时期的著作,其中所体现出的马克思主义的阶级斗争学说、马克思主义的阶级分析方法,由此所采取的路线、方针、政策等等,在当前和今后的国际范围的阶级斗争中,仍然具有指导意义,仍然值得我们结合当前实际,很好地学习,很好地运用。中国出了毛泽东,有了毛泽东思想,这是我们党的幸运。尽管毛泽东同志也犯过错误,但是对于我们全党来讲,对于我们全国来讲,他的功勋,正像党的十一届六中全会决议所讲的,是第一位的。他的这些学问、这些思想,对于我们今天仍然是宝贵的财富、重要的武器。

关于反对资产阶级自由化[*]

王忍之

党建理论研究班出了个题目,要我谈谈反对资产阶级自由化问题。今天,我就介绍一点情况,讲一些看法,有不对的地方,请大家批评指正。

一、资产阶级自由化思潮的出现、发展和泛滥

1979 年春天,中央召开了理论工作务虚会。这次会议,对于拨乱反正、正本清源起了积极作用。可是党内有些同志不是从马克思主义的立场、而是从右的立场出发,在拨乱反正、否定"文化大革命"的"左"的错误、解放思想的旗号下面,走到另一个极端。会议期间,一些同志提出了不少错误观点。务虚会外,"西单墙"也很热闹,贴出了不少反动大字报。当时主要有以下几个问题:一是从纠正"文化大革命"的"左"的错误,走到"纠正"社会主义,认为社会主义不如资本主义。有同志提出,我国不应该过早搞社会主义,要补资本主义的课。二是从纠正毛泽东同志晚年的错误,走到否定毛泽东同志光辉的一生,否定毛泽东思想。毛泽东同志晚年有错误,应该纠正。但是,中国革命是在毛泽东同志为首的共产党领导和毛泽东思想的指引下走向胜利的。毛泽东同志为我们党、国家和民族建立的丰功伟绩是不应该磨灭也无法磨灭的。随着时间的推移,越往后,他的错误和他的功绩比起来就会显得越小。否定毛泽东同志和毛泽东思想,就必然会导致否定党的历史和党的领导。三是提出要"自由"、要"民主"、要"人权"的口号,企图以此来削弱和取消党的领导、否定人民民主专政。

从这些问题可以看出,资产阶级自由化思潮一出现,就是同四项基本原则根本对立的。邓小平同志敏锐地看出了问题的实质。1979 年 3 月 30 日,在务虚会结束时,邓小平同志发表了重要讲话,明确指出,为了实现社会主义现代化,必须坚持四项基本原则。对于邓小平同志这个重要讲话,党内一些高级知识分子并没有接受。正如邓小平同志后来讲的那样,他们同党分道扬镳了。他们说四项基本原则是四根棍子,并把四项基本原则同十一届三中全会路线对立起来。他们继续坚持错误的立场和观点,并不断以此影响青年。以后的斗争,连绵起伏。

这里,讲几件大事。

1980 年初开始,在起草《关于建国以来党的若干历史问题的决议》的过程中,围绕总结建国以来的历史经验,有一场大的争论。争论的问题很多,最集中的是肯定还是否定毛泽东同志的历史地位和毛泽东思想。《决议》的草稿有一部分集中论述了毛泽东思想,而有些同志主张把它取消。邓小平同志坚决地否定了这种主张,说一定要写毛泽东思想,要完整地准

---

[*]　这是王忍之同志 1989 年 12 月 15 日在党建理论研究班的讲话。《求是》杂志,1990 年第 4 期。

确地论述毛泽东思想,要指出毛泽东思想对当前和今后的指导作用。他指出,这是政治问题,如果不肯定毛泽东同志的历史地位,不写毛泽东思想,或者写不好,那么,《决议》就不如不写。

1981年,在文艺界,围绕着《苦恋》发生了一场斗争。《苦恋》是个剧本,后来拍成电影叫《太阳和人》。这部电影,给人的印象是社会主义不好,共产党不好。文艺领域还出现了其他一些歪曲党和人民革命斗争历史、丑化现实的作品。

1983年春天,理论界出现了关于人道主义和异化问题的争论。人道主义和异化问题,本来是属于意识形态范畴的理论学术问题,是可以研究讨论的。但是,正像邓小平同志讲的,当时有些同志热衷于谈论人的价值、人道主义和所谓社会主义异化,他们的兴趣不在批评资本主义而在批评社会主义。邓小平同志指出,这实际上只会引导人们去怀疑和否定社会主义,使人们对社会主义、共产主义的前途失去信心。

在新闻界提出了一个所谓"党性和人民性的关系"问题。有人把两者对立起来,认为"人民性"高于党性,说跟着党会犯错误,跟着人民就不会犯错误。以此来否定党对新闻工作的领导。

那几年,在文艺界、理论界、新闻界,不断冒出一些错误的观点。这些错误观点会导致否定党、否定社会主义。同时,在哲学、经济学、政治学、社会学、文学艺术等领域,都出现了一种盲目推崇西方资产阶级思潮的倾向。

鉴于上述情况,1983年10月,邓小平同志在十二届二中全会上严肃指出,理论界和文艺界存在着相当严重的混乱,并提出要反对精神污染,思想战线不能搞精神污染。在全会上没有人反对邓小平同志的讲话。但是,邓小平同志的讲话并没有得到认真贯彻。正像人们所讲的,反对精神污染进行了二十八天就停了。不但夭折,而且对反精神污染来了个反攻,说那是搞了一次小"文革",一些人竭力攻击在反精神污染中积极执行中央方针的同志。这样,精神污染就继续蔓延。

1984年12月,准备作协四次代表大会时,有同志主张,不要提反对精神污染,不要提反对资产阶级自由化。当自由化思潮正在泛滥时,这"两个不提"的实际效果,就是对搞自由化的人的支持和鼓励。这就使自由化进一步泛滥。在这期间,邓小平同志一再强调要反对自由化,1985年在全国党代表会议上讲,1986年在十二届六中全会上讲,但在实际工作中总是贯彻不下去。那些坚持资产阶级自由化立场的人,活动得很起劲。而坚持马克思主义的同志却受到压制。自由化思潮的泛滥,终于引发了1986年底的学潮。

面对这种情况,1986年12月30日,邓小平同志又提出要旗帜鲜明地反对资产阶级自由化。按理说,这次本应该吸取以前的教训,按照邓小平同志的指示,认真开展这一斗争。可是刚开始,就受到赵紫阳同志的抵制。他消极应付,找岔子,造借口,设置种种障碍,来限制和反对反资产阶级自由化。他1987年5月13日讲话后,反自由化就搞不下去了。那些因宣扬自由化而受到批评的人纷纷重新上场,他们受到吹捧,受到重用。赵紫阳同志支持、保护这些人,而对于坚持马克思主义、反对自由化的人,则采取很不正派的手段加以排斥和打击。因此这两年自由化思潮更加恶性泛滥开来。

从1979年春的理论工作务虚会,到1989年春夏之交的政治风波,这整整十年中,自由化思潮时起时伏,但总的趋势是愈演愈烈。从提出一个又一个错误的、反动的观点,到意识形态的许多领域里,都形成一套相当完整的思想体系;从以理论学术形态的面目出现,到直接地公开地反对四项基本原则,鼓吹实行资本主义的经济制度和政治制度,鼓吹全盘西化;从对现实的否定,到否定人民共和国四十年的历史,到否定我们党近七十年的历史,一直到否定中国五千年的文明史、否定整个中华民族。他们否定历史也是为了否定现实,即否定我们党领导下的社会主义制度。这表明,那些对西方资本主义制度、资本主义文明崇拜得五体投地的搞自由化的人,终于走到了宣扬民族虚无主义、卖国主义。顽固坚持资产阶级自由化立场的人还从散布言论、发表文章到付诸行动,从搞学潮、搞动乱直至搞反革命暴乱。

在结束对情况的简单介绍的时候,我想摘引美国纽约《中报》今年 7 月发表的一篇文章的论述。它的主要观点是:

中国整个的社会科学的前沿,也即最时髦的意识形态和理论,无非是谩骂中国的历史,指责中国的现实,丑化整个中华民族。谁用的辞汇新鲜,谁骂得痛快,谁就会成为名人,成为"优秀"的理论家。查一查那几个前几年被捧上了天的所谓"理论名人"的身世,哪一个不是这样走上仕途的? 在中国,庄严的"科学"实际上成了垃圾堆。它没有美化社会,却在污染着社会。对中国的社会科学的现实,特别是由它可能引发的灾难,邓小平不是看不到的。所以他要反对资产阶级自由化。问题是没有执行邓小平的意见。于是,这种否定派的意识形态,完全的合法化了;它从社会科学研究机构流进了大学,成为众多的大学生和教师崇拜的哲学。意识形态和国家政权对立了,在中国的社会科学中,至少有相当一部分和中国的政治目标是对立的。这些对立的意识形态理论,较之其传统的理论学说,形式上更加活跃,内容上更加新奇。从而,在经济、哲学、文学,以至人们的整个社会生活中,产生了极大的影响。这是中国社会不安定的意识形态基础。是随时都可能长生暴乱的根源。本来 1987 年,北京、上海、合肥、西安,已经发生过一次大规模的学潮,可是中国政府并没有从中吸取教训,特别是没有从意识形态方面解决问题。致使事情愈演愈烈。终于发生了这次天安门事件。

《中报》这篇文章的题目叫《意识形态领域的惨痛教训》。我所以引用它的话,是觉得它的描述比较近似于实际状况。

二、几条主要的教训和结论

第一,资产阶级自由化与四项基本原则的对立,不仅是思想理论斗争,而且是政治斗争,斗争的根本问题是颠覆还是保卫社会主义人民共和国。

资产阶级自由化最初是作为一种思潮,在意识形态领域里出现。搞自由化的人,先是制造和贩卖种种错误的、反动的观点,逐步蚕食和把持理论、文艺、新闻、出版、教育等领域的许多阵地。通过这些阵地,传播自由化观点,攻击党的领导,否定社会主义制度,诋毁人民民主专政,反对马克思列宁主义、毛泽东思想,把理论搞乱,把人们的思想搞乱。这时,资产阶级自由化和四项基本原则的斗争表现为在意识形态领域里进行的思想理论的斗争。

但是,斗争并没有停留或局限在意识形态领域。在此同时,搞资产阶级自由化的人通过无形的或有形的、不固定的或相对固定的形式,团聚、集结成为一种政治势力,如通过某些座谈会、讨论会、沙龙和某些学会、协会组织,等等。其中座谈会、讨论会好像不固定,实际上却相当固定,开起会来老是那些人。这些逐步聚集起来的政治势力,实际上形成了政治上的反对派,成为持不同政见者的集团。用他们自己的话,叫作"压力集团"。方励之就讲,要联合起来,形成集体力量,知识分子应该组成"压力集团"。这些人就是后来的动乱"精英"! 他们之间有密切的联系,互相呼应,一致行动。不仅在意识形态领域活动,他们还要进入政界,进入人民代表大会,进入党政机关,特别是寻求党内高层人士作他们的保护伞,成为他们的支持者。他们在这方面是很有心计的,也不是没有效果的。

资产阶级自由化一经形成为政治势力,就同我们展开或明或暗,从隐蔽到公开的政治斗争。从他们自己沙龙里的讨论,到公开征集要求释放魏京生等人的签名;从在青年学生中鼓动、演讲,到煽动、策划这次罢课、游行、示威、静坐、绝食、动乱和反革命暴乱,都是在同我们进行政治斗争。而这种政治斗争集中到一点,是政权问题。正如邓小平同志6月9日在接见首都戒严部队军以上干部时所说:"事情一爆发出来,就很明确。他们的根本口号主要是两个,一是要打倒共产党,一是要推翻社会主义制度。"今年春夏之交的政治风波表明,资产阶级自由化同我们进行斗争的目的,是要颠覆我们的社会主义人民共和国,建立一个完全附庸西方的资产阶级共和国。

党的十一届三中全会以来我们一直讲,阶级斗争已经不是我国社会的主要矛盾了,我们的中心任务是经济建设,在生产资料私有制的社会主义改造完成以后"以阶级斗争为纲"的做法是错误的;但是,阶级斗争还将在一定范围内长期存在,在某种条件下还会激化。这个论点,在《关于建国以来党的若干历史问题的决议》中,在十二大报告里是写得明明白白的。十三大报告里也写上了阶级斗争在一定范围内还会长期存在这样的话。可是,这几年对阶级斗争问题,人们不敢讲,不能讲。还有些人是反对讲。所以,阶级斗争在我们国家"长期存在",到底表现在哪里,在什么条件下可能激化,会激化到什么程度,没有具体的阐述。对此人们并不清楚,许多人的头脑里甚至没有这个观念。现在该清楚了。在我国,阶级斗争确实存在。这种存在,这种斗争,不仅表现为同敌特分子、反革命破坏分子的斗争,在意识形态领域里也表现得相当尖锐。说同敌特、反革命破坏分子的斗争是阶级斗争,人们容易接受。但是对意识形态领域里的阶级斗争人们往往看不清楚,不用阶级分析方法去观察意识形态领域里的阶级斗争。应当指出,阶级斗争不仅存在于意识形态领域,而且还会发展到政治领域,成为政治斗争。尽管现阶段的阶级斗争,在社会生活中的地位已不同于社会主义制度建立以前,但同历来的阶级斗争一样,斗争的根本问题归根到底仍然是政权问题。马克思主义这个真理,现在并未过时。这一点,在这次动乱、暴乱中又一次得到了证明。

现在有一个问题,就是搞资产阶级自由化的人进行这种思想上、政治上的阶级斗争有没有经济上的根源?有没有一种经济力量支持他们,作为他们的基础?这是需要研究的问题。就他们自己来说,观点是明白的。他们把希望寄托于"中产阶级"。历史上,"中产阶级"和"资产阶级"是一个意思。欧洲封建社会解体的时候,有贵族、有平民,两者中间有一个中等社会等级,叫作"中产阶级",实际上就是资产阶级。在马克思、恩格斯的著作中,"中产阶级"和"资产阶级"是通用的,他们有时用 Middle class,有时用 Bourgeoisie。毛泽东同志在《中国社会各阶级的分析》中也用了中产阶级这个词。他把中国民族资产阶级叫作中产阶级,用以区别依附于帝国主义的买办资产阶级、大资产阶级。总之,马克思、恩格斯、毛泽东讲中产阶级,就是指资产阶级。那么,搞资产阶级自由化的人所说的"中产阶级"是指什么呢?这可以从他们自己的话中看出来。温元凯说:"我最近有兴趣推动成立'中国私营企业家联合会'。应该有他们政治上的代言人","应让'私营企业家'成为中国举足轻重的力量"。中国社会科学院有一位学者说:"中国没有中产阶级,我倒希望能看到重新出现几百万个'资本家'(企业家),台湾的民主改革难以逆转就在于有几十万个资本家这样强大的经济力量作基础。"刘宾雁说："有一个新的社会力量在兴起，这股力量就是中产阶级，他们是个人企业家，有些是集体企业的经理。这些人手里有很多钱，他们'财大气粗'，经济有了力量，政治上也有了力量。有些人不满足于只是多赚几个钱，而且要求参政，表达意见，寻求政治代理人。"万润南跑到国外以后说："民主是很花钱的，天安门广场每天要花五万元，支持广场学生的就是国内的个体户和像'四通'这样的民营企业。说明私营经济和民主政治之间有一种天然的联系。"他还说："从中国中产阶级尚未形成这一点看，这次民运的失败是必然的。目前像'四通'这样的民营经济所代表的中产阶级力量还小，但不能等到中产阶级形成了再从事民运。"（"四通"是集体所有制企业，万润南把它说成是"民营经济"，表明他要使"四通"成为他个人把持的经济阵地。）万润南的话说来说去就是，所以能搞这次政治动乱和反革命暴乱，是因为有中产阶级的支持；而所以失败，是因为中产阶级还没形成，还不够强大。他们把希望寄托于在中国形成强大的中产阶级。

江泽民同志在国庆四十周年的讲话中指出："在我国现阶段，发展从属于社会主义经济的个体经济、私营经济，对于发展社会生产、方便人民生活、扩大劳动就业，具有重要的不可缺少的作用。十年来改革的实践，充分证明了这一点。我们的方针，一是要鼓励它们在国家允许的范围内积极发展；二是要运用经济的、行政的、法律的手段，加强管理和引导，做到既发挥它们的积极作用，又限制其不利于社会主义经济发展的消极作用。"我们党的这个方针是十分明确的，是不会改变的。在我们社会主义国家里，对于个体经济和私营经济，只要政策对头，限制在一定的范围，管理和引导得法，就会对社会主义经济起有益的补充作用，就不见得会成为坚持资产阶级自由化立场的人所希望的经济基础。在这次动乱、暴乱中，绝大多数合法经营的个体户和私营企业主是稳定的，对动乱、暴乱抱反对态度。但资产阶级自由化确实在呼唤"中产阶级"即资产阶级。

总之，我们一定要用马克思主义的阶级观点、阶级分析方法，来看待十年来同资产阶级自由化的斗争，看待这次动乱和反革命暴乱，这样才能看清斗争的深刻性、严重性和危险性，才能抓住问题的实质。过去一个时期里，曾经把本来不是阶级斗争性质的事情看成是阶级斗争，那是错误的；最近几年，对明明是阶级斗争性质的事情，不如实地看作是阶级斗争，丧失警惕，带来了恶果，教训也是沉痛的。

第二，资产阶级自由化与四项基本原则的对立，从这些年的事实看，在很大程度上表现为是推行资本主义化的改革还是社会主义的改革的斗争。

在社会主义国家里搞自由化的人，没有一个不打着改革的旗帜，没有一个不把自己叫作改革派，也没有一个不把反对自由化的人叫作保守派。打着改革的旗帜，就可以欺骗群众，迷惑那些政治水平不高的人，还可以束缚那些既坚持四项基本原则、又坚持改革开放的同志的手脚。这就极大地增加了反对资产阶级自由化斗争的复杂性。这也是这些年来自由化思潮得不到有效抵制和反对，能够掀起那么大风波的一个重要原因。

十一届三中全会以来，我们党提出了改革开放的总方针、总政策，指出要改革那些同生产力发展不相适应的生产关系和上层建筑的某些环节；要学习世界各国包括西方资本主义国家的先进的科学技术和对我们适用的管理方法，利用国外的人才、资金和一切有益的文化。抱着保守的观点，因循守旧，不思变革，是错误的。只有改革开放，才能加速生产力的发展，增强建设四个现代化的力量。同时我们党也指出，我们的改革开放是以坚持四项基本原则为前提，为基础的。改革是社会主义制度的自我完善，是给社会主义增添新的活力，使社会主义制度的优越性得到充分的发挥。开放是在自力更生的基础上，吸取他国之长，为我所用，决不是为"西"所化。这是我们党对于改革开放的主张和思路。

搞资产阶级自由化的人要的是什么样的改革开放呢？开始的时候，他们并不把这个问题讲清楚。赵紫阳同志周围的智囊们是有改革的纲领和最终目标的，但是，在前几年里，他们没有公开地把它提出来。他们的策略是，既然提出来肯定通不过，肯定要遭到反对，那就一步一步来，先给你吃一付药，吃了这付药你就势必要吃他第二付、第三付药，一步步地把你拖到资本主义的泥坑里去。到了这两年就不一样了，就"图穷匕首见"，说得越来越明白了。

赵紫阳同志周围的智囊们和其他坚持资产阶级自由化的人，如陈一谘、严家其、万润南、苏绍智、苏晓康等，他们的经济体制"改革"，说到底：一个是取消公有制为主体，实现私有化；一个是取消计划经济，实现市场化。他们认为，经济上出现种种困难是由于没有完全市场化，要完全市场化就必须改变所有制，就要私有化。他们提出了各种各样的实行私有化的方案，这在《世界经济导报》上表现得最清楚。有的主张把国有财产分割成股份卖给个人，化为私有；有的主张国家贷款给私人，让他们购买国营企业；有的主张给私营经济和个体经济加紧输血，促使它们迅速壮大，直到足以吞噬国营经济。他们的政治体制"改革"，说到底就是要实行多党制，搞"三权分立"，取消共产党的领导。用他们的话说就是要打倒共产党的"独裁"。这也有一整套的说法，什么共产党和民主党派不应该是领导和被领导的关系；什么共产党应该取消政治局，不要在政府之上还有一个政府；什么共产党只应管党务，所谓"党理党务，党筹党费，党正党风，党容党派"。搞自由化的人策动成立宪法修改委员会，提出要把四项基本原则从宪法里取消。总之，他们的改革纲领就是一句话，改变社会主义制度，实行资本主义制度。

邓小平同志明确地指出了搞资产阶级自由化的人所主张的改革的实质。江泽民同志在国庆四十周年的讲话中强调了这一点。他说："许多事实告诉我们，在改革开放问题上，实际上存在着两种截然不同的主张。一种是党中央和邓小平同志一贯主张的坚持社会主义道路，坚持人民民主专政，坚持共产党的领导，坚持马列主义、毛泽东思想的改革开放，即作为社会主义制度自我完善的改革开放。另一种是坚持资产阶级自由化立场、要求中国'全盘西化'的人所主张的同四项基本原则相割裂、相背离、相对立的'改革开放'。这种所谓'改革开放'的实质，就是资本主义化，就是把中国纳入西方资本主义体系。"指明和强调这一点，意义很大，既揭穿了搞自由化的人的手法和实质，也放开了马克思主义者的手脚。马克思主义者可以理直气壮地与自由化作斗争了，也可以更加自觉地朝着正确的方向坚定不移地把改革开放推向前进了。

经济建设是我们党和国家在新的历史时期的中心工作，四项基本原则是立国之本，改革开放是基本方针和基本国策。是不是真正坚持四项基本原则，要看是不是反对自由化。这是一个标准，一块试金石。赵紫阳同志有个诡辩，说坚持四项基本原则和反对自由化是"同义反复"，所以讲讲坚持四项基本原则就行了，不要提反对自由化。在已经有了那样一股强大的自由化思潮来反对四项基本原则的情况下，取消反自由化的斗争，坚持四项基本原则也就成了空话。有的人不反自由化，虽然口头上也讲几句坚持四项基本原则，那不过是一种空话、套话，是一种"穿靴戴帽"。同样地，是不是真正地为实现社会主义的现代化而坚持改革开放，是社会主义的改革，还是资本主义化的改革，也要看是不是反对自由化。这也是一个标准，一块试金石。现在世界上许多人都在讲改革，而且西方反动势力也大讲支持社会主义国家的"改革"。这就更加提醒我们,不能认为只要讲改革就是好的,必须看一看所讲的改革是什么性质的改革,朝着什么方向的改革。

第三,资产阶级自由化与四项基本原则的对立是不可调和的,对自由化一味软弱退让,就意味着走向灭亡。

这些年来事情的演变说明,你不同自由化斗,它也要跟你斗;你停止一次,夭折一次,它反扑过来的力度就大为加强;你软弱退让,它决不退让。如果不同自由化斗争,我们党思想上就会被腐蚀,政治上就会蜕变,组织上就会瓦解,战斗力就会削弱以至于丧失殆尽。这次动乱中已经看到了这样的苗头。从总体上看,我们党是成熟的,坚强的,有战斗力的,所以动乱、暴乱得以平息下去。但在一些单位,党组织确实是被削弱了,不起作用了。一些学校里的党组织、共青团、学生会都左右不了学校的局势。虽然这只是局部的情形,但应该"见微知著"。

对于那些顽固坚持资产阶级自由化立场的人,你越是软弱退让,它进攻得就越凶、越厉害。你退一步,他就进十步。斗争是残酷的。在今年春夏之交的政治风波中,动乱的策划者、组织者说他们的要求很简单,只要承认他们是搞爱国民主运动,承认他们的组织合法就行了。如果他们这一步目的达到了,那么下一步就要追究责任,追究谁把他们的行动说成是动乱。这样,他们就要这个引退、那个下台,就要政府集体辞职。在动乱的日子里,这种叫嚣不是喊得很响吗?几千万烈士流血牺牲建立起来的劳动人民当家作主的政权一旦被推翻,他们一旦上台,就会推行一整套全盘西化的纲领,革命、建设和改革的成果将全部付之东流,中国将陷入长期的大分裂、大混乱之中,生灵涂炭,民不聊生。党和政府没有退让,坚决实行戒严。戒严以后他们是不是善罢甘休了?没有。他们叫嚷要攻打"巴士底狱",把中南海当作"巴士底狱"来攻,要绞死四千几百万党徒。在反革命暴乱中,打、砸、抢、烧、杀全用上了,这还不残酷吗?

事态的演变是有轨迹可寻的。政治反对派第一步都是要求承认他们的组织是合法的,要求党和政府同他们对话。第一步实现后,第二步是要党让出一部分政权,在政府中要有他们的地位。有了一些席位是不是就满足了呢?不行。第三步,他们要把共产党从执政党变成在野党,要党组织退出工厂,退出公安部门,退出军队,没有存身之地。这样是不是就完了?也还不会完。把你打翻在地以后,还要踏上一只脚。如果顽固坚持资产阶级自由化的人掌握了政权,可不跟你讲温良恭俭让,可不会有什么温文尔雅。而且,"覆巢之下,焉有完卵"。不管你是强硬的还是温和的,是始终坚定的还是动动摇摇的,是鹰派还是鸽派,都站不住,除非你卖身投靠,出卖灵魂,成为叛徒。

一味软弱退让就会走向灭亡,斗争的逻辑本来就是这么无情,这么残酷。

第四,资产阶级自由化与四项基本原则的斗争是长期的。

资产阶级自由化与四项基本原则的斗争,到现在,已经斗了十年,以后还要斗几十年。邓小平同志讲要斗二十年、五十年、七十年。自由化所以泛滥到如此严重的地步,当然同赵紫阳同志的错误有关。但是自由化成为一种思潮,有更为深刻的历史根源、社会根源和国际环境。

我们的社会主义社会是从半殖民地半封建社会脱胎出来的。人民共和国成立时,贫穷落后,与西方发达国家差距很大。经过四十年的努力,国民经济有了很大发展,差距大为缩小。但同资本主义发达国家现在的状况相比,我国的生产力发展水平低得多,科学技术从总体上看还差一大截,人民的物质生活水平也有较大的差距。这种情况,对于不能历史地科学地看待问题的人来说,就容易对社会主义制度的优越性产生怀疑,觉得还是资本主义制度好。我们的一些年轻人,不了解西方资本主义国家几百年的发展过程中,充满了血和污秽,残酷的剥削,对殖民地被压迫民族和人民的强盗般的掠夺。我国的贫穷,同资本帝国主义列强的侵略和压榨是密切相关的。我国不可能也不应该通过那种道路走向富强。依靠社会主义制度,依靠全国人民的艰苦奋斗,我们一定能在经济、科技以及人民生活方面接近和达到西方发达国家的水平,但这要经过一个漫长的历史阶段。在这之前,资产阶级自由化就总会有市场。

我国的社会主义制度,还是一个新生的制度,确实还不完善。因为只有几十年的历史,不可能在短期内完善,要在长期实践中积累经验,逐步完善。应当看到,我们的经济、政治体制确有不少弊病。比如,"文化大革命"搞了十年,到了后期,广大群众和干部很不满意,忧心忡忡,但是得不到及时解决。再如,资产阶级自由化近几年这么泛滥,在我们党内、在群众里面也是很不满意的,但是也没有能及时纠正。这些确定能够从体制上找到原因。怎么保证党和政府同人民群众之间的血肉联系,怎么充分发展党内民主、社会民主,怎么充分发挥人民群众的积极性、主动性、创造性,怎么协调、处理各种社会关系特别是各方面的利益关系,等等,都是有待继续解决的重要问题。在这些方面,我们还没有形成一套健全的和完善的体制。这说明我们确实需要改革。资本主义制度不一样,它经过了几百年的演变,积累了极其丰富的斗争经验,形成了一套相当严密的机制和办法,来协调资产阶级内部的矛盾,来缓和资产阶级与工人阶级的矛盾。这些机制和办法,形式上看似乎很民主、很自由,因而有很大的欺骗性,但它实质上是维护资产阶级利益、维护资本主义统治的。最近,一个叫罗伯特·威廉的黑人活动家到北京大学去讲话,他就讲资本主义民主怎么是虚伪的,实际上没有民主。我们一些在西方呆久了的人也看出来了,写了不少这方面的文章。可是有些人靠道听途说,靠浮光掠影的考察,了解不深不透,就总觉得还是人家民主、自由。这当然不对。世界上不存在抽象的、绝对的民主、自由。西方的"民主"、"自由",对资产阶级是天堂,对工人阶级则是牢笼。当然,这不是说我们的体制不需要改革。我们要通过改革使社会主义制度完善起来,使优越性充分发挥出来。由于受各种各样条件的制约,这种改革只能是渐进的,要经历一个相当长的过程。在这期间,资产阶级自由化也会有市场。

从国际环境来看,事情就更清楚了。近二、三十年,西方资本主义国家处于一种相对稳定的发展时期。过去列宁讲,十九世纪的最后二、三十年,资本主义社会处于相对稳定的发展时期,资产阶级用它攫取的超额利润,培植工人贵族,工人运动中出现了机会主义、修正主义思潮。这几十年,西方资本主义依仗着相对稳定发展的态势,从政治上、经济上、思想上、文化上加紧对社会主义国家的渗透,支持和收买社会主义国家里的持不同政见者,培植反社会主义的势力,作为在社会主义国家里推行"和平演变"的内应力量。在这种情况下,国内必然会出现自由化思潮,滋生出自由化势力。这种势力必定会去寻求国际上反共势力的支持,国际上反共势力也一定会去支持它。这样,国际的阶级斗争和国内的阶级斗争就紧密地联系在一起。这种状况会长期存在。

总之,我们应当清醒地看到,同自由化的斗争不是一年两年的事,要斗几十年。我们当然要抓紧发展生产,完善制度。但一定要反对自由化,不能让它泛滥。列宁说:"一个阶级如果不从政治上正确地处理问题,就不能维持它的统治,因而也就不能解决它的生产任务。"批判自由化,才能保障发展生产和完善制度有一个稳定的环境。

三、旗帜鲜明地进行坚持四项基本原则、反对资产阶级自由化的教育和斗争

十三届四中全会确定要抓四件大事,其中一件大事就是要切切实实地反对资产阶级自由化。五中全会关于治理整顿、深化改革的决定,也专门写了反对资产阶级自由化的问题。邓小平同志和以江泽民同志为核心的中央领导集体,一直反复强调要把坚持四项基本原则、反对资产阶级自由化的教育和斗争进行到底,决不能半途而废。那么,我们应当怎样进行呢?

一是,这项工作基层单位要做,意识形态部门要做,两者相比,当前着重强调的是要切实加强和改进意识形态领域里的工作。

毫无疑问,我们一定要加强和改进基层的思想政治工作,加强思想建设和组织建设,而且工作一定要做细。但当前更要强调的是,要用马克思主义指导理论研究、文学艺术、新闻出版、宣传舆论等部门的工作,用社会主义思想去占领思想文化阵地和宣传舆论阵地。江泽民同志一再讲,意识形态领域、思想文化阵地,社会主义思想不去占领,资本主义思想就必定去占领,这是一个真理,应该成为我们的座右铭。这方面的工作做好了,基层的思想政治工作才会有比较好的社会舆论环境,才能够得到有力的思想理论武器,否则就会事倍功半。

前一个时期,一些报纸、刊物、出版社、研讨会、报告会,为搞自由化的人提供了阵地。这些人先是讲,然后在报纸上发文章,别的报纸就转载,许多文摘报刊又摘登,最后还出书。这样一来,名利双收,既能发财,又能有职称,还能升官。这对一些青年人是很大的诱惑,觉得搞马克思主义没有什么出息,跟着那些人很快就可以成名、升官、发财。这种状况再也不允许继续下去了。我们的报纸、刊物、出版社、广播电视决不能再为自由化提供阵地了。值得引起注意的是,现在有一些人并没有停止活动,他们还在搞试探性的小动作。我们的态度就是不能让它搞,一露头就要鸣鼓而攻之。

加强和改进意识形态领域的工作,关键在于把阵地牢牢地掌握在马克思主义者手里。这次动乱中,舆论导向出了问题,其原因就在于不少重要报刊、舆论阵地的领导权不掌握在坚持马克思主义立场、执行党的路线的人手里。这是一个沉痛的教训。因此,舆论阵地,该调整的必须调整,该加强的必须加强,该充实的一定要充实,只有这样才能长治久安。

二是,要继续发表各种各样的文章,深入宣传四项基本原则,批判资产阶级自由化的各种观点,澄清自由化思潮泛滥所造成的思想、理论混乱。

这一工作,现在仅仅是个开始,对于这些年来资产阶级自由化鼓吹者提出的观点,还有许多没有涉及,已经涉及的也有待于深入剖析。对已经提出来的自由化观点的批判,要连续不断地搞几年,不仅要写文章,出小册子,还要有专著,并且要体现到文科教材里面去。新教材应该体现科学性和革命性的有机统一,应该有战斗性。对种种错误观点的批判要区别不同情况,采用不同方法。对于反对四项基本原则的自由化观点,要批判,不能让它"争鸣",因为它违反宪法。而在理论上宣扬资产阶级的哲学观点、政治观点、经济观点、文艺观点,资产阶级的人生观、价值观、道德观等等,同直接反对四项基本原则是有区别的,我们应当看到这

种区别。同时,也要看清两者之间的联系,即资产阶级的理论观点是资产阶级自由化思潮的思想理论基础。特别值得我们注意的是,有些顽固坚持自由化立场的人,着意通过学术理论观点来宣扬他们的自由化政治观点。他们把这种策略叫做"打擦边球",用合法的形式同我们斗争。因此,要把反对资产阶级自由化斗争引向深入,就必须澄清这些领域里的错误观点。这里举几个例子。

比如,"民主"问题。资产阶级自由化鼓吹者宣扬抽象的民主,说什么民主没有阶级之分,没有东方西方之分,没有资本主义与社会主义之分。按照这种观点,民主既然没有无产阶级与资产阶级、社会主义与资本主义之分,那么就必然推导出一个结论:我们也可以全部搬用资产阶级那一套虚伪的资产阶级民主制度。显然,这种错误的理论观点是为建立资产阶级共和国服务的。这种资产阶级的民主观点,就是资产阶级自由化的政治理论基础。

又如,"异化"问题。这当然是一个可以讨论的学术、理论问题。但是,如果用错误的观点解释"异化",它也可以成为自由化的理论基础。有的人讲"异化",把这个社会的历史的概念,曲解为普遍的永恒的范畴,并由此推导出这样的政治结论:不但资本主义异化,社会主义自身也异化,政治异化、经济异化、思想异化,说社会主义制度在自身的发展中,必然"异化"出否定自己的"异己"力量。这就会引导人们从根本上否定社会主义制度。如果不把异化问题上的混乱澄清,不批判"社会主义异化论",也就难以铲除自由化的这一重要的哲学思想基础。

还有,人生观、道德观、价值观问题。这几年,有人宣扬个人主义是好东西,要"为个人主义正名"。认为"一切向钱看"也是应当提倡的,说什么"只有向钱看,才能向前看"。这是在宣扬资产阶级的人生观、道德观、价值观,不能把宣扬这些东西同宣扬自由化简单地划个等号。但是,个人主义、拜金主义是同社会主义思想根本对立的,水火不相容的。个人主义、拜金主义思想一旦泛滥,就必然对社会主义起涣散、动摇和瓦解的作用,就必然导致人们迷恋资本主义制度。

所以,对于反对四项基本原则的自由化观点必须批判,对于作为自由化的思想理论基础的这些东西也应该反对,不能任其自由泛滥。反对后一类东西,可以采取争鸣的方式。通过争鸣,用马克思主义来战胜、克服这类错误观点。这样做,有助于马克思主义的发展。因为真理是会越辩越明的。

不管上述两种情况有怎样的区别,我们在批评的时候,都不能简单化,而应该摆事实、讲道理,有根有据、以理服人。我们的着眼点是教育大多数,解开人们思想上的疙瘩。为此,就需要进行深入的研究。只有以科学的研究为基础,才能使批判真正是高质量的、有说服力的。我们应该以马克思主义世界观和方法论为指导,研究 20 世纪,特别是第二次世界大战以来世界资本主义的新情况、新问题;研究西方各种各样思潮,了解它们提出了哪些问题,宣扬了哪些观点;研究社会主义国家自十月革命以来,第二次世界大战以后遇到的问题,特别是从东欧几个国家变化中应吸取哪些经验和教训;要着力研究我国四十年来,特别是近十年的经验和教训,从理论高度进行概括和总结。我们要对世界和中国、历史和现实所提出的各种重大问题,作出马克思主义的科学回答,并在这个过程中发展马克思主义。只有在马克思主义指导下进行科学研究,才能真正发展马克思主义;只有在认真的、深入的科学研究基础上,才能使批判真正做到说服人,教育人;也只有这样的批判,才能真正统一人们的认识,增强团结,稳定大局。

现在,压倒一切的是稳定。深入地批判资产阶级自由化思潮是保持稳定的一个重要条件。要通过科学的、有说服力的批判,来澄清自由化思潮造成的思想混乱。历史的经验和国内外严酷的现实都告诉我们,资产阶级自由化思潮的存在和泛滥,是最大的不稳定因素。只有对资产阶级自由化思潮进行批判和斗争,使人们在党的路线的基础上统一认识,统一行动,才能巩固和发展安定团结的政治局面,才能促进社会主义建设和改革开放的顺利进行。

三是,对工人、农民和知识分子都要进行坚持四项基本原则、反对资产阶级自由化的教育,但尤其要注重对知识分子,特别是青年知识分子的教育工作。

这些年,党的知识分子的政策是正确的,广大知识分子在社会主义现代化建设和改革开放中发挥了很大作用。但是,在知识分子工作中,也存在一些问题。邓小平同志说,近十年我们最大的失误是在教育方面。其中当然也包括对知识分子教育不够,在思想上、政治上要求不严,帮助不够。

知识分子是工人阶级的一部分,党的十一届三中全会以后恢复了这个提法,这是对的。但是,后来有些人说知识分子是工人阶级中最先进、最优秀的一部分。这就不对了。应该说工人阶级的阶级属性和优良品质,包括热爱劳动、热爱社会主义、革命的彻底性、高度的组织性和纪律性、求实精神、大公无私等,最集中地体现在产业工人身上。知识分子作为脑力劳动者,从社会、经济地位以及他们在社会主义现代化建设中所起的作用看,确实是工人阶级的一部分。在知识分子中,有一大批优秀分子,能很好地体现工人阶级的本性和品格。但是,也应看到,知识分子中有一部分人,特别是在意识形态领域里工作和在领导机关工作的,他们的工作条件、内容、方式与产业工人不同,所以有弱点,如比较容易脱离实际、脱离群众。他们中间有些人的世界观和感情,同产业工人还是有差别的。正因为如此,国际反共势力和国内搞自由化的人,总是企图在知识分子、特别是青年知识分子那里找到突破口。这是值得重视和自警的。

这次政治风波中,绝大部分知识分子表现是很好的和较好的,是拥护党、拥护社会主义的。但确有一些知识分子表现出了软弱动摇的弱点。即使如此,我们仍一再强调,知识分子是工人阶级的一部分,这个判断没有改变。现在的问题是,知识分子中有些人应该努力使自己无愧于工人阶级一部分的称号,成为名副其实的一部分。而且,对于知识分子中出现这样那样的问题,要多从党如何做好工作的角度来总结经验教训,如对他们教育不够,待遇不尽合理,等等。我们对知识分子要真正尊重、进一步尊重,真正重视、进一步重视,就必须正视和解决他们中间存在的问题和困难。我们提倡知识分子到实际中间去,走与工农相结合的道路;提倡知识分子学习马克思列宁主义、毛泽东思想,树立正确的世界观、人生观。爱国,是中国知识分子的优良传统。要从爱国主义入手,把爱国主义教育和社会主义教育、集体主义教育结合起来进行。要相信,只要把工作做好,广大知识分子会进一步团结在党的周围,在社会主义事业中作出更大的贡献。

四是,对党员和非党员都要教育,但首先要教育党员,特别要注意提高党的各级领导干部的思想理论水平。

这次政治风波中,带头的不少是党员,有的还有些名气。他们丧失了共产党员的立场,站到了党和人民的对立面。共产党员理应维护党的领导地位,坚信社会主义、共产主义,全心全意为人民服务,否则就不配当共产党员。我们共产党里不应当有特殊的党员。不管是多有名的理论家、作家、演员、编辑、记者,如果是党员,就不应自视特殊,而应同其他党员一样,遵守党章党纪。前一段有些名人,基层党组织管不了,地方管不了,甚至中央也管不了。这种情况不改变是不行的。不管名声多大,是党员,就应该参加所在党组织的生活,服从所在党组织的领导和管理。在这方面,党组织应该认真地负起自己的责任。

就党员教育而言,关键是要提高高中级领导干部的马克思主义理论水平。1986年以来,经过几次调整,我们的高中级干部在年龄和文化结构上都有了很大的变化。新提拔上来的同志,年富力强,文化水平比较高,朝气蓬勃、开拓进取,有很多优点。但是也有弱点。一些同志原来在比较低的层次的岗位上工作,有的原来从事专业技术工作,现在到了重要领导岗位,面对着复杂的国际国内形势,面对着建设和改革开放中不断出现的许多新情况新问题,必须保持清醒的头脑,坚持正确的政治方向,有驾驭局势的能力,有处理错综复杂矛盾的本领。所有这一切都要求我们高中级干部努力提高自己的理论水平和政治素质,这样才能增长领导才干。江泽民同志在国庆四十周年的讲话中指出:"鉴于世界和中国的许多新情况、新问题,鉴于我们党在中国社会主义建设中担负的重大责任和在国际共产主义运动中所处的重要地位,有必要把学习和研究马克思主义的基本理论,在马克思主义指导下研究和探讨当代重大的政治、经济、社会理论问题,作为一项紧迫任务,提到全党面前。在党内首先是党的高级干部中,要提倡认真学习和研究马克思列宁主义、毛泽东思想基本理论,特别是学习和研究马克思主义哲学,掌握科学的世界观、方法论。"马克思主义哲学内容非常丰富,根据当前国内国际的情况和人们的思想状况,主要应该学什么呢?江泽民同志在党的十三届五中全会上又指出:"目前,我们要首先认真学习马克思主义哲学,掌握辩证唯物主义和历史唯物主义的基本观点、基本方法,比如主观符合客观的观点、实践的观点、历史的观点、全面的辩证的观点、阶级分析的观点。"

最近,中央已经作出规定:省、自治区、直辖市党委、中央各部委的领导干部在每届任期内都要在中央党校进修一次,学习马克思主义基本理论、党的基本路线;省、自治区、直辖市党委、中央各部委的领导干部,每年至少脱产半个月,选读一些马克思主义的理论著作和其他的有关书籍,结合实践思考一些问题,总结经验;选拔各省、自治区、直辖市、中央各部委领导干部时,要考核他们的马克思主义理论基础的水平;准备推荐的人选,一般要经过为期一年的马克思主义基本理论和党内政治生活准则的培训。

现在我们经济上面临不少困难,社会矛盾也很多。在这种情况下,压倒一切的是稳定,这一点要牢牢地掌握住。因此,党的宣传工作和意识形态各部门的工作应该做到:旗帜一定要鲜明,方向一定要明确,步子一定要稳妥,政策一定要讲究,工作一定要做细。旗帜鲜明就是说,要坚决贯彻党的基本路线,以经济建设为中心,坚持四项基本原则,坚持改革开放,反对资产阶级自由化,反对国际敌对势力的"和平演变",在政治原则问题上立场坚定,而不能犹豫、含糊,否则就不能吸引广大群众为实现共同目标而奋斗。方向明确就是说,要持之以恒地努力弘扬爱国主义、社会主义、集体主义、艰苦奋斗等正确思想,用它们去占领宣传文化阵地,逐步缩小各种错误有害思想的影响。步子稳妥就是说,要踏踏实实地做,对多年积累下来的需要解决的问题成熟一个解决一个,一步一个脚印,持重而不急躁,谨慎而不鲁莽。讲究政策就是说,要把有某些错误观点或不正确认识的人同极少数顽固坚持资产阶级自由化立场的人区别开来,在分清是非的基础上最大限度地团结一切可以团结的人;要继续认真贯彻"百家争鸣、百花齐放"的方针,促进科学研究、文化艺术、新闻出版等事业的活跃和繁荣。工作做细就是说,要加强调查研究,弄清真实情况,注意方式方法,提高宣传艺术。这样去做,我们就能为大局的持续稳定,创造良好的思想政治条件和社会舆论环境。

如前所说,资产阶级自由化思潮的出现和存在,是时代的产物,有国内的和国际的根源,是不可避免的。由于它是一种违背工人阶级和广大人民根本利益的思潮,是逆历史潮流而动的势力,是一股腐朽的势力,它的失败和灭亡也是不可避免的。我们一定能够克服各种艰难险阻,在建设有中国特色的社会主义道路上胜利前进。我们对于社会主义最终战胜资本主义,对于共产主义的前途,充满信心。

让文艺舞台永远成为
宣传毛泽东思想的阵地[*]

于会泳

当前,无产阶级文化大革命进入了夺取全面胜利的崭新阶段。两年来,文化大革命的红色巨流滚滚向前,一泻千里,冲刷了残留在我们土地上的污泥浊水,使形形色色的阶级敌人现形于光天化日之下,取得辉煌的胜利。

江青同志亲自发动和领导的京剧革命是这场史无前例的无产阶级文化大革命的伟大开端,它吹响了文化大革命的进军号,它在无产阶级文艺史上写下了划时代的光辉篇章。这是毛泽东思想的伟大胜利,这是毛主席《在延安文艺座谈会上的讲话》的伟大胜利。每当我们回忆起江青同志领导我们披荆斩棘奋勇前进的峥嵘岁月,总是抑制不住内心的激动。江青同志在京剧革命中的丰功伟绩,随着历史的发展,我们越来越有深刻的认识。是她,以最坚定的立场,最敏锐的政治嗅觉,选择了向帝国主义、封建主义、修正主义发动总攻击的突破点——"京剧"这个顽固的堡垒;是她,以最顽强的战斗精神,率领广大革命群众冲锋陷阵,把颠倒的历史颠倒了过来,让毛泽东思想占领了文艺舞台,从而揭开了无产阶级文化大革命战斗的序幕;是她,以最炽烈的革命激情,矗立了震撼世界的八个革命现代样板戏。这八颗闪烁着毛泽东思想光辉的明珠,具有巨大的能量,它敲响了封建主义、资本主义、修正主义和一切反动意识形态的丧钟,在文化大革命中,使我们亿万革命群众树立了必胜的信心,又为我们各条战线完成斗批改的伟大历史任务,树立了最好的榜样。

毛泽东教导我们:"无产阶级文化大革命,实质上是在社会主义条件下,无产阶级反对资产阶级和一切剥削阶级的政治大革命,是中国共产党及其领导下的广大革命人民群众和国民党反动派长期斗争的继续,是无产阶级和资产阶级阶级斗争的继续。"回顾江青同志亲自领导的京剧革命的历程,我们更加深刻体会到伟大领袖毛主席这一英明论断。搞戏,就是搞阶级斗争,就是无产阶级向资产阶级发动进攻。正如江青同志常常告诫我们的那样,这是一场严重的阶级斗争,又是一场非常细致,相当困难的工作,文艺战线是阶级斗争的一个重要战场,是无产阶级与资产阶级争夺的前哨阵地,资产阶级要复辟,总要先做舆论上的准备,向我们争夺意识形态领域中的领导权。解放以来,周扬等一小撮反革命修正主义分子在其总后台中国赫鲁晓夫的支持下,推行了一条反党、反社会主义、反毛泽东思想的文艺黑线,这条黑线专了我们的政,他们把文艺作为阴谋复辟资本主义的舆论阵地,哪一个阶级的代表人物占领文艺舞台,是关系到红色政权变不变色的严重问题。为了使红色江山千秋万代永不变色,江青同志毅然决然地率领革命文艺工作者开展京剧革命,

---

* 《文汇报》1968 年 5 月 23 日。

从这个最顽固的堡垒打开缺口,在意识形态领域中击退资产阶级的进攻,为无产阶级文化大革命吹响了战斗的号角。

毛主席的革命文艺路线与反革命修正主义文艺黑线斗争的焦点,就是文艺为哪一个阶级服务,为哪一个阶级的政治服务,也就是无产阶级占领舞台,还是资产阶级占领舞台。江青同志反复强调一定要让用毛泽东思想武装起来的无产阶级英雄形象占领京剧舞台,使京剧舞台成为宣传毛泽东思想的阵地。她说,在共产党领导下的社会主义祖国舞台上占主要地位的不是工农兵,不是这些历史的真正创造者,不是这些国家真正的主人翁,那是不能设想的事。她指出:要在我们戏曲舞台上塑造出当代的革命英雄形象来,这是首要的任务。

江青同志在京剧革命的伟大实践中,首先抓住宣传毛泽东思想这个根本关键,着力塑造以毛泽东思想武装起来的高大的无产阶级英雄形象。因为只有塑造了无产阶级英雄形象,才能有力地宣传毛泽东思想。否则,如果让那些红脸黑心,打着"红旗"反红旗的两面派,或者被歪曲了的工农兵人物,以及"中间人物"为主人公,那么这个作品势必成为宣传修正主义的货色,为中国赫鲁晓夫效劳。因此一个戏是否宣传了毛泽东思想,关键就在于是否成功地塑造了主要的无产阶级的光辉的英雄形象。当前两个阶级在文艺舞台上斗争的焦点,也表现在这一个问题上。阶级敌人知道,让那些才子佳人死灰复燃,公开爬到舞台上的可能性是不大了,于是,他们就想方设法,在舞台上树立他们的代言人,用种种卑劣的手法,来阉割、歪曲剧中的主要人物,从而达到他们占领革命文艺阵地的罪恶目的。

例如《智取威虎山》,我们要宣传毛主席人民战争的伟大战略思想这个主题,因此,就必须要通过塑造用毛泽东思想武装的,具有革命大智大勇精神的和劳动人民血肉相连的无产阶级的英雄形象,以他们作为主人公。相反如果把杨子荣塑造成一个浑身匪气的"江湖豪侠"和脱离群众的冒险主义者,那么这个戏的主题必然变成宣扬中国赫鲁晓夫之流,脱离群众,盲动、冒险的错误的军事路线。一小撮反革命修正主义分子,他们是很懂得这个道理的,为了达到自己不可告人的目的,拼命在剧本中增添反面角色,把座山雕等反面人物写得十分嚣张。为了突出反面人物,他们还特地聘请了老反革命分子贺绿汀为定河老道的四句反动唱词谱曲。他们所以这样做,目的就是为了篡改这个戏的主题,以它来表现中国赫鲁晓夫的冒险主义、投降主义的军事路线。

再如《海港》,我们是以表现阶级斗争为纲,歌颂中国工人阶级的国际主义和爱国主义的豪情壮志为主题,因此,就必须以方海珍、高志扬这样的无限忠于毛泽东思想,立足码头、胸怀祖国、放眼世界的工人阶级英雄形象为主要人物。反之,如果让余宝昌那样的内心空虚、精神分裂的"中间人物"为主人公,那么,这个戏的主题就会成为鼓吹培养中国赫鲁晓夫的接班人。可是,中国赫鲁晓夫居心叵测,在他的直接指使下,妄图把这个戏的主题变成培养修正主义的接班人的戏。为了达到这种罪恶的目的,那些反革命修正主义文艺的黑干将,也是从人物塑造入手,来向我们进攻,他们竭力把落后青年工人余宝昌这个"中间人物"作为主要人物,要所有的正面人物都围绕着这个"中间人物"满台转。而把支部书记和装卸组长等主要英雄人物的英雄行动场面,穿插在余宝昌的行动场面之间,作为辅助情节。

江青同志十分敏锐地识破了阶级敌人的各种阴谋诡计,为了击退阶级敌人的进攻,为了使毛泽东思想永远占领文艺阵地,她十分重视工农兵英雄人物的塑造,特别重视突出主要英雄人物的塑造。我们根据江青同志的指示精神,归纳为"三个突出",作为塑造人物的重要原则,即:在所有人物中突出正面人物来;在正面人物中突出主要英雄人物来;在主要人物中突出最主要的即中心人物来。江青同志的上述指示精神,是创作社会主义文艺的极其重要的经验,也是以毛泽东思想为武器,对文学艺术创作规律的科学总结。它可以保证我们社会主义革命文艺永远立于不败之地,可以使我们的革命文艺舞台永远闪耀着毛泽东思想的光芒。

《智取威虎山》的创作就是根据江青同志的指示,把原来剧本中设计的一大串牛鬼蛇神,什么定河老道、蝴蝶迷、一撮毛、栾平老婆等等,全部砍掉,而又调动各种艺术手段加强了杨子荣等正面英雄人物的形象。例如:原来的第三场,是写一撮毛凶杀栾平老婆的戏,现在砍去了这一场,而换上了表现杨子荣深山问苦的戏,突出地表现了人民解放军战士与劳动人民的鱼水关系和阶级感情以及我军的深入群众调查研究的优良作风。在正反面人物同场的戏里,也有意地压低了反面人物的嚣张气焰,而着力突出正面英雄人物,并使主要英雄人物始终居于主宰地位,一改过去那种反面人物居于主位的局面。第六场,原来是让座山雕坐在舞台正中,居高临下,气势逼人,而杨子荣则卑躬屈膝,侧立一旁,两人交锋中,杨子荣一直围绕着座山雕打转,江青同志很敏锐地觉察到,她指示我们,共产党员打入敌人内部以后,不应该靠装得像敌人一样去战胜敌人,而是靠对毛泽东思想的大忠。又说,杨子荣在舞台上不动则已,一动就应该是一个英雄塑像。根据这些重要指示,把座山雕置于舞台的侧面,让杨子荣立于正中,始终让杨子荣牵着座山雕的鼻子满台走,突出了杨子荣这个人民解放军的英雄形象,把颠倒了的历史,再颠倒了过来。

《海港》的创作也遵照江青同志的指示,以表现阶级斗争为纲,歌颂中国工人阶级的国际主义和爱国主义的豪情壮志为主题思想,努力塑造并突出以方海珍为中心人物的一系列立足码头、胸怀祖国、放眼世界的工人阶级的英雄人物形象。在这个戏的人物塑造中,在所有正面人物中突出方海珍、高志扬、马洪亮的无产阶级英雄形象,在这三个人物中又着重突出了方、高,在方、高中又以方为主。为此,我们在戏中把方海珍放在矛盾冲突的中心,给方海珍以许多实际行动和能够经常按毛主席教导去分析判断问题。这样,一个以毛泽东思想武装的有着高度的国际主义和爱国主义精神以及革命干劲和科学精神相结合的工人阶级英雄形象就树立了起来。例如:原来的"壮志凌云"一场,是通过妈妈和舅舅的家庭教育使落后青年转变的,这样自然就突出了妈妈和舅舅的家庭教育的作用。为了塑造方海珍,毅然决然地把妈妈这个人物拿掉,而让方海珍出场,通过讲述海港斗争史和国际主义、共产主义教育使余宝昌转变。这样就突出了方海珍,显示了工人阶级英雄人物国际主义和爱国主义的雄心壮志。

在京剧革命中,江青同志不但参加斗争实践,而且参加了艺术实践。在艺术实践中,她不但抓主题思想和英雄人物塑造这些大的原则问题,而且还围绕努力塑造并突出体现毛泽东思想光辉的英雄人物这一中心课题,狠抓艺术细节问题。一招一式、一字一句、一腔一板、一个领章、一个帽徽、一件服装、一道灯光,都十分细致地去推敲,务使更好地突出用毛泽东思想武装起来的英雄人物。江青同志的这种**"在战略上要藐视困难、在战术上要重视困难"**的革命精神,严肃认真、一丝不苟的高度政治责任感,不知多少次感动着我们,激励着我们奋勇前进。

更值得我们学习的是,在艺术实践中,江青同志的异常敏锐的政治嗅觉和无比坚定的政

下来。《星》杂志本来应当是教育我们的青年人的机关刊物。但是该杂志既然收容了象左琴科这样的下流家伙和非苏维埃作家,那末它对这个任务还能担负起来吗?! 难道《屋》编辑部不知道左琴科的面貌吗?

本来在不久以前,一九四四年初,左琴科的一篇诽谤的小说《日出之前》曾受到《布尔什维克》杂志严厉的批判,这篇小说是他在苏联人民反对德国侵略者的解放战争烽火中写成的。在这篇小说中,左琴科把自己下流和卑劣的灵魂翻了出来,他这样做的时候是带着享乐和好玩的心情,想向大家表示:你们瞧,我是怎样的一个流氓呀!

在我们的文学中,很难找到比左琴科在《日出之前》这篇小说中所鼓吹的"教训"更可恶的东西,因为他把人们和自己描写成没有羞耻、没有良心、丑恶而且淫乱的野兽。他把这个教训呈献给苏联读者是在这样的时期,那时候我们的人民在空前未有的艰苦战争中流洒着鲜血,那时候苏维埃国家正处于千钧一发之际,那时候苏联人民为了战胜德国人而忍受着不可计算的牺牲。然而躲在大后方——阿拉木图的左琴科,在这时候丝毫也不曾帮助苏联人民同德国侵略者进行战斗。《布尔什维克》公开地叱骂左琴科是一个与苏联文学背道而驰的无聊文人和下流家伙,这是十分公正的。他当时并不理睬社会舆论。如今,两年还未过去,《布尔什维克》上的批评墨渍未干,而同一个左琴科却凯旋地回到列宁格勒,开始在列宁格勒各杂志的篇幅上自由漫步起来。不只是《星》高兴刊登他的作品,而且《列宁格勒》杂志也是如此。各个剧院高兴而且愿意上演他的作品。此外,他还得到机会在苏联作家协会列宁格勒分会占据领导的地位,并在列宁格勒文学事业中扮演活跃的角色。你们有什么理由让左琴科在列宁格勒文学园地里散步呢? 为什么列宁格勒党的积极分子和文学团体容许这些可耻的事实存在呢?!

左琴科的彻底腐朽和堕落的社会政治和文学的面貌,并不是在最近才形成的。他最近的"作品"决不是偶然的东西。它们不过是左琴科从二十年代就开始了的全部文学"遗产"的继续。

以前左琴科是一个什么样的人呢? 他是所谓谢拉皮翁兄弟这个文学团体的发起人之一。在发起谢拉皮翁兄弟的时期左琴科的社会政治面貌是怎样的呢? 请查一查一九二二年第三期《文学杂记》,在那里这个团体的创立者们说明了自己的主张。在我们所发现的一些文章中,有一篇叫作《论自己及其他》的短文,里面发表了左琴科的"信条"。左琴科对任何人和任何事都不知羞耻,他当众裸露自己,十分露骨地表示自己的政治和文学的"观点"。请听一听他在那里所讲的话吧:

……一般讲来,当一个作家是很难的。就拿思想来说吧,……现在向作家要求起思想来了。……实在说,这真使我不舒服。……

请问,假如没有一个政党整个地吸引着我,那末我能有什么"正确思想"呢?

从党中人的观点看来,我是一个无原则的人。随它去吧! 关于我自己,我只能说:我不是共产党人,不是社会革命党人,不是保皇党人,而只是一个俄国人,并且是政治上毫无道德的人……

我说句良心话——一直到今天我还是不晓得,就拿顾奇果夫来说吧,……顾奇果夫是哪一党的呢? 鬼知道他是哪一党的。我只知道,他不是布尔什维克,但他是社会革命党人还是立宪民主党人,那我就不知道,也不愿意知道。

以及其他等等。

同志们，你们对于这样的"思想"能说什么呢？从左琴科发表了他这篇"自白"以来，已经过了二十五年了。从那时以后他有没有改变呢？我们看不出来。在这二十五年中，他不仅没有学到什么，不仅没有什么改变，相反地，他还公开无耻地继续作无思想性和庸俗性的说教者、无原则和无良心的文学流氓。这就是说，左琴科过去和现在都不喜欢苏维埃制度。他过去和现在对于苏联文学都是歧视和敌对的。如果在这些情形下左琴科竟几乎成为列宁格勒的文学巨匠，如果他在列宁格勒文坛上受到称赞，那末我们只有惊讶那些为左琴科铺路并歌颂他的人们是如何无原则性、苟且了事、工作不深入与没有辨别力！

请让我再举出一个表明所谓"谢拉皮翁兄弟"的面貌的例子。就在一九二二年第三期《文学杂记》中，另一个谢拉皮翁派分子列夫·隆茨也曾企图给予谢拉皮翁兄弟派所代表的对苏联文学有害和歧视的倾向以思想的根据。隆茨写道：

我们是在革命非常紧张的日子、在政治非常紧张的日子集合在一起的。"谁不跟我们一起，谁就是反对我们！"——人们从左边和右边向我们说，——可是谢拉皮翁兄弟，你们跟谁一起呢——跟共产党人一起还是反对共产党人呢，拥护革命还是反对革命呢？

谢拉皮翁兄弟，我们跟谁一起呢？我们就跟谢拉皮翁隐士一起吧。……

社会舆论支配俄国文学太长久也太苦人了。……我们不要功利主义。我们不是为宣传而写作。艺术象生活本身一样是现实的，它也象生活本身一样是没有目的和没有意义的，它之所以存在，是因为它不能不存在。

谢拉皮翁兄弟所赋予艺术的作用就是如此，他们抽去艺术的思想性，社会意义，主张艺术无思想，主张为艺术而艺术，主张艺术没有目的和没有意义。这就是鼓吹腐朽的不问政治的倾向，市侩主义和庸俗趣味。

从这里应当得出什么结论呢？如果左琴科不喜欢苏维埃制度，难道你们能下命令说，迁就一下左琴科吗？并不是我们应当改变自己的趣味，并不是我们应该改变我们的生活和我们的制度去迁就左琴科。让他改变自己吧，如果他不愿改变——就让他从苏联文学中滚出去。腐朽、空洞、无思想和庸俗的作品在苏联文学里是不能有存在的余地的。（热烈的鼓掌）

中央就是从这点出发，作了关于《星》和《列宁格勒》两杂志的决议。

现在我再来谈谈安娜·阿赫玛托娃的文学"创作"问题。她的作品最近以"扩大再生产产"的姿态出现在列宁格勒各杂志上。这件事是如此地惊人和违反常态，犹之乎有人在今天翻印米列日科夫斯基、维赤斯拉夫·伊凡诺夫、米哈伊尔·库兹明、安得莱·别雷、秀娜伊达·吉比渥斯、费多尔·梭罗古勃、纪诺维耶娃·安尼巴尔等人的作品一样，因为所有这些人一向被我们先进的社会舆论和文学认为是政治和艺术上反动的蒙昧主义和叛变行为的代表者。

高尔基在当年曾经说过：一九〇七年至一九一七年这十年，够得上称为俄国知识界历史上最可耻和最无才能的十年，从一九〇五年革命以后，知识界大部分都背弃了革命，滚到了反动的神秘主义和淫秽的泥坑里，把无思想作为自己的旗帜高竖起来，用下面"美丽的"词句掩盖自己的叛变："我焚毁了自己所崇拜的一切，我崇拜过我所焚毁了的一切。"正是在这十年中，出现了象路卜洵的《灰色马》这种叛变的作品、维尼琴科与其他从革命阵营跑到反动阵营的逃兵们的作品，他们忙着诋毁俄国社会的优秀和先进分子为之奋斗过的崇高理想。社会上浮现出了象征派、意象派、各色各样的颓废派，他们离弃了人民，宣布"为艺术而艺术"的提纲，鼓吹文学的无思想性，以追求没有内容的美丽形式来掩盖自己思想和道德的腐朽。

一种对行将到来的无产阶革命的野兽式的恐怖，把他们大家联合起来了。只要回想一下这些反动文学思潮中的一个最大的"思想家"米列日科夫斯基就够了，他把行将到来的无产阶级革命叫作"行将到来的下流行为"，以野兽式的憎恨迎接十月革命。

安娜·阿赫玛托娃是这种无思想的反动的文学泥坑的代表者之一。她属于当年从象征派队伍里产生出来的所谓阿克梅派的文学团体，是与苏联文学绝对相反的空洞的无思想的贵族沙龙诗歌的旗手之一。阿克梅派是艺术上一种极端个人主义的流派。他们鼓吹"为艺术而艺术"、"为美而美"的理论，他们丝毫也不愿知道人民，不愿知道人民的需要和利益，不愿知道社会生活。

就其社会根源讲来，这是文学中一种贵族资产阶级的思潮，当时贵族和资产阶级已届末日，统治阶级的诗人和思想家力图避开不愉快的现实，逃到宗教神秘主义的九霄云外和五里雾中，逃到可怜的个人的体验中去发掘自己渺小的灵魂。正如象征派、颓废派以及其他各种没落的贵族资产阶级思想的代表者一样，阿克梅派是鼓吹颓废主义、悲观主义，信仰来世的说教者。

阿赫玛托娃的题材是彻头彻尾个人主义的。她的诗歌是奔跑在闺房和礼拜堂之间的发狂的贵妇人的诗歌，它的范围是狭小得可怜的。她的基本情调是恋爱和色情，并且同悲哀、忧郁、死亡、神秘和宿命的情调交织着。宿命的情感，——在垂死集团的社会意识中这种情感是可以理解的，——死前绝望的悲惨调子，一半色情的神秘体验——这就是阿赫玛托娃的精神世界，她是一去不复返的"美好的旧喀萨琳时代"古老贵族文化世界的残渣之一。并不完全是尼姑，并不完全是荡妇，说得确切些，而是混合着淫秽和祷告的荡妇和尼姑。

可是我对着天使的乐园向你起誓，
对着神奇的圣象与我们的
热情的夜的陶醉向你起誓……

——阿赫玛托娃：Anno Dominj①

这就是阿赫玛托姓极其渺小狭隘的个人生活、微不足道的体验和宗教神秘的色情。

阿赫玛托娃的诗是完全脱离人民的。它是古老贵族俄国几万上层人物的诗，这些人是注定要灭亡的，他们除了怀念"美好的旧时代"，就什么也没有了。喀萨琳时代的大地主庄园，以及几百年的菩提树林荫路、喷水池、雕象、石拱门、温室、供人畅叙幽情的花亭、大门上的古纹章。贵族的彼得堡、沙皇村、巴甫洛夫斯克车站与其他贵族文化遗迹。这一切都沉入永不复返的过去了！这种离弃和歧视人民的文化残渣，当作某种奇迹保存到了我们的时代，除了闭门深居和生活在空想中之外，已没有什么事情可作了。"一切都被夺去了，被背弃了，被出卖了"——阿赫玛托娃这样写着。

关于阿克梅派的社会政治和文学的理想，这个集团的著名代表之一——欧西普·曼杰里希唐在革命前不久曾经写道："对机体和组织的爱，阿克梅派是与生理上天才的中世纪所共有的。""……中世纪，在以自己方式决定一个人的比重的时候，感到并承认每个人的比重完全不以他的功绩为转移。""……是的，欧洲曾经经过雕琢精致的文化迷宫，当时抽象的生活、毫无掩饰的个人生存，是当作功勋来评价的。由此而有贵族的亲昵，它把人们联系起来，

———————
① 拉丁文，意为耶稣纪元。——译者注。

与大革命'平等博爱'的精神完全无缘。""……中世纪对于我们之所以可贵,是因为它具有着高度的界限之感。""……理性和神秘性的高贵混合,世界之被当作活的平衡来感受,使我们和这个时代发生血统关系,而且鼓舞我们从大约一二〇〇年在罗马文化的基础上产生的作品中汲取力量。"

在这些言论中,曼杰里希唐展示了阿克梅派的希望和理想。"回到中世纪去"——这就是这个贵族沙龙集团的社会理想。回到猴子那里去——左琴科响应着它。附带说一句,不论阿克梅派也好,"谢拉皮翁兄弟"也好,都是从共同的祖先继承自己的谱系的。不论阿克梅派也好,"谢拉皮翁兄弟"也好,他们的共同祖先是霍夫曼,贵族沙龙颓废主义和神秘主义的创始者之一。

为什么突然需要使阿赫玛托娃的诗流行起来呢?她和我们苏联人民有什么关系呢?为什么要把文坛让给这一切颓废的极其歧视我们的文学流派呢?

从俄国文学史中我们知道:反动的文学派别——象征派和阿克梅派也在内——不仅一次或两次企图宣布讨伐俄国文学的伟大革命民主传统,讨伐它的先进代表,企图使文学失去它的崇高的思想的和社会的意义,把文学降低到无思想性和庸俗性的泥坑里。这一切"时髦的"派别都是昙花一现,同它们所反映其思想的那些阶级一起变为陈迹了。这一切象征派、阿克梅派、"黄色短衫派"、"红方块王子派"、"无所谓派",在我们俄罗斯、苏维埃祖国的文学中留下了什么呢?一点什么也没有留下。他们对俄国革命民主派文学的伟大代表——别林斯基、杜勃罗留波夫、车尔尼雪夫斯基、赫尔岑、萨尔蒂科夫·谢德林——的讨伐是计划得轰轰烈烈不可一世的;然而却以同样的景象被打垮了。

阿克梅派宣布道:"不要给生活以任何改正,也不要给它以批评。"为什么他们反对给生活以任何一种改正呢?正因为他们喜欢这种古老的贵族的资产阶级的生活,而革命人民则力求扰乱他们的这种生活。一九一七年十月,统治阶级及其思想家和歌颂者都被丢到历史的垃圾堆里去了。

而在社会主义革命第二十九年,竟忽然重现出现了若干来自阴暗世界的博物馆的珍奇陈列品,开始教导我们的青年必须怎样生活。列宁格勒的杂志的门,在阿赫玛托娃面前大大地敞开了,随便让她以自己诗歌的腐朽精神来毒害青年的意识。

《列宁格勒》杂志有一期曾发表了阿赫玛托娃从一九〇九年至一九四四年的作品选辑之类的东西。与其他糟粕并列一起,那里有一篇诗是她在伟大卫国战争时期撤退中写的。她在这篇诗中描写自己不得不和一只黑猫分担的孤独。黑猫象世纪的眼睛一样望着她。主题并不是新的。阿赫玛托娃在一九〇九年就描写过黑猫。这种与苏联文学绝缘的孤独和绝望的情绪,贯穿着阿赫玛托娃"创作"的全部历史过程。

这种诗与我们的人民和国家的利益有什么共同之处呢?一点也没有。阿赫玛托娃的创作是一种遥远的往事;它是与现代苏维埃现实相违背的,是不能容于我们的杂志篇幅中的。我们的文学不是那指望满足文学市场各种趣味的私人企业。在我们的文学中根本不应该容纳那些与苏联人的道德品质没有任何共同点的趣味和习气。阿赫玛托娃的作品能给我们的青年带来什么教益呢?除了害处,什么也没有。这些作品只能使人们意气消沉,精神颓丧,产生悲观主义,力图脱离社会生活的迫切问题,离开社会生活和社会活动的宽广道路,走到个人体验的狭窄世界中去。怎么能把教育我们的青年的事业交到地手中呢?然而有人却很乐意一会儿在《星》上、一会儿在《列宁格勒》上发表阿赫玛托娃的作品,甚至印行单独的集子。这是重大的政治错误。

由于这一切，列宁格勒的杂志上开始出现其他向无思想和悲观失望的阵地上爬的作家的作品，就不是偶然的了。我是指萨多费也夫和科米莎罗娃的作品一类的东西。萨多费也夫和科米莎罗娃在自己所写的几首诗里，开始跟阿赫玛托娃一唱一和，开始培养阿赫玛托娃的灵魂所如此喜爱的忧郁、哀愁和孤独的情绪。

不用说，这类情绪或对这类情绪的鼓吹，只能给我们的青年以坏的影响，只能用无思想、不问政治、意气消沉的腐朽精神来毒害他们的意识。

假使我们以意气消沉和对我们的事业无信心的精神来教育青年，那末结果会怎样呢？结果就会是我们在伟大卫国战争中得不到胜利。正因为苏维埃国家和我们的党在苏联文学的帮助下以生气勃勃及对自己力量有信心的精神教育了我们的青年，正因为如此，我们才克服了社会主义建设中的最大困难，获得了对德国人和日本人的胜利。

从这一切应该得出什么结论呢？从这里应该得出结论说：《星》杂志既然在自己篇幅上除了优秀的有思想的生气勃勃的作品以外，还发表了无思想的庸俗的反动的作品，就成了失掉方向的杂志，成了帮助敌人瓦解我们的青年的杂志。而我们的杂志之所以始终有力量，是由于它们的生气勃勃的革命倾向，而不是由于折衷主义，不是由于无思想和不问政治。鼓吹无思想，在《星》杂志里得到了平等权利。此外，左琴科竟在列宁格勒作家团体中间获得了这样的力量，甚至叱责不同意他的人，威胁批评家要在下一篇作品里把他们写上一笔。他成了文学独裁者一类的东西。一群崇拜者围绕着他，给他创造荣誉。

试问这有什么理由呢？你们为什么容许了这种反常和反动的事情呢？

在列宁格勒的文学杂志里，人们曾开始迷醉于低劣的现代西欧资产阶级文学，这并不是偶然的。我们的若干文学家曾开始把自己不看作资产阶级市侩文学家的教师而看作他们的学生，曾开始堕落到在外国市侩文学面前表现阿谀和倾倒的态度。这种阿谀是不是适合于我们苏维埃爱国主义者呢，适合于曾建立了比任何资产阶级制度高尚和美好百倍的苏维埃制度的我们这些人呢？这种在狭小的西欧市侩资产阶级文学面前的阿谀，是不是适合于我们先进的苏联文学，即世界上最革命的文学呢？

还有，我们作家工作的巨大缺点，一方面是脱离现代苏维埃题材、片面地迷醉于历史题材，另一方面是企图写作纯粹供人消遣的空洞的主题。若干作家在辩护自己落后于伟大的现代苏维埃主题的时候说道：已经到了这样的时候，必须给人民以空洞的消遣的文学，可以不重视作品的思想性了。这是对于我们的人民及其需要和利益的极端错误的想法。我们的人民所期望的，是苏联作家把人民在伟大卫国战争中所获得的巨大经验加以理解和概括，把人民今天在赶走敌人以后在国内国民经济恢复工作中的英雄主义描写和概括出来。

关于《列宁格勒》杂志，我再讲几句话。在这里，左琴科的地位，和阿赫玛托娃的一样，比在《星》上还更"牢固"些。左琴科和阿赫玛托娃成了这两个杂志中活跃的文学力量。因此，《列宁格勒》杂志把自己的篇幅供给了左琴科这样的下流家伙和阿赫玛托娃这样的沙龙诗人，是要负责任的。

但是《列宁格勒》杂志还有其他的错误。

就拿一位哈金所写的一篇仿效《叶甫盖尼·奥涅金》的谐谑诗来看吧。这篇东西叫作《奥涅金的归来》。据说它常常在列宁格勒娱乐场所中演出。为什么列宁格勒人容许象哈金那样在公共讲坛上辱骂列宁格勒，这是令人不解的。因为这全篇所谓文学"谐谑诗"的意思，并不在于空洞地嘲弄那出现在现代列宁格勒的奥涅金所遭逢的奇遇。哈金所作的讽刺诗的意思,是在于企图把我们现代的列宁格勒和普希金时代的彼得堡相比较并且证明我们的世纪要比奥涅金的世纪坏些。你们至少把这篇"谐谑诗"仔细看几行吧。在我们现代列宁格勒中的一切,都是作者所不喜欢的,他咒骂和诽谤苏联人民和列宁格勒。因此,据哈金看来,奥涅金的世纪是黄金的世纪。现在就不同了,——出现了住宅管理部、粮票、通行证。那些曾使奥涅金倾倒的天仙般的姑娘,现在都成了街道交通的指挥者,修理起列宁格勒的房屋来了,诸如此类,不一而足。让我只从这"谐谑诗"中引出一段来看看:

在电车里坐着我们的叶甫盖尼。

呵,可怜的亲爱的人!

他那未开化的世纪,

从不曾有这样的交通。

命运保卫了叶甫盖尼,

只是被踩了一脚,

只有一次被撞了肚子,

人们还向他说:"你这傻瓜!"

他一想起古代的规矩,

就决心用决斗来结束争执,

当他把手插到衣袋中……

才发现有谁早把手套偷去,

因为失落了东西,

奥涅金只得默然不作声了。

看,列宁格勒曾经是什么样子,而现在却成了什么样子——恶劣、野蛮、粗暴,以极不雅观的面貌出现在可怜的亲爱的奥涅金面前。哈金这个下流家伙竟把列宁格勒和列宁格勒人描写成了这个样子。

这篇诽谤的谐谑诗里就有着这样丑恶的、卑劣的、腐朽的构思!

《列宁格勒》编辑部怎么能忽视这种对列宁格勒及其优秀人民的恶毒的诽谤呢?! 怎么能容许哈金之流出现在列宁格勒的杂志篇幅上呢?!

有人模仿涅克拉索夫的作品写了一篇谐谑诗,有人又摹仿这篇诗写了另一篇谐谑诗,现在我们来看看它吧,它是这样写的,它简直是对涅克拉索夫这个伟大诗人和社会活动家的直接侮辱,任何有教养的人对于这个侮辱都是应当气愤的。然而《列宁格勒》编辑部却乐意把这篇肮脏的臭东西刊登在自己的篇幅上。

我们在《列宁格勒》杂志上还发现什么呢? 还发现一些大概从十九世纪末期古老陈腐的轶事选本中所采录的平凡庸俗的外国轶事。难道《列宁格勒》杂志再没有什么东西来充实自己的篇幅吗? 难道在《列宁格勒》杂志里再没有什么可写了吗? 至少可以写列宁格勒恢复工作这样的主题。城市中正在进行雄伟的工作,城市正在医治封锁所带来的创伤,列宁格勒人正充满着从事战后恢复工作的热忱和兴奋。在《列宁格勒》杂志里关于这点是不是写过了一些什么呢? 列宁格勒人能不能等到有一天在该杂志篇幅上找到他们的劳动功勋的反映呢?

再看一看苏联妇女这个主题吧。难道可以在苏联男女读者中间培养阿赫玛托娃所特有的对妇女的作用和使命的可耻的观点,使人对于一般现代苏联妇女,特别是对于那些在战争年代中肩负过巨大的艰苦、今天在解决恢复经济的困难任务上自我牺牲地劳动着的列宁格勒妇女英雄得不到一个真正正确的观念吗?

如大家所看到的,作家协会列宁格勒分会的状况就是这样,现在它供给两个文学杂志的优秀作品显然是不够的。这就是为什么党中央决定停办《列宁格勒》杂志,以便把一切优秀的文学力量集中到《星》杂志上。当然,这并不是说列宁格勒在适当条件下不能有第二个乃至第三个杂志。问题是以质量高的优秀作品的数量来决定的。如果这样的作品出现得很多,而在一个杂志上不能容纳的话,那是可以创办第二个或第三个杂志的,只要我们列宁格勒的作家能写出在思想和艺术方面优秀的作品。

联共(布)中央关于《星》和《列宁格勒》两杂志的工作的决议所揭发和指出的重大错误和缺点,就是如此。

这些错误和缺点的根源是在什么地方呢?

这些错误和缺点的根源,就在于上述两杂志的编辑、我们苏联文学的活动家、以及我们列宁格勒思想战线的领导者忘记了列宁主义关于文学的若干基本原理。许多作家以及做责任编辑工作或在作家协会占有主要岗位的人们都以为:政治是政府的事情、党中央的事情。至于说到文学家,从事政治就不是他们的事情了。只要一个人写得很好、很艺术、很美丽,那就必须发表出来,尽管里面有迷误我们的青年、毒害我们的青年的腐朽的地方。我们要求我们的文学领导同志和作家同志都以苏维埃制度所赖以生存的东西为指针,即以政策为指针,我们不要以放任主义和无思想性的精神来教育青年,而要以生气勃勃和革命的精神来教育青年。

大家知道,列宁主义体现了十九世纪俄国革命民主派的一切优良传统,我们的苏维埃文化是在批判地改造过了的过去文化遗产的基础上产生、发展和达到繁荣的。在文学领域中,我们党曾从列宁和斯大林口中不止一次地承认了伟大俄国革命民主派作家和批判家——别林斯基、杜勃罗留波夫、车尔尼雪夫斯基、隆尔蒂科夫·谢德林、普列汉诺夫的巨大意义。从别林斯基开始,俄国革命民主派知识界的一切优秀代表都不曾承认所谓"纯艺术"、"为艺术而艺术",他们主张为人民而艺术,主张艺术应具有高度的思想性和社会意义。艺术不能把自己同人民的命运分开。请回忆一下别林斯基的著名的《给果戈理的信》吧,在那里这位伟大的批评家以其特有的全部热情叱责了果戈理企图叛变人民事业而转到沙皇方面去。这封信曾被列宁称为没有经过检查的民主主义出版物中的优秀作品之一,它直到今天还保有着巨大的文学意义。

回忆一下杜勃罗留波夫的文学评论的文章吧,在这些文章里他如此有力地指出了文学的社会意义。我们俄国的全部革命民主评论,都充满着对沙皇制度的不共戴天的仇恨,渗透着为人民的根本利益、为人民的教育、为人民的文化、为人民从沙皇制度枷锁下得到解放而斗争的崇高倾向。为人民的美好理想而斗争的战斗艺术——这就是俄国文学的伟大代表们所设想的文学和艺术。车尔尼雪夫斯基是一切空想社会主义者中最接近于科学社会主义的人,而且他的著作,如列宁所指出的,"散发着阶级斗争的气息",——他教导我们说:艺术的任务,除了认识生活以外,还在于教导人们正确地评价这些或那些社会现象。车尔尼雪夫斯基最亲近的朋友和战友杜勃罗留波夫曾经指出:"不是生活遵循文学的标准,而是文学适应生活的方向";他曾经努力宣传文学中的现实主义原则和人民性原则,他认为艺术的基础是现实,现实是创作的源泉,艺术在社会生活中有着积极的作用,组成着社会意识。照杜勃罗留波夫看来,文学应当为社会服务,应当在当代最尖锐的问题上给人民以回答,应当站在自己时代的思想水平上。

马克思主义的文学批评是别林斯基、车尔尼雪夫斯基、杜勃罗留波夫的伟大传统的继承者,它一向是现实主义的、具有社会倾向的艺术的守护者。普列汉诺夫写过许多东西来揭露唯心主义的和反科学的文学观和艺术观,来保卫那个教人把文学当作为人民服务的强大工具的我们俄国伟大革命民主派的基本原理。

列宁①第一个极其明确地规定了先进社会思想对于文学和艺术的关系。我请你们回忆一下列宁在一九○五年末所写的《党的组织和党的文学》这篇著名的文章,在那里他以其特有的力量指出了:文学不能是非党的,文学应当是无产阶级总的事业的一个重要组成部分。列宁这篇文章奠定了我们苏联文学发展所根据的一切基础。列宁曾经写道:

文学应当成为党的文学。与资产阶级的习气相反,与资产阶级营利的商业性的出版业相反,与资产阶级文学上的名位主义和个人主义、"老爷式的无政府主义"和唯利是图相反,社会主义无产阶级应当提出党的文学的原则,发展这个原则,并且尽可能以完备和完整的形式实现这个原则。

这个党的文学的原则是什么呢?这不只是说,对于社会主义无产阶级,文学事业不能是个人或集团的赚钱工具,而且根本不能是与无产阶级总的事业无关的个人事业。打倒非党的文学家!打倒超人的文学家!文学事业应当成为无产阶级总的事业的一部分……

在同一文章中又往下写道:

生活在社会中却要离开社会而自由,这是不可能的。资产阶级的作家、艺术家和演员的自由,不过是他们依赖钱袋、依赖收买和依赖豢养的一种假面具(或一种伪装)罢了。

列宁主义是从下面这点出发的:我们的文学不能是不问政治的,不能是"为艺术而艺术"的,而是负有在社会生活中起重要的先进作用的使命的。列宁②的文学的党性原则——列宁在文学这门科学中最重要的贡献——就是从这里出发的。

因此,苏联文学的优良传统是十九世纪俄国文学优良传统的继续,是我们的伟大革命民主主义者别林斯基、杜勃罗留波夫、车尔尼雪夫斯基、隆尔蒂科夫·谢德林所创造的、普列汉诺夫所继承的以及列宁和斯大林所科学地发挥和论证了的传统的继续。

涅克拉索夫称自己的诗歌为"复仇和悲哀的诗神"。车尔尼雪夫斯基和杜勃罗留波夫把文学看作对人民的神圣服务。俄国民主派知识界的优秀代表们曾在沙皇制度的条件下为这些崇高的思想而死亡、服苦役、被流放。怎么能忘记这些光荣的传统呢?怎么能蔑视它们呢?怎么能容许阿赫玛托娃和左琴科之流偷运"为艺术而艺术"的反动口号,容许他们戴起无思想性的假面具、硬教人接受与苏联人民背道而驰的思想呢?!

列宁主义认为我们的文学具有着巨大的改造社会的意义。如果我们的苏联文学容许降低自己这种巨大的教育作用,那就是向后倒退,回到"石器时代"去。

斯大林同志曾把我们的作家叫作人类灵魂的工程师。这个定义是有深刻意义的。这是说苏联作家对于教育人民,对于教育苏联青年,以及对于在文学工作中不犯过错,是负有巨大责任的。

---

① 《列宁全集》,第一○卷,第25页,人民出版社。——译者注。

② 《列宁全集》,第一○卷,第28页,人民出版社。——译者注。

有些人觉得很奇怪:为什么中央在文学问题上采取了这样严厉的措施?我们对这点是不曾习惯的。人们认为,如果在生产中犯了过错,或是未完成日用品的生产计划,或是未完成采伐森林的计划,那末对此大加叱责,是自然的事情,(场中发出赞许的笑声)而如果在教育人类灵魂方面犯了过错,如果在教育青年事业上面犯了过错,这倒是可以容忍的。然而,这比起未完成生产计划或破坏生产任务来,难道不是更严重的罪过吗?中央作出这个决定,是想使思想战线能赶上我们其他一切工作部门。

最近思想战线上暴露出了很大的缺陷和缺点。只向你们提一提我们电影艺术的落后、我们剧场上演节目之被质量低劣的作品所玷污就够了,至于《星》和《列宁格勒》两杂志中的情形就不用说了。中央不得不出来干涉,坚决地把事情纠正过来。中央对于那些忘掉自己对人民的义务、对教育青年的义务的人们,是没有权利减轻它的打击的。如果我们要把我们的积极分子的注意力转到思想工作问题上,在这里进行整顿,指出工作的明确方向,那末我们就应当象苏联人所应有的那样,象布尔什维克所应有的那样,尖锐地批评思想工作的错误和缺点。只有这样我们才能够把事情纠正过来。

有些文学家这样议论着:既然在战争期间人民在文学方面挨了饿,书籍出版得很少,所以读者会吞食任何的读物,即使是带着腐朽性的。然而事实完全不是如此,我们是不能容忍糊涂的文学家、编辑、出版者硬塞给我们的任何一种文学的。苏联人民期待于苏联作家的是真正的思想武装、精神粮食,这些东西可以帮助完成伟大的建设计划,完成那恢复和进一步发展我国国民经济的计划。苏联人民向文学家们提出高度的要求,希望满足自己思想上和文化上的需要。在战争期间,由于环境的缘故,我们不能保证这些迫切的需要。人民想理解当前的事件。他们的思想水平和文化水平提高了。他们常常不满足于我们这里所出现的文学和艺术作品的质量。这是若干文学工作者和思想战线上的工作者所不曾了解而且也不愿了解的。

我国人民的要求和趣味的水平已经提得很高了,谁不愿意或不能够提高到这个水平,谁就会落在后面。文学不仅负有使命要在人民需要的水平上行进,而且还有义务去发展人民的趣味,提高他们的要求,用新思想丰富他们,引导他们前进。谁不能够跟人民一起走,满足他们的增长着的要求,站在发展苏联文化的任务水平上,谁就不可避免地成为人们所不需要的了。

由于《星》和《列宁格勒》的领导工作人员思想上的缺点,也就发生了第二个重大的错误。这个错误就在于我们的若干领导工作人员把自己和文学家的关系不曾建立在苏联人民政治教育的利益上,不曾建立在文学家政治倾向的利益上,而是建立在个人友情的利益上。据说许多思想上有害的和艺术上薄弱的作品,由于不愿得罪这个或那个作家,而予以出版了。从这类工作人员的观点看来,为了不得罪什么人,顶好是牺牲人民的利益和国家的利益。这是完全不正确和政治上错误的立场。这正等于以一百万元换取一个铜币。

党中央委员会在自己的决议中指出文学界中以友情关系代替原则关系的极大害处。无原则的友情关系在我们的若干文学家中间起了非常坏的作用,使得许多文学作品的思想水平降低了,便利了歧视苏联文学的人们钻到文学界中来。由于列宁格勒思想战线领导者方面和《列宁格勒》杂志领导者方面缺乏批评,由于牺牲人民利益而以友情关系代替原则关系,所以就带来了极大的害处。

斯大林同志教导我们说:如果我们保存干部,要教育和培养他们,我们就不应当害怕得罪什么人，就不应当害怕进行原则性的、大胆的、坦白的和客观的批评。没有批评，任何的组织，连文学组织也在内，是会腐朽的。没有批评，任何的病都会深入膏肓和难于医治的。只有大胆和直率的批评，才会帮助我们的人进步，才会鼓舞他们前进，克服自己工作的缺点。哪里没有批评，哪里腐朽和停滞就会生根，哪里就没有前进的余地。

斯大林同志屡次指出：我们发展的最重要条件，就是每个苏联人必须每天总结自己的工作，无所畏惧地检查自己，分析自己的工作，勇敢地批评自己的缺点和错误，深思熟虑怎样使自己的工作达到更好的成绩，并且为使自己进步而不间断地工作。这一点适用于文学家，正如适用于其他任何工作人员一样。谁害怕批评自己的工作，谁就是可鄙的懦夫，就不配受到人民的尊敬。（热烈的鼓掌）

对自己工作采取不加批评的态度，以和文学家的友情关系代替和他们的原则关系，这在苏联作家协会理事会中也是广泛流行的。协会理事会，其中包括它的主席吉洪诺夫同志，他们所犯的错误就在于《星》和《列宁格勒》中被揭露出的那种不正确的态度，就在于他们不仅不曾防止左琴科、阿赫玛托娃和其他非苏维埃作家的有害影响侵入苏联文学，并且还纵容了各种与苏联文学背道而驰的倾向和风气侵入我们的杂志。

在列宁格勒杂志的缺点中起作用的，还有那种在杂志领导上所形成的不负责任的制度，即列宁格勒杂志编辑部中所存在的这种状况：不知道谁对整个杂志负责，谁对某一部门负责，而且连起码的秩序也没有。这个缺点是必须纠正的。这就是为什么中央委员会以自己的决议委任了《星》杂志的主编，这个主编应当对该杂志的方向负责，对该杂志中登载的作品的高度思想和艺术的质量负责。

在杂志中，正如在任何事业中，无秩序现象和无政府状态是不可容忍的。对于杂志的方向与所刊登的文章的内容必须负明确的责任。

你们应当恢复列宁格勒文学和列宁格勒思想战线的光荣传统。一向是先进思想和先进文化的发源地的列宁格勒的杂志，竟成了无思想性和庸俗性的避难所，这是令人痛心和难受的。必须恢复列宁格勒这个先进思想和文化的中心的荣誉。必须记住列宁格勒曾经是布尔什维克的列宁主义的组织的摇篮。在这里列宁和斯大林曾经奠定了布尔什维克党的基础、布尔什维克世界观的基础、布尔什维克文化的基础。

列宁格勒作家、列宁格勒党的积极分子的光荣事业，就在于恢复和进一步发展列宁格勒的这些光荣传统。列宁格勒思想战线上的工作人员的任务，而且首先是作家的任务，就在于从列宁格勒文学中驱除无思想性和庸俗性，高高举起先进苏联文学的旗帜，不放过任何一个使自己思想和艺术成长的机会，不落后于现代的题材，不落后于人民的要求，用一切方法展开对自己缺点的大胆批评，不是阿谀的批评，不是宗派的和友情的批评，而是真正的、大胆的、独立的、思想性的布尔什维克的批评。

同志们，现在你们应当明白列宁格勒市党委、特别是它的宣传鼓动和宣传书记希罗科夫同志犯了怎样重大的过错，希罗科夫同志是领导思想工作的，对于杂志的过失是首先要负责任的。列宁格勒市党委犯了重大的政治错误，它在六月末曾经通过关于左琴科也在其中的《星》杂志编辑部新人员的决定。市党委书记卡普斯金同志和市委宣传书记希罗科夫同志之作了这样错误的决定，只能说明是政治上瞎了眼睛。我重复一遍，必须尽可能迅速地和坚决地纠正这一切错误，以便恢复列宁格勒在我们党的思想生活中的作用。

我们大家都热爱列宁格勒，我们大家都热爱作为我们党的先进部队之一的我们列宁格勒党的组织。在列宁格勒不应当有各种化装的文学流氓的避难所,他们是想利用列宁格勒来达到自己的目的的。对于左琴科、阿赫玛托娃以及他们这类的人,苏维埃列宁格勒并不是可爱的。他们想把它当作其他社会政治制度和其他思想的化身。旧彼得堡、作为这个旧彼得堡的形象的青铜骑士,——这就是隐约地显现在他们眼前的东西。而我们却热爱苏维埃列宁格勒,热爱作为苏维埃文化的先进中心的列宁格勒。从列宁格勒出来的伟大革命民主派活动家的光荣的一群,就是我们从之继承自己谱系的直系祖先。现代列宁格勒的光荣传统是这些伟大革命民主传统发展的继续,这些伟大革命民主传统我们是无论如何也不会变更的。希望列宁格勒积极分子大胆地、毫不回顾地、毫不"躲闪"地分析自己的错误,以便尽可能很好地和迅速地把事情搞好,并把我们的思想工作向前推进。列宁格勒布尔什维克应当在那些造成苏维埃思想和苏维埃社会意识的开拓者和前驱者队伍中间重新占取自己的地位。(热烈的鼓掌)

列宁格勒市党委怎么竟能容许思想战线上有这样的状况呢? 很明显,它曾热衷于当前的恢复城市和提高工业的实际工作,忘记了思想教育工作的重要性,而这种忘记就使列宁格勒组织付出了重大的代价。不可忘记思想工作! 我们的人民的精神财富,其重要性并不下于物质财富。不可盲目地生活,不仅要在物质生产方面而且还要在思想方面关心到明天。我们苏联人民成长到了这样程度,他们不会"吞食"硬塞给他们的一切精神产品。文化和艺术工作者,如果不改造自己和不能满足人民的日益增长的需要,就会很快地丧失人民的信任。

同志们,我们苏联文学是为人民的利益和祖国的利益而生存,并且是应当为它们而生存的。文学是与人民血肉相关的事业。这就是为什么人民把你们的每一成绩、每一重要作品看作自己的胜利。这就是为什么可以把每一成功的作品比之于一场胜仗或者比之于经济战线上的巨大胜利。相反地,苏联文学中的每一失败,对于人民、党、国家是极其难受和痛心的。中央的决议正是指这一点而言,它关心到人民的利益并关心到人民文学的利益,并且对于列宁格勒作家的情况极感不安。

如果无思想的人们想夺去列宁格勒苏维埃文学工作者队伍所依据的基础,想败坏他们工作的思想方面,想夺去列宁格勒作家的创作所具有的改造社会的意义,那末中央委员会相信:列宁格勒文学家们将在自身中间找到力量来防止一切想把列宁格勒文学队伍及其杂志诱骗到无思想性、无原则性、对政治漠视的途径上去的企图。你们站在思想阵地最前线上,你们担负着具有国际意义的巨大任务,而这应当提高每个真正的苏联文学家对自己的人民、国家、党的责任心,提高他对要尽的义务的重要性的认识。

资产阶级世界是不高兴我们在国内和国际舞台上的成绩的。社会主义阵地在第二次世界大战结束后已经巩固了。社会主义问题被提到了欧洲许多国家的日程上。这是各色各样的帝国主义者所不高兴的,他们害怕社会主义,害怕我们的社会主义国家,因为它是整个先进人类的榜样。帝国主义者、他们的思想走卒、他们的文学家和新闻记者、他们的政治家和外交家,用一切方法力图诽谤我们的国家,污蔑我们的国家,诽谤社会主义。在这些情况下,苏联文学的任务,就不仅在于给打击者以打击来回答这一切对于我们的苏维埃文化和社会主义的丑恶的诽谤和攻击,而且还在于大胆地鞭挞和攻击那处在污秽和腐朽状态中的资产阶级文化。

不管现代西欧和美国时髦的资产阶级文学家与电影导演和戏剧导演的创作是包裹在外

观上怎样美丽的形式中，他们却一样不能挽救也不能提高自己的资产阶级文化，因为资产阶级文化的精神基础是腐朽的和有毒的，因为这种文化是用来服务于资本家私有财产的，服务于资产阶级社会上层分子的利己的和贪婪的利益的。整群资产阶级文学家、电影导演、戏剧导演，都力图使社会先进层的注意力离开政治斗争和社会斗争的尖锐问题，把它诱致到庸俗的无思想的文学和艺术的途径上去，这些文学和艺术是充满着恶棍、歌女、对一切冒险家与骗子的通奸和奇遇的赞颂的。

崇拜资产阶级文化或作它的小学生，是不是适合于我们、先进苏维埃文化的代表、苏维埃爱国主义者呢?! 当然，我们的文学既是反映着一种比任何资产阶级民主制度更高的制度、一种比资产阶级文化更高许多倍的文化，它就有权利以一种新的具有全人类意义的道德教导别人。你们在什么地方找得到象我们这里这样的人民和这样的国家呢? 你们在什么地方找得到人们这样优秀的品质，象我们的苏联人民在伟大卫国战争中曾所表现的那样，象他们在转到和平发展与恢复经济和文化的时期每天在劳动中所表现的那样呢! 我们的人民上升得一天比一天高。我们今天不是象昨天那样，而我们明天将不是象今天这样。我们不再是一九一七年以前那样的俄国人，我们的俄国不再是那样，而且我们的性格也不再是那样。我们随着那些把我们国家的面貌根本改变了的最大的变革而改变了和成长起来了。

表现苏联人这些新的崇高的品质；表现我们的人民，但不只是他们的今天，也要展望到他们的明天；象探照灯一样帮助照亮前进的道路，——这就是每个真诚的苏联作家的任务。作家不能作事件的尾巴，他应当在人民的先进队伍中行进，给人民指出他们发展的道路。以社会主义现实主义方法为指针，真诚地和仔细地研究我们的现实，力图更深地透入我们发展过程的本质，作家就一定会教育人民，在思想上武装人民。表扬苏联人美好的情感和品质，向他们展示他们的明天，我们同时还应当给我们的人们指出他们不应当成为什么，还应当鞭挞昨天的残余，鞭挞那些阻碍苏联人们前进的残余。苏联作家应当帮助人民、国家、党把我们的青年教育成生气勃勃、相信自己的力量、不怕任何困难的人。

不管资产阶级的政治家和文学家怎样力图向自己的人民蒙蔽关于苏维埃制度和苏维埃文化的成绩的真相，不管他们怎样企图造成一道铁幕，使苏联的真相不能透露到国外去，不管他们怎样力求缩小苏维埃文化的真正高涨和规模，——这一切企图都注定了要失败的。我们很清楚地知道我们文化的力量和优势。只须回忆一下我们的文化代表团在国外的惊人成绩、我们的体育大检阅等等就够了。我们不应该俯首崇拜一切外国的东西或采取消极防御的立场!

如果封建制度和继之而起的资产阶级在其繁荣时期中能创造出艺术和文学，来肯定新制度的建立并歌颂它的繁荣，那末我们这种新的社会主义制度，既然体现着人类文明和文化的历史中一切优秀的东西，就更应该起创造世界上最先进的文学的责任来，这种文学将远远超过旧时代的创作中最优秀的典范。

同志们，中央委员会要求和希望什么呢? 党中央委员会希望列宁格勒积极分子和列宁格勒作家清楚地了解：已经到了必须把我们的思想工作提到很高水平的时候了。苏联年轻的一代必须加强社会主义苏维埃制度的力量和威力，必须充分利用苏维埃社会的动力来求得我们的物质福利和文化的空前未有的新繁荣。为了这些伟大任务，应当把年轻的一代教育成坚定不移、生气勃勃、不怕阻碍、敢于迎接这阻碍并善于克服它们的人。我们的人民应当是有教养的和有崇高思想的人，而且文化和道德的要求与趣味都应当很高。为了这个目的,我们必须使我们的文学和我们的杂志不离开现代生活的任务,而要帮助党和人民以对苏维埃制度忠心耿耿的精神、以对人民利益热忱服务的精神去教育青年。

苏联作家和我们的一切思想工作者现在站在第一道火线上,因为在和平发展的条件下,思想战线的任务、首先是文学的任务,并不会降低,相反地,而是更加增大了。人民、国家、党希望文学不要离开现代生活而要积极打入苏联生活的一切方面。布尔什维克把文学估计得很高,清楚地看到文学在加强人民的道德和政治的一致方面、在团结和教育人民方面的伟大历史使命和作用。党中央委员会希望我们有丰富的精神文化,因为它认为增大这种文化财富是社会主义的主要任务之一。

党中央委员会确信:精神上和政治上健康的列宁格勒苏维埃文学队伍,一定能迅速地纠正自己的错误并在苏维埃文学队伍中占据一个适当地位。

中央确信:列宁格勒作家工作中的缺点将被克服,列宁格勒党组织的思想工作将在最短期间提高到现在为了党、人民、国家的利益而需要的高度。(热烈的鼓掌。全体起立)

下 编

媒体与舆论

（一）《人民日报》等

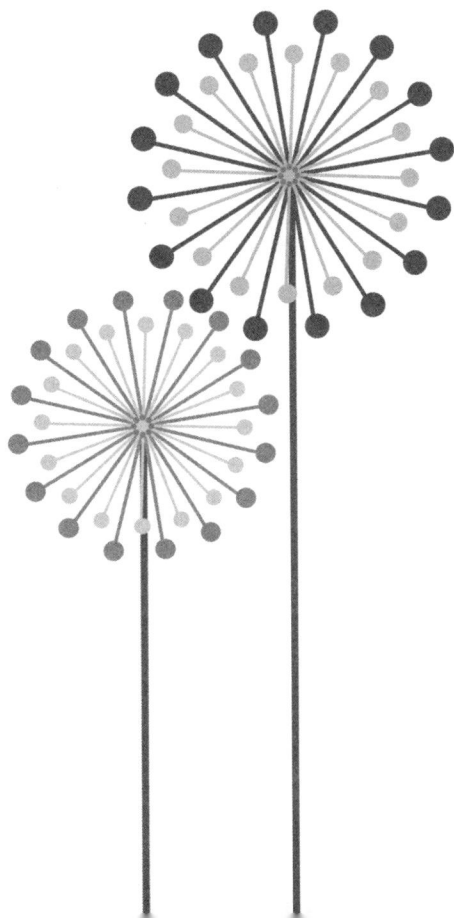

应当重视电影《武训传》的讨论*

在发表杨耳同志《陶行知先生表扬"武训精神"有积极意义吗？》一文时，我们说希望因此引起对于电影《武训传》的进一步讨论。为什么应当重视这个讨论呢？

《武训传》所提出的问题带有根本性质。像武训那样的人，处在清朝末年中国人民反对外国侵略者和反对国内的反动封建统治者的伟大斗争的时代，根本不去触动封建经济基础及其上层建筑的一根毫毛，反而狂热的宣传封建文化，并为了取得自己所没有的宣传封建文化的地位，就对反动的封建统治者竭尽奴颜婢膝的能事，这种丑恶的行为，难道是我们所应当歌颂的吗？向着人民群众歌颂这种丑恶的行为，甚至打出"为人民服务"的革命旗号来歌颂，甚至用革命的农民斗争的失败作为反衬来歌颂，这难道是我们能够容忍的吗？承认或者容忍这种歌颂，就是承认或者容忍污蔑农民革命斗争，污蔑中国历史，污蔑中国民族的反动宣传为正当的宣传。

电影《武训传》的出现，特别是对于武训和电影《武训传》的歌颂竟如此之多，说明了我国文化界的思想混乱达到了何等的程度；试看下面自从电影"武训传"放映以来，北京、天津、上海三个城市中报纸和刊物上所登载的歌颂《武训传》，歌颂武训，或者虽然批评武训的一个方面、仍然歌颂其他方面的论文的一个不完全的目录：

题 目	作 者	报 刊	日 期
编导《武训传》记	孙 瑜	光明日报	二·二六
武训传电影和武训画传	长 之	光明日报	二·二六
我看《武训传》电影	李士钊	光明日报	二·二六
我看了《武训传》电影	陶 宏	光明日报	二·二六
《武训传》——电影故事	罗 维	工人日报	二·二六
介绍武训画传	管大同	光明日报	二·二六
武训传	紫 光	新民报	二·二七
热爱我们伟大的祖国——看电影《武训传》有感	谷 风	新民报	二·二七
关于电影《武训传》	王赓尧	新民报	二·二七
对《武训传》的意见	项若愚 魏兆兰	新民报	二·二七

---

* 《人民日报》1951年5月20日社论节录。

续　表

题　　目	作　　者	报　　刊	日　　期
由教育观点评《武训传》	董渭川	光明日报	二·二八
《武训传》观后	夙　隽	新民报	三·一〇
论《武训传》	杨雨明 端木蕻良	北京文艺 二卷一期	三·一五
《武训传》丑化了劳动人民	江　林	新民报	三·三一
我对《武训传》的意见	林	光明日报	四·二
武训传能表现我们祖国的伟大吗？	田家美	新民报	四·二
将《武训传》的争论明确起来	书　亭	人物杂志	五·五
由武训和周大这两个人物谈起 ——《武训传》观后	赵　桓	天津日报	三·一九
推荐《武训传》	阮　丁	进步日报	三·一九
《武训传》观后感	果鸿远　步云升 文　清　夏文华	进步日报	三·二三
评《武训传》	时伟文	天津日报	三·二八
我看《武训传》	李　歆	天津星报	三·二九
《武训传》教育了我	堃　瑜	天津日报	四·四
不能接受武训的传统	静　知	进步日报	四·四
关于《武训传》	程庆华	进步日报	四·四
我对武训的看法	恂	进步日报	四·四
武训的"反抗"变成了帮忙	洪　都	进步日报	四·八
对《武训传》取材问题的一点意见	方辉先	进步日报	四·八
关于武训不是我们好传统的商榷	鲁男子	进步日报	四·八
我怎样演武训的	赵　丹	上海大众电影 第九至第十五期	一九五〇·十·一六
武训传（报纸连载画传）	孙　瑜编 董天野画	新闻日报	一九五〇· 一二·一四至 一九五一·一·三〇
《武训传》与中国封建社会	蒋星煜	大公报	一二·三〇
在苦难中成长的《武训传》	王　蓓	大公报	一二·三〇
我怎样表现武训的"梦"	孙　瑜	新闻日报	一二·三〇
编导《武训传》前后	孙　瑜	大众电影第十四期	一九五一·一·一
看了《武训传》之后的意见	戴白韬	新闻日报 大众电影第十四期 文汇报	一·一 一·一 一·三

续 表

题 目	作 者	报 刊	日 期
《武训传》观点感……	马侣贤	大众电影第十四期	一·一
育才学校师生谈《武训传》	育才学校师生	大众电影第十四期	一·一
看了《武训传》的一些体会	顾慰祖	文汇报	一·六
《武训传》半解	史 果	新民报晚刊	一·六
对《武训传》的粗见	立 行	大公报	一·二二
从《武训传》谈起	王鼎成	新闻日报	一·二七
小论表现历史人物问题 ——从《武训传》影片谈起	言 萌	文汇报	三·二九

下面是关于武训的几本在一九五一年初出版的新书：

武训传（电影小说） 孙瑜著，上海新亚书店出版

武训画传 李士剑编，孙之儁绘，上海万业书店出版

千古奇丐（章回小说） 柏水编，上海通聊书店出版。

在许多作者看来，历史的发展不是以新事物代替旧事物，而是以种种努力去保持旧事物使它得免于死亡；不是以阶级斗争去推翻应当推翻的反动的封建统治者，而是像武训那样否定被压迫人民的阶级斗争，向反动的封建统治者投降。我们的作者们不去研究过去历史中压迫中国人民的敌人是些什么人，向这些敌人投降并为他们服务的人是否有值得称赞的地方。我们的作者们也不去研究自从一八四〇年鸦片战争以来的一百多年中，中国发生了一些什么向着旧的社会经济形态及其上层建筑（政治、文化等等）作斗争的新的社会经济形态，新的阶级力量，新的人物和新的思想，而去决定什么东西是应当称赞或歌颂的，什么东西是不应当称赞歌颂的，什么东西是应当反对的。

特别值得注意的，是一些号称学得了马克思主义的共产党员。他们学得了社会发展史——历史唯物论，但是一遇到具体的历史事件，具体的历史人物（如像武训），具体的反历史的思想（如像电影《武训传》及其他关于武训的著作），就丧失了批判的能力，有些人则竟至向这种反动思想投降。资产阶级的反动思想侵入了战斗的共产党，这难道不是事实吗？一些共产党员自称已经学得的马克思主义，究竟跑到什么地方去了呢？

为了上述种种缘故，应当展开关于电影《武训传》及其他有关武训的著作和论文的讨论，求得彻底地澄清在这个问题上的混乱思想。

大规模地收集全国民歌[*]

云南省委宣传部向各地县委发出了"立即组织搜集民歌"的通知,通知中说:云南各族人民中出现了很多歌颂生产大跃进的民歌。它不但丰富着人民的文化生活,而且有利于各族人民社会主义意识的增长。因此,应该十分注意把它们搜集起来(见4月9日本报第一版)。

根据最近的消息,已经有不少地方在进行这项工作。他们收集民歌的方法是通过群众路线,深入群众,依靠群众,把民歌记录下来,分类整理,这比我们历史上任何时期收集民歌的方法都要完善得多了。有些县已经编出了一些民歌集子。看来,这项工作已经引起了各地领导机关相当的重视,已经完全有条件可以大规模地进行。这是一项极有价值的工作。它对于我国文学艺术的发展(首先是诗歌和歌曲的发展)有重大的意义。

从已经搜集发表在报刊上的民歌来看,这些群众的智慧和热情的产物,生动地反映了我国人民生产建设的波澜壮阔的气势,表现了劳动群众的社会主义觉悟的高涨。"诗言志",这些社会主义的民歌的确表达了群众建设社会主义的高尚志向和豪迈气魄。河南禹县的一首民歌中,有这样的句子:"要使九百一十三个山头,一个个地向人民低头。"四川叙永县的农民唱的是:"不怕冷,不怕饿,罗锅山得向我认错。"湖北麻城的一首民歌是这样四句:"笼子装得满满,扁担压得弯弯,娃的妈呀你快来看,我一头挑着一座山。"

这些是现实主义和浪漫主义相结合的好诗。在农业合作化以后的大规模的生产斗争中,农民认识到劳动的伟大,集体力量的伟大,亲身地体会到社会主义制度的优越性,他们就能够高瞻远瞩,大胆幻想,热情奔放,歌唱出这样富于想像力的、充满革命乐观主义精神的杰作。农民的形象在这些作品中早已不是呼天抢地的杨白劳了,而是足智多谋的"鲁班仙"、大闹天宫的孙悟空,以及治水的圣人"大禹王"。他们否定了曾经世世代代压在他们头上的"玉皇大帝"和"海龙王",而自豪地说:"我就是玉皇","治水龙王社员当"。他们深信自己能够使"万水千山听调动",使自己家乡的粮食增产的水平迅速地"跨黄河,过长江"。

这样的诗歌是促进生产力的诗歌,是鼓舞人民、团结人民的诗歌。只要把这些作品从群众中搜集得来,再推广到群众中去,就一定能够收到很大的效果。

民间歌谣"刚健清新",历来都是诗歌文学的土壤。它对于今天的新诗创作也将起一种促进的作用,无论在思想内容上,语言艺术上,体裁形式上,它们的特色都值得诗人们的注意和学习。我国从第一部诗歌总集《诗经》起,就有着记录歌谣的宝贵传统,历代优美的诗歌没有不是从民间歌谣汲取了丰富营养的。五四新文化运动中,北京大学首倡搜集歌谣,搜集歌谣的风气也曾经盛极一时,陆续出版了不少集子。但是,尽管过去的时代给我们留下许多民间的美妙的诗歌,成为诗人们吸取营养的取之不尽的源泉,旧时代毕竟不是人民当权的时

---

* 《人民日报》1958年4月14日。

代,他们用以表达自己的劳动生活和精神世界的歌谣,绝大部分像风一般地永远消失了;幸而未遭散失,为人们口耳相传保留下来的,则成为我们的民族文化宝库的重要部分。毛主席《在延安文艺座谈会上的讲话》发表后,民间歌谣的记录工作跨入了一个新的时期,不仅更多地发掘了表现社会生活的作品,其中也有着崭新的革命歌谣。中华人民共和国成立以后,人们听到了许多从心坎里飞出来的各族人民歌颂共产党、歌颂毛主席、歌唱他们自己新生活的民歌;各种的长诗短歌,如蒙古族的《嘎达梅林》,撒尼族的《阿诗玛》,苗族的《古歌》,傣族的《召树屯》,内蒙古族的《爬山歌》,回族的《花儿》,僮族的《欢》,等等,真是琳琅满目,美不胜收。这些传统的或者新产生的民间歌谣,无疑都是人民群众和诗人们所需要的珍贵食粮。中国新诗的发展,无疑将受到这些歌谣的影响。因此,为了发展我们的诗歌艺术,大规模地收集全国民歌也是决不可少的一项工作。同时,我们还要注意发掘尚有踪迹可寻的历代口传至今的歌谣宝藏,使它们不致再消失。

　　这是一个出诗的时代,我们需要用钻探机深入地挖掘诗歌的大地,使民谣、山歌、民间叙事诗等等像原油一样喷射出来。我们既要把它们忠实地记录下来,选择印行,也要加以整理和研究,并且供给诗歌工作者们作为充实自己、丰富自己的养料。诗人们只有到群众中去,和群众相结合,拜群众为老师,向群众自己创造的诗歌学习,才能够创造出为群众服务的作品来。

为最广大的人民群众服务[*]

——纪念毛泽东同志《在延安文艺座谈会上的讲话》发表二十周年

《人民日报》社论

二十年前，毛泽东同志在延安文艺座谈会上，发表了对于我国革命文艺具有重大意义的讲话。在这篇讲话中，毛泽东同志创造性地运用马克思列宁主义的原则，总结了我国革命文艺运动的经验，针对当时的实际，解决了我国革命文艺工作中长期存在的一系列重大问题；最根本的是提出了文艺为工农兵、为广大的人民群众服务的方向，并且指明了文艺为群众服务的途径。党和毛泽东同志提出的文艺为工农兵、为广大人民群众服务的方向，以及后来提出的百花齐放、百家争鸣和推陈出新的方针，经过文艺界的实践，已经形成了一条马克思列宁主义的文艺路线。这是发展我国社会主义文艺的最富于战斗性的正确路线。

二十年来，我国革命文艺工作者在党和毛泽东同志的领导下，深入工农兵群众，参加群众的革命斗争和生产劳动；同时以毛泽东思想武装自己的头脑，同各种反动的资产阶级思想和错误的倾向进行了严肃的斗争和批判。文艺工作者在实际斗争和思想斗争中受到锻炼，思想感情发生了根本变化，形成了一支坚强的劳动人民的文艺队伍，产生了许多为广大人民群众所喜爱的优秀作品。这二十年，是文艺和文艺工作者同群众的结合日益加深的二十年，是文艺界在思想斗争中和自我改造中不断取得新的胜利的二十年，也是文艺工作者在思想上和艺术上不断成长和成熟的二十年。经过二十年的斗争和实践，我国广大文艺工作者更加明确地认识了自己前进的方向，确立了共同奋斗的目标和路线，这是最可宝贵的收获。

革命文艺是团结人民、教育人民的有力武器。文艺作品以艺术形象的说服力和感染力，沟通和结合人民群众的思想感情，提高人民的觉悟，加强人民的革命团结，鼓舞人民同心同德地和敌人作斗争，同心同德地为革命事业服务。我们的革命文艺，过去四十年来，特别是近二十年来，同人民一起经历了革命斗争的惊涛骇浪，在历次斗争中起了团结人民、战胜敌人的积极作用；今后应当更充分地发挥这种作用。

二十年前，毛泽东同志指出，我们的革命文艺，要站在无产阶级的立场上，为工农兵以及城市小资产阶级劳动群众和知识分子服务。这在今天也是完全正确的。今天的情况同二十年前不同的是，我国人民已经胜利地完成了新民主主义革命和社会主义革命，建立了中华人民共和国，正在进行社会主义建设。现在，各民族的工人、农民、知识分子及其他劳动人民，各民主党派和民主人士，爱国的民族资产阶级分子，爱国侨胞和其他一切爱国人士，在中国共产党的领导下，结成了人民民主统一战线，积极地参加和支持建设社会主义的伟大事业。因此，这个人民民主统一战线内的以工农兵为主体的全体人民都应当是我们的文艺服务的

---

* 《人民日报》1962 年 5 月 23 日。

对象和工作的对象。我们的文艺应当用工人阶级的先进思想影响尽可能广泛的社会阶层，不断地加强各族人民的团结，使全国人民的心连成一条心，把全国人民的力量动员到共同的伟大目标上去。今天文艺联系的群众，比过去任何时候都广泛得多了。各种文艺形式和各种优秀作品，日益深入到新社会的各个阶层，为更多的人们所接受。因此，文学艺术也有了更大的可能去影响更多的群众，促进人民群众更广泛、更坚强的团结。

文艺为工农兵服务，为全国最大多数的人民群众服务，就是为工人阶级和广大人民群众的需要和利益服务。我国人民经过长期的艰苦奋斗，取得了民主革命和社会主义革命的伟大胜利。但是，我们还没有摆脱历史上遗留下来的贫穷落后的状况。帝国主义还在地球上横行霸道，给世界人民制造祸害和灾难。最凶恶的美帝国主义还霸占着我们的领土台湾。团结全国人民建设先进的富强的社会主义祖国，团结全世界人民进行反对帝国主义、争取世界持久和平和人类解放的斗争，这就是我国工人阶级和广大人民群众的根本需要和根本利益，也就是我国文艺工作当前最根本的政治任务。我们的文艺一定要充分发挥自己的战斗作用，鼓励全国人民发奋图强，努力建设社会主义新生活。我们的文艺要用社会主义、共产主义精神教育人民，帮助消除人民生活中资本主义和封建主义的影响，帮助人民摆脱各种落后思想和习惯势力，提高人民的思想觉悟和道德品质，树立新的社会风尚。我们的文艺还应当帮助人民提高对于世界反动势力的警惕性，巩固和扩大全世界人民的革命团结，鼓舞世界人民反对帝国主义、反对殖民主义、争取民族解放和世界和平的斗争。现代修正主义者作为帝国主义的奴仆，正在利用他们的文艺来破坏革命人民的团结，涣散革命人民的斗志，丑化社会主义制度，美化帝国主义和反动派。我们的文艺必须同帝国主义文艺、修正主义文艺和一切为帝国主义、为旧世界效劳的反动意识形态进行不调和的斗争，揭露它们对社会主义国家和各国革命人民进行精神颠覆和思想腐蚀的阴险目的。文学艺术的任务是繁重的。我们的作家、艺术家一定能够深切地认识到自己的时代使命和战斗任务，满怀热情地把这项光荣任务担负起来。

我国人民要在经济贫穷和文化落后的基础上，争取在不太长的时期内，把我国建设成为一个强盛的社会主义国家，这是一项十分艰巨的工作。在前进的道路上，必然会遇到各种各样的困难和障碍。但是，只要全国人民团结一致，发奋图强，任何困难和障碍都不能阻止我们前进。我国人民不但在革命战争时期发挥了英雄主义的精神，而且在建设时期也发挥了英雄主义的精神；不但在顺利时候表现出移山倒海的雄心壮志，而且在困难时候也表现出坚韧不拔的英雄气概。我们的文艺应当努力反映伟大的社会主义时代，表现人民在社会主义建设各个战线上的劳动热忱和克服困难的毅力，增强人民建设新生活的勇气和信心。

文学艺术在培养共产主义新人、用高度的爱国主义和国际主义精神教育青年一代的工作上，负有特别重要的使命。我们现在的青年一代是在和平的、比较顺利的环境中长大的，他们很容易把生活理解得简单化。可是，他们是建设新社会的接班人，需要肩负艰巨的复杂的任务，需要他们不断地去克服新的困难。社会主义文艺应当通过对于社会主义现实的真实描写，帮助青年提高共产主义觉悟，帮助他们认识生活的多样性、复杂性，认识新事物战胜旧事物的艰苦过程，培养他们在战略上藐视困难、战术上重视困难的革命精神和求实精神，使他们对于当前的时代有正确的认识，对于未来的任务有充分的精神准备。为了同样的目的，还要通过文学艺术向青年们进行革命传统的教育和民族传统的教育，让他们具体地了解我国人民革命的战斗历程和英雄事迹，了解我国各民族历代祖先艰苦创业、英勇奋斗的历史;同时,还要帮助青年们了解世界各国人民的斗争,使他们更深刻地认识全世界人民在斗争中的团结合作、相互支持的伟大意义。

广大人民对于文学艺术的需要是多种多样的。我们的文艺既要担负着用社会主义、共产主义精神教育人民的任务,又要通过各种方式多方面地满足人民文化生活上的广泛需要。在人民取得政权以前,文学艺术主要是鼓舞人民进行推翻反动统治的斗争;今天,人民已经成为国家的主人,正在社会主义建设的各个战线上紧张地劳动着,他们除了需要从文艺继续得到革命的教育和战斗的鼓励之外,同时又需要多种多样的文艺作品和艺术活动来丰富他们的精神生活,满足他们的艺术欣赏的要求。我们的文艺工作者决不可以忽视人民群众的这种日益增长的需要。群众需要的多样性,生活本身的多样性,决定了文学艺术的多样性。社会主义文艺的百花齐放、百家争鸣,正是符合人民群众的广泛需要,促进文艺事业发展和繁荣的最有效的途径。

随着人民群众政治觉悟和文化水平的日益提高,他们对于文艺作品的思想艺术质量的要求也日益提高了。文艺创作进一步提高水平的关键,首先是加强作家、艺术家同人民群众的联系,坚持深入群众生活,参加群众创造新生活的斗争。近几年来,不少作家、艺术家以各种方式保持着同人民群众的密切联系,他们写出了比较扎实的作品;可是,也有些同志同群众生活的联系比较薄弱了。必须看到,今天生活的海洋更加宽广了,那里充满着复杂的变化和斗争。新事物战胜旧事物的过程,人民内部矛盾及其解决的过程,人民群众新的精神品质的成长过程,是复杂多样的,需要深入地观察、研究才能辨认清楚。我们的作家、艺术家,如果放松了同群众生活的联系,就不可能高度真实地反映社会主义的新时代;如果不了解群众的思想和情绪,就无法充当社会主义时代人民群众的忠实代言人。我们的作家、艺术家,特别是年轻的作家、艺术家,应当下定决心,根据自己的业务特点和需要,采取适当的方式,坚持深入群众生活,和人民同呼吸、共命运,熟悉群众中间各种人物,熟悉他们的语言和心理,以便创作出深刻地反映时代的好作品。文艺工作者还要坚持不懈地学习马克思列宁主义和毛泽东著作,还要丰富自己的历史知识,以正确态度学习我国和外国的文学艺术遗产,吸收前人的经验,学习兄弟国家和世界各国进步文艺的长处,不断地提高自己的政治思想水平,磨练自己的艺术技巧,力求使自己的作品达到思想性和艺术性的高度结合。毛泽东同志说:"我们既反对政治观点错误的艺术品,也反对只有正确的政治观点而没有艺术力量的所谓'标语口号式'的倾向。我们应该进行文艺问题上的两条战线斗争。"这是值得我们的文艺工作者经常注意的问题。

为了使我们的文艺更好地担负起团结和教育广大人民群众的任务,还应当加强文艺队伍本身的团结。我们的文艺队伍比二十年前已经增加了许多倍,是一支很大的队伍,包括了不同民族、不同文艺部门、不同工作岗位上的新老文艺工作者。这支队伍经过长期锻炼,有了共同的文艺路线和奋斗目标,是一支团结的、进步的、很好的文艺队伍。文艺界所有的同志,都应当爱护、珍惜在长期共同斗争中形成的这种革命的团结,随时发现和克服那些不利于团结的消极因素,不断地去巩固、扩大和加强文艺队伍的团结。

文艺界的团结应当是非常广泛的。凡是可以团结的力量都应当团结起来。祖国的强大,社会主义建设的成就,全国人民的劳动热情,鼓舞了文艺工作者。他们绝大多数人都愿意把自己的聪明才智献给祖国和人民,愿意为社会主义事业服务。一切爱国的、拥护社会主义的文艺工作者,都应当紧密地团结在党的领导下,充分发挥他们的积极性和创造性,为共同的事业奋斗。文艺工作者应当努力树立马克思列宁主义的世界观,这是需要经过比较长时期的斗争锻炼才能达到的。文艺界在思想上、世界观上的矛盾和斗争,应当通过互相帮助、互相讨论,采取批评和自我批评的方法,逐步求得解决。我们提倡革命现实主义和革命浪漫主义相结合的艺术方法,认为这是最好的艺术方法,但是,这应当由作家、艺术家根据他们本身的经验和条件自愿地去掌握和运用,不能强求一律。文艺工作者世界观水平的参差,他们的艺术方法和艺术风格的不同,都不应当影响我们文艺界广泛团结的范围。

文学艺术事业是具有广泛社会性的事业,需要党和非党的文艺工作者长期地合作共事。文艺工作者中的每一个党员,都有义务去很好地团结非党的作家、艺术家,学习非党的作家、艺术家的长处,互相帮助,共同进步。不容许任何排斥或轻视非党作家、艺术家的宗派主义倾向。在各种艺术门类、艺术流派之间,在作家、艺术家、理论批评家、文艺编辑工作者、文艺组织工作者之间,也要互相尊重、互相帮助、互相学习,防止和克服一切不利于团结的因素。年轻的文艺工作者要尊敬年老的文艺家,虚心学习他们的经验和专长。老一辈的文艺家要爱护年轻的文艺工作者,帮助他们提高艺术水平和修养。个人的智慧和集体的智慧相结合,就能够产生更大的力量。文艺团体应当在巩固和加强文艺界的团结方面,发挥应有的作用。

文艺工作者要继续重视思想上的自我改造。文艺队伍的思想觉悟愈提高,团结也就愈巩固。应当看到,思想改造是需要长期不断地进行的。任何人,包括共产党员和非党员,谁也不能认为自己已经改造完成,再也不需要改造了。因为从个人的主观方面来说,旧的思想影响总是不容易彻底清除,而客观现实却在不断地变化、不断地前进,这就需要不断地改变自己的主观世界,才能适应不断改变的客观世界。思想改造既然是一项复杂的长期的工作,文化部门和文艺团体就应当耐心地帮助文艺工作者,引导他们通过自觉的努力去进行,除了参加实际斗争和加强理论学习以外,还需要通过其他的途径,包括文艺家自己的艺术实践,来逐渐收到思想改造的效果。对待思想改造的问题,决不可以采取简单急躁的态度和做法。

我国文艺工作者还应当团结世界各国一切可以团结的文艺家,建立最广泛的统一战线。我们的文艺工作者应当加强同社会主义兄弟国家和世界各国一切革命的、进步的作家、艺术家的战斗友谊,学习他们的先进经验,同他们一起来推进社会主义文艺事业和国际进步文艺事业。我们的文艺工作者还应当团结资本主义国家中维护和平、反对帝国主义和殖民主义、不满意资本主义世界的腐烂现实而对被压迫人民抱有一定同情的各种不同政治倾向和艺术流派的作家、艺术家,虽然他们的某些观点是我们所不赞同的。

社会主义文艺事业是党和人民的整个革命事业的一部分,文艺工作的健康发展,决定于党的正确领导。文化艺术部门中党的领导的主要责任,是贯彻执行党的方针政策,团结一切爱国的革命的文艺工作者,给他们各种必要的帮助,充分发挥他们的积极性、创造性,使文学艺术创作欣欣向荣,使文艺队伍中人才辈出。

一切文艺部门的党的领导,应当充分发扬民主,善于同文艺工作者亲切合作,在政治思想上帮助他们提高,帮助他们加强同人民群众的结合。同时应当努力熟悉业务,熟悉社会主义文艺的发展规律。应当贯彻执行党的百花齐放、百家争鸣和推陈出新的方针,为文艺创作和艺术活动上的自由竞赛、自由讨论的生动活泼和繁荣昌盛的局面创造条件。一切属于人民内部的思想问题和属于艺术性质的问题,应当通过文艺工作者自己的创作实践和自由讨论去解决,通过批评和自我批评的方法去解决,不能采用简单的行政方法去处理或者干涉。毛泽东同志说过:"对待人民内部的思想问题,对待精神世界的问题,用简单的方法去处理,不但不会收效，而且非常有害。"文化艺术部门的领导干部必须认真记住这些话。

在毛泽东文艺思想的指导下，我们的文艺工作已经取得了很大成就，积累了很多经验。现在我们正处在一个新的伟大的时代，在我们面前摆着新的光荣而艰巨的任务。在纪念毛泽东同志《在延安文艺座谈会上的讲话》发表二十周年的时候，我国全体文艺工作者应当更加紧密地团结在毛泽东文艺思想的旗帜下，提高文学艺术的战斗能力，丰富文学艺术的品种，来加强人民的团结，满足人民的需要，鼓舞全国人民为建设社会主义的伟大祖国而奋斗。我们深信，沿着党和毛泽东同志给我国文艺工作者指出的发展社会主义文艺的康庄大道继续前进，一定能够争取我国文学艺术的更大的成就，实现党和人民的殷切期望。

横扫一切牛鬼蛇神[*]

《人民日报》社论

一个无产阶级文化大革命的高潮，正在占世界人口四分之一的社会主义中国兴起。

在短短的几个月内，在党中央和毛主席的战斗号召下，亿万工农兵群众、广大革命干部和革命的知识分子，以毛泽东思想为武器，横扫盘踞在思想文化阵地上的大量牛鬼蛇神。其势如暴风骤雨，迅猛异常，打碎了多少年来剥削阶级强加在他们身上的精神枷锁，把所谓资产阶级的"专家"、"学者"、"权威"、"祖师爷"打得落花流水，使他们威风扫地。

毛主席教导我们，在我国，在所有制的社会主义改造基本完成以后，阶级斗争并没有结束。"无产阶级和资产阶级之间的阶级斗争，各派政治力量之间的阶级斗争，无产阶级和资产阶级之间在意识形态方面的阶级斗争，还是长时期的，曲折的，有时甚至是很激烈的。无产阶级要按照自己的世界观改造世界，资产阶级也要按照自己的世界观改造世界。在这一方面，社会主义和资本主义之间谁胜谁负的问题还没有真正解决。"我国解放十六年以来无产阶级和资产阶级在意识形态领域内的阶级斗争，一直是十分激烈的。目前的社会主义文化大革命，正是这个斗争的继续发展。这场斗争是不可避免的。无产阶级和一切剥削阶级的意识形态是根本对立的，是不能和平共处的。无产阶级革命，是要消灭一切剥削阶级、消灭一切剥削制度的革命，是要逐步消灭工农之间、城乡之间、脑力劳动和体力劳动之间的差别的最彻底的革命，这不能不遇到剥削阶级最顽强的反抗。

革命的根本问题是政权问题。上层建筑的各个领域，意识形态、宗教、艺术、法律、政权，最中心的是政权。有了政权，就有了一切。没有政权，就丧失一切。因此，无产阶级在夺取政权之后，无论有着怎样千头万绪的事，都永远不要忘记政权，不要忘记方向，不要失掉中心。忘记了政权，就是忘记了政治，忘记了马克思主义的根本观点。变成了经济主义、无政府主义、空想主义，那就是糊涂人。无产阶级和资产阶级之间在意识形态领域内的阶级斗争，归根到底，就是争夺领导权的斗争。剥削阶级的枪杆子被缴械了，印把子被人民夺过来了，但是，他们脑袋里的反动思想还存在着。我们推翻了他们的统治，没收了他们的财产，并不等于没收了他们脑袋里的反动思想，剥削阶级统治了劳动人民几千年，他们垄断了由劳动人民创造的文化，反过来用以欺骗、愚弄、麻醉劳动人民，巩固他们的反动政权。几千年来，他们的思想是统治的思想，在社会上不能不有广泛的影响。他们的反动统治被推翻以后，他们是不死心的，总是企图利用他们过去这类的影响，为资本主义在政治上、经济上的复辟进行舆论准备。解放十六年来思想文化战线上的连续不断地斗争，直到这次大大小小"三家村"反党反社会主义黑线的被揭露，就是一场复辟和反复辟的斗争。

在资产阶级革命时期，资产阶级为了夺取政权，也是首先从意识形态上进行准备，搞资

---

* 《人民日报》1966 年 6 月 1 日。

产阶级的文化革命。资产阶级革命是由一个剥削阶级代替另一个剥削阶级,尚且要经过多次反复,经过多少次的革命、复辟和反复辟的斗争。资产阶级革命从思想准备到夺取政权,在欧洲的许多国家,都进行了几百年之久。无产阶级革命是彻底结束一切剥削制度的革命,更不能幻想剥削阶级会乖乖地听任无产阶级剥夺他们的一切特权,而不想恢复他们的统治。他们人还在,心不死,必然要象列宁所说的那样,以十倍的疯狂,来企图恢复他们失去的天堂。赫鲁晓夫修正主义集团在苏联篡党,篡军,篡政,这个事实,对全世界无产阶级说来,是一个非常严重的教训。目前中国那些资产阶级代表人物,那些资产阶级"学者权威",他们所做的,就是资本主义复辟的梦。他们的政治统治被推翻了,但是他们还是要拼命维持所谓学术"权威",制造复辟舆论,同我们争夺群众,争夺年青一代和将来一代。

资产阶级进行反封建的文化革命,到夺得政权的时候就结束了。无产阶级的文化革命,是反对一切剥削阶级意识形态的文化革命。这种文化革命的性质,同资产阶级的文化革命是截然不同的。这种文化革命,只有在无产阶级夺得政权以后,取得了政治的、经济的、文化的先决条件,才能为这种文化革命开辟最广阔的道路。

无产阶级文化革命,是要彻底破除几千年来一切剥削阶级所造成的毒害人民的旧思想、旧文化、旧风俗、旧习惯,在广大人民群众中,创造和形成崭新的无产阶级的新思想、新文化、新风俗、新习惯。这是人类历史上空前未有的移风易俗的伟大事业。对于封建阶级和资产阶级的一切遗产、风俗、习惯,都必须用无产阶级的世界观加以透彻的批判。在人民生活中清除旧社会的恶习,是需要时间的。但是,解放以来的经验证明,如果充分发动了群众,走群众路线,使移风易俗成为真正广大的群众运动,那末,见效就可能快起来。

资产阶级的文化革命,是为少数新剥削阶级服务的,它只能由少数人参加,无产阶级的文化革命,是为广大劳动人民服务的,和最大多数劳动人民的利益是一致的。所以,它能吸引和团结广大劳动人民参加。资产阶级启蒙人物总是卑视群众,把群众当作愚民,把自己看成是人民的当然支配者。

无产阶级思想革命家同他们根本相反,是全心全意为人民服务的,目的是在唤起人民群众的自觉,为最广大的人民群众的利益而奋斗。

资产阶级的卑鄙的自私自利,抑制不住自己对于人民群众的仇恨心。马克思说:"政治经济学所研究的材料的特殊性质,会把人心中最激烈最卑鄙最恶劣的感情,代表私人利益的仇神,召唤到战场上来反对它。"被推翻了的资产阶级也还是这样。

目前,我国无产阶级文化大革命的规模和声势,在人类历史上还不曾有过,它的威力之大,来势之猛,在运动中所迸发出的劳动人民无限的智慧,远远超出了资产阶级老爷们的想象。事实雄辩地证明,毛泽东思想一旦掌握了群众,就成为威力无穷的精神原子弹。这一场文化大革命,正在大大推动中国人民社会主义事业的前进,也必将对世界的现在和未来,发生不可估量的深远影响。

我国轰轰烈烈的文化大革命,引起了帝国主义、现代修正主义和各国反动派的惊慌和混乱。他们一会儿想入非非,说什么我们的文化大革命,表明了中国下一代"和平演变"已经有了希望呀;他们一会儿又悲观失望,说什么一切消息表明,共产党的统治还是十分巩固呀;他们一会儿又表现出无限迷茫,说什么要对中国所发生的事情随时作出准确判断的真正的"中国通"是永远不可能有的呀。亲爱的先生们,你们的胡思乱想总是同历史的发展背道而驰的。人类历史上空前的这一场无产阶级文化大革命的开展和胜利,敲响了中国土地上残存的资本主义势力的丧钟,也敲响了帝国主义、现代修正主义和一切反动派的丧钟。你们的日子不会长久了。

让我们在伟大的毛泽东思想的光辉照耀下,将无产阶级文化革命进行到底。这一场文化革命的胜利,必将进一步巩固我国无产阶级专政,保证我们在各个战线上把社会主义革命进行到底,保证我们将由社会主义胜利地过渡到伟大的共产主义!

附:《横扫一切牛鬼蛇神》出笼记①

孟昭庚

从"文革"年代熬过来的人,一定会对 1966 年 6 月 1 日《人民日报》那篇毒液四溅的《横扫一切牛鬼蛇神》的社论记忆犹新。

那末这篇《横扫一切牛鬼蛇神》的社论是谁炮制?又是怎样出笼的?请看:

一

1966 年 5 月 4 日至 26 日,中共中央政治局扩大会议在北京召开。

5 月 16 日,会议通过由毛泽东主持制定的中共中央通知(即《五一六通知》)。《通知》说,中央决定重新设立文化革命小组,隶属于政治局常委之下。

5 月 28 日,中央文化革命小组(简称中央文革)正式成立,组长陈伯达,顾问康生,副组长江青、张春桥等,组员有王力、关锋、戚本禹、姚文元等。

这个小组,后来逐步取代中央政治局和中央书记处,成为"文化大革命"的实际指挥机构。

二

中央文化革命小组成立仅两天,即 1966 年 5 月 30 日,解放军总政治部副主任刘志坚召集总政宣传部长钱抵千,《解放军报》党委委员朱悦鹏(记者处长)、李久胜(通联处长)谈话,交待一项重要任务:中央决定组织一个工作组去《人民日报》,工作组由陈伯达负责。中央要军队抽 3 个同志作为工作组成员,所以挑选你们 3 个去,希望你们能愉快接受任务,坚决服从陈伯达的领导。明天上午 10 时,你们去钓鱼台向陈伯达报到。

三

次日,即 1966 年 5 月 31 日上午 10 时,钱抵千、朱悦鹏、尚力科(李久胜因有其他任务,改为尚力科。尚时任《解放军报》军事工作宣传处副主编)3 位解放军总政治部选派的干部,准时赶到戒备森严的钓鱼台,径直到 8 楼,接待人员将他们领进一个宽敞的会议室。

会议室里,中共中央政治局候补委员、中央文革小组组长陈伯达,中共中央政治局候补

---

① 《文史月刊》2008 年第 11 期。

委员、中央文革小组顾问康生以及其他两个人已经就坐。

谈话开始后,陈伯达用他那极难听懂的闽南话,首先讲了派中央工作组进驻《人民日报》的重大意义,说下午3时半在中南海怀仁堂开会,由中央领导人宣布中央决定,今晚工作组进驻《人民日报》。

接着,他慢条斯理地讲正在兴起的"文化大革命",说这场革命要从意识形态领域里打垮资产阶级的进攻,把资产阶级夺去的舆论阵地夺回来。要彻底批判资产阶级反动学术权威,要发动广大群众参加这场"文化大革命"等。

快中午12点了,康生没讲什么,只是表示同意陈伯达讲话的内容。

谈话要结束时,陈伯达说:明天6月1日,要发表一篇旗帜鲜明的社论。办报要抓旗帜,这旗帜就是社论。陈伯达指明这篇社论要钱抵千、朱悦鹏、尚力科3人起草。

钱抵千问陈伯达,社论的内容是不是就按你刚才讲的内容来写?陈伯达点头表示同意,并发挥他的"写作天才",对这篇社论的要点和具体写法进行了指点,特意强调:"社论是报纸的旗帜,是灵魂,今天一定要赶写出来,明天见报,这样使人们能够看到,工作组进驻《人民日报》以后,报社的情况有所改变,令人耳目一新。"

四

1966年5月31日下午3时半,中南海怀仁堂一个会议厅里,中共中央总书记邓小平和陈伯达、康生一道,召集首都主要报刊、新华社、中央广播电台中层以上干部开会。

会上,邓小平严肃宣布中央一个重要决定:经毛主席批准,中央决定派工作组进驻《人民日报》。从今晚开始,《人民日报》由工作组领导。

接着,邓小平解释为什么要派工作组去《人民日报》。他说,最近相当长的一段时间,《人民日报》宣传跟不上中央的步调。许多重大问题都是先由《解放军报》报道。外电说,现在是军队的报纸领导中央的报纸,这是极不正常的情况。他要求首都各新闻单位都支持中央工作组把《人民日报》办好,有好的稿件,要无条件支援给《人民日报》。工作组要把报纸宣传管好。最后,邓小平正式宣布中央工作组成员名单:组长陈伯达,成员有钱抵千、朱悦鹏、尚力科、杨丁等六人。邓小平讲完后说:"老夫子(这是当时邓小平对陈伯达的戏称——笔者注),你讲讲。"

陈伯达不讲。康生倒是滔滔不绝地讲了近一个小时。主要是关于宣传毛泽东思想和阶级斗争方面的问题。

五

下午5点多,会议结束后,陈伯达率工作组成员,驱车赴王府井大街《人民日报》社。

《人民日报》早已得到通知,当陈伯达率工作组成员直上到办公楼3楼会议室时,报社部门以上负责人早已集合在会议室等候了。

陈伯达开门见山地宣布:从现在起,由工作组领导《人民日报》,报社的领导不得插手,各部门的领导也要调整。明天开始,各部门推选新的部门负责人,报工作组批准。

会上,总编辑吴冷西要发言,刚说了几句,陈伯达便打断了他的话,不让他再说下去。

六

陈伯达要钱抵千、朱悦鹏、尚力科三人赶快回去吃饭,晚 10 点以前把社论稿起草好,带到《人民日报》社让他过目。

要在三、四个小时之内拿出能让号称"党内第一枝笔"的"理论权威"陈伯达满意的,向全中国、全世界广播的中共中央机关报《人民日报》的重要社论谈何容易!钱抵千、朱悦鹏、尚力科三人均感到压力很大。如果现在各自回去吃晚饭,再集中一块写社论,时间显然来不及了。钱抵千当机立断,邀朱、尚二人就近去他家吃点便饭。三人边吃边研究,丢下饭碗立即动笔。

钱抵千当时有"军内才子"之称,中苏大论战时,曾参加起草"九评"的写作班子,与陈伯达、康生接触较多,所以他对陈伯达、康生在文字上的爱好和性格特点颇为了解,便对朱、尚二人说:"陈伯达有个脾气,他说照他讲的写,你就得尽量做到一字不漏。陈伯达上午讲的,我们各人都做了记录。"当下,钱抵千提议由他按照他的记录口述,朱、尚二人各记一段进行整理,然后串起来统改。

三人奋笔疾书,字斟句酌,到夜里 10 点,总算将 2000 多字的社论草就。但颇费周折,有时为一句话、一个字乃至一个标点得去绞尽脑汁,搜肚刮肠。

起草过程中,钱抵千拿出林彪 5 月 18 日在中央政治局会议上的讲话稿(即通常人们所说的《政变经》——笔者注),要把林彪讲话中关于政权的那一段塞进去。朱悦鹏认为,这不是陈伯达说的,他会同意吗?钱抵千知道底细,说林总这个讲话,陈伯达、康生参加修改过,可以写上。于是,社论第四个自然段,关于政权问题的论述,几乎全是林彪的讲话。

七

当晚 10 点以后,钱抵千、朱悦鹏、尚力科三人拿着社论草稿到《人民日报》社陈伯达的临时办公室,陈伯达、王力、关锋等人已坐在那里等候。

陈伯达让用大号字把社论排出,然后修改。排字工人工作效率很高,不大一会儿,小样送上来了。因为是按陈伯达的谈话内容写的,所以改动不大。

陈伯达也同意将林彪那段话插进去,并亲自动笔对社论初稿进行修改,加上许多诸如"牛鬼蛇神"、"暴风骤雨"、"反动学术权威"、"资产阶级代表人物"进行铺垫,用以吓唬人。这些新名词,后来随着社论的发表,一时间风靡全中国。

关于社论的题目,初稿原定的是《再接再厉,把无产阶级文化大革命进行到底》。精通文墨的陈伯达深知一篇社论标题之重要,对这个题目不甚满意,觉得用这个题目不醒目、不带劲,火药味不浓,在座的人抠了半天,也未想出更贴切、更有号召力的题目。

陈伯达凝思良久,他用铅笔在另一张纸上划来划去,拟了好几个题目,经过反复推敲,最后大笔一挥圈定为《横扫一切牛鬼蛇神》。社论定稿后,陈伯达要求:标题要通栏,字要用楷体。

当夜,钱抵千、朱悦鹏、尚力科 3 人将第二天要见报的社论小样,又小心翼翼的仔仔细细、反反复复地审校了几遍,直到 6 月 1 日拂晓《人民日报》开印后才回到宿舍。

八

这篇直接影响到整个"文化大革命",对"文化大革命"起着推波助澜、煽风点火作用的社论,当夜没有送党中央毛泽东审查,第二天,即 1966 年 6 月 1 日就在《人民日报》上发表了。

社论一发表,举国闹腾,几乎使当时整个国家都"疯"了。它宛若一颗爆炸了的毒气弹,弥漫神州大地,给千千万万的人带来了祸害无穷的灾难。

毫无疑问,这篇臭名昭著的社论,也是陈伯达、康生、江青与林彪相勾结,进行反革命阴谋庞大计划的一支序曲。

1980 年 11 月 28 日,在审判林彪、江青反革命集团的主犯和骨干分子的特别法庭上,陈伯达面对法庭出示的他亲笔修改的《横扫一切牛鬼蛇神》社论的初稿和清样,深知罪孽深重,不得不主动认罪,说:"就凭这篇文章,也可以判我死罪。"

千万不要忘记阶级斗争*

《解放军报》社论

本报《高举毛泽东思想伟大红旗，积极参加社会主义文化大革命》的社论发表以后，在军内外引起了强烈的反响。广大工农兵群众和革命干部以高度的革命热情，纷纷来信来稿，积极参加战斗，对文化领域里的反党反社会主义的黑线，表示极大的愤慨。大家认识到，当前在文化战线上开展的大论战，绝不仅仅是几篇文章、几个剧本、几部电影的问题，也不仅仅是什么学术之争，而是一场十分尖锐的阶级斗争，是一场捍卫毛泽东思想的大是大非的斗争，是意识形态领域中无产阶级和资产阶级谁战胜谁的激烈而又长期的斗争。我们必须在学术界、教育界、新闻界、文艺界以及其他各种文化界中，大兴无产阶级思想，大灭资产阶级思想。这是现阶段我国社会主义革命深入发展的关键问题，是关系全局的问题，是关系到我们党和国家命运和前途的头等大事，也是关系到世界革命的一件头等大事。我们每一个革命战士，对这场斗争不能不管，不能不问。我们一定要响应党的号召，高举毛泽东思想伟大红旗，积极投入到这场阶级斗争中去，坚决把社会主义的文化大革命进行到底。

毛主席教导我们：社会主义社会还存在着阶级和阶级斗争，存在着社会主义和资本主义这两条道路的斗争。单有在经济战线上（在生产资料所有制上）的社会主义革命，是不够的，并且是不巩固的。必须还有一个政治战线上和一个思想战线上的彻底的社会主义革命。在政治思想领域内，社会主义同资本主义之间谁胜谁负的斗争，需要一个很长的时间才能解决。几十年内是不行的，需要一百年到几百年的时间才能成功。事实正象毛主席所指出的，解放十六年来，文化战线上的阶级斗争，有哪一年，哪一月，哪一天停止过呢？譬如，一九五一年对电影《武训传》的批判；一九五四年对《〈红楼梦〉研究》的批判，以及后来对胡适反动思想的批判；一九五五年批判胡风、反对胡风反革命集团；一九五七年对文化战线上资产阶级右派势力猖狂进攻的反击；从一九五九年以来，电影、戏剧、文学等方面资产阶级、修正主义的文艺毒草的大量出现和我们对他们的斗争；一九六四年对杨献珍的"合二而一"论的批判，以及当前正在深入进行的从批判吴晗的《海瑞罢官》开始的大论战，等等。一场斗争接着一场斗争；一次斗争比一次斗争更深入。搞掉这条黑线之后，还会有将来的黑线，还得再斗争。这就说明，阶级斗争是不以人们的意志为转移的，是不可避免的。反党反社会主义分子的资产阶级本性，总是要想尽各种办法，顽强地表现出来。要他们不反映、不表现，是不可能的。这些人口头上拥护社会主义，实际上迷恋资本主义，死抱着资产阶级的僵尸不放。他们对无产阶级专政怀着敌对情绪，内心憋着一股对党对社会主义的仇恨和怨气，一有适当的气候，就冒出来；一有风吹草动，就纷纷出笼。他们在一再地遭到广大群众的揭露、批判、打击以后，就采取了更加荫蔽、狡猾、迂回、曲折的

---

* 《解放军报》1966 年 5 月 4 日社论。

手法,继续向党向社会主义进攻。

值得注意的是,当前这一小撮反党反社会主义分子,在新的阶级斗争形势下,对我们的进攻,具有新的特点。这些人打着"红旗"反红旗,披着马克思列宁主义、毛泽东思想的外衣,反对马克思列宁主义、毛泽东思想。这些人利用党和政府给予他们的职权,把持了一些部门和单位,抗拒党的领导,通过他们所掌握的工具,进行反党反社会主义的罪恶勾当。这些人大都是一些所谓"权威人士",在社会上也有点"名气",有些不明真相的人,对他们还有一些迷信。他们自认为还有同无产阶级进行较量的资本,拼命地固守着资产阶级思想的顽固堡垒。这些人反党反社会主义的活动,不是孤立的、偶然的现象,是和国际上帝国主义、现代修正主义和各国反动派的反华大合唱相呼应的,是和国内被推翻了的反动阶级的复辟活动一鼻孔出气的,是和党内的右倾机会主义分子的反党活动相配合的。他们的反党反社会主义活动,有一定的欺骗性和严重的危害性。我们同他们的斗争是你死我活的斗争。对此,我们必须要有足够的认识和高度的警惕。至于有的人也写过一些不好的作品,但是他们同党和社会主义是一条心的,他们的缺点和错误,是可以在实践中得到改正的。对这样的同志,应当和一小撮反党反社会主义分子严格区别开来。

毛主席早在全国胜利以前,就告诫我们:"在拿枪的敌人被消灭以后,不拿枪的敌人依然存在,他们必然地要和我们作拼死的斗争,我们决不可以轻视这些敌人。如果我们现在不是这样地提出问题和认识问题,我们就要犯极大的错误。"资本主义复辟,总是采取暴力的形式和"和平演变"的形式,或者是两种形式的互相配合。美帝国主义和国内外阶级敌人,不仅企图使用暴力推翻我们,而且还企图用"和平演变"的方法,用"糖衣炮弹"来征服我们。他们千方百计地散布反动的政治思想毒素和资产阶级生活方式,企图腐蚀和溶化共产党人、无产阶级和其他革命人民,使我们队伍中那些意志薄弱者,堕落成为资产阶级分子,使社会主义逐渐蜕变为资本主义。列宁缔造的、十月革命炮声中诞生的、第一个伟大社会主义国家的苏联,在一小撮篡夺了党和国家领导权的修正主义分子控制和把持之下,已经和正在"和平演变"到资本主义复辟道路上去的事实,就是一个极大的教训。毛主席教导我们:"阶级斗争、生产斗争和科学实验,是建设社会主义强大国家的三项伟大革命运动,是使共产党人免除官僚主义、避免修正主义和教条主义,永远立于不败之地的确实保证,是使无产阶级能够和广大劳动群众联合起来,实行民主专政的可靠保证。不然的话,让地、富、反、坏、牛鬼蛇神一齐跑了出来,而我们的干部则不闻不问,有许多人甚至敌我不分,互相勾结,被敌人腐蚀侵袭,分化瓦解,拉出去,打进来,许多工人、农民和知识分子也被敌人软硬兼施,照此办理,那就不要很多时间,少则几年、十几年,多则几十年,就不可避免地要出现全国性的反革命复辟,马列主义的党就一定会变成修正主义的党,变成法西斯党,整个中国就要改变颜色了。"我们一定要牢记毛主席的指示,对社会主义时期的阶级斗争,是千万不能忘记的;对于同不拿枪的敌人的战斗,是绝对忽视不得的。

毛主席教导我们:"一定的文化(当作观念形态的文化)是一定社会的政治和经济的反映,又给予伟大影响和作用于一定社会的政治和经济。""文化革命是在观念形态上反映政治革命和经济革命,并为它们服务的。"毛主席又教导我们:"……我们承认总的历史发展中是物质的东西决定精神的东西,是社会的存在决定社会的意识;但是同时又承认而且必须承认精神的东西的反作用,社会意识对于社会存在的反作用,上层建筑对于经济基础的反作用。"解放十六年来,我国社会主义的经济基础和无产阶级专政的政权,已经建立并日益巩固,在经济战线和政治战线上的社会主义革命,取得了伟大的胜利。但是,被推翻了的资产阶级和其他剥削阶级的政治观点和意识形态,还是有很大影响的。它们不仅阻碍着社会主义经济基础的发展,而且力图以资产阶级、修正主义的文化,为资本主义复辟鸣锣开道。在意识形态领域里谁战胜谁的问题,还远远没有解决。我们一定要重视上层建筑对经济基础的反作用,一定要重视意识形态领域里的阶级斗争。如果没有意识形态领域里的社会主义革命的胜利,经济战线上和政治战线上的社会主义革命,也是不能巩固的。

我们决不要以为,一小撮修正主义分子、资产阶级分子对我们的猖狂进攻,只是"秀才造反",成不了什么大事。决不要以为,我们同他们的斗争,只是"打笔墨官司",无关大局。事实上,任何反革命复辟,都是先要搞意识形态,搞上层建筑,搞理论、学术、文艺等等精神方面的东西,为自己制造舆论的。赫鲁晓夫修正主义篡夺苏共领导是这样。一九五六年匈牙利的反革命暴乱,也是一批修正主义的、资产阶级的文艺家和知识分子,搞了个裴多菲俱乐部,扮演了打先锋的角色。当前,我们国内一小撮修正主义分子、资产阶级分子,对党对社会主义发动猖狂进攻,也正是妄图实现他们复辟资本主义的美梦。如果我们对这些不拿枪的敌人失去警惕,不对他们进行坚决反击,任凭资产阶级思想自由泛滥,让他们的阴谋得逞,我们社会主义的墙脚就有被挖掉的危险,我们的国家就有变颜色的危险。

我们中国人民解放军,是党和毛主席缔造和领导的工人农民的军队,是无产阶级专政的主要支柱,是社会主义事业的保卫者。我们既要密切注视拿枪的敌人,随时准备打败美帝国主义及其走狗对我们的武装进攻,又要高度警惕不拿枪的敌人,坚决粉碎资产阶级反党反社会主义的罪恶阴谋。我们的干部战士既要在真枪实弹的战场上做冲锋陷阵的勇士,又要在反对"糖衣炮弹"的政治思想战线上做无产阶级的硬骨头。我们一定要遵照毛主席的领导,充分认识社会主义时期阶段斗争的长期性、曲折性、复杂性,千万不要忘记阶段斗争。我们一定要用毛泽东思想武装我们的头脑,用阶段斗争的观点和阶级分析的方法观察一切,分析一切,对待一切。见到错误的东西就批判,见到毒草就铲除,见到牛鬼蛇神就打倒,决不能让它们无法无天,兴风作浪。

林彪同志关于突出政治的指示,正是根据毛主席关于社会主义社会还存在着阶级和阶级斗争的理论提出来的。政治,就是阶级对阶级的斗争。我们突出政治,就是要突出无产阶级的政治,以毛泽东思想为指针,以阶级斗争为纲,进行兴无灭资的斗争。我们军队,不是生活在真空里。社会上的阶级斗争,必然要通过各种渠道反映到军队中来,反映到我们每个人的思想上来。我们决不能低估意识形态领域里的阶级斗争对我们的影响。好的文艺作品,好的文章,可以提高我们的觉悟,鼓舞我们的斗志。坏电影,坏戏,坏小说,坏文章,如果不能鉴别它,抵制它,批判它,思想上就会中毒,就会逐渐地发生变化,走到邪路上去。历史经验证明,任何敌人,不管他如何凶恶,不管他要耍什么花招,都是不可怕的。可怕的是我们自己麻痹起来,思想上解除了武装。当前这场社会主义文化大革命,是一个最生动、最实际的阶级斗争的教育,也是对我们每一个干部战士政治思想上的考验。我们每一个同志,都要以高度的政治责任感和极大的革命热情,密切注视和关心当前文化大革命的形势,积极地投入到这场伟大的斗争中去,从中得到锻炼,得到教育,得到改造,得到提高。

毛泽东时代是工农兵掌握理论的时代。在这一场社会主义文化大革命中,工农兵群众正在显示出它的主力军的作用。虽然那些反党反社会主义的所谓"学者"、"专家"、"教授",披着形形色色的外衣,装腔作势,故弄玄虚,但是,他们是吓不倒我们的,也是迷惑不了我们的。我们有毛泽东思想这个战无不胜的武器,有一颗忠实于党、忠实于社会主义、忠实于毛泽东思想的火热的心。真理在我们手里,我们的干部战士立场坚定,旗帜鲜明,嗅觉灵敏,眼睛雪亮,能够分清敌我,明辨是非。只要我们努力活学活用毛主席著作,用毛泽东思想武装我们的头脑,敢于藐视那些修正主义分子、资产阶级分子的所谓"权威",破除对他们的迷信,我们就一定能够识破和揭穿这些牛鬼蛇神的真面目,把它们暴露在光天化日之下。让我们更高地举起毛泽东思想的伟大红旗,坚决搞掉资产阶级、修正主义的反党反社会主义的黑线,把社会主义的文化大革命进行到底。

全国都应该
成为毛泽东思想的大学校*

——纪念中国人民解放军建军三十九周年

《人民日报》社论

中国人民解放军成立到今天,已经三十九周年了。

毛泽东同志亲手缔造和直接领导的这支伟大的人民军队,几十年来,在革命战争年代,在同国内外阶级敌人长期艰苦的战斗中,在全国胜利以后,在担负保卫和建设社会主义祖国、保卫远东和世界和平的任务中,一直保持和发扬了"既是战斗队,又是工作队,又是生产队"的光荣传统。近几年来,解放军根据党中央、中央军委和林彪同志的指示,高举毛泽东思想伟大红旗,活学活用毛主席著作,大力突出无产阶级政治,发扬三八作风,参加社会主义教育运动和无产阶级文化大革命,参加和支援社会主义建设,在无产阶级化、革命化、战斗化的道路上,又大大迈进了一步。

我国人民群众历来都把解放军作为学习的榜样。一九六四年以来,全国人民响应毛泽东同志的伟大号召,掀起了大学解放军的热潮。这对推动我国社会主义革命和社会主义建设,发挥了巨大的作用。

最近,毛泽东同志指出:人民解放军应该是一个大学校。这个大学校,要学政治,学军事,学文化,又能从事农副业生产,又能办一些中小工厂,生产自己需要的若干产品和与国家等价交换的产品。这个大学校,又能从事群众工作,参加工厂、农村的社会主义教育运动;社会主义教育运动完了,随时都有群众工作可做,使军民永远打成一片;又要随时参加批判资产阶级的文化革命斗争。这样,军学、军农、军工、军民这几项都可以兼起来。当然,要调配适当,要有主有从,农、工、民三项,一个部队只能兼一项或两项,不能同时都兼起来。这样,几百万军队所起的作用就是很大的了。

把人民的军队办成革命的大学校,这是毛泽东同志的一贯的思想。我们过去就是这样做的。现在,毛泽东同志根据新的情况,又对解放军提出了更高的要求。

毛泽东同志号召全国人民,把我国的工厂、农村人民公社、学校、商业、服务行业、党政机关也都要象解放军那样,办成革命化的大学校。

毛泽东同志指出:

工人以工为主,也要兼学军事、政治、文化。也要搞社会主义教育运动,也要批判资产阶级。在有条件的地方,也要从事农副业生产,例如大庆油田那样。

公社农民以农为主(包括林、牧、副、渔),也要兼学军事、政治、文化。在有条件的时候,也要由集体办些小工厂,也要批判资产阶级。

---

* 《人民日报》1966 年 8 月 1 日社论。

学生也是这样，以学为主，兼学别样，即不但学文，也要学工、学农、学军，也要批判资产阶级。学制要缩短，教育要革命，资产阶级知识分子统治我们学校的现象，再也不能继续下去了。

商业、服务行业、党政机关工作人员，凡有条件的，也要这样做。

毛泽东同志这个光辉的思想，具有伟大的历史意义。

毛泽东同志总结了我国社会主义革命和社会主义建设的各种经验，研究了十月革命以来国际无产阶级革命和无产阶级专政的各种经验，特别是吸取了苏联赫鲁晓夫修正主义集团实行资本主义复辟的严重教训，创造性地对如何防止资本主义复辟、巩固无产阶级专政、保证逐步向共产主义过渡这些问题，作出了科学的答案。

毛泽东同志提出的各行各业都要办成亦工亦农，亦文亦武的革命化大学校的思想，就是我们的纲领。

按照毛泽东同志所说的去做，就可以大大提高我国人民的无产阶级意识，促进人们的思想革命化，促进人们同旧社会遗留下来的一切旧思想、旧文化、旧风俗、旧习惯决裂。从而能够进一步又多又快又好又省地建设社会主义，能够更快地铲除资本主义、修正主义的社会基础和思想基础。

按照毛泽东同志所说的去做，就可以促进逐步缩小工农差别、城乡差别、体力劳动和脑力劳动的差别，就可以避免城市和工业的畸形发展，就可以使知识分子劳动化，劳动人民知识化，就可以培养出有高度政治觉悟的、全面发展的亿万共产主义新人。

按照毛泽东同志说的去做，就可以实现全民皆兵，大大加强我们的战备工作。帝国主义胆敢侵犯我们，就会被淹没在人民战争的汪洋大海之中。

按照毛泽东同志说的去做，我国七亿人民就都会成为旧世界的批判者，新世界的建设者和保卫者。他们拿起锤子就能做工，拿起锄头犁耙就能种田，拿起枪杆子就能打敌人，拿起笔杆子就能写文章。

这样，全国就都是毛泽东思想的大学校，都是共产主义的大学校。

中国人民解放军，几十年来就是按照毛泽东同志的这一思想办事的，现在还在不断发展提高。解放军是最好的学习毛泽东思想的大学校。全国的工厂、农村人民公社、学校、商店、服务行业、党政机关，都要以解放军为榜样，办成毛泽东思想的大学校。

广大的工农兵群众、革命干部和革命的知识分子，所有的共产党员，都要从毛泽东同志的这个英明指示中，吸取无穷的力量、智慧和勇气，为实现党和毛泽东同志提出的伟大历史任务而斗争。

加快为受迫害的
作家和作品平反的步伐[*]

本报评论员

　　十多年来,林彪、"四人帮"一伙疯狂推行"文艺黑线专政"论,实行残酷的法西斯文化专制主义,大兴骇人听闻的文字狱,造成了大批假案、错案和冤案,使成千上万的革命文艺工作者惨遭迫害。他们信口雌黄,随心所欲地置作家和作品于死地。他们使用手段之毒,迫害作家之众,扼杀作品之多,株连范围之广,实在是史无前例的。粉碎"四人帮"两年多来,被林彪、"四人帮"一伙迫害的一部分作家得到了平反,一些被扼杀的作品获得了解放。最近,《文艺报》和《文学评论》编辑部召开文艺工作者座谈会,揭露和批判林彪、"四人帮"及其同伙扼杀革命文艺作品、迫害革命作家的罪行,呼吁有关方面加快为受迫害的革命作家和革命文艺作品平反的步伐。这个会开得好!

　　应当看到,就全国来说,这项工作的进展还不平衡,有些地区和单位步伐并不很快,甚至很慢。有些同志对这项工作的必要性和迫切性认识不足,甚至抱有各种各样的错误态度和错误思想,妨碍着这项工作的进行。有的人至今还认为,那些被判罪的革命作家是因为他们"反党",当初把他们关起来,禁锢他们的作品没有错。有的人看到过去抓人批人的主要罪名不能成立了,现在又说人家还有别的错误,非留个尾巴不可。有的人借口过去抓人批人是"经上级批准了的",今天还要等"上级"说话表态,才给平反。这就使得一些受迫害的作家和作品至今未能平反。有一些名义上"平反"了,但由于有关领导的思想没有真通,没有也不愿意采取积极措施,致使受迫害的作者至今工作无人过问,被扼杀的作品仍然处于半禁锢状态。

　　文化大革命中被关、被斗的作家,绝大多数不是因为犯了党纪国法,而是因为他的某一部作品或某一篇文章,逆了林彪、"四人帮"的意志,而被诬陷为"反党"。有的人给这些作家和作品定罪,完全不是根据党纪国法,而是根据"四人帮"一类"长官"的意志。你执了"帮"规"帮"法,破坏了社会主义法制,还能说"没有错"吗?以莫须有的罪名扣上"反党"帽子的冤案至今不平反,还要等到何时?应该说,继续故意拖延,就是坚持错误,就是犯罪!

　　所谓"没有这个错还有别的错",纯粹是为错案、冤案制造根据。许多受迫害的作者的所谓"罪行",纯属罗织捏造。有的作者因为写了一部作品或一篇文章而犯了"罪",有的人就借机搞逼供信,编造诬陷材料,拼凑罪证。这类荒唐事情,我们难道见得还少吗?一个党性很强,对党对人民负责的领导者,应当对那些所谓"罪证材料"进行认真的、实事求是的分析,区别真伪,分清两类不同性质的矛盾,尽快作出符合实际的结论,而不应当忸忸怩怩,想方设法为自己过去制造的错案寻找借口,减轻自己的责任。过去给人定罪的主要依据已经不成立

---

　*　《人民日报》1978 年 12 月 23 日。

了，就应当痛痛快快地给人平反，继续找借口整人，是党纪国法所不允许的。

自己办错的案，自己不积极给人平反，偏要等上级说话表态，这不仅不符合当前形势的要求，不符合党和人民的要求，而且把球踢给上级，也不是严肃负责的态度。为受迫害的作者和作品平反，各级领导都有责任，都应当采取积极的态度。对这项工作持消极态度，让受害者继续含冤受屈，对于一个共产党员来说，就是丧失无产阶级党性的表现！

华国锋同志为首的党中央最近批准为天安门事件和其他冤案错案平反的决定，给我们树立了榜样。各级领导，在为受迫害的作者和作品平反的工作中，都不应当狐疑不定，顾虑重重，口将言而嗫嚅，足欲前而趑趄了，要把胆子放大一点，步子加快一点。凡是错案、假案、冤案，都要实事求是地坚决平反，彻底平反，迅速平反，要快刀斩乱麻，有错必纠。受林彪、"四人帮"迫害的要平反，文化大革命前十七年中批错了的也要改正。难道还能让那些无辜受害的作者无边无涯地等待下去吗？

文艺为人民服务、为社会主义服务[*]

《人民日报》社论

　　最近,党中央提出,我们的文艺工作总的口号应当是:文艺为人民服务、为社会主义服务。这个口号是在文艺界贯彻党的十一届三中全会方针,解放思想,拨乱反正,总结革命文艺运动历史经验的基础上提出来的,为我国社会主义新时期的文艺工作指出了正确的方向。我国各民族广大的文艺工作者,应当在这个统一的方向下,进一步团结起来,为繁荣社会主义的文艺事业而共同努力。

　　早在20世纪初,列宁就指出,无产阶级文艺应当"为千千万万劳动人民"服务。1942年,毛泽东同志在著名的《在延安文艺座谈会上的讲话》中指出,我们的文艺是"为着人民大众"的,第一是为工人,第二是为农民,第三是为人民武装,第四是为城市小资产阶级劳动群众和知识分子,"这四种人,就是中华民族的最大部分,就是最广大的人民大众"。中华人民共和国成立以来,我们党多次强调指出,文艺要努力为一切拥护和参加社会主义革命和建设的广大人民群众服务,要努力促进社会主义革命和建设的伟大事业。1962年5月,本报在《为最广大的人民群众服务》这篇社论中,曾经专门就这个问题作过论述。林彪、江青、康生一伙炮制所谓"黑八论"问题,其中一个"全民文艺论",就是以这篇社论作为主要"罪证"。他们强加给这篇社论的种种罪名,应该同所谓"文艺黑线专政"论和"黑八论"一道,予以彻底推倒。我们的文艺是整个无产阶级解放事业的重要组成部分。无产阶级只有解放全人类,才能最后解放自己,它代表了占人口绝大多数的广大人民群众的利益,没有任何褊狭的利益。为人民服务,这是一切革命工作的唯一宗旨。社会主义是现阶段人民利益的根本所在。人民的物质和文化生活的提高,依赖于社会物质生产和精神生产的不断发展,依赖于社会主义制度的巩固和逐步完善。离开了为人民服务、为社会主义服务,文艺工作难道还有其他的目的么?没有,这是我们唯一的目的。

　　为人民服务,就是为除一小撮敌对分子外的全体人民群众,包括广大的工人、农民、士兵、知识分子、干部和一切拥护社会主义、热爱祖国的人们服务,首先是为工农兵服务。为社会主义服务,就是为社会主义的经济、政治、军事、文化等各项事业的根本需要服务,在今天,就是为社会主义现代化建设的伟大事业服务。我们的文艺要培养社会主义新人,促进社会主义社会的进一步完善和发展,提高人民的社会主义觉悟和共产主义的道德风尚,满足人民日益增长的越来越多样化的文化需要,帮助人们认识和克服社会主义现代化进程中的障碍,抵制和克服封建阶级、资产阶级、小资产阶级思想的种种影响,振奋人们的斗志,鼓舞人们同心同德地投身于社会主义现代化的伟大事业。我们提倡文艺真实地、具体地反映当前这场社会主义现代化建设的客观进程,以及由此引起的人们的生活和思想的深刻变革。我们鼓

---

[*] 《人民日报》1980年7月26日。

励描绘党所领导的各个时期的革命斗争,也支持作家们描写其他各种历史题材和现实题材,塑造各种各样的艺术形象。我们主张在立足于现实的基础上广泛继承和吸收历史上人类文化的一切优秀成果,鼓励一切有利于人民群众、有利于社会主义事业、有利于人民审美需要的艺术探索。这是我们坚定不移的方向,又是一条无比广阔的道路。

过去,相当长时期我们曾经提出"文艺为政治服务"的口号。这个口号反映了文艺的一项十分重要的使命,在历史上起过积极作用。在这个口号下,无产阶级的革命文艺密切配合了长期的革命斗争和社会主义建设,产生了不少优秀的文艺作品,发挥了教育人民,打击敌人的战斗作用。但是不能不看到,这个口号曾经被不适当地夸大并绝对化了。由于有的人有时候把文艺与政治的关系简单化、庸俗化,由于在实际工作中要求作家无条件地去为某一项具体的政治运动、政治任务和政治口号服务,势必导致文艺内容、题材的单一化和艺术表现上的概念化、公式化,导致一些领导人利用组织手段不恰当地对文艺创作横加干涉,妨害文艺积极地、充分地发挥它的社会作用。为政治服务诚然是文艺的一项重要职责,但并不是它的唯一职责。文艺既然是人类社会生活的反映,它当然就要反映经济、政治、军事、文化以及其他各个生活领域;文艺既然要对生活产生反作用,它当然就会影响到经济、政治、军事、文化以及其他各个生活领域。把为政治服务作为文艺工作的总口号,作为文艺的唯一任务,要求一切文艺作品都要反映一定的政治斗争,都要配合一定的政治任务,这显然是不合适的。马克思说:"物质生活的生产方式,制约着整个社会生活、政治生活和精神生活的过程。"归根结蒂,作为上层建筑的政治也是一种手段,它也是为一定的经济基础服务的。把为政治服务作为文艺工作的最终目的,这显然也是不合适的。林彪、"四人帮"别有用心地利用了"为政治服务"这个口号,把文艺紧紧地绑在他们的反革命政治战车上,造成了极其严重的恶果。这个历史教训,是很深刻的。作为学术问题,如何科学地解释文艺与政治的关系,人们完全可以自由展开讨论。作为政策,党要求文艺事业不要脱离政治,坚持正确的政治方向,但并不要求一切文艺作品只能反映一定的政治斗争,只能为一定的政治斗争服务。为人民服务、为社会主义服务,这个口号概括了文艺工作的总任务和根本目的,它包括了为政治服务,但比孤立地提为政治服务更全面,更科学。它不仅能更完整地反映社会主义时代对文艺的历史要求,而且更符合文艺规律。我们希望各级党委严格地执行党的统一的文艺方针政策,坚定不移地贯彻文艺为人民服务、为社会主义服务这个方向。

既然我们的文艺是为人民服务、为社会主义服务的,那末毫无疑义,文艺工作者应当投身到社会主义现代化事业的伟大洪流中去,力求用马克思主义的科学世界观,用工人阶级的思想感情和审美观点,描写最广大人民群众的生活、斗争和理想,反映最广大人民群众的根本利益,永远紧密地和自己时代的群众相结合,作他们忠实的代言人。过去、现在和将来,这都是摆在文艺工作者面前的最重要的任务。作家应当写自己所熟悉的,但是,不断发展的生活潮流,总是扩大着他们的艺术视野,向他们提出熟悉新生活、跟上时代前进步伐的要求。文艺的题材是无比广阔的,但是作家不论写什么,都要熟悉自己的服务对象,永远扎根于群众之中。正象邓小平同志代表党中央和国务院在第四次全国文代会上所指出的:"人民是文艺工作者的母亲。一切进步文艺工作者的艺术生命,就在于他们同人民之间的血肉联系。""自觉地在人民的生活中汲取素材、主题、情节、语言、诗情和画意,用人民创造历史的奋发精神来哺育自己,这就是我们社会主义文艺事业兴旺发达的根本道路。"

我们希望文艺工作者们努力深入生活,努力学习马列主义、毛泽东思想,努力扩大知识面,努力钻研艺术技巧,做一个具有扎实的生活根基、较高的思想水平和艺术技巧的社会主义文艺家。我们希望文艺家树立全心全意为人民服务的思想,在改造客观世界的同时,不断改造自己的世界观,增强社会责任感,力戒粗制滥造,努力提高创作的思想和艺术质量。恩格斯说:"有的人往往以为(自己的)一切东西对工人来说都是足够好的。他们竟不知道马克思认为自己的最好的东西对工人来说也还不够好,他认为给工人提供不是最好的东西,那就是犯罪!……"我们多么需要学习马克思的这种精神,对自己提出更高的要求,精益求精,用思想和艺术质量最好的东西,去满足人民群众的文化需要。

为保证文学艺术沿着正确方向不断繁荣起来,一定要坚定不移地、始终不渝贯彻执行"百花齐放、百家争鸣"的方针。我们的目标是创造和发展社会主义的新文艺,我们的方法是走群众路线,在人民内部充分发扬民主。艺术上的不同风格和流派可以自由发展,学术上的不同见解和学派可以自由争论。艺术和学术方面的是非,不能简单地靠行政命令来解决,只能通过自由竞赛和自由争论,靠实践的反复检验来解决。我们要在党的正确领导和文艺为人民服务、为社会主义服务方向的指引下,通过"双百"方针的贯彻执行,促进文艺工作者在开拓社会主义文艺新领域、攀登社会主义文艺新高峰上勇于探索,勇于创新。我们要不断地排除各种干扰,把"双百"方针长期地坚持下去,切实保障人民内部的政治民主和艺术民主权利,通过生动活泼的竞赛和争论,发展正确和先进的东西,克服谬误和落后的东西,以不断扩大社会主义的文艺阵地,巩固和发展马克思主义在思想文化领域的优势地位。对于古代的和外国的文艺,我们要采取马克思主义的批判继承态度,继续坚持"古为今用"、"洋为中用"、"推陈出新"的方针,吸收和利用一切有益的东西,抛弃和否定一切无用或有害的东西,以利于社会主义新文艺的发展。

近三年多来,我们的文艺已经迈出矫健的步伐,取得巨大的成绩,赢得广大人民群众的热烈赞扬。我们要继续解放思想,总结经验,发扬成绩,克服缺点,继续前进。只要我们坚定不移地贯彻为人民服务,为社会主义服务的方向,不折不扣地执行"百花齐放、百家争鸣"的方针,我们的文艺一定能够取得更大的繁荣。

坚持不懈地反对资产阶级自由化[*]

——二论贯彻党的基本路线

《人民日报》社论

党的十三届四中全会以来,在党中央坚强有力的领导下,经过尖锐复杂的斗争,资产阶级自由化思潮泛滥的局面已经有所改变。可是我们也要看到,资产阶级自由化思潮有国际背景,有社会基础,有滋生蔓延的土壤和条件,我们必须树立长期斗争的观念,不能有任何的松懈。

反对资产阶级自由化斗争,直接关系着国家政局的稳定。前几年"一手硬、一手软"的教训,特别是动乱和在北京发生的反革命暴乱,使全党和全国人民清醒认识到:资产阶级自由化是稳定的大敌,是四化建设的大敌。稳定的反面是动乱,资产阶级自由化泛滥是动乱之源。如果动乱不止,我们不可能集中精力搞建设。我们进行的经济建设是社会主义的经济建设。如果社会主义制度被推翻了,中国就成为西方资本主义国家的附庸,国将不国,搞经济建设还有什么意义?

反对资产阶级自由化,代表着全国人民的根本利益。要坚持不懈地反对资产阶级自由化,首先要有思想上的坚定性。历史的教训值得注意。1983年的清除精神污染,1987年的反对资产阶级自由化,都半途而废,留下了隐患,埋下动乱的种子。这一次,决不能半途而废。去年那场风波的血与火,至今历历在目,党和人民永远不会忘记。我们吃资产阶级自由化的亏太大了!"一手软"的教训太深刻了,以江泽民同志为核心的党中央,下决心把反对资产阶级自由化的斗争进行到底。我们对这场斗争的长期性、复杂性要有充分的思想准备,各方面的工作要跟上去。

平暴以后,在依法惩处极少数违反宪法、触犯刑律的敌对分子的同时,党和政府对绝大多数卷入那场风波的人,采取宽大政策。可关可不关的,不关。可处分可不处分的,不处分。该释放的释放,该解脱的解脱。建设社会主义要团结一切可以团结的人,调动一切可以调动的积极因素,化消极因素为积极因素,团结的人越多越好。宽大和团结,表明了政局的稳定;但宽大是有条件的,那就是有罪的要认罪,有错的要认错;团结是讲原则的,那就是坚持四项基本原则。我们对那些至今还顽固坚持资产阶级自由化立场的人,对那些至今还死心塌地反对党、反对社会主义的敌对分子,不能无原则的讲什么团结,我们决不能当"东郭先生"。

资产阶级自由化是一个特定的政治概念,是指反对共产党、反对社会主义制度。反对资产阶级自由化,并不反对在思想理论、文学艺术等意识形态领域进行理论探讨、学术争鸣,也不排斥西方国家的优秀文化、先进科学技术和现代化的管理。要继续贯彻"百花齐放,百家

---

*《人民日报》1990年8月30日。

争鸣"的方针。对那些因为受资产阶级自由化影响,说过一些错话、写过一些错误文章、做过一些错事的同志,要立足于教育。对一时想不通的,要认真进行教育,耐心等待,帮助他们提高觉悟。反对资产阶级自由化,对广大群众,包括犯有错误的人来说,是个教育问题。我们要在人民群众中,广泛深入进行反对资产阶级自由化的教育,这同进行社会主义教育是一回事情,是一个事物的两个方面。

开展反对资产阶级自由化的斗争和教育,关系着党和国家兴衰存亡。我们要把这场斗争坚持不懈地进行下去,直到社会主义取得最后的胜利。

弘扬主旋律、提倡多样化：
一个重要的文艺方针[*]

中国文联理论研究室

　　文艺工作是党和人民事业的重要组成部分，在党和人民事业的发展中走过了不平凡的光辉历程，取得了前所未有的历史性进步，积累了丰富的宝贵经验。系统回顾和认真总结党领导新中国文艺工作正反两方面的经验教训，我们就会发现，制定和实施正确的文艺方针，是推动文艺工作科学发展，繁荣发展社会主义文艺事业的根本保证。以胡锦涛同志为总书记的党中央十分重视党的文艺文化事业，十分关怀文艺文化队伍建设，提出了一系列实现社会主义文化大发展大繁荣的重大部署和原则。前不久，中央领导同志在纪念中国文学艺术界联合会成立 60 周年大会上的贺信和讲话中突出强调，要坚持弘扬主旋律、提倡多样化。这是对新中国成立以来特别是改革开放以来文艺工作实践经验的科学总结，反映了社会主义文艺发展的特点和规律，是我们党领导文艺工作的一个重要方针。毫不动摇地贯彻落实并不断丰富发展这个重要文艺方针，对做好新形势下的文艺工作和文联工作具有重大指导意义。

　　弘扬主旋律、提倡多样化，是坚持为人民服务、为社会主义服务方向和百花齐放、百家争鸣方针的具体体现，是繁荣祖国文艺百花园、满足人民群众精神文化需求、促进人的全面发展的基本途径，是进一步增强文艺界大团结、促进文艺创作大繁荣、推动文艺事业大发展的必然要求。主旋律反映了当代中国社会发展的主流思想和价值取向，代表着最广大人民群众的根本利益和热切愿望；多样化反映了当代中国社会思想文化多样多变的客观现实，体现着社会生活的丰富多彩，二者统一于繁荣发展社会主义文艺事业的生动实践。弘扬主旋律，就是在建设中国特色社会主义理论体系指导下，大力倡导一切有利于发扬爱国主义、集体主义、社会主义的思想和精神，大力倡导一切有利于改革开放和社会主义现代化建设的思想和精神，大力倡导一切有利于民族团结、社会进步、人民幸福的思想和精神，大力倡导一切用诚实劳动争取美好生活的思想和精神。提倡多样化，就是在坚持正确导向的前提下，推动百花齐放、百家争鸣，实现文艺风格、流派、题材、形式的充分发展，积极构建和谐文艺生态，不断满足人民群众日益增长的多方面多层次多样化的精神文化需求。在新的历史条件下，坚持弘扬主旋律、提倡多样化这一事关文艺工作全局和文艺事业命脉的重要方针，是贯彻落实科学发展观的题中应有之义，也是科学发展观的本质要求在文艺领域的生动体现。

　　坚持弘扬主旋律、提倡多样化，必须牢牢抓住建设社会主义核心价值体系这个根本，始终坚持先进文化的前进方向，大力弘扬一切有利于国家富强、民族振兴、社会和谐、人民幸福的思想和精神。社会主义核心价值体系是社会主义意识形态的主体和灵魂，是我们党凝聚

---

　　* 《光明日报》2009 年 8 月 12 日。

和统一社会各阶层、各利益群体思想的精神旗帜。坚持马克思主义的指导地位是社会主义核心价值体系的灵魂,树立共同理想是社会主义核心价值体系的主题,培育与弘扬民族精神和时代精神是社会主义核心价值体系的精髓,树立和践行社会主义荣辱观是社会主义核心价值体系的道德基础。无论是开展文艺理论评论工作,还是组织文艺评奖办节活动,都必须把社会主义核心价值体系的要求鲜明地贯穿在文艺工作的全过程,体现在文艺创作、文艺评论和文艺活动等各个方面,唱响时代发展和社会进步的主旋律,充分发挥文艺引领风尚、凝魂聚气的独特作用。

坚持弘扬主旋律、提倡多样化,必须贴近实际、贴近生活、贴近群众,牢记人民群众的火热生活是一切文艺创作的源泉,努力创作更好更多无愧于历史、无愧于人民的精品力作。人民是文艺工作者的母亲,社会生活是文艺创作的源泉,这是繁荣发展文艺事业和广大文艺工作者都必须遵循的法则和铁律。人民需要艺术,艺术更需要人民。让人民共享文化发展成果,是社会主义文艺工作的根本目的。开展文艺工作和文艺活动,必须坚持把以人为本、促进人的全面发展作为出发点和落脚点,始终与社会发展同进步、与人民群众共命运,面向基层、服务群众,创作生产更好更多反映人民主体地位和现实生活、深受群众欢迎的优秀文艺作品,发挥文艺鼓舞人心、振奋精神、陶冶心灵的重要作用,不断满足人民群众多方面多层次多样性的精神文化需求,实现好、维护好、发展好广大人民群众的基本文化权益。

坚持弘扬主旋律、提倡多样化,必须全面贯彻党的文艺方针政策,充分发扬艺术民主和学术民主,最大限度地焕发广大文艺工作者的创造活力。我们党历经艰难曲折形成的一系列科学的、成熟的、稳定的文艺方针政策是社会主义文艺发展特点和规律的客观反映,是繁荣发展文艺事业的生命线。繁荣发展社会主义文艺事业,必须坚持"二为"方向和"双百"方针,坚持贴近实际、贴近生活、贴近群众,坚持尊重文艺规律、尊重作家艺术家的创造性劳动,坚持重在建设、团结鼓劲,坚持解放思想、实事求是、与时俱进,不断解放和发展文化生产力,坚持一手抓繁荣、一手抓管理,始终把社会效益放在首位,努力实现社会效益与经济效益相统一等被实践充分证明是正确的一系列重要文艺方针政策,大力发扬艺术民主和学术民主,尊重劳动、尊重知识、尊重人才、尊重创造,使广大文艺工作者的一切才华都有展示舞台、一切创造都有实现空间、一切贡献都得到社会尊重,推动文艺工作者的创造精神和创造活力竞相迸发、充分涌流。

坚持弘扬主旋律、提倡多样化,必须奏响最强音,打好主动仗,尊重差异,包容多样,努力建设中华民族的共有精神家园。没有先进文化的积极引领,没有人民精神世界的极大丰富,一个国家、一个民族不可能屹立于世界先进民族之林。当今时代,文化越来越成为民族凝聚力和创造力的重要源泉、越来越成为综合国力竞争的重要因素,丰富精神文化生活越来越成为我国人民的热切愿望。开展文艺工作,必须积极奏响在中国共产党的领导下,高举中国特色社会主义伟大旗帜,坚持走中国特色社会主义道路和中国特色社会主义理论体系,大力弘扬主流价值观,发展先进文化,关注人民命运、赞颂人民奋斗、激励人民前进,努力实现中华民族伟大复兴这一时代发展和社会进步的最强音,着眼于建设,着眼于繁荣发展,把注意力集中到出作品、出人才、出效益上来,集中到弘扬积极健康向上的思想文化上来,集中到满足人民群众的精神文化需求上来。同时,必须主动适应人们思想活动独立性、选择性、差异性、多变性不断增强的新趋势新特点,在多元中立主导、在多样中谋共识,支持健康有益文化,努力改造落后文化,坚决抵制各种错误和腐朽思想的影响,不断丰富人们的精神世界,增强人们的精神力量，提升人们的精神境界，促进全社会形成积极向上的共同精神追求。

坚持弘扬主旋律、提倡多样化，必须解放思想、实事求是、与时俱进，大力推进改革创新，为社会主义文艺事业的繁荣发展提供强大动力。改革创新是一个民族发展进步、国家兴旺发达的不竭动力，是解放和发展文化生产力的根本途径，也是激发文艺创造活力的重要引擎。推动文艺事业的繁荣发展，必须坚持解放思想、实事求是、与时俱进，把握时代发展的脉搏，踏准时代前进的鼓点，回应时代风云的激荡，领会时代精神的本质，大力推进文化体制改革，进一步解放和发展文化生产力，大力推进文艺观念、内容、风格、流派的积极创新，大力推进文艺体裁、题材、形式、手段的充分发展，大力弘扬中华民族的优秀文化，积极学习和借鉴世界各国人民创造的一切文明成果，博采众长、厚积薄发、推陈出新，创作出一批又一批思想性、艺术性、观赏性俱佳，体现民族精神和时代精神的优秀文艺作品，在人类文艺发展史上谱写更加多彩的绚丽篇章。

"文革"前夕的《人民日报》*

钱　江

为什么拖延转载《评〈海瑞罢官〉》

1965 年 11 月 10 日,上海《文汇报》突然发表姚文元长文《评新编历史剧〈海瑞罢官〉》,点燃了"文化大革命"的导火索。但是,以吴冷西为总编辑的《人民日报》在 20 天内予以抵制,不转载姚文元的文章。

这其中的主要原因,是中央主持一线工作的刘少奇、邓小平、彭真等不知道姚文元文章的背景,更不满意姚文元文章的强词夺理,故以不同方式拖延。但是,姚文元文章引起了彭真等人的不安是肯定的。11 月 13 日,北京市委书记邓拓、宣传部长李琪与《北京日报》社社长范瑾等人会商后,向上海《文汇报》了解《评新编历史剧〈海瑞罢官〉》一文的背景。上海市委书记处书记张春桥指示,不向北京透露。邓拓等人没有获得多少"背景"情况,遂将情况报告了彭真,决定《北京日报》不转载姚文元文章。这个情况,吴冷西是知道的。

《人民日报》社内部,有不少人看出姚文元文章大有来头,认为要予以转载。这其中包括新任副总编辑李庄,他看了姚文元文章,"迷迷糊糊感到要出什么大事了"。其他编辑也有这个感觉,觉得好像应该转载,又怕承担不起责任,都来请示总编辑吴冷西。

吴冷西答复说,他要请示中央。吴冷西请示了当时主持中央书记处工作兼中央"文化革命小组"组长彭真。中央"文化革命小组",是早在 1964 年 7 月 2 日毛泽东主持政治局常委会议时决定成立的,组长彭真,副组长陆定一,成员是 3 个人:康生、周扬、吴冷西。中央"文化革命小组"的任务就是领导意识形态领域里的"批判"运动。这样,从 1964 年 7 月以后,从文艺领域批判电影《北国江南》、《早春二月》和京剧《李慧娘》开始,批判的风潮逐渐扩大到其它意识形态领域。彭真和吴冷西本来都是"九评苏共中央公开信"的起草和定稿人员,如今又有了这个"小组"的工作关系,相互往来就更多了。

彭真不同意姚文元文章,而且为上海发表此文而恼火,在吴冷西请示的时候,就要求不予转载。但在这个时候,吴冷西没有像以往那样另辟蹊径,直接向毛泽东请示。为什么?或许是因为他已经感觉到,毛泽东和他的关系出现了裂痕。

本来,是否转载姚文元文章,吴冷西想同时请示邓小平和彭真,但这时邓小平去了西南三线视察。这样,转载姚文元文章的事拖了下来。但是,在姚文元文章刊出之后的 3 周时间里,华东各省报转载了姚文元文章,显出了几分热闹。可在北方,尤其是在报纸最集中的北京,却没有一家报纸转载姚文元文章。南热北冷,一时形成对照。

＊《湘潮》2008 年第 4 期。

11月27日,周恩来从上海回到北京,带来了毛泽东对北京各报不转载姚文元文章的严重不满,通知转载。

28日,彭真在人民大会堂召集邓拓、周扬、许立群、姚臻等人开会,决定转载姚文元文章。邓拓汇报说:吴晗很紧张。彭真回答:真理面前人人平等。并决定由吴冷西通知北京各大报纸,转载姚文元的文章。

11月29日夜,吴冷西打电话给《人民日报》社编辑部,说中央决定北京各报转载姚文元文章,并排定29日《北京日报》转载,30日《人民日报》转载,12月1日《光明日报》和《解放军报》等其它报纸转载。吴冷西还说,转载姚文元文章后,要根据百家争鸣的方针,充分开展学术讨论。

接下来,吴冷西亲自主持起草转载姚文元文章的编者按语,指出如何对历史人物和历史剧的评价问题,多年来没有得到正确解决,需要系统地进行辩论,要以理服人,并强调有批评的自由,也有反批评的自由。这个按语把评《海瑞罢官》放在学术范围内,提出"准备就《海瑞罢官》这出戏和有关问题在报纸上展开一次辩论","既允许批评的自由,也允许反批评的自由;对于错误意见,我们也采取说理的方法,实事求是,以理服人"。按语引用毛泽东的话:"我们一定要学会通过辩论的方法,说理的方法,来克服各种错误思想。"

吴冷西将这个按语报请周恩来和彭真审阅后,置于姚文元文章之前,刊登在11月30日的《人民日报》第5版"学术研究"专栏。《人民日报》转载了姚文元文章后,除华东地区省报外,各地省(区)党报纷纷转载了姚文元文章,都同时转载了《人民日报》的按语。

吴冷西没有想到,《解放军报》并没有按规定的日期转载,而是抢在11月29日提前一天将姚文元文章刊出,并在编者按语中径直指出:《海瑞罢官》"是一株大毒草"。这就为《海瑞罢官》定了性。这个调子与第二天《人民日报》转载姚文元文章前的按语是大相径庭的。

《二月提纲》起风波

对姚文元的文章,最反感的当属曾任《人民日报》社社长、北京市委书记处书记邓拓。转载了姚文元文章之后,邓拓在北京市委的会议上几次表态说:"这次讨论,要在学术界造成一个好的风气。就是真正照《北京日报》'编者按'那样搞,贯彻'双百'方针,实事求是地辨明是非。文章要以理服人,不要以势取胜。要让人家说话,不要一边倒。在真理面前人人平等。过火的批评要纠正,不能一棍子将人打死。"11月30日,邓拓召开高等院校会议,以《北京日报》编者按为准,对《海瑞罢官》展开学术讨论。

12月3日,中宣部召开了首都各报刊负责人会议。吴冷西传达彭真关于"学术讨论"的意见。吴冷西说,姚文元的文章提出了两个问题:一个是学术问题,一个是政治问题。两个问题都可以讨论。估计政治问题不可能发表很多文章,主要放在学术问题上讨论。通过讨论,要学术界造成贯彻"双百"方针的空气。吴冷西强调,在讨论中,批评吴晗的文章可以发,批评姚文元的文章也可以发。要坚持摆事实,讲道理的方针,正面反面文章都要摆事实,讲道理,不要骂街。

12月15日,《人民日报》在第5版刊出《海瑞罢官问题的各种意见的简介》,摘录了各地报刊讨论中的不同意见,有赞成姚文元文章的,也有赞成吴晗的,虽然将赞同姚文元文章的意见排在前面,与反对意见的比例却近乎一半对一半。阅读起来,反对意见更理性,更有说服力。

12月25日,吴冷西得知《北京日报》27日要发表吴晗的长篇检讨,即要《人民日报》编辑部于同日发表一篇有分量的批评《海瑞罢官》的文章。他要报纸刊登署名"方求"的文章《〈海瑞罢官〉代表一种什么社会思潮》。结果,这篇大半版长文于12月29日发表时临时加上了一个后记:"这篇文章完稿后,我们读到了吴晗同志在《北京日报》上发表的《关于〈海瑞罢官〉的自我批评》。我们准备在详细研究吴晗同志这篇文章以后,和学术界的同志们一道,进一步同他进行讨论。"这显然是为将来留一个后路,为争取主动留下一点余地。12月30日,《人民日报》在"学术研究"专栏(第5版)转载了吴晗的"自我批评"文章。

谁能料想,这又是吴冷西布下的一着险棋。主持起草和最后修改定稿"方求"文章的不是别人,正是即将大祸临头的中宣部副部长周扬。以今天的眼光看去,"方求"文章的论点显然存在问题,文中的批判是偏颇的。但是,文章仍然将"讨论"限定在"学术"范围内,《人民日报》编辑部也将文章发表在"学术研究"版上,仍然暗含着对姚文元"上纲"做法的抵制。

进入1966年,《人民日报》继续刊登对姚文元文章的辩论文章。主要编辑事务工作由报社的理论宣传部进行,部主任是何匡,副主任有沙英、王泽民。理论组组长是王若水,主要负责对有关"海瑞罢官"来稿的处理。他们都盼望着得到来自中央的信息。

1月2日,刚刚从上海回到北京的彭真在人民大会堂召集文教、报刊、北京市委和部队的有关负责人开会,由胡绳传达了毛泽东12月21日的讲话。随后彭真讲话,他说,《北京日报》转载姚文元的文章,按语写得不那么凶,而军报直接点出《海瑞罢官》是大毒草,是对的。但是这样一来,就使得人们不敢说话了。

彭真检讨自己说,主席批评我们懒,我们的同志总要学习些知识才行。这场争论,要扯多宽就扯多宽,要扯多久就扯多久。

彭真还说:"任何人的文章都可以一分为二。我在上海讲,你《解放日报》、《文汇报》自己也发表了不少错误文章,也应该清理清理。"这时周扬插话:"《解放日报》推荐《海瑞上疏》是加了按语的。"彭真接住话头说:"对于他们的错误,中央报纸也可以批评。"

参加了这次会议的中宣部长陆定一说,就这次的讨论方法上来说,要先搞学术问题,政治问题以后再搞。一扯到政治问题,讨论就展不开。陆定一还说:"当前这场讨论,是学术性的。社会科学、文学方面的问题多得很。对古人的评价,历史主义,现实主义,形象思维,美学,一个题目一个题目的来。解决这些问题,要一二百年。"

彭真和陆定一的发言,都是针对姚文元文章的,暗含着反对姚文元文章无限上纲,将《海瑞罢官》政治化的做法。这也是对毛泽东支持《海瑞罢官》的抵制。由于参加会议的人很多,彭真、陆定一的讲话都会给自身带来危险。

康生发言了,他说,日前(12月27日)吴晗在《北京日报》上发表的自我批评实际上是"自我批准"、"自我开脱","他的要害是'罢官'"。

在这天的会议上发言的还有田家英、周扬、许立群等人。他们各抒己见,未见有针锋相对的交锋。

吴冷西参加了会议,《人民日报》社副总编辑陈浚也与会了,没有发言。但是,对彭真、陆定一、周扬那些抵制姚文元文章的话,他们并没有通过自己的渠道向毛泽东反映。根据会议的参加者——《光明日报》社总编辑穆欣事后回忆:这次会议是重要的,参加人数众多,会议定下的基调是将评论姚文元文章和《海瑞罢官》纳入学术讨论的轨道。这就与毛泽东的意图背道而驰了。

1月19日,《人民日报》刊登了一组读者来信,前3篇赞成姚文元文章,后两篇反对姚文元文章。反对的文章为《〈海瑞罢官〉有革命性》、《〈海瑞罢官〉不是毒草》。后者批评姚文元说:"为什么吴晗同志作这样的自我批评呢? 这因为,最近有许多报刊接二连三地登载了批评和指责他的文章。在这种情况下,他才不得已而为之。"2月3日《人民日报》刊载的文章《对评新编历史剧〈海瑞罢官〉一文的质疑》,更是直率地说:"姚文元同志捕风捉影,牵强附会,把自己的主观臆断说成剧作者的主观意旨,恐怕不是无产阶级应有的严肃的战斗的科学的态度吧。"在《人民日报》上,刊登出来的反对者意见虽然少些,版面位置也不那么突出,但文章的说服力却更强。

毛泽东不愿意看到对姚文元文章的众多批评意见,而且是切中姚文元文章要害的文章。此前的1965年12月21日,毛泽东在杭州召来陈伯达、胡绳、艾思奇、关锋和田家英谈话。谈话从上午9时持续到12时。毛泽东谈到了前些天戚本禹在《红旗》杂志发表的文章《为革命而研究历史》和姚文元的《评新编历史剧〈海瑞罢官〉》。他说:"戚本禹的文章很好,我看了三遍,缺点是没有点名。姚文元的文章也很好,对戏剧界、历史界、哲学界震动很大,缺点是没有击中要害。1959年我们罢了彭德怀的官,彭德怀也是'海瑞'。"

毛泽东这段谈话没有像以前那样很快传到吴冷西那里。《人民日报》仍继续按学术问题开展讨论。

1966年2月3日,彭真主持召开"文化革命小组"扩大会议,研究成立学术批判办公室,除"五人小组"外,还吸收王力、胡绳、姚溱、许立群和邓拓参加。会议认为要把当前的讨论置于党中央的领导下,要降温,要真正做到"百家争鸣,百花齐放",确定由姚溱和许立群起草向政治局常委的汇报提纲。

第二天,姚溱和许立群在钓鱼台起草汇报提纲。吴冷西没有参加这个文件的起草。但是他参加了2月5日刘少奇、周恩来、邓小平、朱德、彭真、康生等参加的政治局会议。政治局委员们讨论了这个提纲,同意在学术讨论中不涉及庐山会议,并要"五人小组"去武昌,向正在那里的毛泽东汇报。因此,对这个提纲,吴冷西甚为知情。

2月6日,吴冷西召集《人民日报》社编委会主要成员开会,向大家传达提纲内容。吴冷西说:"中央为了加强对全国文化大革命的领导,准备了一个系统意见,对学术讨论已有明确方针:一放,二先破后立,三反对左派学阀用政治帽子以势压人,四真理面前人人平等,学术讨论要以理服人。"他还说,"提纲已经中央通过,一两天内要去武汉向毛主席报告"。

果然,2月8日,吴冷西作为成员之一来到武昌,从机场直接到毛泽东住处。毛泽东听了这个汇报后问彭真:"吴晗是不是反党反社会主义分子?"

彭真马上回答:"经过调查,不是。"

毛泽东说:"我曾说过,吴晗的《海瑞罢官》的要害是'罢官',我们罢了彭德怀的官。"

彭真说:"2月5日,我们在北京向少奇同志汇报的时候,也提到您的话。少奇同志说,没有发现吴晗跟彭德怀有组织联系……"

彭真的话柔中有刚,和毛泽东的话顶牛。说话时吴冷西在场。

按说,以吴冷西的敏锐,他完全应该察觉,毛泽东已经挑明了,《评新编历史剧〈海瑞罢官〉》是政治性文章而不是学术性论文,姚文元文章弹响了大风暴的前奏曲。

可是吴冷西又觉得,毛泽东没有对汇报提纲提出不同意见,最后还是同意由彭真代表书记处于 2 月 12 日向全党发出这个提纲,这就是《二月提纲》的由来。

从武昌归来,在吴冷西主持下,《人民日报》继续以《二月提纲》为指针,对《海瑞罢官》展开学术讨论。从 2 月到 3 月底,《人民日报》发表了《〈海瑞罢官〉的艺术表演错在哪里?》、《对〈海瑞罢官〉剧质疑》、《〈海瑞罢官〉有积极意义》、《对批判〈海瑞罢官〉的几点异议》等一批学术文章。讨论的范围已不再限于《海瑞罢官》,还发表了《田汉的〈谢瑶环〉是一株大毒草》、《评〈谢瑶环〉》、《翦伯赞的历史观点应当批判》、《夏衍同志的资产阶级思想》等。编辑部内,许多人觉得《人民日报》正在扭转被动局面,跟上了形势。按吴冷西本人的话则是:"《人民日报》还是按照《二月提纲》的精神组织学术讨论,凡是涉及庐山会议的文章都要被删改或不发。"这就违背了毛泽东支持姚文元文章的意图。

在如何看待姚文元文章的立场上,吴冷西和彭真完全合拍。相反,吴冷西与江青却是不合拍的。1966 年初的两三个月中,吴冷西来往于北京和南方毛泽东暂住处,曾在火车上与江青同行,说起过要写评《海瑞罢官》的文章,为何不找《人民日报》社的写手?江青即"口气严厉"地表示对《人民日报》社青年文艺评论家"思想状态"的不满。吴冷西没有继续与她谈下去。

1966 年 2 月就这样过去了,吴冷西继续主持《人民日报》、新华社的全面工作,担负领导首都各报的宣传任务(虽然他对《解放军报》、《光明日报》已经管不住了)。他严格遵照刘少奇、彭真等一线领导的指示,亦步亦趋地控制着对姚文元文章的宣传,终于使毛泽东感到,他当年选中的"政治家办报"的好手,现在不那么听话了。

毛泽东严厉批评吴冷西

1966 年 3 月 18 日至 20 日,毛泽东在杭州召开政治局常委扩大会议。但是,到会的常委只有刘少奇和周恩来,没有过半数。会议议题中有中央是否派代表团参加苏共二十三大等。本来,在京常委会议已经议定,中央应派团参加苏共二十三大。但是毛泽东否定了大家的意见。

毛泽东措辞严厉地说:"去年 9、10 月份,我在中央工作会议结束时,专门讲了北京有人要造反。你们怎么办?也不要紧,造反就造嘛,整个解放军会跟上造反吗?""我的意见,还要打倒什么翦伯赞呀,侯外庐呀等等一批才好,不是打倒多了。这些人是资产阶级、帝王将相派。"

3 月 18 日下午,毛泽东还在西湖边刘庄召开了一个小会,参加者有刘少奇、周恩来、彭真、康生、陈伯达,吴冷西列席。

会议结束前,毛泽东突然转向吴冷西,批评说:"《人民日报》登过不少乌七八糟的东西,提倡鬼戏,捧海瑞,犯了错误。我过去批评你们不搞理论,从报纸创办起就批评,批评过多次。我说过我学蒋介石,他不看《中央日报》,我也不看《人民日报》,因为没有什么看头。你们的'学术研究'是我逼出来的。我看你是半马克思主义,三十未立,四十半惑,五十能否知天命,要看努力。要不断进步,否则要垮台。批评你是希望你进步。我对一些没有希望的人从来不批评。"

毛泽东又说,你们的编辑也不高明,登了那么多坏东西,没有马克思主义,或者只有三分之一甚至四分之一的马克思主义。不犯错误的报纸是没有的。《人民日报》要从错误中吸取教训。可能以后还会犯错误，说从此不犯错误是不可能的。问题在于错了就改，改了就好。《人民日报》还是有进步，现在比过去好，我经常看。但要不断进步。

吴冷西顿时感到心情沉重。约在 10 年前，正是毛泽东派他到《人民日报》，去接替犯了错误的邓拓的。现在邓拓已到朝不保夕的地步，而邓拓的继任者也已经岌岌可危！

毛泽东的这顿批评不仅前后有矛盾的地方，若是和他以前多次表扬《人民日报》和吴冷西的讲话相联系，更是彼此抵触。

但是此时的吴冷西不敢分辩。从会议厅里出来，吴冷西对周恩来说："主席这次批评很重，我要好好检讨。"

周恩来对吴冷西说，不光是批评你，也是对我们说的。

回到下榻的西泠饭店，吴冷西把自己的想法对彭真说了。彭真也对他说："主席的批评不仅对你，也是对我们说的。"

这时的吴冷西心中一激，"隐约感到，一场暴风雨即将来临"。

毛泽东为何倡议创办《红旗》*

杨永兴

1958 年 5 月 25 日，中共八届五中全会在北京中南海怀仁堂举行。此次会议决定由中央主办一个"革命的、批判的、理论和实际相结合的杂志"，定名为《红旗》，每半月出版一次，由陈伯达担任总编辑。会议要求全党积极地支持这个杂志，要求各级党委经常供给稿件，而且除了在中央成立一个编辑部以外，上海局和各省、市、自治区党委都应成立一个编辑小组，负责征集、初步审定和修改稿件。就这样，《红旗》杂志于 1958 年 6 月 1 日在北京创刊。作为中共中央主办的一份理论刊物，《红旗》杂志的创刊可以说是当时国内国际政治形势的需要，是"大跃进"运动和中苏分歧互相促进的产物，而其中毛泽东所起的作用尤为重要。

一

创办《红旗》杂志，是毛泽东首先倡议的。虽然决定出版《红旗》是在中共八届五中全会上作出的正式决定，但是筹备工作早就开始了。早在 1958 年 3 月召开的成都会议上，毛泽东就提出了"出版理论刊物"的问题，而此次会议也是毛泽东为发动"大跃进"运动而召开的一次极其重要的会议。

1958 年 3 月 8 日，成都会议召开的第一天，毛泽东就提出 25 个问题供与会者讨论。其中第 24 个问题就是关于"出版理论刊物问题"。在 22 日的讲话中，毛泽东着重讲了办刊物的问题。他说："陈伯达写给我一封信，他原来死也不想办刊物，现在转了一百八十度，同意今年就办，这很好。我们党从前有《向导》、《斗争》、《实话》等杂志，现在有《人民日报》，但没有理论性杂志。原来打算中央、上海各办一个，设立对立面有竞争。现在提倡各省都办，这很好。可以提高理论，活泼思想。各省办的要各有特点。可以大部根据本省说话，但也可以说全国的话，全世界的话，宇宙的话，也可以说太阳、银河的话。"毛泽东在这里提及的"办刊物"，指的就是《红旗》杂志的创办问题。

接着，毛泽东讲了"怕教授"的问题，为此还特意表扬了陈伯达一番，认为陈在这方面有了很大的进步。他说："怕教授，进城以来相当怕，不是藐视他们，而是有无穷的恐惧。看人家一大堆学问，自己好像什么都不行。马克思主义者恐惧资产阶级知识分子，不怕帝国主义，而怕教授，这也是怪事。我看这种精神状态也是奴隶制度、'谢主隆恩'的残余。我看再不能忍受了。当然不是明天就去打他们一顿，而是要接近他们，教育他们，交朋友。""现在情况已有转变，标志是陈伯达同志的一篇演说（厚今薄古）、一封信（给主席的）、一个通知（准备下达），有破竹之势。他的思想曾萎靡不振，勤奋工作好，但统治宇宙胆子小了。"其中谈到的

* 《党史博览》2008 年第 1 期。

陈伯达的"一篇演说",是指陈伯达于 1958 年 3 月 10 日应郭沫若邀请在国务院科学规划委员会第五次会议上的讲话,题目为《厚今薄古,边干边学》,后曾作为陈伯达的另一篇文章《批判的继承和新的探索》附录的形式,发表在 1959 年 7 月 1 日《红旗》杂志第 13 期上。陈在讲话中主要谈哲学社会科学如何"跃进"的问题。他说:哲学社会科学应该跃进,也可以跃进。跃进的方法,就是厚今薄古,边干边学。陈伯达晚年回忆说,此次讲话"是根据毛主席的意见,向社会科学界传达毛主席的观点",并不是"自己擅自决定的";而以后在《红旗》发表的《批判的继承和新的探索》一文,是对此次过于偏激的讲话的一个纠正。这可以说是一个迟到的纠正,而且足足迟到了一年多,其所造成的危害已经铸成,其政治使命已经完成。而"一个通知",是指准备下发的《中共中央关于各省、市、自治区必须加强理论队伍和准备创办理论刊物的通知》,后于 1958 年 4 月 2 日发给各省、市、自治区党委。

另外,毛泽东还多次强调:"从古以来,创新思想、新学派的人,都是学问不足的青年人。孔子 23 岁开始讲学,学问是慢慢学来的。耶稣年纪不大,有什么学问? 释迦牟尼 19 岁创佛教。孙中山青年时有什么学问? 他的学问也是后来学来的。马克思开始著书时,只有二十几岁,写《共产党宣言》时,不过 30 岁左右,学派已经形成了。……历史上总是学问少的人推翻学问多的人。""年纪不甚大,学问不甚多,问题是看你方向对不对。年轻人抓住一个真理,就所向披靡,所以老年人是比不过他们的。梁启超年轻时也是所向披靡。而我们在教授前就那么无力,怕比学问。办刊物,只要方向不错,就对了。""现在我们要办刊物,要压倒资产阶级知识分子。我们只要读十几本书就可以把他们打倒。刊物搞起来,就逼着我们去看经典著作,想问题,而且要动手写。这就可以提高思想。现在一大堆刊物吸引了我们的注意力。不办刊物,大家就不想,不写,也不会去看书了。""各省可办一个刊物,成立一种对立面,并且担任向中央刊物发稿的任务,每省一年 6 篇就够了。总之,10 篇以下,由你们去组织,这样会出现英雄豪杰的。""从古以来,创新学派、新教派都是学问不足的青年人,他们一眼看出一种新东西,就抓住向老古董开战! 而有学问的老古董,总是反对他们的。……历史难道不是如此吗? 我们开头搞革命,还不是一些娃娃,二十多岁,而那时的统治者袁世凯、段祺瑞、谭延闿、赵恒惕都是老气横秋的。讲学问,他们多;讲真理,我们多。"

从毛泽东的一系列讲话中,不难看出他倡议办刊物的出发点:一方面是想压倒所谓的资产阶级知识分子,同他们争夺理论阵地;另一方面是想借此提高中共领导人的理论水平,解放他们的思想,以便使他们能够放手大胆地支持毛泽东即将发动的"大跃进"运动。他用"从古以来,创新学派、新教派都是学问不足的青年人"、"历史上总是学问少的人推翻学问多的人"等论断,来鼓舞士气,告诫与会者没有必要怕教授,因为虽然他们学问多,但是真理掌握在我们手里,就像办刊物一样,只要方向正确,就可以了。

二

毛泽东提出创办刊物,还有另外一个重要的原因,那就是将《红旗》作为中国对外宣传其政策和理论的窗口,让世界了解中国,让中国走向世界。

早在 1955 年 12 月,毛泽东就曾针对当时新华社在开展国外工作方面思想保守、行动迟缓的情况,作过如下指示:"应该大发展,尽快做到在世界各地都能派有自己的记者,发出自己的消息。把地球管起来,让全世界都能听到我们的声音。"

1957 年 11 月,在莫斯科会议上,赫鲁晓夫提出了要办一个国际性理论刊物的倡议。这可能在一定程度上也启发了毛泽东要创办一个理论刊物的想法。对于赫鲁晓夫提出的创办共同刊物的问题,波兰共产党第一书记哥穆尔卡表示了他的担心。回国之前,他特意向毛泽东告别,并提出了他的担忧。毛泽东对他说:"刊物不容易办好,既然要办就要把它办好。谁参加谁不参加由各个党自己决定。不要搞联络局,也不要搞联络局刊物,更不要成立像第三国际、情报局那样的固定组织。"

1957 年 11 月 20 日晚,毛泽东准备启程回国。在去飞机场的途中,他与同坐一辆车的赫鲁晓夫又谈了这个问题。对此,吴冷西在其《十年论战》中比较详细地叙述了这两位领导人的谈话。他写道:"毛主席告诉赫鲁晓夫,他在昨天跟哥穆尔卡谈话时讲到,不要在共同办的刊物上展开兄弟党之间的争论,不要一个党发表文章批评另一个党。在各个党自己办的刊物上,也不要公开批评别的党。两个党之间有不同意见,可以通过内部协商,内部解决问题。""毛主席说,历史证明,一个党公开批评另外一个党效果都不好。他说,这个问题跟多列士谈过,跟杜克洛也谈过,跟意大利党也谈过,跟英国党也谈过。他们都觉得,公开批评别的党的办法不好,即使意见正确,别的党也不容易接受。所以希望我们对这个问题能够达成协议,不要公开我们内部的分歧,不要在刊物上公开批评另外一个党。赫鲁晓夫当时也表示同意。毛主席说,这个问题我是答应了哥穆尔卡的。在最后临别之前,给你提这么一个建议,刊物办起来以后,不要成为互相争论的刊物。赫鲁晓夫说,完全赞成,完全赞成。"

1958 年 1 月 31 日,赫鲁晓夫给中共中央写了一封信,询问关于出版共同刊物的问题。他在信中说:"在莫斯科举行的各国共产党会议上,许多代表团提出了关于出版一个国际性理论性刊物的建议。当时约定,愿意参加出版杂志的各国党,在进行必要的协商和准备工作以后,即着手实现这个建议。苏共中央认为,为了不使事情拖得太久,目前需要了解哪些党打算参加出版这个理论刊物,并且就出版这个刊物有关的具体问题开始交换意见。我们的意见是,这个杂志可作为各国共产党和工人党中央委员会的联合刊物。它不应当成为发号施令的刊物;它将从事宣传、研究马列主义问题,并且是各兄弟党交流经验的国际讲坛。1957 年 11 月于莫斯科举行的各国共产党和工人党会议的宣言中所提出的思想和原则将是这个杂志的基础。"

2 月 27 日,毛泽东给苏共中央发了一封关于同意出版《和平和社会主义问题》的电报,作为对赫鲁晓夫信的答复。毛泽东说:"中共中央同意在布拉格出版一个国际性理论月刊,作为参加这一刊物的各国共产党和工人党中央委员会的联合刊物,也同意苏共中央所提出的关于刊物的基本原则和出版经费的分担办法。""中共中央准备派出王稼祥、刘宁一、赵毅敏同志出席将于 3 月 7 日—8 日在布拉格召开的创办杂志的各党的代表会议。"

《和平和社会主义问题》杂志的中国版,是在王稼祥的领导下主办的;派到布拉格的中国党的代表是赵毅敏。1958 年 8 月,《和平和社会主义问题》杂志正式出版,比《红旗》杂志创刊晚两个月。中共参与这一国际性理论刊物的出版,一方面可以通过它了解国际共产主义运动的发展动态,另一方面也可以将自己的经验和理论观点通过它发表出来,同其他国家的共产党交流。从某种意义上可以这么说,它是中共在国际上的窗口,而《红旗》则是中共在国内的喉舌。一个是中共部分的国际性理论刊物,一个是中共党内的理论刊物,两者遥相呼应,将毛泽东思想以理论经验的形式宣传出去,又将国际共运的动态引进来作为参考,真可谓是珠联璧合。但是,中苏公开论战期间,中共于 1964 年宣布退出了《和平和社会主义问题》编辑部。对此,毛泽东后来认为,过早地退出这个国际组织,这是在党的七大以后,我党所犯的第三个历史性的错误。

<h2 style="text-align:center">三</h2>

毛泽东对《红旗》杂志非常重视。在《红旗》筹备出版期间,亲自参加了许多相关的事宜。早在成都会议上,他就指定由陈伯达担任《红旗》总编辑,后经八届五中全会同意通过。他高度赞扬了《红旗》发刊词,亲笔为《红旗》题写了刊头,而且还亲自拟定了《红旗》第一任编委名单。

1958 年 5 月 24 日,也就是中共八届五中全会公布出版《红旗》杂志的前一天,毛泽东高度评价了《红旗》发刊词,并批示:"此件写得很好,可用。"当天,他在给《红旗》总编辑陈伯达的信中,谈到了为《红旗》题刊头的问题。他说:"报头写了几张,请审检;如不能用,再试写。"另外,毛泽东在他题写的其中两幅"红旗"字的旁边,还写了"这种写法是从绸舞来的,画红旗"及有一幅"比较从容"的字样,以供陈伯达考虑。毛泽东一共为《红旗》题写了 20 多幅刊头,后来从中选出两字作为《红旗》杂志的正式刊头。《红旗》杂志上正式标明是"中国共产党中央委员会主办",也是毛泽东决定的。从以上的种种细节中,足可以看出毛泽东对《红旗》杂志的重视程度。

《红旗》编委会的阵营颇为强大。第一任编委有邓小平、彭真、王稼祥、张闻天、陆定一、康生、陈伯达、胡乔木、柯庆施、李井泉、舒同、陶铸、王任重、李达、周扬、许立群、胡绳、邓力群、王力、范若愚。对于这个编委名单,李锐曾提到:"开初拟定的召集人名单中似有我,我表示自己业务甚忙,后来也就没有列我的名字。"这个编委名单是毛泽东一个一个拟定的,可以说囊括了当时中共中央所有的"笔杆子",而且从编委名单安排上,也不难看出毛泽东在拟定这份名单时的仔细酌量。

除了积极参与筹备《红旗》出版的相关事宜外,毛泽东对创刊后的《红旗》杂志也是多加支持的。他不仅在其创刊号上发表了一篇自己非常重要的文章《介绍一个合作社》,而且还对《红旗》重要的文章或社论文章严格把关,对自己认为重要的文章也首先考虑在《红旗》上发表。

（二）《文艺报》、《人民文学》等

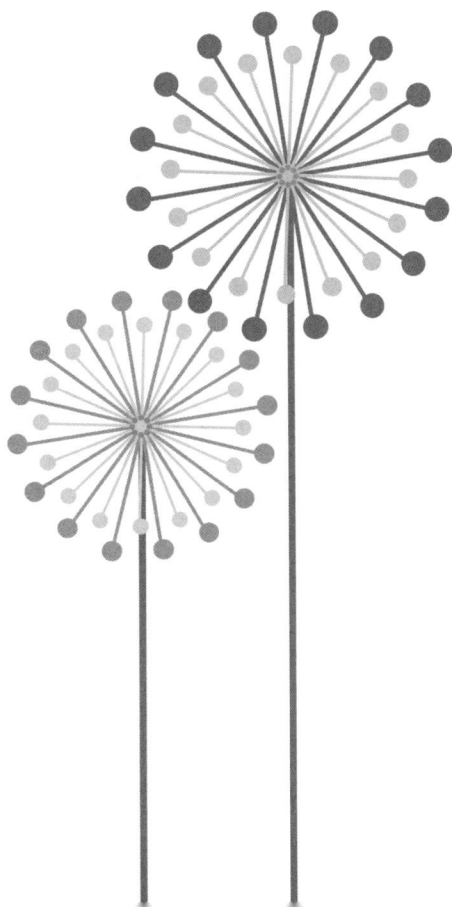

改进我们的工作[*]

——本刊第一卷编辑工作检讨

《人民文学》创刊于中华人民共和国成立的日子，到现在，已出了八期。由于领导上的关心和督促，广大读者群众、作家、文艺工作者的帮助爱护与支持，这个刊物才得以存在和成长，在新中国的文学建设中贡献了一些力量。

最近，中国共产党中央委员会颁发了《关于在报纸刊物上展开批评与自我批评的决定》，我们编辑部响应号召，曾把第一卷的六期编辑工作做了一次初步的检查，对于编辑工作进行了检讨。

这个刊物主要的任务是刊登文学创作。毛主席在这个刊物创刊的时候，曾给我们以具有指示意义的题词："希望有更多好作品出世"，我们遵照这个指示，努力想在这个刊物上，刊登一些较好的创作。在过去的六期中，我们确也刊登了一些为广大读者观众所欢迎与喜爱的作品，这些作品反映了伟大的人民解放战争中的英勇事迹，中国的社会变革，生产建设的面貌，表扬了革命的新英雄主义……这些作品是起了一定的教育作用的。我们也刊登了一些对于文学建设，对于人民文学的发展有指导意义的理论和翻译。许多读者也曾给予我们热情的鼓励。这是我们的工作所获得的一些成绩。我们应该巩固这些成绩继续努力。

但是，这个刊物还没有达到我们的理想和完全满足读者的要求，主要的是它的战斗性不够，这首先表现在所发表的创作，一般的思想水平还不够高，揭露新旧事物的矛盾还不够深刻，反映的面也还不够广，不能及时反映当前最重要和最迫切的问题，特别是关于工业建设的作品数量很少，六期中只占有极少的篇幅，而工业建设在我们国家里却具有头等重要的意义。这里当然也是受来稿的一些限制，但编辑部同人也的确没有化很大的力量去组织这一类稿子。

其次没有比较有计划地组织理论批评。目前文艺创作中存在着许多问题，我们的刊物应该在这十分复杂的现象中经常表明我们在提倡什么，反对什么，组织有威信的批评，使我们的文艺创作能推进一步。

特别应该检讨的，我们在第一卷里，曾刊登过很不好的作品，例如《让生活变得更美好罢》（一卷五期），作者原想通过小环这个人物来描写农村中反封建思想的。但作者却着力地表现了这个女人的一种要求享乐的不健康的思想，小环虽然说过她除了大群，和别人没有什么，但她却也说："就不兴找一点乐趣了？""苦一辈子，活着还有什么意思哩？""想把日子过痛快一点罢了。"（所以这篇文章的题目也叫做《让生活变得更美好罢》）这不是真正的劳动人民的思想。而文学艺术的庄严的使命，是以富有指导性的思想，向广大的人民群众进行宣传教育，同时批评不正确的与不健康的思想。在这篇作品里，描写了小环的不很健康的思想和作

---

* 《人民文学》1950 年第 6 期。

风,作者没有加以批判,却把这种思想和作风误解成反封建的思想和作风。这就是为什么这篇作品是不好的主要原因。

作者处理动员参军的时候,小环被描写为关键人物。过分强调了她在参军运动中的作用,因而把农村参军运动中最主要的动力——党的领导,翻身农民的政治觉悟被十分轻率的忽略了。在翻身农民中也的确有些农民是希望结了婚再参军的,这也只是参军运动中的个别现象,而个别的现象却有时是和事物正常的本质有着很大的距离的,甚至是相违反的,作者既没有写出事物的正常的本质,却突出的描写了个别现象,因而所反映的现实是被歪曲了的。而反封建的领导者——支部却被推到从属的次要的地位。

又如《改造》是写一个"小土瘪地主"被改造的故事。作者用了很多篇幅来描写这个地主是个废物,并且过分地追求趣味,却没有写出构成这个地主的生活基础——剥削。这样就把地主阶级在对农民阶级剥削中的残忍,阴险,狠毒的面貌给模糊了。因而也冲淡了地主阶级和农民阶级之间的对立关系。(这期发表了两篇对《改造》的批评,和一篇作者自己的检讨,可参看。)

另外也还有些作品是没有什么意义或意义很少的。

对这样的作品,虽然作者要负责任,但在本刊来说,编者是首先应该负责的。

给本刊投稿的大部分是初学写作者,他们热情的希望我们给以创作上的帮助,我们是尽力做了,在本刊发表的作品,大部分是这些青年写作者写的。即或不用,也告诉他较详细的意见,还有许多读者,来信提出各种文艺上的问题,我们也尽量的给了解答。但是,如何针对这些初学写作者创作上存在的问题,有计划地刊登一些指导写作的文章,却还做得很差。

产生以上缺点的原因,是我们政治思想水平不高,对业务的钻研还很不够。要改进我们的工作,必须加强政治的和文艺的理论学习,经常执行严格的自我批评,不断地改进业务,我们欢迎读者群众的批评与监督,只有在群众的批评与监督下,才能及时发现错误与缺点,及时改正错误与缺点,使这个刊物编得更好,在新中国的文艺建设中起它应有的作用。

质问《文艺报》编者[*]

袁水拍

中国作家协会最近开了一个会，讨论关于《红楼梦》研究的问题（见十月二十六日本报新闻）。会议反映出，文艺界已经开始认识到这个问题的严重性。但这种现象还是最近才出现的。长时期以来，我们的文艺界对胡敌派资产阶级唯心论曾经表现了容忍麻痹的态度，任其占据古典文学研究领域的统治地位而没有给以些微冲撞；而当着文艺界以外的人首先发难，提出批驳以后，文艺界中就有人出来对于"权威学者"的资产阶级思想表示委曲求全、对于生气勃勃的马克思主义思想摆出老爷态度。难道这是可以容忍的吗？

《文艺报》在转载李希凡、蓝翎《关于〈红楼梦简论〉及其他》一文时所加的编者按语，就流露了这种态度。按语说：

> 这篇文章原来发表在山东大学出版的《文史哲》月刊今年第九期上面。它的作者是两个在开始研究中国古典文学的青年；他们试着从科学的观点对俞平伯先生在《红楼梦简论》一文中的论点提出了批评，我们觉得这是值得引起大家注意的。因此，征得作者的同意，把它转载在这里，希望引起大家讨论，使我们对《红楼梦》这部伟大杰作有更深刻和更正确的了解。

> 在转载时，曾由作者改正了一些错字和由编者改动了一二字句，但完全保存作者原来的意见。作者的意见显然还有不够周密和不够全面的地方，但他们这样地去认识《红楼梦》，在基本上是正确的。只有大家来继续深入地研究，才能使我们的了解更深刻和周密，认识也更全面；而且不仅关于《红楼梦》，同时也关于我国一切优秀的古典文学作品。

编者加了按语，大概是为了引起读者对于这个讨论的注意。但是可怪的是编者说了这样一大堆话，却没有提到这个讨论的实质，即反对中国古典文学研究中的唯心论观点，反对文艺界对于这种唯心论观点的容忍依从甚至赞扬歌颂。

我们有没有理由说文艺界原来存在着对古典文学研究中的唯心论具有容忍依从甚至赞扬歌颂的态度呢？

《文艺报》就是一个具体例证。一九五三年五月十五日出版的《文艺报》第九号有一则向读者推荐俞平伯著《红楼梦研究》的评介文字。其中说："这本书的前身是三十年前曾出版过的《红楼梦辨》，著者根据三十年来新发现的材料重新订正补充，改成现在的书名，重新出版。……过去所有红学家都戴了有色眼镜，做了许多索引，全是牵强附会，捕风捉影。《红楼梦研究》一书做了细密的考证、校勘，扫除了过去《红学》的一切梦呓，这是很大的功

绩。其他有价值的考证和研究也还有不少。"

《红楼梦研究》一书固如李希凡、蓝翎《评〈红楼梦研究〉》一文中所指出，也有它的正确的和有用的部分，可是它的根本的思想，作者俞平伯的错误的文艺思想，却一点也没有在《文艺报》的这篇评介中指被出。这不是容忍依从吗？

附在《红楼梦研究》本文后面文怀沙的跋文对这本书备加赞扬，并捎带一枪，针对"五四"以来革命文艺讥诮了一通，《文艺报》的这篇评介对这也不加理会，却一再地称赞这本书。跋文认为作者已"获得相当良好的成绩"，《文艺报》更进一步说成是"很大的功绩"。这不是赞扬歌颂吗？

既然过去的评介曾经是那样，就难怪现在的按语是这样的了。

但是这个按语尤其可怪的是它对待青年作者的资产阶级贵族老爷式态度。

我们有理由向《文艺报》的编者要求公平地待遇它所刊登的文章。然而，我们就以今年已经出版的十九期《文艺报》来看，其中发表的大小文章不下五百篇，编者加了按语的只有十三篇，在这十三条按语中，有十二条都只有支持或称赞的话；独独在转载李希凡、蓝翎两人所写的这一篇文章的时候，编者却赶紧向读者表明"作者的意见显然还有不够周密和不够全面的地方"。至于究竟有哪些缺点，编者并没有指出，不过是"显然"存在罢了。

待遇不公平，是什么缘故呢？也许按语中已经给我们点明："作者是两个在开始研究中国古典文学的青年"，它们虽则写了"在基本上是正确的"文章，也只能算是"试着从科学的观点"云云而已。值得注意的是十月十日《光明日报》《文学遗产》副刊登载李、蓝两人《评〈红楼梦研究〉》一文时也加了类似的按语，那一个"编者按"说："目前，如何运用马克思主义科学观点去研究古典文学，这一极其重要的工作尚没有很好的进行，而且也急待展开。本文在试图从这方面提出一些问题和意见，是可供我们参考的。同时我们更希望能因此引起大家的注意和讨论。"请看吧：《文艺报》和《文学遗产》对于任何其他作者的文章都不声明是"开始研究吧……"的"青年""试着""提出一些问题和意见"，都不声明是只"供我们参考的"，惟有对这两篇文章就如此，这是不可能的。无论在文艺战线上，或是在其他的思想意识战线上，工人阶级必须在联合资产阶级和小资产阶级的同时，力争自己的领导地位；必须在承认资产阶级思想和小资产阶级思想在今天的社会上的合法地位的同时，批评这些思想的错误，指出这些思想之决不能够担当改造世界的领导责任。工人阶级必须坚持依照自己的面貌来改造世界，来改造资产阶级和小资产阶级，而不允许降低自己到资产阶级和小资产阶级的思想水平来为他们"服务"。如果放弃这个思想斗争，就是放弃工人阶级的领导，就是放弃人民民主事业。其结果，不但要脱离工人群众，而且也要脱离工人阶级以外的。但是今天已经在工人阶级领导下的广大的人民群众，因为这些群众根据自己的经验和觉悟已经相信，能够真正给它们指点光明前途的，只是革命的工人阶级的思想，而不是资产阶级和小资产阶级的思想。他们和工人群众一样地要求我们的文学艺术引导他们向前看，而不是向后看。

因此，对于我国人民精神生活发挥着重大的领导作用的文艺工作者，不能不力求站到工人阶级的立场上来，不能不力求和劳动人民建立亲密的联系。只有抱着革命态度到群众中去，和群众打成一片，充分地了解群众的生活、斗争、思想、感情，才能带着创作的要求、想像、主题、题材从群众中来，然后才能写出真实的革命的作品，让作品回到群众中去为群众服务。只有这样，我们的文学艺术的创作才会旺盛，才会走上现实主义的大路而摆脱反现实主义的迷途，才会为群众所欢迎，才会掌握群众，成为"极大的责任的力量"。

由此可见,目前文学艺术工作中的首要问题,从根本上说,就是确立工人阶级的思想领导和帮助广大的非工人阶级文艺工作者进行思想改造的问题。不解决这个问题,其他问题的解决是不可能的。

那么,什么是目前的文学艺术界的出路呢?

出路就是,第一,按照毛泽东同志的指示,认真进行思想改造的学习,学习马克思主义,并且与工农兵群众相结合。这次全国文联指定了几种适当的文件,并且规定了学习时采取批评和自我批评的方法,以便于文艺工作者分清是非,确定立场,这是很好的。我们希望这个学习能够认真地进行,作为许多文艺工作者脱离非工人阶级立场而取得工人阶级立场的一个开端。

第二,充分地宣传马克思主义的文艺思想,批评反马克思主义的文艺思想;使大家彻底认识文学艺术事业是工人阶级阶级斗争事业的一个重要部分,它不可能对于工人阶级和人民群众的事业漠不关心,或者对于各个阶级一视同仁,而必须在工人阶级领导下成为团结人民、教育人民、打击敌人、消灭敌人的强大武器;使大家彻底认识文艺工作者必须和劳动人民密切联系,从劳动人民的生活和斗争中找到创作的源泉。

第三,整顿文学艺术事业的领导。我们的文学艺术事业既然是工人阶级的思想斗争事业,那么它的领导就不能不是思想的领导,不能不是创作和批评的领导。因此,我们就必须反对文艺领导工作中的那种无思想的庸俗的自由主义和事务主义的作风,就必须扩大和加强创作和批评的领导,减少一切可以减少的行政事务,以便于缩小但是也加强文艺行政工作。

第四,整顿文学艺术团体,使每一个确有存在必要的文学艺术团体都能够成为战斗的组织,都能够切实地帮助文艺工作者和劳动人民结合,组织文艺工作者的创作、批评和学习的活动。不能够这样作的文艺团体应该宣告解散;不能够实际从事文艺劳动的"文艺工作者"应该被所属的文艺团体所开除。

第五,整顿文学艺术出版物,首先是整顿文学艺术的期刊。全国文联已经做出了整顿文艺期刊的勇敢的决定,希望这个决定能够坚决地迅速地实施,并且希望今后的文艺期刊能够为反对粗制滥造、提高文艺作品的思想性和艺术性而斗争。

第六,要求共产党员的文艺工作者在所有上述各项活动中成为模范,就是说,成为学习马克思主义的模范,成为与工农兵相结合的模范,成为实行批评和自我批评的模范,和成为文艺劳动的模范。反对党员文艺工作者的任何无纪律现象。

同志们! 只要我们认真地采取这些步骤,我们就一定能够达到目的。让我们团结一致,把中华人民共和国的文学艺术的旗帜更高地举起来吧!

附:毛泽东亲自发动并领导了这场运动[*] (节选)

孙玉明

据现有资料可知,爆发于1954年的《红楼梦》研究批判运动,乃是开国领袖毛泽东"亲自发动和领导的",只不过当时全国的绝大多数人并不知道这一内幕。时至今日,随着各

---

[*] 《红学:1954》,北京图书出版社,2003年版。

种鲜为人知的珍贵史料的陆续披露,也为我们了解这一事件的真相提供了可能。因此,本章即以当前所能见到的相关史料为依据,以发动和领导这场运动的毛泽东为叙事主线,尽可能翔实地勾勒出事件发展的脉络和过程,并探索在当时特定的历史条件下毛泽东发动这场运动的主观因素和客观因素。

一 运动爆发的偶然性和必然性

1951年年中,经过近两年的准备和铺垫,一直非常重视思想政治工作的毛泽东,觉得在全国范围内发动一场大规模的政治思想运动的时机已经成熟。于是,他便借文化教育界对电影《武训传》进行自由评论之机,亲笔写下了《应当重视电影〈武训传〉的讨论》一文,并于同年5月20日以《人民日报》社论的形式发表。在这篇社论中,毛泽东尖锐地指出:"《武训传》提出的问题带有根本的性质。像武训那样的人,处在清朝末年中国人民反对外国侵略者和反对国内的反动统治者的伟大斗争的时代,根本不去触动封建经济基础及其上层建筑的一根毫毛,反而狂热地宣传封建文化,并为了取得自己所没有的宣传封建文化的地位,就对反动的封建统治者竟竭尽奴颜婢膝的能事,这种丑恶的行为,难道是我们所应当歌颂的吗?向着人民群众歌颂这种丑恶的行为,甚至打出'为人民服务'的革命旗号来歌颂,甚至用革命的农民斗争的失败作为反衬来歌颂,这难道是我们所能容忍的吗?承认或者容忍这种歌颂,就是承认或者容忍污蔑农民革命斗争,污蔑中国历史,污蔑中国民族的反动宣传为正当的宣传。"愤激之情,溢于言表。接下来,毛泽东又列举了在各种报刊上发表的赞扬电影《武训传》及历史人物武训的一系列文章,并毫不客气地点了这些文章作者的名字。毛泽东严厉地指出,如此之多的歌颂,可见我国文化界的思想混乱已达到何种程度!他说:"在许多作者看来,历史的发展不是以新事物代替旧事物,而是以种种努力去保持旧事物使它得免于死亡,不是以阶级斗争去推翻应当推翻的反动封建统治者,而是像武训那样否定被压迫人民的阶级斗争,向反动的封建统治者投降。我们的作者们不去研究过去历史中压迫中国人民的敌人是些什么人,向这些敌人投降并为他们服务的人是否有值得称赞的地方。我们的作者们也不去研究自1840年鸦片战争以来的一百多年中,中国发生了一些什么向着旧的社会经济形态及其上层建筑(政治、文化等等)作斗争的新的社会经济形态,新的阶级力量,新的人物和新的思想,而去决定什么东西是应当称赞或歌颂的,什么东西是不应当称赞或歌颂的,什么东西是应当反对的。"在这篇社论中,毛泽东还特别严厉地批评了丧失了批判能力的"一些号称学得了马克思主义的共产党员",质问他们学得的马克思主义跑到哪里去了?并严正指出:这是"资产阶级的反动思想侵入了战斗的共产党"。最后发出号召:"应当展开关于电影《武训传》及其他有关武训的著作和论文的讨论,求得彻底澄清这个问题上的混乱思想。"

为了配合毛泽东的文章,《人民日报》特意在同一天的"党的生活"专栏发表了题为《共产党员应该参加关于〈武训传〉的批判》的短评。评论指出,对电影《武训传》的批判,是一场原则性的思想斗争,每个看过这部电影或看过歌颂文章的共产党员,都应当自觉地行动起来,坚决彻底地与错误思想作斗争。同时还要求,凡是"歌颂过武训和电影《武训传》的",一律要作严肃的公开自我批评;而担任文艺、教育、宣传工作的党员干部,特别是与武训、《武训传》及其评论有关的"干部,"还要作出适当的结论"。

中宣部电影局首先快速做出反应,于同年 5 月 23 日向全国电影业界发出通知,要求该界人员"均须在各该单位负责同志有计划领导下,进行并展开对《武训传》的讨论,借以提高思想认识,同时并须负责向观众进行教育,以肃清不良影响。并须将讨论结果及经过情况随时汇报来局"。接着,中宣部、教育部、华东局等又相继发出通知或指示、指出:开展对电影《武训传》的批判,是一项重要的政治任务,是一种全国性的思想运动。因此,必须把这场运动普及到每一个学校、每一个教育工作者及每一个文艺工作者,并且要联系实际彻底检查自己。其后,各种报刊也相继发表了许多对武训及电影《武训传》的批判文章。

与此同时,文化部和《人民日报》社也联合组成了"武训历史调查团",在江青等人的带领下,到武训的老家山东进行了二十多天的社会调查,并在《人民日报》发表了《武训历史调查记》,给历史人物武训扣上了"大地主、大债主、大流氓"等三顶帽子。[①]

至 8 月初,这场批判运动宣告结束。8 月 8 日,周扬在《人民日报》发表的《反人民反历史的思想和反现实主义的艺术》一文,为这次运动做了总结。由于时间短,报刊上来不及发表大量批判文章,再加当时的知识分子们还没有那么高的"思想觉悟",因而这场运动的规模并不太大,与后来爆发的几场"轰轰烈烈"的运动相比,可说是小巫见大巫。也正因为这场运动没有像毛泽东所预期的那样广泛深入地开展下去,尤其是大部分知识分子对这场运动的无动于衷,令毛泽东在发现问题的同时,也产生了不满情绪。1954 年 11 月 7 日,郭沫若在接受《光明日报》记者采访时就曾说过:"三年以前进行的《武训传》的讨论,曾给人们留下了深刻的印象,但可惜那时没有把这一讨论广泛地深入到文化领域的各方面去,讨论没有得到充分的展开。"[②]这一番话,虽然出自郭沫若之口,但却再清楚不过地表达了毛泽东的这种不满情绪。

1952 年开始的知识分子思想改造运动,可说是毛泽东在知识分子身上发现问题并试图解决问题的又一次具体实践。然而,这种缺乏具体内容的空洞的思想改造运动,依然收效甚微。由此,毛泽东清楚地认识到,必须首先消除知识分子头脑中根深蒂固的传统思想,才能让他们彻底地接受马列主义。如不破旧,就难立新。

1953 年,是中华人民共和国成立后的第四个年头,也是中国共产党历史上值得大书特书的一年。小事不说,仅大的方面,就有以下种种:在经济领域,这一年"是我国进入大规模建设的第一年",已"开始执行国家建设的第一个五年计划";在政治领域,毛泽东提出了"过渡时期的总路线",并在这一年的年底掀起了全国性的学习和宣传"总路线"的热潮;在外交领域,《朝鲜停战协定》在板门店正式签字,历时三年多的朝鲜战争宣告结束;在文化思想领域,马、恩、列、斯著作编译局的成立,则昭示着马列主义的普及运动将要更加广泛深入持久地开展下去。[③] 这其中最令中国人民感到欣喜的,大概就是朝鲜停战协议的正式签订。它不仅标志着历时三年多的朝鲜战争的结束,也宣告了笼罩中国一个多世纪的战争的阴影终于

---

① 关于这场批判运动,延边大学出版社 1999 年 1 月出版的《沉重的反思——震动历史的大批判》一书,已对此做了很好的总结。可以参看。笔者在论及这次运动时,亦曾参考过该书,特此著明,并深表谢意。又因这次运动与 1954 年的《红楼梦》研究大批判运动性质相同,都是在文化领域里开展的政治思想运动,且二者亦有相关之处,是以在行文过程中,特意较为详细地将之勾勒出一个大致轮廓。

② 1954 年 11 月 8 日《光明日报》刊载的《文化学术界应开展反对资产阶级思想的斗争——中国科学院郭沫若院长对〈光明日报〉记者的谈话》。

③ 中共中央党史研究室编撰的《中国共产党历史大事记》,人民出版社 1991 年 9 月第 1 版。

消散。从此,饱受战乱之苦的中国,进入了真正的和平年代!

1954 年,一场"轰轰烈烈"的政治思想批判运动,在神州大地上全面爆发。

运动是由"两个小人物"引起的,但其间却也存在着极大的偶然性:1954 年 9 月 1 日,山东大学的《文史哲》发表了李希凡、蓝翎与俞平伯商榷的《关于〈红楼梦简论〉及其他》一文。这篇普普通通的商榷性文章,不料却被江青和日理万机的毛泽东看到并引起重视。江青为何赏识这篇文章,原因不得而知,也许她确实是由衷地喜欢这篇文章,也许她是为了投毛泽东之所好,也许有其他目的,但毛泽东之所以看重这篇文章,却大致可以归纳为以下三点:首先,李希凡、蓝翎的文章中有些言辞比较尖锐,洋溢着一种战斗气息,这种"小人物"敢于向"大人物"挑战的精神,勾起了毛泽东年轻时的战斗豪情。回顾毛泽东的人生历程,他的一生,可以说是战斗的一生。他在各个方面,各个历史时期,似乎都充满了战斗的豪情;其次,这篇文章所涉及的内容,正好是毛泽东推崇备至且十分熟习的《红楼梦》,而"两个小人物"的研究方法,又是尝试着运用马克思主义的理论观点研究复杂的文学现象。其中的许多观点,尤其是辩证唯物主义和历史唯物主义的观点,与毛泽东对《红楼梦》的看法不谋而合;第三也是最重要的一点,是这篇文章可以用来在思想文化领域引发一场大批判运动,以便实现他多年来以马列主义统一人们思想的宏伟构想。也正因为如此,所以当江青提议将李希凡、蓝翎的文章拿到《人民日报》转载时,毛泽东当即欣然同意。

9 月中旬的一天下午,江青带着李希凡、蓝翎的《关于〈红楼梦简论〉及其他》一文,来到《人民日报》社找到当时的总编辑邓拓,口头传达了毛泽东的指示,要求《人民日报》转载此文,以期引起争论,展开对资产阶级唯心论的批判。① 邓拓不敢怠慢,马上做了安排。但是,当时《人民日报》的文艺宣传工作由报社总编室和中宣部文艺处双重领导,并且以中宣部文艺处为主。文艺组每个季度的评论计划,都必须拿到中宣部文艺处讨论,最后再由分管文艺

---

① 关于江青到《人民日报》社一事,历史史料与一些重要当事人的回忆不太一致。李辉在《文坛悲歌》(花城出版社 1998 年 1 月第 1 版)一书中引用史料说:"9 月,毛主席看到《关于〈红楼梦简论〉及其他》一文后,给以极大的重视和支持。9 月中旬一天下午。江青同志亲自到《人民日报》编辑部,找来周扬、邓拓、林默涵、邵荃麟、冯雪峰、何其芳等人,说明毛主席很重视这篇文章。她提出《人民日报》应该转载,以期引起争论,展开对资产阶级唯心论的批判。周扬、邓拓一伙竟然以'小人物的文章'、'党报不是自由辩论的场所'种种理由,拒绝在《人民日报》转载,只允许在《文艺报》转载,竟敢公然抗拒毛主席指示,保护资产阶级'权威'。"从各种史料来判断,江青曾为此事到《人民日报》社去过两次:第一次是在 9 月中旬,她直接找了邓拓,并未找周扬等人;第二次则是在 9 月底或 10 月初。当时,《人民日报》在将《关于〈红楼梦简论〉及其他》一文排出小样后,却又因为周扬的反对而中止转载,因此江青为此再到《人民日报》社,召集周扬等人开会交涉此事,结果再次遭到拒绝。此处所说"九月中旬",时间上是对的,但却将江青再次到《人民日报》社的事情混为一谈了。据蓝翎在《龙卷风·四十年间半部书》中回忆,他第一次被邓拓找去,是在"一九五四年九月中旬的一个星期六(据查为十八日)",证明邓拓在找蓝翎之前江青已经到《人民日报》社找过邓拓,不然的话,邓拓是不会自作主张约见蓝翎转载文章之事的。而邓拓在约见蓝翎之后,又让他第二天(星期天)找到李希凡,然后二人一起去了报社。星期一,他们两人便动手修改文章,星期四上午修改完毕并交给报社,星期五即校对了修改稿的小样,但《人民日报》却没有登载,后来才由《文艺报》转载此文,这便是周扬等人搞了折衷的结果,也证明第一次周扬等人并不在场。而江青之所以再次到《人民日报》社去召集周扬等人开会,也是为周扬等人做出的决定(《关于〈红楼梦简报〉及其他》一文,不在《人民日报》转载,而由《文艺报》转载)来进行交涉。周扬等人所说"小人物的文章"、"党报不是自由辩论的场所"等话,便是在江青第二次到《人民日报》社时说的。

处的副部长周扬审定。因此,周扬得知此事后,提出了反对意见。

由于《关于〈红楼梦简论〉及其他》一文在《人民日报》转载的事情搁浅,江青不得不再次来到《人民日报》社进行交涉。据史料记载,参加这次会谈的,除《人民日报》总编辑邓拓、副总编辑林淡秋之外,还有周扬、林默涵、邵荃麟、袁水拍、冯雪峰、何其芳等人。时间是在1954年的9月下旬。①

在会上,面对气势汹汹地前来兴师问罪的江青,周扬等人早已做好了充分的思想准备。他们坚持原则,毫不妥协。这次他们反对《人民日报》转载《关于〈红楼梦简论〉及其他》一文的理由,除毛泽东在《关于〈红楼梦〉研究问题的信》中所说的"小人物的文章"、"党报不是自由辩论的场所"之外,还有另外一些,周扬认为,《关于〈红楼梦简论〉及其他》一文"很粗糙",作者的态度也不好;林默涵、何其芳则说,这篇文章,"也没有什么了不起的地方"。②

据一些与周扬熟悉的人回忆说,周扬历来对毛泽东都是非常尊重的,对他的指示也是一贯地绝对服从,但这次为什么却又胆敢抗拒呢? 除了周扬确实是在坚持原则之外,还有一个更为重要的原因,我们只要看一看周扬自己说过的一番话。就可明白其中的道理:

> ……批斗我,也许江青起点坏作用。"文革"前我对她并不反感,觉得她有点聪明,模仿毛主席的字体还有点像。她同毛主席结婚时,我因事没有前去祝贺。她在中宣部工作时,有时发表意见口气很大;有时我们搞不清是毛主席的意见还是她个人的意见。我们只能按组织原则办,不能听她的,可能得罪了她。③

江青两次到《人民日报》社去,都没有带上毛泽东写的信或字条,只是口头传达指示,而周扬等人又"搞不清是毛主席的意见还是她个人的意见",所以"只能按组织原则办",这便是《关于〈红楼梦简论〉及其他》一文未能在《人民日报》转载的主要原因。

二　运动终于爆发

第一届全国人民代表大会第一次会议于9月28日闭幕后,毛泽东也相对有了处理其他事情的时间。他利用料理军国大事的余暇,又耐心地将《文艺报》转载《关于〈红楼梦简论〉及其他》一文时所加的"编者按"和《光明日报》新发表的《评〈红楼梦研究〉》及"编者按"仔细阅

---

① 关于江青第二次到《人民日报》社召集周扬等人开会的具体时间及与会人员,史料记载与一些重要当事人的会议也不太一致。李辉在采访袁鹰时,袁鹰曾说:"我最早感到江青的影响,是在1954年批判《红楼梦研究》期间。开始隐隐约约听说有两篇文章引起注意,有问题要批判:10月中旬,听说江青来报社开过会,有周扬、邓拓、林默涵、林淡秋、袁水拍参加。江青带来毛主席意见,但还没有拿信来。周扬在会上认为不宜在《人民日报》发表,分量太重,报纸版面也不多,还是作为学术问题好,江青就把这样的意见带回去,那时方针已定,他的意图不仅不会采纳,反而引来严厉批评。"(见李辉《往事苍老,与袁鹰谈周扬》,花城出版社1998年1月第1版。)在此,袁鹰所说"10月中旬"云云,显然与史实不符。蓝翎的回忆即可证明,(参见前页注解——编者注)此不赘。另外,《关于〈红楼梦简论〉》一文,已于10月初在《文艺报》第18期转载,《评〈红楼梦研究〉》一文,也已于10月10日在《光明日报》发表,证明在此之前,江青早已与周扬等人交涉过此事。文章都已经在《文艺报》转载了,江青"10月中旬"再去《人民日报》交涉,就与史实不相符了。另,袁鹰在此谈到的与会人员,与李辉在《文坛悲歌》中所引史料亦略有出入,笔者此处将两方面作了综合。

② 李辉《往事苍老・与周迈谈周扬》,花城出版社1998年1月第1版。

③ 李辉《往事苍老・与周迈谈周扬》,花城出版社1998年1月第1版。

读了一遍,并在上面加了不少批注。因为《关于〈红楼梦简论〉及其他》一文毛泽东早就读过,所以这次他除了在文章作者署名"李希凡、蓝翎"旁边加了一条"青年团员,一个二十三岁,一个廿六岁"的批注外、其他几条批语,则都是针对《文艺报》所加"编者按"的。为了便于说明问题,我们有必要将这则简短的"编者按"转引如下:

> 这篇文章原来发表在山东大学出版的《文史哲》月刊今年第九期上面。它的作者是两个在开始研究中国古典文学的青年;他们试着从科学的观点对俞平伯先生在《红楼梦简论》一文中的论点提出了批评,我们觉得这是值得引起大家注意的。因此,征得作者的同意,把它转载在这里,希望引起大家讨论,使我们对《红楼梦》这部伟大杰作有更深刻和更正确的了解。
>
> 在转载时,曾由作者改正了一些错字和由编者改动了一二字句,但完全保存作者原来的意见。作者的意见显然还有不够周密和不够全面的地方,但他们这样地去认识《红楼梦》,在基本上是正确的,只有大家来继续深入地研究,才能使我们的了解更深刻和周密,认识也更全面;而且不仅关于《红楼梦》,同时也关于我国一切优秀的古典文学作品。

这则"编者按"并不长,说得也比较客观。但此时正处于盛怒之下的毛泽东,却对之加了十分严厉的批语:《文艺报》"编者接"说:"它的作者是两个在开始研究中国古典文学的青年。"这本来是符合事实的:李希凡、蓝翎确确实实是两个青年,毛泽东也知道这一事实,"青年团员,一个二十三岁。一个廿六岁"。并且他们也确确实实是刚刚开始研究中国古典文学的。然而,毛泽东却不满地批道:"不过是小人物。"联系江青第二次到《人民日报》社时的遭遇,我们便可明白,毛泽东的这则批语,显然是针对周扬等人的,而与《文艺报》的"编者按"对不上号。对"编者按"中的"他们试着从科学的观点对俞平伯先生在《红楼梦简论》一文中的论点提出了批评"一句话,毛泽东特意在"试着"二字旁划了两道竖线,然后批注说:"不过是不成熟的试作。"仍然可看出明显有"项庄舞剑,意在沛公"的意思。在"作者的意见显然还有不够周密和不够全面的地方"句下批注:"对两青年的缺点则决不饶过。很成熟的文章,妄加批驳。"这一番话,表面上看是针对《文艺报》所加"编者按"的,但如果我们联系周扬等人所说的话,仍可看出毛泽东的实际指向。在"希望引起大家讨论,使我们对《红楼梦》这部伟大杰作有更深刻和更正确的了解"句旁加批道:"不应当承认俞平伯的观点是正确的";在"更深刻和更正确的了解"和"了解更深刻和周密"旁边,划了两道竖线,打了一个问号,然后批道:"不是更深刻周密的问题,而是批判错误思想的问题。"①

《评〈红楼梦研究〉》一文。因为是初次发表,所以毛泽东所下批注,除三条是针对《光明日报》所加"编者按"外,其他四条都是对着这篇文章的。《光明日报》的"编者按"也很短,与《文艺报》的"编者按"意思大致相同,现转引如下:

> 目前,如何运用马克思主义科学观点去研究古典文学,这一极其重要的工作尚没有很好地进行,而且也急待展开。本文在试图从这方面提出一些问题和意见,是可供我们参考的。同时我们更希望能因此引起大家的注意和讨论。又与此文相关的一篇"关于《〈红楼梦〉简论》"的文章业已在第十八期《文艺报》上转载,也可供大家研究。

---

① 《建国以来毛泽东文稿》,中央文献出版社,1990 年 9 月第 1 版。

毛泽东对这则"编者接"下了三条批语。对"编者按"中的"试图"所加批语是:"不过是试作?"对"提出一些问题和意见"一语。反问道:"不过是一些问题和意见?"对"可供我们参考"一语,反问道:"不过可供参考而已?"连续三个问句,可见他的怒气越来越大。

本来满腔怒火的毛泽东,读到《评〈红楼梦研究〉》时却又平和了许多,针对其中所说"贾氏的衰败不是一个家庭的问题,也不仅仅是贾氏家族兴衰的命运,而是整个封建官僚地主阶级,在逐渐形成的新的历史条件下必然走向崩溃的征兆"一段话,毛泽东批道:"这个问题值得研究。"不知是认同,还是不同意李希凡、蓝翎的说法。从毛泽东对《红楼梦》的一些评价来判断,这句话当是赞许辞。

对李希凡、蓝翎的文章,毛泽东不仅只有赞许,有不同的意见,他也会提出来。如对文章中说:"这样的豪华享受,单依靠向农民索取地租还不能维持,唯一的出路只有大量的借高利贷,因而它的经济基础必然要走向崩溃。"毛泽东便在这段话旁划了竖线,并打了一个问号,然后加批说:"这一点讲得有缺点。"当他看到李希凡、蓝翎引用俞平伯《红楼梦研究》中的"甲是乙非了无标准"和"麻油拌韭菜,各人心里爱"两句话时,毛泽东又在旁边分别划了竖线,并以不容置疑的口气加批说:"这就是胡适哲学的相对主义即实用主义。"当李、蓝文章的最后一段将俞平伯与胡适联系起来批评,并说出"俞平伯先生这样评价《红楼梦》也许和胡适的目的不同,但其效果却是一致的"一番话时,毛泽东批注说:"这里写得有缺点,不应该替俞平伯开脱。"①

10月16日,毛泽东奋笔写下了《关于〈红楼梦〉研究问题的信》,并将《关于〈红楼梦简论〉及其他》和《评〈红楼梦研究〉》两篇文章一并附上,给中央政治局的主要领导以及文艺界的有关负责人传阅,正式发出了他要在文化领域发动一场思想政治运动的先声。

在这封著名的信中,毛泽东开篇即对李希凡、蓝翎的文章做了很高的评价,并将自己的目的表露无遗:

各同志:

驳俞平伯的两篇文章附上,请一阅。这是三十多年以来向所谓《红楼梦》研究权威作家的错误观点的第一次认真的开火。

所谓"三十多年以来",显然是从1921年胡适开创"新红学"算起的。由此可见,在发动这场运动之先,毛泽东的矛头指向已很明显:他所要着重批判的,还是"胡适思想"。而"所谓《红楼梦》研究权威作家",看似指的俞平伯,实际上还是在说胡适。对他们的"错误观点的第一次认真的开火",则将问题上升到了一个政治的高度。

接下来,毛泽东便将作者的情况以及《关于〈红楼梦简论〉及其他》一文发表时遇到的小小的曲折做了说明:

作者是两个青年团员。他们起初写信给《文艺报》请问可不可以批评俞平伯,被置之不理。他们不得已写信给他们的母校——山东大学的老师,获得了支持,并在该校刊物《文史哲》上登出了他们的文章驳《红楼梦简论》。

毛泽东对这些情况如此了解,可见他此前做过充分的调查和准备工作。知彼知己,不打无把握之仗，是他历来坚持的一贯原则，也是他克敌制胜的重要法宝之一。在这里，他点出《文艺报》对李希凡、蓝翎来信置之不理一事，话虽说得很平淡，但《文艺报》在运动中遭受冲击的命运已成定局。工作繁忙的报刊编辑部因种种原因不给读者或作者写回信，按原则来说是工作失误，并不鲜见。毛泽东拿这种小事"小题大做"，实际上是要以《文艺报》为典型进行整顿，从而彻底改变舆论机构不听指挥的混乱状态。

短短的几句话，简明扼要地将事情做了大致交代后，毛泽东终于转入了正题，十分愤怒地说：

问题又回到北京，有人要求将此文在《人民日报》上转载，以期引起争论，展开批评。又被某些人以种种理由（主要是"小人物的文章"，"党报不是自由辩论的场所"）给以反对，不能实现；结果成立妥协，被允许在《文艺报》转载此文。嗣后，《光明日报》的《文学遗产》栏又发表了这两个青年的驳俞平伯《〈红楼梦〉研究》一书的文章。

此处所谓的"有人"，便是指的江青；而所谓"给以反对"的"某些人"，则明显是指周扬、林默涵、何其芳等人。虽然并未点名，但理由已特意写在括号内，当事人周扬等人看到这封信时自然心里清楚。接着，毛泽东提出了自己的构想：

看样子，这个反对在古典文学领域毒害青年三十余年的胡适派资产阶级唯心论的斗争，也许可以开展起来了。

话虽说得委婉，但口气却是不容置疑的。此处不点俞平伯而特意以"胡适派"三字概括之，目标已十分明确，他就是要以"两个小人物"批评俞平伯的文章为由，就此开展一场文化思想运动，以便清除"三十多年以来"胡适思想在中国的巨大影响。因此，在毛泽东心目中，批判不批判俞平伯，并不重要，但大批特批胡适，却是十分必要的。只不过运动开展起来以后，知识分子们并不明白毛泽东的真正意图，所以在批判胡适的同时，还在不遗余力地大批俞平伯。知识分子与政治领袖之间，任何时候都存在着极大的差异！

表明自己的主要目的后，毛泽东又将话锋一转，说出下面一段话来：

事情是两个"小人物"做起来的，而"大人物"往往不注意，并往往加以拦阻，他们同资产阶级作家在唯心论方面讲统一战线，甘心作资产阶级的俘虏，这同影片《清宫秘史》和《武训传》放映时候的情形几乎是相同的。被人称为爱国主义影片而实际是卖国主义影片的《清宫秘史》，在全国放映之后，至今没有被批判。《武训传》虽然批判了，却至今没有引出教训，又出现了容忍俞平伯唯心论和阻拦"小人物"的很有生气的批判文章的奇怪事情，这是值得我们注意的。

老账新账一起算。文化界的思想混乱和不听指挥，是引发毛泽东发动大批判运动的主要原因。

1950年3月，毛泽东在看完电影《清宫秘史》后，就认为这是一部卖国主义的影片，应该进行批判。然而，文化界却没人响应。其具体原因，可能一是文艺界负责人没有领会毛泽东的意图；二是当时的知识分子们还没有那么"高的思想觉悟"；三是建国之初，一切都处于不稳定状态，在连温饱问题都解决不了的情况下，人们没有心思去注意思想领域的是是非非。"文化大革命"爆发以后，一些人将这场运动没有开展起来的原因归咎于刘少奇的阻挠，实属无稽之谈！而在1951年5月爆发的对电影《武训传》的批判，虽然在全国范围内开展起来了,但不到三个月的时间就草草收兵,这也令毛泽东产生了强烈的不满情绪。如今,又发生了看似"容忍俞平伯唯心论和阻拦'小人物'的很有生气的批判文章"实际上却是拒不执行毛泽东指示的"奇怪事情",他当然就不能再"容忍"了。所以,对于以周扬为首的文艺界的负责人,他的批评也是很严厉的:"同资产阶级作家在唯心论方面讲统一战线,甘心作资产阶级的俘虏。"可以想见,当周扬、何其芳、邓拓等与此事息息相关的"大人物"们看到毛泽东这封信时。会是怎样的诚惶诚恐。

毛泽东在写完这封信并签名落款之后,又特意补充了一段话:

俞平伯这一类资产阶级知识分子,当然是应当对他们采取团结态度的,但应当批判他们的毒害青年的错误思想,不应当对他们投降。

这一番话,保护了俞平伯也保护了与他遭受同样命运的一些人,使他们没有像稍后的胡风或"文革"中受冲击的有些人那样锒铛入狱或遭受肉体的摧残。在这里,毛泽东发动这场运动的宗旨是明确的,即他需要的是对某种思想的批判,而不是那种无原则的人身攻击。这个出发点本来不错,但无奈事与愿违。当时文艺界的一些负责人及广大知识分子们并没有领会毛泽东的这种意图,随着批判运动的深入开展,许多文章对俞平伯进行了肆意的人身攻击。

毛泽东的这封信,当时只是在小范围内传阅的。他在这封信的信封上写着:"刘少奇、周恩来、陈云、朱德、邓小平、胡绳、董老、林老、彭德怀、陆定一、胡乔木、陈伯达、郭沫若、沈雁冰、邓拓、袁水拍、林淡秋、周扬、林枫、凯丰、田家英、林默涵、张际春、丁玲、冯雪峰、习仲勋、何其芳诸同志阅。退毛泽东。"指定了可以阅读这封信的人,也再清楚不过地表露了他的意图。在他指定的这些人中,有七个人与此事直接有关:周扬、林默涵、何其芳、邓拓、林淡秋、袁水拍、冯雪峰,而周扬负有主要责任。

对毛泽东的信首先快速做出反应的,是与此事息息相关且已陷入惶恐状态的周扬和邓拓。周扬领导下的中国作家协会立即做出决定,以古典文学部的名义筹备召开一次"《红楼梦》研究问题座谈会";邓拓则奉命为《人民日报》火速组织了两篇文章:《应该重视对〈红楼梦〉研究中的错误观点的批判》和《走什么样的路?——再评俞平伯先生关于〈红楼梦〉研究的错误观点》。

《应该重视对〈红楼梦〉研究中的错误观点的批判》一文,是由当时担任《人民日报》文艺组副组长的田钟洛起草的。田钟洛,即著名作家袁鹰。据他后来回忆说,"毛主席的明确指示下来",邓拓"就马上组织稿件参加批判,写文章",并"亲自指派"袁鹰"赶紧重读《红楼梦》和有关评论,赶紧写支持李希凡、蓝翎的文章"。而且,袁鹰写这篇文章是"秘密"进行的,包括后来袁水拍撰写《质问〈文艺报〉编者》一文,也是"秘密状态下写的"。① 马上就要公开发表的文章,为什么还要秘密进行呢? 主要原因恐怕还是要瞒着周扬,这也表明了毛泽东对周的强烈不满。关于此事,我们将在后面有关周扬的章节中详述。

袁鹰写完草稿后,《人民日报》分管文艺组工作的副总编辑林淡秋与文艺组组长袁水拍又做了修改。② 他们都有看到了《关于〈红楼梦〉研究问题的信》,修改时也有了一个可靠的依

---

① 李辉:《往事苍老・与周迈谈周扬》,花城出版社,1998 年 1 月第 1 版。
② 此据蓝翎《龙卷风・四十年间半部书》,上海远东出版社,1995 年 3 月第 1 版。

据。正因为如此,所以这篇文章基本上是按照毛泽东的指示精神以及李希凡、蓝翎的两篇文章写成的。

1954年10月23日,文章在《人民日报》公开发表时,虽然署名"钟洛",但实际上却有林淡秋和袁水拍的心血在其中,并且邓拓也不可能不参与意见。因此,这篇文章,可以看做是《人民日报》社的主要领导及文艺组负责人的集体智慧的结晶。而这种智慧,又来自毛泽东的指示精神,来自李希凡、蓝翎的两篇文章。

文章首先把俞平伯和胡适联系起来,一并打入"资产阶级的'新红学家'"之列:"'五四'以前的'红学家'们就很不少,'五四'以后又出现了一些自命为'新红学家'的,其中以胡适之为代表的一派资产阶级的'新红学家'占据了支配地位,达三十余年。直到今天,我们仍然可以从俞平伯先生关于红楼梦的论著中看到胡适之派的资产阶级反动的实验主义对待古典文学作品的观点和方法的继续。"接下来,又依据李希凡、蓝翎两篇文章的基本观点,列出四条,对俞平伯《红楼梦》研究的主要观点和方法进行了"联系胡适"的批判。

在对胡适、俞平伯进行一番批驳后,又转入了对李希凡、蓝翎两篇文章的肯定和赞扬,认为这是"进步的青年人再不能容忍资产阶级的立场、观点、方法任意损害和歪曲我们伟大民族的优秀文学遗产"的表现,"是三十多年来向古典文学研究工作中胡适之派的资产阶级立场、观点、方法进行反击的第一枪,可贵的第一枪!"后面的这一句话,正是毛泽东所说"这是三十多年以来向所谓《红楼梦》研究权威作家的错误观点的第一次认真的开火"一语的翻版。

文章对文艺界也提出了批评:"这一枪之所以可贵,就是因为我们的文艺界,对胡适之派的'新红学家'们的资产阶级立场、观点、方法在全国解放后仍然在古典文学研究中占统治地位这一危险的事实,视若无睹。这两篇文章发表前后在文艺界似乎并没有引起应有的重视。"所以,"我们对于优秀的文学遗产"的研究,"迄今为止,仍未脱离资产阶级的唯心主义、主观主义、反现实主义的影响"。

文章最后号召:"现在,问题已经提到人们的面前了,对这问题应该展开讨论。这个问题,按其思想实质来说,是工人阶级对资产阶级在思想战线上的又一次严重的斗争。这个斗争的目的,应该是辨清是非黑白,在古典文学研究工作的领域里清除资产阶级的唯心主义的、主观主义的立场、观点和方法;正确地学习运用马克思主义的唯物主义的、科学的立场、观点和方法。每个文艺工作者,不管它是不是专门从事古典文学研究工作的,都必须重视这个思想斗争。"

就在钟洛文章发表后的第二天,亦即10月24日,《人民日报》又发表了李希凡、蓝翎合写的《走什么样的路?——再评俞平伯先生关于〈红楼梦〉研究的错误观点》一文。这篇文章,也是邓拓安排他们写的。在布置这项任务时,邓拓虽然没有透露毛泽东《关于〈红楼梦〉研究问题的信》,但却依据自己对毛泽东指示精神的理解,对李希凡、蓝翎提出了指导性的建议:"你们的《评〈红楼梦研究〉》不是讲到了胡适的观点吗?这篇文章可从批判胡适的角度写。"[①]并且,在发稿之前,邓拓又对文章做了重要修改,将对俞平伯《红楼梦》研究观点的批

---

① 李希凡:《红楼梦艺术世界·毛泽东与〈红楼梦〉》,文化艺术出版社,1997年2月第2版。

判，与"过渡时期的总路线"联系了起来。①

邓拓除了提出具体建议并对文章做了修改之外，还特别要求文章必须是"战斗性"的。所以，这篇文章不仅联系胡适的实用主义和资产阶级唯心论批判了俞平伯的《红楼梦辨》，而且措辞也比以前的两篇文章更为激烈。他们说："代表买办资产阶级的知识分子胡适之，为了抵抗马克思主义的宣传，在政治上提出了'多研究些问题，少谈些主义'的口号，在学术上提出了反动的实验主义的'考据学'……胡适之所提倡的学术路线，其反动的目的就是阻挠马克思主义在青年中的传播，把他们蒙着眼睛牵着鼻子走向'国故'堆里去，脱离现实，避开当时尖锐的阶级斗争。""在文学研究上，俞平伯先生的《红楼梦辩》就正是这条路线的忠实的追随者。"他"把红楼梦看成是曹雪芹'自传'的目的"，就是"企图贬低红楼梦"，并且，他"对祖国优秀的文化遗产持虚无主义的否定态度，这正是'五四'以后洋场绅士的本色。从这种反动的虚无主义否定论出发，必然引导到丧失民族自信心"。"在解放以后，在新的政治条件下，俞平伯先生非但没有对过去的研究工作和他的影响作深刻的检讨，相反地却把旧作改头换面地重新发表出来"，"以隐蔽的方式，向学术界和广大的青年读者公开地贩卖胡适之的实验主义，使它在中国学术界中间借尸还魂"。

周扬比邓拓稍慢了一步。当"《红楼梦》研究问题座谈会"在中国作家协会会议室召开时，《走什么样的路》已见报了。参加这次会议的绝大多数人，还不知道毛泽东已经写了《关于〈红楼梦〉研究问题的信》，也来不及看到上午的报纸，这其中包括主持会议的郑振铎。即使如此，一些有特殊"政治嗅觉"的人，也已经从头一天《人民日报》发表的钟洛的文章中觉察到了一些东西，因此，大会的发言很不一致。有纯粹谈学术的；有为学术研究尤其是考据表示担忧的；对于俞平伯，有批评的，也有说好话的；对于李希凡、蓝翎的两篇文章，也是赞扬中掺杂着批评，并没有形成一边倒的批判势头。

参加这次会议的人中，有资格看到《关于〈红楼梦〉研究问题的信》的，只有与此事息息相关的何其芳和周扬。通过他们的发言，可明显看出这封信对他们造成的巨大影响。

由于曾经参与抵制过《关于〈红楼梦简论〉及其他》一文在《人民日报》转载，所以何其芳开始发言时，就首先做了自我批评，他说："我先谈谈我对李希凡、蓝翎同志的两篇文章的重要性的认识。在这上面我是有个过程的。在他们两位发表批评文章之前，俞平伯先生近来写的关于《红楼梦》的文章和《红楼梦研究》我都没有看。李、蓝两位的批评文章发表后，我也只看了《红楼梦简论》，仍没有看《红楼梦研究》。这说明我对这件事情不重视。看李、蓝两位的文章后，我对他们用马克思主义文艺理论来批评俞先生的著作这一基本精神我是赞成的，觉得他们的文章抓住了俞先生的许多错误看法，抓住了基本问题。但我当时对他们的两篇文章中的个别论点还有一些怀疑，并且觉得他们引用俞先生的文章有时不照顾全文的意思，有些小缺点。总之，这说明我这时仍只把它们当作普通的批评文章看待。像钟洛同志的文

---

① 蓝翎：《龙卷风·四十年间半部书》中说："邓拓上夜班时把我找去，说要在报刊上公开批判俞平伯，并谈了俞平伯的一些情况，要我起草一篇有战斗性的文章……我夜晚向邓拓交稿时，他没提具体意见，只说火药味还不够，于是在原稿旁边加上了'这并不是偶然的，而是过渡时期复杂的阶级斗争在文学研究领域中的反映'一句话。"李希凡则不知道此事，他在《红楼梦艺术世界·毛泽东与〈红楼梦〉》中则说："在这篇文章中，我们按照邓拓同志的意见着重提了胡适的实用主义和资产阶级唯心论，只不过其中联系过渡时期总路线问题却不知是谁加上去的，那时我们还没有'那么高的认识'。"蓝翎当时在报社工作，且将稿子直接交给了邓拓，所言当比较可靠，因而笔者此处采用蓝翎的说法。

章指出的它们是第一次向古典文学研究工作中的胡适派资产阶级唯心论开枪那样重大的意义,我起初是没有认识到的。这说明我对新鲜事物缺乏敏锐的感觉,不能把这件事情提到原则的高度来看待。"

从认为《关于〈红楼梦简论〉及其他》一文"也没有什么了不起的",到"第一次向古典文学研究工作中的胡适派资产阶级唯心论开枪那样重大的意义",何其芳的认识,已然有了质的飞跃。而引起这种根本性变化的,其实是毛泽东《关于〈红楼梦〉研究问题的信》。

周扬是以文艺界领导人的身份参加这次会议的,所以他在最后的总结发言中没有像何其芳那样做明显的自我批评。但他匆忙地安排召开这次会议,并在讲话时完全按照毛泽东《关于〈红楼梦〉研究问题的信》的指示精神,已表明了他的态度。"我们平时口头上常常讲马克思列宁主义,但对资产阶级错误思想不批判,不斗争,实际上就是对资产阶级思想投降,这哪里还有什么马克思主义气味呢? 现在两位青年作者作了我们文艺界许多人所没有作的工作,他们在古典文学研究领域内捍卫了马克思主义的真理。对于文艺界的这种新生力量,难道还不值得我们最热情的欢迎吗? 同时反过来,对于我们文艺思想工作上的不可容忍的落后状态,难道还不值得我们深切反思吗?""资产阶级思想在文艺界还是相当普遍,在某些方面甚至还是根深蒂固的,如果我们不用大力加以批判,实际上也就是甘心做资产阶级的俘虏。"不仅严格遵循毛泽东的指示精神,甚至连语气都极为相似。不说"我"而说"我们",是由他的特殊身份所决定的。既然批评文艺界,也就等于批评了他自己,因为他是党在文艺界的主要领导。①

这次会议结束后不久,10 月 26 日的《人民日报》、《光明日报》以及 10 月 28 日的《文汇报》,都分别报道了这次会议的情况。

《人民日报》于 23、24 日发表的两篇文章和中国作家协会古典文学部召开的这次会议,以及京、沪三大报纸对这次会议的报道,正式拉开了公开批判俞平伯及胡适派资产阶级唯心论的序幕。

人们常常将政治运动比作风暴,因为两者的形成,都有极大的偶然性。偶发性的事件,往往导致历史发展的必然。"《红楼梦》研究大批判运动"的爆发,便具有极大的偶然性因素。

一场史无前例的政治风暴,终于不可避免地在此形成,并以不可阻挡之势,迅猛地席卷了神州大地。

三 他一直控制着运动的方向

1954 年 10 月 27 日,中共中央宣传部副部长陆定一给毛泽东送来了《关于展开〈红楼梦〉研究问题的批判》的报告。报告不仅汇报了 24 日召开的"《红楼梦》研究问题座谈会"的情况,而且还提出了这次开展讨论的目的,就是要在关于《红楼梦》和古典文学研究方面与资产阶级唯心论划清界限,并进而运用马克思主义的观点和方法对《红楼梦》的思想性和艺术性做比较全面的分析和评价,以引导青年正确地认识《红楼梦》。报告还特意提出,在讨论和批评中必须防止简单化的粗暴作风,允许发表不同意见,只有经过充分的争论,正确的意见才能真正为多数人所接受。对那些缺乏正确观点的古典文学研究者,仍应采

---

① 此次会议情况及与会者的发言,均据 1954 年 11 月 14 日《光明日报》。

取团结教育的态度,使他们在这次讨论中得到益处。这次讨论,不应该仅限于古典文学研究的范围内,而应该发展到其他部门去,从哲学、历史学、教育学、语言学等方面,彻底地批判胡适资产阶级唯心论的影响。

毛泽东看完报告后,提笔在报告上批了这样一行字:"刘、周、陈、朱、邓阅,退陆定一照办。"①

同一天,袁水拍按照毛泽东指示撰写的《质问〈文艺报〉编者》一文,也送到了毛泽东案头。毛泽东认真地阅读并做了修改。袁水拍的文章说:

这种老爷态度在《文艺报》编辑部并不是第一次表现。在不久以前,全国广大读者群众热烈欢迎一个新作家李准写的一篇小说《不能走那一条路》及其改变而成的戏剧,对各地展开的国家总路线的宣传起了积极作用,可是《文艺报》却对这个作品立即加以基本上否定的批评,并反对推荐这篇小说的报刊对这个新作家的支持,引起文艺界和群众的不满。《文艺报》虽则后来登出了纠正自己错误的文章,并承认应该"对于正在陆续出现的新作者,尤其是比较长期地在群众的实际生活中、相当熟悉群众生活并能提出生活中的新问题的新作者,……给以应有的热烈的欢迎和支持",而且把这件事当作"一个很好的教训";可是说这些话以后没有多久,《文艺报》对于"能提出新问题"的"新作者"李希凡、蓝翎,又一次地表示了决不是"热烈的欢迎和支持"的态度。

他的措辞本来已很尖锐,但毛泽东视乎还嫌分量不够,又在后面加上了这样一段话:

《文艺报》在这里跟资产阶级唯心论和资产阶级名人有密切联系,马克思主义和宣传马克思主义的新生力量却疏远得很,这难道不是显然的吗?

在对袁水拍的文章做了重大修改后,毛泽东先在文章的标题下面署上袁水拍的名字,然后又在旁边写了这样一句话:

即送人民日报邓拓同志照此发表。

文章送到邓拓手中,袁水拍虽然不同意用个人名义发表,但有毛泽东的手迹在他也无可奈何,邓拓当然也得"照此发表"。②

10月28日,《质问〈文艺报〉编者》一文在《人民日报》公开发表后,批判的矛头急剧转向,运动的性质也发生了变化。这使许多人感到震惊:冯雪峰陷入了惶恐之中;周扬在惶恐中还夹杂着几分恼怒,打电话问邓拓:这是怎么回事?③ 事已至此,邓拓只好如实回答。

毛泽东所见果然英明。就在《质问〈文艺报〉编者》一文发表后不久,全国各地的社科类报刊都不约而同地行动起来。他们纷纷发表文章,在批判《文艺报》的同时,也对自己编辑部内存在的"资产阶级贵族老爷式态度"进行了毫不留情的自我批评。

---

① 《建国以来毛泽东文稿》,中央文献出版社,1990年9月第1版。

② 李辉《往事苍老·与袁鹰谈周扬》中袁鹰曾说过这样一段话:"……袁水拍的《质问〈文艺报〉编者》,是江青传达毛主席的指示,在秘密状态下写的。要袁水拍用个人的名义,开始他并不同意,到了毛主席那里之后,加上'袁水拍'的署名。袁水拍一直对周扬、林默涵作为领导看待,包括冯雪峰,他都是作为前辈看待,从来没有想到会要写文章公开批评。发表前一天还跟邓拓说,这类文章用个人名义发表不合适,是否用社论或者短评的名义"。以上即据袁鹰的谈话。

③ 李希凡《红楼梦艺术世界·毛泽东与〈红楼梦〉》,文化艺术出版社,1997年2月第2版。

至此,大批判运动的熊熊烈火,已在全国的文化界形成燎原之势。

迫于强大的政治压力,《文艺报》主编冯雪峰不得不在各种场合连续不断地做公开检讨。11月4日,冯雪峰奉命撰写的《检讨我在〈文艺报〉所犯的错误》一文在《人民日报》发表,他首先承认袁水拍对《文艺报》的"批评是完全正确的",并主动地承担了这个责任:"这个错误完全由我负责,因为我是《文艺报》的主编,而且那个错误的编者按语是我写的。"接着,他便对自己所犯的错误作了深刻的检讨。从整篇文章来看,冯雪峰的态度显然很诚恳,检讨也很彻底,但毛泽东却不满意,继续穷追猛打。

冯雪峰的检讨一发表,全国各地的报刊便争先恐后地予以转载。毛泽东在11月14日的《南方日报》上看到冯雪峰的检讨后,当即针锋相对地在报纸上写下了许多批语:冯雪峰检讨自己对在古典文学研究领域内胡适派资产阶级唯心论长期地统治着的事实,一向没加注意,因而"一直没有认识这个事实和它的严重性"。对此,毛泽东首先反问:"限于古典文学吗?"接着下了肯定的判语:"应说从来就很注意,很有认识,嗅觉很灵。"冯雪峰说自己"对于资产阶级的错误思想失去了锐敏的感觉,把自己麻痹起来,事实上做了资产阶级的错误思想的俘虏"。毛泽东则批驳说:"一点没有失去,敏感得很。"冯雪峰说自己"感染有资产阶级作家的某些庸俗作风,缺乏马克思列宁主义的战斗精神"。毛泽东又批驳说:"不是'某些',而是侵入资产阶级泥潭里了。""不是'缺乏'的问题,是反马克思主义的问题。"冯雪峰说自己"不自觉地在心底里存在着轻视新生力量的意识",毛泽东则说:"应说自觉的。""不是潜在的,而是用各种方法向马克思主义作坚决斗争"。直到冯雪峰承认自己"在这次错误上,我深深地感到我有负于党和人民。这是立场上的错误,是反马克思列宁主义的错误,是不可容忍的"这句话时,毛泽东才满意地在"反马克思列宁主义的错误"一语旁划了竖线,并确定了批判冯雪峰的"主题":"应以此句为主题去批判冯雪峰。"① 如此一来,冯雪峰在《文艺报》所犯的错误,就被毛泽东确定为"反马克思列宁主义的错误",问题已经提到了一个相当的高度。

毛泽东一开始发动这场运动的初衷,是要开展"反对在古典文学领域毒害青年三十余年的胡适派资产阶级唯心论的斗争",但运动刚刚开展,便升级为对《文艺报》的批判,在舆论阵地取得步调一致的前提下,他却又产生了将斗争扩展到各个领域中去的想法。11月8日刊登的《光明日报》记者采访中国科学院院长郭沫若中,郭沫若首先透露了这一层意思,他说:"讨论的范围要广泛,应当不限于古典文学研究的一方面,而应当把文化学术界的一切部门都包括进去:在文化学术界的广大的领域中,无论是在历史学、哲学、经济学、建筑艺术、语言学、教育学乃至于自然科学的各部门,都应当来开展这个思想斗争。作家们、科学家们、文学研究工作者、报纸杂志的编辑人员,都应当毫无例外地参加到这个斗争中来。"

全国各界纷纷响应这一号召,同时对俞平伯、胡适、冯雪峰及《文艺报》展开了大规模的批判。这其中规模最大也最引人注目的则是中华全国文学艺术界联合会和中国作家协会自11月31日至12月8日召开的八次扩大联席会议。为了领导这次行动。还特意成立了一个由郭沫若、茅盾、周扬、邓拓、胡绳、潘梓年、老舍、邵全麟、尹达等九人组成的委员会,郭沫若任主任,茅盾、周扬任副主任:由周扬负责与毛泽东直接联系。

1954年12月2日晚,毛泽东召见周扬等人,着重谈了如何组织力量批判胡适的资产阶级唯心论的问题。次日,周扬便根据毛泽东的指示精神,对原来讨论胡适问题的计划草案做

---

① 《建国以来毛泽东文稿》,中央文献出版社,1990年9月第1版。

了根本修改,然后在当天下午召开的中国科学院院部和作家协会主席团的联席扩大会议上讨论通过。因为毛泽东已经再次表示,对于胡适的批判,要以批判"胡适思想"为主,所以这份经过修改后的计划草案也改为以下九条:一、胡适的哲学思想批判(主要批判他的实用主义);二、胡适的政治思想批判;三、胡适的历史观点批判;四、胡适的《中国哲学史》批判;五、胡适的文学思想批判;六、胡适的《中国文学史》批判;七、考据在历史学和古典文学研究工作中的地位和作用;八、《红楼梦》的人民性和艺术成就及其产生的社会背景;九、关于《红楼梦》研究著作的批判(即对所谓新旧"红学"的评价)。

会议结束后,周扬把这份草案送给毛泽东,请他批示。毛泽东看后非常满意,批示道:"刘、周、朱、陈、邓、陈伯达、胡乔木、邓拓、周扬同志阅。照此办理。"①

12月8日,第八次扩大联席会议召开。会前,周扬将准备提交会议讨论通过的《关于〈文艺报〉的决议》及自己与郭沫若在会上的发言稿,一并送给毛泽东,毛泽东于12月8日早晨做了如下批示:

周扬同志:

均已看过。决议可用。

你的讲稿是好的,在几处地方作了一点修改,请加斟酌。郭老讲稿很好,有一点小的修改,请告郭老斟酌。"思想斗争的文化动员"这个题目不很醒目,请商郭老是否可以改换一个。

毛泽东
十二月八日早

经过商量后,郭沫若临时将发言的题目改为《三点建议》。

这次会议的召开,可以看做是文化界的一次总动员。为此而成立的以郭沫若、周扬、茅盾为首的委员会,自1954年12月底至1955年3月,又相继组织召开了21次批判胡适思想的会议,真正起到了"前敌总指挥部"的作用。

1955年1月20日,当运动达到高潮时。中共中央宣传部向中央提交了《关于开展批判胡风思想的报告》。要求在批判俞平伯和胡适的同时,对胡风的文艺思想进行公开的批判。中央批准了这个报告,并要求各级党委重视这一思想斗争。把它作为工人阶级与资产阶级之间的一个重要斗争来看待,此后不久,文艺界围绕胡风文艺思想的讨论很快就变成了对胡风的政治讨伐。

至此,运动逐渐扩大到了各个领域和各条战线:在文化界,对俞平伯、胡适的资产阶级唯心论思想及研究方法的批判仍在继续深入;在教育界,则开始了对杜威、胡适的实用主义教育思想的批判;在医药卫生界,批判贺诚"排斥中医"的资产阶级思想;在建筑界,批判梁思成的"复古主义"、"形式主义"的设计思想……

1955年3月1日,中共中央发出《关于宣传唯物主义思想批判资产阶级唯心主义思想的指示》,对将批判运动扩展到各个领域中去的做法做了充分的肯定,认为在各个学术和文化

---

① 《建国以来毛泽东文稿》,中央文献出版社,1990年9月第1版。

领域中对资产阶级唯心主义思想的代表人物进行批判,是在学术界及党内外知识分子中宣传唯物主义、推动科学文化进步的有效方法。为了响应这一号召,许多有关部门开始争先恐后地搜寻自己领域中的"资产阶级唯心主义思想的代表人物",使本来就已扩大化了的批判运动更加扩大。各种报刊在这一时期则纷纷发表文章推波助澜。"许多文章简单粗暴,说理不足,以势压人,把思想方法、研究方法和具体学术问题上的唯心主义观点乃至某些需要进一步研究讨论才能分清是非的问题,同资产阶级政治立场、政治态度混为一谈,这就伤害了一些愿意从事有益于人民的工作的知识分子,给科学文化的发展带来了消极的影响。"①

---

① 中共中央党史研究室编撰的《中国共产党历史大事记》,人民出版社,1991 年 9 月第 1 版。

关于《文艺报》的决议*

（1954 年 12 月 8 日　中国文学艺术界联合会主席团、
中国作家协会主席团扩大联席会议通过）

一九五四年十月二十八日的《人民日报》对《文艺报》在《红楼梦》研究问题的讨论中所采取的错误态度，进行了严厉的批评。中国文学艺术界联合会主席团和中国作家协会主席团从十月三十一日起联合召开了几次扩大会议，检查了《文艺报》的工作。在会议上，文艺界的许多同志进一步揭发了《文艺报》在思想上和作风上的许多错误。这些错误主要是：对于文艺上的资产阶级错误思想的容忍和投降；对于马克思主义新生力量的轻视和压制；在文艺批评上的粗暴、武断和压制自由讨论的恶劣作风。这些错误的性质是严重的，是违背了马克思主义的立场和党的文艺方针的。

俞平伯所著的《红楼梦研究》和他近年来所发表的一些关于《红楼梦》的文章，是宣传胡适派资产阶级唯心论观点的错误著作。这些著作对我国古典文学作了严重的歪曲，在群众中间散布了毒素。对于这些著作，《文艺报》不仅没有加以批评，反而在该刊一九五三年第九期上发表了推荐《红楼梦研究》的文章；而在这前后，《文艺报》编辑部对于白盾、李希凡、蓝翎等用马克思主义观点批评俞平伯错误论点的文章，则拒绝刊登或不加理睬。直到李希凡、蓝翎的文章在《文史哲》杂志上发表后，由于读者的建议，才在该刊转载。转载时，编者又加上了贬抑这个批评的重大意义的错误按语。这些事实，说明了《文艺报》在《红楼梦》问题上所犯的错误决不是偶然的。《文艺报》编者们忘记了《文艺报》是一个宣传马克思主义文艺思想的刊物，它有责任去同一切反马克思主义的错误的文艺思想进行斗争，相反地，却甘心拜倒在资产阶级思想前面，甘心去颂扬和袒护反马克思主义的文艺思想。这是不可容忍的。

《文艺报》编者既然成了资产阶级思想的俘虏，就必然会和马克思主义的新生力量疏远起来，以至于对他们采取资产阶级贵族老爷式的轻视和压制态度。《文艺报》对待青年作家和批评家的态度是傲慢的，缺乏热情的。《文艺报》编辑部在这次检查工作中，发现过去退回的稿件有不少是不该退回的。这些稿子被退回的理由，往往是因为它们批评了某一个"权威"或大名人，而那些写稿者则是"小人物"。因此，《文艺报》上刊登的青年作家和批评家的作品和读者来稿越来越少。对于一些为群众所欢迎的、带有新生气息的青年作家的作品，《文艺报》很少给予热情的鼓励和支持；在批评这些作品时，常常忽视了这些作品的总的倾向，却动辄用简单的方法和粗暴的态度去挑剔缺点，轻率地否定别人的劳动成果。《文艺报》对白盾、李希凡、蓝翎的态度和今年一月间对李准的小说《不能走那一条路》所采取的冷酷的批评态度，就是最突出的例子。

《文艺报》一方面向资产阶级错误思想投降，另一方面对于具有进步倾向的文艺作品的批评，又往往采取了粗暴、武断和压制自由讨论的态度。《文艺报》在批评工作上，长期以来

存在一种自以为是的"权威"思想和否定一切的虚无主义观点,既缺乏实事求是的精种,又缺乏与人为善的同志态度,常常用教条主义的简单公式去批评一篇作品,却不容许别人进行反批评。对于那些基本倾向正确而尚有缺点的作品,不是在热情鼓励下帮助作者克服缺点,而是用吹毛求疵的老爷式的挑剔加以打击。这种粗暴的、武断的批评已给文艺创作带来极大的损害。《文艺报》也曾经宣传过不少错误的理论(如《无冲突论》等),但他们却从来没有对自己发表过和宣传过的错误理论加以批评和纠正。文艺界和读者早已对《文艺报》有意见,但《文艺报》编者们却不正视自己的错误,不重视别人对自己错误的批评,而是采取拒绝批评的态度。他们以为只有他们有批评别人的权利,却没有倾听别人批评的义务。他们错误地以为对自己的缺点和错误公开进行自我批评或接受批评,会有损于刊物的"威信"。这种自以为是的"权威"态度,堵塞了文艺工作上批评和自我批评的空气,阻碍了文艺界自由讨论的健全展开,使《文艺报》丧失了思想斗争的积极组织者的作用,而成为脱离群众的高高在上的官僚主义的刊物了。

《文艺报》曾经设立过编辑委员会,但许多编辑委员没有能发挥作用,主编对他们缺乏应有的尊重,许多重大问题不和编辑委员们商量,重要稿件也不给编辑委员们看,使编辑委员会成了形同虚设的东西。后来就由主编提议干脆取消编委会了。

上述一切事实,表明《文艺报》违背了马克思主义的立场和党的文艺方针,违背了集体领导和批评与自我批评的原则。近一年来,《文艺报》所宣传的思想和所采取的做法,有不少是同中国文学艺术工作者第二次代表大会决议的精神相违背的。

中国文联主席团和中国作家协会主席团认为:《文艺报》所以产生这些错误,是由于在《文艺报》的编者们身上严重地存在着资产阶级的思想和资产阶级的作风。这是《文艺报》一切错误的主要根源。正是这种资产阶级思想和资产阶级作风,使《文艺报》编者乐于去袒护反马克思主义的文艺思想和资产阶级名人,却经常用贵族老爷式的态度抹杀和压制马克思主义的新生力量。

应该指出:《文艺报》自创刊以来,是做了不少有益于人民的工作,取得了一定的成绩的。但是,《文艺报》编者却把那些成绩看成是他们个人的东西,因此,滋生了一种极端骄傲自满的情绪和腐朽的"权威"思想,这就使《文艺报》更加脱离实际,脱离群众,而群众对《文艺报》的不满也越来越大了。

《文艺报》所犯的错误,是和中国作家协会主席团对于文艺思想领导的软弱无力和对人民事业缺乏责任心分不开的。中国作家协会主席团接受中国文联的委托领导《文艺报》的工作,却放弃了自己应有的责任,没有经常地认真地去检查《文艺报》的工作,以至未能及时纠正《文艺报》的错误。文学艺术的领导机关大多忙于琐细的事务,很少去研究文艺界存在的思想倾向问题,没有从一九五一年对反动影片《武训传》的批判中认真汲取教训。对资产阶级思想的容忍和投降的错误倾向,在中国文联主席团和中国作家协会主席团的工作中以及它们所领导的其他刊物和机关中,都或多或少地存在着。中国文联主席团和中国作家协会主席团在检查《文艺报》的工作以后,必须进一步来检查和改进其本身的领导工作;同时号召全国文艺团体和文艺刊物进行同样的检查并改进工作。

中国文联主席团和中国作家协会主席团指出:《文艺报》应该经过这次检查,认真地彻底地改正自己的错误。《文艺报》应该成为真正宣传马克思主义文艺思想,开展健康的有原则性的文艺批评的刊物。它应该对资产阶级的各种错误的文艺思想进行斗争,坚决克服投降主义的倾向；它应该积极扶植马克思主义的新生力量，坚决克服轻视和压制新生力量的倾向；它应该有领导地有计划地开展文艺思想的自由讨论。同时，其他文艺刊物也应该以同样精神来开展文艺批评和自由讨论，保证文学艺术事业能够在马克思主义思想指导下健康地发展，真正担负起为国家社会主义建设事业服务的光荣任务。

中国文联主席团和中国作家协会主席团联席会议决议：

一、改组《文艺报》的编辑机构，重新成立编辑委员会，实施集体领导的原则。

二、责成《文艺报》新的编辑委员会提出办法，坚决克服本决议所指出的错误，端正刊物的编辑方针，使《文艺报》成为具有明确战斗方向和切实作风的刊物，内容应以文艺批评为主，同时对人民的文化艺术生活发表评论和介绍，力求扩大和密切文艺与广大人民生活的联系。

三、中国文联主席团责成中国作家协会主席团改进对《文艺报》的领导工作。《文艺报》在工作上应与中华人民共和国文化部建立密切的联系。

四、责成《人民文学》及中国作家协会领导的其他刊物及其地方分会的刊物加强文艺批评工作，并提出开展文艺批评和自由讨论的具体计划。

五、责成中国作家协会、中国戏剧家协会、中国音乐家协会、中国美术家协会和所属各地分会的机关刊物以及各省市文联所属机关刊物的编辑机构根据本决议的方针进行工作的检查并改进工作。

六、中国作家协会主席团应在一九五五年春季召开中国作家协会第二次理事会，来讨论改进作家协会的领导工作。

文艺放出卫星来*

华　夫

"文艺也有实验田,卫星何时飞上天? 工农文章遍天下,作家何得再留连?"这是郭沫若同志的近作《跨上火箭篇》(见人民日报 9 月 2 日第 8 版)中的一段诗句。这几句诗,表达了诗人对文艺创作大丰收的关切和期待。

劳动人民跨上了火箭,工农业高产卫星接连不断地出现。工农兵群众在文艺上也放出了卫星:新民歌,工厂史,革命回忆录,这就是已经放出来和正在放出来的文艺卫星。从数量说,是遍地开花;从质量说,是共产主义文学的萌芽。那么,文艺界能不能快马加鞭地赶上去? 文艺界的卫星何时飞上天? 这就是全国人民关心的问题。

文艺界也在大跃进。首先是思想上的跃进:经过整风和反右派斗争,文艺工作者们的政治、思想觉悟大大提高;作家、艺术家深入群众、参加劳动锻炼已经成为新的风气。创作上也在跃进:作家(例如小说家、剧作家、诗人)比过去几年写得多;画家比过去画得多;作曲家比过去作得多;演员比过去演得多;新作品的量和质比过去几年都有显著的长进;作品中的社会主义精神比过去任何时候都更加鲜明。回顾了在紧张斗争的一年间取得的这些初步成绩,今天更上一层楼就有了信心和勇气。

明年——1959 年国庆节是中华人民共和国建国 10 周年的伟大节日,我国社会主义建设的成就届时必将跃进到一个新的惊人的高峰。1959 年又是伟大的"五四"运动 40 周年,这对我们文艺界说来就有了双重的不平凡的意义。形势逼人,文艺界要赶上前去,要力争上游,因此正在采取一些措施,大力组织创作,争取在今后一年内产生出一批思想性和艺术性都能突破现有水平的新作品,作为对明年的伟大国庆节日的献礼。文艺放出卫星来,看来是大有希望的。

这些日子,文艺界各行各业都在谈论放卫星的问题,谈论得最多的是:放什么样的卫星? 依靠什么力量放卫星? 现在就这个问题发表一些粗浅的意见。

我们的文艺,是人民的文艺,社会主义的文艺。凡是适合人民群众的需要,有利于社会主义的东西,都有广阔发展的天地。文学艺术上的百花齐放,是我们坚定不移的方针。同时也不能不看到,由于社会主义建设的突飞猛进,由于共产主义思想掌握了群众,在我们社会主义的现实土壤上,每天生长出大量的共产主义的萌芽。人员公社运动的蓬勃开展,更有力地说明了共产主义因素的迅速增长。紧接着,一个全国规模的共产主义思想教育运动即将在广大群众中迅速推开,这个运动需要文学艺术有力地配合。所有这些,都向文艺界的先进分子提出一个严重的任务:就是要把自己的共产主义觉悟提得更高,坚决地贯彻文艺的群众路线,在专业和业余、普及和提高正确结合的基础上,多快好省地建设共产主义的文学艺

* 《文艺报》1958 年第 18 期。

术,使它在短期间形成我们新文艺的主流。

建设共产主义的文学艺术,并不是一件神秘的高不可攀的事情。我们社会主义的文艺,本来就是以共产主义的世界观作为基础的。同时,大跃进以来工农群众的创作,例如新民歌,已经标志着共产主义文学萌芽的大量出现。新民歌洋溢着我为人人、人人为我的彻底的集体主义精神、建设社会主义、奔赴共产主义的英雄气概,它和资产阶级的思想感情彻底决裂,它的革命风格和民族风格结合在一起;一句话,共产主义的思想内容和民族的形式,这就是新民歌的特点。在社会主义文艺和群众创作新成就的基础上跃进一步,更好地表现人民群众的劳动英雄主义,革命英雄主义,共产主义的劳动气概,共产主义的英雄人物,热情地歌颂共产党的领导,通过尽可能完美的艺术概括,采取群众喜闻乐见的艺术形式,这就是我们全力以赴的目标。

共产主义的文学艺术要求相应的创作方法。革命的现实主义和革命的浪漫主义相结合的方法,最有利于共产主义文学艺术的创造。在我们生活中间,现实(社会主义的现实)和理想(共产主义的理想)总是结合在一起的。理想是现实基础上的理想;现实是理想指导下的现实。生活本身是长了翅膀的,要是我们的头脑、我们的笔赶不上生活的要求,要是我们只会描生活之形,不会传生活之神,那又算得了什么革命的现实主义者呢?革命的现实主义和革命的浪漫主义相结合的方法引导我们深刻地理解展翅飞翔的现实,引导我们看出、写出共产主义理想照耀下的现实,看出、写出现实中间的共产主义理想和趋向。不可以把革命的浪漫主义仅仅看成是艺术上的夸张和幻想的手法,从而把它的意义大大减低了。

革命的现实主义和革命的浪漫主义相结合的方法,也不是神秘的、高不可攀的东西,因为群众已经掌握了这个方法,创造出了许多动人心魄的诗歌。工农群众从创造新世界的集体劳动中,从共产主义大协作的生活中,懂得怎样写才能把生活写活,才能打动人心,鼓起大家的干劲。

我们赞成社会主义现实主义,现在也还是赞成的。为了保卫社会主义现实主义不受修正主义分子的污蔑和歪曲,我们曾经进行了一系列的斗争。但是生活向我们提出了更进一步的要求,要保卫社会主义现实主义就不能不发展它。

文学艺术放卫星,就是和建设共产主义文艺的任务紧紧联系在一起的。文艺界在置办明年国庆节的礼物中,应当争取使共产主义的文艺作品占到第一位。现在谈谈依靠什么力量放卫星。

工农兵群众创作的空前活跃,是当前整个文艺工作上最突出的现象。要建设共产主义的文艺,离开了这个基础是不行的。前面说过,工农群众已经放出了文艺的卫星;现在要加上专业文艺工作者的力量,帮助群众把文艺卫星放得更多、更高一些。民歌创作浩如烟海,各省、市、自治区正在组织文艺界的同志们参加工作,在最近期间分别精选出版。这一套民歌选集的出版,意义非常重大,它将推动群众创作更进一步地发展和提高,并且更加吸引文艺界的重视和学习。人民公社运动的高潮,随之而来的全国性的共产主义思想教育运动,势必推动新民歌跃进到一个新的高峰,这就要好好地搜集编选,在明年国庆节前放出一批新的卫星来。编写工厂史的运动目前正在南北各大城市逐步展开,引起了各地党政企业领导同志的重视。为了保证在较短期间能够取得重大的成果,一定要组织当地的文艺工作者,例如文艺刊物的编辑或青年作家参加这个工作。目前有不少青年的文艺工作者和青年的文艺爱好者下放到农村劳动锻炼,我们建议当地领导部门考虑组织一定的力量协助人民公社的干部、群众记录和编写公社史,用生动的文艺形式把从合作社到人民公社的转化、巩固和发展过程反映出来。人民解放军部队的集体创作运动,已经取得了辉煌的成绩。解放三十年纪念征文选集,是一部伟大的革命史诗,将在今明年陆续出版;而新的集体创作运动还在开展中。可以预期,明年国庆节以前,将会有一大套新民歌、一大套工厂史、公社史、一大套部队集体创作问世。它们是伟大的献礼,它们将在共产主义文学运动中起奠基的作用。

老干部和新青年中的业余作者,潜力很大,把他们的力量动员起来,稍加帮助,可以产生一批出人意料的优秀作品。《红旗谱》《林海雪原》都是老干部写的,《苦菜花》是部队中的新青年写的,就是证明。在党、政、军、企业、文教岗位上,很多老干部是爱好文学、有一定写作能力的,他们久经锻炼,有一肚子的生活经历,并且很多人都跃跃欲试。在这些同志中间,有些人可能需要一些帮助,例如写作中碰到某些问题,要找有经验的作家谈一谈。他们完全有权利、有可能取得这种帮助。有些老干部有一肚子动人的故事,可是他太忙了,或缺乏写作经验,那么,找一位作家或青年作者合作撰写回忆录,也是一个好办法。青年们干劲很大,在工农业岗位上的青年作者,写出了东西可以就近取得当地文艺团体或文艺刊物编辑部的帮助。我们建议青年同志多写短篇。

我把专业作家、艺术家的工作放到最后来谈,并不是忽视或低估专业文艺工作者的力量;相反,在建设共产主义文艺的工作中,现有的文艺队伍仍然占着重要的地位,这个队伍一年来经过重大的思想整顿和改组,如今是光明面压倒了阴暗面,红旗压倒了白旗;尽管思想斗争还会是继续不断的,队伍还需要扩大和加强,但它现在比过去任何时期都更加是可以依靠的重要力量。当然,大部分作家还下去不久;扎根不深,因此不可能也不应当把所有的人都抽回来写东西;但是有些同志提出了创作计划,经过审理,觉得切实可行的,当然要促其实现。我们的国庆献礼,要大力反映当前人民群众的劳动功勋,这是主要的;同时更好地反映人民群众革命斗争的历史,特别是反映近三十多年来的革命斗争史,现在也有重要的意义。为了多快好省地反映当前大跃进中的伟大现实,我们建议文学界大搞报告文学。许多英雄事迹本身就是动人心魄的,用报告文学的形式反映出来,加工不必太多,长、中、短篇均可,那么,几乎每一位联系实际的同志都可以在短时期中做出成绩来。不一定长篇巨著才算是卫星;精彩的短篇作品也有同样的价值。大、中、小结合,各种题材、体裁、风格的多样化的结合,只要是好,合起来就是一个大卫星。

理论批评工作也要放卫星,那就是要切实总结新文艺的经验;总结传统的经验;深入开展思想批判,大破大立,建设我们自己的文艺理论。在思想批判方面,大学的青年同志们走到前面去了,文艺界要大力帮助他们,这些新生力量必定能够放出卫星来。

我在文学方面谈得较多,艺术方面谈得少,只是为了举例的方便而已。艺术界的干劲很高,进步很大,我们相信在电影、戏剧、音乐、美术、舞蹈、曲艺等各个艺术部门,明年都会献出一批一批的厚礼来。

对任务和情况做了一番粗略的分析、估计之后,我们的信心越来越高了。现在可以步郭沫若同志的原韵,对他那四句诗作出如下的酬答:

万众深耕文艺田,定教卫星飞上天! 普及提高结合好,卫星串串相接连。

"写中间人物"
是资产阶级的文学主张*

《文艺报》编辑部

争论的焦点

　　工农兵群众的革命形象,能不能够在革命文艺中大放光彩? 体现着社会主义、共产主义思想的英雄人物,能不能够在社会主义文艺中占据主导的地位? 这是一个十分重要的问题,关系着我们文艺的性质和方向。延安文艺座谈会以来,围绕着这个问题,斗争一直没有停止过。无产阶级和劳动人民,坚决要求工农兵的先进榜样在文艺创作中得到突出的表现。资产阶级和满脑子资产阶级思想的人们,总是反对工农兵的英雄形象进入文学艺术领域,或者用各种办法来贬低它,排挤它,削弱它在文艺上的地位和影响。这个斗争,是无产阶级和资产阶级的斗争在文艺上的反映。随着我国社会主义革命日益深入,斗争就越发尖锐化起来。

　　我们文学创作的首要任务,是努力创造工农兵的英雄形象呢,还是"写中间人物"? 这是当前存在的尖锐问题。创造工农兵群众的英雄形象,这是无产阶级的主张,它保证我们的文学沿着工农兵方向前进。"写中间人物",这是资产阶级的主张,它引导我们的文学走向资产阶级的歧途。这两种主张是不可调和的。

　　一九六二年八月间,中国作家协会在大连召开了农村题材短篇小说创作座谈会。会议的主持人之一邵荃麟同志正式提出了"写中间人物"的主张。他从文艺反映现实、文艺的教育作用、文艺创作现状等方面,找出各种理由,反复强调"写中间人物"的重要性,贬低写英雄人物的重要性,要求作家们大量描写所谓"中间人物"。邵荃麟同志的理由,归纳起来,主要有以下几点:

　　一、在人民群众中间,正面英雄人物是少数,"中间人物"是大多数,因此要大量描写"中间人物"。

　　二、文艺创作要反映社会矛盾,而"矛盾往往集中在中间人物身上",因此要集中笔力"写中间人物"。

　　三、"文艺的主要教育对象是中间人物";应当通过"写中间人物"来教育"中间人物"。

　　四、在文艺创作中,英雄人物写多了,"中间人物"写少了;大家都写英雄人物,"路子就窄了";要使路子宽广起来,就要多写"中间人物"。

　　此外还有不少说法,暂不一一列举。总之,说来说去,无非是要把"写中间人物"推到文艺创作的最主要、最中心的地位,这就势必要把创造英雄人物的任务,从最主要、最中心的地

---

　　* 《文艺报》1964 年 8—9 期合刊。

位上排挤下来。

文艺创作要把现实生活中的矛盾斗争典型化，就要创造各种各样的人物，自然也包括群众中介乎先进与落后之间的、暂时居于中间状态的人物。所以，问题不在于能不能写中间状态的人物；这类人物在文艺作品中经常出现，今后也会不断地出现。现在的问题是：邵荃麟同志创造了一个"中间人物"的特殊概念，提出了一套"写中间人物"的理论主张，用来同社会主义文艺创作的最主要、最中心的任务——创造英雄人物的任务相抗衡。这就是当前争论的焦点。

什么是"中间人物"？

邵荃麟同志所说的"中间人物"，到底是什么样的一种人物呢？

按照邵荃麟同志的解释，所谓"中间人物"，是人民群众中、特别是农民群众中介乎好人与坏人之间的人，正面人物和反面人物之间的人，先进人物和落后人物之间的人，是身上有"旧的东西"——"几千年来个体农民的精神负担"的人。据说，在人民群众中，这种"中间状态的人是大多数"，"广大的各阶层都是中间的"。按照大连创作会议后几篇鼓吹"写中间人物"的文章的解释，有的说是"自私自利的人"，有的说是"身为劳动群众却存有缺点的落后人物"，这就把落后人物也包括在"中间人物"的范围内了。有的说，"中间人物"是"不好不坏、亦好亦坏、中不溜儿的芸芸众生"，那就是浑浑噩噩的"小人物"了。实际上，邵荃麟同志自己有时也把"中间人物"同落后人物、"小人物"混为一谈，并没有把界线划分清楚。

为了说明"中间人物"的概念，邵荃麟同志等还从文学作品中举出了一些"中间人物"的例子（见《关于"写中间人物"的材料》）。按照他们的举例和说明，所谓"中间人物"，原来是农民和工人中动摇于社会主义、资本主义两条道路之间的人，是不革命或革命性不强的人，是不觉悟或觉悟程度很低的人，是充满着资产阶级、小资产阶级"精神负担"的人。

那么，把我国工农群众的大多数，都概括为如此这般的"中间人物"，是否符合于客观实际呢？

在革命的群众运动中，有先进分子和落后分子，也有暂时处于中间状态的人物。当群众的革命要求、革命积极性还没有充分发挥起来的时候，初看起来，中间状态的人物是为数不少的。但是，这种中间状态是一种暂时的、表面的、不确定的状态。随着革命运动的深入开展，绝大部分处于中间状态的人们，态度迅速地发生变化，群众中间长期蕴蓄着的革命积极性，终于象火山一般地爆发出来。这时候，社会上的革命与反革命，社会主义与反社会主义，正面与反面，互相对立的阶级斗争形势表现得日益鲜明，各种社会力量的阶级本质也都更加鲜明地突现出来。历史证明了，我国工农群众不但在民主革命时期表现出很高的革命积极性，而且在社会主义革命和社会主义建设时期也表现出很高的革命积极性。工人农民和士兵，是我们革命的主力军，是我们社会主义江山的擎天大柱。这难道不是众所周知的事实吗？

大连创作会议是着重讨论农村题材的创作问题的。邵荃麟同志是提倡以"现实主义"态度来反映农民的精神面貌的。那么，就农民来说，是否象邵荃麟等同志所断言的那样，我国农民的大多数都是动摇于社会主义、资本主义两条道路之间的"中间人物"呢？毛主席在《关于农业合作化问题》《关于正确处理人民内部矛盾的问题》等著作中，反复指出：我国广大的贫农下中农，是积极拥护集体经济、坚决走社会主义道路的，他们是农民中的大多数，占农村人口的百分之六十到七十;动摇于社会主义、资本主义两条道路之间的,是上中农,他们是少数。我国农村社会主义改造的光辉历程,完全证实了这个马克思列宁主义的分析。以贫农下中农为骨干的广大农民,在党的领导下,在同资本主义自发势力的斗争中,不断地巩固和发展了农村的社会主义事业,风吹不倒,雷打不散。所以,从广大农民对待社会主义的态度来看,那就决不是"两头小,中间大";而是农民的绝大多数,包括一些曾经有过摇摆的农民,经过暂时的徘徊观望之后,都终于自愿地走上了社会主义道路。对于大多数农民来说,除了社会主义,再无别的出路。可是,邵荃麟同志不是这样看。照他看来,我国农民的大多数都是缺乏社会主义积极性的、动摇于两条道路之间的"中间人物",甚至"广大的各阶层都是中间的"。按照这种看法,我们新中国就根本不可能走社会主义道路,而只能走资本主义道路,实际上是恢复到旧中国的半封建、半殖民地的道路,我们的国家就要灭亡。"中间人物"这个特殊概念的反动性和荒谬性,不是昭然若揭吗?要知道,抹杀广大农民、广大人民群众的社会主义革命要求,否定广大人民群众的革命积极性,是国内外一切右倾机会主义者的基本观点;这同马克思列宁主义、毛泽东思想是根本对立的。

人们的社会存在,决定人们的社会意识。工农群众的阶级地位,革命斗争和生产斗争的实践,使得他们比较容易接受新的思想。事实上,我国工农兵群众在改造客观世界的同时,也在不断地改造自己的主观世界,他们的精神面貌发生了极大的变化。固然,广大群众的思想情况,是很不相同的,有先进的,有落后的,也有不少是介乎先进与落后之间的。在群众中间,有各种落后的东西,要彻底摆脱剥削阶级的思想影响,还需要长期的奋斗。但是,总的看来,工农兵群众较之深受资产阶级思想影响的知识分子,思想感情总是要健康得多,总是比较容易接受革命的新事物。正因为这样,毛主席反复教导我们,知识分子在学习马克思列宁主义的同时,必须长期深入工农兵的火热斗争,向工农兵学习,同工农兵的思想感情打成一片。经过不同程度的思想改造,大多数知识分子尽管还没有树立无产阶级的世界观,可是,在政治态度上,也是不同程度地拥护社会主义制度的。试问:凭什么硬说工农群众的大多数都是介乎好人坏人之间、正面人物反面人物之间、动摇于社会主义道路和资本主义道路之间的"中间人物"呢?说这话的人,到底是站在什么立场?这种说法,难道不是对于我国伟大现实、伟大人民的诽谤吗?

人民群众是历史的创造者,是新社会的主人。说人民群众的大多数都是"不好不坏、亦好亦坏、中不溜儿的芸芸众生",也就是无知无识、无所谓好、无所谓坏的"群氓",是浑浑噩噩的"小人物",这不是站在反人民的立场,又是什么呢?

可见,邵荃麟同志等所创造的"中间人物"这个概念,不但是一个十分混乱的概念,而且是一个反人民的概念。这个概念的宣扬者们,不是站在群众之中,而是凌驾于群众之上,用贵族老爷式的态度来看群众。他们用资产阶级形而上学的观点,把革命运动过程中部分群众暂时处于中间状态(不自觉或半自觉的状态)的现象,看成是孤立的、静止的、固定的、一成不变的现象,并且把它无限地膨胀起来,似乎不论在任何时间、地点、条件下,群众中的大多数人对待革命、对待革命思想的态度都是中间状态的。他们把广大的各阶层人民群众都包纳在"中间人物"的范围内,用来壮大"中间人物"的声势,以便在文艺创作上,同革命英雄人物争地盘,并且按照这种"中间人物"的精神面貌,来改造我们文艺的精神面貌,改造广大群众的精神面貌。凡是热爱革命事业、革命文艺事业的人,对此不能不保持高度的警惕。

什么人代表着时代的主流？

现在，我们来考查一下提倡"写中间人物"的几个主要理由，看看它们是否站得住脚。

第一，借口英雄人物是少数，认为不可多写；强调"中间人物"是大多数，主张大写而特写：这个理由能够成立吗？

我们要问：文艺创作对于生活的反映，是机械的、照相式的反映呢，还是主动地、创造性的反映？是为反映而反映呢，还是有目的、有重点的反映？是仅仅反映生活的现象呢，还是要通过现象反映生活的本质？邵荃麟同志不是口口声声反对简单化和机械论的吗？可是，按照他提出的公式——英雄或非英雄在艺术描写上数量的多寡，应当同他们在实际生活中人数的多寡成正比，岂不恰恰是一种极端简单化和机械论的公式吗？

社会主义的文艺，要反映伟大的社会主义时代，宣传社会主义、共产主义的崇高思想。不努力创造群星灿烂的工农兵英雄人物的典型形象，就不可能完成这个任务。前面说过，把工农群众的大多数看成动摇于两条道路之间的"中间人物"，是根本错误的。当然，在广大群众中间，具有高度共产主义觉悟的先进英雄人物还不是大多数，但也决不是极少数，而是已经成千上万地涌现出来。这些人是时代的精华，人民的精华，阶级的精华。他们是革命的新生力量，是群众的带头人，代表着广大群众的今天和明天。革命的文艺家必须坚定地站在革命的新生力量这一边，用热情的笔墨，为新事物开辟道路。必须看到，在我们文艺家的笔下，英雄人物不是写得多，而是写得太少；正是在这一点上，我们的文艺有愧于我们的时代和人民。现在应当是急起直追的时候了。

反过来说，如果我们的文艺家们听信了邵荃麟同志的主张，不去着重描写代表时代主流的工农兵的英雄形象，而去大写特写不好不坏的"中间人物"，那就不但不能反映我们社会主义时代的本质，而且我们文艺的社会主义的性质也必然要发生变化。我们不妨设想：如果全面地实现了"写中间人物"的一套主张，在我们的文学书刊上，戏剧舞台上，电影银幕上，到处都是动摇于社会主义、资本主义两条道路之间的、不革命或革命性不强的、不觉悟或觉悟程度很低的、满身都是"旧的东西"——"个体农民的精神负担"和"阴暗心理"的人，那将把我们的伟大时代、伟大人民歪曲成什么样子？我们的文艺还配称为社会主义的文艺吗？

所谓"矛盾往往集中在中间人物身上"

第二，说当前的社会矛盾"往往集中在中间人物身上"，要写矛盾，就要大写"中间人物"。这个理由是臆造的，根本不能成立。

社会主义的文艺必须反映当代的社会矛盾，其中最主要、最普遍的矛盾是社会主义同资本主义的矛盾，无产阶级和劳动人民同资产阶级的矛盾，无产阶级思想同资产阶级思想的矛盾。我们的文艺应当把这种矛盾斗争典型化，创造各种人物，影响广大群众，推动矛盾斗争向着有利于社会主义的方向发展。所谓写矛盾，主要是写工农兵群众的火热斗争，今天说来，主要是兴无灭资的斗争；这就不能不着重描写矛盾的主导面，不能不着重描写站在矛盾的主导面解决矛盾、推动生活前进的英雄人物。固然，在社会主义革命和建设的火热斗争中，在社会主义、资本主义两条道路的斗争中，所有的人都会在不同程度上受到革命风暴的影响,因此我们并不排斥对于矛盾斗争的侧面描写,包括对于某些中间状态人物的正确描写;然而,难道不是处于矛盾斗争漩涡中心的工农兵群众的英雄人物、领袖人物掌握着矛盾斗争的关键,反而是游离于火热斗争之外的"中间人物"更能够体现矛盾斗争的性质和方向吗? 硬说"矛盾往往集中在中间人物身上",岂不是要抹杀矛盾斗争的主导面——无产阶级和革命人民的决定作用,或者转移矛盾斗争的目标吗?

所谓"矛盾往往集中在中间人物身上",还指的是"中间人物"在社会主义革命过程中的内心矛盾。邵荃麟同志站在"中间人物"的立场,把自己的全部兴趣和同情倾注在那些动摇于社会主义、资本主义两条道路之间的人物身上。在他看来,这些人夹在互不相容的两条道路中间,要观望而不能长期观望,要徘徊而没有徘徊余地,好不痛苦! 他不是以批判态度、而是以同情态度看待"几千年来个体农民的精神负担"的。他不是以历史唯物主义观点,把这种"精神负担"看成是剥削阶级长期影响的结果,是一定社会条件下的产物,是能够随着社会条件的变化而逐渐变化的。相反,他是以历史唯心主义观点,把这种"精神负担"看成是世代相传的、农民身上固有的东西,是很难改变的。他竟然认为,我国农民从个体经济走到集体经济的伟大过程,不是农民在政治上、经济上、思想上的解放过程,而是"痛苦的过程"或"苦难的历程"。这样,他所说的"矛盾往往集中在中间人物身上",就是意味着所谓"中间人物"的农民被一场革命风暴卷入社会主义浪潮时的内心的矛盾和"痛苦"。因此,他要求作家们着重描写这些农民在农业社会主义改造中的"苦难的历程"和"阴暗心理"。显然,这决不是站在无产阶级和贫农下中农的立场看问题,而是站在资产阶级、小资产阶级的立场,用极端阴暗的心理看待翻身农民和农民的翻身事业。根据这种理论主张写出来的作品,断然是反社会主义的毒草,不会是什么好东西。

用"中间人物"来教育"中间人物"?

第三,夸大"写中间人物"的教育作用,认定"中间人物"是文艺教育的主要对象,主张通过"写中间人物"来教育"中间人物"。这都是说不通的。

我们的文艺,是工农兵群众前进的号角,是无产阶级战斗的武器,是全体劳动人民文化生活上的良师益友,而不是一部分"中间人物"的专用课本。群众中的先进与落后是可以互相转化的,中间状态终归是要向两极分化的,先进与落后的斗争则是长期存在的。夸大"中间人物"的数量,从而夸大"写中间人物"的教育作用,都是经不住客观事实的检验的。把文艺的教育作用任意割裂,似乎写先进人物就为的教育先进分子,写落后人物就为的教育落后分子,而"写中间人物"就为的教育中间分子,这不是极端简单化和机械论,又是什么呢?

社会主义文艺,必须用社会主义、共产主义思想教育人民,因此必须着重描写体现着社会主义、共产主义精神的英雄人物。当然,正确地描写群众中不自觉、半自觉的人物的改造过程,也是需要的,凡是写得好的,也会产生良好的教育作用。可是,正像在实际生活中,落后的或比较落后的人们的转变和进步,往往是由于先进分子的带动、帮助和影响;社会主义文艺作品中英雄人物、先进人物的典型形象在广大群众中产生的强大教育鼓舞作用,也决不是"中间人物"的描写所能代替的。从刘胡兰、李有国、董存瑞、朱老忠、许云峰到雷锋、梁生宝、李双双、大寨英雄、南柳英雄和大庆英雄们的动人形象,成为广大群众学习的榜样。但是,"写中间人物"的倡导者们,从资产阶级的艺术观点看问题,总是抱怨群众缺乏鉴别能力。

他们看到有些作品中的英雄人物，不及"中间人物"写得那么细致，却反而受到群众更大的欢迎，为此忿忿不平。这说明他们多么不了解群众力争上游的感情，不了解群众对于英雄人物的渴望；对于文艺的教育作用，他们的认识又是多么肤浅和片面化啊。社会主义文艺对于广大群众和青年一代的思想教育，是以正面的教育为主呢，还是以反面的或侧面的教育为主？是单靠冷静的分析呢，还是要结合以热情的鼓舞？是引导群众向前看呢，还是引导他们向后看？是激励群众奋发起来呢？还是宣扬消极、动摇的情绪使得群众消沉下去？这是必须认真考虑的。英雄的时代，需要英雄的形象。人民群众多么渴望从书刊上、银幕上、舞台上看到更多更好的、充满着革命英雄主义气概、共产主义风格的光辉榜样，成为鼓舞群众兴无灭资、改造世界的强大精神力量！工农兵群众多么渴望文艺作品发挥更大的正面教育鼓舞作用，帮助培养青年一代，培养革命事业的接班人！但是，"写中间人物"的倡导者们，却力图把那些不好不坏的"中间人物"、自私自利的落后人物、浑浑噩噩的"小人物"推到文艺创作的主要地位；同时抱怨写共产主义风格太多，反对创造新英雄人物的完美形象。这不是排斥社会主义文艺用社会主义、共产主义精神教育人民的作用，又是什么呢？

什么路子才是宽广的？

第四，说英雄人物写得多，创作的"路子就窄了"；只有多写"中间人物"，路子才会宽广起来。这真是奇谈怪论！

要辨别路子的宽与窄，首先要问：是什么样的路子？是无产阶级文艺的路子呢，还是资产阶级文艺的路子？前者是无产阶级开辟的光明大道，后者是资产阶级走绝了的死胡同。在无产阶级和劳动人民看来，我们的时代，是英雄辈出的时代，真是"数风流人物，还看今朝"。在我们的时代，英雄人物的活动天地是无限广阔的，作家描写英雄人物的可能性也是无穷无尽的。同样是大公无私，敢想敢干，同样是共产主义风格，在各行各业的每一个具体人物身上的具体表现，是千差万别的。社会主义、共产主义的英雄主义，是文艺史上从来没有接触过的伟大主题，从事社会主义文艺创作的一切有志之士，纵使竭毕生的精力，也是写不完、画不完、唱不完的。至于那些不好不坏的"中间人物"，那些动摇的人，多余的人，自私的人，渺小的人，阴暗的人，内心分裂的人，则是几百年来资产阶级作家们早已写烂了的，是文学史上的陈腔滥调。今天的作家们用新的观点来写，自然还可以写一些。但是，作为写光明的陪衬则可，作为创作的首要任务则不可。在今天提倡大写"中间人物"，势必要把我们的文艺引到资产阶级的死胡同里去。

提倡人物多样化，必须有一个前提，就是要保证英雄人物的描写居于优先的、主导的地位。热情地歌颂工农兵群众的英雄人物，是社会主义新文艺区别于资产阶级旧文艺的最主要、最显著的特色之一。取消了这个特色，就是取消了社会主义新文艺本身。谁也没有说过，我们的文艺只能写英雄，只能写模范，不能写其他人物。写英雄，写模范，也要在矛盾斗争中、在各种人物的关系中表现他们，才能真实地、生动地描写出来。但是那些口口声声念叨着"两头小，中间大"的人，却一味地抱怨"只写萌芽，路子就窄了"、"只写模范，就太狭窄了"。在这些人的心目中，只有资产阶级文艺的老路才是"宽广"的！围绕着人物描写问题，存在着两条道路的斗争，不是表现得非常明显吗？

近几年来，有些文艺团体和文艺刊物，包括我们自己在内，对于创造英雄人物的重要性，没有进行有力的宣传，有时还发表一些错误言论，把创作引入歧途。同时，不少作家由于世界观没有进行认真的改造，加之在不同程度上脱离了群众的火热斗争，他们对工农兵的英雄人物，缺乏热烈的阶级感情。这样，反映在文学创作中间，新英雄人物的光辉形象出现得很少，文学的革命性、战斗性因此减弱了。作为文学团体的领导人，邵荃麟同志不是针对这个缺点，鼓励和引导作家们为创造英雄形象、提高文学的战斗力而奋斗；反而说什么"革命性是够的"，"革命性都很强"，不要多写革命性强的英雄人物了，而要多写不革命或革命性不强的"中间人物"。这是令人难以理解的！"写中间人物"的倡导者们不总是宣扬"中间人物"的描写"有深度"，鄙薄许多英雄人物的描写犯了"单纯化"、"简单化"、"概念化"的错误吗？如果事情确实是这样的，为什么只肯在"写中间人物"方面"锦上添花"，不肯在写英雄人物方面"雪里送炭"呢？要写好英雄人物，就必须鼓励作家们投入群众的火热斗争，从现实生活的矛盾斗争中概括先进人物的光辉形象。"写中间人物"的倡导者们却与此相反，他们宁愿作家们安于现状，描写平凡琐碎的小事情。人们不禁要问：为什么凡是有利于工农兵、有利于工农兵方向的事情就那么不热心，凡是不利于工农兵、不利于工农兵方向的事情就那么热心呢？

反对歪曲恩格斯和毛主席的原意

邵荃麟同志肆意歪曲恩格斯和毛主席的话，作为提倡"写中间人物"的理论根据，也是应当受到反驳的。

邵荃麟同志对于恩格斯《给哈克纳斯的信》，做了极其错误的解释。这封信的基本精神，是恳切地希望和要求作家着力表现工人阶级的先进人物，描写工人阶级的革命斗争，认为这种描绘应当"在现实主义的领域中要求一个地位"。恩格斯批评《城市姑娘》的作者把工人形象描写得过于消极，缺乏典型意义，没有正确地表现出十九世纪八十年代的时代风貌。不难看出，恩格斯对这本小说是不满意的，他寄希望于这位女作家的另一部作品，热望她在以后的创作中着重表现工人阶级的积极方面。这样一封充满革命精神的信，难道可以歪曲为似乎恩格斯也赞成着重描写工人阶级的消极面，大写不好不坏的"中间人物"吗？

谁都知道，毛主席《在延安文艺座谈会上的讲话》，从头到尾都是要求革命的文艺工作者歌颂无产阶级，歌颂工农兵，歌颂光明，要求作家写出新的人物，新的世界。毛主席要求文艺工作者长期地无条件地全心全意地投身于工农兵群众的火热斗争，用马克思列宁主义的阶级观点去观察、分析各个阶级，各种人物，各种社会现象；认为必须这样做，才有可能进入创作过程，写出适合工农兵需要的作品来。难道这些话也可以加以歪曲，似乎毛主席也赞成着重描写不好不坏的"中间人物"吗？

恩格斯早就批评过德国的所谓"真正社会主义者"的作家们，责备他们"并不歌颂倔强的叱咤风云的革命的无产者"，而一味地"歌颂各种各样的'小人物'"。这同《给哈克纳斯的信》中反对专门描写工人生活的消极方面，思想立场是一致的。一九五五年，毛主席在《合作化的带头人陈学孟》一文的按语中说："在中国，这类英雄人物何止成千上万，可惜文学家们还没有去找他们。"八、九年过去了，我们的文学创作并没有很好地回答这个问题。现在，邵荃麟同志却歪曲恩格斯和毛主席的原意，为自己的错误主张作辩护，这就进一步暴露了"写中间人物"这个理论主张的反马克思主义的实质。

可见，从文艺反映时代、文艺的教育作用和文艺创作现状来看，从对于马克思主义经典著作的错误解释来看，邵荃麟同志提出的"写中间人物"的理论主张及其主要理由，都是站不住脚的，都是同马克思主义的文艺思想、同文艺的工农兵方向、同社会主义的文艺路线背道而驰的。

必须指出：尽管这种理论主张是极端错误的，经不住驳斥的，可是它仍然有一定的迷惑作用，可能受到、事实上已经受到一部分作家的欢迎。欢迎这种主张的，有以下的几种人：第一种人，站在资产阶级立场上，根本不赞成歌颂无产阶级和劳动人民中间的英雄人物。他们在无产阶级专政的条件下，不敢公开说要颂扬资产阶级，要反对无产阶级和贫农下中农。他们欢迎"写中间人物"的理论，认为这就是他们的理论，因为这个理论实际上导致颂扬资产阶级，反对无产阶级和贫农下中农。第二种人，由于脱离群众的火热斗争，灵魂深处仍然保留着资产阶级、小资产阶级的王国。他们看不到群众中间的英雄人物和先进事物，看到的都是消极的、落后的东西。他们欣赏消极的、落后的东西，对先进的东西不感兴趣。他们的精神世界太窄了，容纳不了新时代英雄的高大形象。这种人自己的精神状态就停留在"中间人物"的水平，当然欢迎"写中间人物"的主张。第三种人，知道写英雄人物是一条比较艰苦的路，要在生活实践和艺术创作上克服一系列的困难，要全心全意同工农兵结合，要积极参加工农兵的阶级斗争、生产斗争和科学实验。他们害怕困难，宁愿走轻便的道路，听到有人把这种旁门便道理论化了，可以心安理得地、大摇大摆地走下去了，自然非常高兴，认为替自己"开了路子"。此外，有些同志长期忽视理论学习，不注意钻研马克思列宁主义、毛泽东思想，他们很容易做别人的思想俘虏——不是做教条主义的俘虏，就是做修正主义的俘虏。无论从什么角度赞成"写中间人物"的主张，都是非常危险的！这些人在不同程度上违背了正确的方向——文艺为工农兵、为社会主义服务的方向，已经或者可能成为修正主义的同路人。现在应该是迷途知返的时候了！

什么是"现实主义深化"？

用"写中间人物"代替写英雄人物，势必要排斥革命现实主义和革命浪漫主义相结合的创作方法。

在大连创作会议上，邵荃麟同志提出了"现实主义深化"的理论。什么是"现实主义深化"呢？据说就是要写出现实斗争的长期性、艰苦性、复杂性。如果是按照阶级斗争的观点，正确地描写人民群众改造世界的艰苦复杂的战斗历程，那当然是很好的。但是，邵荃麟同志所说的长期性、艰苦性、复杂性，却是要通过大量的"中间人物"形象，着重描写人民群众身上的"旧的东西"，概括"几千年来个体农民的精神负担"；而革命的新事物，新人物，社会主义时代的革命精神，革命英雄主义的时代风貌，是没有纳入他的"现实主义深化"的范围之内的。请问：这是什么样的现实主义？邵荃麟同志把我们文学的革命性和现实性对立起来，抽掉了革命性。他所提倡的现实主义，是抽掉了革命性的现实主义，更是抽掉了共产主义者的革命理想的现实主义。这种现实主义，本质上就是资产阶级的现实主义，是反对社会主义和共产主义的现实主义。沿着这样的现实主义"深化"下去，岂不是要把我们的文学拖到反社会主义的道路上去，成为资产阶级反动文学的变种吗？

同"写中间人物"、"现实主义深化"的理论主张相配合，邵荃麟同志还特别提倡文学创作描写"平平凡凡"的事物，提倡"以小见大"，"从一粒米看大千世界"，把这看做是达到现实主义深度的重要途径。如果是用马克思主义的革命观点来认识生活，当然也可以从工农群众平凡的日常生活中发现不平凡的东西，具有尖锐意义和普遍意义的东西，加以集中概括，写出因小及大的作品，这种作品也是需要的。但是，如果抛弃了革命精神，厌倦于革命斗争，堵塞了投身于火热斗争、同群众结合的道路，天天关在书斋里体味着"从一粒米看大千世界"的奥妙，眼光势必局限于狭小的日常琐事上，那就只能写出平庸的、渺小的东西，只会以小见小，不会以小见大，哪里能够表现出大时代的壮美诗意呢？

然而，邵荃麟同志正是要用他那"现实主义深化"和"平平凡凡的现实主义"来代替革命现实主义和革命浪漫主义相结合的创作方法。

革命现实主义的根本要求，是描写人民群众变革现实的火热斗争，表现人民群众改造世界的伟大精神面貌。革命浪漫主义的灵魂，是革命理想主义，革命英雄主义。革命现实主义和革命浪漫主义，有机地互相结合在一起，构成一个完整的创作方法。提出这个创作方法，为的促使我们的文艺创作进一步地革命化：不仅正确地反映现实，而且对现实产生强大的革命改造的作用。实践这个创作方法的主要前提，是文艺家思想感情的革命化。文艺家的思想感情改变了，自然会抛弃资产阶级老一套的创作方法，接受无产阶级的最好的创作方法。无产阶级的革命的创作方法从来不是强加于任何人的；但也不允许任何人对它做任意的曲解。

邵荃麟同志一方面说我们的文学革命性"够"了，革命英雄主义"多"了，也就是说不再需要什么革命浪漫主义了；可是另一方面又说，从他那"现实主义深化"的基础上，将要"产生强大的浪漫主义"，这不是很奇怪的吗？难道革命浪漫主义不是产生在充满着革命英雄主义的火热斗争中，成长在作家的革命热情与革命理想中，体现在革命英雄人物的光辉形象中，而是产生在抽掉了革命性的现实主义和根本缺乏革命性的"中间人物"的描写中吗？既然不要革命了，所谓从"现实主义深化"的基础上"寻求革命现实主义和革命浪漫主义相结合的道路"，怎么可能呢？

需要照照镜子

我们的文艺是要着重描写工农兵的先进人物呢，还是要大写所谓"不好不坏"的"中间人物"？是歌颂工农兵群众的丰功伟绩呢，还是宣扬或者"暴露"他们身上的所谓"旧的东西"？这是文艺家的根本立场问题，也是社会主义的文艺路线和反社会主义的文艺路线的根本分歧。提倡"写中间人物"，提倡"现实主义深化"，实质上就是提倡作家不去写先进人物，不去歌颂人民的革命精神，鼓舞人民前进；而是提倡作家热中于写落后、写动摇，宣扬或者"暴露"人民的"缺点"，引导人民向后退。

新中国成立以来，在这个根本问题上的斗争，是没有间断过的。我们批判过电影《武训传》，因为它把武训这个封建社会中最丑恶、最虚伪、最反动的奴才，当做人民群众反抗封建压迫的英雄人物加以歌颂。我们批判过胡风反革命集团、资产阶级右派分子诋毁新英雄人物、反对塑造工农兵的英雄形象、反对无产阶级的创作方法的反动言论，批判过他们歪曲革命现实、歪曲工农兵形象的反动作品。胡风不是起劲地宣扬过"精神奴役的创伤"、"真实的现实主义"这类反动透顶的理论吗？胡风不是提倡过描写"最平凡的事件"、"最停滞的生活",鼓吹过"一个人是一个世界"、"从一粒砂看世界"的谬论吗？胡风不是诬蔑我们提倡描写重大题材、英雄人物、为政治斗争服务的主张是一把"扼杀文艺"的"刀子"吗？曾经参加过批判胡风等人的反动文艺思想的人,今天却拾起胡风等人用过的武器,同文艺的工农兵方向、社会主义的文艺路线作斗争,这难道是可以原谅的吗？

现代修正主义的文艺,是我们的反面教材。现代修正主义者诽谤社会主义文艺作品中的革命英雄形象是"钢骨水泥堆起来的人",是"公式化"的产物。他们提倡"非英雄化",说什么无所谓正面人物反面人物,鼓吹大写"既说不上好又说不上坏的普通人"。在他们的作品中,不是把资产阶级个人主义者当做时代英雄加以歌颂,就是津津有味地讲述"小人物"的不幸遭遇。他们挂的是社会主义文艺的招牌,卖的是资产阶级文艺的私货,从而把无产阶级的社会主义文艺演变为现代资产阶级反动文艺的附庸。"写中间人物"、"现实主义深化"的倡导者们,难道不该用现代修正主义文艺这面镜子照照自己,从中吸取必要的教训吗？

邵荃麟同志提倡大写"中间人物",是有他的历史根源的。一九四一年,正当抗日战争如火如荼的时候,他在他的小说集《英雄》一书的《题记》中说:这个集子的"各篇里所描写的,非但找不到半个英雄,相反地,倒几乎全是一些社会上最委琐最卑微的人物。"而"对于这些卑微的人物,我却是爱好的,好象是朋友在一起厮混得久一些,自不免有一种眷恋之情。"可见,"非英雄化"的思想,在邵荃麟同志的脑子里不是今天才有的。

必须看到,经过反对胡风反革命集团、反对资产阶级右派和反对国际上的现代修正主义的斗争,群众的觉悟大大提高了。现在谁要赤裸裸地提出反对文艺为工农兵、为社会主义服务的方向,反对歌颂工农兵的英雄主义,反对无产阶级的创作方法,公开地为资产阶级、小资产阶级思想张目,是不大可能了。现在一些人的办法要巧妙得多,他们表面上还说一些拥护党的文艺方针之类的冠冕堂皇的话;同时尽量宣扬一些不革命或革命性不强的东西,实际上是资产阶级、小资产阶级的东西,来同无产阶级的革命事物争地盘;提出一些用马克思主义词句装扮起来的似是而非的主张,实际上是资产阶级、小资产阶级的理论主张,来迎合文艺界一部分人的落后心理,使他们逐步脱离无产阶级的文艺方向。因此,当前的斗争,就更带有曲折的、复杂的性质。不能简单地对待这类资产阶级的理论主张。应当认真地对待它们。它们在文艺界是有一定市场的。

这是文艺上的大是大非之争

近几年来,在我国政治、经济各个战线上,无产阶级同资产阶级的阶级斗争,社会主义、资本主义两条道路的斗争,进行得很激烈。这个斗争,不可能不反映到文艺战线上来。围绕着"写中间人物"的一系列理论主张,以及必然要展开的对这些理论主张的讨论和批判,就是社会上的阶级斗争和两条道路的斗争在文艺上的一个尖锐的反映。

邵荃麟同志提出的一系列理论主张,都是有利于资产阶级而不利于无产阶级,有利于资本主义而不利于社会主义的。

第一,在我国城乡阶级斗争、两条道路斗争尖锐化的时期,邵荃麟同志等提出了"中间人物"的概念。按照这个概念及其说明,我国工农群众的大多数,广大各阶层的人民,都是动摇于两条道路之间,游离于社会主义革命之外的;而坚决革命的,坚决走社会主义道路的,仅仅是少数人。实际上,这是用"中间人物"这个超阶级的概念来造成混乱,模糊阶级对立、阶级斗争的阵容,抹杀广大群众(包括群众中暂时处于中间状态的人们)的革命要求,否定群众中的英雄人物、先进人物的群众基础,否定社会主义革命和社会主义建设的群众基础。这是根本违反事实的。它只能起到壮大资本主义声势、削弱社会主义力量的反动作用。

第二,文艺创作是通过人物描写体现作家的思想立场的。主张努力创造工农兵的英雄形象,这就是力图巩固与扩大革命的、社会主义的力量在文艺上、在社会生活上的地位和影响。主张"写中间人物",这就是力图削弱与缩小革命的、社会主义的力量在文艺上、在社会生活上的地位和影响。前者是通过对英雄人物的热情歌颂,用体现在英雄人物身上的社会主义、共产主义精神教育广大人民。后者是通过对"中间人物"消极方面的同情和欣赏的笔墨,用体现在这些人物身上的资产阶级思想、小资产阶级思想腐蚀人民群众。所以,在文艺创作上,排挤英雄人物,就是排挤社会主义和共产主义。

第三,歌颂工农兵的英雄人物,就是歌颂无产阶级,鼓舞革命人民的斗争勇气和胜利信心。以同情和欣赏的笔墨"写中间人物",实际上是歌颂资产阶级和小资产阶级,是削弱革命人民的斗争勇气和胜利信心。正象毛主席所说:"你是资产阶级文艺家,你就不歌颂无产阶级而歌颂资产阶级;你是无产阶级文艺家,你就不歌颂资产阶级而歌颂无产阶级和劳动人民:二者必居其一。"这个问题,在今天尤其尖锐:作为新中国的文艺家,特别是党员文艺家,是鼓舞工农兵群众同心同德,从事兴无灭资的斗争呢,还是使得群众离心离德,败坏社会主义革命和建设的事业?这是必须认真考虑的。但是有些人借口英雄人物是"萌芽",人数比例"小",认为值不得多写;他们动不动就把写英雄人物同"公式化""概念化"扯在一起,以"证明"英雄人物之不可多写。这是什么意思呢?要知道,"讥笑新的幼芽软弱,抱着轻浮的知识分子的怀疑态度等等,——这一切实际上是资产阶级反对无产阶级的手段,是保护资本主义而反对社会主义。"列宁的这段话是值得我们记取的。

第四,同创造工农兵英雄形象的任务相对立,而提倡"写中间人物";同描写工农兵的火热斗争的要求相对立,而提倡"写平平凡凡";同革命现实主义与革命浪漫主义相结合的创作方法相对立,而提倡"现实主义深化":这一切都是要抽掉我们文学的革命的、社会主义的内容,抽掉它的阶级性、战斗性和现实性,使它变成一种不革命或革命性稀薄的"中间文学",然后沿着资产阶级的斜坡滑下去,直到变成彻头彻尾的资产阶级反动文学而后已。事实上,"写中间人物"的倡导者们,是不会停留在"写中间人物"这一步的。他们不是也在提倡描写"小人物"吗?不是也在提倡描写反党的"英雄"吗?这些人也不会停留在"写平平凡凡"这一步。他们不是也在提倡描写很不平凡的、"批判"社会主义现实的作品吗?所谓"现实主义深化",必然要向着反社会主义的方向"深化"下去,愈陷愈深。阶级斗争有它自己的规律。看不到这一点,就要犯绝大的错误。

可见,我们同邵荃麟同志的争论,不是一般的文艺理论上的争论,而是文艺上的社会主义道路同资本主义道路的斗争,是无产阶级的社会主义的文艺路线同资产阶级的反社会主义的文艺路线的斗争,是大是大非之争。在我国社会主义革命日益深入的今天,社会上的资产阶级、小资产阶级中间抵抗社会主义革命改造的力量,竟然在我们文学团体的领导机构中间,找到了它们的代言人。这个事实,还不够使我们十分痛心而猛醒起来吗?

一九六二年,正当国内外阶级斗争尖锐化、我国农村形势发生暂时困难的时候,有些人脱离了工农群众战胜敌人、克服困难的火热斗争,看不见工农群众气吞山河的英雄气概,丧失了革命理想和革命乐观主义。在他们看来,文艺为工农兵、为社会主义服务的方向,社会主义的文艺路线,革命现实主义和革命浪漫主义相结合,创造光辉的英雄形象……这些旗帜都应当收拾起来了,而应当代之以"写中间人物"、"现实主义深化"的旗号。在他们的心目中,无产阶级的理想人物是并不存在的。他们宁愿把所谓"中间人物"当做他们的理想人物,实际上是用落后人物的眼光来观察社会生活,用反面人物的心理来看待社会主义社会的矛盾斗争,用灰暗的色彩来描画广大群众的精神面貌,用资产阶级、小资产阶级思想来消磨群众的斗志。如果他们的主张实现了,势必要取消我们文艺的革命灵魂,使得我们的社会主义文艺逐步演变为资产阶级的反动文艺。这种文艺只能腐蚀、破坏、瓦解社会主义的经济基础,为社会主义向资本主义"和平演变"服务。问题的严重性就在这里。为了巩固、发展社会主义和社会主义文艺的阵地,必须针对这种极端错误的理论主张,进行公开的讨论和批判,清除它们的恶劣影响。

文艺整风学习和我们的编辑工作[*]

《人民文学》编辑部

这次全国文联发起的文艺整风学习对我们文艺刊物的编辑工作有直接的现实意义。我们拥护这次学习，重视这次学习，并决心把这次学习当作总结我们过去的工作，确定我们的刊物的正确方向的一个起点。

文艺刊物是教育群众的有力的工具，文艺的编辑工作不是一种简单的技术工作，而首先是一种思想工作。每一个编辑都是按照自己的观点来编辑自己的刊物，按照自己的观点来选择稿件，修改稿件，并且也按照自己的观点来编排稿件，使这些稿件成为一个整体，成为出现在读者面前的包含着一个统一思想的刊物。毫无疑问的，编辑工作者正是通过按照自己的观点编辑的刊物来教育读者。编辑人员思想的性质是直接决定刊物的性质的。如果一个编辑的思想错误，他也便不可能带给读者以内容正确无误的读物，便难免把读者引入迷途。同样的，编者的思想越正确，越能掌握文艺运动正确的方向，便越能编辑正确的为广大群众所欢迎的刊物，便越能正确的教育读者，正确的把文艺运动推向前进。

什么是正确的文艺刊物，目前中国的文艺刊物应该是什么样的文艺刊物呢？

正确的文艺刊物，目前中国需要的文艺刊物，应该是毛泽东的文艺路线的忠实的实践者，应该是准确的实现工人阶级的文艺政策的有力的工具，它应该保证自己的一切工作都受工人阶级思想的领导，一分钟也不应该离开工人阶级思想的领导，一分钟也不应该忘记以工人阶级思想来教育读者，以工人阶级的思想面貌来改造其他阶级的思想面貌；同时，这样的刊物必须经常和群众保持密切的联系，不断的倾听群众的意见，并且使刊物成为团结作家，帮助作家参加生活和进行写作的有力的工具；此外，这样的刊物还应该随时检查自己的工作，大胆的揭露和批评自己工作的缺点，以便改进自己的工作。

如果以这样的标准来衡量过去《人民文学》的编辑工作，那么，应该说，过去《人民文学》的编辑工作是做得很不够，并且存在着许多严重的错误和缺点的。

《人民文学》过去是做了一些工作的，在创刊以来两年多期间，它发表了一些优秀的和较好的作品，这些作品，其中有一部分具有全国意义，和新中国其他优秀的作品一起，标志着近几年来新中国文学的思想和艺术的发展水平；《人民文学》拥有相当大的数量的读者和作者，而且这个数目是在逐渐发展，这表明这个刊物有着一定的群众联系。《人民文学》的编辑部也曾经用了很大的力量去帮助作者修改稿件，对他们的作品和他们的创作计划提出改进的意见。但《人民文学》过去的工作却存在着一个根本缺点，这就是它没有实现坚定明确的工人阶级思想的领导，因而也未能完全贯彻毛泽东的文艺路线。还在一九四〇年，毛泽东同志便曾经说过："所谓新民主主义的文化，就是人民大众反帝反封建的文化，……这种文化，只

---

* 《人民文学》1952 年第 2 期。

能受无产阶级的文化思想即共产主义思想去领导,任何别的阶级的文化思想都是不能领导了的。"(《新民主主义论》)但对于这点,在实际工作中证明我们的认识是不够明确,不够坚定,因而许多时候是被忘掉了的,而这点,正是《人民文学》的所以一直缺乏鲜明的色彩,缺乏明确的战斗目标,缺乏足够的思想性和战斗性,缺乏和群众足够的联系,缺乏足够的批评与自我批评精神的根本原因。

正因为我们在许多时候缺少坚决明确的工人阶级思想领导的观念,我们的编辑工作便不可能有鲜明的色彩,不可能有明确的战斗目标,不可能有很高的思想性和战斗性,我们便容易在思想上在实际工作上表现思想界线不清,便容易对于那些反动的错误的非工人阶级的思想失掉了警惕,失掉了辨别的能力,而让那些反动的错误的非工人阶级的思想在文学领域里自由存在甚至侵蚀我们的刊物。应该承认的是,虽然我们参加一个全国性的指导刊物的工作,但过去,我们对于因为全国解放而带来的文艺思想斗争的复杂的形式和任务的认识是十分不够的。我们没有估计到,正是由于全国解放,许多未经改造的资产阶级和小资产阶级的文艺工作者可能以他们的观点带到我们的文艺创作和文艺运动中来,并且实际上和工人阶级争夺对文艺的领导权;我们也没有估计到,一部分在老解放区实行过或坚持过毛泽东文艺路线的文艺工作者在新的环境下可能发生动摇。正是由于我们思想上的麻痹,加上我们本来思想上的缺点,便使得我们的刊物在两年多的过程中很少积极的组织和参加文艺的思想斗争,很少严肃认真的用工人阶级的思想去批判各种非工人阶级的思想。就像全国各方面对于《武训传》这样的资产阶级的反动的作品实行严正的热烈的批判的过程中,《人民文学》也只发表过一篇文章。这种对于文艺思想斗争的忽视便使得这个全国性的指导刊物未能站在文艺思想战线的前列,未能完满的发挥它的战斗作用和指导作用,而且不但这样,我们的刊物还发表了不少思想错误的作品,这主要就是《让生活变得更美好吧》(方纪),《改造》(秦兆阳),《我们夫妇之间》(萧也牧),《血战天门顶》(白刃),《老工人郭福山》(丁克辛)等等。所有这些作品,如读者和文艺界指出过的,表现了作者是用小资产阶级的观点去观察生活和反映生活,因而歪曲了生活,但我们发表这些作品时,却未能发现这些作品所存在着的严重的问题,或者个别作品的问题被发现了(如《老工人郭福山》)也未能在编辑部内部展开严肃认真的讨论和论争,这便使得这些作品在我们负责编辑的刊物上出现,并且因此在群众中间造成各种程度的思想的混乱。

正因为我们许多时候缺少坚定明确的工人阶级的思想领导的观念,缺乏明确的战斗目标,因而《人民文学》在实际工作中和群众的联系也是不够明确的,在很长的时间里,我们对于《人民文学》这个刊物的对象是谁,应该依靠什么人的问题是没有得到明确的解决的。一个文学刊物,它不但应该是工人阶级的文艺政策的宣传者,同时还应该是国内文学创作与文学运动的组织者,但首先,《人民文学》和广大专业的文学工作者便缺乏广泛的经常的联系,对于他们在实际工作和文学工作中所遇到的困难和问题缺乏足够的了解关心,很少在刊物上提出当前的问题来研究和讨论,这样,便不可能使所有的文学工作者团结在我们的周围,不可能使所有的文学工作者都把《人民文学》看成是自己的刊物;《人民文学》在编辑工作中虽然也用了很大的精力去给作者和初学写作者提出意见和帮助他们修改原稿,虽然在刊物上用了大部分篇幅来发表青年作者以及初学写作者的作品,并且和这些作者有着或有过一定的联系,但是这种工作还不是系统的主动的有计划的,因而也就未能通过刊物,教育和培养出一批青年作家;其次,《人民文学》虽然也发表了一些直接来自工农的作品,但其数量还是很少的,经常性也是不够的,这样,便使得我们发表群众创作未能成为我们工作中的一个突出的重要的方面。

正因为我们许多时候缺少坚定明确的工人阶级思想领导的观念,没有明确的战斗目标以及思想界线不清,因而,我们对于自己的错误和缺点,对于批评与自我批评的认识也是不够的。关于我们工作中的错误和缺点,北京《人民日报》、读者、《文艺报》以及文艺界许多同志都曾有过不少正确的批评,但我们却很少足够认真的考虑和勇敢的接受。像《让生活变得更美好吧》这样的作品,直到北京《人民日报》提出了公开尖锐的批评,并且上级领导机关建议我们转载这篇批评的时候,我们还在按语上说,我们发表这篇文章,"我们看稿时是疏忽了的",对于《老工人郭福山》这样有严重的政治错误的作品,在别人已经公开批评以后,我们也同样的认为发表这样的作品只是一个"疏忽"。当然,对于我们的工作,我们也曾做过一些正式的检讨,例如第一卷终了第二卷开始时我们便发表了一篇题目是《改造我们的工作》的文章。但像这样的检讨是不深入的,它对过去工作中的错误和缺点的性质并未能做出适当的结论,对自己错误和缺点发生的原因也并未作任何具体深入的分析,只是笼统的说是"政治水平不高,业务钻研还很不够"。事实证明,这样的检讨并没有真正解决我们编辑工作中所存在着的问题。如大家所知道的,自从第二卷开始以后,新的错误的作品又接连在刊物上出现。而且,也正由于我们对自己错误的性质和发生错误的原因并未从根本上加以认识,以后我们对于别人的正确的批评也很少勇敢的接受,我们中间有许多工作人员(其中包括有的负责人员)对于批评有时甚至采取怀疑,轻视和抵抗的态度。当然,在我们中间,关于如何对待批评的问题,并不是没有争论的。但这种争论没有很好的开展,结果实际上是错误的意见占了上风。只是到了最近几个月以来,我们才开始认识到过去工作中的缺点的严重性,在编辑部内部开始比较勇敢和尖锐的批评这些缺点,并且准备总结我们自创刊以来的工作。

从以上的分析我们可以看到,过去《人民文学》编辑工作的缺点是比较严重的,这些缺点都带有根本的性质。这些缺点两年多的继续存在而并未能加以克服,便使我们的工作遭受很大的损失,使整个新中国的文学工作也遭受一定的损失。

这些错误和缺点是怎样产生的呢?

这些错误和缺点的产生,主要是由于在我们的编辑人员,还存在着一些非工人阶级的思想,对于毛泽东的文艺路线,对于工人阶级的思想必须成为中国文学艺术工作的领导思想,没有足够的清楚坚定的认识。十分显然的,当我们决定发表那些思想错误的作品时,我们自己的思想和这些作品的思想,总是有着或多或少的联系,有着或多或少共同的地方。当然,我们还没有完全肃清漠视政治的态度,在这里也起着一定的作用。毛泽东同志曾经指出过,在鉴别和批评文学作品时,必须"以政治标准放在第一位,以艺术标准放在第二位",但在我们的实际工作中,还往往有着对这个原则的认识不坚定的表现,这就使得有些思想错误的作品,有可能在形式"生动"、"新鲜"的掩盖下在我们负责编辑的刊物上出现。这对于我们是一个重大的教训。虽然我们编辑工作人员中大多数都是共产党员,大多数都有过较长时间的革命生活的锻炼,并且有一部分还参加过一九四二年延安文艺座谈会以后的第一次文艺整风学习,但《人民文学》两年多以来工作上所发生的错误和缺点证明,我们的思想还没有彻底完全的改造,还需要再学习,需要一次像现在这样的文艺整风学习。

我们工作中的错误和缺点的产生,也因为我们缺乏科学的严格的工作制度,也因为我们工作的严肃负责的精神不够,对于工作有着或多或少的自由主义的态度。在我们编辑部当中，由于缺乏严格的工作制度，便不可能从组织上杜绝错误和缺点的，也不可能使错误和缺点得到及时的纠正。事实上有少数思想错误的作品，也受到编辑部部分同志的怀疑和反对，但由于过去缺少共同研究和讨论每一期的稿子的制度，便使得这些同志的意见没有机会提出来研究和讨论；同样值得引为教训的是，在我们发表那些思想错误的作品时，我们用对于作者友情的关系来代替原则的关系在这里也起着一定的作用；在我们部分的编辑工作人员中在过去相当长的时间里都有着个人的创作与编辑工作的矛盾，没有把编辑工作看成是自己第一位的工作，这样，便容易造成工作中的不负责任的、粗率的现象。特别是艾青同志，在他担任《人民文学》副主编这期间，对工作的责任心是很不够的，在许多时候，实际上表现了放弃领导的自由主义的态度。作为《人民文学》主要负责人之一的共产党员的艾青同志，对《人民文学》过去工作中的错误和缺点，应该负主要的责任，其他编辑人员也要负一定的责任。

我们工作中的错误和缺点的产生，还因为《人民文学》本身从创刊以来便缺少一个健全的名符其实的领导机构，还因为《人民文学》所属的中华全国文学工作者协会对《人民文学》的工作缺少必要的领导和检查。《人民文学》虽然也成立了一个编辑委员会，但两年多以来从未开过一次正式的会议，而且很久以来半数以上的编辑委员都不在刊物编辑出版社所在地的北京，这样，便使得编委会形同虚设，而丧失了对于刊物的集体领导的作用。事实上，《人民文学》创刊以后很久都没有一个明确的方针，编辑人员都只能本着发表"示范性的作品，指导性的理论"这样模糊的观念去工作，这种情形和《人民文学》领导的不健全是有密切关系的。《人民文学》是中华全国文学工作者协会的机关刊物，但全国文协的全国委员或常委会对《人民文学》的工作很少正式的指示，也很少进行过检查，这也使得《人民文学》在工作中的错误和缺点未能及时的发现和纠正。

这次文艺整风学习对于我们是及时而必要的。我们清楚的认识到，必须通过这次学习，改进我们的工作，使《人民文学》成为真正贯彻工人阶级思想领导和贯彻毛泽东的文艺路线的、和群众保持密切联系的、勇敢的进行批评与自我批评的，也就是说，真正符合今天人民需要的文艺刊物。我们有决心做到这样，也必须做到这样。

《人民文学》复刊的一场斗争*

《人民文学》编辑部

　　党的十届三中全会公报指出："四人帮"猖狂反对毛主席，妄图打倒周总理和华国锋同志；"他们违背毛主席的指示，另搞一套，疯狂打击和诬陷邓小平同志"；他们阴谋进行分裂党、篡夺党和国家最高领导权的罪恶活动，罪行累累，民愤极大。在围绕着《人民文学》复刊问题上所进行的一场激烈斗争，也充分表明了"四人帮"确实是一个罪大恶极的反革命的阴谋集团。

　　《人民文学》从一九四九年创刊号上登载伟大领袖和导师毛主席的**"希望有更多好作品出世"**的亲笔题词以来，一直得到毛主席的亲切关怀。一九六六年无产阶级文化大革命开始，《人民文学》停刊检查工作。此后，"四人帮"就象假洋鬼子那样再也不准《人民文学》革命了。

　　随着无产阶级文化大革命的伟大胜利，广大工农兵群众对文学事业的要求愈益迫切，复刊《人民文学》的呼声越来越高。一九七二年夏天，原《人民文学》负责人，根据国务院有关部门的指示，遵照毛主席批示同意、周总理亲自关怀制定的《关于出版工作座谈会的报告》中筹办文艺刊物的精神，着手准备《人民文学》杂志的复刊工作。但是，万恶的"四人帮"多方刁难，故意拖延时日，始终不予批准。结果，筹办的班子被迫解散，人员含愤离去，《人民文学》复刊计划又被打入冷宫。

　　时过不久，"四人帮"忽然对筹办《人民文学》热心起来。一九七五年八月二十五日，张春桥亲自出面召见他们在文化部的一个亲信进行谋划。这是因为在"四人帮"资产阶级文化专制主义的摧残下，百花齐放不见了，诗歌、戏剧少了，散文、小说少了，文艺评论少了，群众有强烈的不满情绪，毛主席、周总理和其他中央领导同志，都一再严正地批评了这种状况。七月二十五日，毛主席又对电影《创业》作了重要批示，严厉批评"四人帮"动辄陷人以罪，指出要调整文艺政策。毛主席对于文艺工作和《创业》的这些批示，十分有力地击中了"四人帮"的要害，"四人帮"便慌了手脚，以攻为守，想在《人民文学》问题上打主意。不过，这次不是别人筹办，而是他们一手包揽；既要打击别人，又要伪装自己。

　　张春桥在召见那个亲信面授机宜时说："只要几个热心人，几个年轻人就办得成功。要夺权，不要原来的人。《红旗》姚文元去夺权。人不要多，《朝霞》人就少。"多狠毒啊！原先筹办的班子早被他们拆散了，他们还是念念不忘"夺权"！他们的本意就是要把《人民文学》办成象《朝霞》那样的"四人帮"直接控制的帮刊。根据张春桥的这个旨意，经过一番密商，文化部那个亲信副部长荣任主编，一个"信得过"的《朝霞》的负责人调来任常务副主编。大事既定，创办（不是"复刊"）《人民文学》的请示报告于九月六日以文化部的名义径送中央政治局。

九月八日，张春桥首先看了这份报告，即刻批道："拟原则同意。"这个由"四人帮"控制的文化部所主办的"新生的"《人民文学》眼看要粉墨登场兴风作浪了。

以毛主席为首的党中央识破了"四人帮"的阴谋。当时主持中央工作的邓小平同志，在这份报告上作了针锋相对的重要批示。邓小平同志对于出版《人民文学》批示："我赞成。"接着，义正词严、一针见血地指出："看来现在这个文化部领导办好这个刊物，不容易。"邓小平同志立场坚定，旗帜鲜明，爱憎何等分明！他"赞成"办《人民文学》，因为当时文艺战线的斗争需要这样一个刊物，但他不同意由当时的文化部办，因为"现在这个文化部领导"显然是"四人帮"的反革命帮办，《人民文学》这样重要的阵地不能交给他们！

事情虽然发生在一个刊物上，却是关系到路线的大问题。毛主席早就看穿"四人帮"有野心，不断对他们发出了警告。特别是在对电影《创业》的批示中，毛主席把斗争的矛头直指"四人帮"的文化专制主义，明确地提出**"调整党内的文艺政策"**。邓小平同志坚决执行毛主席的英明决策，他对《人民文学》的这一批示，鲜明地体现了毛主席的战略意图，成为动员全党调整文艺政策的信号和重要步骤，是讨伐"四人帮"的檄文，打破了"四人帮"企图利用文艺进行反党活动的阴谋，申张了革命的正义，因而使"四人帮"惊恐万状，穷于应付。

"四人帮"百般仇视这个批示，但不敢公开对抗，只好施阴谋、耍手腕，行缓兵之计。张春桥扣压这个批示一个多月之后，于十月十五日批道："××同志：此件在我处压了一些时候，本想面商，实在按(安)排不出时间，反而误了时间。请你们同出版局协商，先办起来。"这里所说的"本想面商"是真的，但有邓小平同志的批语在，他作贼心虚、踌躇不定。什么"实在按(安)排不出时间"，都是假话，张春桥搞阴谋从来不吝惜时间，"拟原则同意"的话不是报告送上的第三天他就批了么？可见他心里有鬼。签名之后，张春桥又作了补批："待商。可以先设在出版局，如果不方便，将来再说。"什么"面商"，"协商"，"待商"，总之，在邓小平同志批示的打击下，他显得六神无主。但是，这个惯于耍反革命两面派的张春桥还是想了对策，暗示亲信们不要泄气，《人民文学》可以"先"设在出版局，《人民文学》的权还得抓住不放，以待"将来"反扑过去。文化部的亲信领会了张春桥的意图，一面向编委会和编辑部严密封锁邓小平同志的批示，一面极力争夺《人民文学》的领导权。经过"协商"，他们竟干出这样的事：只让国家出版局出经费、管出版，而刊物的方针大计概由他们在文化部的亲信制定。这样一来，《人民文学》还是由"四人帮"直接控制。

一九七六年元月，《人民文学》正式出版。众所周知，一九七六年年初，"四人帮"向党发动了猖狂进攻，全面推行修正主义极右路线。他们借着《人民文学》复刊的问题欺世盗名，恶毒进行煽动。"四人帮"的帮喉舌、反革命别动队"两校"批判组，在《否定文艺革命是为了复辟资本主义》一文中叫嚣什么："对文艺界，党内那个不肯改悔的走资派抡起'整顿'的大棒，诬蔑文艺界新的领导班子，这也不行，那也不行，连个文艺刊物也办不好。"这是对毛主席的**"调整党内的文艺政策"**的公然诽谤，是对邓小平同志的险恶诬陷。所谓"文艺界新的领导班子"，就是指"四人帮"在文化部的亲信；所谓"文艺刊物"，就是指《人民文学》。当时人们读它不懂，现在完全读懂了，那些话也是针对邓小平同志一九七五年这个批示的，他们一直对邓小平同志怀恨在心，乘机要翻这个批示的案。从此以后，《人民文学》筹办中的种种周折以及邓小平同志的批示都成了疑案，《人民文学》被他们严加控制；《人民文学》编辑部的同志虽然看在眼里，恨在心里，并在力所能及的范围进行过一些抵制，但终究无能为力，因而收效甚微。这样的局面一直延续到"四人帮"被粉碎的前夕。

这就是围绕着《人民文学》复刊问题上的一场激烈复杂的斗争。这场斗争更使我们认识到"四人帮"从思想上、政治上、组织上推行的是一条极右的反革命修正主义路线。他们是一伙地地道道的资产阶级野心家、阴谋家、反革命两面派,是彻头彻尾的极右派!他们的反革命罪行激起了我们极大的革命义愤。

"要知松高洁,待到雪化时。"以华主席为首的党中央一举粉碎了"四人帮","四人帮"的滔天罪行现已大白于天下。英明领袖华主席指出:"四人帮""对邓小平同志进行打击、诬陷,这是他们篡党夺权阴谋的重要组成部分。"又说:"'四人帮'对邓小平同志的一切诬蔑不实之词,都应当推倒。"今天,我们学习华主席的这些重要指示,回顾《人民文学》复刊上的这场斗争,心情非常激动,感受更加深切。我们跟全国人民一起热烈欢呼党的第十一次路线斗争的伟大胜利!

粉碎"四人帮"之后,《人民文学》又回到了人民的手中。人民需要它,我们有责任办好它。"四人帮"处心积虑要争夺它,我们应当加倍地珍惜它。我们要总结这场斗争的经验教训,提高我们的路线觉悟和政治敏感,针锋相对,寸土必争,坚守社会主义的文学阵地,彻底清除"四人帮"的一切流毒和影响。我们一定牢记毛主席对《人民文学》的亲切关怀,牢记华主席为首的党中央的关怀,高举毛主席的伟大旗帜,紧密团结在以华主席为首的党中央周围,坚决、彻底、干净、全部地粉碎"四人帮"及其余党的资产阶级帮派体系,全面贯彻执行毛主席的革命文艺路线,繁荣社会主义文学创作,让毛主席的**"希望有更多好作品出世"**的光辉题词永远鼓舞着《人民文学》胜利前进。

严重的错误　沉痛的教训[*]

本刊编辑部

　　本刊今年第一、二期合刊号上，发表了题为《亮出你的舌苔或空空荡荡》的小说，作者马建。这篇小说，运用第一人称手法，透过一个流氓、骗子的眼光，猎取在西藏的所谓奇闻异事，没有一处表现藏族人民建设社会主义新生活的斗争，而是用耸人听闻、低级下流的笔调，肆意歪曲西藏地区的风貌，极力丑化藏族同胞的形象，同时无耻宣扬主人公沉迷肉欲与追求金钱的卑劣心理。这是一篇内容荒谬、格调低下的所谓"探索性"作品。

　　刊物出版后，有关部门很快就对该小说的恶劣性质，向编辑部提出了严厉的批评。我们立即组织讨论，这才开始认识到：发表这样的文字，严重违反了党的民族政策和宗教政策；严重伤害了藏族同胞的感情和兄弟民族的团结；背离了党的关于社会主义精神文明建设的指导方针；造成了十分恶劣的影响，带来了难以挽回的损失。这是《人民文学》编辑工作在这方面前所未有的一次重大失误。

　　这些天来，随着接受批评和连续反思，我们对所犯错误的认识正逐步加深。特别是在接待了一些藏族同胞，听取他们的批评意见之后，我们更是深深感到愧悔痛心。由于我们发表了这样一篇坏作品，致使藏族同胞感到好似一把钢刀扎在他们心上。他们难以抑制愤怒的激情，但仍胸怀广博，从人民的利益和民族团结的大局出发，对我们进行了诚挚、耐心的帮助。这让我们的心灵受到了强烈的震动。他们言之凿凿的分析，清醒了我们的头脑，擦亮了我们的眼睛，使我们认识到了这篇小说在总体上何等严重地歪曲了西藏生活，何等恶劣地丑化了藏胞形象，使我们看到了这篇小说作者的灵魂何等肮脏。他以庸俗猎奇的心理和丑恶错乱的性意识，胡编乱造，欺世骗人，对一个民族的文化、历史、宗教的尊严，进行了令人愤慨、不堪入目的诬蔑和凌辱。这是为全体藏族同胞所不能容忍的，也是为我们中国共产党领导下的多民族大家庭的其他成员所不能答应的。

　　作为一份全国性的文学期刊，我们非但不去努力反映西藏人民变革现实的壮丽斗争，不去热情讴歌中华各民族的大团结，反而让这样恶劣的东西玷污社会主义文学的百花园，并在"编者的话"中加以推荐，其错误之严重，实在是令人怵目惊心。编辑部的主要负责人更痛感有负于党和人民的重托与期望。目前，整个编辑部深深感受到了那种伤害了自己骨肉亲人的切肤之痛。在此，我们怀着沉重悔恨的心情，向所有因我们刊物这一严重错误而受到极大伤害的藏族同胞，向为此感到义愤的其他兄弟民族和广大读者由衷认错，诚恳道歉。

　　我们之所以出现如此重大的失误，除了由于工作程序疏漏、规章制度不严等原因外，主要的，是因为一个时期以来社会上资产阶级自由化思潮的泛滥，造成我们编辑部相当严重的思想混乱。面对所谓"文学新潮"，一些编辑人员片面追求艺术探索，不仅缺乏起码的民族政

* 《人民文学》1987 年第 3 期。

策、宗教政策观念,而且也淡薄了文艺为人民服务、为社会主义服务应有的责任感,美丑不分,良莠莫辨,把一篇充满污秽的文字当作是文学的探索,丝毫没有顾及藏族同胞的风习真相和民族尊严,以致酿成大错。这一教训是极为沉痛的。对我们是猛击一拳,到了彻底醒悟的时候了。

我们将从这次的错误中汲取深刻的教训,并永志不忘。今后,一方面努力杜绝类似失误再次出现,另一方面也要积极地反映和表现包括藏族在内的我国多民族大家庭各个成员丰富多彩、健康向上的生活风貌,自觉地为促进社会主义精神文明建设和社会主义民族大团结贡献力量。

1987 年 2 月 14 日

为文艺正名*

——驳"文艺是阶级斗争的工具"说

本刊评论员

粉碎"四人帮"之后,文艺界与全国人民一道,发出了"打倒'四人帮',文艺得解放"的欢呼。"文艺黑线专政论"的精神枷锁经过全国文艺界的奋战,终于被打碎了;被"四人帮"摧残得七零八落的文艺队伍重新集合起来了;被"四人帮"禁锢的古今中外优秀文艺作品逐步开放了;一群新人活泼泼地登上文艺舞台,他们同老战士们一起,向全国人民贡献出了为数可观的文艺作品——文艺界的确呈现出了生机与希望。

但是,文艺界的现状,特别是文艺创作,比之全国人民所希望的还存在着很大的距离。群众发出了这样的议论:

为什么有的电影老一套? 连片名都不是风,就是浪,老在风口浪尖上兜圈子?

为什么"四五"运动之后,诗坛寂寞了? 为什么有的诗人不用"丹田"发声,仅仅靠喉咙干叫?

为什么我们在生活中经历的斗争是那么丰富、深刻、让人吃不下饭、睡不着觉,而在不少小说中展现的斗争却那么简单、容易,缺乏震撼灵魂的力量?

群众的这些议论,反映了当前的文艺创作中存在着一个共同性的问题,这就是文艺创作的公式化和概念化。

造成文艺作品公式化概念化的原因是多方面的,其中有一个主要的原因,就是创作者忽略了文学艺术自身的特征,而仅仅把文艺作为阶级斗争的一个简单的工具。

"文艺是阶级斗争的工具"这个口号,在文化大革命前的文艺界就开始形成和流传。"四人帮"统治文坛时全盘否定十七年的社会主义文艺,批判所谓"黑八论",独独对"文艺是阶级斗争的工具"这个口号不仅没有否定,而且接过去加以繁衍发展,以此为理论基础,形成了"三突出""从路线出发""主题先行"等一整套唯心主义的创作原则。一九七四年,原上海市委写作班插手编写了一本《文学基础知识讲话》,第一讲的副标题即是"文艺是阶级斗争的工具"。一九七五年,张春桥论"全面专政"的那篇黑文抛出后,"四人帮"控制的舆论工具把"文艺是阶级斗争的工具"这个口号又向前推进了一步,提出"文艺是对资产阶级实行全面专政的工具"。此后出现的以"写'走资派'"为内容的阴谋文艺,就正是"四人帮"向党和人民进行"阶级斗争"和"全面专政"的"工具"。粉碎"四人帮"后,文艺界对阴谋文艺进行了猛烈的鞭挞,揭露了阴谋文艺在政治上的反动性、内容上的虚假和艺术上的拙劣,但是对炮制阴谋文艺的这个理论基础——"文艺是阶级斗争的工具"却从未进行过批判;不仅没有批判,甚至连怀疑都没有提出过。不少同志似乎认为:文艺过去是"四人帮"向党和人民进行反革命的

---

* 《上海文学》1979 年第 4 期。

"阶级斗争"的工具,而现在它应该是我们对"四人帮"进行革命的阶级斗争的工具。既然"工具说"得到了完全的肯定,那么从"工具说"衍化出来的"三突出""从路线出发""主题先行"也就不可能得到彻底的否定。结果:群众对粉碎"四人帮"后的一部分作品的反映是:政治上是反对"四人帮"的,艺术上是模仿"四人帮"的。

由此看来,我们的文艺要真正打碎"四人帮"的精神枷锁,"解"而得"放",迅速改变现状,满足群众的需要,就必须对"文艺是阶级斗争工具"这个口号进行拨乱反正的工作。

任何一个提法都只能适用于一定的对象、一定的范围;在特定的对象和特定的范围内,某种提法具有真理性,超出了特定的对象和范围,真理就会变为谬误。"文艺是阶级斗争的工具"这个提法,如果仅仅限制在指某一部分文艺作品(对象)所具有的某一种社会功能这个范围内,那么,它是合理的。如果把对象扩大,说全部文艺作品都是阶级斗争的工具,说文艺作品的全部功能就是阶级斗争的工具,那么,原来合理就变成了歪理。"四人帮"的鬼把戏正在于:他们把一部分文艺作品所具有的某一种社会功能——"阶级斗争工具",作为全部文艺的唯一功能来加以宣扬,从而把"文艺是阶级斗争的工具"歪曲成了文艺的定义和全部本质,这样就从根本上取消了文学艺术的特征。其结果,必然是一方面将某些无法起"阶级斗争工具"作用的文艺开除出文艺行列;另一方面又将那些根本算不上是文艺但却适合于他们所需要的阶级斗争的东西强称为是文艺。这样,就把文艺变成了他们篡党夺权的工具。

为了繁荣社会主义文艺,我们必须为文艺正名,这是当前一件迫不及待的工作。

马克思主义认为,文艺同理论思维一样,是人类掌握世界的一种方式。人类所以在理论之外还需要通过文艺来认识世界,就因为文艺具有理论不可替代的特点和作用。文学艺术的基本特点,就在于它用具有审美意义的艺术形象来反映社会生活。

从文艺的这个基本特点出发,我们就可明白,列宁所说的"生活、实践的观点应当是认识论的首要的基本的观点"同样适用于人类思想形式之一的文学艺术。文艺与生活的关系应当是文艺首先的和基本的关系。只有把文艺与生活的关系作为首先的和基本的关系来考察的文艺观,才是唯物主义的文艺观。而"文艺是阶级斗争工具"说,要求文艺创作首先从思想政治路线出发,势必导致"主题先行",这样就撇开了不以人的主观意志为转移的客观世界,把文艺与阶级的欲望、意志的关系作为首先的和基本的关系来考察,这样的文艺观实质上是唯心主义的文艺观。

马克思、恩格斯、列宁、毛泽东同志正是遵循着唯物主义的文艺观,对文艺与生活的关系、文艺与政治的关系作出了经典性的阐述。而这些经典性的阐述,又恰恰是对于"文艺是阶级斗争的工具"说的驳斥。

从文艺与生活的关系而言,革命导师总是把"真实性"放在第一位。恩格斯要求社会主义倾向的小说致力于"对现实关系的真实描写",要求现实主义"除细节的真实外,还要真实地再现典型环境中的典型人物"。列宁说:"如果我们看到的是一位真正伟大的艺术家,那末他就一定会在自己的作品中至少反映出革命的某些本质的方面。"列宁还称赞托尔斯泰"创作了无与伦比的俄国生活的图画"。这些都说明,从根本上说,文艺的生命力在于它服从生活,服从生活的真实,在于它用形象反映了生活的真实。历史上的反动阶级往往不顾真实性的要求而硬要文艺服从本阶级的反动观念,要文艺成为本阶级随心所欲的工具,但是,这样的文艺,由于违背真实性原则,必然遭到了历史和人民的唾弃。"四人帮"炮制的阴谋文艺之所以遭到人民的唾骂,根本原因也正在这里。文艺发展的这一条规律是值得无产阶级深思的。所以,恩格斯在一八五九年就指出:"我们不应该为了观念的东西而忘掉现实主义的东西。"

从文艺与生活的关系而言,革命导师还突出地强调了文艺反映生活的多样性与丰富性。毛泽东同志指出,生活是文艺"唯一的最广大最丰富的源泉",因此文艺家可以反映"一切人、一切阶级,一切群众,一切生动的生活形式和斗争形式"。马克思在批判普鲁士的文化专制主义时指出:"你们赞美大自然悦人心目的千变万化和无穷无尽的丰富宝藏,你们并不要求玫瑰花和紫罗兰散发出同样的芳香,但你们为什么却要求世界上最丰富的东西——精神只能有一种存在形式呢?"列宁也指出,文学事业"绝对必须保证有个人创造性和个人爱好的广阔天地,有思想和幻想、形式和内容的广阔天地"。这些都说明人类社会生活的丰富性和有机联系性,为文艺创作这种特殊的精神生产打开了广阔的天地,提供了丰富的源泉,使文艺家完全可以用自己独特的风格,去挖掘生活蕴含的矿藏。对于社会主义时代的文学艺术家而言,只要他努力运用马克思主义世界观来观察、分析和研究生活,那么,无论他取材于阶级斗争、生产斗争、科学实验,还是取材于所谓的"家务事、儿女情",甚而是取材于湖光山色、风土人情、花鸟虫鱼、天上人间,他都可以遵循真实地反映生活的原则,创作出有意义(认识意义、教育意义、审美意义)的文艺作品来。毛泽东同志把文艺反映生活的多样性与丰富性准确地概括为"百花齐放"。

但是,如果我们把"文艺是阶级斗争的工具"作为文艺的基本定义,那就会抹煞生活是文艺的源泉,就会忽视文艺的多样性与丰富性,就会仅仅根据"阶级斗争"的需要对创作的题材与文艺的样式作出不适当的限制和规定,就会不利于题材、体裁的多样化和文艺的百花齐放。在文艺样式与创作题材问题上的简单化倾向文化大革命前早已存在。例如一九六一年《文艺报》发表了《题材问题》专论,旨在冲破当时对于创作题材的种种限制,但是这种正确的努力不久便遭到了非难,被认为是"资产阶级自由化"的表现。

"四人帮"控制文坛时,为了把文艺完全变成他们向无产阶级进行"阶级斗争的工具",更是对文艺的样式与题材进行了种种专制主义的限制。"八亿人民只看八个样板戏",这是人民对"四人帮"法西斯文化专制主义的辛辣讽刺。在创作题材上,"四人帮"公开宣称文艺作品只能写"阶级斗争",如果写了其他生活内容,就是鼓吹"无冲突论"。他们还规定写"阶级斗争"时一定要写"敌我矛盾",如果生活中没有这一类事件,也要"设计"破坏事故。例如《海港》,"四人帮"硬要作者写阶级敌人的破坏事故,就不惜违背基本常识,生编硬造了一个钱守维的玻璃纤维事件。由于当时的文艺作品中,不管写的什么生活内容,都要有"抓阶级敌人",所以群众讽刺当时"文化部成了公安部"。在"四人帮"的反革命政治纲领出笼之后,他们又进一步强令不管什么文艺形式一律都要写"反'走资派'"的题材,而且要写"死不改悔"的"走资派",写"大走资派",于是出现了一批像《盛大的节日》《反击》那样的歪曲生活,颠倒敌我的阴谋文艺作品,文艺变成了反党反人民的炮弹。

马克思主义坚决反对唯意志论对于文艺的糟蹋。经典作家们把文艺与生活的关系作为首先的和基本的关系来考察,这是对于主观唯心主义文艺观的批判,这是捍卫了文艺用形象反映生活的唯物主义的文艺观。

强调艺术认识的客观性,决不意味着文艺是以消极的、冷漠的、客观主义的态度来认识和反映生活的。列宁说:"唯物主义本身包含有所谓党性,要求在对事变做任何估计时都必须直率而公开地站到一定社会集团的立场上。"由于人的意识对客观世界的反映是能动的反映，由于在阶级社会中每一个文艺家都是站在一定的阶级立场上，在一定世界观的指导下来观察、分析和评价生活的，所以，文艺就必然具有政治倾向性和阶级的功利主义。这样，文学艺术所面临的，除了文艺与生活的关系外，还有文艺与政治的关系。解决文艺与生活的关系，主要是为了求得真的价值；解决文艺与政治的关系，主要是为了求得善的价值。在真和善的基础上，还要解决内容与形式的关系，这是为了求得美的价值。这三者的关系不是孤立的，而是相互联系、相互渗透的。文艺所追求的真，不是概念的真，而是艺术形象（主要是人物形象）的真；文艺所追求的善，不是政治的或道德的说教，而是把强烈的、代表人民的爱与憎熔铸在艺术形象的创造中；文艺所追求的美，也不是纯形式的美，而是内容与形式的统一，真善美的统一。恩格斯曾指出："较大的思想深度和意识到的历史内容，同莎士比亚剧作的情节的生动性和丰富性的完美的融合"，是"戏剧的未来"。其实，他所讲的就是真善美的统一，这也就是整个文学艺术所应该追求的境界。

因此，革命导师历来重视文艺对于政治的作用，但是坚决反对象"文艺是阶级斗争的工具"说那样，离开了文艺的特性，离开了真善美的统一，把文艺变为单纯的政治传声筒。例如，恩格斯曾称赞"席勒的《阴谋和爱情》的主要价值就在于它是德国第一部有政治倾向的戏剧"；但是，他同时指出"我认为倾向应当从场面和情节中自然而然地流露出来，而不应当特别把它指点出来"。"作者的见解愈隐蔽，对艺术作品来说就愈好"。又如，列宁在一九〇五年提出了"党的文学的原则"，要求文艺成为整个革命机器的"齿轮和螺丝钉"；但是，他同时强调"无产阶级的党的事业的文学部分，不能同无产阶级的党的事业的其他部分刻板地等同起来"。毛泽东同志在一九四二年说："文艺是从属于政治的，但又反转来给予伟大的影响于政治。"但是，他又同时告诫说："政治并不等于艺术"，"缺乏艺术性的艺术品，无论政治上怎样进步，也是没有力量的。因此，我们既反对政治观点错误的艺术品，也反对只有正确的政治观点而没有艺术力量的所谓'标语口号式'的倾向。"这些论述，辩证地阐明了文艺与政治的关系，因而实际上也就成了对于片面地、狭隘地理解文艺与政治关系的"阶级斗争工具"说的有力驳斥。

还必须指出，革命导师不仅主张从真善美的统一中来理解文艺对于政治的作用，而且认为文艺的政治作用虽然是重要的，却不是唯一的。文艺既然是真的，它就具有认识的作用；文艺既然是善的，它就具有教育的作用；文艺既然是美的，它就具有审美的作用。而在这些作用中，认识作用是基础；根本不具备认识价值的作品，是不可能具有教育与审美的价值的。在这些作用中，审美作用又是途径，正如周恩来同志指出，教育寓于娱乐之中；根本不具备审美价值的作品，就不能打动人，就不可能真正发挥它的认识作用和教育作用。因此，应该从更为广远的意义上来理解文艺的功能。斯大林称作家为"人类灵魂的工程师"，就形象地说明了文艺对于人类精神世界的影响，决不能仅仅用"阶级斗争工具"来概括，要不文艺家同政治鼓动家有何区别？毛主席不仅为社会主义文艺制订了"百花齐放，百家争鸣"的正确方针，而且主张"古为今用""洋为中用"，有批判地吸收古代的外国的好东西，"决不可拒绝继承和借鉴古人和外国人，那怕是封建阶级和资产阶级的东西"。如果把"阶级斗争工具"看成是文艺的唯一功能，那就会对本国的外国的一切优秀的文化艺术遗产采取全盘否定的态度。"四人帮"在文化遗产问题上的"扫荡论"，就是"文艺是阶级斗争工具"说的必然产物。

我们从文艺的特征出发，既分析了它与生活的关系、又分析了它与政治的关系，现在可以看到，"文艺是阶级斗争的工具"说之所以必须纠正，因为它将文艺与政治的关系说成唯一的、全部的关系,这样的文艺观,将导致文艺与政治的等同,因而是一种取消文艺的文艺观,必须从理论上加以澄清。

在我国文艺界产生这种取消文艺的文艺观决不是偶然的,它有深刻的社会历史根源。

在生产资料所有制的社会主义改造基本完成以后,阶级斗争发展的总的趋势必然是逐步削弱;而生产斗争和科学实验对于社会发展的推动作用,便越来越占有重要的地位。但一个时期以来,特别在林彪、"四人帮"钳制舆论时期,一讲社会主义社会的矛盾,就只讲阶级斗争,不讲生产斗争和科学实验;认为社会主义时期的阶级斗争越来越激烈,在任何时候,任何地点,都必须"以阶级斗争为纲";从而把阶级斗争永恒化、绝对化、扩大化。"文艺是阶级斗争的工具"说,就是这种错误理论在文艺上的反映。

从我国社会主义文艺发展的本身情况来看,建国以后,文艺界发动过多次政治运动,往往强调了文艺与政治的关系,忽视了文艺与生活的关系,忽视了文艺的特殊规律。"文艺是阶级斗争的工具"说,也是上述倾向发展的必然结果。

比如:一九五五年反胡风运动,批判了胡风鼓吹"主观战斗精神"来宣扬主观唯心主义的文艺思想、鼓吹"到处有生活"来反对作家深入工农兵斗争生活,揭穿了这种文艺思想的资产阶级性质,这是完全必要的。但是,由于胡风援引过斯大林关于提倡"写真实"的一段话,结果,许多文章在批判胡风的文艺思想时,连斯大林的正确论述也遭了陪绑,把"写真实"批成了"反动口号"。姚文元的文章最为激烈,他说,"写真实这个口号,是一个反动口号。它是胡风从外国修正主义者那里贩来的口号";资产阶级总是"把写真实作为文艺的生命"。此后谁讲文艺的真实性,就给谁扣上修正主义的帽子。这场批判的结果,虽然清算了长期以来胡风在文艺界的不良影响,但是,由于不少文章论述不全面,甚至走极端,也带来不小的副作用,就是否认文艺的真实性要求,片面强调文艺与政治的关系,忽视了文艺与生活的关系。

一九五七年反右派斗争,在文艺思想上,除了继续批判"写真实"外,主要批判了"干预生活"的口号。这个口号来自苏联,起源于一九五三年,是当时苏联一批对本国的农业落后状况表示不满的作家提出来的,旨在力图通过文学作品的干预,改变农业现状。一九五六年,我国的一些青年作家如刘宾雁借用了这个口号,用以反对文学艺术中回避现实生活的矛盾和粉饰生活的倾向,主张文学应该大胆揭露和鞭挞当时已在滋长、蔓延的官僚主义作风。显然,这个口号从一个方面正确地反映了文学与生活、作家与人民之间的紧密联系。但是,随后开展的政治斗争,却把"干预生活"批为"右派口号",把在这个口号影响下产生的一批较好的作品,如《组织部新来的年青人》、《在桥梁工地上》、《本报内部消息》等打成了"反党反社会主义的大毒草"。批判"干预生活"的结果,使文学创作不得不在生活中大量存在的人民内部矛盾面前望而却步,进一步削弱了文艺与生活的联系,而且对文艺与政治的关系的理解也更为狭窄与片面了。

为了在文艺战线上纠"左",敬爱的周总理做了大量的工作,特别是一九六一年在文艺工作座谈会和故事片创作会议上发表了重要讲话。他号召发扬艺术民主,尊重艺术规律,扩大题材范围,贯彻双百方针。然而,为期不久,在"打退资产阶级猖狂进攻"的名义下,一批作品被直接指责为利用小说、电影、戏剧等文艺形式进行"反党",实际上将文艺与政治等同了起来;同时,一些要求文艺更为真实、更为深刻、更为多样地反映社会生活的主张如"现实主义深化论"、"题材广阔论"、"中间人物论"被扣上了"修正主义文艺观点"的大帽子,并且还不恰当地同当时的政治斗争挂上了钩。这场批判,用棍子、帽子、辫子,"有声有色"地宣传了"文艺是阶级斗争工具"说。由此出发,就大讲文艺创作只能写工农兵,只能写工农兵的"重大斗争",只能写"重大斗争"中的英雄人物,只能写没有缺点的英雄人物,"三突出"的创作原则也已经呼之欲出了。

由此可见,文化大革命中林彪与"四人帮"合谋炮制"文艺黑线专政"论,诬陷拼凑"黑八论",贩卖"三突出""从路线出发"等一系列主观唯心主义创作原则,并非凭空发明,其理论基础就是"文艺是阶级斗争工具"说,它是不断片面强调文艺与政治的关系,而忽视文艺与生活的关系的文艺路线发展的必然结果。我们的一些同志,曾错把这个口号当作"保卫党的利益"的武器而使用,其结果是忽视了文艺的特殊规律,扩大了打击面,做了亲者痛而仇者快的事;而"四人帮"则完全是别有用心地接过这个口号,把它作为反党的工具来使用,用以"围剿"文艺队伍,摧毁党的文艺事业,向无产阶级实行"全面专政";对于这一条沉痛的历史教训,我们是不可不认真地吸取经验教训的。

今天,我们已经进入了新的历史时期。急风暴雨式的群众性的阶级斗争已经基本结束,今后的任务是团结全国各族人民,向四个现代化挺进,新的现实已经向文艺提出了新的要求。因此,纠正"文艺是阶级斗争的工具"这类不科学的口号,为文艺正名,正确处理文艺与政治、文艺与生活、内容与形式的关系,更成为当务之急。只有这样做了,社会主义文艺才能真正繁荣,才能在实现四个现代化的斗争中作出更大的贡献。

附:作家如何理解实践是检验真理的唯一标准*

茅 盾

文艺作品要起着团结人民、教育人民、打击敌人、消灭敌人的作用。文艺作品是用形象地反映社会现实之典型环境中的典型人物的方式,来完成它的团结人民、教育人民、打击敌人、消灭敌人的任务的。因此,这个任务之完成得好或不好,就取决于作品所反映的社会现实是不是正确的客观的社会现实。而且还有一个深度的问题。对社会现实(生活)的发掘愈深,则作品对人们所起的鼓舞情绪、指导斗争方向的作用,也愈大。然而,作品中所反映的社会现实又是通过作家的主观认识而再现的,因此,作家的世界观对此所起的作用是决定性的。

但是无产阶级的世界观并不是天生的,而是作家在长期的全心全意投入阶级斗争、生产斗争、科学实验三大革命运动的过程中,逐渐树立的。而且光有无产阶级的世界观,还不能保证产生真正反映客观现实的作品。作家还必须继续有深入的多方面的社会实践,使他的无产阶级世界观在实践中不断受到检验。这就是说,作家的世界观的形成以及在这种世界观的指导下去从事创作,都一刻也离不开社会实践。实践是检验一部文艺作品是否成功,是否伟大的唯一标准,也是检验作家的世界观是否正确的唯一标准。然而,这个马克思主义的基本原理,这些年来却遭到林彪、"四人帮"的彻底践踏。他们抛开实践是检验真理的唯一标准,在文艺领域另立一套帮规帮法作为检验真理的标准,凡趋炎附势按照他们的帮规帮法写作的,就青云直上,成为名"作家",作品成为"名著";反对他们的或不按他们的这一套写作

---

* 四川人民出版社,1980年版。

的,就是"毒草",就扣帽子打棍子,种种迫害接踵而来。弄到后来,八亿人民的中国只剩下一个作家八个戏,这就是林彪、"四人帮"的罪恶。现在"四人帮"彻底打倒,但"四人帮"的流毒却还未肃清,在文艺战线上常常听到,对于一些敢于冲破"禁区"而深受群众欢迎的作品,发出种种的非难,就是一例。"四人帮"在文艺领域推行的那套帮规帮法,都是戴上了一圈马列主义花环的,什么写阶级斗争呀,要高举呀,歌颂英雄人物呀,为现实政治斗争服务呀,等等。当然剥开伪装,其目的是为他们的复辟阴谋服务的,这一点大家已经很清楚了。但是对这些"伪装"、这些"花环"又该怎样认识呢?我看肃流毒,破帮规就要从这里着手。文艺创作当然要宣传马列主义、毛泽东思想,歌颂英雄人物,描写阶级斗争,但是怎样在作品中表现出来,这可以而且应该通过各种各样的题材、形式和手法,没有也不应该有固定的格式和框框。譬如阶级斗争大量地表现为人民内部矛盾,英雄人物也是有血有肉有感情的人,宣传毛泽东思想并非一定要主人公在关键时刻捧读《毛选》等等。这些在过去是被"四人帮"视为大逆不道的。但现在这种流毒仍有形无形地禁锢着一些人的思想,在他们看来,衡量一部作品好坏的标准,是他们头脑中固有的几条条,或者书上写的几条条,或者某位领导讲的几条条,而不是作品在实践中即在人民群众中的反映和产生的社会效果。因此,当前在文艺领域肃清流毒,弄清楚并坚信实践是检验真理的唯一标准,同样是一项根本的任务。

一个作家有了无产阶级的世界观而不深入生活,是写不出作品来的;同样,一个作家光有革命热情,领受了政治任务,甚至有了重大的主题,但不深入社会实践,也一定写不出好的作品来。"四人帮"推行的那套"领导出思想,作者出笔杆",是彻底摧毁文艺百花园的大棒。

作家深入实践又在实践中不断检验自己的认识,他的观察、分析的能力逐步提高了。在纷纭复杂的社会现象中,他不会感到茫然,感到无所措手足,而是从前看不出来的问题,现在看出来了,从前未能深入理解的人与人的复杂关系,现在能够深入理解了。到这时候,他觉得主题思想成熟了,把握到典型环境中的典型人物了,于是就可以进入写作。在写作过程中,也许一气呵成,顺利完篇;也许本来觉得很清晰的人物形象在下笔之时忽然模糊起来,因而踌躇搁笔了。如果是前者,不要太高兴,产生自满;如果是后者,也不必灰心而失望。不论是发生前者或后者,都应当暂时收拾起笔墨,再投入社会实践。只有实践能够检验你之一气呵成的东西是否反映了真正的客观现实;如果不是,你就得按照实践后所得到的新的认识,将作品进行修改,有时甚至是重大的修改。同时,也只有实践能够检验你之想起来清晰而落笔时却又模糊的人物形象,其病何在?实践能帮助你我到毛病,校正模糊前形象使之清晰而确立。

反复实践的过程也就是反复修改的过程,这样一遍两遍三遍,直到你觉得再也无可修改,那就拿出来公之于世。

公之于世,也就是接受广大的读者和观众(社会实践)的检验。这和你在反复修改过程中所经受的社会实践大不相同了。你得承认,广大的读者和观众的社会实践,要比你个人经历的,实在复杂得多,深刻得多,因而这次检验的权威性也是大得多。你应当根据他们的反应(批评或大体肯定而仍有不少疑问,或补充你的观点,或提出新的意见),对自己的作品再作一次认真的修改,务使作品所反映的现实更深化,有更高的典型性。如果改来改去总觉得不如意,那就说明你的思想水平停留在一定的点上了,必须使之前进,方法是再刻苦钻研马列、毛主席著作,同时再深入社会实践。

作品之能否站得住,能否经受时间的考验,关键在于上面所说的反复的检验与反复的修改。

"客观现实世界的变化运动永远没有完结，人们在实践中对于真理的认识也就永远没有完结。马克思列宁主义并没有结束真理，而是在实践中不断地开辟认识真理的道路。"(《实践论》)作家要保持创作的活力，就必须遵循毛主席的教导，坚持实践，然后能在不断发展的客观世界中，对万端繁复、层出不穷的新事物、新问题，把握其发展规律，从而有了取之不尽的创作源泉。一个卓有成就的作家会有"文思枯涩"、"才尽"的感觉，其根本原因即在缺少社会实践。一个作家的思想落后于时代，或者对新事物的敏感性萎缩了，其根本原因都在于缺少社会实践。

也许有人认为客观世界既然不断在前进，新事物不断在出现，人对于客观世界事物的认识也在不断更新，那么，作家对于他的旧作是不是需要每隔若干年就来一次修改，好象百科全书每隔若干年需要来一次增订？或者，若干年前(假定说一代或一纪)，反映当时的社会现实，对当时人民有过教育作用的优秀作品，是否因为时代前进了，当时的问题已经不存在了，因而那些作品就失去了"时代的意义"，就不值得再去阅读了呢？

这些假说，我以为是站不住脚的。客观世界的变化、发展，有其历史阶段。反映客观世界的文艺作品其直接的教育作用，大概就在作品发表当时的历史阶段。虽说好的文艺作品不仅帮助读者或观众认识现在，也指引他们展望未来，但这未来是指共产主义的远景而不是具体的事物和问题，那是不可能预知的。文艺作品在其公之于世的历史阶段，既然发生过巨大的教育作用，那么，作为这一历史阶段的上层建筑的组成部分，它就有其历史价值，就会被人所欣赏喜爱，不承认这一点，那就是历史虚无主义而不是历史唯物主义了。由于同样原因，古代的若干文艺作品，到今天还有生命力，是我们所珍视的文化遗产。也由于同样原因，象《王贵与李香香》、《暴风骤雨》这样的作品，今天还被广大读者所喜爱，并不以为它们已经过时了；广大读者不会要求它们的作者按照今天的现实去修改他们这些旧作，而作者们当然不想去修改。

在深入揭批"四人帮"的第三战役的今天，出现了敢于捣毁"四人帮"所设置的"禁区"的青年闯将，这是十分可喜的事。他们是受过"四人帮"的蒙蔽和毒害的青年，正因为他们有过如此腐心刻骨的实践，他们这才能够彻底觉悟，看透了以前一度当作"真理"而遵守惟谨的："四人帮"那一套完全排除实践的"帮规"。正是束缚思想的"精神枷锁"；自己解放自己的人是最敢想、敢说、敢干的人，他们初试锋芒，已经一鸣惊人。他们是我国走上新的长征路上的文艺界的新生力量，是我国四个现代化时期反映如锦现实的主要力量。

在实践是检验真理的唯一标准面前，不存在什么"禁区"，不存在什么"金科玉律"。这就为文艺事业开辟了广大法门，为作家们创造新体裁新风格乃至新的文学语言，提供了无限有利的条件。也只有这样，"百花齐放，百家争鸣"才不是一句空话。而要达到这境界，不能靠豪情壮志，要靠实践，再实践。

清朝的诗人赵翼(瓯北)写过这样的诗：

满眼生机转化钧，天工人巧日争新。
预支五百年新意，到了千年又觉陈。

李杜诗篇万口传，至今已觉不新鲜。
江山代有才人出，各领风骚数百年。

作为二百年前的封建社会的诗人,能有这样警辟的见解,是难能可贵的。然而赵翼终究是个唯心主义者,他不懂历史唯物主义,所以他虽然悟到客观世界的事物都是不断发生变化(满眼生机转化钧),而且人的认识也与自然的转化同进而日新(天工人巧日争新),可是他又误以为即使"预支五百年新意,到了千年又觉陈"。历史唯物主义却认为,曾有"五百年新意"的作家或作品,在千年以后也并未"觉陈"。其次,赵翼反对复古,故有此诗,然而他是从形式主义的角度反对复古,所以他说李、杜诗篇至今已觉不新鲜,而我们则认为李、杜以及其它古代大作家的作品所以至今仍受欢迎喜爱者,在于作品内容反映了那个时代的典型风貌。

话又说回来,赵翼的提倡创新的主张却正道着了文艺发展的动力所在。他在封建社会,已断言"江山代有才人出,各领风骚数百年",那么,在我们的社会主义社会,人才之辈出将不以百计而以千计万计。祝愿我们的文艺新军有坚定正确的政治方向,胸怀共产主义的远大理想,坚持实践是检验真理的唯一标准这个马克思主义的基本原则,发扬革命的英雄主义和革命的乐观主义,学会用马克思主义的立场、观点和方法分析当前新长征中出现的新情况、新问题,以全新的文艺体裁和风格反映我们这伟大的时代,不但"各领风骚数百年"而且长垂久远。

一九七八年十月二十日　北京

《文艺报》"编者按"简论*

程光炜

在当代文学史上,《文艺报》"编者按"一向是反映文艺新动向的极其敏感的风向标之一[①]。1949—1976 年间当代文学史的"变化"、"调整"和"转折",大多是以"编者按"为预兆和归宿的。在这个意义上,"编者按"实际参与筹划了中国当代文学草创期的格局和具体操作。它为前半期的当代文学留下了珍贵的文献资料,也留下了当年看待文学的眼光不和独特方式。"编者按"对文学创作的评价和规范,对文学史的自我想象和生成有着十分重要的影响。不妨说,后来几十年对当代文学"发生史"的多样描述,对重要文学现象和文学理论的甄别和确认,在这一语境中被列入,又在另一时空中被质疑的文学经典,以及关于当代文学史的教学和研究,都离不开"编者按"最初所划定的范围。在今天,《文艺报》"编者按"事实上已成为我们重返当代文学史的重要途径之一。

一

据初步统计,在十七年间的《文艺报》(1949 至 1976)上,发表的"编者按"约有一百多条。六十年代以前,《文艺报》为半月刊,后来经过改刊,才变成月刊。所以,粗略计算,十七年《文艺报》共办了三百期左右。如果按这个数字平摊下来,"编者按"是每三期见刊一次,这样的频率和密度不能算低。在十七年中,冯雪峰、丁玲、张光年三人先后为《文艺报》的掌门人,后来都因各种原因离去。可以认定的是,相当一部分的"编者按"是出自他们之手。而另外的"编者按",很可能是各专栏编辑组组长或编辑的手笔,因为缺乏详细资料,这些"作者"实际上已经失考。不过,由于在同一个时代语境之中,作者是谁并不十分重要,问题存于这些文本都自觉地体现了党办文艺的意图、策略和政策,也体现出大致接近的"历史意识",是"编者按"这一当代文体共同的创造者和推进者。

《文艺报》"编者按"无疑是当代编辑出版史上的一个成功的案例。先后主持过《文艺报》的冯雪峰、丁玲和张光年,是在三十年代成名的左翼作家,有过较为丰富的办文学杂志的经验。当然,能够主持这一影响全国文坛的大报,仅凭前面的"身份"是不够的,最重要的原因,是因为国家在思想、财政和发行渠道上的全面支持——它或许也反映了这些左翼作家利用自身资源和话语优势,对其他文学现象、流派进行整合,并进而重新安排当代文学局面的愿望。四十年代末,随着历史的重大转折,文坛出现了很大分化,文学家队伍处在急剧的分裂、

---

* 《当代作家评论》,2004 年第 5 期。

① 同等重要的,还有《人民日报》、《光明日报》"编者按"。不过,因为它们数量较少,且不是专门的文艺报刊,故不在本文的考察范围之内。

聚合和重组之中,《文艺报》邀请的作者中,虽然写作风格不同,有的过去曾有过人事纠纷或不愉快的回忆,但在参与打造《文艺报》新的编辑方针这一点上,思想是比较一致的。无可否认,《文艺报》的编辑历史上,曾经受到政治的干预。如冯雪峰1954年因李希凡、蓝翎"批判学术权威"的风波被迫辞职。丁玲因所谓"丁陈反党集团"案而倒台。就连无"历史问题"、且受到周扬很大支持的张光年,也未能善终,"文革"爆发后,《文艺报》停刊,他于是仓皇去职。有意思的是,尽管主编们纷纷离职,编委会也出现过好几次较大的调整,但"编者按"却一如既往地存在着,十七年一以贯之,不因编辑部内部人事变动而改变既定方向,最终确立了在全国文艺杂志中的领导地位和"强势话语"。

的确,在当时,《文艺报》并不是"文学大师"或"顶级作家"的高级论坛,而是指导全国文学艺术创作的一块意识形态阵地。《文艺报》不是代表主编个人,而是代表更高的领导阶层发言的,反映国家某一特定时期的文艺政策、愿望和意图,是该刊追求的主要目标。所以,"编者按"选择什么"对象",对何种文学现象予以"评论",体现怎样一种文学观点和姿态,这种"决定"都不是随便作出的,而是集体商量、深思熟虑的结果。在这里,"编者按"可以说是一个"超级作者"和文学筹划者,它的文学史观、批评观,是不能拿传统的文学史知识、习惯来驾驭和评估的。

"编者按"在不同时期选定的"评价"对象,以及这些被选作者的社会身份和文学倾向值得考察,现在从众多文章中抽出几则,对之作一简略介绍:

《文艺报》一卷三期(1949年10月),发表了蔡仪《谈〈距离说〉与〈移情说〉》一文的"编者按",该文对朱光潜的文艺观点提出了不同看法。

《文艺报》二卷三期(1950年4月),刊登陈涌《论文艺与政治的关系》的"编者按",陈文主要是批评"七月派"诗人阿垅的。

该报三卷十二期(1951年4月)的"编者按",对吴作人的《谈敦煌艺术》给予了肯定,吴文强调保护敦煌艺术和尊重其历史价值的重要性。

在《文艺报》五卷一期上(1951年10月),"编者按"对萧也牧的"检讨文章"《我一定要切实地改正错误》发表了评论,认为:"可以看出,萧也牧同志这样的检讨,是经过了一番思想斗争的,这样的检讨对萧也牧同志自己来说,是改正错误的开始,对读者来说,也是有益的。"

《文艺报》1954年第十八号的"编者按",在评价李希凡、蓝翎的《关于〈红楼梦简论〉及其他》时,表示:"作者的意见显然还有不够周密和不够全面的地方,但他们这样地去认识《红楼梦》,在基本上是正确的。"但毛泽东后来对这种在评价"小人物"时的暧昧态度作了严厉批评,致使《文艺报》"公开检讨"。

对《提高警惕,揭露胡风》一文,《文艺报》1955年第九、十号的"编者按"给予了支持。

1956年第三号《文艺报》的"编者按",是针对马烽等人《勇敢地揭露生活中的矛盾和冲突》的发言而发的。

《文艺报》1958年第二期,发表了题为《再批判》的"编者按",文章重提四十年代初王实味的《野百合花》,丁玲的《三八节有感》,萧军的《论同志之"爱"与"耐"》,罗烽的《还是杂文的时代》,艾青的《了解作家,尊重作家》等"历史旧案"。

宗白华等人的座谈《批判地继承中国文艺理论遗产》,成为该报1961年第十期"编者按"评论的对象。

《文艺报》1965年第十二期的"编者按"对姚文元的《评新编历史剧〈海瑞罢官〉》发表了

自己的看法。

从上面所列举的情况看，以反映"历史真实"的面目出现的"编者按"，是有着丰富复杂的历史内涵和历史姿态的。有关批判当时"错误"文艺思潮和现象的文章占了五篇，将近一半篇幅。比较"纯粹"地谈论古典艺术价值、文学创作问题的，有三篇之多，这对人们认识当代文学的"发生史"，有一定的参照意义。其他"商榷"、"检讨文章"各占一篇。"批判性"的编者按占有较大比重，反映了当代文学在其发展过程中将"文艺运动"置于"中心位置"的特点，通过这种方式重置自己的"历史"的愿望，自然，也显示了它在走向"一体化"过程中本身存在的复杂矛盾。这种矛盾既存在于"主流文学"与"非主流文学"之间，也存在于左翼文学阵营的不同派别之间。此外，关注其他方面的"编者按"，说明文艺运动虽然频繁发生，但也有间歇，有反复。这种既有"主旋律"，也有一定程度的"多样化"，并适当注意文艺自身规律的"编者按"的叙述方式，后来成为《文艺报》常见的历史认识风格。

"编者按"是当代文学批评家族中一种独异的视角。一方面，它是对各种移动的、不确定的文学现象，作出的引导、规劝和限制；另一方面，由于当事人（作者）文化处境的差异和对文学的不同认识，它发出的批评"声音"中仍然会出现复调的现象。所以，在当代文学史中，"编者按"所发生的并不总是同一个声音，有时候，还是多种声音的扭结、重叠和纠缠。历史的创造者又如何表现对"历史"的犹疑，处在建设之中的文学史如何在创造者的叙述中难以找到立脚点，这实在是一个生动而复杂的现象。

二

扮演当代文学的监督者、限制者，对"编者按"来说，是一个无法回避的历史角色。在五十年代初，虽然三四十年代的文学杂志、报纸文艺副刊多数停刊，各种文学流派风流云散，但国家所希望的文艺"方向"却未确定，最初的文坛格局没有厘定，这就使"编者按"将对当代文学的监督作为自己的主要批评特色。例如何其芳在参与上海文艺界"关于写工农兵与写小资产阶级"的讨论中发表了《一个文艺创作问题的争论》，按照作者的一贯主张，这篇文章的主旨和态度是显而易见的。因此，为之配发的"编者按"用意不是要"监督"何其芳，而是要通过何其芳，对争论中出现的错误观点实施必要的纠正。所以，它指出："关于写工农兵与写小资产阶级的问题，目前在各地都有一些讨论和意见。何其芳同志对发生在上海《文汇报》上的这一争论，提出了他自己的分析与见解，我们发表此文供大家研究讨论。"[①]从这里看，并没有什么"倾向性"，它的"倾向性"实际存在于二者之间的历史"关系"中。这是《文艺报》为肯定作者观点而配发"编者按"的一种编辑风格。

"编者按"的另一种编辑风格，是它对"错误"的创作倾向作出有选择的展示。它的观点一般不直接出现在"编者按"中，而是通过对别的作者观点的"转述"表达出来。1951年，萧也牧一篇普通的短篇小说《我们夫妇之间》曾闹得风风雨雨，为此，《文艺报》编辑部召开了"影片《我们夫妇之间》座谈会"。例如，严文井在发言中指出："作者所选择的题材，首先就是错误的。要描写知识分子与工农干部结合的过程，决不能通过夫妇间日常生活中的争吵和和好来表现——这样表现是把政治主题庸俗化了。"王震之批评说，作者的"意图似乎是想描

---

① 《文艺报》一卷四期关于何其芳《一个创作问题的争论》的"编者按"1949年11月。

写知识分子与工农的结合及李克的改造过程"，但实际上主人公"仿佛是'公子落难'到了农村，给农民做做好事，教教他们文化，然后插上一段'艳遇'"。这种倾向显示了脱离现实的危险和对庸俗趣味的追求。福柯说："规训惩罚具有缩小距离的功能。因此它实质上应该是矫正性的。"①在这里，"转述"是一种公众舆论的体现，它的目的是对作家的精神产生压力，使其思想缩短与"公众思想"的距离，重新回到"正确"的轨道之上。

1949 至 1976 年间，"政治运动"的频繁爆发，是当代文学的主要特色之一。"编者按"把紧跟一场场风暴，当做了自己的"日常工作"。1955 年春，最高领导层发起了对"胡风反党集团"的批判，《文艺报》迅速推出了一大批"揭批"胡风等人的文章。在为《提高警惕，揭露胡风》一文配发的按语中，"编者按"称："五月十三日《人民日报》发表了舒芜揭露的《关于胡风反党集团的一些材料》以后，全国人民对这个反党集团的可耻阴谋表现了极大的愤怒。从此，胡风和这个反党集团的骗术被置于光天化日之下，开始真相大白，再也骗不得人了。"②同期，该报推出了另一批"胡风反党集团的材料"，"编者按"认为，"胡风反党集团的阴谋活动在解放后一直是十分猖獗的。他们利用着一切机会向党及党所领导的文艺事业进行着有组织的攻击"。它揭露道，"在我们的编者按语中指出了耿庸的论点的错误后，胡风反党集团的分子还化名写信到编辑部进行攻击，认为我们是'官官相护'"。又说，"过了没有多久，路翎先后又两次写文章到《文艺报》编辑部。对于批评他的文章展开了反攻，认为对于他的作品的批评是'诬栽'和'陷害'等等"③。在后来的当代文学研究中，以上观点被经常引用，成为不可多得的"经典文献"。

四十年代初，解放区文艺一度出现了空前活跃的局面，但是，丁玲、萧军等人的文学创作，也触动了一些人敏感的神经。鉴于要团结广大作家的想法，当时对这些作品并没有特别追究。1958 年，《文艺报》"旧事重提"，以《再批判》为题的"编者按语"、中的许多文字，后来曾经名传一时。例如它说："再批判什么呢？王实味的《野百合花》，丁玲的《三八节有感》，萧军的《论同志之'爱'与'耐'》，罗烽的《还是杂文的时代》，艾青的《了解作家，尊重作家》。"例如它又说："'奇文共欣赏，疑义相与析'，许多人想读这一批奇文。我们把这些东西搜集起来全部重读一遍，果然有些奇处。奇就奇在以革命者的姿态写反革命的文章。鼻子灵的一眼就能识破，其他的人往往受骗。"它还用挖苦的口气说道："谢谢丁玲、王实味等人的劳作，毒草成了肥料，他们成了我国广大人民的教员。他们确能教育人民懂得我们的敌人是如何工作的。鼻子塞了的开通起来，天真烂漫、世事不知的青年人或老年人迅速知道了许多世事。"④

"监督"和"限制"，其意义不是使文艺创作停滞不前，而是通过它促进文艺发展的转折。通过转折的实现，新的文艺主张的提倡和要求便随之站稳了脚跟，社会主义文艺事业便扩充了更大的发展空间。但是，人们注意到，"批判运动"过后，文艺往往会出现一个较大的"反弹"；一场风暴落幕之后，文艺的"繁荣"不久即会接踵而至。可以列举的现象有：批判胡风之后，农村题材小说出现了比较活跃的局面，周立波 1955 年回到湖南家乡定居，马烽 1956

---

① 福柯：《规训与惩罚》第 203 页，北京，生活·读书·新知三联书店，2003 年。
② 载《文艺报》1955 年第九十号。
③ 载《文艺报》1955 年第九、十号。
④ 《文艺报》，1958 年第 2 期的"编者按"《再批判》。

年同到山西家乡,两人分别推出了长篇小说《山乡巨变》和《三年早知道》、《锻炼锻炼》等。另外,王汶石的《风雪之夜》、刘绍棠的《田野落霞》等比较著名的小说,也于这一期间问世。"再批判"过后,文艺界迎来了革命历史题材创作的新高潮,其中,杨沫的《青春之歌》、罗广斌、杨益言的《红岩》、梁斌的《红旗谱》和吴强的《红日》是一批引人注目的成果。当然,"社会主义现实主义文学"在全面确立了主题、题材的权威地位后,之后的发展不一定都一帆风顺,中间还会出现"波折"和"反复",因此,对揭露生活中的"矛盾"和"冲突",对"典型问题",对"继承文化传统"和"人道主义"等等讨论的"监督"与"控制",也时常被提到"编者按"的议事日程上来。

<h2 style="text-align:center">三</h2>

如前所述,在当代文学史上,政治运动也有"间歇",并不是一贯到底、不曾停止的。所以,当代文学也会偶露"常态",进入比较"日常"的状况。也就是说,"批判"有时会呈现出弱化、松弛和模糊的现象。这样,另一些侧重文学创作"规律"、属于正常文学批评的"编者按"开始进入人们的视野。它们与"批判性"的"编者按",显示出较大的差异。

1950年1月,《文艺报》发表了张光年的文章《秧歌舞和秧歌剧如何提高》。文章肯定了从解放区传来的秧歌舞和秧歌剧在"动员与组织人民的思想感情"上发挥的巨大作用,但又存在着水平普遍不高的问题。他指出,各地的民间舞蹈有丰富的宝藏,例如"花鼓、腰鼓、战鼓"等等,乃至"武术、杂技及各种体育、游戏中的舞蹈成分","真是复杂多样,美不胜收",另外,"外因的舞蹈艺术,也有许多值得我们学习"。这篇文章,不像有些文章坚持解放区文学艺术的"纯性",却主张它对多种艺术资源,包括外国艺术资源的吸收。这种做法,在当时很容易被视为"异端"。然而,"编者按"非但没有指责,而且以鼓励的语气说:"由于秧歌舞这一形式比较简单","因此,按照进一步鼓舞人民与组织群众文艺活动的需要来看,就发生要一水提高一步的呼声。"[①]郭兰英是为翻身农民新生活讴歌而受到广大群众欢迎的歌唱家,她虽然按照《讲话》的要求热情演出,但却对自己家乡山两的梆子情有独钟。为此,她在《文艺报》上撰文《从山西梆子看传统的中国唱法》,主张吸收"传统"的唱法,以丰富当代的歌唱艺术。在五六十年代,文艺政策一直在"传统文化"、"民间文化"和"外国文化"之间犹豫不定,但总的说,厚今薄古、重"民间形式"而轻"外国形式",却是它强调的主要方面。郭兰英对"传统"的中国唱法的肯定,显然不符合上述权威性的主张。对这一"不正常"的现象,"编者按"采取了某种"纵容"的态度,它回避对问题本身作出判断,而只是客观地叙述了事情的"背景"及其来龙去脉,轻描淡写地表示:"在她报告时,边说边唱,曲谱很多,因时间匆促,无法录出","如有错误遗漏,容日后补正。"[②]有价值的是,该编者按无意中为人们"录"下了当时的"现场",和某种"原生态"的气氛。

如果细读"批判性"之外的大量"编者按",我们不难发现,在上级指示没有"传达"之前,它对不少属于"敏感"的问题,有时还采取了"视而不见"或者"默许"的态度。如对"个性与民族性"、"文风问题"、"概念化公式化倾向"、"创作技巧"、"典型问题"等问题,在不同时期所开

---

①　张光年:《秧歌舞和秧歌剧如何提高》的"编者按"《文艺报》一卷九期,1951年1月。

②　《文艺报》1955年第九号。

展的讨论。马克斯·韦伯说：政治行为的结果有时"往往——甚至经常——完全不合初衷，甚或时常同它截然相悖"①。韦伯意在提醒人们，在文化创造的活动中，有时人的主观意志与客观效果往往并不一致，还会出现相反的现象。拿"编者按"来说，有可能会出现两种情况：一是权威政策和观点还未明确，所以，它会对探讨文学创作"规律"，充分显示出"文学性"的文章表现出肯定和认同。这一现象使人们会发生这样的"错觉"，即"编者按"对这一问题是"肯定"的。二是权威理论家虽然已表明自己的倾向性，但由于编辑部的思想"跟不上形势"，或者"不理解"，所以"编者按"在发表评论时会显得迟疑不决，流露出偏于温和的立场，例如在对发动批判"反动学术权威"俞平伯时所作出的反应等。这种情况，无疑使我们今天重读"编者按"时，具有了"多样化"的视野和立足点。

在今天，无论从哪个角度读《热烈地、诚恳地欢迎对〈文艺报〉进行严厉的批评》这篇编辑部的"检讨文章"，都会产生新的感慨和感想。起初，山东大学学生李希凡、蓝翎批评俞平伯红学研究的文章，被《文艺报》退稿。当闻讯的毛泽东严厉批评"这一做法"后，该报的态度仍然是比较消极的。在转发李、蓝两人《关于〈红楼梦〉简论及其他》的"编者按"中，后者有意把这一争端看作一般性的"学术研究"，不肯上升到"思想认识"和"立场"上来，而且指出，"作者的意见显然还有不够周密和不够全面的地方"②，这种态度当然不能令毛泽东满意。所以，在上面压力加大准备动用"组织程序"的紧要关头，"编者按"的防线全面崩溃，这篇"检讨"即是上述高压态势中的直接产物。"编者按"检讨说：《人民日报》十月二十八日发表了袁水拍同志的《质问〈文艺报〉编者》这篇文章，向《文艺报》在处理关于《红楼梦》研究工作的问题中，对于资产阶级唯心论的错误思想所采取的'容忍依从'、甚至是'赞扬歌颂'的，完全丧失立场的重大错误，提出了尖锐而严格的批评。这一批评是完全正确的"，并表示，将"作出全面的检讨"③……急忙中对自己的"重大错误"作了大幅度的提升。

今天来看，《文艺报》的"退稿"纯粹是一般性的来稿处理，并不存在打击"小人物"、对俞平伯等学术权威"容忍依从"和"赞扬歌颂"的"恶毒用意"。也就是说，它是在一种非常"正常"的情况下所进行的编辑工作，与历史上的文艺杂志在处理类似文稿时的做法并无二致。但是，领导方面是把《文艺报》作为"党报"来看的，而不是作为"一般的报纸"来看的，所以才有如此雷鸣电闪般的严厉批评。以今天的眼光，这样的"批评"是缺乏道理的。将正常的稿件处理上升为"政治事件"，把编辑部的采用、退稿工作与"重大思想错误"挂勾，这一做法，实际违背了文学编辑的基本"规律"。然而，在特定的年代，这种现象是时常发生、见多不怪的。所以，《文艺报》编辑为此多次公开或不公开地"检讨"，《文艺报》的这一"形象"，曾深深留在人们的记忆之中。但是从当代文学史的角度看，我们仍然觉得它有研究的价值和讨论的余地。"编者按"的检讨，使我们认识到，在多数情况下，《文艺报》担负着监督、限制和规范文学创作的重要职责，扮演着文学意识形态的角色；但它还没有完全脱离"文学编辑"的传统角色，在一定的情况下，尤其在文艺政策允许的条件中，"编者按"仍然能与作者、读者维持一种比较正常的"关系"。在这时，"编者按"暂时脱离开它的监督者的角色，换上了一般文艺编辑的口吻。

---

① 马克斯·韦伯：《学术与政治》第102页，北京，生活·读书·新知三联合1999年。
② 李希凡、蓝翎：《关于〈红楼梦简论〉及其他》"编者按"，《文艺报》1954年第十八号。
③ 该文载《文艺报》1954年年第二十一号。

四

从上而的论述,我们可以看到,与中国现代文学史上"同人"性的文艺报刊相比,《文艺报》"编者按"在"编稿声明"、"讯息传达"乃至"批评方式"等方面都有了很大的不同。但是,在研究这一现象时,我们不想站在"自由主义"的立场上予以讨论,不想再采用"二元对立"的方式进入问题。我们感兴趣的是,在当代文学中,《文艺报》"编者按"为什么采用了"匿名作者"或"超级作者"的写作方式,而不像在现代文学史上那样,主要采用了"实名作者"的写作方式①? 这种方式对作家有哪些影响? 进一步说,它对当代文学的"构成"起到了什么作用?

二十世纪四十年代末以后,随着"新时代"的到来,文艺体制出现了重大转折。文艺报刊自"个人"掌控,进入到由"国家"所掌握的时期。"1949 年的国家政策就已规定:'禁止设立新的私营出版业';不过,对 1949 年前就已成立的私营出版社采取了逐步'消灭'的政策","1953 年之后,私营出版社迅速消亡。私营出版社的数量显示出这种状况:1950 年全国的私营出版社有一百八十四家,1951 年为三百二十一家,1952 年三百五十六家,1953 年二百九十家,1954 年九十七家,1955 年十六家,到 1956 年 6 月,全国已无。"②这位研究者的研究表明,由于私营出版社及其文艺报刊的消亡,使《人民文学》等国家级杂志的诞生和赢得最大的市场占有量敞开了大门。按照《文艺报》的所属关系,它隶属于中国作家协会,是官办文艺报纸。所以,它的"编者按"是代表中国作协——即国家表态的,而不能再具有个人色彩,这就使"编者按"的写作方式和文化身份发生了根本性的转变。

在这个意义上,"匿名作者"或"超级作者"表明《文艺报》"编者按"具有了"公"的、而非'私'的文化身份。换句话说,它是代表国家来管理、监督文艺创作的,它的意图,反映了国家对一个时期文艺创作状况的基本看法。再换句话说,所有以"个人"为出发点的文艺创作和思想活动,最终都必须被纳入围家的出版、发行、阅读和评价的轨道上。"编者按",不过是国家意识形态在文艺界的人间代表而已。从文本效果看,"匿名作者"越是匿名,越是能够代表公众(在那个时候叫"广大人民群众")的舆论和压力,例如由毛泽东起草的"编者按"《再批判》,以及经过他亲手修改过的另外的"编者按"等,在当时就对犯错误作家产生了较大的震慑力。在五六十年代,因为"个人写作者"完全从公共领域中消失,那么,所谓"匿名"所指向的最有可能是"社会公众"(即广大人民群众)。由此,可以发现一个逻辑:在五六十年代文艺中,"匿名作者"站在前台,而"超级作者"则站在后台,它拥有比前者更大的权威性和文化权力。因为,"从理论上讲,国家政权的有赖于各种职能问的相互协调",而"在这一领域,国家政权与农民大众的接触最深"③。

由此可知,当"编者按"声明"文艺与政治的关系,是文艺批评与文艺理论中心的课题。

---

① 从大量的现代文学报刊看,虽然"编者奉告"、"主编声言"也没有直接出现报刊编者的姓名,但实际上,却具有"实名"的色彩。因为,这些"奉告"和"声言"与报刊编者的编刊意图、文艺观念和趣味完全一致,而且凸显出鲜明的个性色彩。另外,在编辑文艺报刊时,主编们没有被"操控力量"所左右,在行为和精神思想上完全是自主的。这就为上述文艺报刊留下了许多"流派"、"同人"、"作家个人"性格气质上的极深印迹。

② 这里采用了中国社会科学院文学研究所现当代文学专业博士生李红强博士毕业论文《权威期刊与特定年代的文学生产——〈人民义学〉(1949—1966 年)研究》第 38 页(2004 年撰写)的材料。论文未刊。

③ [美]杜赞奇:《文化、权力与国家》第 28 页,南京,江苏人民出版社,2003 年。

文艺批评的展开与文艺理论的建设,主要要依靠对这一中心课题的正确解决"①,当它批评某些高校教师在教学和文艺思想上出现了不应该有的"偏向",并强调了"改造思想"的重要性②,当它指责文艺创作中缺乏"新的人物、新的事件、新的感情、新的主题"③,以及当它号召"全党办文艺,全民办文艺"以掀起"人跃进"的新高潮时④,它不仅在有力地营造一种文学环境,而且也把一系列关键词和中心概念,例如"文艺与政治"、"中心课题"、"偏向"、"改造思想"、"新的人物"、"新的感情"和"新的主题"等等,复制到人们的文学记忆和文学史当中。如果说,在中国当代文学自"构成"中,既有文学创作的文学史,有文艺批评和编辑的文学史,那么,也自然有以"关键词"为中心所构成的文学史。这些文学史,既吸收了当代文化流行的重要概念和词汇,也吸收了文化传播过程中的思想宣传和鼓动的因素,反过来,它们直接影响和指导了作家的构思、想象与写作,控制了每一个人物和诗句的诞生过程。而《文艺报》的"编者按",则是这一文学大生产过程中的一个不容忽视的重要环节——虽然,它仅仅是一个环节。

---

① 陈涌:《论文艺与政治的关系》"编者按",《文艺报》二卷三期,1950 年 4 月。

② 《关于高等学校文艺教学中的偏向问题》的"编者按",《文艺报》1952 年第二号。

③ 《关于创造新英雄人物问题的讨论》"编者按",《文艺报》1952 年第九号。

④ 《歌颂大跃进,回忆革命史》"编者按",《文艺报》1958 年第十八期。

文艺整风学习运动(1951—1952)与《人民文学》*

吴　俊

　　《人民文学》历史上遭遇的第一次重大"挫折",发生在 1951 年下半年至 1952 年上半年的文艺界整风学习运动期间。不仅创刊以来的一系列"严重错误"被逐一"清算",而且副主编艾青被公开点名严厉批评,导致刊物领导层的首次重大"改组"。整风运动和领导改组,还影响到了刊物的正常出刊时间,1952 年 3 月脱刊一期,次月补足出版了三、四月号合刊。在共和国的文学史上,这一件"公案"基本上被淹没在了其时更为突出的政治文化事件中了,几乎未被后人郑重提及。现在重审此案,其实可以见出"当代文学的制度及其意识形态"形成的历史逻辑和思想逻辑,同样也有助于对"十七年"文学的研究。对于《人民文学》而言,这次遭遇更应该是刊物历史上值得浓墨重彩描画的一页。

一、文艺整风运动的时代背景及兴起

　　新中国成立伊始,为巩固政权,重建经济,几乎同时或相继进行了四次重大的政治、社会运动,即抗美援朝、土地改革、镇压反革命和"三反""五反"运动。而在意识形态领域,则有党内的整风运动、知识分子的思想改造运动和对电影《武训传》的批判。

　　在党内的整风运动方面,1950 年 4 月 19 日,中共中央即发布了《关于在报纸刊物上展开批评和自我批评的决定》。不久,在新中国成立后的第一个劳动节(5 月 1 日),中共中央正式发出《关于在全党全军开展整风运动的指示》。次月上旬,中共七届三中全会在北京举行,会议决定,全党在当年的夏、秋、冬三季进行一次大规模的整风运动。当月末,即中共建党二十九周年纪念日前夕,据不完全统计,中共党员已超过五百万人,其中的二百万人是 1949 年以后入党的新党员。也就是说,在新中国成立后的头八个月内,党员人数发生了急剧的增长。为此,中共中央决定在全党进行大规模的整风运动。此后的"三反"(反对贪污、反对浪费、反对官僚主义)运动也与党内整风(整党)直接有关。如 1952 年 2 月 3 日,中共中央发出了《关于"三反"运动应和整党运动结合进行的指示》。1952 年 5 月 30 日,又发出《关于在"三反"运动的基础上进行整党建党工作的指示》。这一系列的党内整风运动步骤,既是适时的"战术"安排,也体现出执政党对稳定和建设自身的新政权的战略考虑与主要的关切所在。党内整风兼有政治和组织建设以及意识形态统一的多重目标。既是组织、制度的建设,也是思想的整顿。从"整风"的既往历史和当时及后来的事实上,不难判断出"整风"的内容、对象和范围,决不会仅限于党内。

　　在知识分子的思想改造运动方面,1951 年 9 月,北京大学马寅初等十二位著名教授,响

────────────────

　　* 《南方文坛》2006 年第 3 期。

应中国共产党的号召,发起了北大教员的政治学习运动。9月29日,周恩来应邀后建议教育部召开了京、津高校教师学习会。会上周恩来作了《关于知识分子的改造问题》的报告。由此,一场知识分子的思想改造运动从京、津高校发展、推广到了全国各界的知识分子中。10月下旬至11月初,政协全委会一届三次会议在大会决议中,将广泛开展思想改造运动,有系统地组织对于马克思列宁主义与中国革命实践相结合的毛泽东思想的学习运动,列为今后一个时期中的三项中心工作之一①。10月末及11月末,中共中央发出《关于在学校中进行思想改造和组织清理工作的指示》。11月初起,全国工商界展开思想改造运动。1952年9月中旬,中共中央批转了第三次全国统战会议通过的《关于继续加强各界民主人士思想改造的学习运动的意见》。

与此同时,从1952年4月起,中央人民政府对全国旧有高等学校的院系开始进行全盘调整,至当年9月下旬,全国高校院系调整基本完成。对于高校应届毕业生的工作分配管理,也在1951、1952两年内迅速、全面地纳入了政府的统一组织计划中。1951年6月底,中央人民政府政务院发布《关于1951年暑假全国高等学校与毕业生统筹分配工作的指示》。次年7月。政府又下达了1952年暑假全国高等学校毕业生统一分配方案。从“统筹”到“统一”的一字之变,不仅说明了在相关领域内计划制度的最终确立,而且也意味着对人尤其是对知识分子的管理有了制度凭借和依据。此后,“统一分配工作”、“组织分配工作”在计划体制内产生了超出单纯行政手段意义的对于人、知识分子的政治、思想和道德的评价作用,即这一手段具有了对人、知识分子的“命运”的支配和裁定作用。

1952年10月7日,教育部发出《关于全国高等学校马克思列宁主义、毛泽东思想课程的指示》。这是中国高校系统内专列政治思想课程学习的制度化设置之始,迄今仍属不易之“传统”课程(或称“通设”课程、公共课程或基础课程等,属必修课程、必修课目),早已融入并构成了中国高等教育的体制,成为培养新知识分子所必需、必经的思想学习环节和途径之一。这应该被视为在知识分子的思想改造运动期间所获得的一项重大结果和创新制度。当月中旬,政务院召开会议,听取了教育部领导所作的《全国各级学校教师思想改造运动的报告》。这标志着历时一年的知识分子的思想改造运动终告基本结束。据统计,在这场运动中,“全国高校教职员的百分之九十一,大学生的百分之八十,中学教师的百分之七十五,参加了学习”②。

---

① 另两项中心工作是:继续加强抗美援朝运动,提倡和推动爱国增产节约运动。连同思想改造运动,则政治、经济和思想(意识形态)的三大运动恰似鼎立三足,对新国家、新政权起着全面的社会支撑作用。

② 中共中央文献研究室编,逢先知、金冲及主编《毛泽东传(1949—1976)》上卷,中央文献出版社,2003年12月,第106页。更详相关资料的征引不在本文范围之内,但近读巫宁坤《缅怀赵萝蕤大姐》(《文汇读书周报》,2005年12月16日)一文,其中有些文字直接涉及当时的一般情形,此类个人经验,颇可参照,节引如下:“一九五一年八月中旬。我回到北京”,“到校后不久,我就上课了。”“安排我教‘英国文学史’和‘高级英文作文’。”“萝蕤鼓励我试用马列主义观点讲授英国文学史,而我对‘马列’一窍不通,只好临时抱佛脚。勉为其难。”“不料几个月后,‘知识分子思想改造运动’就从天而降,不仅要‘人人过关’。而且冲击了教学工作,我教的‘英国文学史’下马。”“‘思想改造运动’一打响,市委工作组进驻燕园。发动全校师生批斗赵紫宸、陆志韦、哲学系主任张东荪,要求人人和他们‘划清界限’。”“‘思想改造运动’告一段落,紧接着上级宣布全国高等院校‘院系调整’,教会大学一律解散,燕京和辅仁按不同科系分别并入北大、清华、北师大,人员听候统一分配。”

毛泽东对这场知识分子的思想改造运动极为重视,运动之初就有明确指示。1951 年 10 月 23 日,全国政协一届三次会议开幕,毛泽东临会讲话,指出:"在我国的文化教育战线和各种知识分子中,根据中央人民政府的方针,广泛地开展了一个自我教育和自我改造的运动……思想改造,首先是各种知识分子的思想改造,是我国在各方面彻底实现民主改革和逐步实行工业化的重要条件之一。"①毛泽东的讲话和知识分子的思想改造运动的展开,构成了随之兴起的文艺界整风学习运动的最主要背景,也可以说是直接促成了文艺界整风学习运动的立即启动。

文艺整风学习运动兴起的另一个主要背景是对电影《武训传》的批判。从运动兴起的时间上来看,对《武训传》的批判还要略早于知识分子的思想改造运动。1950 年、1951 年之交,全国各地影院上映了一部电影《武训传》,引起不小的轰动。赞之者给予极高的评价,同时,也有一些批评文章。一时间形成了对于《武训传》的讨论局面。这一现象引起了毛泽东的关注。他专门调看了这部影片,随之便审阅修改了《人民日报》社论《应当重视电影〈武训传〉的讨论》一稿。社论发表于 1951 年 5 月 20 日,这标志着对电影《武训传》批判的正式开始。此后,各地报刊纷纷发表批判文章,运动全面展开。

1951 年 6 月 4 日。教育部发布《关于开展电影〈武训传〉和"武训精神"的讨论与批判的指示》。7 月 23 日至 28 日,《人民日报》连载《武训历史调查记》。"调查记"源于毛泽东责成人民日报社和文化部组织的武训历史调查团经实地调查而成的结果,公开发表前又经毛泽东审阅修改。当时经毛泽东审阅修改后发表的文章还有署名杨耳的《评武训和关于武训的宣传》②。

毛泽东为什么会如此关切一部电影及其宣传的问题?《应当重视电影〈武训传〉的讨论》一文(即《人民日报》5 月 20 日社论)给出了明确的答案。毛泽东指出:"《武训传》所提出的问题带有根本的性质。"其要害在于"根本不去触动封建经济基础及其上层建筑的一根毫毛,反而狂热地宣传封建文化",并"对反动的封建统治者竭尽奴颜婢膝的能事"。对此的"歌颂"及其"容忍",就是"侮蔑农民革命斗争","侮蔑中国历史","侮蔑中国民族","就是把反动宣传认为正当的宣传"。"电影《武训传》的出现,特别是对于武训和电影《武训传》的歌颂竟至如此之多,说明了我国文化界的思想混乱达到了何等的程度!""思想混乱"产生的问题,当然也就必须由"思想改造"达成"思想统一"的步骤才能获得澄清和解决。意识形态斗争的尖锐性和意识形态建设的迫切性,促使历来关注、重视意识形态问题的毛泽东,终于不惜亲自执笔上阵,发出了全面展开思想批判运动的明确信号。

对电影《武训传》的批判,是新中国成立后在意识形态领域开展的第一次批判运动,首开了用国家政权力量、行政手段和政治批判方式(运动),对待、处理和解决文艺问题、学术(理论)论争的先例③。

知识分子的思想改造运动继对电影《武训传》的批判而起,它们直接启动了文艺界整风学习运动的兴起。就在毛泽东出席全国政协一届三次会议开幕并对知识分子的思想改造发

---

① 《毛泽东选集》第 5 卷,第 49—50 页;《毛泽东文集》第六卷,第 183—184 页。

② 《学习》杂志第五期,1951 年 6 月 16 日刊。

③ 以上内容,部分参考、引述了逄先知、金冲及主编的《毛泽东传(1949—1976)》上卷,中央文献出版,2003 年 12 月。

表讲话(1951年10月23日)后不久,也就是在上述两场运动的进行之中和展开之初,1951年下半年,全国文联决定在文艺界开展整风学习运动。11月24日,北京文艺界召开整风学习运动动员大会,胡乔木代表党中央、周扬则以文艺界领导人的身份,分别作了题为《文艺工作者为什么要改造思想》、《整顿文艺思想,改进领导工作》的讲话。从这两篇讲话稿的标题措辞中就能作出两点基本判断:一、文艺整风已被决策层纳入到了知识分子的思想改造运动中了,特别是围绕电影《武训传》及其讨论所引发的问题,使文艺整风即文艺界知识分子的思想改造必须成为当务之急;二、伴随着思想、意识形态的改造和整顿,文艺界的领导层(班子)将要或有必要进行干部和组织人事的调动或调整,以此改进并加强党对全国文艺界特别是重要的和主要的文艺单位、团体组织、常设机构等的全面而有效的领导和掌握。

作为新中国文学"国刊"的《人民文学》,就此不能不被卷入文艺整风运动之中;而且,它还首当其冲遭受了"改造"和"整顿"的暴风骤雨。

二、胡乔木、周扬、丁玲和林默涵的讲话及文章

胡、周、丁三人的讲话并不直接针对《人民文学》而发,都是在北京文艺整风学习动员大会上专就文艺整风和改造思想问题所作的报告。林默涵的文章则是为纪念毛泽东《在延安文艺座谈会上的讲话》(以下简称《讲话》)发表十周年写的《人民日报》社论(1952年5月23日)。但它们其实又都与《人民文学》问题的处理有着深刻的关系。从中既可发现其时的文艺整风运动的主要关切所在,而且也能理解在此运动中对于《人民文学》问题的具体解决方式。例如,丁玲就在整风运动中调任《人民文学》副主编,实际负责刊物的领导工作。以下择要引述四人的讲话或文章,并作简单的评析。

1951—1952年的文艺整风学习运动与1942年的延安文艺座谈会相比,从一开始就有明显的不同。较之于后者在早期的还颇有些"混乱"的场面,前者则更具组织的统一性和计划的周密性。而且,后者的主旨是逐渐明确、逐渐形成理论的成熟表现形态或系统的,前者的主旨则始终非常明确,具有预设的完整理论准备和思想表达方式。延安时期使用的还是"座谈会"之名,50年代初的这次整风学习则开宗明义就是"改造思想"。这就形成了运动主旨表达方式的各自特点。换言之,从这种比较中,可以合理理解文艺整风学习运动的发动者、组织者和领导者的主要话语方式及其特点。

胡乔木和周扬的职务虽然都是中共中央宣传部副部长,但在党内的地位,则胡显然要高于周。胡是党的意识形态领导中的核心人物之一,具有参与决策的资格。而周更主要的是执行者的角色,负责方针、政策和措施的具体贯彻,属于行政名义上的领导身份。所以,胡所代表的就是党(中央)的声音。

胡乔木的讲话一开始就点明了主旨,即这次运动首先针对和要解决的是文艺工作的"方

---

① 胡乔木、周扬、丁玲三人的讲话,均据《人民文学》1952年1月号(总第27期,1952年1月1日出版),下文不另出注。

向问题"。他说，事实表明，不经过像 1942 年延安时的那种"具体的深刻的思想斗争"，毛泽东《讲话》所指明的方向就不会"真的"被接受。特别是因为受到了资产阶级和小资产阶级思想的严重影响，"我们两年来的文学艺术工作的进展受了重大的限制"。从现象上看，"我们今天普遍感觉作品的不足，而已经有的作品，多数不能和劳动人民的新生活互相呼应，这些作品往往缺少新的人物，新的事件，新的感情，新的主题，并且往往因为歪曲了劳动人民的形象和斗争，或者因为把劳动人民的形象和斗争抽象化公式化了，成为反现实主义的东西（在描写历史的时候就成为反历史主义的东西）"。与这种现象相联系的，一是"许多作家同劳动人民缺少联系，对于劳动人民的事业抱着淡漠态度，在创作上表现怠工，粗制滥造，或者放弃创作而醉心于行政事务和交际活动，个别的甚至简直饱食终日，行为放荡"。二是"许多，或者所有，文学艺术团体，自从一九四九年成立以来，就没有认真地组织过作家的创作活动，也没有认真地组织过作家参加人民群众的斗争，也没有认真地组织过作家的学习，无论是政治的或是艺术的学习"。此类现象都是"在批评极端不发展的情况下产生的"。甚至在"中共中央发起"了对《武训传》的批判以后，"也仍然没有一个文学艺术团体，把经常组织批评和自我批评当作自己的任务"，"这种现象难道是可以忍受的吗？"胡乔木说，"目前文学艺术界的各种危险现象的真正根源"，就是"文学艺术界的许多领导工作人员，显然忘记了马克思主义关于文学艺术是社会的一定的经济基础的上层建筑这个基本观点"，就是"因为一些领导人员对于文学艺术采取了非马克思主义的观点"，"在文学艺术领域放弃或放松阶级斗争，不把文学艺术事业了解为阶级斗争的郑重事业"。与此相应，文艺界的许多领导者，"也显然忘记了"毛泽东的《讲话》指示。胡乔木以引述《讲话》内容的方式，重申并强调了"文艺要成为整个革命机器的一个组成部分"的观点。为此，文艺工作者就必须要改变"立场"。"就必须要站在工人阶级的立场"，立场问题还没有解决的文艺家，"就必须竭力改造自己"，"以便'由一个阶级变到另一个阶级'"。转变阶级立场，其实就是突出了"思想改造的原则意义"及其重要性。因此显然，首要的任务就是要在意识形态领域中展开阶级斗争，批判和改造资产阶级、小资产阶级的思想，确立无产阶级世界观和价值观的领导地位。但是，"在今天的革命文学艺术界，难道不是存在着更大的资产阶级小资产阶级思想的包围吗？"这正说明了当前文艺界解决（政治、阶级、思想）立场问题的急迫性和重要性，正说明了文艺界（意识形态领域）的主导权和领导权归属的根本重要性。所以，胡乔木总结说："由此可见，目前文学艺术工作中的首要问题，从根本上说，就是确立工人阶级的思想领导和帮助广大的非工人阶级文艺工作者进行思想改造的问题。不解决这个问题，其他问题的解决是不可能的。"

那么，为解决这个"首要问题"即"思想领导"和"思想改造"的问题，文艺界的"出路"即途径和方法、措施是什么呢？胡乔木给出了六条缺一不可的具体"出路"。一、认真进行思想改造的学习（全国文联有指定的学习文件），解决立场问题；二、充分宣传马克思主义的文艺思想，批评反马克思主义的文艺思想，彻底认识文艺的阶级斗争属性和政治武器功能；三、整顿文艺事业的领导，必须反对"自由主义"和"事务主义"的作风，既扩大和加强对文艺的全面领导，同时也要尽可能减少行政事务；四、整顿文艺团体，缺乏或没有"存在必要"的文艺团体"应该宣告解散"，不能实际从事文艺劳动的"文艺工作者""应该被所属的文艺团体所开除"；五、整顿文艺出版物，首先是期刊，坚决、迅速地实施全国文联已经作出的整顿文艺期刊的决定；六、要求党员文艺工作者成为运动中的模范，反对其"任何无纪律现象"。

综上所述，胡乔木代表党中央的讲话，所针对和解决的主要问题可概括为：阶级立场问题、政治观念和思想斗争问题、领导权问题、工作作风问题、组织管理和纪律问题。这也就是1951—1952年文艺整风学习运动中的核心内容，即文艺界思想改造的主要问题。运动的目标（目的）既在解决具体问题，但最终是在建立一种全面且严格规范化的"国家文艺"或"国家意识形态"的体制。思想问题、文艺问题、权利问题、工作问题、组织问题等等，都应归属于立场问题和政治问题。所有问题的解决都必须服务于最终目标——国家文艺或国家意识形态的体制建设一的完成，当然同时，它们本身最终也构成了国家文艺或国家意识形态的体制建设中的组成部分①。

对照胡乔木的讲话。我们将会看到，其时的《人民文学》在所有的问题上都犯了"错误"。

因为胡乔木的讲话是大会"定调"性的主旨阐述，所以周扬的讲话在论述的基本范围、主要思想观点等方面都与之保持了高度的一致，甚至颇多重复。同时，对有些问题，他又有所侧重和强调。特别是对文艺创作和批评中的具体现象，他谈得较胡乔木更多。一些理论问题的表述也显得更系统且"生动"。

周扬的讲话当然是从完全认同胡乔木对"目前文艺界存在的严重现象"的批评开始的。他说："文艺工作中存在的思想混乱的状况，是到了不能再容忍下去，必须加以澄清的时候了。""问题的严重性就在""资产阶级、小资产阶级思想""占领文艺工作的领导地位"。所以，"整顿文艺思想，改进领导工作方法，这就是摆在目前文艺工作日程上的一个迫切的任务。我们必须在这次整风学习中来解决这个任务"。而对于存在的错误，周扬说："我，作为文艺工作的主要领导人之一，应当负很大的责任。"这可以理解为是周扬的"高姿态"，同时也暗示出：将会追究"错误"的具体责任人。

在讲话的主体部分，周扬首先强调了"文艺的思想性"问题及其重要性。所谓思想性，简言之就是阶级性或阶级意识。因此，对文艺思想必须首先"进行一番阶级分析的工作"。他说文艺工作者特别是领导者，"必须具备这种思想辨别的能力"。接着他依次批判了资产阶级、小资产阶级和农民阶级的思想，结论自然是"只能用先进的工人阶级的思想"。而工人阶级思想的领导地位，必须而且只有通过对各种错误思想的"思想斗争"、"思想批判"才能确立。这就点明了"思想整顿"、"思想改造"的运动主旨及其必要性。——同时，作为具体手段的运用，"文艺批评"的重要性就有了特定的含义和作用。周扬批评道，文艺界的"一个根本缺点是相互间缺少批评"，特别是"党的同志"对"党外同志""帮助不够"，而"主要就是在政治上的帮助太少"。

周扬在论述"思想改造"的重要性和必要性时，也引述了毛泽东的有关指示和《讲话》。特别是他说，《讲话》"中一个最根本的问题，就是思想改造"。思想改造"问题的关键"，也就在"立场"问题的如何解决。他说，毛泽东"尖锐地提出了一个问题：你的'屁股'坐在哪一面"？这就是最为关键的立场问题。周扬的原话是："'屁股'坐在哪一方面的问题，也就是立

---

① 关于"国家文艺"或"国家意识形态"（体制）问题的专门理论探讨，笔者将另行撰文，此处仅扼要提及表达基本观点，不再详细展开。我认为至少可以从政治（制度）角度（或层面）和民族（文化）角度（或层面），即所谓的"国家民族的共同体想象"的视角或范畴，来建立并展开对此问题的探讨可能。

场问题,这问题解决了,其他问题也就都可以迎刃而解。"即"立场决定论",这可能就是中国阶级论文学观和政治功利主义文学观(包括文学思维、文学批评方法论)的最形象、最通俗、也是最生动的表达。但在当时,这个首要的"立场"问题现在非但还根本没有获得解决,相反,思想的混乱和错误现象甚至于更其严重。因此,周扬明确断言:"今天,全国的文艺工作者绝大部分都是需要改造的。"

其次,周扬强调了文艺与政治和人民群众的关系问题。他指出。"在目前文艺工作中,存在有一种脱离政治、脱离人民群众的严重倾向"。解决这个问题,就要求文艺工作者首先必须具备真诚、强烈的现实"政治热情",并真正深入到工农兵的实际生活和斗争中去,才能创作出"表现新的生活和新的人物,表现革命的乐观主义和英雄主义"的作品。因此,"政治能力"的培养不能不是必要的先决条件。在政治和艺术(技术学习)的关系问题上,他认为,"在我们艺术学校里,有一种忽视政治学习而片面地强调技术学习的偏向",但是,"主要问题,还是在培养文艺学徒一种观察和表现生活的能力,特别是从政治上观察生活的能力。以为技术加上政治就是好作品,这就完全是一种既不懂政治,又不懂艺术的单纯匠人的观点"。这可以被视为周扬对毛泽东《讲话》中有关政治标准(第一)、艺术标准(第二)关系思想的阐述。

由于上述问题的存在及其严重性。"其结果,就必然在文艺工作中产生出一种严重的自由主义的作风"。但是,"文艺工作者是一种精神劳动者","他们应当是有劳动纪律的"。"现在我们的文艺工作中间,这种劳动观念和纪律观念是很差的,或者简直可以说是还没有建立起来的。"如此,"文艺也就不成为一条战线了"。和胡乔木的讲话一样,周扬对"纪律"问题的重申,以及可以自然引申开去的政治管理、组织管理和工作管理等题中之义。显然隐含有要在人事处理方面的"整肃"潜台词。"杀气"在整风运动之初就已露出了端倪。

以上是关于"整顿文艺思想"方面的主要内容,在周扬讲话主体内容的第二部分,他谈的是"改进文艺领导的具体工作"问题。也和胡乔木的讲话"程序"一样,周扬同样给出、指明了"出路"。"要改进领导工作方法,就要建立有思想的领导,反对事务主义的领导;就要建立集体的、科学方法的领导,反对个人灵感式的、手工业式的领导。"与胡乔木的不同在于,周扬更多或主要是在具体的"工作方法"上谈问题的。批评和建议并存,或者说,是在批评的基础、前提上再提出具体的建议;建议中当然也含有批评的意味。胡乔木则更多是"命令式"的口气,即表面上也是建议,实际上却是不折不扣的"命令"。所以胡乔木讲话中的反问句使用得极其频繁,语气十分严厉。既是命令。也就无需更多说理;"理"已不证自明。

在周扬指出的"出路"即"改进文艺领导的具体工作"讲话内容中,也有几项具体要求是值得一提的。一是要求"各方面文艺的领导工作人员必须把审阅电影剧本和影片,审阅戏剧音乐上演节目,审阅刊物,当作一个重大的政治责任";二是"无论如何,一切担任行政工作的人员却不能借口行政事务多而放松了他们对于思想工作的责任";三是"我们应当老老实实承认,我们这些在文艺团体做主席的、在文化机关做部长局长的,都还不大会运用国家机关,运用群众团体,运用社会力量,经过群众路线,采取科学方法做工作。我们还得好好地认真地来学";四是"必须切实地加强全国文联和各个协会的工作",现在的情况"是极不正常的","普遍地存在着有名无实的现象","今后必须使得文联和各个协会真正成为组织文艺工作者创作和学习的中心"。关于文艺刊物,周扬最后说:"刊物必须办好,要使它们具有明确的战斗方向和生气勃勃的内容。"

《人民文学》的问题当然也直接进入了周扬的视线。他在讲话中直接举出的反面例子中就有《人民文学》刊发的萧也牧的小说《我们夫妇之间》。周扬是把这篇小说及其改编拍摄的电影当作"小资产阶级思想"的典型来"领教"的，他的措辞和说法中颇含有点戏谑、讽刺的味道。

丁玲当时是《文艺报》的主要负责人（主编），不久便正式调任《人民文学》副主编（替换艾青的职务，主编仍是茅盾），实际负责该刊的工作。她的讲话核心是阐述如何才能办好文艺刊物的问题。她首先批评的也是刊物的问题。她说："据今年五月间统计，仅仅文艺刊物，全国一共有九十多种，其中大部分是不上不下，毫无目的，也没有销路的杂志。宣传会议后，地方刊物都有些调整，在编辑方针上也有些改变，但全国性的大型刊物都看不出有什么显著的改变，也没有看到有所检讨或新的计划；因此在这次学习中，改进我们的刊物，提高刊物的政治性、思想性和战斗性是一个迫切的任务。"丁玲强调："不整顿思想，杂志没有办法办好。在整顿思想中首先要把我们对杂志刊物的认识、任务搞清楚，从而订下我们今后的方针以及工作的步骤。"对此，丁玲认为，文艺界虽然表面上似乎是清楚的，但实际上却并没有在工作中予以深刻的理解和执行。她以过去的所谓"同人刊物"为例，指出"这种办刊物的办法，已经过时了"。"我们应该明白我们已经处于另外一个崭新的时代了。我们已经是主人，国家和人民需要我们的刊物能担当思想领导的任务。能带领群众参加一切生活中的思想斗争，并且能引导和组织作家们一同完成这个任务。"而现在的问题是，"我们却缺乏勇气。缺乏责任感，把一个负有领导责任的刊物当成是一个旁观者的刊物，出版的目的不明确，政治态度模糊，思想不尖锐，甚至跟着落后的群众走，没有战斗性，战斗的目标自然也是不清楚的"。丁玲对于刊物的"定位"是极其明确的，即刊物负有领导社会意识形态的政治责任。刊物首先是为国家政治服务的。因此，"联系群众"和"教育群众"不能不是"刊物的首要的任务"。特别是"刊物既然是最集中表现我们文艺工作部门领导思想的机关，是文艺战线的司令台"，那么，"编辑部的负责人和工作人员"就必须具有高度明确的政治思想性、政治责任感和政治倾向性。但是，"上述的任务，我们的刊物（指全国性的刊物）就没有很好完成"，"我们刊物办得不能令人满意"。

以上是丁玲讲话的概述、总论部分，接着，她分列了几个方面的问题展开了相当具体且极富针对性的批评。就其直接点名（点明）的人、事而言，丁玲讲话之"大胆"，甚至超过了胡乔木和周扬。

"第一就是我们的刊物本身缺乏思想性，没有明确的方针和任务。"丁玲首先拿自己负责的《文艺报》为例，作了一番自我批评。紧跟着就提出了《人民文学》的问题，这也是丁玲讲话中第一个被"点名"批评的刊物。

《人民文学》的发刊词，则更表现了懒于去用思想。它在前边照抄了六条文协的章程，然后说，"如何使它具体化，那就是本刊的责任"。怎样具体化呢？没有说，只把责任又加在大家身上。然后就要各种形式的稿子。对于稿子思想上内容上的标准也没有明确规定，只着重地说："最后，本刊编辑部有一点意见也要乘这机会奉告文艺界同人，我们觉得编一本杂志，实在也就是一种组织工作，一要善于组织来稿，使杂志内容不单纯，不偏枯；二要善于邀约作家们写稿，使每期的杂志都能把握我们文艺工作的中心环节，而又富于机动性。我们希望用了这样的方法。尽可能地把本刊编得活泼，多方面。而又不至于漫无重心。"从这个发刊词里面，我们恰巧找不到这个刊物的重心。

丁玲的"大胆"正在于，她由《人民文学》的发刊词来对该刊且主要是对该刊的负责领导提出了直接的批评，而《人民文学》的发刊词并非出自普通人之手或集体撰写，它的作者（执笔、定稿）恰是《人民文学》的主编，也是全国文协（中国作协的前身）的主席茅盾。紧接着上引的这段话，丁玲甚而还公开点出了茅盾和艾青的名字，对他们作了看似委婉、实则明确的批评：

> 文协的常委或编辑部并没有讨论过这作为文协的机关刊物的方针。我也是文协的负责人之一，我就没有关心，好像这只是茅盾同志和艾青同志的事，我到今天才提出来，我就应该在这件事上受到严重的批评。

照丁玲讲话的逻辑，如果并无直接责任关系的她要"受到严重的批评"，那么，直接的责任人茅盾和艾青，岂非"更"或"最"应该"受到严重的批评"！所以。我现在虽然还并无实据，但也完全有可能推测，丁玲不久后的取代艾青，在这次会议前后即文艺整风运动之初，就已经由决策层"内定"（决定）了。由此，丁玲的讲话才如此锋芒毕露、有恃无恐。从批评的策略上讲，对《人民文学》发刊词的批评，也就是对该刊方针、思想的根本性和总体性的批评，其最能够达到的目标，也就是对该刊及其领导层的整体性"颠覆"或否定。如果不是最高（或高层）权力者，那最有可能"口出狂言"的，就应该是有资格取而代之者，或利益冲突者、立场对立者及思想情感的敌视者。

接着被丁玲举例点名批评的是《人民戏剧》。她说该刊简直就是一本"旧刊物"，意即新中国成立前、旧时代的刊物。措辞用语之狠，令人恐慌①。丁玲还从批评的角度几次提及中国文艺界"喜欢办刊物"的习惯。从丁玲的讲话中，可以窥见共和国早年管理、整顿刊物（媒体）以统制意识形态表达的企图，以及因此而遭到的文艺界的抵制与抗拒。丁玲说，"我们又都喜欢办刊物（地方上也是一样，哪个地方有几个能写写文章的人就一定办一个刊物）。一九四九年，乔木同志曾提议《文艺报》和《人民日报》的《人民文艺》合并，我坚持不同意；一九五零年乔木同志又提议减少刊物，我同意了，可是剧协、美协、音协的负责人又不同意，强调有他们的读者和需要"。她把"稿子的水平"和"刊物的质量"下降的原因，归咎于刊物多而分散了稿件的缘故。她认为好稿本就不多，无法充实这么多的刊物，结果各刊就只能以次充好，发表了一些不好的稿子。对此，丁玲又以自己负责的《文艺报》的自我批评作引子，提出了《人民文学》等刊物的问题："《人民文学》虽然也登载了一些较好的作品，但同时也登载了一些不好的作品，如《我们夫妇之间》、《烟的故事》等。"更为严重的是，"这些都是已经被群众指摘出来了的，但至今我们也还没有看到哪个刊物深入的检查一下"。在当时的氛围中，丁玲的这种批评几乎是形同"逼宫"的。缺乏自我批评甚至还漠视、拒绝批评，后来确实也构成了《人民文学》的一大"罪状"。"其次，刊物的负责者没有足够的责任感。"所谓责任感，指的是刊物负责人的政治意识及其工作态度。丁玲同样认为"这应该作为劳动纪律的问题来看，应该认为是失职行为"。丁玲这次讲话的锋芒，总是直指刊物的负责人，且批评得非常激烈。可以想见被批评者在当时会是如何地坐如针毡。

---

① 丁玲的原话是："如果再要举例，也可以举《人民戏剧》。这个刊物既没有发刊词，也没有什么编者的话。不过这刊物如果不标明出版年月的话，你简直也可以把它当成过去几年了的旧刊物。找不出有什么时代的特征。"见《人民文学》1952年1月号载丁玲讲话的文章。

"再呢,就是刊物的负责者缺乏自我批评,也害怕批评,不喜欢听批评的意见。"还有,刊物的领导人和编辑的思想也远远地落后于思想斗争的(政治)实际。

在需要表明自己的政治立场及其态度、倾向的问题上,刊物的"纯'客观'"的态度,其实"说明了编者自己的思想混乱","个别的刊物还有小集团倾向"。

最后,丁玲认为,办好刊物"首先是应该依靠文学艺术团体的领导和它的活动","全国文联及其所领导的各个协会在领导文艺工作时应该对刊物加以密切的注意"。她认为"创作和批评是可以组织的"①。"这一次全国文联调整刊物的决定是正确的。"这已再次说明,如《人民文学》领导层的人事变动,其实是在整风运动发起时就有所预定了的,并非纯是运动的结果。

关于本文撰写及发表的背景,作者后来有过回忆自述:

> 1952年5月,为纪念《在延安文艺座谈会上的讲话》发表十周年,《人民日报》要发表一篇社论,胡乔木同志要我起草。我拟就后交给胡乔木,当时周扬同志不在北京,他没有看草稿。刘少奇同志审阅定稿,他还在上面加了几句话。社论提出要进行两条战线的斗争:既要反对资产阶级思想,又要反对教条主义、公式化和概念化倾向。社论写得比较全面。胡风看了也表示接受。③

本文的撰写及发表的时间,已是文艺界整风学习运动的尾声,也是《人民文学》问题的处理水落石出、尘埃落定之时,但同时进行中的更大范围的知识分子的思想改造运动还未到收官阶段,所以,本文至少应该兼具总结和鞭策的双重作用。

在对中国文艺界现状的总体分析和评价方面,林默涵的这篇文章当然与前述胡乔木的讲话——准确地说,是与中共中央的文艺观点完全一致的。因有思想改造和文艺整风的特定背景,这篇文章的基本思路和行文逻辑是在简单肯定成绩之后,主要篇幅及其主旨是检讨、批评文艺界的现状问题。其中的主要问题就是"文艺工作中产生了相当严重的思想混乱的现象"。这种"思想混乱",又主要表现在两个方面。

"首先,也是主要的,是资产阶级思想对于革命文艺的侵蚀。这表现为脱离政治,脱离群众,追求资产阶级的艺术形式,追求小资产阶级的庸俗趣味,在虚伪的化装下,宣传着各种非无产阶级的错误思想以至反动思想。"产生这种现象的原因,"主要的是由于近两年来文艺界中间缺乏严肃的、认真的、坚持立场与原则的思想斗争"。"毛泽东同志的文艺方针的贯彻执行,必须通过不断的思想斗争";"也就是说,首先要划清无产阶级与资产阶级文艺思想的界线。这是当前文艺运动上的根本问题"。——这是文艺思想的批判运动之必要性和合理性的政治理由。

---

① 这将具体涉及中国当代文学现象中的另一个重要的专门问题,即通常所谓的"组稿"。笔者将另行撰文探讨。

② 本文原系1952年5月23日《人民日报》社论,后由〈人民文学〉1952年6月号(6月1日出版)转载。两者文字小有不同,想系误植所致。近年本文又收入《林默涵文论集〈1952—1966〉》,当代中国出版社。2001年6月出版。其中文字之异也无碍、无损原意。下文所引该文内容,不另出注。

③ 《林默涵文论集(1952—1966)》,第5页。林默涵于1952年调任中共中央宣传部文艺处工作。

其次,"便是文艺创作上的公式化和概念化的倾向"。这一批评的要点并不纯粹针对文艺作品的表现方式。而在于指责作家们未能深入人民群众的实际生活,未能创作出"能够迅速反映现实斗争的文艺作品",因此实际上也就是"取消了文艺为政治服务的真正功用。"简言之,为政治服务也须"艺术化",而"艺术化"又有赖于真正地深入生活并"正确"理解和反映生活的"本质"。所以,"一方面,反对文艺脱离政治的倾向——这种倾向,实际上是使文艺去为资产阶级的利益服务;另一方面,反对以概念化、公式化来代替文艺和政治正确结合的倾向——这种倾向实际上是破坏了文艺为政治服务的真正目的"。文章在此强调指出:"这两方面,就是我们今天文艺工作中的两条战线的斗争。"概括言之,其实就是说文艺必须为党即国家的政治服务,且必须服务得好。为此,这篇文章开出的"药方","仍然是要求文艺工作者彻底进行思想改造"。"目前全国各地正在进行的文艺整风,就是要解决这个重要问题。""而经常地组织文艺工作者到各种群众的生活和斗争中去,则是作家的自我改造和克服作品贫乏及作品的公式化、概念化的主要方法。"

林默涵撰写的这篇社论,在重要内容方面与上面胡、周、丁的讲话的最大不同,是它有所侧重地比较强调地论述了文艺创作(包括文艺批评)的艺术性(或技术性)问题的重要性。如文中几次抨击了创作中的"粗制滥造"现象,文艺批评中的"骂倒一切的粗暴现象"等。

另外值得注意的一种重要现象是,在上述四人的讲话和文章中,都有对"老资格"的"革命文艺工作者"和文艺界的领导干部(其中大多是延安或其他解放区"出身"的人)的强烈批评。从这一点上或许最能反映出文艺整风运动在政治利益考虑方面的严肃性。当然,其中直接透露出的信息,也包含了已经或即将发生的文艺界领导人及行政人事方面的组织整顿。凡无助于甚至有碍于党的文艺事业发展的人,无论其谁,都将首先要整风,首先要改造。当时的《人民文学》副主编艾青,恐怕就首当其冲了。

三、《人民文学》编辑部的检讨

《人民文学》编辑部"检讨"得很快。刊物的检讨文章在1952年2月号(2月1日出版)上就公开发表了,题为《文艺整风学习和我们的编辑工作》(署名"编辑部")①。

在进入正文前,编辑部首先对新中国的文艺编辑工作和刊物提出了一个新的认识,即"编辑工作不是一种简单的技术工作,而首先是一种思想工作"。由于每一个编辑都是按照自己的观点来处理稿件,使之成为"一个整体","成为出现在读者面前的包含着一个统一思想的刊物"。因此,"编辑人员思想的性质是直接决定刊物的性质的"。这也就决定了思想改造和文艺整风对刊物(编辑人员)的必要性。

何谓"一个统一思想的刊物"? 或"刊物的性质"谓何?《人民文学》从三个方面给出了具体回答:

> 正确的文艺刊物,目前中国需要的文艺刊物,应该是毛泽东的文艺路线的忠实的实践者,应该是准确的实现工人阶级的文艺政策的有力的工具,它应该保证自己的一切工作都受工人阶级思想的领导……同时,这样的刊物必须经常和群众保持密切的联系……并且

---

① 以下所引该文内容,不另出注。

使刊物成为团结作家,帮助作家参加生活和进行写作的有力的工具;此外,这样的刊物还应该随时检查自己的工作,大胆的揭露和批评自己工作的缺点,以便改进自己的工作。

正是对照了这三点要求(毛泽东的文艺路线和工人阶级思想的领导、联系群众、批评和自我批评),《人民文学》开始发现并检讨了自己以往的"许多严重的错误和缺点"。其中的"一个根本缺点","就是它没有实现坚定明确的工人阶级思想的领导,因而也未能完全贯彻毛泽东的文艺路线"。换言之,刊物的方向和指导思想即文艺(意识形态)的主导权首先发生了问题,使非无产阶级思想占了上风(领导权),也就是"思想混乱"。这是《人民文学》产生一系列错误的"根本原因"。对此,《人民文学》的检讨实例是,在批判《武训传》的运动中,表现消极,"只发表过一篇文章"。而且,刊物本身"还发表过不少思想错误的作品",如《让生活变得更美好吧》(方纪)、《改造》(秦兆阳)、《我们夫妇之间》(萧也牧)、《血战天门顶》(白刃)、《老工人郭福山》(丁克辛)等等。

以下接着又检讨了另两方面的错误现象,即联系群众问题和批评与自我批评问题。尤其是在后者,通过这检讨文章,也颇能见出《人民文学》当时在文学批评问题上表现出的突出性格。

> 关于我们工作中的错误和缺点,北京《人民日报》、读者、《文艺报》以及文艺界许多同志都曾有过不少正确的批评,但我们却很少足够认真的考虑和勇敢的接受。像《让生活变得更美好吧》这样的作品,直到北京《人民日报》提出了公开尖锐的批评,并且上级领导机关建议我们转载这篇批评的时候,我们还在按语上说,我们发表这篇文章,"我们看稿时是疏忽了的",对于《老工人郭福山》这样有严重的政治错误的作品,在别人已经公开批评以后,我们也同样的认为发表这样的作品只是一个"疏忽"。

特别是,编辑部承认以往的"检讨"都是"不深人的"、"笼统的",因此也就并没有真正解决问题。结果,"如大家所知道的,自从第二卷开始以后,新的错误的作品又接连在刊物上出现"。——事实也正是,"我们中间有许多工作人员(其中包括有的负责人员)对于批评有时甚至采取怀疑、轻视和抵抗的态度"。对"批评"的抵制,而且不失为旗帜鲜明的抵制,最能表现出创刊早期的《人民文学》的独特个性。但无论抵制得如何,最终都构成了它的错误。《人民文学》是党和国家政权体制内的最高刊物(习称之为文学"国刊"),它如不能成为"一个统一思想的刊物",也就不可能承担并完成建立典范、权威的"国家文学"的政治文化使命。创办《人民文学》的(意识形态)制度动机及其运作,显然在《人民文学》自身的实践中遭到了(部分)消解。也就是说,国家政权(制度)对于"国家文学"的想象、设计和实践,被其产物的《人民文学》对于文学的想象和实践引入了歧途、偏离了正轨。文学(思想)的价值观(立场)发生了问题,这才是从《人民文学》抵制批评的现象中能够发现的实质问题(即错误的严重性),也就是整个《人民文学》所犯"错误"的实质所在。因此,必须重新确立文学和意识形态的政治统一性,使意识形态的表现与其制度规范保持高度、完全的一致性,至少不使其构成对制度的明显分歧或冲突。这也是"国家文学"的基本要义,是国家(意识形态)制度运作所要达到的基本目标。

检讨完了主要的错误现象和问题,编辑部的文章转入了对错误原因、根源的分析和检讨:"这些错误和缺点是怎样产生的呢?"答案也有三点。首先,是由于刊物(编辑)中"还存在着一些非工人阶级的思想",对毛泽东的文艺路线和工人阶级思想必须成为领导思想,"没有足够的清楚坚定的认识"。这是政治思想方面的原因。其次"也因为我们缺乏科学的严格的工作制度",缺乏负责精神,存在着"或多或少的自由主义的态度"。这是组织观念或程序规

定方面的原因。在此,艾青被正式点名为"反面例子",并被责成"负主要的责任":

> 特别是艾青同志,在他担任《人民文学》副主编这期间,对工作的责任心是很不够的,在许多时候,实际上表现了放弃领导的自由主义的态度。作为《人民文学》主要负责人之一的共产党员的艾青同志,对《人民文学》过去工作中的错误和缺点,应该负主要的责任,其他编辑人员也要负一定的责任。

"抛出"乃至"揪出"几个"反面典型",使其承担主要、实际是全部的"罪责",这也是一贯且有效的"运动手法"。正所谓"打击一小撮,教育一大批"的"杀一儆百",屡试不爽。最后是领导机构不健全方面的原因:

> 我们工作中的错误和缺点的产生,还因为《人民文学》本身从创刊以来便缺少一个健全的名副其实的领导机构,还因为《人民文学》所属的中华全国文学工作者协会对《人民文学》的工作缺少必要的领导和检查。《人民文学》虽然也成立了一个编辑委员会,但两年多以来从未开过一次正式的会议,而且很久以来半数以上的编辑委员都不在刊物编辑出版所在地的北京,这样,便使得编委会形同虚设,而丧失了对于刊物的集体领导的作用。事实上,《人民文学》创刊以后很久都没有一个明确的方针,编辑人员都只能本着发表"示范性的作品,指导性的理论"这样模糊的观念去工作,这种情形和《人民文学》领导的不健全是有密切关系的。《人民文学》是中华全国文学工作者协会的机关刊物,但全国文协的全国委员会或常委会对《人民文学》的工作很少正式的指示,也很少进行过检查,这也使得《人民文学》在工作中的错误和缺点未能及时的发现和纠正。

编辑部对于这一点的检讨,或许是有言外之意的。一般的、正面的理解,可以视之为真诚的反省,寻找原因,总结教训。但也可能从中读出一些潜台词,即对《人民文学》这样的"特殊"刊物,其直接的上级机构是应该且必须负有领导、督责和参与责任的,这其实就是要把产生错误和缺点的责任"往上推"了。而且,这也为今后发生的问题及其处理和责任认定,预备了措词。最具有情绪性意味,同时也颇具策略性的是,《人民文学》今后就由上级领导机构和集体领导来负责吧,免使刊物(编辑)再当"替罪羊"。在这种解读中,似乎隐隐地又能看见《人民文学》抵抗批评的性格。果真如此,那无疑便是对知识分子的思想改造运动和文艺整风学习运动的成果的讽刺了。这种消极或顽固,使得对"体制中的文艺或意识形态"现象的认识,增加了复杂性和困难程度,但也显出了颇多的趣味。历史的诡异正使历史本身显得生动,叙述和书写也便有了多种可能性。

四、《人民文学》的整风结局

结局应该是预定好了的。首先自然是人事的变动,即领导班子的调整,由丁玲担任整风后的《人民文学》副主编,实际负责刊物工作。原副主编艾青离职,转任刊物的编辑委员,也算是没有"一棍子打死"。茅盾仍担任刊物主编,这个位置他人是不易取代的。同时,刊物的编委会也有了重大调整,"半数以上不在北京"的编委不再兼任此职,即原编委会正式解散,仅设了四位编委,他们是艾青、何其芳、周立波、赵树理。这两项人事调动和重组,在《人民文学》1952年3、4月号合刊(1952年4月1日出版)上正式公布。

在此之前,《人民文学》的编委名单并没有在刊物上公布,名单的公布自本期(即合刊)

始。联想到刊物检讨文章中提到的"编委会形同虚设","丧失了对于刊物的集体领导的作用",那么,编委名单的公布,就有了对其警策和督责之意。同样的细节是,此前各期刊物都标有"编辑者"为"中华全国文学工作者协会人民文学编辑委员会"的公示字样,也是从合刊之期起,"编辑者"一项全部取消。对此合理的解释是"编辑者"由"编辑委员"所取代,但或许也未能完全排除这种猜想,即"中华全国文学工作者协会人民文学编辑委员会"的不再冠名,隐含有"领导机构"为求自保而全身撤退——尽管只是表面名称上的撤退——之意。因为刊物的检讨中也着重提到了《人民文学》"从创刊以来便缺少一个健全的名副其实的领导机构",全国文协对刊物的工作"缺少必要的领导和检查","很少正式的指示"等等。同时,此举也可能同样含有督促四位编委必须全力尽责的意味。

其次,为全力投入整风运动,适应刊物领导层的调整,改善刊物的编辑工作,《人民文学》不惜以停刊一期的非常方式为代价。1952年2月号上登载了一份署名"本刊编辑部"的"启事":"为了调整编辑部工作,本刊特决定三月号休刊一期,四月号继续出版。亟望对本刊提供改进意见,并盼继续源源赐稿。"停刊或休刊,对任何一个刊物而言,都是迫于不可扭转的重大变故,不得已才会采取的下下策。由此可见《人民文学》的整风决心——应该更准确说是"被"整风的命运。

与整风运动的思想成果相比,组织和行政手段的实际效果最为立竿见影。这反过来也更能引起思想上的震动,激发"灵魂深处闹革命"。为促进文艺整风学习运动的深入发展,人民文学出版社当时很快就编辑出版了一本运动学习参考资料,书名为《文艺工作者为什么要改造思想》。这个书名用的是胡乔木讲话的标题。《人民文学》1952年3、4月号合刊的封二上,刊有此书的出版广告。全文如下:

> 北京文艺界于去年十一月间,便开始了轰轰烈烈的文艺整风运动。胡乔木、周扬、丁玲诸同志在这一运动的动员大会上,作了真切而有力的讲话,各专业部门(如电影、音乐、戏剧等)的工作同志,也都先后在这一运动中作了深刻的检讨。本书所收集的,便是上述这些重要文章,共计二十篇,另有附录二篇,约十六万字,可作为全国文艺界进行整风学习时的重要参考资料。

同时出版、也在同样地位刊出广告的还有周扬的论文集《坚决贯彻毛泽东文艺路线》。据广告介绍,"本书收辑了作者从全国文代会到北京文艺界整风为止两年中的重要论文七篇"。其中,"对两年来文艺上的许多重要问题,都指出了正确的方向,更特别严厉地批判了文艺界的小资产阶级及资产阶级的思想意识"①。

《人民文学》问题的处理终告一段落,文艺整风运动也徐徐落幕②。但斗争却未有穷期。几年后,在这次整风运动中还意气风发的丁玲本人,也陷进了与"胡风集团"有瓜葛的所谓"丁(玲)、陈(企霞)反党集团"中去了。真是天有不测之风云,人有旦夕之祸福。远虑近忧实在也非易事。③

---

① 详见《人民文学》1952年3、4月号(合刊)封二。

② 关于这次文艺整风运动的详尽、专门的研究,和其中相关问题的具体探讨及史料的再现与分析,待另文撰述。

③ 本文获得教育部2003年度博士点基金项目经费和上海市2005—2006年度哲学社会科学规划项目经费资助,特此鸣谢。

记胡乔木同志对
《文学评论》复刊工作的意见[*]

邓绍基

今年正值《文学评论》复刊 30 周年,复刊的第 1 期是在 1978 年 2 月印行的,在这之前,1977 年 10 月 25 日,胡乔木同志曾对《文学评论》复刊作过重要指示。2003 年为庆祝文学研究所成立 50 周年而编辑出版的《岁月熔金》里刊载的《〈文学评论〉复刊的前前后后》一文中曾有引用和叙述,那篇文章是陈骏涛同志撰写的。我长期保留着一份完整的整理稿,2003 年 12 月已交《文评》编辑部负责同志保存,后来又把一份打印稿寄给《胡乔木传》编写组的程中原同志。

去年出版的《胡乔木与中国社会科学院》一书的第一辑综述部分收录有该编写组撰写的《胡乔木与中国社会科学院》长文,其中说到"出版学术期刊和学术著作"时,也多有引用,但至今没有全文披露,我想在《文学评论》复刊 30 周年之际,把它公布出来,全文如下:

胡乔木同志对《文学评论》工作的指示
一九七七年十月二十五日

文艺报什么时候复刊,那是另外一回事。文艺报过去做了大量工作,起了作用。要吸收它的一些长处。但你们《文学评论》却又不能完全办成象文艺报那样的刊物。研究所终究不是文联。过去文艺报时评较多。你们要登基本理论、文学史方面的文章,就不能光登时评。时评也有一个写法问题,要发表意见。莱辛的汉堡剧评提出了系统的意见(按:此处乔木同志说的汉堡剧评当系指莱辛 1767—1769 写的《汉堡戏剧论》)。今后文艺作品会越来越多,当然不可能一一评论。即使有的作品一时很受欢迎,你们发不发评论呢? 也可发,也可不发。作为欢迎和鼓励,是要发一点,否则显得态度冷淡。但也要考虑,如果你们的评论只是人云亦云,泛泛讲些意见,这样的文章即使发上一年,也作不出贡献。而且过去也有这种情况,一时很受欢迎的作品,过一程子也会证明它并不成熟。当然,开头几期,免不了一般的时评会多一些。

中央讨论"教育纪要"问题时,也谈了"文艺纪要"。华主席有讲话。"黑线专政"说法是错误的。所谓"黑线专政",那置毛主席的革命路线于何地呢? 也把群众牵进去了。毛主席批评过文艺上的错误,那是少数、个别同志犯错误嘛! 而且,是什么错误,也不能夸大。说"别、车、杜"是左联指导思想,那是没有常识的话。如果那样,鲁迅或许不那么批评了。"文艺纪要"中有毛主席的话,要注意分清。刘志坚还在,你们可去了解一下。"四人帮"实际上

* 《文学评论》2008 年第 4 期。

是否定鲁迅,他们描绘的鲁迅是没有战友的。鲁迅自己说过大方向一致,他在《答徐懋庸并关于抗日统一战线问题》中说,他和郭沫若、茅盾"但大战斗却都为着同一的目标"。鲁迅批评过成仿吾,但后来成从国外回来找党,到了鲁迅那里,鲁迅对他很热情。这是许广平回忆录中讲的。鲁迅不是一个人,有战友。"四人帮"说"黑线专政",是为了制造"空白论"。"空白论"的前提就是"黑线专政"。所谓"空白",也就是要由他们胡作非为。

有些作品可以考虑评论,如《二月》。当然,它比不上《林家铺子》。茅盾是老作家,柔石当时是青年人。《林家铺子》是好作品。过去批评《二月》,有一种意见说经过了大革命,怎么还会有不受大革命洗礼的地方和人物。这不知是什么逻辑!

评论作品也可能出现纠缠不休的现象,过去评《创业史》似乎就有过这个毛病。要避免这种现象。《林海雪原》、《青春之歌》评论中是否也有过纠缠不休的现象?过去写抗美援朝有好多小说,写解放战争的,比较起来似乎少一点。《红日》写的还是较好的。不知作家吴强情况如何?

"四人帮"扼杀创作。我们今后作品会逐渐多起来。高尔基给青年作家的信,那是要求很高的,我们现在没有高尔基那样的权威。但是否也可找出有威望的人给青年作者指导。现在有些青年作者可能比较幼稚,一是受到"四人帮"谬论的恶劣影响;二是前几年图书馆锁门,他们或许不知道如何学习写作,没有看过多少足以楷模的作品。

文学史方面会有来稿的,可能还并不会少。不要只看到目前困难,出刊后会有大量作者、来稿支持你们的。"四人帮"是拉了一些人,但也要分清是主动投靠,还是不得不说两句好话的。

胡乔木同志是在他的南长街寓所召见我时作这些指示的,我猜度他是在"文革"中搬的家,因为1966年春天我在何其芳同志寓所见到他时,我印象中他还住在中南海里边;十多年未见,经历了"文革"之祸,乔木同志较前略呈苍老,但依旧精力弥满,才思敏捷,还是那样平易近人,和蔼可亲。那天谈话的时间约一个半小时,开头是问答式的,他问我答。他对何其芳同志去世后的文学所情况很关心,还问到几位知名专家的情况,最后问及《文学评论》的复刊工作,当我在回答时提到《文艺报》也将复刊时,他接着这个话头就不停地说开去,说的都是《文学评论》复刊工作的事。所以这个谈话整理稿是从"文艺报什么时候复刊"开头的。当时我主要倾听,现场没有作详细记录。现在公布的这份谈话整理稿是在谈话结束后一小时,我回到家中后追忆整理的。

在这次谈话中,乔木同志谈到当时学部一些情况,也对我有所询问。他从1975年起就分管学部工作,关于这方面的情形,《胡乔木传》编写组撰写的《胡乔木与中国社会科学院》一文中叙述得十分清楚:1975年邓小平同志复出以后,国务院设立政治研究室,由乔木同志主持工作,他直接分管哲学社会科学部,1975年7月提名组建学部临时领导小组,并报请中央确定学部的地位相当于部委一级,同年9月,国务院正式通知,确定学部直接受国务院领导,其地位同于中国科学院。学部恢复业务工作以后,在乔木同志领导下,筹办《思想战线》,原有的《哲学研究》和《文学评论》也率先准备复刊。

我正是在这个时候,由古代文学研究组抽调去筹备《文学评论》的复刊工作,在酝酿筹备组过程中,人员先后有变化,最后确定为五人,何其芳同志任组长,毛星同志和我任副组长,成员有蔡恒茂同志和张炯同志。在内部报告上,何其芳同志拟任主编,毛星同志拟任副主编,我拟任副主编兼编辑部主任,但没有公开宣布。1975年9月18日,学部临时领导小组签发了《文学评论》的复刊报告，接着我们就组织人员去各地做调查研究，为复刊作准备。但终因"反击右倾翻案风"而停顿下来。

《胡乔木与中国社会科学院》一文中又说到，1976年"四人帮"倒台以后，1977年4月5日哲学社会科学学部向中央递交《关于哲学社会科学学部改变名称的请示报告》，5月7日，中央批准这个报告，决定将"中国科学院哲学社会科学学部"改名为"中国社会科学院"。同年9月，经中央批准，《文学评论》和《哲学研究》、《经济研究》、《中国语文》先行复刊。

我现在回忆，1977年春夏之交，就已传闻乔木同志要到学部来主持工作，但像我这样的工作人员那时不知道五月初中央已批准成立中国社会科学院。乔木同志召见我时，是为十月下旬，中央已决定要他担任院长，过了十来天，他就到任了。据《胡乔木与中国社会科学院》一文中的叙述，九、十月间，乔木同志正受邓小平同志的委托忙于两篇重要文章的撰稿和修改，一篇是由他主持撰写的《毛主席关于三个世界划分的理论是对马克思列宁主义理论的重大贡献》，另一篇是协助修改的《教育战线上的一场大辩论》，前一篇文章是在11月1日的《人民日报》上发表的。由此可知，乔木同志正是在忙完上述两篇文章的撰写和修改，即将出任社科院院长这个短暂时间内要我去见他的，足见他对《文学评论》复刊工作的关心，也是对文学研究所工作的关怀。正是在这次谈话中，他说及何其芳同志时提到在50年代初他创议成立文学研究所事。从那时以来，他对文学研究所的工作向来是十分关心的。

胡乔木同志对《文学评论》复刊工作的指示十分全面，首先他为《文学评论》定位，《文学评论》是一个学术刊物，但复刊那个时候，面临很多现状问题，要作评论，所以他说要吸收《文艺报》的一些长处，但不能像《文艺报》那样主要登时评，《文学评论》要兼顾古今中外，要发表基本理论和文学史方面的经过系统研究的论文。

其次，他指出要批判"四人帮"破坏革命文艺的谬论，首先要批判"黑线专政"论，它出自《文艺纪要》（即《林彪同志委托江青同志召开部队文艺工作座谈会纪要》）。那时文艺界一些同志对批评《文艺纪要》感到为难（中央正式撤销《纪要》要到1979年3月），乔木同志当时根据中央精神，旗帜鲜明地要我们批评《文艺纪要》中提出的"黑线专政"。第三，他指出对"文革"前文艺界发生的若干错误批判也应予以澄清，他说重新评论柔石的小说《二月》和茅盾的小说《林家铺子》，其实针对的是上个世纪60年代对电影《早春二月》和《林家铺子》的错误批判。实际上涉及"文革"前的"两个批示"。可以说，乔木同志的这番话解放了我们的思想束缚。第四，要注意培养青年作家的工作。《文学评论》的同志们遵照乔木同志的指示，做了很多工作，1978年复刊第1期的《致读者》中明确提出：要从理论上、从总结社会主义文艺的成就和经验上，深入批判"四人帮"的"文艺黑线专政"论。这时我们分头约稿，除了批判"四人帮"的"文艺黑线专政"论的文章外，我们约请有关作者撰写关于"两个口号"论争的文章，关于正确评价《水浒传》的文章，关于"左联"的历史评价的文章，重评《二月》、《林家铺子》、《红日》的文章，以及评论当时的一些优秀作品的文章，如评论话剧《丹心谱》、长篇小说《李自成》、报告文学《哥德巴赫猜想》、短篇小说《班主任》等。关于《班主任》的评论，我们有意识搞了点声势，先开座谈会，商请新华社发详细报导，然后再在刊物上发表评论文章。这样的做法收到了很好的效果。当时我们考虑到有些文章从约稿到发表要有一个过程，于是我们在第三期上发表了一篇署名周柯的《拨乱反正，开展创造性的文学研究评论工作》，这实是一篇编辑部文章，陈骏涛同志执笔起草，由我定稿，在编辑部内传阅后，作了修改，最后送请毛星同志审定,这篇文章主要贯彻、宣传乔木同志指示的精神,其中好多处具体提法其实是据乔木同志指示中的原话稍作更动而写成的。发表以后,新华社发了通稿,全国至少有十多家省级以上的报纸转载了这篇文章,中央人民广播电台也在全国新闻联播节目时间摘要播出了这篇文章。陈骏涛同志《〈文学评论〉复刊的前前后后》一文中谈到《文学评论》复刊的影响时,有这么一段话:"《文学评论》的复刊在当时文坛上和高等院校中的影响是很大的。这一方面是因为当时这样的刊物还很少,《文学评论》既较早发表了否定十七年'文艺黑线专政论'的文章,又对十七年中的一些'冤案'作了平反,这就不能不引起人们的关注;另一方面也是被《文学评论》的地位所决定的,它是中国社会科学院文学研究所主办的刊物,一般都被人看成是代表了这个领域(文学研究和文学批评)的最高水平,在当时可看的刊物不多的情况下,自然吸引了人们的注意力;当然,最根本的原因,还是由于它能够在文艺方面率先提出人们所关心的一些问题。因而第一期在北京几个邮局的零售点被抢购一空,后又再版。《文学评论》复刊以后,印量不断上升,大概在 1979—1980 年间,最高印数曾达到 18 万册,这是《文学评论》历史上的最高发行量。"毫无疑问,《文学评论》复刊时,我们之所以能够率先提出人们所关心的一些问题,《文学评论》在那时之所以有较大影响,都是同乔木同志的指示分不开的。值此《文学评论》复刊三十周年之际,我写这篇回忆文章,正是为了纪念我们敬爱的乔木同志。

（三）读者来信

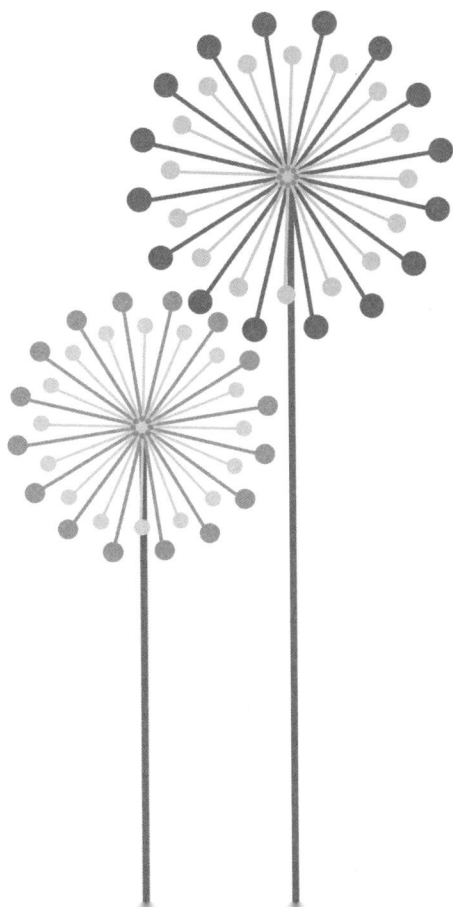

反对玩弄人民的态度，反对新的低级趣味*

李定中

编者按：陈涌同志写的《萧也牧创作的一些倾向》（见六月十八日人民日报《人民文艺》），对萧也牧的作品作了分析，我们觉得，这样的分析是一个好的开始。读者李定中的这篇来信，尖锐地指出了萧也牧的这种创作倾向的危险性，并对陈涌的文章作了必要而有力的补充，我们认为很好。我们热烈欢迎广大读者对文艺创作大胆地提出各种意见；我们特别希望能多收到这样的读者来信。

编者同志：我是喜爱文艺的，但是对于文艺理论，我平日少研究；可说一窍不通，写批评，我更不会。现在我有几点意见，不知道对不对，写出来求教您们，请不要把它看作批评。

我的意见，是今天（六月十日）我在人民日报上面读了陈涌同志的《萧也牧创作的一些倾向》一篇文章所引起来的。萧也牧这个名字，我觉得很熟，所以就引起我要读陈涌同志这篇文章的兴趣，我读下了，知道是批评《我们夫妇之间》和《海河边上》等小说的，都是萧也牧同志的创作，我就记起我也读过这两篇作品，原来萧也牧这个名字所以很熟也是这个原因。我记得，我当时读了《我们夫妇之间》以后，很觉得反感，我不满意作者对于女主人公的那种不诚实的态度。我读了《海河边上》以后，觉得反感，不满意作者的那种轻浮的卖弄的态度。老实说，我反感这个作者。我心里想，假如俗语说的"文如其人"这句话是真的，那么我甚至要怀疑作者这个人恐怕也是不大诚实的。

今天我读到陈涌同志的批评文章，我心里很佩服：陈涌同志指出这两篇作品的许多严重的缺点，都是我多感觉不到和说不出来的。我见识了很多。陈涌同志说，萧也牧同志作品的严重缺点，是由于作者"脱离生活，……依据小资产阶级的观点、趣味来观察生活，表现生活"的缘故。我完全同意。一切鸟儿到晚上总都要回到窝里过夜，所以把我们文艺上的一切缺点和不良倾向都归因于"小资产阶级的缺点"，我想总不会错。但是，我想补充一句，假如作者萧也牧同志真的也是一个小资产阶级分子，那么，他还是一个最坏的小资产阶级分子！小资产阶级分子和小资产阶级思想，就有各种各样，我觉得也必须加以区别，不知道陈涌同志以为如何？

我现在想把我对这两篇小说及其作者的反感的理由，说说清楚。

第一，我反感作者的那种轻浮的、不诚实的、玩弄人物的态度。例如《我们夫妇之间》，作者对于女主人公——女工人干部张同志——的态度，是怎样的一种态度！从头到尾都是在玩弄她！写到她的高贵的品质，也抱一种玩弄的态度；写到她的缺点，更不惜加以歪曲，以满足他玩弄和"高等华人"式的欣赏的趣味。特别是从头到尾，从里到外，我都感觉不到一点作者对自己的这个女主人公的爱和热情来！然而这个女主人公却是一个革命的工人，而且是战斗多年的干部，是一个共产党员，是作者所要肯定的人——对于这样的人，作者就只是拿来玩弄，并且用歪曲的办法去不合理地扩大她的缺点来让他自己和读者欣赏！这证明作者对于我们的人民是没有丝毫真诚的爱和热情的。我们表扬劳动人民的高贵品质，自然要有高度的热情和出于真诚的爱。然而在我们面前的这个作者，确实完全相反！

因此，我觉得如果照作者的这种态度来评定作者的阶级，那么，简直能够把他评为敌对的阶级了；就是说，这种态度在客观效果上是我们的阶级敌人对我们劳动人民的态度。

我认为这是最严重的一点，而且我并不觉得我说得"过火"。但不知道您们以为对不对？请指教！

这种玩弄人物的态度，以及对于劳动人民没有爱和热情，在《海河边上》里也是同样的。

可是，不，作者萧也牧同志也有爱，就是爱《我们夫妇之间》里面的那个李克。作者并没有真的批评了李克的缺点和他的低劣的品质，也没有真的要李克改造；作者只要李克的爱人——就是女主人公——改造，所以胜利的还是原封不动的李克，"有文化"的李克。从这点上说，作者的"阶级立场"的确是很坚定的；但是什么阶级立场呢？陈涌同志已经说过，小资产阶级！

实在奇怪，作者萧也牧同志对待小资产阶级分子，还能够坚定站稳小资产阶级立场表示了他的爱；而工农分子，却甚至赢不到他的一点小资产阶级之类的热情！

唉，真的，比起敌对阶级的玩弄态度来，我真的以为小资产阶级的热情也还是可贵的呢。

这实在奇怪！可是这却是一个岔路口，一个危险的时候。譬如当年的玩世主义者现在的白话作家林语堂，起初也还是一个小资产阶级作家，并非是一出娘胎就是一个有钱的买办。可是，林语堂满意他的玩世主义，也似乎爱过他的小资产阶级，然而他就真的从来没有想到过要爱"下等华人"。所以林语堂是问题简单的，他虽然也经过岔路口，却用不到迟疑或徘徊，从来就很顺利地一往直前，从玩世主义者到买办到白话作家，总是"上升"。因此，对于我们的作者，这样的危险是不至于会有的，首先我们现在就没有这样的可能；但我们仍旧要在悬崖的边沿，竖一块牌子，上面画一个骷髅，请玩世主义者留心，特别对劳动人民没有爱和热情的人要留心！

假如我把林语堂的骷髅画在悬崖上的牌子上面，您们说我故意吓人，我一定承认；但我们如果把左琴科的照片贴在牌子上面，您们总不会不同意的罢？

萧也牧同志，我读你的作品，可真是替你提心吊胆呢，然而我也热烈地希望你留心！

真的，你不能再向前走了，立刻回头来，站到工人阶级的立场上去，热爱劳动人民，脱胎换骨地抛弃你的玩世主义的倾向！

我的话说远了，现在再说我反感的第二个理由。

我以为作者的趣味是不高的。喜欢玩弄人物，就不是一种高级的趣味。轻浮和不诚实，也都不是高的品质。萧也牧同志这两篇作品的文字风格不是高级的，而是卖弄的、虚假的、没有真实的情绪和感情的。这是一种矫揉造作地做出来的风格，是没有坚实的思想和作者的可贵的素质做基础的风格，是带着欺骗性的风格。所以，这两篇作品，虽然很多读者因为没有提防而会"津津有味"地读下去，然而它会提高读者的感情和趣味么？普通的读者，如果不留心，就会不知不觉地受了坏影响。

尤其内容上那些所谓"平凡生活"的"描写"，则作者简直是在"独创"和提倡一种新的低级趣味。我这里实在不耐烦来举例,在两篇作品中,几乎都充满着低级趣味的"描写"。陈涌同志已经指得多了,所说的那种"细致入微",我看没有一处不是宣泄作者的低级趣味的。

算了吧,作家同志,写人物写生活都不能这样写的,尤其写新的工农人民和新的人民生活。这样写,你是在糟蹋我们新的高贵的人民和新的生活。这种低级趣味并不是真的人民生活,也不是艺术,而只是你自己的"趣味"。(陈涌同志以为这是知识分子的趣味,我以为不能一概而论。我就是一个知识分子,虽然我不是写小说或写批评的,我就讨厌这种趣味。陈涌同志这种不加区别的"概论",我以为欠公平,难道知识分子的陈涌同志也有这种趣味么?)

再说,这种低级趣味,就是毫不顾到原则地单单只为了"引人入胜",也不是什么时候都成功的;有时读者会踢它一脚的,有如踢那种到他面前来的癞皮狗一样。因此,我要重复地说,低级趣味并不是人民生活,也不是艺术,而恰恰有点像癞皮狗,有的人以为它有趣,有的人却以为它叫人不愉快;我就是属于后者的分子,我就要踢它一脚!

话说长了,总之我是反对这种对人民没有爱和热情的玩世主义:反对玩弄人物!反对新的低级趣味!

这种不良倾向,如陈涌同志所说,是很有害的。但其原因,我以为还不是由于作者"脱离生活",而是由于作者脱离政治! 在本质上,这种创作倾向是一个思想问题,假如发表下去,也就会达到政治问题,所以现在就须警惕。听说,萧也牧的作品,很有些人喜欢,并且《我们夫妇之间》还拍成了电影,那么更值得重视了。

编者同志,我的意见不知道对不对? 只因为贵刊欢迎读者对现代文艺提意见,我就大胆地寄给你们,务请给我指示!

一九五一年六月十日

不获全胜，绝不收兵*

——读者声讨胡风反革命集团的来信综述

本刊编辑部整理

自从"人民日报"连续发表揭发胡风反革命集团的材料以来，本刊每天都收到大批来自全国各地读者的来稿来信。它们来自工厂、矿山、农村、部队、机关、学校……，来自内地的城市和乡村，也来自遥远的边疆。写信的人有刚刚走出车间还没有来得及擦去手上的油泥的工人，有不久前才用速成识字法学会写信的农民兄弟，有青年学生、店员、教师、医生、机关干部、专家、教授……每一封来信，都充满了对胡风反革命集团罪恶阴谋的抑止不住的愤怒和仇恨。

在关于胡风反革命集团的第一、二批材料发表后，读者在来稿来信中一致对胡风及其反革命集团二十年来伪装革命，伪装进步，在"马克思主义者"、"文艺理论家"和"鲁迅继承人"的三重外衣掩护下进行的阴险而毒辣的反革命阴谋活动，表示切齿的痛恨。广大读者一致指出胡风二十年来一贯欺骗党、欺骗人民，一面处心积虑地用"集束手榴弹"、"橡皮包着钢丝的鞭子"向革命进攻，一面却"用微笑包着侮辱"和我们"握手言欢"。对这种两面三刀的特务手段，所有的读者都表示了极大的愤怒。

在关于胡风反革命集团的第三批材料发表后，更激起了广大读者对于胡风反革命集团罪恶阴谋的无比愤怒。郑州气象台卢骅、成都工会联合会刘文介、归国华侨曾庆人、内蒙古乌兰浩特一中陈定方、新疆农建二师范周鼎新等，都在来信中说：这些材料彻底揭露了胡风集团的真面目，原来这些"站在党周围的文学工作组织者"、"追求革命的""作家"、"诗人"、"教授"、"编辑"……剥开皮来却是一颗帝国主义国民党特务分子，反动军官，托洛茨基分子，革命叛徒，自首变节分子，他们的集团是潜伏在革命内部阴谋破坏革命的特务组织。转业军人蒋兴周说："看到第三批材料，我震惊了，同时我也恍然大悟了！为什么二十年来胡风集团一直仇恨党、敌视革命呢？原来他们有着不可告人的'伟大的未来事业'，他们狂热地希望把中国人民解放军的主力'三月击破'、'一年肃清'。他们要达到颠覆人民政权的目的，竟无孔不入地用各种卑鄙的两面派手法打入党内、机关内、军队内，……建立据点，到处找可以'联络'、'争取'的对象，来扩大他们的'战斗'力量。现在，真相大白了，原来他们是帝国主义和蒋介石匪帮的代理人！"中国人民银行本溪分行钟恒升说："打开胡风的'家谱'，原来杜勒斯、蒋介石就是他的主子，'中美合作所'、'战干团'就是他的喽啰们摩顶受戒的法坛。"江苏省内河轮船公司陈锡璋说："胡风集团是一个罪大恶极的反革命黑帮，他们的主子是美帝国主义和蒋介石，他们的成员是'剿共'军中的政治工作者，'战干四团'的教官，'中美合作所'的刽子手，地主反革命分子，国民党特务……他们有'组织原则'、'战斗纲领'，有各种各样向党和

---

* 《文艺报》1955 年第 13 期。

人民进攻的战术和策略。地区上分布在北京、天津、上海、武汉、南京、重庆……，混入了党政机关、人民团体、文教部门……甚至打入党内，窃据重要职务。伪装马克思主义者，以文艺为幌子，进行一系列的阴谋活动，很显然，是美蒋指使下的特务组织，潜伏在大陆上从事颠覆人民革命政权的阴谋活动。"广大读者对这种狡猾的敌人的恶毒行径异常痛恨。山东霈化全民农业社青年农民张爱民说："原来胡风是一个挂羊头、卖狗肉，打着假招牌的反革命分子。他想瓦解党的文艺工作，想俘虏党的后备军——我们广大青年，他的手段，多么奸猾毒辣！"上海淮海路店员俞又根说："从这些杀气沸腾的'宣言'里，我们看见了在那里加紧'磨我的剑'、'窥测方向'来和革命事业'战斗'的美蒋匪帮的走狗的青面獠牙的狰狞面目。好一个阴险毒辣的'蒋记字号'的特务头子，我们要彻底打垮它！"

上海福光电机厂工人张英、杭州福华丝绸厂工人李瑞香、广州造纸厂郭冠华、甘肃前进机械化第一农场赖文成、解放军文化教员季书光、华东师范大学陈世俊等许多读者在来信中满怀激愤地指斥胡风反革命集团二十年来潜藏在革命内部给党的事业带来的危害，一致声讨胡风反革命集团对全国人民在党的领导下用忘我的创造性的劳动所从事的社会主义建设事业的破坏。海防战士孟广山说："我们用鲜血换得了胜利，深知胜利之可贵，我们继承着、发扬着烈士们的意志和光荣，日以继夜，时刻警惕在祖国海防线上，保卫着祖国的社会主义建设，却有伪装成'革命者'的敌人在暗中破坏，这不能不激起我们极大的愤怒！我们要彻底追查这个集各种特务间谍之大成的匪帮的一切罪行。"

许多读者在来信中对中国文联和中国作家协会主席团联席扩大会议的几项决议，表示坚决拥护，并要求对胡风反革命集团以及一切反革命分子进行坚决的镇压。鞍山读者茅顾、黑龙江读者刘猎、大连读者柳一株、河南师范学院何望贤、王淑文都提出一定要穷追猛打，学习鲁迅先生打"落水狗"的精神，彻底清算胡风集团的罪行。齐齐哈尔工农速成中学郭木说："我们决不能可怜这些装死的毒蛇、必须举起锄头，砸碎它的头颅。"广东粤中行政公署谢子震、福建连口下濂小学杨起予、林孝康……都说：我们决不能姑息敌人，应按照宪法第十九条的规定，坚决镇压一切反革命分子。广州北区小学教师陈镜说："看到这群杀人不见血的恶魔的罪证，我们无法按捺住心头的愤怒，为了保卫我们的社会主义建设事业，保卫孩子们的幸福生活，我们要求人民法院坚决依法严惩胡风反革民集团，巩固我们的人民民主专政。"

许多青年在来信中控诉了胡风分子们的反动"理论"和"作品"对自己和周围同志们的毒害。山东博山电机厂张庆峰、杭州化工学校华平、上海电影演员剧团李荮、长沙修业小学刘启焯、苏北师专纪生官、北京图书馆王红元、重庆冻肉厂阳光、重庆空气压缩机厂取珍、少童、仰荣等都在来信中控诉了这个毒物贩卖部二十年来的贩毒罪行，并要求政府有关部门查禁、销毁胡风和胡风分子的一切书籍，以免继续传布毒素。还有不少读者揭露了这个反革命集团分子的作品中对人民、对革命、对工人阶级的恶意诬蔑和诋毁中伤的政治阴谋。

许多读者认为胡风反革命集团能暗藏二十年，固然是由于敌人的狡猾，但也说明了我们中间的许多人政治警惕性不高，或者丧失了警惕性。云南大学王天鹏、上海广慈医院赵昌敏、武汉地质学校李桂彬、空军文化教员戴昌伟，……都在来信中说到应从这件事吸取教训，要学会善于分辨暗藏的敌人，提高革命警惕性，时时刻刻注意敌人的破坏活动。广西桂西僮族青年梁庭望说："胡风这个腐蚀青年头脑的毒菌，深入到肝脏里进行阴谋破坏的敌人，蒙蔽了我们好多年，通过这次教训，我们僮族人民一定会更紧密地团结在党的周围，警惕敌人的破坏活动。"北京师范大学郭预衡说："我们必须记取教训，提高阶级警觉性，政治警惕性，才能肃清一切反革命分子。"中国邮电工会成都邮电委员会李官福说:"我们必须从这一事件中吸取教训,加强马克思列宁主义的学习,提高政治警觉性,防止一切反革命分子的阴谋破坏,肃清一切暗藏的敌人,保卫我们的革命成果。"安徽省文联严阵说:"胡风特务组织的破获,使我们提高了警惕,不论在什么岗位上,我们必须时刻警戒着反革命分子的进攻或偷袭,像哨兵一样,时刻准备和敌人战斗! 就在这时,才使我们更深刻地体会到周扬同志提出的'我们必须战斗!'的真正意义。"

读者在来稿来信中一致地对肃清胡风反革命集团以及一切暗藏的反革命分子表示了极大的信心。部队文化工作者赵拓说:"中国人民在共产党领导下,过去几十年已战败了许多凶恶的敌人,现在,当然更有力量粉碎这撮毫无廉耻的暗藏的反革命分子。"唐山铁道学院程复初说:"中国人民在一贯英明的中国共产党领导下,对打击阶级敌人,已不是生手了,何况我们还吸取了联共(布)粉碎托季联盟、布哈林集团的经验,任你胡风再像蜥蜴一样善于变色,也逃不脱人民雪亮的眼睛。"中国人民建设银行邯郸支行尹业基说:"胡风把剑磨利了,方向也看准了,头颅也抛掷出去了,但被击碎的并不是党和人民的铜墙铁壁,确实他那颗脏臭的头颅!"

广大读者在学习了"材料"之后,更进一步认识到中国共产党的英明和伟大,认识到马克思列宁主义的巨大的力量。解放军某文化速成中学陈辽、解放军战士李炳南、西安市人民政府工业局姜佐周,都在来信中指出:这次胡风反革命集团的揭露,是党所领导的人民革命事业的一次伟大的胜利。北京青年艺术剧院王亦放说:"是党,正确地领导着我们进行战斗,从胜利走向胜利。现在,每一个参加到战斗中来的革命者,都更明确地认识到,只有永远跟着党,才能取得胜利并稳固胜利。"还有许多读者在来信中反映了所在地区、单位的同志们热烈学习"关于胡风反革命集团的材料"的情况,认为《人民日报》所做的按语和注解,有力地揭发了胡风反革命集团的实质,并尖锐地提出许多革命内部的缺点,引导人民群众投入了肃清胡风集团及一切暗藏的反革命分子的伟大战斗。许多读者还联系自己的工作,提出要更好地完成党和人民交给自己的任务,并积极参加到坚决肃清胡风集团和一切暗藏的反革命分子的斗争中来,不获全胜,决不收兵!

为社会主义的现代化而努力奋斗＊（节选）
——读《哥德巴赫猜想》的来稿、来信选登

从《哥德巴赫猜想》得到的

　　黄昏，随着乡邮员车后扬起的尘土，我收到了转载《哥德巴赫猜想》的报纸。我急忙点燃了煤油灯，忘了吃饭，忘了时间，揩着泪花，捺着起伏的心，我完全沉浸在主人公动人的事迹和老作家徐迟同志精湛的艺术境界之中。

　　我看到了，就是这样一个瘦骨伶丁的畸零人，带着旧社会留给他的创伤——弱小的身躯，满身的疾病，在科学的路上，吃力地，然而又是十分坚强地挪动着，一步，一步。就是这样一个曾被蔑视和讥讽的眼神长期盯着的踽踽独行的人，紧闭着咀唇，绕行在怪石峻岣的山峰中；就是这样一只"孤雁"，在深邃的数学领域里，负着祖国的希望"踯躅徘徊着"，后来一飞千里；就是这样一个被"四人帮"认为是修正主义苗子的"白专道路典型"，在代表着八亿中华民族的父老儿女，去摘取世界数学峰峦的明珠的过程中，用惊人的智慧和非凡的聪明，将失败焊接成梯子，将积雪堆成冰阶向上登，将热情的支持化作暖心的春风、呼吸的氧气。

　　我看到了，尽管是这样，无情的困难和死亡的威胁，还是象山一样多。终于，我看到，他爬上去了，眼里闪着光辉，嘴角露出微笑，他已经看到那顶峰放着异彩奇光的明珠。

　　开路的勇士啊，"他病得起不来了，但又没有起不来的时候。在任何情况下挣扎起来，他坚持工作。他为什么？他为谁？为他自己吗？为他自己，早就不干了。不是，他是为人民，为党工作。"他说："这是我的论文。我把它交给党。"

　　出身贫苦，便发愤学习，在知识的海洋里，求得为人民服务的机会；在攻克数学题垒成的堡垒的胜利中，享受胜利的骄傲。只要是为人民，为党，"专政队"里要读书，疾病交加要工作，小书库的深深的角落里有广阔的天地；烟熏火烤、空如旷野的小屋，容得下宇宙天体；没有电灯和开关的黑暗中，正是为着找到光明；而床兼桌子的铺板，为他探索航线充当着仪器；两麻袋演算稿纸，是他向妖魔搏斗的剑戟。任凭征途艰险万千重，"四害"横行狂风舞，数学家心中的永恒的"定理"毫不动摇，象主人公用逆定理回答的那样："不这样怎么对得起党！"

　　我的心随着徐迟同志的笔锋在激荡，突然，一股闪电，使我从英雄身上，找到了我所需要的东西。

　　我是一个插队知识青年，在大跃进的年代里来到这春色艳丽的人间。我的脖颈系过红旗的一角。我酷爱文学和数学，还在我童年的时候，妈妈常既疼又爱地"骂"我叫"脏孩子"，因为我把左手背和两个腿膝常画满了演算的草式。一九七六年夏天，我高中毕业了。随后，

响应党的号召,插队到农村劳动锻炼。我没有忘记钻研数学,我尽力挤一点业余时间来演算。但是,我遇到了重重的困难。知识的花朵啊,我还能够再采集你们吗?

能! 正当我徘徊不前的今天,从《哥德巴赫猜想》这闪光的字里行间,一股巨大的力量充满了我的全身。啊,英雄,当年你开辟那夺取科学高峰的明珠之路时,不也是难关重重、汗如雨下吗? 可是,你却以坚韧的毅力、顽强的斗志,夺得了科学园中的无价之宝;因为在你心中,始终有这样用之不竭的力量:为人民,为党!

我明白了,终于明白了,我太兴奋了,英雄从他的艰苦战斗中得到了无价之宝,我从英雄的身上,也得到了同样的人间珍璇。

带着这件宝,我睁开了双眼,我看到了华主席巨大的手拉开了二十二年的帷幕,一条金光灿灿的路,横在我的脚下。极目远眺,前方,一坐松翠枫丹、斑斓如染的科学春城,蜂飞蝶舞,芳气袭人。毛主席和周总理正在向我们频频招手呢! 于是,我决定朝着华主席党中央指着的方向,踏着英雄的足迹,日夜趱行,赶路了! ——这就是我从《哥德巴赫猜想》中所得到的。

山西清徐插队知识青年　贾庆玲

让思想冲破牢笼

"《哥德巴赫猜想》一文你看了吗?"

"看了,看了,看了三遍! 实在耐人寻味!"

"好多年没读到这样的文章了!"

"是呵,文风真正从'四人帮'的魔掌下解放了!"

最近,在街头,在阅览室、图书馆,经常听到一些文艺爱好者之间这样的对话。

的确,阅读了徐迟同志的报告文学《哥德巴赫猜想》,心情久久难以平静。一方面,陈景润同志为革命勇攀世界科学高峰的事迹使我深受感动,同时,作为一个青年业余作者,读了这样文笔生动、别具一格的报告文学,感到耳目一新。我想,只要这几年听厌了"四人帮"在文艺创作上散布的清规戒律,看厌了"四人帮"控制下的文艺作品的人,大概都有这种心情吧!

"四人帮"曾经给陈景润同志扣上"白专道路"的帽子。《哥德巴赫猜想》一文出来后,也有一些人觉得这篇文章似乎"政治性不强","调子低"。(尽管他们也承认文章写得确实生动、深刻)是的,同过去许多类似的文章相比,这篇报告文学的确有些独特,正如陈景润本人有些独特一样。但不正是如此,它才给人一种新的启发和感受,在社会上引起强烈影响吗? 作者一扫"四人帮"的条条框框,没有给陈景润政治上穿靴戴帽,思想上任意编造,而是按照陈景润本来面目,真实地描绘了一个性格独特,近似书呆子,然而却是为革命钻研技术,真正做到又红又专的科学家形象。这样的形象是真实的,因此能真正起到它应有的教育作用。在无产阶级专政条件下,一个革命的科学家,只要热爱党,热爱人民,方向对头,决心为祖国攀登世界科学高峰,就应该受到赞扬。作家只要认准了方向,为什么不可以大写特写这种人的刻苦钻研精神,甚至与众不同的特点? "每一滴露水在太阳的照耀下都闪耀着无穷无尽的色彩"。难道硬要按照固定的模式,强加给陈景润其它惯用的言行,才算写出了"又红又专"

吗？这些本来是无可非议的，只是这几年"四人帮"形而上学猖獗，把人们的思想搞乱了，因此，在一个时期内，不仅为革命钻研技术被非难为"走白专道路"，而且文风也变得僵死了。就是今天，象《哥德巴赫猜想》这样的文章乍一出来，某些人一下子还难以接受。看来，要驱除四害在人们头脑中的鬼气，确实不容易啊！

数学家的逻辑象钢铁一样坚硬。《哥德巴赫猜想》一文作者的思想冲破了"四人帮"设置的牢笼，文章中的逻辑也象钢铁一样坚硬，赞扬什么，揭露什么，观点鲜明，毫不心虚；一切装璜门面之辞，文过饰非之语，大胆舍掉。理直才能气壮。一切至今还被"四人帮"鬼气缠身，心有余悸的文艺创作者，包括一些老作者，我们以真挚的感情向你们大声疾呼："让思想冲破牢笼"！

安徽省肥西县农具厂工人 黄书泉

又红又专的人

《哥德巴赫猜想》给我们提出了一个十分重要的问题：怎样才算是又红又专的人？

陈景润同志不畏艰苦，勇攀高峰，他废寝忘食，潜心思考，探测精蕴，他喉头炎严重，咳嗽不停，腹胀腹痛，难以忍受，有时已人事不知了，还记挂着数字和符号，他是以多么惊人的顽强毅力，向"哥德巴赫猜想"挺进的呵！他每前进一步都付出了极大的代价。他为什么有如此顽强的毅力？因为他有为社会主义祖国科研事业勇于献身的精神。正是有了这种献身精神，才使他百折不挠一往直前。他的这种献身精神，完全来自他对党、对人民、对祖国的无限热爱。

"四人帮"威逼陈景润同志诬陷邓副主席，他坚决拒绝了。他们还企图叫陈景润按照他们的意图在报纸上发表文章，他也坚决拒绝了。陈景润同志遭到了帮派体系的打击迫害，他不屈服，这充分体现了陈景润同志高度的路线斗争觉悟和坚定的无产阶级政治立场。

陈景润同志一心一意搞数学，搞得他发呆了。是党的关怀，是老一辈无产阶级革命家无私无畏的献身精神鼓舞着他，使他有使不完的劲。

作者并没有用什么笔墨去描述陈景润同志怎样攻读马列著作、毛主席著作、怎样改造思想的。可是我们却看到了一个用自己的行动，努力实践马列主义、毛泽东思想，脚踏实地地为共产主义而奋斗的形象；看到了一个生活艰苦，语言朴实，从不顾及个人、忠心耿耿，兢兢业业地为党工作的形象。

有人说：陈景润是资产阶级科研路线的"安钻迷"典型。真的吗？不！他是无产阶级的"安钻迷"。他在与自己的病魔的斗争中"安"，在艰苦的工作条件下"钻"，革命的事业心使他"迷"。正是这种"安钻迷"精神，才使他在数学研究中取得了巨大的成果，为我们社会主义祖国的科研事业作出了巨大的贡献。"四人帮"的帽子工厂，把他说成是什么"修正主义苗子"、"白专道路的典型"、"寄生虫"、"剥削者"。这伙假马克思主义的政治骗子，把体力劳动与脑力劳动、德育与智育根本对立起来，说什么"宁要没有文化的劳动者，不要有文化的剥削者、精神贵族"。"四人帮"根本不知道象陈景润这样的脑力劳动者——他们所说的"剥削者、精神贵族"创造出来的"产品"有多大价值。"陈氏定理"你能拿多大价值的产品来换取它呢？它是"无价之宝"呵！

　　毛主席谆谆告诉我们："灿烂的思想政治之花，必然结成丰满的经济之果。"一个人思想红不红，要看他对党、对人民、对祖国是否热爱，看他政治觉悟的高低，这些不仅要通过他的言行来检查，还要通过他的本职工作来衡量。红与专是辩证的统一，是密切地联系在一起的，红也正是通过专体现出来，最后落实到专上的。陈景润同志在多种疾病的折磨下，在艰苦的生活环境和工作条件下，从事十分艰巨的科学研究，他所取得的巨大的科研成果，正是他红的具体体现，也正是他专的结果。

　　杰出的数学家陈景润的出现，是我们伟大祖国的骄傲，是中国人民的自豪。他不愧是新中国培养出来的科学工作者。他的先进事迹，他的巨大科研成果，生动地说明了中国人民是有志气、有能力的！

（天津　解放军某部　孙书兹）

《坚硬的稀粥》是一篇什么作品？[*]

山　人

短篇小说《坚硬的稀粥》，前不久在天津被评为 1989—1990 年"百花奖"，而且被排在得奖作品的首篇。这是一篇什么样的小说，它为什么得奖。今将这篇小说的梗概介绍如次：

《坚硬的稀粥》（发表在《中国作家》1989 年第 2 期上），写的是一家四代（80 多岁的爷爷奶奶是一代；60 多岁的父亲母亲是第二代；小说中的主人公——"我"，40 岁，是第三代；16 岁的曾孙是第四代）围绕着早餐的变革问题衍化出来的故事。

全家大小事情一律由爷爷做主，一律听爷爷的。

全家饭食由老保姆具体操作，但吃什么，怎么吃，由爷爷拍板定案。

几十年来，早餐总是：烤馒头片，大米稀粥，腌大头菜。

由于新风日劲，新潮日猛，大家或与维新。由爷爷提出改元首制为行政内阁制，于是权力下放，由第二代的爸爸主持家政。但爸爸无论大事小事都要先去请示爷爷，爷爷说了，再吩咐老保姆去具体操作。爷爷有所察觉，对儿子说，下放权力是大趋势，叫他不要再用他的名义行事。于是，第二代的爸爸将部分权力下放给了老保姆。

第三代和第四代对伙食状况表示不满（表示不满的还有主人公的堂妹夫妇，也属于第三代），便由第四代的曾孙首先发难，他说："我们的饭食是四十年一贯制，快成文物啦！""因循守旧，墨守陈规，凝固僵化，不思进取！""我们家的生活是落后于时代的典型！"

于是乃由第四代曾孙主持伙食改革。早餐改成了黄油面包摊生鸡蛋牛奶咖啡。

改革三天后，老保姆得了急性中毒性肠胃炎；奶奶得了肝硬化；爷爷吃了西餐后便泌，拉不出屎来；堂妹得了肠梗阻、堂妹夫烂嘴角。这还不说，三天下来，一月的伙食费全花光了。于是又召集家庭会议商议，爷爷说自己年迈力衰，无意独揽大权，会议决定全家自由搭配，各人爱怎么吃就怎么吃。

但又出现了新问题，吃饭时间发生了冲突，石化气不够用，又闲言四起。堂妹夫出过洋，于是要求他提出改革方案。堂妹夫发表了一通政见，他说：

"……咱家的根本问题还是体制。吃不吃烤馒头片，其实是小问题。问题是：由谁来决定，以怎样的程序决定吃的内容？封建家长制吗？论资排辈吗？无政府主义吗？随机性即谁想做什么就吃什么吗？……要害问题在于民主。缺少了民主吃了好的也不觉得好。缺乏民主吹得一塌糊涂却没有人挺身而出负责任从自身改革起。没有民主只能稀里糊涂地吃，吃白糖而不知其甜，吃苦瓜而不知其苦，甜与苦都与自己的选择不相干嘛！没有民主就会忽而麻木不仁，丧失吃饭的主体意识，使吃饭主体异化为造粪机器。忽而一团混乱，各行其是，轻举妄动，急功近利，短期行为，以邻为壑，使吃饭主体膨胀成有胃无头的妖魔！没有民主就

[*] 《文艺理论批评》1991 年第 6 期。

没有选择,没有选择就失落了自我!"

于是,根据堂妹夫的高论,进行了民主选举。

选举结果,爷爷得票最多(三票),虽未过半数,仍决定爷爷当选。爷爷不赞成,也发表了一通高见:他说做饭的问题其实是一个技术问题而不是思想问题、观念问题、辈分(级别)问题、职务问题、权力问题,地位问题与待遇问题,因此,我们不应该选举什么领导人,而是评选最佳炊事员,评的结果,爷爷奶奶是一等一级。做饭与吃饭问题究竟是技术问题,体制问题还是文化观念问题,随着时日的过去,也就成了不成问题的问题。

结果是:

曾孙子到合资企业,西餐之余,仍想吃稀饭、大头菜。

叔叔一家搬出去后,仍然经常吃稀饭、烤馒头片、大头菜。

堂妹两口子出国去了,写信回来说,仍常吃稀饭、大头菜。

至于爷爷、爸爸、我这一家,由妈妈主持家务,但仍事事请示爷爷,每天吃的仍是稀饭、大头菜。

爷爷一再表示,家务事不要问他,但妈妈知道他的意思。

以上就是小说的梗概。

这篇小说写的是一个家庭,其实隐喻的是什么,读者一看就明白。有人说这是一篇寓言,也对;更准确点说,是一篇影射现实的政治小说。它的含义至少有这样三层:

一、一顿早餐,改来改去,最后还是回到原来的模式:稀粥加烤馒头片加大头菜。改革完全失败了。所指什么,不说自明;

二、改革失败的第一个原因是没有从根本上掀掉那个旧的体制,没有彻底实现西方的民主制;

三、改革失败的最深层的原因是:一切由爷爷做主,由爷爷说了算。

这篇小说面世后,引起了不大不小的"轰动效应"。台湾《中国大陆》的编者似乎从中嗅出点什么,不仅将这篇作品全文转载,还加一条按语说:"此文以暗讽手法,批评邓小平领导的中共体制。"

应当承认,《坚硬的稀粥》是一篇政治倾向有严重错误的作品,将这样的作品加以表彰,确实是很不妥当的。

"有意味的形式"[*]（节选）

——"十七年"文艺报刊中的"读者来信"

斯炎伟

"读者来信"在现代文艺报刊中其实并不鲜见,但作为一种官方办刊的特有模式,其正式生成却在新中国成立之后。当时的《文艺报》、《人民文学》、《文艺月报》、《文艺学习》、《群众文艺》、《解放军文艺》、《长江文艺》等一批重要文艺报刊,不仅均开设有"读者来信"或性质等同于它的专栏(如"读者中来"、"读者讨论会"、"文艺信箱"、"文艺通讯"、"通讯往来"、"读者论坛"、"读者评论"等),并且发表了数量惊人的读者来信。这些看似普通的来信实则构成了一个集文学、权力、话语乃至人术于一体的特殊场域,在当代文学的草创时期,扮演了重要的角色,发挥着难以取代的作用。作为一个庞大的"文学细节",这些来信同样为后人留下了"珍贵的文献资料"和当年人们看待文学的"独特眼光和方式"^②,在返观"十七年"文学的学术活动中,它俨然构成了一个具体而鲜活的研究视点。

三

尽管"十七年"文艺报刊中的"读者来信"异常复杂,但根据来信不同的背景、身份、内容、形式等特征讯息,我们依然可把它们分为三种类型加以考察。

第一,是真实的读者来信,而且来信的内容也基本保留了原貌,是一种颇具原真形态的读者来信。这类来信往往出现于建国初期、"百花时期"、1960 年代初等文艺管理与控制相对松缓的历史间隙。来信发表的背后并没有多少深厚复杂的力量冲突,通常是编辑部一种相对独立的个体性行为,并体现了编辑部建设新中国文艺的努力。从总体上说,此类读者来信的数量相对显少。

由于作者通常是一个没有权力背景和特殊身份的普通文艺爱好者,因此,受文学素质的制约,此类读者来信常见以"编者按"的方式发表。即先指明作者为"工人同志"或"非专业文艺工作者"的身份,继而对来信中的"正确思想"加以引导,也偶见对来信的简单幼稚作概括性说明。"编者按"的形式,目的是为了将一封普通且不乏毛糙的读者来信,生成一个具有明确意义指向的话题,把一个普通读者的某种声音加以放大,转换成"代表了新中国的广大读

---

　　* 《中国现代文学研究丛刊》2011 年第 4 期。

　　② 程光炜:《〈文艺报〉"编者按"简论》,《当代作家评论》2004 年第 5 期。

者的要求"，使之具备一定文艺建设的功能与价值①。如此，一个普通读者的心声就有了群体性和时代感，其存在之合理性亦自然生成。

因没有多少外部力量的干预，此类读者来信的内容不仅具体平实，而且基本不会越界文学艺术的话题。小到指出"引用别人著作的粗心大意"，大到谈论"对创作问题的意见"；从对"没有写作的前途吗"的困惑，到对"人民需要更多、更好的话剧演出"的呼唤②，这些话题呈现了相对平静的文坛建设社会主义文艺事业的奋斗心迹。这类读者来信以批评或提要求为主，口吻较为温和，且表述往往留有余地。用编辑部的话来说，就是它们"有着批判精神和分析态度"，虽"着重地批评了缺点，但并不抹煞那里面的即使是很少一点好处"③。

第二，也是真实的读者来信，但同时又是被组织或有意搜集的来信。它的产生，往往以屏蔽数量更大的读者来信为代价，且往往经编辑部的删改与润色，吸收了编辑部需要的意见而剔除了其他的看法。此类读者来信有以个人署名出现的，更有以"读者大众"等含义模糊的称谓加以发布的。在整个"十七年"文艺报刊中，该类读者来信数目斐然。

个人署名的此种读者来信，其个人的身份与来信的内容总给人以吊诡之感：名义上是"普通读者"的来信，其反映的问题却总那么切合时宜。批《武训传》时，有检举杭州市十月爱国主义戏曲竞赛中十个历史剧"大都或多或少存在两种反历史主义的倾向"的读者来信④；新中国文艺界初次整风学习时，有《我对〈人民文学〉的一点意见》的"读者中来"⑤；倡导降低作家稿费时，有工人邢广银《改得好！改得对！》的读者来信⑥。这种"人流"实际上并不是巧合，而是编辑部眼光的体现与紧跟形势的焦虑使然。个人署名的读者来信也往往群体性亮相。《文艺报》曾就批判"萧也牧创作倾向"配发过一组囊括干部、工人、战士与学生作者的5篇"读者中来"；《民间文学》曾在"彻底揭露和清算胡风反革命集团的罪行"的专栏下，刊登了一组包括九个少数民族在内的12位读者的来信；而在批判高校文艺教学中的"偏向问题"时，《文艺报》则刊登了读者构成更为丰富的15封来信⑦。这些来信往往主题统一，但言说角度各不相同，内容极富层次感；不仅表述精准严谨，而且话语风格高度一致。显然，以普通读者的文学素质与政策水平，这样的来信是不可能自然生成的。完满工整的内容和形式，恰恰透露出这些读者来信"被来信"的真实存在。

"来信综述"可谓第二种读者来信更习见的模式。"综述"的形式更便于编辑部对来信内容作有方向的取舍或修改，因而其意旨的表达往往更为直接与纯粹。被综述的来信的读者，

---

① 分别参见刊登杨野的《一个衷心的呼唤》（《文艺报》1950年第一卷第十期）、何金铭与卢林的《关于〈哨兵〉》（《人民文学》1951年第三卷第三期）和李昭的《读〈幸福〉》（《文艺报》1951年第四卷第二期）等读者来信时各刊配发的"编者按"。

② 依次见《人民文学》1951年第3卷第3期程千帆的"读者中来"、《文艺报》1953年第10号王克浪等读者的来信、《文艺报》1950年第1卷第1期蓝琪与任大炘的来信、《文艺报》1953年第8号单于的"读者中来"。

③ 见刊登庐湘《评〈工作着是美丽的〉》来信时编辑部的"编者按"，《人民文学》1950年第2卷第1期。

④ 耘耕：《戏曲中的反历史主义倾向》，《文艺报》1951年第5卷第3期。

⑤ 来信作者姜索明，自称"一个文学艺术的群众"。见《文艺报》1951年第5卷第5期。

⑥ 《文艺月报》1958年第11期。

⑦ 依次见《文艺报》1951年第4卷第10期，《民间文学》1955年6月号，《文艺报》1951年第5卷第2、3、5期和1952年第1号。

有时被直呼其名,有时则被"广大读者"取代;他们中的一部分是当时普通的文艺爱好者,还有相当一部分则兼有报刊通讯员的特殊身份。由于编辑部先验性地认定自己"全面"而通讯员"局限"的关系①,因此编辑部对通讯员来信实施"阉割"与"提升",就成了顺理成章之举。

由于透射着群众的声势与力量,"来信综述"最多被运用于对某一"问题"或"错误现象"展开集中声讨。它往往与文坛的大运动形影相随并积极配合,通过"纷纷来信"、"一致指出"、"彻底肃清"、"坚决保卫"等通用语的密集使用,明确传达某种主流意旨。诸如《不获全胜,决不收兵! ——读者声讨胡风反革命集团的来信综述》、《读者的愤怒和抗议——读者声讨丁玲、陈企霞反党集团的来信综述》等②,其综述的目的、形式和话语模式,均如出一辙。当然,来信"众口一辞"的纯粹程度,使编辑部的"刻意"用心也昭然若揭。《文艺报》主编光未然在其后来的回忆中就曾点破:"历次的文艺批判运动的组织手段其实都是一样的……组织真实的读者来信是一种好的手段。"③当时屡受批判的胡风对这种来信也颇有认识并表示过极大不满:"《文艺报》对于不同意自己的意见的读者,一开始就采取了轻视以至拒绝的态度,把同意自己的读者组织成一个通讯员网……对这样广大的读者不相信,却制造了两三百个'亲信'的读者,向他们发号施令,这不是成了一个独立王国么?"④

"来信综述"还时见被编辑部用以作自我工作检讨。由于"来信综述"在篇幅上便于对"错误"展开系统总结,在形式上又体现为"接受广大读者宝贵的批评和意见",因此,它构成了动辄得咎的编辑部检讨工作失误并顺利过关的一种最安全也是最冠冕堂皇的方式。此时读者零碎的批评意见,会经指名道姓或"有的读者……有的读者"的铺陈,被极富条理地纳入到"战斗性很差"、"思想性薄弱"、"评论工作做得很差"、"配合当前的重大政治运动做的不够"等各个主题之下,并最终汇成对某文艺报刊工作的全盘否定。借助这一"仪式",编辑部表达了"并没有能够完成任务"的痛悔之情,宣喻了"对这方面的问题将作深入的检查,以求彻底改进"的决心,并最终作出"在大家的帮助和监督下……办好这个刊物"的期许⑤。

第三,不是真实的"读者来信",而是报刊编辑部人员以"读者"名义编撰的。这类读者来信在"十七年"文艺报刊中并不鲜见。冯雪峰任《文艺报》主编期间,就曾化名刊登自己撰写的"来信"或文章多达40余篇,且常常同一期刊物中他的文章居然有四五篇之多⑥;《文艺报》批评胡风最早是由"王载"和"苗穗"两位"读者"启动的,而这两封"读者来信"的真正作者同样是当时《文艺报》的编者⑦;另外,《人民文学》和《文艺报》上也经常出现署名"华夏"、"雷

---

① 《文艺报》编辑部曾指出:"由于编辑部掌握的情况比较全面,就有可能帮助通讯员突破对某些问题认识的局限性,提升到比较全面、比较高的角度来考察。"编辑部:《关于〈文艺报〉的通讯工作》,《文艺报》1953年第9号。

② 分别见《文艺报》1955年第13期和《人民文学》1957年第24期。

③ 张光年:《向阳日记》,《新文学史料》1998年第1期。

④ 胡风:《在中国文联主席团和中国作协主席团扩大会议上的发言》,《文艺报》1954年第22号。

⑤ 见《长江文艺》1955年2月号编辑部整理的《读者对〈长江文艺〉的意见》和《说说唱唱》1954年11月号编辑部编排的《读者来信综述》。

⑥ 孙晓忠:《当代文学中的冯雪峰——以〈文艺报〉为中心》,《文学评论》2005年第3期。

⑦ 看到"读者来信"后的路翎曾致信胡风说:"《报》已出。两篇关于某某的读者投书。如果那个'按',是组织结论,那么,这个投书,却是'群众意见'了。好像做得很高明的。"见晓风编:《胡风路翎文学书简》,安徽文艺出版社1994年版,第34页。

雨"、"文宾"、"默颜"、"达"、"达之"、"策"、"策之"等的来信或文章,这些古怪而特别的名字都是编辑为遮掩自己身份所虚拟的。

出现此类身份置换的读者来信,其原因是多元纠结的。"十七年"文艺报刊普遍缺乏稿源、尤其缺好的读者来信的稿源,是个中原因之一。面对读者对一部作品"到底好在哪里?坏在哪里?却不很明白"①的现实,面对"来稿很多,可用的很少,刊物经常有出不来的危险"②的局面,编辑人员冒充读者写信并在自己的刊物上发表,也就成了无奈但又十分必要的救急之举。冒牌的读者来信也常因编辑部为有效引发或参与某一文艺问题的讨论而起。建国初《文艺报》对"学习工农兵文章"与"学习旧文学"之矛盾的讨论与引导,离不开署名"达之"的《从所谓"旧文学技术"谈起》、"文宾"的《一条走不通的道路》等高水平的"读者来信"的参与③;1953年第7号《文艺报》在总标题为"对地方文艺刊物的意见"的"读者中来"专栏下,发表了署名分别为"嘉禾"、"启焯"、"白得易",但实际由刊物编辑人员撰写的3封来信,其目的则是为了在全国范围内掀起地方刊物学习与整顿之风。假的读者来信也常由文艺大批判运动所催生。当年冯雪峰那篇著名的化名"读者李定中"的来信,就诞生于"萧也牧创作倾向"的批判运动之中。迫于形势或某种压力,为了"准确"、"及时"和"坚定"地跟进批判运动,以"读者"名义撰写具有"较高政策水平"和"能击中要害"的来信,成了报刊编辑部一种虽不乏头疼但又非常必要的应景之举。

事实上,编辑人员甚或大名鼎鼎的文艺专家要假借读者身份写信,这本身已说明了此类读者来信的复杂与吊诡。现在回过头来看,有关这些"读者来信"的来龙去脉,往往贯穿有一个紧张与悬念兼具的历史故事,而其方式、过程与结果,则又可视为"十七年"文艺运作的一个寓言。

四

在塑造文学意识形态、控制文艺走向、打造文学生态乃至社会精神生态等方面,"十七年"文艺报刊中的"读者来信"无疑产生了难以取代的效应。除了这些文学史意义,"读者来信"之于"十七年"乃至随后"文革"文艺另一层面的影响,是它隐性地塑造了一种颇为特殊的文学社会心理和行动心理。

对于广大读者来说,这些"来信"首先养成了他们一种"挑剔"与"好斗"的心理。"十七年"文学报刊中的"读者来信",履行的是狭义概念上的"马克思主义批评家"的职责,即"不是文学上的天文学家,只作解释大大小小文学星斗运行的必然规律",而是做一个具有"影响环境"能力的"战士"和"建设者",从不拒绝"当前文学事业中的斗争性质"④。此种批评态势要求读者具备发现"问题"的独到眼光和敢于与"错误"作斗争的无畏精神,而一旦读者本着此种目标付诸批评实践,一种惯于在芸芸众生之中发现异端的心理定势和行动能力就孕育而

---

① 见《文艺报》1949年第1卷第1期的《做一个文艺通讯员》。
② 茅盾、秦兆阳等:《加强编辑部同作家的团结》,《人民日报》1957年5月3日。
③ 《文艺报》1949年第1卷第7期。
④ 卢那察尔斯基:《马克思主义批评任务提纲》,《艺术及其最新形式》,百花文艺出版社2002年版,第339页。

生了。"一本错误百出的'理论'书"、"存在着很多严重的问题"、"严重弯曲现实"①……诸如此类的表述,凸显着"读者"与现实的紧张关系。在不少读者眼里,文坛近乎成了一个猎场,"看到一点眼生的东西,就连珠箭一样发出'难道是这样吗?'的叱责"②。这种"挑剔"和"好斗"的心理尤其在全国性文艺批判运动中得以最大限度激发,并在一次次这样的运动中趋于顽固。当某个文艺斗争紧锣密鼓地展开之际,密集的"来信"会对批判对象持续进行形同标本的细致解剖,所谓的"问题"或"错误"亦会被读者不断地"再发现"。此时的"读者来信",其实已颇具"文革"时期"群众揭批"的身影。

其次,"读者来信"也培育着读者呼应权威、见风起势的文学盲动心理。"过去有一些作品,看完了很欣赏的……特别是有成绩作者的作品,看完了那简直是五体投地,别人要说有错误,自己就替作者打抱不平,当批判刊出后,才真正承认是有错误"③,这种对问题的看法迅速实现自我否定的"读者来信"在"十七年"文艺报刊中颇为普遍,认识上之所以发生如此转变,是因为关于这一作品有了一个"正宗"的声音。更有一些"读者来信",它们可以对某个一无所知的批评对象作斩钉截铁的是非判定。石景山钢铁厂两位职工在阅读了批判胡风的相关材料后"来信"说:"胡风,我们过去是不熟悉他的,他写的文章我们也没有看过。但是现在我们却认识他了。他是一个反党反人民的阴谋家。"④这种不成逻辑的判断,同样源自读者对文坛主流话语的追随心理。事实上,当初文艺界对"读者来信"的潜在定位,已为这种文学行动心理的孕育提供了根基。在"'读者来信'版和它的会客室……人们可以看见,人民怎样拥护自己的政党,怎样爱护自己的政府,怎样自觉地成为国家的主人"⑤,《文艺报》对作为"新事物"的"读者来信"的此种举荐,其实已预设了"读者"与"国家"的应有关系——"自觉拥护"与"被拥护"。随着这种意识在此起彼伏的文艺运动中不断被强化,一些善于捕捉风向、呼应权威批评的"读者"自然生成,"他们在文学界每一次的重大事件、争论中,总能适时地写信、写文章,来支持主流意见,而构成文学界规范力量的组成部分"⑥。无可否认,"十七年"的文坛弥漫着大众盲动的情绪,经常上演"一人发难、响者四应"的历史舞剧。"常有这样的事情,当报刊上发表了一篇批评性的文章后,批评和抗议的意见就会如雪片似的飞来"⑦,黄秋耘多年后的感叹,恰是此种文学社会心理的真实写照。

"读者来信"塑造的"十七年"作家的文学心理则更为微妙与复杂,多种体验纵横交织并常处一种矛盾分裂的状态,是其存在的一个基本模式。"读者来信"的挑剔和善变的态度,自然激发了文艺工作者从事创作活动的畏惧心理。当年的《文艺报》是刊发"读者来信"最多的刊物,借助这一形式,《文艺报》批《风云初记》,批《我们的力量是无敌的》,批《我们夫妇之间》,批《三千里江山》,批《关连长》……结果,"一路批下来,人家一拿到《文艺报》就哆嗦:又批谁了? 那时《文艺报》确实把文艺界搞得惶惶然"⑧。"读者来信"惯有的"团队作战"方式,

① 见《文艺报》1953 年 11 号"读者中来"和《人民文学》1958 年第 5 期"读者论坛"。

② 孙犁:《论培养》,《孙犁文论集》,人民文学出版社 1983 年版,第 71 页。

③ 见《文艺报》1951 年第 3 卷第 8 期"读者中来"。

④ 见《人民日报》1955 年 5 月 31 日第 8 版"读者来信"。

⑤ 余章瑞:《在"读者来信"组会客室》,《文艺报》1951 年第 4 卷第 4 期。

⑥ 洪子诚:《中国当代文学史》,北京大学出版社 1999 年版,第 26、26—27 页。

⑦ 黄秋耘:《创作和批评的障碍》,《锈损了灵魂的悲剧》,人民文学出版社 1980 年版,第 27 页。

⑧ 邢小群:《丁玲与文学研究所的兴衰》,山东画报出版社 2003 年版,第 90 页。

也促成了作家对自身文学能力和信仰的犹疑心态,以及惯于在批判运动面前作自我检讨的心理。要在众口一辞、义正辞严的批判声浪中保持清醒与独立,其难度可想而知,绝大多数作家的心理防线会迅速崩溃,文学信心彻底瓦解,并几经灵魂痛苦的搏斗,转而真诚地去否定自己。"于是,我'自觉地'努力去否定文学,抛弃文学,首先是否定自己。'你和你的作品是多么渺小,多么卑鄙!'我力图去相信批判会上的这种声音,因为它不但洪亮震耳,而且义正辞严"①。这种忠诚的痛苦,构成了当时许多作家迈向革命道路都必须付出的精神代价。畏惧与怀疑牢牢桎梏着作家的创作实践,它反过来又导致了作家因创作空白而滋生极度的焦虑与自责心理。曹禺因"四年来在创作上没有写出一样东西"而在第二次文代会上"迟迟不敢上来讲话",茅盾因"五年来不曾写作"而"精神上实在惭愧且又痛苦",骆宾基因多年来"两手空空一无所有"而"感到'灵魂深处'从来没有的空虚",吴祖光因一九四九年后的三年"几乎停止了创作"而倍感"孤独"与"恐慌"……如此集体性的创作断裂与焦虑症结,用朱光潜的话来说,就是"并非由于我不愿,而是由于我不敢"②。

一方面真诚而急切地追随"人民",另一方面却因屡遭"人民"诟病而倍感惶然、疑惧、焦虑与自责;一方面对自己的新生与前进充满憧憬,另一方面却因读者不断的批评而深陷幻灭与虚无。在此种大起大落、大喜大悲的情境下,"十七年"作家矛盾纠结的心灵激荡被历史性定格,并构成了此后相当一段时期内左右文坛创作的一个隐性元素。尽管这种文学心理生成之根本在于当时敏感复杂的文艺大环境,但以"广大读者"为说辞背后隐现千军万马之势的"读者来信"的参与,无疑起到了强化的效应。翻阅当年作家们的那些"另类文字"(检讨书),不少"心灵的炼狱"其实就发生在读者振振有辞的批判之下。

---

① 王蒙:《我在寻找什么?》,《文艺报》1980 年第 10 期。

② 陈丹晨:《天堂·炼狱·人间——〈巴金的梦〉续编》,中国青年出版社 2000 年版,第 80 页。

（四）大字报

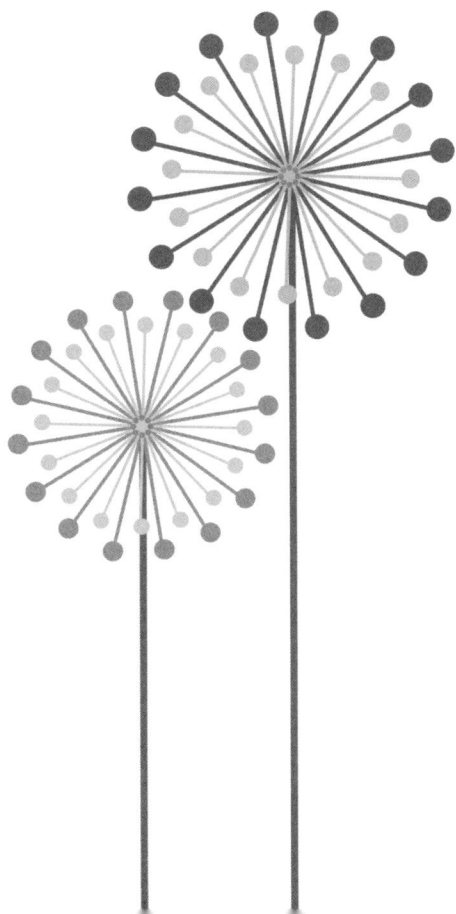

炮打司令部*（我的一张大字报）

毛泽东

全国第一张马列主义的大字报和人民日报评论员的评论，写得何等好呵！请同志们重读一遍这张大字报和这个评论。可是在五十多天里，从中央到地方的某些领导同志，却反其道而行之，站在反动的资产阶级立场上，实行资产阶级专政，将无产阶级轰轰烈烈的文化大革命运动打下去，颠倒是非，混淆黑白，围剿革命派，压制不同意见，实行白色恐怖，自以为得意，长资产阶级的威风，灭无产阶级的志气，又何其毒也！联想到一九六二年的右倾和一九六四年形"左"实右的错误倾向，岂不是可以发人深醒的吗？

---

* 《人民日报》1966 年 8 月 5 日。

北京大学七同志一张大字报揭穿一个大阴谋

"三家村"黑帮分子 宋硕 陆平 彭珮云负隅顽抗妄想坚守反动保垒*

新华社一日讯 五月二十五日下午二时许,北京大学哲学系聂元梓、宋一秀、夏剑豸、杨克明、赵正义、高云鹏、李醒尘七人,在大饭厅东墙上贴出了题为《宋硕、陆平、彭珮云在文化革命中究竟干些什么?》的大字报。全文如下:

现在全国人民正以对党对毛主席无限热爱、对反党反社会主义黑帮无限愤怒的高昂革命精神掀起轰轰烈烈的文化大革命,为彻底打垮反动黑帮的进攻,保卫党中央,保卫毛主席而斗争,可是北大按兵不动,冷冷清清,死气沉沉,广大师生的强烈革命要求被压制下来,这究竟是怎么回事? 原因在哪里? 这里有鬼。请看最近的事实吧!

事情发生在五月八日发表了何明、高炬的文章,全国掀起了声讨"三家村"的斗争高潮之后,五月十四日陆平(北京大学校长、党委书记)急急忙忙地传达了宋硕(北京市委大学部副部长)在市委大学部紧急会议上的"指示",宋硕说:现在运动"急切需要加强领导,要求学校党组织加强领导,坚守岗位。""群众起来了要引导到正确的道路上去","这场意识形态的斗争,是一场严肃的阶级斗争,必须从理论上彻底驳倒反党反社会主义的言论。坚持讲道理,方法上怎样便于驳倒就怎样作,要领导好学习文件,开小组讨论会,写小字报,写批判文章,总之,这场严肃的斗争,要做得很细致,很深入,彻底打垮反党反社会主义的言论,从理论上驳倒他们,绝不是开大会所能解决的。""如果群众激愤要求开大会,不要压制,要引导开小组会,学习文件,写小字报。"

陆平和彭珮云(北京市委大学部干部、北京大学党委副书记)完全用同一腔调布置北大的运动,他们说:"我校文化革命形势很好","五月八日以前写了一百多篇文章,运动是健康的⋯⋯运动深入了要积极引导。""现在急切需要领导,引导运动向正确的方向发展","积极加强领导才能引向正常的发展","北大不宜贴大字报","大字报不去引导,群众要贴,要积极引导"等等。这是党中央和毛主席制定的文化革命路线吗? 不是,绝对不是! 这是十足的反对党中央、反对毛泽东思想的修正主义路线。

"这是一场意识形态的斗争","必须从理论上彻底驳倒反党反社会主义的言论","坚持讲道理","要作的细致"。这是什么意思? 难道这是理论问题吗? 仅仅是什么言论吗? 你们要把我们反击反党反社会主义黑帮的你死我活的政治斗争,还要"引导"到哪里去呢? 邓拓和他的指使者对抗文化革命的一个主要手法,不就是把严重的政治斗争引导到"纯学术"的讨论上去吗? 你们为什么到现在还这么干? 你们到底是些什么人?

"群众起来了,要引导到正确的道路上去"。"引导运动向正确的方向发展"。"要积极领导才能引向正常的发展"。什么是"正确的道路"? 什么是"正确的方向"? 什么是"正常的发

---

* 《人民日报》1966 年 6 月 2 日。

展"？你们把伟大的政治上的阶级斗争"引导"到"纯理论""纯学术"的圈套里去。不久前,你们不是亲自"指导"法律系同志查了一千五百卷书,一千四百万字的资料来研究一个海瑞"平冤狱"的问题,并大肆推广是什么"方向正确,方法对头",要大家学习"好经验"吗？实际上这是你们和邓拓一伙黑帮一手制造的"好经验",这也就是你们所谓"运动的发展是健康的"实质。党中央毛主席早已给我们指出的文化革命的正确道路、正确方向,你们闭口不谈,另搞一套所谓"正确的道路","正确的方向",你们想把革命的群众运动纳入你们的修正主义轨道,老实告诉你们,这是妄想！

"从理论上驳倒他们,绝不是开大会能解决的"。"北大不宜贴大字报","要引导开小组会,写小字报"。你们为什么这样害怕大字报？害怕开声讨大会？反击向党向社会主义向毛泽东思想猖狂进攻的黑帮,这是一场你死我活的阶级斗争,革命人民必须充分发动起来,轰轰烈烈、义愤声讨,开大会,出大字报就是最好的一种群众战斗形式。你们"引导"群众不开大会,不出大字报,制造种种清规戒律,这不是压制群众革命,不准群众革命,反对群众革命吗？我们绝对不答应！

你们大喊,要"加强领导,坚守岗位",这就暴露了你们的马脚。在革命群众轰轰烈烈起来响应党中央和毛主席的号召,坚决反击反党反社会主义黑帮的时候,你们大喊："加强领导,坚守岗位"。你们坚守的是什么"岗位",为谁坚守"岗位",你们是些什么人,搞的什么鬼,不是很清楚吗？直到今天你们还要负隅顽抗,你们还想"坚守岗位"来破坏文化革命。告诉你们,螳臂挡不住车轮,蚍蜉撼不了大树。这是白日作梦！

一切革命的知识分子,是战斗的时候了！让我们团结起来,高举毛泽东思想的伟大红旗,团结在党中央和毛主席的周围,打破修正主义的种种控制和一切阴谋鬼计,坚决、彻底、干净、全部地消灭一切牛鬼蛇神、一切赫鲁晓夫式的反革命的修正主义分子,把社会主义革命进行到底。

保卫党中央！

保卫毛泽东思想！

保卫无产阶级专政！

哲学系　聂元梓　宋一秀　夏剑豸

杨克明　赵正义　高云鹏

李醒尘

一九六六年五月二十五日

欢呼北大的一张大字报[*]

《人民日报》评论员

聂元梓等同志的大字报,揭穿了"三家村"黑帮分子的一个大阴谋!

"三家村"黑店的掌柜邓拓被揭露出来了,但是这个反党集团并不甘心自己的失败。他们仍然负隅顽抗,用"三家村"反党集团分子宋硕的话来说,叫作"加强领导,坚守岗位"。

他们"坚守"的是什么"岗位"? 他们"坚守"的是他们多年来一直盘踞的反动堡垒。他们加强的是什么"领导"? 就是指挥他们的伙计作垂死挣扎、力图保持他们反党反社会主义的阵地。

宋硕的"加强领导","坚守岗位",这是一个信号。它反映了在这场摧枯拉朽的无产阶级文化大革命中一切牛鬼蛇神们的动态。他们是一步不让的,寸土必争的,不斗不倒的。

"三家村"黑帮是诡计多端的。在前一个时候,他们采取"牺牲车马,保存主帅"的战术。现在主帅垮台了,他们就采取能保存多少车马就保存多少车马的手法。他们妄图保存实力,待机而动。

为陆平、彭珮云等人多年把持的北京大学,是"三家村"黑帮的一个重要据点,是他们反党反社会主义的顽固堡垒。已经到了五月十四日,陆平还传达北京市委大学部副部长宋硕的所谓紧急指示,并手忙脚乱地进行部署,欺骗、蒙蔽和压制广大青年学生和革命干部、革命教师,不许他们响应毛主席和党中央的号召起来革命。彭珮云是一个神秘人物,上窜下跳,拉线搭桥。在这个事件中,她转入地下活动,来往于北京大学历史系住地十三陵和宋硕、陆平之间,出谋划策,秘密指挥。

这一切,都说明"三家村"黑店的分号,"三家村"黑帮的"车马"们,还是有指挥、有组织、有计划地进行顽抗。

陆平以北京大学"党委书记"的身份,以"组织"的名义,对起来革命的学生和干部,进行威吓,说什么不听从他们这一撮人的指挥就是违犯纪律,就是反党。这是"三家村"黑帮反党分子们惯用的伎俩。请问陆平,你们所说的党是什么党? 你们的组织是什么组织? 你们的纪律是什么纪律? 事实使我们不能不做出这样的回答,你们的"党"不是真共产党,而是假共产党,是修正主义的"党"。你们的组织就是反党集团。你们的纪律就是对无产阶级革命派实行残酷无情的打击。

陆平们这一套是骗不了人的。

对于无产阶级革命派来说,我们遵守的是中国共产党的纪律,我们无条件接受的,是以毛主席为首的党中央的领导。毛泽东思想,是我们各项工作的最高指示。毛主席关于社会主义社会阶级和阶级斗争的学说,关于在意识形态领域中兴无灭资的无产阶级文化大革命

* 《人民日报》1966 年 6 月 2 日。

的指示,是我们必须遵循的。凡是反对毛主席,反对毛泽东思想,反对毛主席和党中央的指示的,不论他们打着什么旗号,不管他们有多高的职位,多老的资格,他们实际上是代表被打倒了的剥削阶级的利益,全国人民都会起来反对他们,把他们打倒,把他们的黑帮、黑组织、黑纪律彻底摧毁。

人类历史上空前未有的无产阶级文化大革命的浪潮,汹涌澎湃,妄图阻挡这个潮流的小丑们,他们是难逃灭顶之灾的。

工农兵和无产阶级的文化战士,在党中央和毛主席的领导下,以排山倒海之势正在一个一个地夺取反革命的文化阵地,摧毁反革命的文化堡垒。那些什么"三家村"、"四家村",不过是纸老虎,他们的"将帅"保不住,他们的"车马"也同样是保不住的。

北京大学的无产阶级革命派,一定能够更高地举起毛泽东思想的伟大红旗,一定能够更加有力地团结群众进行战斗。一时还看不清楚的人们,一定会迅速地提高自己的觉悟,参加到战斗的行列中来。北京大学广大师生的反对资产阶级代表人物的革命斗争,一定能够胜利。一个欣欣向荣的真正的社会主义的新北大,一定会很快地出现在人民的首都。

附：康生、曹轶欧与"第一张大字报" *

北大党史校史研究室

1966 年 5 月 25 日,在北京大学贴出了聂元梓牵头的"第一张大字报",题目是:《宋硕、陆平、彭珮云在文化革命中究竟干些什么?》。这张大字报是怎样炮制的? 粉碎"四人帮"后,北大党委作了调查,把康生插手北大的几件大事(包括他插手这张大字报的事),向中央政治局常委写了报告,要求在北大揭批康生的罪行(当时康生的反革命面貌还未公开)。经中央政治局常委批准,党委书记周林于 1978 年 12 月 9 日召开全校师生员工大会,传达党中央指示,揭露康生、曹轶欧的罪行。1980 年 10 月 16 日中央批转中纪委关于康生问题的审查报告中作出了明确的结论:康生政治品质恶劣,在"文化大革命"期间直接参与林彪、江青等人篡党夺权的反革命阴谋活动,犯下严重罪行。中共中央决定开除康生的党籍,撤销对康生的《悼词》,并向全党公布康生的反革命罪行。康生的反革命罪行之一就是在他的幕后策划下、在他和其妻曹轶欧的指使下炮制了"第一张大字报"。

印红标先生在《百年潮》1999 年第 7 期上发表文章《"全国第一张马列主义大字报"出笼记》和穆欣先生在 2000 年 9 月出版的《中共党史资料》总第 75 辑上发表的文章《"全国第一张大字报"出笼经过》,提出了新的说法。印红标先生说:"大字报是他们自己发起的,没有人指使。"穆欣先生说:"康生事先没有插手这张大字报","过去有些著作和文章中讲是在康生和曹轶欧指使下炮制出来的,笔者也曾根据当时的传闻,在所写的文章中说过类似的话。然而这不符合实际情况。"那么实际情况到底如何呢? 许多知道实际情况的老校友、老同志和教师们,认为该两文违背事实、混淆是非,应该据实予以澄清。

＊《百年潮》2001 年 9 月。

一、"第一张大字报"是在康生、曹轶欧策划、授意下炮制的

1966 年 5 月 4 日至 26 日,中共中央政治局扩大会议在北京举行。毛泽东在外地未出席会议。会上,首先由康生传达毛泽东关于批判彭真和陆定一、要解散中央宣传部和北京市委的一系列意见,介绍中共中央通知的起草情况。16 日,通过了发动"文化大革命"的"纲领性"文件《中共中央通知》即《五·一六通知》。这次会议及其通过的《五·一六通知》,标志着"左"倾指导方针在党中央占据了统治地位。林彪、康生、张春桥之流的阴谋家,成了中国政坛上最活跃的人物。

康生派曹轶欧率调查组到北大,要"从搞北大开始""往上揭"

还在《五·一六通知》通过的前几天,担任中央理论小组组长的康生就急急忙忙地组织了一个调查组,由其妻子曹轶欧(理论小组办公室主任,即康办主任)为组长,高教部副部长刘仰峤为副组长或"负责人之一",还有马列主义研究院的张恩慈,红旗杂志社二人,中科院哲学社会科学学部哲学研究所一人,光明日报社一人。这个调查组的任务是什么? 在调查组人员基本到齐后,康生召集他们到钓鱼台开会,向他们透露了《中共中央通知》内容,让他们"在调查中分辨真批判或假批判",说"按《二月提纲》批判就是假批判"。据刘仰峤 1978 年11 月回忆:"康生讲了北大问题,北京市委大学部宋硕的问题,北京市委的问题。"另一次在康生家中,曹轶欧向刘仰峤讲:"调查组是在康生直接领导下进行工作的"。这次调查"重点是北京大学","这和北大党委及市委大学部的指导思想有关",要"从搞北大开始""往上揭","揭发陆平、宋硕、市委"。1967 年 1 月 22 日,康生在一次讲话中曾明确说:派这个调查组的目的是"调查彭真在学校搞了哪些阴谋……"。

调查小组于 5 月 14 日到北大,当天中午曹轶欧由张恩慈陪同接见北大党委书记、校长陆平。曹称到北大是了解学术批判情况的,伪称只作调查,不干预北大党委的工作。陆平提出校党委向他们作一次汇报,她拒绝了。学校为调查组准备了住处,曹等未住,却住在西颐宾馆(马列主义研究院所在地),背着北大党委,大搞反对陆平、反对北大党委和北京市委的秘密活动。

据调查组一些成员谈,他们大体是这样分工的:曹轶欧"指挥"全组,"独来独往"于西颐宾馆与钓鱼台(康生办公处)之间,她主要找北大干部到西颐宾馆个别谈话。刘仰峤"不常去,也很少说话",有时陪曹轶欧听听北大干部汇报。一人搞内勤,分管内部文件资料,张恩慈等 4 人跑外勤。一开始"曹轶欧几次问到彭珮云在不在北大,在干什么?"当时听说彭在北大十三陵分校历史系蹲点,于是马上派张恩慈"率领"两个组员到分校。但彭珮云不在那里。他们作了些"调查",写了调查材料(主要谈"彭珮云在北大与陆平、宋硕、北京市委等上下联系的情况")汇报给曹轶欧并转康生。几天后,除张恩慈外,其他二三人每天到市委大楼摘抄内部大字报,"回来后抄清楚交曹轶欧,曹说是为了给康生看的"。康生很重视每天摘抄的大字报,曾说:"你们到北京市委抄的大字报很有用处,帮助中央,很有好处"。"张恩慈是曹轶欧的助手,负责对外的联系"。因为他原是北大哲学系的,北大的主要活动都由他联络。这就是说,调查组"从搞北大开始""往上揭"的任务中。被称为"哲学系左派联系的中心"的张恩慈,扮演了重要角色。(张恩慈原是北大哲学系讲师,是社教前期的"左派"积极分子,并被吸收为工作队员。1965 年 7 月调到马列主义研究院工作,后又回校参加北大党员干部整风学习会,即国际饭店会议——笔者注)。

曹轶欧要陈守一"领头和聂元梓等共同来搞"，被陈严词拒绝

据 1978 年 11 月刘仰峤讲：曹轶欧找过聂元梓等人到西颐宾馆个别谈话，"动员他们往上揭，明确要他们揭发陆平、宋硕、市委"。据崔××（北大党委常委）讲：曹轶欧找他谈："要揭陆平的盖子"，"要连锅端"。在这里我们举出曹轶欧两次找陈守一谈话的情况，可以看出她谈话的目的和她的手段之恶劣。第一次是曹轶欧直接和陈相约，由张恩慈陪曹登门拜访。据陈讲，曹说："北大学术批判方向错了，是宋硕、陆平、彭珮云他们搞的，需要揭发。"陈说"如有问题，陆平虽有责任，但我是直接负责"，"北大的学术批判党委常委分工由我管"。曹说："这不是你的问题！你应该勇于出来揭发陆平和市委领导"，"只要揭发，你什么责任也没有的"。陈说："我不能这样看问题。"她让我想想，下次再谈。过了三、四天，也就是 5 月 15 日左右，曹轶欧又来电话，约陈到西颐宾馆谈话，刘仰峤副部长在场。曹问陈考虑得怎么样了。陈请她指出北大错在什么地方，她说："学术批判不得力，你不负责，如果你能出来揭发，你更是什么责任都没有的。"接着，她问陈："聂元梓怎么样？你（对聂）印象如何？"陈讲了看法后，曹轶欧说："你们应该揭发陆平、宋硕。最好你领头，你可以和聂元梓等人共同来搞。"陈说："学术批判如有错误，首先应是我负责，我不能诿之别人，如果我揭发陆平，我算啥？！"曹说："你没有责任，是陆平搞的鬼。"我说："我怎能这样看问题与处理问题呢？"见我始终没有同意，她表示算了。但又很神秘地告诉我："这事不能对任何人提起，应该绝对保密。"（见陈守一签字的 1978 年 7 月的谈话记录、10 月写的揭发材料及陈发表的一篇文章《历史是公正的》）

大字报主谋是康生、曹轶欧，是曹轶欧授意张恩慈串联人写的

据 1979 年 7 月 16 日刘仰峤讲："一次张恩慈同志提到宋硕同志在北大谈有关开展大批判的精神（即 5 月 14 日陆平传达宋硕讲话——笔者注），就认为抓到东西了。她（曹轶欧）说这就是要捂盖子。要从学校往上搞。从此开始，一直到聂元梓等第一张大字报贴出，都围绕宋的讲话进行调查。""大字报出来后，张恩慈同志告诉我：大字报是在曹轶欧授意下由他出面和杨克明商量后杨克明写的。""调查组的工作是按曹讲的方针干的，都是由曹具体指使下进行的。"刘的结论是："大字报主谋是康生、曹轶欧，串联是张恩慈，执笔是杨克明。聂元梓搞成第一名是因为聂是总支书记。"

再看一下北大人事处白××副处长 1979 年 7 月 16 日写给党委的材料："（1966 年）5 月 20 日，张恩慈打电话要我去西颐宾馆汇报情况，听我汇报的有曹轶欧、刘仰峤、张恩慈，汇报内容主要是社教之后北大的干部情况以及学校的政治情况。""汇报整整一天。""第二天我到西颐宾馆找张恩慈，张恩慈告诉我：他正在组织人写大字报。贴出来之后，要我从一总支角度上支持一下（人事处党支部当时属机关一总支——笔者注）。这时我才知道他正在组织写这张大字报。"

曹轶欧指示张恩慈：暗里支持，有所回避

张恩慈曾和杨克明及大字报的另三位作者分别谈话，要他们"串联左派"，但文科教师都在农村参加"四清"，因此，他们提出要张恩慈调一些"左派"回来。据张恩慈讲："调查组进入北大后，曹轶欧很明显支持在国际饭店会议受压的人，当时有些人在乡下。调查组提出要调回一些人，我提供名单，曹轶欧同意后交给校党委。"下面是张恩慈代表调查组向党委提出调回名单中的一个党员 1980 年 2 月 11 日写的材料："1966 年 5 月 31 日，我由农村参加四清回到北大，第二天广播了聂元梓等七人大字报。大字报由聂元梓签第一名，因聂的名声不好，

大字报广播后便听到一些非议。当时张恩慈表示对聂元梓签第一名有些懊悔。他告诉我，曹轶欧曾嘱咐他：支持哲学系一些活动时，注意不要太明显了，有些场合要有所回避，因为他们是调查组的名义，宣称只作调查，不干预北大党委的工作。因此和一些人接触。如果不注意，被陆平觉察会造成被动。张恩慈听了曹轶欧的话。在七人大字报抄写张贴时便回避了。张恩慈说，当时他如果在场，便不会叫聂元梓签第一名。""我又听杨克明说，他们开始时打算写材料通过曹轶欧向上面反映北大问题，因为形势发展很快，张恩慈对他们说，你们为什么不写大字报，于是他们便改为写大字报。"

杨克明在1978年12月写的情况是这样："我听到《五·一六通知》传达后，回到北大与赵××、高××交谈。由于我们都是所谓社教积极分子，对国际饭店会议当时心里有气。……他们告诉我聂元梓想写材料上告。后来我到马列研究院找张恩慈说：我们也要向中央反映才好。张说：现在中央通知已下达，向上反映情况的材料还少得了，上面哪里看得过来那么多。他又说：现在北京市委机关里已经有人贴了大字报了，还是这样来得快。我当时觉得他的话有道理，就要求他和我们几个人一起来搞。他说他已被抽调参加到北大的一个调查组，参加北大的事不方便，你们几个人搞就行了。""回到北大，我找了赵××、高××，谈了张恩慈的想法，他们也表示赞同，并说宋××在，可找他一起搞。宋来后也赞成写大字报，我们就商量怎么写。赵××拿出了他的记录（宋硕讲话传达记录——笔者注）给我们看，我们都认为就从这个问题着手写大字报很好。"杨克明在1978年6月写的材料中还讲："张恩慈的话对我确实起了启发作用，又可说是暗示作用。我和赵××、高××都认为张的话有道理，写上告材料不如干脆写大字报，从现实问题抓起。"赵××1978年后写的两次材料讲："关于串联写大字报，由于社教时的串联恶习，这次是串联起来了。""串联开会写大字报的是杨克明。""我是杨克明串联的，我又约了宋××，晚上到杨克明宿舍，参加的还有高××、夏××，聂元梓是后来的。大家商量文化大革命怎么搞。有的提出应开会声讨'三家村'。有的说可串联、写大字报，有人说：张恩慈说可以写大字报，后来就决定写大字报。"1978年12月，张恩慈讲：在他（杨克明）说写完大字报后，要我给看一看，我怕担嫌疑。我说我不看了。张恩慈还讲："我们进入北大之后，在校的哲学系一些同志（有杨克明等）向我打听情况，我曾向他们说：彭真有了问题，这回可以翻过来了。"

穆欣先生文章中断言"张恩慈事先不知道他们写、贴大字报的举动"，显然是不符合事实的。

聂元梓说："大字报并不是我们自己要搞的，是曹轶欧叫我们搞的"

至于聂元梓，她和曹轶欧密谈不只一次。聂说："'五·一六'通知发出前，我和曹谈学校问题。""我只想再给毛（泽东）、刘（少奇）写个报告。"后来"曹轶欧说可以写大字报"。"我们回到学校就吹风，酝酿写大字报。"大字报贴出的当天夜里，华北局来人找她谈话，她直截了当地说："大字报并不是我们自己（要）搞的，是曹轶欧叫我们搞的。"当时的北大党委第一副书记（也是社教中的积极分子）很不满地说：聂元梓"这是泄密行为，是出卖了曹轶欧同志"。

印红标先生引了聂元梓回忆中说的一句话：大字报"是曹轶欧让我贴的"，然后就在"让"字上推敲，认为"让"是"允许"，不是"指使"。那么对上面聂元梓的话，又该怎样理解呢？

穆欣先生的文章说，聂元梓"根本没有参与大字报的酝酿和起草，只是在最后定稿时碰上了"。实际并非如此。聂元梓说："大字报的讨论，从始至终我都参加了。"参加酝酿的另外三人都说：三次酝酿讨论的会，聂元梓都参加了，就是第一次会"刚讨论不久，聂元梓也进来了"，以后都参加了讨论。其中一人还说：25 日上午的讨论"由聂元梓执笔,边念边改"。

"文革"初期大字报主要作者给戚本禹、江青写信称：大字报是康生、曹轶欧通过张恩慈指示我们写的

我们还可看看"文革"初期,1967 年 7 月,大字报主要作者写给戚本禹和江青的信,其中有《北京大学的全国第一张马列主义大字报的产生经过》的专题报告,报告称："哲学系左派联系的中心是张恩慈,在他那里。保存了一些必要的资料,随时准备斗争。××等同志有时回城,到张恩慈处谈过。在二月——五月整个时期内。杨克明和张恩慈保持了经常的联系,留校的同志也和张恩慈有过联系。""张恩慈首先杀了出来,他在五·二五前,向中央系统地报告了北大的问题,主席看到了这个材料,并批发到政治局会议。""就在这个时候,中央文革的曹轶欧同志(中央文革是 1966 年 5 月 28 日成立,曹轶欧这时只是康生办公室主任,调查组组长,文革成立后作了中央文革办公室副主任。——笔者注)带领调查组来到北大! 张恩慈也跟着曹大姐来了,这对我们是特大喜讯。""就在这关键时刻,康生同志、曹轶欧同志通过张恩慈指示我们：可以写大字报,这样作影响大,作用大,能解决问题。"请注意：这里用的不是什么"暗示"、"启发"、"鼓舞"之类的遮掩词,而是比"指使"、"授意"更明确的"指示"。

康生自白：大字报是在我爱人他们促动下写的,聂元梓"是混蛋王八蛋也要支持"

1966 年 8 月 4 日。康生在北大全校万人大会上作了这样的自白："6 月 1 日下午 4 点,我接到通知(指要广播大字报的通知),我感到聂元梓同志解放了,我与曹轶欧、张恩慈、杨克明也感到解放了,因为我们当时也支持这张大字报,我们也受到压力。"(康生所讲的"压力",使我们想起中央批转国务院外办的文件,特别是 5 月 25 日夜张彦在北大党员干部会上传达的周总理补充指示,批评聂元梓大字报违反党和国家纪律。在另一次会上,康生当着周总理、江青、陈伯达及红卫兵的面说："如何对待这张大字报,当时我在北京中央是孤立的。"康生这些话的矛头不是明显地对着周总理吗?!)

1967 年 1 月 22 日和 29 日,康生在两个场合作了进一步的自白。他说,1966 年 5 月他派了一个调查组到北大,"聂元梓同志的大字报就是在我爱人他们的促动下写的"。"这张大字报的矛头是针对彭真和北京市委的"。

还要说一点：张恩慈讲,聂元梓上台后专横跋扈,胡作非为,我曾为此向曹轶欧反映过聂元梓作的坏事。康生知道后,有一次当着我们的面说："聂元梓这个人不太好,在延安时我就知道。可是现在,就是混蛋王八蛋,也要支持。"另据××讲：1966 年 7 月份,我到中央文革调查组。有关聂元梓名声不好的舆论,继续反映到中央文革。有一次康生听了发火说："我开始就说过：聂元梓是个混账王八蛋,我也支持她。"

二、5 月 25 日大字报出笼后,康生、曹轶欧继续活动

5 月 25 日,大字报贴出后,受到许多师生的批评。杨克明在 1978 年 12 月写的材料中说："这时,我打电话给张恩慈,说我们已经贴出了大字报,现在争论很激烈,你是否来看看。张说,那有什么了不起的,我不去,你把大字报底稿拿来给我看看。"可是"不一会张恩慈就和另一位同志来到杨克明处(据同来的这位同志讲是曹轶欧让他们来的——笔者注)。简单谈后,张就去找崔××(党委常委),让他在党委常委会上明确表态,支持我们,然后又来杨处。这时赵××、高××、聂元梓等也都来到。张恩慈说：大家要继续出大字报,不管是怎样围

攻都要顶住,不能作检讨。这实际上是传达了康生、曹轶欧的指示。"这时,杨把大字报底稿交给了张恩慈。关于这一情节张恩慈在 1978 年 12 月写的材料是这样说的:"第一张大字报贴出后,遭到一些人反对,……杨克明打电话给我,并且很急。说他们被围攻怎么办,你们调查组管不管?! 我说你怕什么? 有《五·一六通知》怕什么? 并说上边领导是支持这张大字报的。我说的上边领导,就是康生、曹轶欧。"

在"第一张大字报"贴出的前一天,即 5 月 24 日,党委召开干部会,传达了中央批转国务院外办关于文化革命对外宣传的五条意见,其中第五条关于大字报明确规定:涉及到机关、学校、企业内部的政治运动或超出现在公开批判范围以外的大字报,应该选择适当地点张贴,对外保密。要注意内外有别。聂元梓等是听了传达的。"第一张大字报"贴出后,当晚,华北局书记(同时也是北京市委负责人)李雪峰、国务院外办负责人张彦及高教部等领导来到北大,先开了常委会了解情况。当夜 12 时召开党员干部会。当李雪峰说到:是党中央让我们来的,是总理让我们来的,全场热烈地长时间地鼓掌。他委婉地但是明确地批评大字报"内容有点泄露党的机密"。他说:大字报中央只要求一条:党有党纪、国有国法。总理代表国家,总理公布的。我们不听,那也不太好呀! 张彦重新传达了中央批转国务院外办的文件,又传达了总理交待他补充的 4 点通知,并说"总理特别强调:作为党和国家的纪律,就是要严格执行内外有别"。此后,大字报都移到了指定的食堂。

5 月 26 日晚,曹轶欧将调查小组成员带到钓鱼台康生住处。康生充分肯定了聂元梓等人的大字报,放肆攻击彭真、宋硕和北大党委。说北大这个形势是最好的形势,(围攻大字报)是他们给自己准备垮台条件,是对抗中央。他说:是作保皇党呢? 还是做革命派? 是作黑帮的喽啰呢? 还是跟中央走? 是红帮还是黑帮? 这是北大党委面临的问题。

接着,曹轶欧在西颐宾馆接见了大字报作者聂元梓、杨克明和赵××,"热情地肯定了这张大字报。"

康生背着当时在中央一线主持工作的刘少奇、周恩来和邓小平,把大字报稿报给正在外地的毛泽东。

6 月 1 日晚饭后,康生把调查组成员找去,告诉他们晚上中央人民广播电台要广播这张大字报,要他们到北大收集反映。张恩慈也告诉了大字报的作者们。

当晚 8 时 30 分中央人民广播电台广播了这张大字报后,北大即广播紧急通知,要党委委员马上到临湖轩集合。到会的有华北局的负责人和曹轶欧。华北局负责人当场宣布从现在起,北大党委停止工作,派工作组进驻北大,领导北大工作。曹轶欧对党委、特别冲着陆平、彭珮云大肆攻击。

大字报广播后,许多师生不理解甚至气愤。到当晚 23 时 45 分止,仅中央人民广播电台新闻部就接到询问和质问的电话 59 次。广播事业局总编室连夜给穆欣(中央文革小组成员)写了个简报。康生在上面批示:"这就是北京市委、大学部宋硕、陆平、彭珮云、北大党委长期欺骗学生群众的反映。当前最主要的是揭破黑帮(宋、陆、彭等等)的阴谋欺骗,使广大群众在长期被蒙蔽被欺骗的状态中清醒过来……"

同样是当天夜里,王力、关锋、曹轶欧三人为配合这张大字报的发表,赶写了一篇人民日报评论员文章《欢呼北大的一张大字报》。据王力讲:"材料来自曹轶欧,反映了康生的观点,最后是由陈伯达定稿签发的。"这篇文章说:"你们的'党'不是真共产党,而是假共产党,是修正主义的'党'。你们的组织就是反党集团。"这和北大社教中聂元梓等人的话,何其相似!

人民日报头版通栏大标题上把宋硕、陆平、彭珮云戴上了"黑帮分子"的帽子,把传达华北局指示污蔑为"三家村黑帮的一个大阴谋"。真是贼喊捉贼! 到底谁在搞阴谋?! 反革命阴谋家康生一伙早已被钉在历史的耻辱柱上。

三、"三部曲"和"自发论"是站不住脚的,许多著作对"第一张大字报"的提法是尊重事实的

穆欣先生说:"七人大字报是他们自发的举动。"印红标先生说的出笼"三部曲"的第一部是:"大字报是他们(六人)自己发起的、没有人指使。"从上面披露的大量事实,可以看出这种说法是完全站不住脚的。这两位先生都引了康生自白的那一段话("大字报是在我爱人他们促动下写的")。可是都没有去深究曹轶欧等人是怎样促动这张大字报的。印先生也讲了"张恩慈透露的信息使这些教员得到鼓舞",但却没有去深究这种鼓舞后面还有什么背景。他也提到了张恩慈是曹轶欧调查组的成员,但却强调张与哲学系的教师是"同事和朋友"的关系。他们说:"六位署名者""当时都不知道聂元梓酝酿写大字报期间见过曹轶欧",并把这作为"自发论"和"三部曲"中第一部的重要依据,这就掩盖了张恩慈的恶劣作用。

印先生所谓"三部曲"的第二部,是"哲学系少数教师发起"后,"康生和曹轶欧给予了推动和支持",这同样是不符合事实的。

印先生把大字报的广播作为"三部曲"中的第三部,这是把大字报的出笼和出笼后发生的事情混为一谈。似乎 5 月 25 日大字报贴出来引起了全校的辩论,大字报还不算出笼,广播后才算出笼。这是说不通的。

《百年潮》另一篇署名文章,对印红标先生的文章大加称赞,对一些著作有关"大字报"的符合实际情况的提法多有指责。我们粗略地翻阅了过去出版物中有关此问题的提法,现引出几个:1985 年 9 月《北京大学整党文件选编》中讲:"第一张大字报"是"康生派他的妻子曹轶欧来北大点火,在曹轶欧授意下,聂元梓、杨克明等人写的。"这是一张"攻击、诬陷北大党委和北京市委的大字报"。1987 年 4 月中共中央党史研究室编著、人民出版社出版的《中共党史大事年表》中讲:"康生授意北京大学聂元梓等人写的诬陷、攻击北京大学党委和北京市委的一张大字报。"1989 年 8 月马齐斌等人编著、中共党史资料出版社出版的《中国共产党执政四十年》中讲:"这张大字报是在康生策划下,由当时在北大的'中央理论调查组'负责人曹轶欧(康生之妻)怂恿和支持写的。"1996 年 7 月,中共党史出版社出版,席宣、金春明著的《"文化大革命"简史》中讲:这张诬陷、攻击北京大学党委和北京市委的大字报"是由康生派人授意写成的"。2000 年 6 月,中央文献出版社出版,毛毛著的《邓小平"文革"岁月》中讲:"北京大学聂元梓等七人在康生的授意和策划下,贴出一张大字报,攻击北大党委和北京市委。这就是那张臭名昭著的'文化大革命'的'第一张马列主义大字报'。"以上这些关于康生与"第一张大字报"关系的提法,都是根据中央关于康生罪证材料中的提法的精神,作了大同小异的表述,决不是"道听途说"的"传闻"。而中央的结论是以大量事实为依据的,决不是"主观臆测下定论"的。印红标、穆欣两先生的新说法不能说是"尊重事实"、"实事求是"的,更说不上是"还历史以本来面目"。

这里需要对"宋硕讲话"作一说明。

1966 年 5 月 11 日中央决定派华北局第一书记李雪峰为进驻北京市委的工作组长、代理

市委第一书记(6月3日正式兼任市委第一书记)。北京市各部门的工作都已在华北局的领导之下。宋硕在5月14日召开各校党委书记紧急会议上的讲话,正是传达华北局的指示。宋硕在讲话中已说明此点,陆平在北大党委扩大会上传达宋硕讲话时,也明确讲了是华北局的指示,党委记录也是这样明确记载的。聂元梓听陆平传达的笔记本上,也是这样记录的。华北局这个指示已传达到北大全体党员。可是聂元梓及某些人完全不顾事实,根本不提华北局指示,硬说这是宋硕、陆平、彭珮云的"阴谋诡计"。这是一种欺骗舆论、欺骗群众、欺骗中央的恶劣做法。

大字报集中攻击的是"宋硕讲话"中的"加强领导,坚守岗位",而且三番五次地批这句话。这句话的原话是:"华北局要求学校党组织加强领导,坚守岗位。"大字报去掉了"华北局"三字,直接攻击宋硕、陆平、彭珮云。怎么攻击呢?大字报蛮横无理地说:"你们坚守的是什么'岗位',为谁坚守'岗位',""你们还要负隅顽抗","你们还想'坚守岗位'来破坏文化革命。"对讲话其他内容的攻击也同样是这种腔调:什么"想把革命的群众运动纳入你们的修正主义轨道","这是十足的反对党中央反对毛泽东思想的修正主义路线"等等。聂元梓还在大字报最后一段中加上了:"打破修正主义的种种控制和一切阴谋诡计,坚决、彻底、干净、全部地消灭一切牛鬼蛇神,一切赫鲁晓夫式的反革命的修正主义分子。"大字报明明是在逐段地攻击华北局的指示,却把许多大帽子直接扣到宋硕、陆平、彭珮云的头上。真是"张冠李戴",借题发挥,攻击诬陷北大党委和北京市委。

时间已经过去30多年了,一般人都不愿再多谈这些事了,由于有人提出新的说法,我们出于对历史负责,故写此文,以澄清事实。不足之处。欢迎大家提出批评和补充。

关于解放以来的文艺实践情况的报告[*]

——给党中央的信

胡　风[①]

习仲勋同志转

中央政治局：

毛主席：

刘副主席：

---

[*] 本篇即以后的所谓"三十万言"(以下简称《报告》)，写于1954年3月至7月。7月22日，由作者本人而交当时的国务院文教委员会主任习仲勋同志转呈党中央。

《报告》共分四部分：一、几年来的经过简况；二、关于几个理论性问题的说明材料；三、事实举例和关于党性；四、作为参考的建议。前面附以给党中央及毛、刘、周等领导同志的信。共约28万字。

1955年1月，未经作者同意，《文艺报》第1、2期合刊即以《胡风对文艺问题的意见》为题，以单册形式公开附发了该《报告》的二、四部分。在该单册首页印有作协主席团的前言(据《建国以来毛泽东文稿》第五册载，此前言经过了毛泽东的增改定稿)如下：

胡风在一九五四年七月向中共中央提出一个关于文艺问题的意见的报告，经中共中央交本会主席团处理。本会主席团认为该报告中关于文艺思想部分和组织领导部分，涉及当前文艺运动的重要问题，主要地是针对着一九五三年《文艺报》刊载的林默涵、何其芳批判胡风资产阶级文艺思想的两篇文章而作的反批判，因此应在文艺界和《文艺报》读者群众中公开讨论，然后根据讨论结果作出结论。现在决定将胡风报告的上述两部分印成专册，随《文艺报》附发，供读者研究，以便展开讨论。为便于读者研究，将林默涵、何其芳的两篇文章也重印附发。

中国作家主席团

一九五五年一月十二日

除此以外，该《报告》的一、三部分也分别铅印成册。在内部一定范围内分发。

"胡风"一案平反后，《新文学史料》1988年第4期发表了该报告的第一、二、四部分。第一部分后被收入《胡风自传》(1996年6月，江苏文艺出版社出版)。第二部分后被收入《胡风选集》第一卷(1996年3月，四川人民出版社出版)。

考虑到该《报告》较集中地反映了作者的文艺思想及主张，是进行研究的重要资料，故此次将过去未曾公开发表过的给党中央的信及《报告》的第三部分全部收入本全集，以见"三十万言"的完整面貌。

鉴于作者当年写此篇是为呈交党中央作参考之用，并非为公开发表，事后他又曾向领导表示："这个《材料》里面对于今天的文艺运动所得出的判断是带有很大的主观成分的。其中有些具体提到的情况和佐证，当时没有很好地调查研究，后来发现有不切实际之处"，希望不要公开发表(此声明未能发表)。因此，本着实事求是的原则，编者对个别段落、个别词语作了一些删节。其他除明显的印刷错误加以校勘外，未作任何改动。当年他本人所作的注释也以"作者原注"的形式保留。——编者注

[①] 《胡风全集》第6卷，湖北人民出版社，1999年版。

周总理：

我现在送上关于解放以来的文艺实践情况的报告。

在学习四中全会决议的过程当中，我作了反复的考虑和体会①。我反复地考虑了对于文艺领域上的实践情况要怎样说明才能够贯注我对于四中全会决议的精神的一些体会。当我逐渐明确地感到了我的体会同时也是对应着我身上的自由主义因素，这才真正打痛了我自己，也终于解放了我自己。

在我走过来了的路上，由于一些理论认识和对于革命斗争发展的感受，我理解到党所达到的高度集体主义，是一次又一次地克服了非党和反党的毒害从内部瓦解的艰险的难关，这才通过血泊争取到了胜利的。通过对于四中决议精神的体会，这才比以前数倍强烈地实感到了因为是通过这样的斗争所以才能够取得了的胜利，我所分受到的一分胜利的光辉就对我显得更加亲爱，同时也使我深深地感到了内愧。

如果不是把党的要求和历史要求看作同一的内容，如果不是对于集体主义的信赖，那我就无法得到在这二十多年的路上走了过来，坚持了过来的基础。如果当我一度被排出了革命阵营以后不是抗战一开始就找到了党的领导，得到一些同志、特别是周总理的带领和关注，带着我通过一个一个的包围圈斗争了过来，逐渐提高了我对于集体主义的认识和信赖，那我就很难在那样复杂诡诈的环境当中争取到一些工作条件，在党所领导的总的要求下面做了一些微小的斗争的。

正是因为这，当正视到由于我身上的自由主义因素所造成的失败和失责，无论是对于党或是对于年青的一代，我所感到的负债的痛苦是无法表达的。

革命胜利了以后，阶级斗争展开了规模巨大和内容复杂的激剧变化的情势，但在文艺实践情况上反而现出了萎缩和混乱。这个反常的现象是早已引起了党和群众的普遍的关心的。许多使人痛苦的事实说明了这里面包含有严重的问题。我，把阶级事业当作第一生命走了过来的文艺工作者，应该有责任正视这个事实，研究这个事实，向党提出我的意见，使党中央更多地掌握情况转入到主动的地位上面检查问题的。过去我也曾希图这样做，但一次一次都没有坚持到底。我自己的错误和努力不够应该负责任。但到了今天，客观情况已经发展到了再也不应该忍受下去的地步，而阶级斗争又正在向着更艰巨更复杂曲折的深入的思想斗争上发展，不会容许这个应该担负起专门任务的战线继续瘫痪下去；如果我再不正视问题，就更不能有任何藉口原谅自己了。

两年多以来，我自己终于被一些同志正面地全面地当作了文艺发展的唯一的罪人或敌人，不但完全被剥掉了发言权，还完全被剥夺了劳动条件。这中间，我曾经尽能有的真诚作过努力，但一次一次都失败了。虽然对于文艺实践情况的担忧和对于劳动的渴求总在咬嚼着我这个老工人的心，虽然一些同志甚至把从抗战初期周总理对于我的领导关系和思想影响都否定了，但我没有一次怀疑过党中央对我是基本上信任的，没有放弃过要依靠党来解决问题的信心，一直相信斗争一定会展开，我的发言权和劳动条件一定会被恢复。然而，只有从四中全会决议的精神受到了批判以后，我才无限痛切地感到了非马上正视我所处的这个环境，担负起我应该担负的斗争不可。因为这，非马上首先正视我自己，向党交待问题，争取

---

① "四中全会"即中共中央七届四中全会。会上通过了毛泽东同志建议起草的《关于增强党的团结的决议》。——编者注

参加斗争的条件不可。但由于我的问题是从客观情况所产生的主要现象之一,完全不是个人问题的性质,我就只能直接向党中央提出我的报告。

抱着这样的信心和勇气,我开始了检查问题。在检查的过程当中,我一步一步深入地实感到了毛主席的"共性,即包含于一切个性之中,无个性即无共性"这个原则的威力。我实感到了只有对具体事件的内容作完全如实的分析才能够找出可以说明客观情况的问题实质,只有对问题的实质作出完全如实的判断,才能够对客观情况得出全面的合理的解释。不这样做,就不能暴露出事实的逻辑,因而无法替实践要求扫清道路和开辟道路找出根据,使党能够取得真正的主动,把斗争推进一步的。

我把检查的初步结果写成了报告,分为三件。另附件一件。

第一件:《几年来的经过简况》

叙述我从一九四九年进解放区前后起到开始这个检查为止所经历的情况。检查出来了我的自由主义错误的具体性质,这个错误只有在四中全会决议的启示之下才最后地得到了克服。通过这叙述,我回忆了我当时的一些简单的理解和不能自已的忧虑。同时,几年来以周扬同志为中心的文艺上的领导倾向已经现象性地现出了它的轮廓和发展状态。

第二件:《关于几个理论性问题的说明材料》

在一定程度上全面地分析了林默涵、何其芳两同志对于我的批评。通过这个分析,我完全确定了林默涵、何其芳两同志的理论是混乱的主观主义或庸俗的机械论;而他们在这里所暴露出来的几个基本论旨,又正是几年来统治了整个文艺战线的指导理论的重要构成部分,在实践上起了严重的危害作用的。对照着实践情况,分析到最后,我清理出来了:这种理论,只有在宗派主义的地盘上才能够取得"合法"的资格,只有通过宗派主义的统治方式才能够占着支配的地位。这种理论,把毛主席的某些原则歪曲地做成了机械唯心论的教条,而且在完全脱离历史条件之下随心所欲地运用,压死了文艺实践的规律,反而用尽方法把和他们意见不同的人做成"宗派主义"或"反对派",从而企图为这种非党的领导思想造成完全的"统一"局面。这比拉普派的理论还要庸俗无数倍,实质上是已经发展成了反党性质的东西。在实践上,这种理论堵住了在激烈的新旧斗争中争取前进的火热的历史内容和争取成长的人民性的真实而新鲜的美感要求不能在创作上得到反映,空出地盘来让封建主义性的陈腐的东西和资本主义性的或庸俗社会学的虚伪的冷淡的东西取得了、进而扩大了支配性的影响;不但完全没有建立起来对于这样的东西的敌性的甚至警惕的态度,反而还把这样的东西当作了装饰自己的主观主义的成果看待;依靠了这样的东西,就能够更进一步去排斥以至扑灭对庸俗机械论即主观主义不利的、反映了历史真实或斗争性格的劳动成果或幼芽,由这来保持宗派主义的统治地位。这就把新文艺的生机摧残和闷死殆尽了,造成了文艺战线上的萎缩而混乱的情况。

第三件：《事实举例和关于党性》

通过对于从我的问题所产生的若干重要事实的叙述和分析，我完全确定了以周扬同志为中心的宗派主义统治一开始就是有意识地造成的。以对我的问题为例，是有着历史根源，利用革命胜利后的有利条件，利用党的工作岗位，有计划地自上而下地一步一步向前推进，终于达到了肆无忌惮的高度的。

我从党性要求上进一步分析了我的自由主义错误的思想实质，从这个分析所获得的信心之上，我清理出来了以周扬同志为中心的宗派主义统治的若干重要方式，例如：

一、以树立小领袖主义为目的。

在改变了历史方向的革命胜利以后，不是从党的震动了全世界和整个中国社会的政治影响、和吸引了劳动人民和民主阶层的人心的道德力量出发，不是从对于人力条件的正视和了解出发，不是从对于当前任务和基本任务的统一要求出发，不是尽最大的可能从党的政治道德影响和文艺实践的规律引导人力条件去推进实践，在实践过程中发扬负责的民主的批评与自我批评的作用，进行从实际出发的适度的思想斗争，一步一步去提高党的领导作用，加强党的（现实主义的）思想影响；而是企图人工地把自己首先造成毛主席文艺思想的唯一的正确的解释者和执行者的统治威信。一方面，实质上否定了以鲁迅为代表的五四传统的基本精神，对于五四传统通过三十年的革命斗争，经过毛主席在理论上的提高和发展，因而在广泛的群众中间所诱发出来的有生力量和萌芽性的实践要求采取了鄙视和威吓的态度，把那些闷住、闷死了；另一方面，要求作家们和干部们对于他的服从，摆出"我"就是党的架子，任何理论问题用组织手段解决，斥责不向他的错误理论或宗派做法屈服的人是"抽象地看党"，用小领袖主义代替了领导，企图造成"自封为王"的局面。这就破坏了通过从实际基础出发的实践要求和在实践过程中的思想斗争去一步一步达到团结、加强团结的基础，从根本问题上造成了混乱。

二、不断地破坏团结，甚至竟利用叛党分子制造破坏团结的事件。

破坏了团结的基础，压下了群众的积极性以后，就更加觉得群众是可以欺侮和蒙蔽的，更加顽强地以毛主席文艺思想的唯一的正确解释者和执行者自任，用行政命令的手段在混乱情况中建立"威信"，企图造成"思想"上的"一致"，即宗派主义的完全统治。把毛主席的某些原则歪曲地做成了庸俗社会学的教条，当作对于革命文学阵营内的不向他屈服的作家的征服武器，不惜乱用党的原则罗织成案，不惜利用"孤立少数、打击一点"的对付敌人的手段。那发展到极致，又完全恢复了二十年前的"故态"，竟利用叛党分子在党和群众面前公开地造谣侮蔑不向他屈服的作家，竟指使党已经下过结论的不但犯了严重错误、而且品质坏的党员把党机构作为讲坛发泄报复心理，替他把不向他屈服的作家做成了政治上的异己分子。这样，破坏了团结的基础以后，又把批评与自我批评这个党的庄严的武器授与品质坏的党员和叛党分子当作造谣工具，指使他们制造出了一次比一次更严重的破坏团结的事件。

三、把文艺实践的失败责任转嫁到群众身上，以至竟归过于党中央和毛主席身上。

几年来，造成了实践情况的萎缩和混乱，但周扬同志从来不对他自己的错误负责地做过一次廓清工作，总是把失败责任转嫁到作家和干部身上。到情形蒙混不过了，一方面公开地歪曲对他们的主观主义不利的马克思主义的原则，公开地反对证明了他的庸俗机械论的破产的苏联文学斗争的理论经验,一方面把他的"领导理论"偷偷地修正一点点,依然装出一贯正确的面孔来教训作家和干部;但在这样的做法也不能生效的场合,为了巩固他那个宗派主义的统治,为了维持他那个小领袖主义的"威信",甚至竟暗暗地把文艺实践的失败责任归过到党中央和毛主席身上,敢于瓦解没有直接接近过党中央的高级干部对于党中央的信任。他的破坏团结的手段就由党外到党内,以至直接指向党中央了。

四、牺牲思想工作的起码原则,以对于他的宗派主义统治是否有利为"团结"的标准;这就造成了为反动思想敞开了大门的情势。

对于没有向他屈服,而且在创作实践上对于他的统治武器的主观主义、即庸俗机械论不利的进步作家,采取了仇视的态度,不惜违反党中央应该挽回这样的作家的工作条件的指示,甚至不惜公开地直接地违反刚刚公布了的四中全会决议的精神,用庸俗社会学的、因而是最"巧妙"的资产阶级性的方法,在这样的作家的作品里制造"原则性"的错误,通过组织方式,利用行政命令的手段秘密地、自上而下地,发动有系统的攻击,非逼得这样的作家完全失去工作条件,放弃创作实践不止。闷死了对主观公式主义不利的作家做榜样,宗派主义的统治就不会受到事实的批判了。

但另一方面,又歪曲了在最大限度上团结一切作家的政治要求,对于要求进步的作家用庸俗的敷衍手段或拉拢手段代替了相应的思想工作,不帮助这样的作家在思想实质上靠近革命一步,还公开地鼓励这样的作家应该停留在对革命对人民的旁观的态度上面;甚至"进"一步以敌代友,向那种不但在艺术上原来是堕落的、而且在政治上多年来积极反动的"老作家"词意恳切地劝他恢复创作生活,向他们提供能够吸引读者的"题材",企图廉价地挽回他们的作家地位,藉此达到既可以向党中央和群众表现自己的统战工作的成绩,又可以作为宗派主义统治的装饰的效果,实质上是甘愿使自己做堕落的以至反动的东西的俘虏。反动的《武训传》之所以能够在庸俗社会学的伪装下面打了进来,绝对不是一个偶然的错误,而是由于宗派主义当时正在开始全面地依靠主观公式主义建立统治威信,用着全部力量排斥和打击对主观公式主义不利的、为反映斗争实际而努力的创作追求,因而对于用了和主观公式主义同一实质的庸俗社会学伪装起来的落后的反动的东西不能有敌性的甚至警惕的思想态度所招来的结果。

分析了这些事实以后,我完全确定了以周扬同志为中心的领导倾向和党的原则没有任何相同之点。我完全确信:以周扬同志为中心的非党倾向的宗派主义统治,无论从事实表现上或思想实质上看,是已经发展成了反党性质的东西。

林默涵、何其芳两同志在对我的批评中所暴露出来的思想态度和思想实质,正是从这个领导倾向产生出来的代表性的例子之一;同时,林默涵、何其芳两同志的思想实质之所以发展到了那样支离灭裂的反实践的高度,他们的思想态度之所以丧失了最后的一丝一毫的责任感,正是由于为了维持这个宗派主义统治的狂乱的欲望所造成,而不是由于别的任何东西。犹如林默涵何其芳两同志在批评中所表现出来的问题,基本上不是理论水平问题一样,

周扬同志所直接执行的或指使执行的那些事实,更完全不是政治水平问题。

是这些事实及其所产生的危害作用,使我再也无法忍受下去,被一种混和着痛苦和愤怒的心情鞭策着,向党中央提出了这个报告。

第四件,即附件:《作为参考的建议》

只有党中央转到了主动地位上面,才能够挽救人民的文艺事业脱离危境;只有党的领导发挥了作用,才能够使人民的文艺事业在空前的思想保证和斗争保证之下建立起来飞跃发展的实践基础。

清算了宗派主义的统治以后,就有可能也完全有必要把在最大限度上加强党的领导作用和在最大限度上发挥群众的创作潜力结合起来,把在最大限度上保证作家的个性成长与作品竞赛和在最大限度上在党是有领导地、在群众是有保证地进行批评与自我批评、进行提高政治艺术修养结合起来,把在最大限度上提高艺术质量与积累精神财富和在最大限度上满足群众当前的广泛的要求结合起来……

这个建议是作为说明这样性质的一个方面的工作方式的例子。这是我从苏联文学斗争史得到的一些经验,从五四文学发展史和我自己二十多年来的一些工作经验,针对着我所理解的当前实践基础归纳出来的一个看法,不管有错有对,仅仅提出来作为中央考虑问题的参考之用。同时,这也应该能够成为检查以周扬同志为中心的领导倾向的反证材料之一。

我热诚地希望得到中央的审查。

我热诚地希望得到中央的批评和指示。

我要遵照指示随时做补充的检查。

我要担负我应该担负的任何严重的责任。

衷心的敬礼

胡　风

1954 年 7 月 7 日,北京

胡风事件的另类史料*

——新华社《内部参考》中关于胡风事件的报道

谢　泳

　　1955 年发生的胡风事件,在中国当代史上是一件大事。关于胡风事件,国内外已有了大量的研究,但主要集中在胡风的文艺思想和知识分子命运方面。对于当时西方、中国港台与民间对胡风事件的反映,还缺少全面的研究。本文通过对《内部参考》中关于胡风事件所涉史料的综合梳理,来观察当时中共上层以及相关部门对胡风事件的全面判断,同时提出在信息并不完全封闭的历史条件下,这些信息何以没对胡风事件的决策者产生影响? 由此可以判断在冷战的时代背景下,这些信息与决策者心理和思维方式的关系。②

　　二十世纪五十年代初,在整个思想文化领域中,中国现代知识分子的角色是不同的。中国现代知识分子的主体本来是自由主义知识分子,1949 年之际,这个群体的主要成员选择留在大陆,其中的代表性人物,在民主党派中获得了相应的位置。但民主党派的作用,毛泽东 1957 年在省委书记会议上的讲话中曾说得很清楚:

　　那时候还要看情况,这关系到国际问题。出这一点钱买了这么一个阶级(包括它的知识分子、民主党派共约八百万人),他们是知识比较高的阶级,要把他们的政治资本剥干净,办法一是出钱赎买,二是出位置安排。共产党加左派占三分之二,三分之一非举手不可,不举手就没有饭吃。③

　　中国自由主义知识分子群体,在抗战前发生的一二·九学生运动中,分化出一批人,主要是青年学生和少量的教授,一般称之为"一二·九知识分子"。这个群体的主要部分到了延安,成为"延安知识分子"的一部分,另外一部分人,留在国统区,与早年的左联成员在一起,一般称之为"左翼知识分子"。④

　　当时以西南联大为主体的自由主义知识分子,早已退居边缘。所以他们在胡风事件中,基本不在事件中心,只是一般地表表态,写写官样文章。当时有资格进入权力中心的是:"延安知识分子"、"一二·九知识分子"和"左翼知识分子"。在这三类知识分子中,"延安知识分

---

　　* 《新文学史料》2011 年第 4 期。

　　② 《内部参考》,新华社编辑,现存于香港中文大学中国研究中心。本文使用的是 2001 年 4 月我在中心访问时的抄件和复印件,可能还有遗漏处,如果使用电子版本,可能会弥补这个缺失,可惜我没有使用《内部参考》的电子版本,希望将来有机会补充。

　　③ 《重要讲话集》(三)第 9 页。此为"文革"中广泛流传的印刷品,主要是毛泽东的讲话。现在"文革"史研究专家公认本书虽然在记录的文字上有些错讹处,但内容是真实的。对比后出的《毛泽东选集》第五卷和《建国以来毛泽东文稿》等文献,可以肯定这些印刷品的真实性。

　　④ 关于这几类知识分子的详细分析,参阅《一二九知识分子的历史命运》一文,见谢泳《没有安排好的道路》,云南人民出版社,2002 年。

子"是主流,而"一二·九知识分子"和"左翼知识分子"相对又处于边缘,特别是真正的"左翼知识分子"(主要来源于国统区),他们有进入权力中心的可能,但实际并没有进入。胡风事件从知识背景上可以解读为是"延安知识分子"和"左翼知识分子"之间的冲突,周扬代表延安,胡风代表左翼知识分子。

胡风成员的主要来源以《七月》和《希望》杂志的作者群为主,都是热血青年,一般受过大学教育,是那种有才华,同时也有个性的知识分子。胡风一生的命运,可以说最后由"延安知识分子"掌握,他的平反多有周折,也是由"延安知识分子"的整体思想倾向决定的。

胡风的文艺思想在自由主义知识分子那里,并不是不可以存在,只是在"延安知识分子"眼里才成为异端。1943年,在重庆领导中共南方局的周恩来就对乔冠华、陈家康、杨刚等人的文艺思想提出过批评,因为他们的思想与延安不统一,这些人是"一二·九知识分子"中的左派,但他们的"左",并不同于延安的"左",胡风虽然与他们的思想不完全相同,但可以共存。在胡风事件中,置胡风于死地的是"延安知识分子"。

1948年香港《大众文艺丛刊》集中发表邵荃麟、乔冠华、胡绳和林默涵批判胡风的文章,可以看作是胡风事件的真正开始,此前对胡风的批判和教育与此次性质不同。后来这些作者在胡风事件中,都程度不同地发挥了作用。因为在胡风事件中负责具体事务的主要是中宣部和中国作家协会,而这两个机构的主要负责人都是"延安知识分子",当时胡绳和林默涵都在中宣部。1943年,当中共中央发现国统区有对延安文艺座谈会精神的怀疑情绪时,就派人去做思想工作,当年派去的都是延安的得力干将,如刘白羽、何其芳和林默涵。在一定意义上,胡风事件可以理解为是"延安知识分子"取代以鲁迅为代表的"左翼知识分子"的一个政治事件,毛泽东在这个事件中借周扬和胡风的矛盾,确立了"延安知识分子"在中国文艺界的主导地位,这个主导思想的核心就是《在延安文艺座谈会上的讲话》,它的地位是不可动摇的,胡风挑战这个权威的正统地位,他的历史命运也就不可避免。

一、西方对胡风事件的报道

1949年后的中国,从整体上判断是一个封闭社会,但我们必须清楚,这个封闭是相对于社会公众而言的,对于决策者基本不存在封闭的问题,因为情报机关始终存在,同时对外关系中的信息传播并没有完全中断,只不过整个信息的传播不是以大众传播的方式而是选择了情报的传播方式,情报传播的特点是单一性,只向权力者单方面传播。

《内部参考》是当时新华社主编的一个定期在内部发行的期刊,它具有情报传播的特征,因为传播范围有固定性,但同时也有一定程度的群体性,具体说,就是当时它的传播密级并不很高,大体发送到县团级,而信息的传播一旦到了这个范围,就意味着信息并不是绝对的秘密,在当时保密纪律比较严格的情况下,这个判断依然可以成立,因为传播的特点由范围决定,纪律和道德总会有漏洞。

我注意到一个事实,当时《内部参考》上经常选择刊登高层对相关信息的批示,可见他们是经常阅读这本期刊的,比如毛泽东、罗瑞卿等①。以此逻辑判断,在胡风事件中,高层的信息来源应当说是通畅的,也就是说,如果周扬总在向高层传达对胡风不利的信息,那么高层是有其他信息渠道来帮助他们判断真相的。如果确定胡风事件中还有另类史料出现的时候,就会出现这样一个问题,决策者对于来自西方、中国港台及民间对胡风事件的判断到底是什么态度?高层在明知有对胡风事件不同评价的事实面前,何以还会对胡风及其大量的朋友以反革命集团论罪?如果以这样的角度思考胡风事件,我们对于这一历史事件发生的深层原因就会做进一步的深思,而不会简单把这一事件解读成中国文人间宗派导致的结果,在相当程度上,可以把胡风事件理解成是整个时代背景中政治变革的必然事件,也就是说,这个事件一旦发生或者高层需要这一事件来实现自己某些既定政治期待时,那么是否了解这个事件的事实和真相就不重要了,或者说,明知不合事实真相,也不会加以改变,在这个政治事件中,胡风的命运早就被决定了。毛泽东当时需要制造一个胡风事件来对正常社会可能出现的多元舆论进行压制,从而实现他预想中的的"舆论一律",胡风事件是毛泽东利用胡风与"延安知识分子"的冲突,来实现"舆论一律"的一个典型事件。

当时《内部参考》曾编发过几次来自英美对胡风事件的报道,如"英国《经济学家》杂志对我反对胡风反革命集团的斗争进行诬蔑宣传"、"《曼彻斯特卫报》为胡风反革命集团的被揭露而沮丧"、"美新处继续歪曲我对胡风反革命集团的斗争"等。②

《内部参考》引述西方对胡风事件的报道无疑具有鲜明的政治立场,但在具体摘发这些消息时,并没有断章取义,也就是说,如果决策者确有通过此类"内部文献"了解外部世界的真实情况,至少在信息传达方面,还不能说完全没有渠道,胡风事件的决策者在信息来源方面并不单一,如果他们要多方面判断出事件的真相,从逻辑上说并不是一件难事。比如当时《经济学家》以《斯大林在中国》为题写道:③

每一次共产党革命似乎都要经过清洗的过程,对中国说来,也没有捷径。现在这次运动的目标之一就是要确立党对自由主义分子的权威,在这以前党在同这些自由主义分子进行合作时一直是容忍他们的。胡风本人似乎在一九二〇年代初期是一个共青团员,但是,此外似乎至少在去年以前一直是在党外的。共产党在一九四九年取得胜利以后,他们的队伍中来了许多人,他们后来一定是发现马克思主义是使人智力迟钝的。不可靠的分子现在正在被清除出去。毛泽东认为在中国这样一个落后的国家内要"走向社会主义"就需要一种严格

---

① 《内部参考》1953年第18期第368页刊出《毛主席对〈内部参考〉的指示》:"新华社:我认为此种内部参考材料甚为有益。凡重要者,应发到有关部门和有关地方的负责同志,引起他们注意。各大区和各省市最好都有此种内部参考,收集和刊印本区本省的内部参考材料。毛泽东,一月十六日。"《内部参考》1953年第28期曾刊出《毛主席指示各级党委及新华社记者要注意揭露官僚主义、命令主义和违法乱纪的现象》,并要求此类消息刊入《内部参考》。1953年《内部参考》第68期第639页曾刊出《罗瑞卿同志给本刊的信》:"内部参考编辑同志:《内部参考》所反映的各地有关反革命活动的情况,社会情况,特别是最近以来反映某些地方公安机关的人员刑讯逼供、违法乱纪的严重情况,对于我们的工作特别是对我们在公安系统中开展反对官僚主义,反对命令主义,反对违法乱纪的斗争,有很大帮助。我们十分重视《内部参考》上反映的各种情况,并立即转有关地区公安负责同志调查处理。希望你们能够继续通过各地记者同志调查反映这些情况。罗瑞卿三月十九日。"
② 《内部参考》1955年第137期、150期、144期。
③ 《内部参考》1955年第137期第358页。

彻底的纪律,根据这种纪律,艺术同其他东西一样必须用来为党的目标服务。胡风的影响很可能真的已经使一些青年人"鄙视马克思-列宁主义和忽视政治"。因此,对他的指责把他比成"腐蚀青年"的苏格拉底;在中国,马克思主义的独占统治是软弱的;如果官方的指责可以置信的话,那么胡风异己派已经扩展到哲学领域,并且已经在对唯物主义的假说提出挑战了。正如《人民日报》承认的,中国共产党依靠一种"铁的纪律"。这一家报纸自始以来就明白表示:肃清胡风集团的运动将用来"推动一项普遍的彻底的教育计划"。以向人民代表大会提出的一项法案为顶点的过去两个月来的运动,暗示明年将有许多中国自由主义者因"主观主义"而受到惩罚。中国现在正走入它的革命的斯大林时代。

主办《内部参考》的本来目的,其实是让封闭时代的决策者可以更多了解外部信息,决策者对信息功能的判断天然准确,因为他们确认信息畅通会对自己的统治不利,所以凡集权时代对信息的控制方式基本相同。但从胡风事件的发生过程中,我们感觉到,如果决策者对自己行为的正当性从不怀疑,或者说为了政治统治的需要,他们对于任何信息来源,一方面会选择有利于自己判断的信息,另一方面,则可以完全不去理会本来有利于判断事实真相的信息。

二、中国港台对胡风事件的报道

胡风事件进行中,《内部参考》曾多次以"香港反动报刊为胡风反革命集团辩护"、"台匪电台鼓励胡风反革命集团分子继续顽抗"等为题,集中报道香港和台湾各类报刊对胡风事件的动态,这些报道基本都是全文引述,港台当时对胡风事件的报道,在香港方面,文章基本出于自由撰稿人之手,有他们当时的立场,但多数文章并没有明显的政治意识形态;在台湾方面,有鲜明的意识形态色彩,但具体到文章本身,其中也不乏对胡风事件真相的判断。当时出走香港和台湾的作家学者,对于中国大陆作家的活动并不陌生,因为他们中的许多人曾与胡风及其朋友有过往来,所以当时港台报刊对胡风事件的报道,在整体事实上多数较合真相,有些出于政治立场的义愤并没有影响了文章的真实判断。以下是当时《内部参考》相关报道的信息:[①]

五月二十七日《香港时报》社论,题:《看中国大陆上的文字狱》。

五月二十八日《工商日报》社论,题:《摆在靠拢文人面前的镜子》。

《香港时报》在五月二十三、二十七、二十八、三十日在"幕前冷语"栏内。连续发表易金写的四篇反动文章。题为:《路翎拿得出胡风的信吗》,《解除了胡风武装》,《胡风十四个人·六十八封信·送胡风的命》,《倒下去时……》。

《自由阵线》在二五二期、二五六期在"他们干些什么"栏内,分别发表景叙写的三篇反动文章。题为:《胡风的五条纲领》,《空手入白刃的胡风》,《由胡风事件所看到的》。

《香港新闻天地》三八〇期刊登易金一篇反动文章,题:《绞架下看胡风》。

五月三十一日《中央日报》述评。题:《共匪洗脑运动又一高潮》。

六月一日《香港时报》第一版登载了金达凯的一篇反动文章,题:《高饶以后的大事·中

---

① 《内部参考》1955 年第 131 期、133 期、134 期、135 期、141 期、149 期。

共清算功臣·文坛老将胡风倒下去》。

六月一日《香港时报》第六版登了一篇胡希写的反动文章,题：《胡风是怎样一个人?》。

六月一日《香港自由人报》第二版登了一篇沈秉文写的反动文章,题：《中共为什么清算胡风》。

六月三日《香港时报》刊登易金一篇反动文章,题：《鲁迅与胡风》。

六月三日《香港真报》刊登炳人一篇反动文章,题：《胡风以两字获谴》。

六月四日《香港时报》刊登胡希一篇反动文章,题：《从清算胡风事件看：中共区文艺界的现状》。

《自由阵线》第二十二卷第三期发表清平一篇反动文章,题：《胡风派——中国共产教的异端》。

六月十一日,《香港时报》刊登台匪"自由中国之声"给胡风反革命集团分子的一封信,题：《致大陆上被迫害的文艺作家信》。

六月十八日台匪《新生报》社论：《大陆知识分子的反共暗流——从共匪整肃胡风事件说起》。

胡风事件过去半个多世纪后,我们再来观察事件发生时港台报刊对胡风事件的分析和判断,应当说,后来关于胡风事件的研究,多数没有超越当时港台报刊的分析,比如关于胡风本人文艺思想的分析,关于胡风和周扬等文艺界领导的矛盾以及胡风与毛泽东文艺思想的分歧等等。而这些分析和评价,至少从逻辑上判断,当时胡风事件的决策者都看得一清二楚。《香港时报》在当时发表的一篇社论中,对胡风事件作出了这样的判断：

根据大陆出版的共党宣传刊物中关于胡风事件的零星记载,与夫中共文特们指摘胡风的罪证,综合观察,胡风与王实味乃为同一类型的人物,其遭祸的最大原因,都是基于人性的正义感与纯文艺思想,对共党那种窒息文化,摧残人性的伪装革命生活,表示不满,而又坚持其所见,不愿向着歪曲的理论低头,竟敢要求"创作的自由"——这所谓"自由"当然不是像自由世界所诠释的"自由"意义,而是在马列主义教条下,不受特定的魔道约束而已。如中共文特们指胡风不遵奉毛泽东在延安时代,为整肃王实味而发表的"文艺座谈会上的讲话"那些特定的理论,反说那是扼杀文艺创作的"刀子";又说胡风在歌颂"中华人民共和国诞生"的文字中,对"人民"和"祖国"的依慕歌颂之情,远不及其颂赞自己那么具体而真诚;又说胡风对于社会发展的根本动力,表示不信任的意念。这些都是表明胡风之被清算,并非背弃了马列主义,而是对特定的魔道有所怀疑,多少保持着一些个性,不欲以机器人自居,亦跟当年王实味在延安时,不接受共干们的说明而自认罪该万死的情况一样。①

对于胡风事件的起源,金达凯在香港《自由阵线》发表的一篇文章中认为：②

首先我们要了解的：中共文艺工作领导权,自一九四二年延安文艺座谈会以来即操在周扬手中。周扬的周围则有袁水拍,王瑶,艾青,陈涌,何其芳等。郭沫若与茅盾不过是他们座上的清客,丁玲与赵树理等也是他们御用的帮闲,在他们把持之下,顺我者表扬,逆我者批判。过去若干次的文艺整风运动,都是他们用来打击某一个或某一部分人的花样。胡风恃

---

①　《内部参考》1955 年第 131 期第 85 页。

②　《内部参考》1955 年第 134 期第 166 页。

与鲁迅的历史渊源,恃其过去对中共文艺工作的贡献,恃其对马列主义的理论修养,始终与周扬等立于对立地位。而他在周扬的心目中则是一"野狐禅",是与其争夺领导权的劲敌,所以必须利用党的招牌,运用组织力量,给胡风以打击。

其次,胡风在文艺思想和观点上,也确有若干与中共现行政策不同。因为胡风曾长期在国民党区从事文艺活动,继承着鲁迅的反抗性和结合着共党地下斗争的破坏性,他所提倡的"主观战斗精神",据说就是用以克制当时国民党区文艺创作主要倾向的客观主义。但今天中共统治了大陆,以过去对付国民党的一套,以过去要求作家创作自由的一套,来求行之于中共,自然会犯了"原则的错误"。

对胡风事件中的宗派问题,当时港台报刊也多有分析,他们这个判断,建立在对早年胡风在中国文艺运动中表现的了解,虽然当时身居港台的作者在关注胡风事件时,难免有些情绪化,在文章中偶尔也有些类似于谩骂的字句,但整体观察,当时港台报刊对胡风事件的分析,多数还是有理有据,意识形态并没有让这些作者完全丧失了理性,香港和台湾的舆论环境也明显胜于当时的中国内地,所以事后重读当时港台作者对胡风事件的分析,他们的观察还有相当的学术性,而没有完全流于简单的批判和谩骂。对胡风事件中的宗派问题以及胡风本人思想状态的评价,当时《香港时报》胡希在一篇文章中分析道:①

有人以为共党指责胡风的"反党,反革命",那末胡风必定是一个反共的人。其实,这完全是一种错觉。胡风此次被清算,只是大陆文艺界内部宗派斗争的结果,而并不是党与非党思想的斗争。

胡风在一九五〇年一月十二日给路翎的信中说得很清楚:"……我们会胜利,但那过程并不简单吧。我想,还得沉着,更用力,以五年为期并不算悲观的。"

这里,胡风所期望的"胜利",当然不是指反共的胜利,而是指与郭沫若,周扬,茅盾,丁玲等在朝集团的斗争的胜利,胡风要打倒他们,并不是要改变共党的文艺政策,而只是想从他们手中夺取执行共党文艺政策的权利。因此,他从一九五四年三月初开始,着手搜集材料,写一篇呈交共党中央委员会的报告。在这篇长达二十多万字的报告中他对周扬,茅盾等人的攻击不遗余力,他希望"中共委员会"见到这篇报告后,会对周扬等人作必要的惩罚。但是胡风的估计错误了。

这难道还不够明显么?如果胡风是个反共的人,他决不会向共党"中央委员会"提出这篇报告。六年来,胡风的一切活动,只是为了想满足他的个人野心,想成为共党中央委员领导下的文艺政策执行人。他一心一意只想做个红朝权贵,而丝毫没有反共的念头。

共产党把胡风说成一个十足地道的"阴谋家",实在是有点"不公平"的。

胡风是一个十足的个人主义者,他深受"五四"思想的影响,对现状强烈不满。远在抗战之前,他就参加攻讦政府的"左翼作家联盟",但他同时对"左联"内部的情况也感不满。抗战时期,他在重庆又对政府在大后方的种种措施冷嘲热讽,胜利以后,他狂叫"这是旧统治者的末日",并大力鼓吹"新时代就要到来";但到他处身在"新时代"中时又感到"像被枷锁套住了一样"以前人们有不满现状的自由,但共产党却一定要人歌颂赤色统治的现状的,尤其像胡风这种拥有大量读者的作家,更是非歌颂现状不可,但胡风却对共党大捧小骂,在共党看来:

---

① 《内部参考》1955年第134期第170页。

捧是作家的"天职",骂则是不可饶恕的罪恶。于是,胡风遭到了清算。

《香港真报》刊登炳人一篇文章,对于胡风的个性和文艺思想也有分析:①

谁都知道,胡风是鲁迅旗下的一员大将,若干年来,一直称霸道孤,在文坛上有其相当的潜势力。他的为人,个性强,自视高,先天注定了他不能长期受共党的奴役。但他为共党做了二十余年的文化工作,也是铁般的事实。现在如此收场,因此有人想到鲁迅假如还活着,他一定会遭到胡风的同样的命运。因为鲁迅与郭沫若不同。郭沫若是投机分子,鲁迅则具有坚强的反抗性。鲁迅在北洋政府教育部当过佥事,但他一直反抗北洋政府,骂得对方片甲不留,后来,国民党对他颇歧视,但并未加任何干涉的行动,鲁迅躲在角落里狂歌待旦,指桑骂槐不已,他确乎有一件死不买账的硬骨头。因此有人认为:假如鲁迅现在还活着,他看到共党治下的文化人连缄默的自由都没有,他一定先胡风而表示反抗了。

且看胡风,他究竟是因何而获谴遭殃呢?他并不反对共产党,只是反对共产党中间的一部分人而已,他敢批判,他有主张。他的身份,是权威的文艺理论家,他对任何方面不怕得罪,而对毛泽东也开了刀。毛泽东在延安文艺座谈会上的讲话,他即严予指斥不当。他的意思,擒贼先擒王,把毛的文艺理论打倒了,便可以独步文坛,压倒一切。因为,他自信拥有大量的读者和同路人,给他形成了一股只是反抗不满现实的力量。在抗战期间一直到解放,胡风的表现很积极,"胡风分子"散布全国俨然造成一集团。他大胆地骂毛泽东是一个"图腾"!

虽然《内部参考》在报道港台对胡风事件的反映时,一切都冠于"反动文章"之名,而且提醒,摘发这些文章是起反面教员的作用,但在客观上,这些文章对于那些试图了解胡风事件真相的读者来说,却提供了另外的角度和材料。所以我们在逻辑上可以判断,胡风事件完全是决策者为了政治目的而制造的一个典型案件,当这个案件发生时,决策者并非不了解处在事件中心的知识分子的真实情况,而为了达到预设的目的,一切真相都不复存在。在当时的行政系统中,对于胡风事件的判断,完全顺应决策者个人的好恶,对于事件真相的分析和思考完全不发生作用。

三、中国民间对胡风事件的反映

1955 年的《内部参考》上,在一度时间内,曾大量刊载全国各地关于胡风事件的群众反映,这些情况动态,在总体上是按意识形态要求来选择信息的,但因为是内部消息,所以这些向上传达的关于胡风事件的群众反映,远比一般公开的消息完整和细致,相对于公开传播的消息,这些材料可能更接近事实。因为这些材料在《内部参考》中较为分散,此处单列相关报道的细目,不再一一注明具体出处:

辽宁省开展肃清胡风反革命集团的斗争的情况
上海市在开展肃清胡风反革命集团的斗争中发现坏分子趁机进行破坏活动
上海各界对胡风反革命集团的错误认识
安徽省少数干部对胡风反革命集团问题存在的糊涂思想
从胡风与其恶霸地主家庭的关系看胡风的反动面目

---

① 《内部参考》1955 年第 135 期第 191 页。

四川人民艺术剧院和重庆市文工团被揭露的胡风分子多方设法为自己的罪行辩护

天津市各校部分教职员和学生对胡风反革命集团认识模糊

天津市有些资产阶级分子就胡风反革命集团问题对我党进行诬蔑宣传

胡风反革命集团第三批材料公布后武汉市有些部门政治上有问题的人表现惊慌

南京各高等学校教师对胡风反革命集团的错误看法

浙江省部分机关干部认为已公布的材料还不能足以说明胡风集团的反革命罪行

武汉少数文化界人士对胡风存在一些错误看法

武汉市音乐、美术界人士对胡适、胡风思想批判不很重视

南开大学中文系教授对胡风反革命集团的问题认识模糊

清华大学、北京师范大学师生对胡风反革命集团有很多疑问

上海文艺界讨论和批判胡风资产阶级唯心主义文艺思想的情况

胡风过去和国民党的文化事务委员会联系密切

中国人民大学师生纷纷斥责和揭露胡风分子谢韬的反党行为

北京师范大学中文系发现有两个助教和胡风有过联系

管长治揭发胡风在一九二七年就开始了反革命活动

山东大学和胡风分子吕荧相好的教师不愿揭露吕荧

热河省直属机关部分干部对胡风反革命集团认识模糊

胡风反革命集团第三批材料公布后天津市文化局干部的表现

太原市发现一个胡风分子

哈尔滨市文联创伤干部张德玉有很多论调和胡风相类似

广州市部分机关干部对胡风反革命集团总是存在的疑问

武汉市机关干部和高等学校师生对胡风反革命集团问题存在一些糊涂思想

重庆市有不少人交出与胡风反革命集团有关的材料

贵州省发现两个胡风反革命集团分子

哈尔滨市部分做经济工作的干部对于反对胡风反革命集团的斗争不够重视

哈尔滨市大专学校师生和厂矿工程技术人员对胡风反革命集团的模糊认识

昆明各校教师对公布的胡风反革命集团的材料有怀疑

关于胡风反革命集团第三批材料公布后东北人民大学、师范大学有些教师惶惶不安

黑龙江、吉林等地群众对胡风反革命集团存在的错误认识

青海省中上层人士在反对胡风反革命集团斗争中的思想情况

江西省发现近四十人和胡风反革命集团有联系

哈尔滨市部分党外人士对胡风反革命集团的本质仍抱怀疑态度

沈阳市青年在肃清胡风反革命集团斗争中的思想动态

天津市有些单位肃清胡风反革命集团的斗争开展得不深入

江苏省级机关干部部分人在肃清胡风反革命集团斗争中表现惊惶不安

抚顺市技术人员对肃清胡风反革命集团的斗争抱消极态度

武汉市开展肃清胡风反革命集团的斗争情况

上海市开展肃清胡风反革命集团斗争期间隐藏在该市反革命分子破坏活动猖獗

热河省直属机关中有问题的人在肃清胡风反革命集团斗争中的思想动态

广西省省级机关关于肃清胡风反革命集团斗争文件学习的情况

旅大市不少资本家诬蔑我党目前开展的肃清胡风反革命集团斗争是"卸磨杀驴"政策

旅大市知识分子对胡风反革命集团的错误认识

内蒙古胡风分子及有各种问题的人采取各种方法阻挠和破坏肃反斗争的开展

北京市干部和群众对逮捕反革命分子潘汉年、胡风的反映

内蒙古不少文艺干部有胡风思想和类似胡风思想的思想

1955年，胡风事件发生的时候，国内外极少有人知道《人民日报》关于胡风事件的案语多数是出自毛泽东之手，当时人们只是根据《人民日报》披露的材料来发表自己的感想，除了对文艺界情况熟悉的专业人士外，多数人是根据常识来判断胡风事件。我们从《内部参考》中看到的西方、中国港台及民间舆论，正常思维的人，对于胡风事件都抱有怀疑态度，因为这个事件的起源和处理结果，在事实和逻辑上多有违背常识的地方，人们保持沉默，只是出于对政治压力的恐惧，真正从内心认为胡风事件有合理逻辑的人并不多，这也就是当时无论是高级知识分子还是平民百姓，多数人对胡风事件感觉难以理解。

上世纪五十年代，中国的教授，基本都是从旧时代过来的知识分子。虽然胡风事件发生的时候，已经过了思想改造和院系调整，但中国多数教授的思想还保留了知识分子的独立性，他们的独立性最终退回内心或者选择沉默，其实都是外在环境过于严酷所造成的。一般研究中国现代知识分子的学者，很少认为中国现代知识分子的独立性会在新思想的改造下完全发生转变，因为知识和思想的变化不同于其他，如果没有强迫和外在压力，它的变化总是自觉和发自内心的，但这些变化能够成为真正的事实，要符合知识的逻辑。

五十年代中国社会发生的许多事情，在相当多知识分子看来，本身没有逻辑的事实太多，不合常识的事情太多，贬低人类智商的事情太多。有独立思想的人，不一定有机会表达，有表达机会的人，却常常说的是假话。胡风历史上与国民党有过一点往来就是反革命，当时有人就问，周恩来与国民党的关系更深，为什么没有问题？宋庆龄又该如何评价？等等。有很多人当时就指出，《人民日报》编者按及所揭露的材料，不能证实胡风集团所有成员的反革命身份，因为在过去社会里，大部分民主党派、无党派人士均曾先后在国民党各种机关任职，能说这些人是反革命身份吗？

胡风事件发生初期，其实没有多少人相信《人民日报》的按语和材料，因为这些按语既不符合逻辑，也不符合常识，是出于强词夺理，不给人任何讨论的余地。恐惧之下，知识分子的独立性只能退回内心，沉默或者随势说假话，都是畏于强权的一种生存智慧和选择。

《内部参考》在报道上海知识分子对胡风事件的反映时，提供了这样的情况：①

（一）很多人对胡风反革命集团是政治问题还是思想问题存在怀疑。有很多人认为胡风是想"在文艺界夺取阵地，可是并没有武器，不能以一般反革命分子看待"。市、区党委机关干部普遍存在的疑问集中在"胡风是长期潜伏的特务，还是个人主义思想发展的结果"这个问题上。在统战部门收集到的民主同盟、民主促进会、农工民主党、九三学社等民主党派在上海的成员的反映中，更有人提出"胡风并无推翻现政权的意思，因此不能称为反革命"。还有资本家污蔑党，说："过去封建时代的文字狱是怎样的？ 胡风事件是不是一桩文字

---

① 《内部参考》1955年第150期第270页。

狱呢？"

（二）对刘雪苇、彭柏山也是胡风集团分子普遍表示震惊。在党内外广大干部中，很多人都对刘、彭是胡风分子难以理解。上海人民艺术剧院有些同志说："过渡时期阶级斗争真尖锐得怕人，连刘、彭都是胡风分子，今后怎么辨别好人和坏人呢？"上海电影制片厂有的干部怀疑："刘、彭参加胡风集团的目的何在？他可能是无意识被拖进去的，不是有意识的反党"。上海歌剧团等等不少单位的部分同志过去崇拜刘雪苇，认为他作报告好，现在说他是胡风分子，思想上一时扭不过来。对彭柏山，很多人认为揭发的材料不具体，对他是否真是胡风分子表示怀疑。

（三）也有公开为胡风反革命集团辩护，对胡风分子表示同情的。复旦大学生物系张孟闻曾在家中说："胡风是与茅盾抢作鲁迅的大弟子的。"他还认为复旦大学校长陈望道，在群众大会上接受学生要求驱除胡风分子贾植芳出校是不对的，是在外面的压力下的一时的冲动所造成的。复旦大学教授赵景深曾表示"不忍心"参加全校师生揭露贾植芳的座谈会。最近发现在贾植芳离职反省后，还有人写信给他表示慰问。

某些政治面目不清的人，正在散布破坏言论。正行女中有几个历史上都有些问题的教师，认为"批判胡风，是党对胡风的报复"。正中女中教师冯志杰（原伪法官）说："胡风是进步作家，对国家有过功劳，现在这样待他是错误的。"

在民主党派成员中与胡风分子有过联系的人有恐惧情绪。民主同盟盟员余上沉（复旦大学教授）说："我过去与贾植芳接近，现在是洗不清了。"他一再声明，过去和贾熟悉，是因住得近，只有油、盐、柴、米上的往来。农工主党刘大杰在参加揭露胡风集团的会议后，对人说："现在我很苦恼。"（按：刘过去有一本书由贾植芳拿到泥土社出版。）

（四）尚有不少人对这次斗争不够关心，表现了浓厚的非政治观点。上海人民美术出版社不少编辑认为自己不搞创作，关系不大，对此斗争漠不关心，甚至连《人民日报》揭发胡风集团的材料也没有看。上海电影制片厂音乐创作干部中，有的人认为对胡风反革命集团的斗争与音乐创作没有关系，不学习理论同样可以作曲。国画界有许多人还不了解对胡风反革命集团的斗争是怎么回事。老画家贺天健在美协座谈会上表示拥护全国文联的决议，但回家后说："什么胡风、'黄蜂'、'蜜蜂'的。"上海印刷学校有些人认为："人家讨论了，我们也不得不参加。"

胡风事件一出，决策层相当在意知识分子的反映，曾通过《人民日报》和新华社驻各地的记者搜集大学里知识分子对胡风事件的反映：[①]

上海胡风小集团内的分子，除了个别的态度有所转变外，大部分对这一思想斗争仍抱着对抗情绪。如新文艺出版的耿庸、张中晓、罗洛等都在背后表示不愿意看报刊上所发表的批判胡风的文章。张中晓并恶意地说：我们对胡风的"敌性"比对胡适的"敌性"还要大。耿庸曾纠集一些胡风派分子在家里开会，讨论如何蒙混过关。罗洛表面表示对党忠实，说胡风的思想是反党反人民的，但背地里却又向人说，胡风只是策略上的错误，并希望这个思想斗争快些过去。

在一般的文艺界工作者中，还有少数人公开表示胡风的文艺思想是对的，或者说对胡风

---

① 《内部参考》1955 年第 102 期第 49 页。

的斗争太过分了。中国作家协会上海分会会员孔另境在讨论会上说:"现在发表的批判文章千篇一律,没有超过林默涵、何其芳的论点。""林默涵、何其芳的文章早就被胡风驳倒了。"中国福利会儿童时代社田地说:"我过去对胡风派的诗很感兴趣,现在也还看不出什么问题来,如有人能写出文章批判用胡风文艺理论创作出来的诗那我就服了。"

有些大学教授口头上说胡风思想不值得批判,实际上有对立情绪。如复旦大学有些教授、讲师说:"这样一来,反而抬高了胡风","我们有资产阶级思想,可是没有资产阶级学术思想"。该校外国语文系教授全增嘏说:"胡风思想很混乱,没有什么道理,不值得批判。"外国语文系林同济教授说:"胡风思想只能影响那些文化程度低的人,我们从封建社会过来的有'抗毒素'。"

南开大学中文系多数教师在胡风事件发生的时候,采取的是这样的态度:①

南开大学中文系的教授对胡风反革命集团的问题认识模糊。老教授孟志荪说:"过去我一直认为在蒋介石统治时期,胡风是反蒋的,算是进步分子。胡风的错误是一直坚持小资产阶级的文艺理论,自高自大,不虚心接受批评,但这是统一战线内部的思想改造问题。"南开大学中文系主任李何林仍不承认胡风是反党分子,他说胡风过去是反蒋的、进步的,解放后没有经过狂风暴雨的思想改造,思想比较顽固。他说阿垅像个大姑娘,老实谦虚,没有上过中学,当兵出身,现在写大部头,难免错误,过去读过阿垅的《闸北打起来》,写得很不错。看了舒芜揭发的材料,才了解胡风有政治问题。有些中文系的教授因过去请阿垅、鲁煤、芦甸等胡风分子给学生讲过课,怕别人怀疑自己是胡风集团的人,因此心情不安。

清华大学、北京师范大学师生对胡风事件的反映是:②

胡风反革命集团的第二批材料公布后,清华大学和北京师范大学的部分教授和学生有很多疑问,如:"胡风是否与帝国主义或国民党有联系!""是否托派?""与蒋介石反革命集团有何区别?""今天党这样强大,胡风为什么还敢这样?""既然是反革命为什么过去还受国民党迫害?""为什么还有这样多的党员跟他走?"

从这些知识分子的反映中可以看出,如果不是出于压力,《人民日报》及它的按语本身并不具备任何说服力,那些按语的威力是依赖权力的表达,而不具有知识和逻辑的力量。因为胡风事件在相当多的事实和逻辑上没有说服力,所以到了1957年,胡风事件成为知识分子意见最大的一个政治事件。

1957年6月,当时成都铁路管理局有一个名为李昌明的职员,以"民主先生"和"自由女士"为名,发表了《为胡风鸣不平》的长篇演讲,③这个演讲被报送到了决策层。李昌明的这个演讲,从五个方面为胡风辩护。第一、他举出了大量的事实,说明胡风没有反革命身份;第二、他认为说胡风参加过"反共政治工作"理由不能成立。如果成立,郭沫若1937年做国民党政府军委会政治部三厅厅长及大部分起义人员将同罹此罪。第三、与陈焯之关系仅为一般社会关系。不是反革命组织及工作关系。李昌明说:"众所周知,周总理与蒋介石集团中

---

① 《内部参考》1955年第126期第55页。
② 《内部参考》1955年第129期第56页。
③ 《内部参考》1957年第251期第98页。

多人往还,宋氏三龄见解各殊,均未认作反革命关系,何独胡风别有看待。"第四,胡风集团只能是一些偏见的学派,五四运动前后的创造社、新月派、语丝派,互相攻击,极尽诋毁、污骂能事,郭沫若攻击鲁迅所用辞汇其恶意不在胡风之下,鲁迅与梁实秋论战所用语词亦尖锐之极,可见文人相轻,历史皆然,不能对胡风有所偏颇。第五,从法律观点看,胡风集团的行为并不构成对国家有形的损害。李昌明说:"我国惩治反革命条例上无一条对胡风集团适用,全世界任何一国民法、刑法(包括苏联在内)均未载有以文艺形式对文艺问题上的意见或攻击足以构成的叛国罪或危害国家安全罪。美国的斯密斯法(Law of Smith)对国内进步人士与共产党员的迫害均未在学术领域或文艺范围内引用,也未有这种事实。"

小 结

引入内部信息的概念,是研究中国当代历史事件的一个思考角度。所谓内部信息,主要是指以情报方式向决策层传播的相关信息,也包括由当时中央相关决策部门编辑出版的内部出版物中刊载的"内部消息"。以往关于胡风事件的研究中,有一个问题曾经困惑着研究者,也就是说,在胡风事件的整个发生过程中,高层决策者是如何通过真实的信息来做出最后决策。我们从已有的相关研究中发现,在胡风事件的发生过程中,高层决策的信息渠道,一个是正常的行政渠道,比如中宣部文艺局的具体工作;一个是个人的交往渠道,比如周扬个人的汇报工作。我们从胡风事件的最后结果判断,第一个渠道,虽然在文字表面对胡风极为不利,因为它完全采取的是先入为主的批判态度,但在这个传达信息的过程中,有些叙述全面的内部信息,客观上还不能完全说对胡风不利,因为全面介绍外部对胡风事件的评述,客观上有利于决策者对事件真相的判断,但在事实上,这种情况并没有发生。第二个渠道即通过周扬个人向决策层汇报胡风事件的相关情况,因为周扬和胡风个人的关系,显然这个信息渠道不可能对胡风有利。我们现在要观察的是第一个信息渠道所提供的完整事实,在胡风事件中为何没有发生正面作用,因为决策者有预期的政治目的,其他真实的信息在毛泽东的这个主导思想下,没有发生正面作用的可能。胡风事件的启示,有助于人们理解 1949 年后中国发生的许多政治事件的背景和特征,也就是说,完全信息不对称的情况,在中国的政治事件中并不明显,所以对决策层,一般也就不存在蒙蔽和不明真相一类的现象,凡发生了的政治事件,其实都是决策者的理想政治期待。

上面引述的李昌明的看法,大体代表了当时中国知识分子对胡风事件的一般理解和判断。保存在《内部参考》中的类似史料,还相当丰富,它们对于深入理解胡风事件发生时,中国一般民众和知识阶层的思想状态有相当的帮助,虽然这些史料是经过各级行政机关摘编的,但相对于当时公开出版物中的史料和近年多数人事后的回忆,这些史料的重要性和特殊性还是应当引起研究者的注意。

2011 年 5 月 24 日于厦门

对我父亲——胡适的批判[①]

胡思杜

在旧社会中，我看我的父亲是个"清高的"、"纯洁的"好人。解放后，有批评他的地方，自己就有反感。周总理到北大讲话说，"胡适之根本不认识什么是帝国主义"，心中反感已极。以为以我父亲的渊博，竟不知什么是帝国主义，宁非侮辱。在华大时，仍以为父亲"作恶无多"。学社会发展史以后，想法稍有转变。经过学代选举前两次检讨会，使我了解在这问题上自己仍是站在反动的臭虫立场。结合《社会发展史》、《国家与革命》、《中国革命简史》的学习，邓拓、何干之等同志的著作，自己斗争的结果，试行分析一下我父亲在历史上的作用。

我的父亲出身没落的官僚士绅之家，在 1904 年到 1910 年时，他还是一个学生，1910 年去美国（年二十岁）。美国的物质文明和精神文明，使一个从半封建半殖民地社会来的人迅速的被征服，他的长期的教育环境使他的立场逐渐转移到资产阶级。在国外所写的文章如《文学改良刍议》等，当时在中国名噪一时，是因为他在反封建（为资本主义开辟道路）的一点上，和当时人民的要求相符合；在反对死文学、旧礼教和守法观念上，他起了一定的进步作用。

1917 年回国时，正是袁、段窃国的时期，他眼望着横暴的政权，不知是否容许自己"置喙"，于是抱了"二十年不谈政治"的决心，在思想文艺中，整理国故中逃避政治，"五四"时代，自己不能再逃避政治了，他发表了《问题与主义》，用庸俗的点滴改良主义对抗中国新兴的社会学说，以为只有在不"根本解决"的基础上，中国社会才有进步，说明一个中国无比软弱的资产阶级知识分子，面对着惊天动地的"五四"、"六三"运动的必然看法。他所反对的"根本解决"，也就是打碎军阀官僚地主买办国家机器的革命，也就是震撼他本阶级利益的革命。

1919 年以后，日益走入歧途，提倡易卜生主义，以充实他的"问题论"；介绍实验主义来抗唯物主义。自己彷徨于统治者之间，期望着在段祺瑞政府的基础上进行"改良主义"，他参加了"善后会议"。在革命低潮中，他以教育为第一性，政治经济是第二性，幻想在蒋政权下办好一个学校——中学公学。以为在教育办好了时，造就了人材，社会就好了（1927——1930），但在南京反动政府的威胁下，他的迷梦被击破，被迫离开中公。无比软弱的资产阶级知识分子，是不敢反抗既有的"正统政府"的，他和当时他的阶级一样，在反动政权面前低下头，转过来要求蒋光头的政府中实践他的改良主义，在被迫走的那年，自愿的就北京大学文学院长职。在这个位置上，他明确的奠定了他的文化政治统治者的基础，一方面和帝国主义文化侵略利益进行密切的结合，如罗氏基金、中美文化基金董事会〔沈按：中华教育文化基

---

① 沈卫威：《胡适周围》，中国工人出版社，2003 年版。

金董事会]、庚款委员会中,他都是重要的支柱;展开"全盘西化"的口号,甘心做帝国主义的工具。一方面创办《独立评论》,望着南京政府的眼色行事,用委婉的口气说"抗战不易"。

更反动的是在围剿苏区时,他高呼"好人政府",翁文灏、蒋廷黻等在他的鼓励下,一一迈进仕途,使一般小资产阶级在不能忍受政府的强暴的时节,忽然看见"开明"的教授们"脱却了蓝衫换紫袍",以为中国前途有望,反动政府的国家机器有了这批"好人"、"新能吏",也更能发挥他的压迫人民的作用。至于我的父亲这时所以拒绝了蒋的邀请做教育部长,是既维持自己的"清高",又在"举国诸贤"以后,可以在国外发生更大的作用,何乐而不为。他当时要求过"学术独立",也反对"法西斯",那不过是他认为学术的依附,会使匪帮政府"好景不长",而他的"改良路线"则是他认为的"万世之业"的打算。

但是,1937年日寇侵略到华东华南,深入到英美帝国主义在华利益的心脏,英美派大资产阶级被迫不得不战时,在他的阶级利益受到了威胁,他的阶级代表蒋政权威信低落时,他在1938年终于做蒋政权驻美大使,做了一个蒋政权得力的官吏。他在任中签定[订]了种种商约,使美帝可以继续取得"四大家族"从人民手中掠夺来的"专卖品",签定[订]多次借款,这些借款可以使蒋政权增强"威信",可以购买武器弹药来防共灭共,也可以使四大家族又多一笔资本,在更广的范围内盘剥人民的血汗,他严谨不苟地为他的老板服务着。

1946年,全国人民要求解放,统治阶级受了全面的威胁,他觉得是他的神圣的责任,他就回国为阶级效忠,尽自己最大的努力来巩固蒋帮政府,尽量争取落后的、动摇的小资产阶级及其他人民。他回来以后,一方面在北京大学执行反动政府的命令,一方面技巧的维持学校当局和学生的矛盾,时常发表中间言论,蒙蔽着人民,他在小资产阶级的落后性上发挥了最大的力量混淆是非,多少人给"世界学者"蒙蔽了。

他对反动者的赤胆忠心,终于挽救不了人民公敌的命运,全国胜利来临时,他离开了北京,离开了中国,做了"白华",他还盛赞"白俄居留异土精神之可佩"。

今天,受了党的教育,我再不怕那座历史的"大山",敢于认识它,也敢于推倒它,也敢于以历史唯物主义的天秤来衡量他对人民的作用;从阶级分析上,我明确了他是反动阶级的忠臣,人民的敌人。在政治上他是没有什么进步性。从1919年《问题与主义》发表以后,他彷徨于改良的路上,和他软弱的资产阶级一样,摸索了十一年。在1930年,做北大文学院长以后,更积极地参加巩固加强蒋匪帮的工作,始终在蒙蔽人民,使人民不能早日认识蒋匪帮的黑幕,不能早日发现美帝狠毒的真相;并替蒋匪帮在美国筹计借款,出卖人民利益,助肥四大家族,巩固蒋匪帮政府。这次出走,并在美国进行第三党活动,替美国国务院掌管维持中国留学生的巨款(四百万美金,收受这笔的人大都是反动分子,民主个人主义者的资助和养成费[沈按:原文此处不通]),甘心为美国服务。这一系列的反人民的罪状和他的有限的(动机在于在中国开辟资本主义道路的)反封建的进步作用相比,后者是太卑不足道。

我以前受了长期奴化教育,对于人民政策不了解,又未学辩证法,了解人也不是从发展的、变化的观点出发,所以在学习一个多月以后,一个朋友从香港来北京公干,回港时问我"你对你父亲将来取如何态度?"我错误的回答:"他恐怕永远不会赞成集体主义,还是住在美国罢。"今天了解政府的宽大政策,对于一切违反人民利益的人,只要他们承认自己的错误,向人民低头,回到人民怀抱里来,人民是会原谅他的错误,并给以自新之路的,我的想法因此有了转变。

在他没有回到人民的怀抱来以前,他总是人民的敌人,也是我自己的敌人,在决心背叛自己阶级的今日,我感受了在父亲问题上有划分敌我的必要,经过长期的斗争,我以为在思想上大致划分了敌我,但是在感情上仍有许多不能明确割开的地方,除了自己随时警惕这种感情的危害性以外,我并要求自己树立起工农大众的感情来,在了解工农的伟大,自己胜利的参加土改后,我想一定会诀绝消极狭隘的、非无产阶级的个性感情的。

(作者胡思杜,现在华北人民革命大学政治研究院二班七组学习,本文是节录他的思想总结第二部分——原注。)

——原载香港《大公报》(1950 年 9 月 22 日)

图书在版编目(CIP)数据

中国当代文学史料丛书.公共性文学史料卷/吴秀明主编;马小敏分册主编.—杭州:浙江大学出版社,2016.7

ISBN 978-7-308-15412-3

Ⅰ.①中… Ⅱ.①吴… ②马… Ⅲ.①中国文学—当代文学—文学史—史料 Ⅳ.①I209.7

中国版本图书馆 CIP 数据核字(2015)第 301898 号

中国当代文学史料丛书·公共性文学史料卷
主　　编　吴秀明
本册主编　马小敏

策 划 者　袁亚春　黄宝忠　曾建林　宋旭华
责任编辑　叶　抒
责任校对　杨利军　陈晓璐
封面设计　续设计
出版发行　浙江大学出版社
　　　　　(杭州市天目山路 148 号　邮政编码 310007)
　　　　　(网址:http://www.zjupress.com)
排　　版　杭州林智广告有限公司
印　　刷　浙江海虹彩色印务有限公司
开　　本　787mm×1092mm　1/16
印　　张　27.25
字　　数　663 千
版 印 次　2016 年 7 月第 1 版　2016 年 7 月第 1 次印刷
书　　号　ISBN 978-7-308-15412-3
定　　价　72.00 元
